Histoire de l'Apparition

DE LA

 ## MÈRE DE DIEU

SUR LA MONTAGNE DE

LA SALETTE

PAR

Le R. P. Louis CARLIER

Missionnaire de La Salette

« Avancez, mes enfants, n'ayez pas peur ; je suis ici pour vous apprendre une grande nouvelle. »
(Paroles de N.-D. de La Salette)

Chez les Missionnaires de La Salette

TOURNAI

Chemin du Crampon

(BELGIQUE).

— 1912 —

Histoire de l'Apparition de la Mère de Dieu

SUR LA MONTAGNE DE

LA SALETTE

Histoire de l'Apparition

DE LA

⤜❯─❮ MÈRE DE DIEU ❯─❮⤛

SUR LA MONTAGNE DE

LA SALETTE

PAR

Le R. P. Louis CARLIER

Missionnaire de La Salette

« Avancez, mes enfants, n'ayez pas
peur ; je suis ici pour vous apprendre
une grande nouvelle. »

(Paroles de N.-D. de La Salette.)

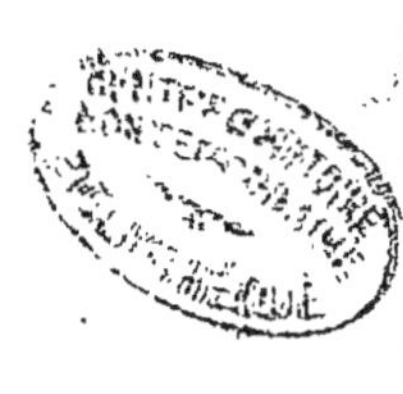

chez les Missionnaires de La Salette

TOURNAI

Chemin du Crampon

(BELGIQUE).

— 1912 —

DÉDICACE DE L'OUVRAGE

AU T. R. P. JOSEPH PERRIN

Supérieur Général de l'Institut des Missionnaires de La Salette.

Mon Très Révérend Père,

Permettez que, suivant le touchant usage des auteurs d'autrefois, qui se plaisaient à placer sous un haut patronage les ouvrages sortis de leur plume, le dernier de vos fils vous dédie cette modeste Histoire de l'Apparition de la Mère de Dieu sur la Montagne de la Salette.

Cet hommage vous est dû à plus d'un titre. C'est vous qui m'avez accueilli, avec une bienveillance toute paternelle, dans la famille religieuse des Missionnaires de la Vierge en pleurs; c'est vous qui m'avez encouragé à retracer dans le cher Bulletin de nos œuvres le récit de la grande visite de Marie au monde; c'est vous, enfin, qui, avant qu'elles soient livrées à la publicité, avez bien voulu revoir ces humbles pages et sanctionner ainsi leur fidélité historique de la grande autorité qui s'attache à vos trente-sept années passées sur la Montagne même des Larmes de Marie, dans la contemplation, l'étude et la prédication de son céleste message.

Ce sera le pauvre petit présent de mon amour filial à Votre Paternité, à l'occasion du glorieux cinquantenaire de votre ordination sacerdotale.

Daignez agréer, mon très Révérend Père, l'hommage du profond respect avec lequel je suis

Votre fils très affectionné et très obéissant, en Notre-Seigneur et Notre Dame.

L. CARLIER, m. S.

LETTRE DU T. R. P. PERRIN

Supérieur Général de l'Institut des Missionnaires de La Salette

A L'AUTEUR

Mon Révérend et bien cher Père,

La parole de saint Bernard affirmant qu'on ne peut jamais assez traiter de Marie : De Maria nunquam satis, me semble devoir s'appliquer tout particulièrement à l'Apparition de cette bonne Mère sur la Montagne de la Salette.

Là, en effet, elle s'est montrée si affligée, si tendre, si miséricordieuse; elle a formulé des leçons si graves, des reproches si mérités, des menaces si terribles, des promesses si magnifiques; elle a répandu et répand encore tous les jours des bienfaits si insignes et si nombreux; et tant de personnes ne tiennent nul compte, demeurent même ignorantes de cette solennelle manifestation de son amour!

Je ne puis donc que vous approuver de réunir en un volume, pour la faire connaître davantage, les articles que vous publiez sur cet intéressant sujet, depuis une dizaine d'années, dans le Bulletin de nos Œuvres, à la grande satisfaction, souvent exprimée, de ses nombreux Lecteurs.

Votre titre général et les sous-titres de vos trois Parties me paraissent heureux, parce qu'ils sont justifiés par les développements que contient tout l'ouvrage.

L'ampleur avec laquelle vous étudiez le grand Evénement du 19 septembre 1846 vous autorise à donner à votre travail le nom d' « Histoire de l'Apparition de la Mère de Dieu sur la Montagne de la Salette ».

L'Historique, tiré de documents absolument sûrs et de première main, est exposé en un style simple, intelligible pour les esprits les moins ouverts, ce qui ne l'empêche nullement d'être coulant et gracieux.

L'Authenticité est traitée avec une clarté, une force et une logique, qu'aucun autre auteur, à ma connaissance, n'a égalées jusqu'ici. Si d'aucuns sont tentés de taxer de monotonie le récit détaillé de tant de guérisons accumulées les unes sur les autres, d'autres se réjouiront, comme je le fais moi-même, de cette multiplicité de prodiges irrécusables, pour la raison qu'il était opportun d'insister d'une manière toute spéciale sur ce point, afin de fermer définitivement la bouche à ceux qui prétendent, à tort, que Notre-Dame de la Salette n'a point ou presque point fait de miracles.

Enfin les Résultats, quoique forcément très résumés (il vous eût fallu plusieurs volumes pour les développer davantage), donnent une idée suffisante de l'action salutaire de la visite de la divine Reine à son peuple.

Une illustration abondante, mais dont les sujets ont été choisis avec goût, ajoute un charme de plus à l'ouvrage.

Somme toute, vous avez fait là, mon Révérend et bien cher Père, un beau et bon livre dont je vous félicite et sur lequel j'appelle, ainsi que sur son auteur et ses lecteurs, les meilleures bénédictions de Notre Seigneur et de sa très sainte Mère.

Donné à Suse, lieu de notre exil, en notre Maison-Mère de San Pietro, le 19 septembre 1911, 65e anniversaire de l'Apparition de Notre Dame de la Salette.

Jos. PERRIN,
S. g. m. Sal.

❧❧❧❧❧❧❧❧❧❧❧❧❧❧

Histoire de l'Apparition de la Mère de Dieu
sur la Montagne de LA SALETTE

par le **R. P. CARLIER**, *Missionnaire de la Salette*

Vol. in-8° carré de XVIII-602 pages illustré

PRIX : *franco* . . . . 4 fr. 00

Adresser les commandes à M. l'abbé COMTE, *Supérieur des Missionnaires de la Salette*, Chemin du Crampon, Tournai *(Belgique)*.

Peu de faits surnaturels ont été défigurés, attaqués, niés comme celui de l'apparition de la Sainte Vierge à la Salette; mais quels étaient ces contradicteurs? Des personnes qui n'en jugeaient que sur des données incomplètes, erronées ou totalement fausses. Tout esprit prévenu qui voudra se donner la peine de parcourir d'un regard attentif l'ouvrage que nous annonçons, composé d'après des documents de toute première valeur historique, s'il est sincère, devra, nous osons l'affirmer, s'écrier avec un Prince de l'Eglise qui en avait fait la lecture : « Que mes sentiments sur la Salette sont changés aujourd'hui ! »

Ce livre porte l'Imprimatur de l'archevêché de Cambrai et il a déjà valu à son auteur de précieuses lettres d'approbation, dont nous citons quelques extraits.

De S. E. le Cardinal Billot, ex-professeur à l'Université Grégorienne de Rome :

« Je viens de lire votre beau livre sur l'apparition de la Salette; je devrais plutôt dire que je l'ai dévoré, tant il m'a saisi dès les premières pages. Tout y était à peu près nouveau pour moi, car je ne connaissais l'histoire de l'apparition que de la manière la plus sommaire. Il y a si longtemps que toute l'attention est tournée vers Lourdes ! Je vous avouerai même que le peu que je savais de la Salette me laissait indifférent, et qui plus est, ne m'inspirait qu'une confiance relative. Je n'étais pas sans avoir reçu quelques échos des bruits qui circulaient sur Maximin, j'avais entendu dire que le curé d'Ars lui-même comptait au nombre des opposants, et puis je n'avais lu encore aucun récit complet de l'événement, mais seulement quelque sèches relations tant de la vision que des paroles de la Dame, lesquelles, détachées de leur cadre, et surtout isolées dans leur partie prophétique du surprenant accomplissement que vous mettez si bien en lumière, m'avaient, je l'avoue, impressionné peu favorablement.

» Mais, mon Révérend Père, que mes sentiments à l'égard de la Salette sont changés aujourd'hui ! Vous m'avez fait connaître d'abord l'apparition elle-même dans tout ce qu'elle a de grandiose, de gracieux, de touchant, de captivant et de vraiment digne de notre Mère céleste, qui, à la Salette comme à Lourdes, *trahit in odorem unguentorum suorum*. Vous m'avez fait connaître ensuite les deux petits voyants, si intéressants tous les deux, et surtout ce pauvre Maximin si calomnié, si bon enfant pourtant dans son inconstance et son incurable légèreté, à qui la Sainte Vierge semble n'avoir laissé tous ces défauts que pour mettre en un plus grand relief la divinité de l'événement. Vous m'avez fait connaître surtout le témoignage rendu par ces pauvres petits paysans, témoignage qui me semble quelque chose de plus merveilleux encore que tous les miracles rapportés dans votre livre. Oh ! que c'est beau ! *Ex ore infantium perfecisti laudem ut destruas inimicum et ultorem !* Et encore : *Dabitur in illâ horâ quid loquamini.*

» Ce que vous rapportez page 77, et notamment pages 82 et suivantes, des « étranges contrastes » est admirable. Plus admirable la réplique de Maximin à la « Vie parisienne », pages 223 et suivantes.

» Quant à votre deuxième partie sur l' « authenticité », permettez-moi de vous dire en toute franchise que je n'ai jamais rien lu de plus fort ni de plus convaincant. Il faut nécessairement se rendre, quoi qu'on en ait...

» J'écrivais naguère à M. Bellouart, curé de Saint-Hilaire de Niort, auteur des « Leçons de Lourdes », que jusqu'à présent j'avais coutume de recommander comme la plus triomphante réfutation des folies immanentistes le beau livre de l'abbé Bertrin, et que désormais j'y ajouterais le sien. Mais il me faudra maintenant y ajouter aussi le vôtre, mon Révérend Père... »

De S. G. Mgr Maurin, Évêque de Grenoble, dans le diocèse duquel se trouve la Salette :

« Je profite d'une courte visite faite au Sanctuaire de Notre-Dame de la Salette, où je préside un pèlerinage de près d'un millier d'hommes et jeunes gens, pour vous remercier de m'avoir envoyé en hommage votre *Histoire de l'Apparition de la Mère de Dieu sur la Montagne de la Salette.* J'ai pensé que ma lettre datée du Pèlerinage même, aurait pour vous une signification plus nettement favorable à votre ouvrage et témoignerait mieux encore de l'estime que j'en fais.

» Le plan que vous avez adopté pour retracer la mémorable Apparition du 19 septembre 1846, me semble heureusement conçu et fort bien rempli.

» Après une relation simple, mais fidèle et détaillée, de l'Evénement lui-même, vous en établissez l'authenticité par des preuves décisives corroborées par l'énumération sommaire des résultats obtenus. Ainsi, ce grand Fait marial est étudié sous toutes ses faces; et les documents allégués — souvent inédits, sérieusement contrôlés et mis en œuvre avec autant d'art que de critique, — forment une argumentation solide, devant laquelle les objections tombent d'elles-mêmes, pour faire mieux ressortir la vérité traditionnelle.

» Vous avez eu d'illustres devanciers dans cette tâche d'historien de la Salette : vous avez bénéficié de leurs recherches et de leurs travaux, en y ajoutant ce que vous appelez trop modestement « les humbles efforts de votre bonne volonté. » Par là, en même temps que vous avez composé un livre de saine érudition et de valeur objective, de forme littéraire et de facture originale, vous avez atteint le but que vous vous proposiez et qui était « de faire davantage connaître, aimer, servir et consoler notre divine Mère de la Salette... »

De S. G. Mgr Péchenard, Évêque de Soissons, ex-recteur de l'Institut catholique de Paris :

« J'ai reçu le beau volume que vous m'avez adressé, renfermant l'histoire complète de l'apparition de la T. S. Vierge à la Salette, et j'en ai fait une lecture très attentive.

» Tout d'abord, je tiens à vous remercier cordialement de ce gracieux hommage, et c'est pour moi une grande joie de penser que c'est un prêtre de mon diocèse qui s'est fait l'historien de ce Fait merveilleux entre tous de l'apparition de Notre-Dame à la Salette.

» Ensuite, j'ajoute que la lecture de votre livre m'a laissé sous la plus douce et la plus fortifiante impression, et que, tout spontanément, le livre une fois fermé, je me suis écrié, comme le saint Curé d'Ars, après ses doutes angoissants : *Credo*, je crois! C'est l'impression que produira votre travail sur tous ceux qui le liront.

» Autant le fond en est solide et convaincant, autant la forme en est agréable et entraînante, et l'on n'éprouve, en vous lisant, aucune fatigue, tant les choses se déroulent et se suivent naturellement.

» Je souhaite à cet ouvrage, le plus complet sans doute qui ait paru sur ce sujet, tout le succès dont il est digne... »

De S. G. Mgr Fodéré, Évêque de Saint-Jean de Maurienne.

« J'ai lu avec le plus vif intérêt l' « HISTOIRE DE L'APPARITION DE LA MÈRE DE DIEU SUR LA MONTAGNE DE LA SALETTE » que vous venez de publier.

» Vous l'avez écrite avec un cœur apostolique et votre plume a parfaitement dégagé les grandes leçons contenues dans les paroles que la Sainte Vierge a fait entendre sur cette Montagne bénie.

» Si, en effet, immenses sont les maux qui affligent la société, si les désastres dont nous sommes les témoins sont si grands que la sagesse humaine est dans l'impossibilité de les réparer, ne faut-il pas en attribuer aussi la cause à l'oubli des avertissements de notre bonne Mère?...

» Je vous félicite, mon Révérend Père, de votre travail et de tout cœur je le bénis. Il ne manquera pas de produire les plus heureux effets dans ceux qui auront l'avantage de le lire... »

APPROBATION DE S. E. LE CARDINAL BILLOT

Rome, 25 juillet

Mon Révérend Père,

Je viens de lire votre beau livre sur l'apparition de la Salette; je devrais plutôt dire que je l'ai dévoré, tant il m'a saisi dès les premières pages. Tout y était à peu près nouveau pour moi, car je ne connaissais l'histoire de l'apparition que de la manière la plus sommaire. Il y a si longtemps que toute l'attention est tournée vers Lourdes! Je vous avouerai même que le peu que je savais de la Salette me laissait indifférent, et qui plus est, ne m'inspirait qu'une confiance relative. Je n'étais pas sans avoir reçu quelques échos des bruits qui circulaient sur Maximin, j'avais entendu dire que le curé d'Ars lui-même comptait au nombre des opposants, et puis je n'avais lu encore aucun récit complet de l'événement, mais seulement quelques sèches relations tant de la vision que des paroles de la Dame, lesquelles, détachées de leur cadre, et surtout isolées dans leur partie prophétique du surprenant accomplissement que vous mettez si bien en lumière, m'avaient, je l'avoue, impressionné peu favorablement.

Mais, mon Révérend Père, que mes sentiments à l'égard de la Salette sont changés aujourd'hui! Vous m'avez fait connaître d'abord l'apparition elle-même dans tout ce qu'elle a de grandiose, de gracieux, de touchant, de captivant et de vraiment digne de notre Mère céleste, qui, à la Salette comme à Lourdes, *trahit in odorem unguentorum suorum.* Vous m'avez fait connaître ensuite les deux petits voyants, si intéressants tous les deux, et surtout ce pauvre Maximin si calomnié, si bon enfant pourtant dans son inconstance et son incurable légèreté, à qui la Sainte Vierge semble n'avoir laissé tous ces défauts que pour mettre en un plus grand relief la divinité de l'événement. Vous m'avez fait connaître surtout le témoignage rendu par ces pauvres petits paysans, témoignage qui me semble quelque chose de plus merveilleux encore que tous les miracles rapportés dans votre livre. Oh! que c'est beau! *Ex ore infantium perfecisti laudem ut destruas inimicum et ultorem!* Et encore : *Dabitur in illâ horâ quid loquamini.*

Ce que vous rapportez page 77, et notamment pages 82 et suivantes des « étranges contrastes » est admirable.

Plus admirable la réplique le Maximin à la « Vie parisienne », page 223 et suivantes.

Quant à votre deuxième partie sur l' « authenticité », permettez-moi de vous dire en toute franchise que je n'ai jamais rien lu de plus fort ni de plus convaincant. Il faut nécessairement se rendre, quoi qu'on en ait.

Et ma pensée se reportait sur ces pauvres petits abbés qui alimentent de leur prose la plupart de nos revues ou collections soi-disant religieuses, à la recherche d'une nouvelle apologétique où leur vague-à-l'âme tiendra la place du miracle que le vingtième siècle ne comprend plus!

Il n'y a que deux réponses : la première, le fouet; la seconde, votre livre et les autres analogues où sont présentés les faits merveilleux qui, depuis soixante ans, se sont déroulés sous les yeux de notre génération. On ne trouve rien d'approchant depuis l'âge apostolique. C'est notre siècle qui aura été la période la plus féconde en manifestations surnaturelles que l'Histoire ait enregistrées jusqu'à nos jours.

J'écrivais naguère à Monsieur Bellouart, curé de Saint-Hilaire de Niort, auteur des « Leçons de Lourdes », que jusqu'à présent j'avais coutume de recommander comme la plus triomphante réfutation des folies immanentistes le beau livre de l'abbé Bertrin, et que désormais j'y ajouterais le sien. Mais il me faudra maintenant y ajouter aussi le vôtre, mon Révérend Père.

Oui, vous avez fait une bonne, grande et belle œuvre; Je ne la connaissais pas le jour où j'ai pris possession du protectorat dont vous avez voulu m'honorer; je le regrette, car j'aurais parlé de la Salette autrement certes que je ne l'ai fait. Veuillez dire à votre très révérend Père Général combien mes sympathies pour la Congrégation se sont accrues depuis que je la considère comme l'héritière des petits voyants à qui la céleste Dame disait : « Eh bien! mes enfants, vous le ferez passer à tout mon peuple ». Si je puis jamais quelque chose pour elle, ce sera, je vous assure, du meilleur de mon cœur.

Veuillez agréer, mon Révérend Père, avec mes plus vifs remerciements, l'hommage du religieux respect avec lequel je suis

Votre très humble et très dévoué serviteur in Domino.

LOUIS, Card. BILLOT, S. J.

APPROBATION DE Mgr PÉCHENARD

ÉVÊQUE DE SOISSONS,

Ex-Recteur de l'Institut catholique de Paris.

ÉVÊCHÉ
DE
SOISSONS

Soissons, le 11 Avril 1912.

MON RÉVÉREND PÈRE,

J'ai reçu le beau volume que vous m'avez adressé, renfermant l'histoire complète de l'apparition de la T. S. Vierge à la Salette, et j'en ai fait une lecture très attentive.

Tout d'abord, je tiens à vous remercier cordialement de ce gracieux hommage, et c'est pour moi une grande joie de penser que c'est un prêtre de mon diocèse qui s'est fait l'historien de ce Fait merveilleux entre tous de l'apparition de Notre-Dame à la Salette.

Ensuite, j'ajoute que la lecture de votre livre m'a laissé sous la plus douce et la plus fortifiante impression, et que, tout spontanément, le livre une fois fermé, je me suis écrié, comme le saint Curé d'Ars, après ses doutes angoissants : *Credo*, je crois! C'est l'impression que produira votre travail sur tous ceux qui le liront.

Autant le fond en est solide et convaincant, autant la forme en est agréable et entraînante, et l'on n'éprouve, en vous lisant, aucune fatigue, tant les choses se déroulent et se suivent naturellement.

Je souhaite à cet ouvrage, le plus complet sans doute qui ait paru sur ce sujet, tout le succès dont il est digne.

Puisque vous êtes mon diocésain, laissez-moi user un peu de mes droits sur vous, en me recommandant, par vous, à Notre-Dame de la Salette que j'ai eu la joie d'aller visiter moi-même une fois sur sa montagne, et en vous demandant de prier souvent, à ses pieds, pour le diocèse dont vous êtes le fils et dont je suis l'indigne évêque.

† PIERRE-LOUIS,

Év. de Soissons.

APPROBATION DE Mgr FODÉRE

ÉVÊQUE DE SAINT-JEAN DE MAURIENNE

ÉVÊCHÉ
DE
MAURIENNE

Saint-Jean de Maurienne, le 15 avril 1912.

MON RÉVÉREND PÈRE,

J'ai lu avec le plus vif intérêt l'« HISTOIRE DE L'APPARITION DE LA MÈRE DE DIEU SUR LA MONTAGNE DE LA SALETTE » que vous venez de publier.

Vous l'avez écrite avec un cœur apostolique et votre plume a parfaitement dégagé les grandes leçons contenues dans les paroles que la Sainte Vierge a fait entendre sur cette Montagne bénie.

Si, en effet, immenses sont les maux qui affligent la société, si les désastres dont nous sommes les témoins sont si grands que la sagesse humaine est dans l'impossibilité de les réparer, ne faut-il pas en attribuer aussi la cause à l'oubli des avertissements de notre bonne Mère?

Et, au milieu de nos malheurs, qui ne voit, d'autre part, que c'est à la Vierge Marie que le monde entier, et la France spécialement, sont redevables de tant de grâces et de faveurs reçues? N'est-elle pas prodigue de bienfaits célestes dans les sanctuaires qui lui sont consacrés, et particulièrement où cette auguste Reine des anges et des hommes a daigné faire de solennelles apparitions?

Je vous félicite, mon Révérend Père, de votre travail et de tout cœur je le bénis. Il ne manquera pas de produire les plus heureux effets dans ceux qui auront l'avantage de le lire.

Veuillez agréer l'assurance de mes sentiments bien respectueux.

† ADRIEN, *Évêque de Maurienne*

AVANT-PROPOS

U cours de l'année 1901, un puissant monarque, venu des rives de la Néva, fit à la France l'honneur de la visiter. Ce fut alors, pendant plusieurs semaines, de Dunkerque à Marseille, de Chambéry à Bordeaux, une fièvre d'agitation, un délire d'enthousiasme. Les mille colonnes de la presse n'étaient plus remplies que des programmes détaillés de la réception officielle; la venue du tsar, tel était l'unique sujet de toutes les conversations.

A cette occasion, les premières autorités de la nation se transportèrent à la rencontre de Nicolas II, afin de lui rendre leurs devoirs; des extrémités de la France et même du fond des colonies, des troupes furent mandées, soit pour garder les voies ferrées qu'il devait suivre, soit pour défiler sous ses yeux dans les plaines de Bétheny. Les trains de plaisir, multipliés pour la circonstance, ne suffisaient pas à diriger, vers l'antique cité de Reims, les foules accourues de tous les points du territoire, avides de contempler et d'acclamer l'impérial visiteur.

Cette animation, cet enivrement de tout un peuple s'explique à merveille par ce fait que l'hôte illustre que nous recevions était un allié, sur l'appui duquel nous pourrions compter, le jour où des puissances ennemies nous déclareraient la guerre.

Il y a un peu plus d'un demi-siècle, une Visiteuse incomparablement plus glorieuse honora le monde de sa venue. Celle qui est à la fois la plus puissante des souveraines et la plus tendre des mères, descendue des sommets des Cieux, apparaissait sur une montagne des Alpes. En même temps qu'une éblouissante auréole et un royal diadème attestaient sa grandeur, une ineffable douceur, des flots de larmes et des paroles d'amour, témoignaient de sa bonté.

Elle aussi venait en alliée. De ses lèvres augustes, elle daigna offrir aux hommes, ses sujets et ses enfants, de s'interposer miséricordieusement entre leurs péchés et la divine Justice, pour leur obtenir la réconciliation et le pardon.

Sans doute que tout l'univers reconnaissant s'est précipité en foule vers le plateau béni qui fut le théâtre d'un si heureux événement, pour protester de sa reconnaissance et de son dévoûment à cette incomparable Reine du Ciel et de la terre, accueillir avec empressement sa médiation maternelle et souscrire de grand cœur à ses propositions d'alliance.

Hélas! si un grand nombre de personnes ont agi de cette façon, d'autres, et ces dernières sont légion, n'ont tenu nul compte de ce grand événement surnaturel du XIXe siècle. A l'exception des habitants du Dauphiné et des contrées voisines, la plupart des chrétiens, à notre époque, ignorent même le nom de la Salette, et combien, parmi ceux qui ont entendu parler de l'Apparition, n'en possèdent qu'une connaissance imparfaite et erronée!

Or, il faut bien croire que Dieu, souverainement sage dans tous ses desseins, ne fait rien d'inutile, et que, par conséquent, Il n'a pu vouloir un si grand miracle de puissance et de miséricorde, sans désirer en même temps voir les hommes en profiter. Mais, pour qu'ils puissent en profiter, il est nécessaire qu'ils en aient une notion claire et exacte. D'ailleurs, les paroles expresses de la Sainte Vierge, deux fois adressées à ses petits voyants en forme d'adieu, au moment de les quitter, nous montrent combien Elle a Elle-même à cœur que sa visite soit connue, non pas seulement du petit nombre, mais de la grande foule : « Eh bien! mes enfants, leur dit-Elle, vous le ferez passer à *tout* mon peuple! » D'où il suit que, tant que *tout le peuple* de Marie n'est pas encore instruit de ce fait merveilleux, le doux devoir de le publier incombe aux fidèles serviteurs de cette bonne Mère, et plus particulièrement à ceux d'entre eux que leur titre de *Missionnaires de la Salette* rend les héritiers directs de la mission confiée jadis à Maximin et à Mélanie.

Nous avons donc l'intime conviction de faire une œuvre à la fois agréable au Ciel et utile à la terre en essayant de raconter, nous aussi, après tant d'autres, l'*Histoire* si belle, si touchante et si convaincante de l'*Apparition de la Mère de Dieu* dans les Alpes. Puissent, par là, beaucoup de

ceux qui ignorent ce merveilleux Événement s'en instruire), ceux qui déjà le connaissent s'en pénétrer davantage,
et les uns et les autres s'efforcer de le *faire passer* autour d'eux.

Que nos lecteurs ne s'attendent pas à trouver dans ces
modestes pages de hautes considérations théologiques ni
de savantes dissertations philosophiques : leur donner une
relation simple, mais fidèle et détaillée, de la Visite de
Marie sur la Sainte Montagne ; établir à leurs yeux, par
des preuves décisives, l'authenticité de ce grand Fait ;
enfin, leur indiquer, au moins dans une certaine mesure,
les heureuses conséquences qu'il a produites, tel est l'objet de notre travail. Il comprend donc trois parties :

Première partie : l'**Historique de l'Apparition.**
Deuxième partie : l'**Authenticité** de l'**Apparition.**
Troisième partie : les **Résultats de l'Apparition** (1).

Pour remplir ce cadre, nous avons puisé non seulement
dans les meilleurs des ouvrages qui ont paru jusqu'ici sur
la matière, mais, de plus, dans de précieux documents
inédits : nous voulons parler des manuscrits des frères
Perrin, de M. Lagier, de M. Champon et du Père Bossan.

Des frères Perrin, l'un fut curé de la Salette, de la fin
de Septembre 1846 au mois de Mai 1852, l'autre, son
auxiliaire. Ils ont donc assisté à l'origine et aux premiers progrès du Pèlerinage et du culte de N.-D. de la
Salette. Or, ce qu'ils ont vu de leurs yeux, entendu de
leurs oreilles, touché en quelque sorte de leurs mains,
ils l'ont relaté par écrit. On comprend l'importance d'un
semblable document.

M. Lagier, curé de St-Pierre de Chérennes, aux premiers
bruits de l'Apparition, avait refusé d'y croire. Rappelé en
Février 1847, par la dernière maladie de son père, dans

---

1. Comme on peut le pressentir par cet exposé sommaire,
nous étudions, dans la Sainte Apparition, le fait lui-même. Les
personnes qui désireraient l'approfondir au point de vue des
leçons ou conséquences qui en découlent pour la conduite de
la vie, liront avec joie et profit, *La Pratique de la Dévotion
à N.-D. de la Salette*, par le R. P. Giraud, M. S. Ce livre, comme tous ceux du même auteur, est rempli de lumière et d'onction ; il satisfait à la fois l'esprit et le cœur.

son pays natal, qui était aussi celui des deux voyants de la Salette, il y apportait la ferme résolution de démasquer ce qu'il regardait comme une imposture et d'en confondre les auteurs. Dans ce but, il eut avec les bergers, et dans leur propre patois, qu'il possédait aussi bien qu'eux, de nombreux entretiens, entre autres trois avec la petite fille seule, au Couvent de Corps, qui, au total, ne prirent pas moins de quinze heures.

Le résultat de ces conférences fut tout le contraire de ce que le contradicteur s'en était promis; il y eut bien un vaincu, mais ce fut lui, que les lumineuses réponses de ces petits pâtres amenèrent à la pleine certitude de la réalité de la sainte Apparition. Or, au cours même de ces longues et multiples conversations, M. Lagier écrivait les questions qu'il posait aux enfants et les réponses de ceux-ci. On ne peut refuser à ces *Notes*, rédigées en quelque sorte sous le feu de la bataille et comme sous la dictée des témoins de l'Apparition, quelques mois seulement après l'Evénement, une autorité de tout premier ordre.

M. Champon, mort curé-archiprêtre de Corps, énumère lui-même ainsi ses titres à la confiance : « Comme historien de N.-D. de la Salette, rien ne m'a manqué. En effet, j'étais curé dans une paroisse voisine de la Montagne de l'Apparition, lorsqu'elle eut lieu, et j'y accourus aussitôt. J'ai rafraîchi mes lèvres et mon cœur aux premières eaux de la Fontaine miraculeuse; je me suis agenouillé sur les fleurs et le gazon foulés par la céleste Visiteuse, bien avant qu'ils eussent été foulés par les pieds des pèlerins. Avant qu'on l'eût marqué par des croix, j'ai suivi, non sans émotion, le sentier tracé par la divine Vierge, dans son itinéraire au désert.

» Pendant les premières années, j'ai assisté à toutes les fêtes de la Sainte Montagne, je me suis trouvé au milieu des pèlerins accourus de tous les bouts du monde. J'ai entendu et interrogé les deux bergers nombre de fois; j'étais dans la connaissance intime des personnes qui, les premières, ont participé au fait miraculeux, et dès lors, *je recueillais et notais* ce qui pouvait être utile aux historiens de la Salette. En descendant de la Montagne, je fus établi dans un poste où je pus assister aux premiers développements de la dévotion nouvelle; mêlé avec les chefs des croyants et les chefs des incroyants, j'étais à même de connaître à fond les plans et même les pensées intimes de ces derniers.

» Ensuite la Providence m'a fait, pendant quatre ans, le Maître et le Directeur de Maximin. Fixé dans une cure aux environs de Grenoble, presque sur le chemin de la Salette, je voyais chaque jour d'illustres pèlerins qui venaient visiter et interroger le Berger privilégié. Je devais entretenir de nombreux rapports avec des milliers de personnes différentes qui s'intéressaient au nouveau miracle. C'est l'époque de mon grand travail : *sous la dictée de Maximin, et lui faisant même souvent prendre la plume*, je rédigeais soigneusement mes premières notes, et j'inscrivais les événements de chaque jour, à peu près comme on fait un journal.

» Je ne voulais rien faire sans la bénédiction de l'obéissance; or, mes supérieurs ecclésiastiques, non seulement bénissaient et encourageaient mes efforts, mais encore les secondaient avec une rare bienveillance. Ils mirent à ma disposition toutes les archives de l'Evêché, relatives à la Salette » (1)

Le P. Bossan, mort curé de St-Bonnet de Chavagne, avait été Missionnaire de la Salette de 1856 à 1868. Il a étudié à fond tout ce qui avait quelque rapport avec l'Apparition, a eu entre les mains les *Notes* de M. Lagier, a lu, la plume à la main, plus de 50 livres écrits sur la Salette, a réuni, confronté, classé toutes les relations manuscrites ou imprimées qui ont été faites dès 1846 sur l'Evénement du 19 Septembre. Toutes les pièces se rapportant à ce grand Fait que possédait l'Evêché de Grenoble en 1862, il les a compulsées et les a même copiées en grande partie. Ajoutons enfin qu'il a consulté, soit de vive voix, soit par lettres, toutes les personnes qu'il a crues capables de lui fournir des renseignements de quelque importance. C'est par ces différents moyens que le P. Bossan a réuni une multitude d'informations sûres qu'il a consignées, avec une patience de Bénédictin, dans un monceau de registres et de cahiers.

---

1. CHAMPON. Récits de Maximin. — Ces *Récits* ont été publiés, *mais en partie seulement*, dans les Annales de N.-D. de la Salette, à partir de 1881.

Les pages qui suivent ont paru, depuis neuf ans, sous ce titre : *L'Apparition de Notre-Dame à la Salette*, dans le *Bulletin des Œuvres des Missionnaires de la Salette*, et c'est sur les instances réitérées d'un grand nombre de nos amis, qui ont bien voulu leur reconnaître quelque intérêt, que nous les réunissons aujourd'hui en volume.

Daigne la divine Mère, pour la gloire de laquelle elles ont été écrites, en agréer l'hommage et en bénir l'auteur !

Fait à notre Maison-Mère de Suse, en la fête de l'Assomption de Notre-Dame, 15 août 1911.

L. C., m. S.

PREMIÈRE PARTIE

HISTORIQUE

CHAPITRE I

AVANT L'APPARITION.

Le théâtre de l'Événement.

C'EST en France, au diocèse de Grenoble, sur une montagne de la paroisse de la Salette, que se passa le merveilleux événement que nous prenons à tâche de raconter.

Pourquoi plut-il à DIEU d'honorer, par la visite de sa Mère, ce coin de terre de préférence à tout autre endroit de l'univers? Il n'appartient à l'homme que d'adorer la conduite toujours infiniment sage, quoique souvent mystérieuse, de la Providence; toutefois, pour peu que nous réfléchissions à ce choix particulier sans prétendre en scruter témérairement les motifs, nous y trouvons un à-propos parfait, de touchantes harmonies, des convenances admirables.

De fait, la *France* fut dans le passé, entre toutes les nations, le peuple privilégié de la Très-Sainte Vierge, selon le célèbre adage de nos anciens chroniqueurs : « Regnum Galliæ, regnum Mariæ; » dans le présent, si, d'une part, plus qu'aucun autre pays, elle mérite les reproches de la divine Mère, fait couler ses larmes et appesantit le bras de son Fils, d'autre part, plus aussi que nulle autre puissance, elle demeure, par ses centaines d'apôtres et de religieux disséminés sur les plages les plus lointaines, le missionnaire du Christ par excellence; dans l'avenir enfin, qu'elle se convertisse, et ses qualités natives de noblesse magnanime et d'ardeur chevaleresque, avivées et développées par l'esprit chrétien, lui permettront de redevenir, comme aux siècles

de ses plus pures gloires, le soldat de Dieu dans le monde :
« Gesta Dei per Francos. »

Le *diocèse de Grenoble* se distingue parmi les plus dévoués
de la France au culte de Marie; sur les divers points de sa
vaste étendue, il offre soit une chapelle, soit un lieu de
pèlerinage dédiés à la Mère de Dieu, et il compte quatre-
vingt-quinze de ses églises paroissiales placées sous le vocable de l'un ou l'autre de ses touchants mystères.

Quant à la *Montagne de la Salette*, on trouverait difﬁci-
lement dans tout le département de l'Isère, si riche pourtant en paysages magniﬁques, un autre site qui réunisse
comme elle : assez de grandiose beauté pour servir de piédestal à la Reine des Cieux, assez de sauvage horreur pour
inspirer la pénitence, assez de solitude profonde et d'absolu
silence pour provoquer l'oubli de la terre et la pensée du
Ciel.

On ne peut arriver à cette portion des Alpes dauphi-
noises, sans être préparé à la grandeur du spectacle qu'elle
présente par une série de points de vue des plus intéressants.
Au voyageur qui vient de Lyon, les Alpes commencent à se
révéler dans leurs charmes séduisants aux approches de la
ville de Voiron, que sa situation au bas de la montagne que
couronne Notre-Dame de Vouise, fait ressembler au petit
enfant amoureusement réfugié aux pieds de sa Mère. C'est
bien, en effet, une *révélation* véritable que cette apparition
des grands monts pour l'habitant des pays plats, auquel
nulle description orale ou écrite, nulle photographie ou
peinture, n'ont pu en donner une idée exacte. Car, comment
se les représenter dans toute leur saisissante réalité, avant
de les avoir contemplées de ses yeux, ces masses gigantesques de rochers aux pentes tantôt adoucies, verdoyantes
et fertiles, tantôt abruptes, nues et désolées; aux torrents
mugissants et aux cascatelles harmonieuses; à la base puissante et au front altier perdu dans les nuages ou couronné
de neiges éternelles; ici groupées en une longue chaîne de
sommets se pressant, se soutenant, s'appuyant, se portant
mutuellement; là, séparées par des vallées resserrées ou des
plaines immenses parsemées de villages et de villes, cou-
vertes de riches vergers, de plantureux pâturages, de moissons opulentes?

A Grenoble, le coup d'œil est ravissant. Cette cité de plus
de soixante-dix mille âmes, ancienne capitale du Dauphiné,

chef-lieu actuel du département de l'Isère, arrosée par l'Isère et le Drac, sillonnée de tramways le long de ses larges rues que décorent de luxueux magasins et de splendides demeures, .agrémentée de places aux eaux jaillissantes et aux frais ombrages, avec son double cadre de montagnes et de fortifications, tient un rang honorable parmi les plus belles villes de France.

La ligne à voie étroite qui relie Saint-Georges de Commiers à la Mure, réserve au voyageur de nouvelles merveilles; elle n'est longue que de 31 kilomètres, mais combien pittoresque! A son point de départ, le train se lance littéralement à l'assaut de la montagne, zigzague de droite et de gauche, franchit force tunnels, saute d'un versant à l'autre, à l'aide de viaducs effrayants de hardiesse, serpente aux flancs des rochers, suspendu à trois cents mètres au-dessus des eaux grondantes du Drac, que parfois il surplombe et avec lesquelles il semble vouloir lutter de tours et de détours; puis, arrivé au faîte de son ascension, hâte vertigineusement sa course descendante vers son point terminus.

Jusqu'à ce jour, en dépit de beaux plans formés depuis longtemps et qu'on commence à peine à exécuter, il faut, à la Mure, retomber sous le régime des voitures. Si elles sont moins rapides que le chemin de fer, elles offrent au moins cet avantage de permettre à ceux qu'elles transportent d'admirer plus à loisir les pays parcourus : et la vallée encaissée de la Bonne traversée à Pont-Haut, et les contours variés du massif du Beaumont, et l'Obiou géant qui baigne ses pieds dans le Drac.

C'est ainsi que, sans y penser, on avance, et soudain on aperçoit de loin, scintillant sous les feux du soleil, les toits de Corps. Ce bourg, qui possédait, il y a cinquante ans, treize cents habitants, et n'en a plus aujourd'hui que onze cents, fait partie de l'arrondissement de Grenoble, et compte la Salette dans la circonscription cantonale dont il est le chef-lieu. C'est à l'ombre de son clocher que naquirent les Voyants de Notre-Dame, et que repose l'un d'eux depuis 1875.

D'ici, deux chemins conduisent au Lieu béni de l'apparition : le premier, passant par le hameau de St-Julien, plus court que l'autre d'une demi-lieue, et accessible uniquement aux piétons et aux montures, allonge, dans une montée ininterrompue, son étroit ruban de 7 kilomètres;

le second, praticable aux voitures, avant de monter à son tour, se promène agréablement au fond d'une étroite et fraîche vallée qu'étreignent deux montagnes parallèles, et débouche, vers le milieu de son parcours, dans une vallée plus large, qui ressemble par sa configuration à un vaste entonnoir.

C'est là que, au milieu de bouquets d'arbres et de terres labourables, sont disséminés en une douzaine de hameaux les cinq cents habitants dont se compose à l'heure actuelle la paroisse de la Salette, qui sert de frontière au département de l'Isère du côté des Hautes-Alpes. (1)

Après avoir traversé le hameau de l'Eglise, la route incline à gauche, est rejointe par le raccourci des piétons, et ne cesse plus de gravir une pente abrupte, en suivant les capricieuses anfractuosités de la montagne. (2)

Au-dessus du hameau des Ablandins, le dernier que le voyageur rencontre sur sa droite, les champs cultivés ont fait place à de petits bosquets de hêtres et de sapins; puis, à mesure qu'on s'élève, on n'aperçoit plus devant soi que le vert manteau des prairies naturelles, ou la surface lisse des roches que la pluie a lavées.

Au Nord du hameau de l'Eglise, se dresse, en cône régulier, une imposante montagne au sommet arrondi : c'est le *Planeau*. Au-delà du Planeau et le dominant de leur tête, portée dans les airs à 2.200 mètres au-dessus du niveau de la mer, s'élèvent, à l'Est, le *Chamoux*, et à l'Ouest, le *Gargas*, reliés entre eux par un col de moindre hauteur et qui, pour cette raison, s'appelle les *Baisses*. Entre les Baisses et le versant Nord-Est du Planeau, s'étend, à une altitude de dix-huit cents mètres, un petit plateau qui porte le nom de *Sous-les-Baisses*. Le coup d'œil dont on y jouit est incomparable. Si loin qu'on jette les yeux, on n'aperçoit ni villes, ni villages, ni hameaux, rien que des cimes géantes, tantôt prolongées en forme de murailles, tantôt séparées les unes des autres par des abîmes, formant, aux limites extrêmes de l'horizon, comme une immense couronne de majestueux remparts. On a au-dessus de la tête un ciel qui,

---

1. A l'époque de l'apparition, La Salette comptait 700 âmes.

2. En un certain endroit, appelé le *Grippet*, la pente est de 24 centimètres par mètre.

dans les beaux jours, ne le cède pas en pureté à celui de
l'Italie, et sous les pieds et autour de soi, un tapis de verdure

émaillé, pendant les mois d'été, de fleurs variées de couleur
et de parfum, se prolongeant dans un rayon de plusieurs
kilomètres, sans qu'on y puisse rencontrer aucun arbre ou
aucun buisson. Pas d'autre bruit ne vient frapper les oreilles que celui d'une petite source, mêlant agréablement

son doux gazouillis au murmure du ruisseau de la Sézia, au sein d'un vallon profond creusé à la base du Gargas.

Tel est le lieu fortuné que la Reine du Ciel et de la terre a daigné choisir pour le théâtre de son Apparition.

Les témoins du grand Fait.

Le Tout-Puissant se plaît à manifester la force de son bras en réalisant des effets merveilleux à l'aide des plus faibles instruments. L'Évangile eut pour prédicateurs douze bateliers sans science, sans fortune, sans prestige humain d'aucune sorte; l'Apparition de Marie sur une montagne des Alpes aura pour messagers deux enfants humbles entre tous, deux bergers pauvres, infimes et grossiers : Maximin et Mélanie.

Pierre-Maximin (vulgairement Germain ou Mémin) Giraud, né à Corps le 27 août 1835, avait perdu sa mère dès le berceau, et son père, qui exerçait dans la même localité le métier de charron, lui avait donné, en se remariant, une belle-mère, qui traita assez durement, paraît-il, l'enfant de son mari, à ce point que Maximin aurait quelquefois souffert de la faim si l'un de ses petits frères nés du second mariage de Giraud, n'eût partagé avec lui son propre pain (1).

Le charron de Corps, plus assidu au cabaret qu'à l'église, prit fort peu de soin de l'éducation de son fils, dont la vie, jusqu'à onze ans, s'était passée uniquement à jouer avec des camarades, à garder la chèvre ou la brebis paternelle, à ramasser du fumier sur la grand'route de Grenoble à Gap, alors très fréquentée par les rouliers. Comme on se contentait de l'envoyer à la messe, au catéchisme ou en classe, sans l'y accompagner, au lieu de s'y rendre, il s'esquivait le plus souvent pour s'adonner aux amusements de son âge, qu'il aimait avec passion, et faire l'école buissonnière.

Rien d'étonnant si, en suivant cette méthode, Maximin était demeuré d'une ignorance profonde, ne sachant ni lire, ni écrire, ni parler le français, dont pourtant il comprenait quelques mots, pour les avoir entendu prononcer par

---

1. CHAMPON. Récits de Maximin. — On lit le contraire, il est vrai, dans : *Maximin peint par lui-même*, mais ce dernier ouvrage, pour des raisons que nous exposerons plus loin, ne nous inspire qu'une confiance relative.

les voyageurs qui, avant la création des grandes lignes ferrées, traversaient la région en assez grand nombre. Son bagage de connaissances religieuses était également bien mince, car il se bornait au « Notre Père » et au « -Je vous salue, Marie », que son père avait eu beaucoup de peine à lui apprendre en trois ou quatre ans, en même temps qu'il le conduisait avec lui à l'auberge, où il l'asseyait sur une table et le faisait boire et fumer (1). Cet enfant, toutefois, ne manquait pas de facilités naturelles; il possédait, au contraire, une intelligence au dessus de la moyenne, mais son extrême légèreté, sa turbulence et son inconstance, le rendaient incapable d'application. Ajoutons, pour clore la liste de ses défauts, qu'il lui arrivait parfois de jurer après sa brebis ou sa chèvre, quand elles s'écartaient, et de mentir, pour éviter les punitions que lui méritaient souvent ses escapades d'espiègle incorrigible et d'étourdi consommé. Le fond de son caractère était cependant la franchise; aussi ne savait-il dissimuler longtemps; bientôt il confessait ingénument ses torts.

Au reste, le pauvre Maximin n'était pas dénué de toute qualité. Au physique, c'était un enfant d'agréable figure, petit pour son âge, mince, nerveux, leste, agile et perpétuellement remuant; au moral, il se montrait doux, naïf, ouvert, bon et compatissant, généreux et désintéressé, enfin candide et ignorant tout à fait le vice.

Françoise-Mélanie Calvat, dite Mathieu, comptait quatre années de plus que Maximin, étant née aussi à Corps, le 7 novembre 1831. Son père, scieur de long, ne parvenait pas, par son dur travail, à éloigner la misère de son foyer peuplé de nombreux enfants. Aussi la petite fille fut-elle, en son bas âge, employée à mendier jusqu'au moment où, vers sa dixième année, on la loua en qualité de bergère à des maîtres étrangers (2).

Plus ignorante encore que Maximin, elle ne comprenait que le patois de Corps, et savait à peine réciter en français les paroles du « Notre Père », mais sans en saisir le sens (3), n'ayant jamais mis le pied à l'école et presque jamais à l'église. A la voir si frêle et si chétive, jamais

---

1. CHAMPON. Récits de Maximin.

2. *Notes* Lagier. — NORTET : N.-D. de la Salette.

3. Ce détail est de M. l'abbé Arbaud : *Souvenirs intimes d'un pèlerinage à la Salette.*

on ne lui eût donné ses quinze ans. Ses facultés intellectuelles n'étaient pas développées davantage; elle joignait
à une mémoire des plus ingrates une intelligence fort lourde et fort bornée. Autant Maximin était causeur, vif, en-
treprenant, communicatif, autant elle paraissait silencieuse, lente, embarrassée et timide. Ces deux enfants offraient un saisissant contraste, et pourtant ils avaient de
commun un défaut très prononcé : l'insouciance, et une
précieuse qualité : l'innocence du cœur.

Maximin et Mélanie, jusqu'à l'époque de l'Apparition,
étaient restés complètement étrangers l'un à l'autre; ils ne
se connaissaient même pas, bien que tous les deux fussent
de Corps; leur différence considérable d'âge, la position de
leurs chaumières respectives, sises aux extrémités opposées
du bourg, et, par-dessus tout, l'éloignement presque continu
depuis cinq ans de Mélanie, qui ne revenait passer au pays
natal que les plus mauvais jours de l'hiver, tout avait contribué à les tenir séparés. Par suite de quelles circonstances
furent-ils amenés à se trouver ensemble sur la montagne
de la Salette pour y être témoins du grand fait qui nous
occupe ? C'est ce que nous allons indiquer.

Mélanie, nous l'avons dit, était bergère à gages chez les
autres, par le fait de l'extrême indigence de ses parents, qui
trouvaient dans cette situation de leur fille deux avantages :
une bouche de moins à nourrir et un léger bénéfice à percevoir. A ce titre, elle avait séjourné deux ans à Quet-en-
Beaumont, deux ans à Sainte-Luce, petits villages des environs de Corps, et, depuis six mois, elle habitait sur la
commune de la Salette, le hameau des Ablandins, où elle
menait aux champs le troupeau de Baptiste Pra. Ce dernier,
s'il n'avait pas de bien graves accusations à articuler contre
sa bergère, lui reprochait pourtant, du moins avant l'Apparition, d'être quelque peu paresseuse, désobéissante, boudeuse, et surtout extraordinairement insouciante; il lui
arrivait en effet de s'endormir dans l'étable auprès de ses
vaches, au lieu de venir souper à la maison, de garder ses
vêtements tout mouillés par la pluie, sans songer à en prendre d'autres, et elle aurait plus d'une fois passé la nuit à la
belle étoile, si on n'eût pris soin de la faire rentrer (1).

Quant à Maximin, il n'avait jamais quitté la maison de

______

1. Rousselot. La Vérité sur l'Evénement de la Salette.

LA SALETTE : HAMEAU DES ABLANDINS.

son père, lorsqu'un jour de dimanche, un honnête cultivateur du nom de Pierre Selme, domicilié, comme Baptiste Pra, aux Ablandins, vint prier le charron de Corps de lui prêter son petit garçon, pour remplacer un berger tombé malade. Le père Giraud, qui avait sa fierté, ne voulait pas passer aux yeux de ses compatriotes, et surtout devant la famille de sa première femme, pour mettre son enfant en condition; il refusa donc tout net d'accéder à la demande de Selme, allé-guant comme excuses, et le besoin qu'il avait de Maximin pour garder une chèvre dont il venait de faire l'acquisition, et l'étourderie de l'enfant qui, peu de temps auparavant, avait laissé périr une brebis confiée à sa sollicitude. L'a-mi eut réponse à tout : la chèvre pourrait paître en com-pagnie de ses vaches; lui-même aurait l'œil sur son ber-ger improvisé; d'ailleurs, il ne s'agissait que d'un service de quelques jours, et, le dimanche suivant, Maximin serait ramené à la maison paternelle avec une ample provision de beurre et de fromage. (1)

Une cause si habilement plaidée ne pouvait manquer d'ê-tre gagnée; on tomba d'accord sans tarder. Or, le futur ber-ger, dont le sort se décidait ainsi, n'était pas présent en cet instant au logis; son père l'avait envoyé en commission à Saint-Julien, autre hameau de la Salette, à trois kilomètres de Corps, et comme la pluie tombait et que le soir appro-chait, on l'y avait retenu pour la nuit. C'est là que le lende-main lundi, à trois heures du matin, l'ami de son père ve-nait l'éveiller pour l'emmener chez lui.

Aux Ablandins, on fait déjeuner l'enfant à la table de famille, après quoi on délie, pour les lui confier, les qua-tre vaches de l'étable.

Pierre Selme possédait un pré sur le versant méridional du Planeau, à peu de distance du sommet de cette mon-gne; il y conduit sans retard son nouveau berger, en ayant soin, dès qu'ils sont arrivés à destination, de lui faire visiter la *Fontaine-aux-Bêtes*, où il devra, vers le milieu du jour, abreuver son troupeau. On appelait de ce nom une sorte de bassin grossièrement construit par les pâtres avec des pierres, de la terre et du gazon, pour recevoir le peu d'eau qui coulait dans le lit de la Sézia. (2) Tous deux regagnent

---

1. CHAMPON : *Récits de Maximin*. — NORTET : *N.-D. de la Salette*.

2. Manuscrits BOSSAN.

ensuite le pré où l'enfant, avec la chèvre de son père, gardera les vaches de son maître, tandis que Selme fauchera à une soixantaine de mètres plus bas, sans cesser un seul instant d'avoir Maximin sous les yeux, selon la promesse faite au charron Giraud.

A midi, notre berger mène son troupeau boire à l'endroit désigné, puis revient se placer sous la surveillance de Selme.

Il en fut de même le mardi et le mercredi. Le jeudi, Maximin conduisit ses vaches dans un autre endroit, mais n'en fut pas moins constamment tenu en observation par son maître ou sa femme. C'est que son caractère imprévoyant n'était pas fait pour inspirer une absolue confiance. En quittant, le matin après avoir déjeuné, les Ablandins, il se mettait à dévorer à belles dents les provisions qu'on lui avait données à emporter dans son sac pour toute la journée, non toutefois sans en faire une large part, car il avait bon cœur, à *Loulou*, son chien fidèle. Et si on lui demandait ce qu'il mangerait plus tard, il répondait avec une incroyable naïveté : « Mais je n'ai plus faim! »

Le soir de ce même jeudi, il rencontra pour la première fois la petite bergère de Baptiste Pra. (1) Le lendemain vendredi, Maximin retournait au Planeau et y retrouvait Mélanie, qui gardait les quatre vaches de son maître dans le champ que ce dernier possédait à une centaine de mètres à l'ouest de celui de Pierre Selme. Les deux enfants lièrent plus ample connaissance et s'amusèrent ensemble à découper avec leurs couteaux des carrés de gazon (2). Ils se séparèrent au déclin du jour, en se disant : « A demain, à qui sera le premier sur la montagne! »

Ils étaient loin, en parlant ainsi, de se douter de la grande merveille dont le lendemain leur réservait l'ineffable spectacle.

---

1. Ce ne fut pas *la veille* de l'apparition, comme certains auteurs le disent, mais *l'avant-veille*, que les deux bergers se virent pour la première fois. « Il y avait *deux jours* », dit Mélanie. (DES BRULAIS. L'Echo de la Sainte Montagne).

2. NORTET : N.-D. de la Salette. — *Notes* Lagier.

CHAPITRE II

PENDANT L'APPARITION.

La Belle Dame.

SUIVANT leur commun projet, le jour suivant, 19 septembre 1846, dès la première heure, Maximin et Mélanie gravissaient les pentes escarpées du Planeau, à la suite de leurs troupeaux, qu'ils gardèrent toute la matinée dans les champs de leurs maîtres respectifs. Ils durent vraisemblablement, au cours de cette demi-journée, se réunir pour causer et s'amuser.

Quoi qu'il en soit, aux approches de midi, Pierre Selme, qui, lui aussi, se trouvait comme d'habitude à son poste d'observation, entendant sonner l'*Angelus* au clocher de la paroisse, commanda à son berger d'aller faire boire ses vaches. (1)

« — Je vais appeler la petite Mélanie Mathieu, répondit Maximin, et nous irons ensemble. »

De fait, les deux petits Pâtres mènent leurs troupeaux à la *Fontaine-aux-Bêtes*, sur le flanc nord du Planeau. Après que leurs vaches ont bu, ils leur font traverser la Sézia et les laissent paître sur le versant du Gargas, dans la prairie communale. Quant à eux, sans passer le ruisseau, sans même descendre dans le ravin où il coule, ils se rendent, en suivant une petite crête de la montagne, sur les bords d'une seconde fontaine, située à une cinquantaine de pas en amont sur la rive gauche et tout près de la Sézia, et appelée la *Fontaine des hommes*, parce que les bergers s'y venaient désaltérer.

Là, Maximin et Mélanie prennent tranquillement leur repas, composé de pain noir et de mauvais fromage et arrosé d'eau fraîche. Pendant qu'ils mangent, d'autres petits gardeurs de vaches les rejoignent, boivent à la source, causent un instant avec eux et retournent à leurs troupeaux demeurés plus bas. Leur frugal dîner terminé, nos deux pastoureaux enveloppent soigneusement ce qui leur

---

1. *Notes* Lagier. — Manuscrits BOSSAN.

reste de pain, Mélanie dans son sac de bergère, fait de
grosse toile, Maximin dans sa blouse qu'il a quittée, et

LA DAME ASSISE ET PLEURANT.

qui, ce jour-là, lui sert de panetière; puis ils traversent
la Sézia, la descendent sur sa rive droite, et, après avoir
marché une dizaine de pas, atteignent le lit, desséché
pour le moment, d'une troisième fontaine, connue sous
le nom de *petite fontaine*. Cette source ne fluait, en effet,

que par intermittence, à l'époque des grandes pluies ou de la fonte des neiges. En cet endroit, s'élevaient quelques pierres disposées par les pâtres de la montagne en manière de banc rustique; les enfants s'y asseoient, déposant à leurs côtés, l'un sa blouse, l'autre son sac; puis, comme ils se sentent envahis, contrairement à ce qui leur arrivait d'ordinaire, par un invincible besoin de sommeil, ils s'étendent sur le gazon et s'endorment sur-le-champ, Mélanie tout près de la fontaine à sec, et, à deux pas au-dessous d'elle, Maximin, qu'accompagne, un peu plus bas encore, son petit chien, dormant également. (1)

Combien de temps dura leur sommeil? Ils n'ont pu le préciser au juste, il leur parut toutefois qu'il avait été assez long. Ce fut la petite fille qui s'éveilla la première. Tout aussitôt, consciente de sa responsabilité de bergère, dont elle portait le poids depuis plus de quatre ans, elle cherche leurs troupeaux du regard. Ne les apercevant pas du lieu encaissé où elle se trouve, elle interpelle son compagnon, qui dormait toujours, en ces termes :

« — Mémin, viens voir où sont nos vaches! »

Maximin ouvre les yeux à son tour, et tous deux, saisissant leurs bâtons, se hâtent de traverser la Sézia, et de gravir, par le plus court chemin, la petite crête qui leur fait face.

De cette élévation, éloignée d'une trentaine de pas de la source tarie, ils aperçoivent, en se retournant, leurs vaches qui ruminent paisiblement, couchées à la base du Gargas, à environ cinquante mètres au-dessus de l'endroit où ils avaient dormi.

Complètement rassurés alors, ils commencent à redescendre vers la petite fontaine, pour y prendre leurs panetières que, dans leur précipitation alarmée, ils ont oubliées, et, de là, rejoindre ensuite leurs troupeaux.

Mélanie s'avançait la première, non plus en ligne droite, comme à la montée, mais en ligne brisée, en suivant les sentiers tracés. Elle était ainsi parvenue à mi-côte du monticule, quand soudain, jetant les yeux vers la petite fontaine, elle aperçoit sur ses bords un globe lumineux, plus pur, plus brillant, plus étincelant que le soleil, qui cependant, en cette belle journée d'automne, rayonnait dans toute sa splendeur

---

1. NOTES Lagier.

au milieu d'un ciel sans nuages, et incendiait la montagne de l'abondance de ses feux. A ce spectacle si nouveau, la jeune Bergère s'arrête et se retourne pour dire à Maximin, qui la suivait à deux ou trois pas de distance : « Mémin, regarde cette clarté ! — Où est-elle ? » répond le petit garçon, en se hâtant de rejoindre sa compagne et de prendre place à sa gauche. « — Là-bas ! » reprend Mélanie. Et du doigt elle désigne la source tarie.

Alors seulement, le jeune Berger voit à son tour la mystérieuse lumière. Elle scintille avec une telle vivacité d'éclat, que les deux enfants en sont éblouis, et se frottent les yeux pour la mieux contempler. Mais, ô merveille ! le globe lumineux s'entr'ouvre, et laisse apparaître en son centre « une Dame » — ce sont les propres termes des voyants — assise sur les pierres amoncelées dont nous avons parlé, les coudes appuyés sur les genoux, la figure cachée dans les mains, le corps penché en avant, paraissant pleurer, accablée sous le poids d'un profond chagrin, les pieds reposant dans le lit à sec de la *petite fontaine.*

Or, ce 19 septembre 1846 était un *samedi,* donc consacré à la Très-Sainte Vierge ; un jour de *Quatre-Temps,* voué par conséquent à la pénitence et à la tristesse spirituelle ; la veille de Notre-Dame des Sept-Douleurs, comportant les premières vêpres du lendemain, de telle sorte que, au moment précis (environ trois heures du soir) où la *Dame* lumineuse et éplorée se montrait aux deux Bergers des Ablandins, de tous les coins de l'univers catholique, les lèvres sacerdotales et religieuses faisaient monter vers le trône de la Reine du Ciel ces paroles de la sainte liturgie : « A qui vous comparer, à qui vous assimiler, ô Fille de Jérusalem ? Comment imaginer une situation analogue à la vôtre, et où trouver des consolations à la hauteur de votre infortune, ô Vierge, fille de Sion ! Votre douleur est immense comme la mer !... De quelle abondance de larmes est inondé le visage de la Vierge-Mère, et quelle douleur transperce son cœur ! »

La vue d'une lumière si extraordinaire avait bien surpris les petits Bergers, mais sans les effrayer ; au contraire, l'apparition, au sein du globe étincelant, d'une personne, leur cause une véritable terreur, surtout à Mélanie, particulièrement timide et craintive. Aussi, dans son effroi, elle laisse tomber à terre son bâton de bergère qu'elle

tenait à la main et lève les bras au ciel en s'écriant :
« Ah! mon Dieu! » Maximin, bien plus brave, quoique
beaucoup plus jeune, veut rassurer sa compagne. « Garde ton bâton, lui dit-il d'un ton animé, moi je garde le
mien, et lui en donne un bon coup, si elle nous fait quelque chose. »

Et, joignant le geste à la parole, le pauvre enfant bran-
dissait son propre bâton d'un air de menace, dans la direction de la petite fontaine. Alors Mélanie ramassa le sien,
suivant le conseil qui lui en était donné.

Cependant, tandis que, immobilisés par la peur, les Bergers tiennent les yeux fixés sur la *Dame*, celle-ci se lève
de dessus le banc de pierre où elle était assise, ôte de
devant sa figure ses mains qu'elle cache dans ses manches
larges et longues, croise le bras droit sur le bras gauche,
fait un ou deux pas vers ses Voyants en leur disant :
« Avancez, mes enfants, n'ayez point peur, je suis ici
pour vous annoncer une grande nouvelle, » et descend
le long de la Sézia.

A ces simples paroles, qui retentissent à leurs oreilles
avec la délicieuse suavité d'une harmonie céleste, une
transformation complète s'opère dans le cœur de Maximin
et de Mélanie. Instantanément, leur épouvante a disparu pour faire place à une confiance entière, et ils se sentent invinciblement attirés vers Celle qui les a appelés
ses « enfants ». Cédant à cette impression nouvelle, ils
s'élancent vers l'Apparition avec tant d'empressement, qu'ils
l'ont rejointe avant qu'elle ait parcouru, sans s'arrêter,
plus de trois ou quatre mètres, ayant franchi de leur
côté, dans le même temps, une distance trois fois plus
grande et traversé le ruisseau ; avec tant de spontanéité,
qu'ils se placent bien en face d'elle, le petit garçon à sa
gauche, la petite fille à sa droite, et si près, qu'une personne
n'aurait pu passer entre eux et la *Dame*.

Le Discours.

En arrivant aux pieds de la Belle Dame, les Bergers la
voient les envelopper d'un regard d'inexprimable bonté,
qui achève de les captiver, puis baisser modestement les
yeux. Dès lors, Mélanie remarque très bien qu'Elle pleure. Ses larmes ininterrompues et abondantes ne tombent

pas jusqu'à terre, mais, parvenues à peu près à la hauteur des genoux, elles disparaissent sous forme d'étin-

LA DAME CONVERSANT AVEC LES BERGERS.

celles de feu qui vont se fondre dans la clarté environnante. D'une taille élevée et bien proportionnée, Elle se tient immobile, la tête un peu inclinée en avant, suspendue dans l'espace à une vingtaine de centimètres au-dessus du sol, inspirant à la fois l'amour et le respect par l'impression de simplicité et de dignité, d'affabilité et de grandeur, de tendresse maternelle et de royale majesté qui se dégage de tout son être.

Une double auréole l'entoure : l'une, qui lui est adhérente, extraordinairement vive et scintillante, large d'environ cinquante centimètres; l'autre, qui fait suite à la première, plus adoucie, immobile, s'étendant dans un rayon de trois à quatre mètres, de telle sorte qu'elle englobe les voyants eux-mêmes. Quoique moins éclatante, cette seconde auréole l'est cependant assez pour éclipser l'astre du jour, car, pas plus que l'Apparition, les enfants ne projettent d'ombre, bien qu'aucun nuage ne voile alors le soleil, comme nous l'avons déjà noté.

Mais ce qui brille plus encore que ces deux cercles lumineux, c'est la Dame, et, en Elle, son visage. Il jette un tel éclat que Maximin, ébloui, n'en peut, en dépit de tous ses efforts, fixer un seul instant la partie comprise entre les lèvres et le front; Mélanie seulement voit distinctement cette radieuse figure aux traits légèrement allongés, au teint très blanc, aux noirs sourcils, et dont la ravissante beauté n'est altérée, ni par l'immense tristesse qui s'y reflète, ni par les flots de larmes qui l'inondent.

Il n'est pas jusqu'au costume de l'Apparition qui ne soit une fête pour le regard. Sa coiffure, d'une blancheur éclatante, lui couvre le cou, les oreilles, les cheveux et tout le haut de la tête, presque jusqu'au-dessus des yeux. Cette coiffure, à laquelle les enfants, dans leur naïf langage, ont donné le nom de bonnet, est environnée d'un précieux diadème que forment d'éblouissants rayons, et que garnit à sa base une couronne de roses de toutes couleurs, du centre desquelles, comme d'autant de foyers, sortent des jets de lumière.

Sa robe, blanche aussi, apparaît parsemée de points brillants comparables à des perles; elle monte assez haut pour rejoindre le bas de la coiffure, et descend jusqu'sur les pieds, qu'elle cache à demi; elle possède assez d'ampleur pour ne pas trop accentuer les formes du corps, et se trouve recouverte, de la ceinture à un doigt du bord, d'un large tablier, d'un jaune brillant.

Ses épaules sont enveloppées d'un fichu de même couleur que la robe, mais sans perles; il se croise sur la poitrine et va se nouer par derrière; les contours en sont ornés d'abord, d'une guirlande de roses pareilles à celles du diadème, puis, d'un semblant de galon d'or, large de trois doigts, dont le dessin figure assez exactement une suite de chaînons juxtaposés, et non engagés les uns dans les autres.

Sur son cœur repose, suspendue au cou par une chaînette, une croix, longue d'environ vingt-cinq centimètres, au Christ plus resplendissant que le reste du costume, aux croisillons accompagnés des instruments de la Passion, à savoir : celui de droite, des tenailles entr'ouvertes, celui de gauche, du marteau, le tout de l'éclat de l'or le plus pur. Tenailles et marteau ne sont pas fixés à la croix mais en sont distants d'un ou deux centimètres.

Enfin, Elle porte aux pieds des souliers blancs constellés de perles, revêtus de boucles d'or et entourés de roses de même forme et de mêmes nuances que celles du fichu et du diadème, mais de dimensions plus petites.

Tel est l'incomparable spectacle qu'il est donné de contempler aux deux Pâtres des Ablandins, d'après la description qu'ils en ont faite et refaite eux-mêmes des centaines et des milliers de fois à d'innombrables personnes, tout en s'avouant impuissants à rendre complètement le charme infini de la céleste Vision. Maximin, en effet, écrira plus tard : « Lorsque je dois parler de la Belle Dame qui m'est apparue sur la Sainte Montagne, j'éprouve l'embarras que devait éprouver saint Paul en descendant du troisième Ciel. Non, l'œil de l'homme n'a pas vu ce qu'il m'a été donné de voir... Qu'on ne s'étonne donc pas si ce que nous avons appelé bonnet, couronne, fichu, chaîne, roses, tablier, robe, bas, boucles et souliers, en avait à peine la forme. Dans ce beau costume, il n'y avait rien de terrestre; les rayons seuls et de nuances différentes, s'entre-croisant, produisaient un magnifique ensemble que nous avons amoindri et matérialisé... C'était une lumière, mais une lumière bien différente de toutes les autres. » (1)

Cependant la Dame, ouvrant de nouveau la bouche, s'adresse à ses Voyants en ces termes : « Si mon peuple ne veut pas se soumettre, je suis forcée de laisser aller le

______

1. *Ma profession de foi sur l'Apparition de N.-D. de la Salette.*

bras de mon Fils ; il est si lourd et si pesant que je ne puis plus le retenir. »

En entendant ce langage, Maximin s'imagine que Celle qui le leur tient est probablement une pauvre mère que ses enfants ont maltraitée, ou une épouse éplorée dont le mari furieux veut tuer les enfants, et, avec cette générosité qui fait le fond de sa franche nature, il pense à lui dire de ne plus s'affliger et de ne plus pleurer, parce qu'il la défendra et la consolera ; mais il n'ose l'interrompre.

Avec cette idée toute naturelle de la Personne qui se montre à eux, le petit Berger ne songe même pas, en sa présence, à imposer la moindre retenue à sa mobilité et à son sans-gêne habituels ; tantôt il garde son chapeau sur la tête, tantôt il l'ôte pour le faire tourner sur son bâton, ou bien il fait rouler les pierres qui se trouvent à ses pieds.

La *Belle Dame* continue : « Depuis le temps que je souffre pour vous, (1) si je veux que mon Fils ne vous abandonne pas, je suis chargée de Le prier sans cesse, et vous, vous n'en faites pas cas. Vous aurez beau prier, beau faire, jamais vous ne pourrez récompenser la peine que j'ai prise pour vous.

» Je vous ai donné six jours pour travailler ; (2) je me suis réservé le septième, et on ne veut pas me l'accorder ! C'est cela qui appesantit tant le bras de mon Fils.

» Ceux qui conduisent les charrettes ne savent pas jurer sans y mettre le nom de mon Fils. Ce sont les deux choses qui appesantissent tant le bras de mon Fils.

» Si la récolte se gâte, ce n'est qu'à cause de vous. Je vous l'ai fait voir l'année passée par les pommes de terre, vous n'en avez pas fait cas ; au contraire, quand vous en trouviez de gâtées, vous juriez et vous y mettiez le nom de mon Fils. Elles vont continuer à pourrir, et cette année, pour Noël, il n'y en aura plus. »

En entendant dire que les pommes de terre, principale nourriture, à cette époque, des habitants de ces montagnes,

---

1. Ces paroles de la Mère de Dieu, son attitude affligée, les larmes qu'elle répand sont l'expression de la plus sensible et de la plus vive sollicitude dont est rempli pour nous son cœur si tendre et si dévoué, sans toutefois que les célestes délices qui l'inondent en soient altérées.

2. Il faut sous-entendre : « *Le Seigneur a dit...* » Notre-Dame parle ici au nom de Dieu qui l'envoie, comme jadis faisaient parfois les Prophètes.

et surtout de ses parents, se gâteraient, Maximin, affligé, s'écrie : « Oh! que non, Madame, les pommes de terre ne manqueront pas toutes; on en trouvera bien encore quelques-unes. »

A ces mots : « pommes de terre », Mélanie, qui ne savait que quelques rares expressions françaises, entre autres celle de pomme (fruit du pommier), fait un mouvement vers le petit garçon avec l'intention de lui demander une explication; mais leur mystérieuse Interlocutrice, sans lui en laisser le temps, se hâte d'aller au-devant de sa pensée : « Ah! vous ne comprenez pas le français, mes enfants, dit-Elle; attendez, je vais vous parler autrement » (1).

Aussitôt, reprenant ce qu'elle vient de dire à partir de ces mots : « Si la récolte se gâte..., » Elle le répète dans le patois de Corps et poursuit dans le même idiome : « Si vous avez du blé, il ne faut pas le semer, car tout ce que vous sèmerez, les bêtes vous le mangeront, et ce qui viendra tombera en poussière quand vous le battrez. Il viendra une grande famine, mais avant qu'elle arrive, les petits enfants au-dessous de sept ans prendront un tremblement et mourront dans les bras des personnes qui les tiendront; les grands feront pénitence par la faim. Les raisins pourriront et les noix deviendront mauvaises. »

A cet endroit de son discours, la *Belle Dame*, se tournant un peu vers Maximin, lui confie un secret. Le petit Berger ne trouve pas que son ton de voix ait changé, et cependant, à ses côtés, Mélanie n'entend plus rien, bien qu'elle voie remuer les lèvres de l'Apparition. Vient ensuite le tour de la Bergère de recevoir sa confidence particulière dans les mêmes conditions que son compagnon. Les deux secrets ont été donnés en français (2).

---

1. La Sainte Vierge savait bien, dès le commencement de son discours, que les Bergers ignoraient cette langue, mais elle voulait, en l'employant, se ménager l'occasion de la leur faire parler, sans qu'ils l'eussent apprise, afin de fournir, par là, une preuve de plus de la divinité du fait de l'Apparition.

2. Longtemps Mélanie avait tellement peur de laisser soupçonner quelque chose de son secret, qu'elle n'osait pas même préciser s'il lui avait été donné en français ou en patois. Plus tard, elle finit par dire que c'était en patois, croyant qu'il y avait moins d'inconvénient à déclarer qu'il était en patois qu'à affirmer qu'il était en français. Aussi, quelques relations des

Se faisant de nouveau entendre à tous les deux à la fois, la Dame continue en patois : « S'ils se convertissent, les pierres, les rochers deviendront des monceaux de blé, et les pommes de terre se trouveront ensemencées d'elles-mêmes. » (1)

Puis elle interroge les Bergers :

« Faites-vous bien votre prière, mes enfants?

» — Oh! non, Madame, pas beaucoup, répondent-ils avec une entière franchise.

« — Ah! mes enfants, reprend-Elle, il faut bien la faire soir et matin; quand vous n'aurez pas le temps, dites au moins un *Pater* et un *Ave Maria*, et quand vous le pourrez, dites-en davantage. Il ne va que quelques femmes un peu âgées à la messe, les autres travaillent le dimanche tout l'été, et l'hiver, quand ils ne savent que faire, ils ne vont à la messe que pour se moquer de la religion. Pendant le Carême, ils vont à la boucherie comme des chiens » (2).

Une nouvelle question jaillit alors des lèvres de la douce Visiteuse :

« N'avez-vous pas vu du blé gâté, mes enfants?

Maximin répond aussitôt pour sa compagne et pour lui :

» — Non, Madame, nous n'en avons point vu.

» — Mais toi, mon enfant, insiste-t-Elle, en s'adressant spécialement au petit garçon, tu dois bien en avoir vu une fois près du Coin, avec ton père. (Le *Coin* est un hameau de Corps situé à une lieue environ de ce bourg, dans la direction de La Mure, appelé de ce nom parce que la portion de territoire où il se trouve se termine précisément en *coin*, formant un angle aigu au point de jonction du Drac et du ruisseau qui descend de la Salette.) Le maître

premiers temps portent que les secrets ont été donnés à Maximin en français, et à Mélanie en patois. C'est là une erreur. Ils ont été donnés à tous les deux en français. Quand Mélanie eut enfin compris qu'il n'y avait nul inconvénient à faire connaître dans quelle langue son secret lui avait été communiqué, elle dit que ce fut en français. — (*Manuscrits Bossan. — Mlle Des Brûlais*).

1. Langage figuré pour signifier de grandes faveurs temporelles. Ainsi, Dieu promit-il aux enfants d'Israël une terre où « *couleraient le lait et le miel* ».

2. Cette façon énergique de flétrir le mal se retrouve dans la Sainte Écriture où, par exemple, saint Pierre compare le pécheur retombé dans ses désordres au « *chien revenu à son vomissement* ».

de la pièce dit à ton père : Venez voir mon blé gâté. Vous
y allâtes tous deux. Vous prîtes deux ou trois épis de blé
dans vos mains, vous les froissâtes et tout tomba en poussière. Puis, vous vous en êtes retournés. Quand vous n'é-
tiez plus qu'à une demi-heure de Corps, ton père te donna
un morceau de pain en te disant : Tiens, mon enfant, mange
encore du pain cette année; je ne sais pas qui en mangera
l'année prochaine, si le blé continue à se gâter de la
sorte. »

En face de ces détails, si précis et si minutieux, les souvenirs effacés du volage enfant se ravivent, et, un peu de
réflexion aidant, il lui revient à l'esprit que, en effet, vers
l'époque de la moisson, un jour qu'il avait accompagné son
père, venu au Coin pour y acheter un frêne dont il avait
besoin en sa qualité de charron, les choses s'étaient réellement passées de cette façon. Aussi a-t-il soin de reprendre :

« C'est bien vrai, Madame, je me le rappelle; tout à
l'heure, je ne me le rappelais pas. »

Alors, la *Dame*, comme pour le commencement de l'entretien et la tradition des secrets, usant du français, dit en
cette langue : « Eh bien, mes enfants, vous le ferez passer
à tout mon peuple. »

Elle s'écarte ensuite légèrement sur sa gauche afin d'éviter Maximin, qui, de son côté, pour lui livrer passage, se
recule d'un pas et fait un demi-tour à droite, passe devant
les enfants, traverse le ruisseau en posant le pied sur une
pierre qui émerge au milieu de la Sézia, puis parvenue à
deux ou trois mètres de l'autre côté, elle répète, toujours
en français, sans se retourner ni interrompre sa marche :
« Eh bien, mes enfants, vous le ferez passer à tout mon
peuple. » Ce furent ses dernières paroles (1).

La Disparition.

La glorieuse Visiteuse, maintenant, gravit lentement le
petit tertre sur lequel les Bergers, à leur réveil, étaient
montés pour s'enquérir de leurs vaches disparues.

Trois sentiers, dont deux parallèles, que coupe transver-
salement le troisième, sillonnent cette partie de la montagne
pour aboutir aux trois fontaines que nous avons décrites.

---

1. Différentes Relations, entre autres celle de M. Rousselot :
La Vérité...

La *Dame* va les suivre l'un après l'autre, sur une petite partie de leur étendue, de manière à décrire dans sa marche une ligne brisée formant un S très ouvert. (On a remarqué plus tard, — et nous avons pu constater de nos yeux l'exactitude de ce rapprochement — que le tracé des pas de Notre-Dame, sur la sainte Montagne, représente la configuration très réduite, mais fidèle, de la voie douloureuse que suivit Notre-Seigneur, le Vendredi-Saint, pour se rendre du prétoire de Pilate au Calvaire.)

Cependant, les heureux Bergers, comme en extase, se tiennent toujours immobiles au lieu de la Conversation. Déjà, l'Apparition en est éloignée d'une dizaine de pas quand, revenant pour ainsi dire à eux-mêmes, ils songent à se rapprocher d'Elle.

En un clin d'œil, tous deux, après avoir à leur tour passé le ruisseau, l'ont rejointe vers le milieu de la rampe, mais par des routes différentes : Maximin a suivi ses traces pas à pas, tandis que Mélanie, étant montée en ligne droite pendant que la Dame faisait un circuit, est parvenue à la devancer sur le chemin qu'Elle parcourt.

Dès lors, c'est accompagnée de ses deux voyants que l'Apparition continue son ascension en zigzag. Entre la jeune fille qui la précède d'un pas ou deux, un peu sur sa gauche, et le petit garçon qui la suit à une égale distance, mais sur sa droite, Elle s'avance pleine de gravité et de majesté, le corps droit, sans autre mouvement que celui des pieds, et encore, si léger, qu'Elle semble glisser plutôt que marcher, effleurant à peine, sans la faire fléchir, l'herbe, haute en cet endroit d'une quinzaine de centimètres.

Un peu avant d'avoir atteint le sommet du monticule, Elle s'arrête quelques secondes, puis s'élève à quatre ou cinq pieds du sol. Ainsi suspendue pendant une demi-minute, Elle lève les yeux au ciel, et les abaisse ensuite vers la terre, dans la direction du sud-est, de l'Italie, de Rome.

Mélanie qui, pour mieux la contempler, de la gauche de la Dame est venue se placer bien en face d'Elle, s'aperçoit alors qu'Elle ne pleure plus, bien que son visage soit toujours profondément triste. A cet instant, la radieuse Vision commence à s'effacer, à « se fondre », suivant la pittoresque expression des témoins, graduellement, mais rapidement. Tout d'abord disparaît la tête, puis ce sont les

bras, ensuite les pieds, bientôt il ne reste plus qu'une
grande lumière, et enfin, plus absolument rien. (1)

LA DAME SUR LE POINT DE DISPARAITRE.

Au début de la disparition, la Bergère, qui ne connaissait

1. Après que la Dame se fut effacée dans la lumière, cette
lumière monta quelque peu dans les airs puis disparut aussitôt

les saints que par les chapelles qu'elle leur avait vues élevées à Corps, à Quet, à Sainte-Luce, à la Salette, s'écrie : « C'était peut-être une grande Sainte! »

Maximin de répondre : « Si nous avions su que ce fût une grande Sainte, nous lui aurions bien dit de nous emmener avec Elle!

— Oh! si Elle était encore là! reprend Mélanie. »

A ce moment, les pieds de la Dame restaient seuls visibles. Le petit Pâtre, épris soudain du désir de posséder l'une des belles roses qui les entourent, étend le bras en même temps qu'il fait un bond pour la saisir, mais, dès que sa main arrive à cette hauteur, tout : pieds, roses et clarté, achève de s'évanouir.

Comme les apôtres sur le mont des Oliviers après l'Ascension de leur Maître, les enfants continuent un certain temps de tenir leurs regards en haut dans l'espoir de revoir Celle qui les a conquis par ses charmes ineffables, mais c'est en vain. Elle a disparu pour toujours!!!

L'Apparition avait duré une bonne demi-heure, à en juger par le temps que mirent dans la suite les Bergers à repasser le discours de la glorieuse Messagère; et, cependant, il sembla aux enfants qu'elle avait passé rapide comme l'éclair. C'est que, en effet, subjugués par ce qu'ils voyaient et entendaient, comme transportés dans un autre monde, et nageant dans un océan de délices, hors de là, ils ne disaient rien, ils ne pensaient à rien, regardant et contemplant leur maternelle Interlocutrice. Ses paroles, plus harmonieuses qu'un concert composé de tous les instruments de musique unis aux voix les plus suaves, ne ravissaient pas moins leur cœur que leurs oreilles, et se gravaient, au fur et à mesure qu'elles étaient prononcées, en traits ineffaçables dans leur mémoire, ingrate et rebelle pour tout le reste. C'est ce que Maximin a exprimé par ce mot plein de justesse : « Nous mangions ses paroles » et celui-ci : « après, nous étions bien contents. »

Quant à son Nom, la Personne extraordinaire qui a honoré ces humbles de sa visite ne le leur a pas dit, pas plus qu'eux-mêmes ne le lui ont demandé. Ne sachant ni qui Elle est, ni comment Elle s'appelle, ils la désigne-

---

à 3 ou 4 mètres environ du sol. *Notes* Lagier. — Manuscrits BOSSAN.

ront désormais par une dénomination qui exprime admirablement la beauté majestueuse dont ils ont été frappés en la considérant, ils la nommeront la « Belle Dame ».

Il est à remarquer que, durant toute cette scène qui a donné lieu à différentes allées et venues, et à un dialogue prolongé à haute voix, le chien de Maximin, roquet pourtant très vigilant et extrêmement hargneux, est demeuré au même endroit sans faire aucun mouvement ni pousser le moindre aboiement.

Après la disparition de la Dame, nos Pastoureaux descendent prendre leurs panetières près de la source tarie, et vont chercher leurs vaches sur le Gargas, les font boire de nouveau à la Fontaine-aux-Bêtes, puis les ramènent pour le souper dans les prés de leurs maîtres, sur le flanc méridional du Planeau. Il était environ quatre heures du soir et Pierre Selme ne s'y trouvait plus.

A quelque distance de là, ils aperçoivent les petits bergers qui étaient venus boire à la fontaine des hommes pendant qu'ils y prenaient leur dîner, mais ils ne leur disent rien de ce qu'ils ont vu.

En gardant leurs troupeaux, Maximin et Mélanie se communiquent leurs pensées sur le costume de l'Apparition. Le petit garçon ne trouve rien de comparable en splendeur au CHRIST et à la Croix qu'Elle portait sur sa poitrine; pour la Bergère, le galon d'or qui bordait le fichu était plus beau encore. Tout en causant, Maximin, faisant allusion à cet endroit du Discours où il voyait remuer les lèvres de leur auguste Interlocutrice, sans percevoir aucun son, dit à sa compagne :

« Que te disait-Elle donc quand *Elle ne disait rien* (il voulait dire quand Elle ne se faisait pas entendre de lui, comme si Elle n'eût réellement pas parlé)?

— Elle m'a dit quelque chose, répond la jeune fille, mais je ne veux pas en parler, Elle m'a défendu de le dire.

— Oh! que je suis content, va, Mélanie, reprend le petit Pâtre, Elle m'a aussi confié quelque chose, mais je ne veux pas non plus te le dire. » (1)

C'est ainsi que les Voyants apprirent que tous deux étaient également favorisés d'une communication particu-

---

1. NORTET. N.-D. de la Salette. — Manuscrits BOSSAN.

lière. Toutefois, si l'on considère ce grand événement dans son ensemble, on doit convenir que Mélanie y a joué le plus beau rôle. C'est elle qui s'éveille la première et réveille ensuite Maximin. C'est elle qui monte la première sur le tertre voisin pour chercher à découvrir leurs troupeaux et qui en descend la première. La première toujours, elle aperçoit la clarté mystérieuse qu'elle montre au jeune garçon, elle s'élance dans le ravin, elle arrive aux pieds de la *Belle Dame* qui les a invités à s'avancer sans peur.

Seule, pendant que l'Apparition est assise sur le banc de pierre, la tête entre les mains, sous ses grandes manches repliées sur l'avant-bras, elle découvre d'autres manches plus étroites, entourant le poignet. A elle seule, il est donné de pouvoir contempler, à la vérité rapidement et seulement deux ou trois fois, mais bien distinctement pourtant, tout son visage et les pleurs qui y ruissellent; tandis que Maximin ne peut fixer ses traits du dessus des lèvres au front, et ne se rend compte qu'Elle pleure que par le son de la voix qui, sans rien perdre de son charme mélodieux, dénote cependant des larmes dans Celle qui parle. Seule encore, la petite fille entrevoit un instant les bas de la Dame, au moment où Celle-ci, à la fin de son Discours, ayant traversé la Sézia, s'achemine par un détour vers le haut de la colline. Alors aussi, elle s'élance la première et, seule, devant l'Apparition, la précède dans sa marche et, dès qu'elle s'est arrêtée, jusqu'à ce qu'elle ait complètement disparu, ne cesse de la contempler en face. Enfin, c'est Mélanie qui dit : « C'était peut-être une grande Sainte! » On croit que des deux secrets, le sien est le plus long, et ce sera elle qui, dans le récit de ce Fait merveilleux, entrera dans plus de détails. Quant à Maximin, il se montre intrépide au début de l'apparition, rassurant sa compagne et lui faisant reprendre son bâton que, comme lui, elle a ensuite gardé jusqu'à la fin. Il fait preuve de compassion envers la *Dame*, d'abord, qu'il pense à consoler et à défendre, puis envers les pauvres campagnards, à la nouvelle que les pommes de terre continueraient à se gâter. Il est le premier à recevoir le secret, et le seul interrogé au sujet de l'épisode de la terre du Coin. C'est lui, enfin, qui laisse échapper ce cri du cœur : « Si nous avions su que ce fût une grande Sainte,

nous lui aurions bien dit de nous emmener avec Elle, »
et qui sera le premier à raconter la visite dont ils viennent d'être l'objet.

Quand les petits Bergers se sont fait part de leurs impressions sur la parure de la Dame, ils parlent d'autre
chose et se remettent à s'amuser comme si rien d'extraordinaire ne s'était passé.

CHAPITRE III

PREMIERS ÉCHOS DE LA GRANDE NOUVELLE.

A La Salette.

Au déclin du jour, mais pourtant un peu plus tôt que d'ordinaire, les jeunes Bergers ramenèrent leurs troupeaux aux Ablandins.

En voyant reparaître Maximin, son maître lui demande pourquoi, après avoir fait boire les vaches à midi, il n'est pas venu le rejoindre comme les jours précédents; l'enfant répond que Mélanie et lui ont été retenus par une *Belle Dame* qui leur a parlé. Et, sur-le-champ, il raconte ce qu'ils ont vu et entendu.

Le petit Pâtre se rendit ensuite chez le maître de Mélanie, Baptiste Pra, où il était connu et toujours bien reçu, car sa sœur y avait été en service, et, rencontrant sur le seuil de la maison, la vieille mère de Pra, il lui demande si elle n'a pas vu une *Belle Dame en feu* passer dans les airs.

Cette question insolite pique à bon droit la curiosité de tous; on fait entrer l'enfant, on l'entoure, on le questionne, et, pour la seconde fois, en présence de toute la famille Pra réunie, composée de Baptiste Pra, sa mère, sa femme, ses deux enfants et son frère Jacques, auprès du foyer qui scintille et à la lumière de l'antique lampion suspendu au mur de la cuisine, Maximin fait le récit de la merveilleuse Apparition.

Mélanie, qui n'avait rien dit encore, était en ce moment occupée à traire ses vaches. Madame Pra, la mère, vient la chercher à l'étable pour lui faire raconter sa vision. La jeune fille s'y refuse d'abord en disant : « J'ai vu comme Mémin et puisqu'il vous l'a dit, vous le savez. » Mais, sur de nouvelles instances, elle entre à son tour dans la maison et raconte absolument la même chose que son jeune compagnon, usant seulement de quelques expressions différentes pour rendre un sens identique.

Pendant qu'ils annonçaient la « grande nouvelle », les Bergers semblaient tout transformés, à la complète stupéfaction de leurs auditeurs, qui n'en revenaient pas, d'entendre ces êtres timides, grossiers et ignorants, dépourvus de mémoire et de toute culture intellectuelle, s'ex-

LA SALETTE : HAMEAU CENTRAL ET NOUVELLE ÉGLISE.

primer avec un ton pénétré, un air grave, un accent convaincu, une aisance parfaite, et rapporter non seulement en patois, mais aussi en français (alors qu'ils ne comprenaient pas cette langue), le long et difficile discours de la *Dame*.

Aussi les écoute-t-on avec avidité. La vénérable aïeule en pleure d'attendrissement et est la première à entrevoir la vérité. « Cette *Belle Dame*, s'écrie-t-elle, est certainement la Sainte Vierge ! » Et, s'appuyant sur les paroles suivantes de l'Apparition : « Si mon peuple ne veut pas se soumettre, je suis forcée de laisser aller le bras de mon Fils », elle donne de son sentiment cette raison que ne désavouera pas plus la théologie que le simple bon sens : « Il n'y a qu'Elle au Ciel dont le Fils gouverne. » Puis, s'adressant à Jacques, son plus jeune fils, elle l'interpelle en ces termes : « Tu as entendu ce que la Mère de Dieu a dit à cette enfant; va-t'en encore, après cela, travailler le dimanche !

— Bah ! reprend celui-ci pour s'excuser, je vais croire que cette petite a vu la Sainte Vierge elle qui ne fait pas seulement sa prière ! » (1)

Ce reproche, que Mélanie n'avait que trop mérité par sa conduite passée, ne pourra plus maintenant lui être adressé car, le soir même, se souvenant de la recommandation de la *Dame*, « qu'il faut faire sa prière matin et soir », elle s'attarda longtemps à prier avant de prendre son repas, au point que sa maîtresse lui dit : « Tu en dis bien long ce soir pour *récompenser* les autres jours » (2).

Tous les habitants des Ablandins eurent bientôt appris le grand événement. Baptiste Pra, Pierre Selme et quelques autres, de leurs voisins, en conférèrent ensemble et furent d'avis que les enfants devaient aller au plus tôt en porter la nouvelle à M. le Curé de la Salette.

La paroisse de La Salette avait alors pour pasteur M. l'abbé Jacques Perrin. C'était un prêtre simple, bon, pieux, âgé de soixante-trois ans. Il venait de recevoir sa nomination à un poste situé dans un climat moins dur que celui où il résidait depuis quatorze ans et où sa santé périclitait. En conséquence, il partit quelques jours après l'Apparition pour St-Sixte, sa nouvelle cure, où il mourut au bout de deux ans de séjour, universellement chéri comme un père et vénéré comme un saint. Un matin, il fut trouvé dans la sacristie étendu sans vie sur le prie-Dieu où il s'était agenouillé pour faire son action de grâces après sa messe.

---

1. Nortet. N.-D. de la Salette. — Bertrand. La Salette.
2. Des Brulais. L'Echo de la Sainte-Montagne.

Il devait avoir pour successeur à La Salette, jusqu'à l'institution des Missionnaires, un jeune prêtre du même nom
que lui : M. l'abbé Louis Perrin, précédemment curé du
Monestier d'Ambel au canton de Corps, auquel fut adjoint
l'année suivante, en qualité d'auxiliaire, son frère aîné,
M. l'abbé Jacques Michel Perrin, aumônier de l'hôpital
général de Grenoble. Ces deux derniers joignaient, à une
tendre piété et à un zèle ardent, un jugement solide et un
grand bon sens.

Donc, le dimanche 20 septembre, au matin, Mélanie
prend Maximin au logis de Pierre Selme, et tous deux
se dirigent vers la maison curiale. Pendant qu'ils che-
minent en silence tenant des deux côtés du chemin, ils
rencontrent l'un des gardes-champêtres de la Commune
qui les questionne sur le but et la cause de leur course
matinale. Bientôt renseigné à souhait, celui-ci ne tarde pas
à rapporter la confidence des Bergers au Maire de la
Salette lequel la traite de « bêtise » (1).

Cependant, voici nos deux messagers parvenus à la porte du presbytère; ils demandent à parler à M. le Curé.
La gouvernante de la cure leur répond qu'il est occupé
et ne peut les recevoir. (De fait, le vénérable pasteur préparait en ce moment son prône pour la messe de paroisse.)
Mais, comme ils insistent pour le voir, affirmant qu'ils
ont quelque chose à lui communiquer et qu'ils sont envoyés par leurs maîtres précisément dans ce but, la servante finit par les introduire à la cuisine en leur disant
de lui confier à elle-même l'objet de leur visite pour qu'elle
en fasse part à son maître. Les Bergers se mettent alors
à faire à cette personne le récit de l'Apparition. Le bon
curé, de la chambre voisine où il travaillait, les entendant s'exprimer avec animation, prête l'oreille et saisit
une partie de ce qu'ils disent. Quand ils ont fini de parler,
il se montre à eux et leur fait répéter leur narration. Il
s'écrie ensuite, en versant des larmes : « Ah! mes enfants, vous êtes bienheureux, vous avez vu la Sainte
Vierge! » Et il note par écrit les principales circonstances

____

1. Lettre de M. Peytard à Mgr Villecourt : VILLECOURT. Nouveau récit. — Cette rencontre est niée dans *Maximin peint
par lui-même;* mais l'étourdi qui, après quelques semaines, ne
se souvenait plus du blé gâté du Coin, a bien pu oublier aussi au bout de plusieurs mois l'incident du garde-champêtre.

du fait extraordinaire qu'il vient d'apprendre. Leur mission est achevée, les enfants n'ont plus qu'à se retirer : Mélanie reste à La Salette pour y entendre la messe, tandis que Maximin retourne en toute hâte aux Ablandins d'où, après avoir déjeuné, il prendra le chemin de Corps avec Pierre Selme qui, fidèle à la parole donnée, le ramènera à son père avec les provisions convenues. (1)

L'heure du Saint Sacrifice arrivée, le digne curé de La Salette paraît tout ému à l'autel. Au moment d'adresser la parole à son peuple, rempli de la pensée du grand événement dont il vient d'acquérir la connaissance, il oublie que les règles de l'Eglise, et notamment les statuts diocésains défendent de parler publiquement d'apparitions et de miracles nouveaux avant l'examen et l'approbation du Supérieur ecclésiastique, et, laissant de côté le sujet d'instruction qu'il avait préparé, il veut entretenir ses ouailles du prodige que les jeunes Bergers lui ont raconté. Mais son émotion est si profonde que les larmes lui coupent la voix; c'est à peine s'il peut balbutier quelques mots que presque personne ne comprend.

Pendant ce temps, Mélanie se tenait blottie au fond de l'église, derrière tous les assistants, craignant qu'on ne se retournât pour la regarder.

A la sortie de la messe, le Conseil municipal se réunit à la mairie pour délibérer sur les affaires de la commune; mais avant d'ouvrir la séance, le maire de La Salette, M. Peytard, qui, déjà quelque peu mis au courant de la grande nouvelle par la relation de la conversation de son garde avec les petits pâtres, avait à peu près deviné ce qu'avait voulu dire M. le Curé, demande aux conseillers ce qu'ils pensent du prône de leur pasteur. Ils n'y ont rien compris, excepté Jean Moussier, des Ablandins, qui redit à ses collègues le récit que, la veille, il a entendu faire à Maximin; mais personne n'ajoute foi à ces *contes d'enfants*.

Toutefois, le maire demeure préoccupé de cette affaire. Aussi, après les vêpres, se munissant d'une somme de vingt francs, se dirige-t-il vers le hameau des Ablandins distant de sa maison d'environ onze cent cinquante mètres; pour y interroger les Bergers.

---

1. CHAMPON. Récits de Maximin. — Manuscrits BOSSAN.

Ne rencontrant que Mélanie puisque Maximin avait repris dès le matin le chemin de Corps, il commence par lui faire raconter tout au long, sans l'interrompre, la scène de l'apparition. (1) Pendant que la pastourelle parle, il est étonné du mélange de simplicité, de fermeté et d'animation qui se manifeste en cette petite fille, si faible, si timide et si craintive par nature. Il continue néanmoins de la questionner, la tourne, la retourne, s'efforçant, mais sans succès, de la mettre en contradiction avec elle-même.

Il en vient alors à la menacer, prononce les mots de justice, de prison, puis, comme il ne parvient pas à l'intimider, il essaie de promesses. Lui montrant les vingt francs qu'il a apportés, il les lui offre si elle consent à ne plus parler de rien. Mais, Mélanie, dont les parents, pourtant, sont plongés dans une misère noire, n'est pas éblouie par la vue des pièces de cinq francs; elle répond que quand on lui donnerait une maison pleine d'écus pour dire le contraire de ce qu'elle a vu et entendu, elle n'en fera rien, et elle demeure inflexible. M. Peytard, qui était un homme judicieux, réfléchi, perspicace, ayant fait des études et bien supérieur par son instruction au niveau ordinaire des maires de village, est saisi d'étonnement et incline à croire que tout ce qu'affirme cette enfant est vrai. Après l'avoir ainsi examinée, harcelée, tourmentée sans répit pendant trois heures, il retourne chez lui en recommandant à Baptiste Pra de ne pas laisser sa bergère se rendre à Corps auprès de Maximin (afin que ces enfants ne puissent conférer ensemble), jusqu'à ce que lui-même ait interrogé le petit pâtre à son tour.

Le maître de Mélanie, d'abord incrédule au fait de l'Apparition, après avoir assisté à tout l'interrogatoire du maire, frappé lui aussi de la fermeté de l'enfant, ainsi que de ses réponses claires, fortes et convaincantes, et voyant M. Peytard ébranlé, commence à ajouter sérieusement foi pour son propre compte aux dires de sa bergère. Aussi, le maire à peine parti, il va chercher deux de ses voisins :

1. Quand M. Peytard affirme, dans sa lettre du 2 octobre 1847 à Mgr Villecourt, qu'il a mis au secret Maximin aux Ablandins dans la soirée du dimanche 20 septembre 1846, il commet une erreur manifeste. Dès le matin de ce jour, le Berger était revenu à Corps. CHAMPON. Récits de Maximin. — ROUSSELOT. La Vérité... — NOTES Lagier. — Manuscrits BOSSAN, etc.

Histoire de l'Apparition.   4

Pierre Selme, le maître de Maximin, et Jean Moussier. La jeune fille est invitée à recommencer son récit devant cette commission improvisée, et ces bons montagnards, après avoir écrit comme ils peuvent et non sans peine (car ils ne sont pas très instruits) ses paroles sous sa dictée, apposent leurs trois signatures sous ce naïf, mais fidèle et consciencieux travail, auquel ils donnent ce titre ingénu : *Lettre dictée par la Sainte Vierge à deux enfants sur la Montagne de la Salette-Fallavaux*. Ce fut la première rédaction de l'Apparition.

Il y avait de six à sept heures que Mélanie, pour sa séance de début, était sur la sellette.

A Corps.

Tandis que ces événements se déroulaient à la Salette, que se passait-il à Corps ?

Maximin, accompagné de sa chèvre et de son chien, y était rentré sous la conduite de son maître au moment où l'on sortait de la grand'Messe. A leur arrivée chez le charron, ils ne trouvent que la maîtresse de la maison ; Giraud, suivant sa triste habitude, était au cabaret. Pierre Selme prévient en deux mots la belle-mère de l'événement arrivé à son jeune berger d'occasion, et court à la recherche de son ami. L'ayant rencontré, attablé avec d'autres buveurs, il lui annonce que son fils avait eu un rare bonheur. Giraud entend *malheur* au lieu de *bonheur* ; une vive inquiétude le saisit aussitôt. Mais quand Selme lui a expliqué sa méprise et qu'il a ajouté que Maximin a vu la Sainte Vierge, le charron, rassuré, se livre à un bruyant accès d'hilarité, aussitôt partagé par toute la société. D'un commun accord, on taxe cette étrange nouvelle de pure invention, puis, sans s'en soucier davantage, on parle d'autre chose.

Cependant le petit Pâtre, qui n'aurait demandé qu'à aller retrouver ses camarades pour reprendre ses jeux habituels interrompus depuis une semaine, doit raconter en détail le fait extraordinaire qui lui est arrivé, d'abord au logis paternel à sa belle-mère, puis dans la maison de sa vieille grand' mère maternelle, où il lui faut sans cesse recommencer son récit afin de contenter les nouveaux auditeurs, qui se succèdent pour l'entendre. A partir de ce moment,

Maximin ne s'appartiendra plus ; il devra redire sans fin
la même chose, pour répondre aux innombrables personnes

qui, avides de connaître l'événement merveilleux dont il
a été le témoin, l'accableront de questions, sans lui laisser
ni trêve ni repos, pas même parfois le temps de manger

ou de dormir. Tel (c'est lui-même qui plus tard emploiera cette ingénieuse et juste comparaison), un enfant assailli par un essaim d'abeilles dont il ne peut se garantir; plus il se débat, plus elles l'enserrent et le piquent; et, s'il s'enfuit, elles s'acharnent à sa poursuite et leurs aiguillons n'en deviennent que plus cuisants.

Quand Giraud rentra du cabaret, il était tard; l'enfant était couché et dormait. Son père le fit lever pour lui demander l'explication de ce qu'avait dit Pierre Selme. Maximin se mit alors à raconter l'Apparition. Il parlait avec animation et aisance; les mots venaient comme d'eux-mêmes se placer sur ses lèvres, sans qu'il dût le moins du monde chercher ou hésiter. Giraud fut grandement étonné de cette facilité extraordinaire et, interrompant le narrateur au milieu de son récit : « Elle est bien habile, s'écria-t-il, la personne qui a pu te mettre si vite tant de choses dans la tête, tandis que moi c'est à peine si je suis parvenu en trois ans, à t'apprendre le *Pater* et l'*Ave Maria!* » Puis, sans vouloir en entendre davantage, il alla se mettre au lit de fort méchante humeur.

Le lendemain, l'atelier du charron est assiégé de curieux qui viennent interroger Maximin. L'enfant répond volontiers à leurs questions, mais le père voit d'un mauvais œil ces visiteurs. Quand les premiers sont partis, il gronde son fils et lui défend de parler encore de l'Apparition. Mais de nouvelles personnes ne tardent pas à se présenter et Maximin leur fait derechef son récit. A peine se sont-elles retirées, que Giraud, donnant libre cours à sa colère, inflige une rude correction au petit garçon, et l'envoie rejoindre sa belle-mère dans l'intérieur de la maison.

Malgré la défense paternelle, le jeune Voyant ne peut se soustraire aux visites dont il est harcelé le reste de la journée et qui continueront les jours suivants. L'une des plus importantes fut celle du maire de La Salette. Etant allé le lundi 21 septembre à sa vigne située au delà de Corps, M. Peytard entra à son retour chez les parents du berger de Pierre Selme, pour lui livrer un assaut en règle, comme il l'avait fait la veille, aux Ablandins, pour Mélanie. Après qu'il a entendu l'enfant lui narrer exactement les mêmes faits que la petite fille : « Maximin, lui dit-il d'un ton sévère, je ne voudrais pas être à ta place! Tu as répandu un conte qui met le trouble dans tous les esprits et qui ne peut qu'entraîner des suites fâcheuses; j'aimerais mieux avoir tué quelqu'un que d'avoir inventé tout ce que tu as dit, d'accord avec Mélanie. — Inventé! répond l'enfant avec vivacité, comment voulez-vous que de pareilles choses s'inventent? Nous n'avons dit que ce que nous avons vu de nos yeux et entendu de nos oreilles. » Et lui aussi se montre également insensible aux promesses d'argent et aux menaces des gendarmes et de la prison, par lesquelles M. Peytard essaie d'obtenir sa rétractation ou son silence. Toutefois, avant de s'avouer définitivement vaincu, le maire de La Salette veut tenter une troisième épreuve; c'est pourquoi, en se retirant, il donne rendez-vous au petit Berger sur la montagne même de La Salette, pour le dimanche suivant.

Pour triompher de la mauvaise volonté de Giraud, on eut recours à la ruse : un ami du charron, Ambroise Pélissier, huissier à Corps, vint demander Maximin de la part de sa femme; Giraud n'osa le refuser et, pendant que l'huissier occupait à dessein son ami à causer et à boire, l'enfant, dans la maison voisine, satisfaisait aux questions que lui posaient de nombreux curieux, parmi lesquels les personnages importants de la localité comme le médecin, le notaire, et autres notabilités qui s'égayaient à ses dépens, l'appelant par moquerie « l'enfant de la Sainte Vierge, le petit Jésus. »

Comme une traînée de poudre, la prodigieuse nouvelle se propage de plus en plus; déjà des pays voisins on accourt aux informations, et, dès le lundi 21, quelques personnes de Corps gravissent en explorateurs la montagne de l'Apparition. Elles constatent, avec une profonde surprise, que la petite fontaine intermittente, qui ne fluait que très rarement et était encore à sec l'avant-veille, quand les Bergers ont vu la Belle Dame tout près de son lit, coule maintenant. Cette découverte fit du bruit et fut, pour un grand nombre, surtout parmi les habitants de la contrée, un motif sérieux d'ajouter foi aux dires des petits Pâtres.

L'un des soirs suivants, dans l'intimité du foyer, le père de Maximin faisait raconter de nouveau à son fils ce qu'il avait vu. Avant que l'enfant eût fini, impatienté de l'entendre s'exprimer avec l'aisance qu'on mettrait à réciter une leçon apprise de mémoire, il voulait encore lui imposer silence, quand Maximin ajoute : « Mais, mon père, la Dame a aussi parlé de vous. — Comment de moi ! et que t'a-t-elle dit ? » s'écrie le charron étonné. Alors le petit Voyant rapporte le passage du discours où l'Apparition, faisant appel à ses souvenirs, lui remit en mémoire qu'il avait vu du blé gâté à la terre du Coin, en compagnie du maître de la pièce et de son père, et que ce dernier, en revenant à Corps, lui avait donné un morceau de pain en disant : « Tiens, mon petit, mange encore du pain cette année ; je ne sais pas qui en mangera l'année prochaine, si le blé continue à se gâter de la sorte ».

Giraud, il est vrai, ne pratiquait pas la religion, mais c'était moins par impiété que par indifférence ; au fond, il avait la foi. Aussi quelle ne fut pas son émotion quand il apprit que la Belle Dame, qui s'était montrée à Maximin, l'avait vu et entendu lui-même dans les champs de Corps et avait rappelé au voyant un fait dont lui, Giraud, se souvenait très bien et dont personne autre que l'enfant, qui avait dû certainement l'oublier, n'avait été témoin ! Mieux disposé désormais, il laissa plus de liberté d'annoncer la grande nouvelle au petit garçon ; il lui permit même d'accompagner le lendemain aux lieux de l'Apparition sa belle-mère, sa bonne grand'mère, une cousine, Mélanie Carnal, enfant de dix à onze ans, qui souffrait des yeux, et quelques autres personnes ; mais il recommanda à sa femme de bien examiner l'endroit, pour s'assurer si un imposteur n'aurait pas pu dissimuler sa présence, afin de tromper les naïfs Bergers.

Au retour de la petite caravane, la belle-mère de Maximin fit à son mari un récit enthousiaste de leur ascension. La montagne, rapporte-t-elle, entièrement dénudée, ne possède de retraite d'aucune sorte ; pas d'arbres ni de buissons derrière lesquels on puisse se cacher ; Mémin leur a expliqué dans le dernier détail la scène dont il a été témoin ; il leur a montré la pierre sur laquelle la belle Dame était assise, l'endroit où elle a parlé, le chemin qu'elle a suivi et le monticule sur lequel elle a disparu. L'enfant a remarqué qu'une fontaine, desséchée le 19 septembre, coule maintenant avec abondance ; tous ont bu de son eau, Mélanie Carnal en a lavé ses yeux et a éprouvé un grand soulagement à ses souffrances. A ce récit, Giraud crut à la réalité de l'Apparition ; il conçut même l'espoir d'obtenir, par le moyen de l'eau de la fontaine, la guérison de l'asthme dont il était atteint depuis plusieurs années. De fait, ayant gravi à son tour la sainte montagne, quelque temps après, il obtint sa guérison. En témoignage de sa reconnaissance pour Celle à laquelle il s'avouait redevable de cette faveur, il accéda enfin à la demande de Maximin qui, depuis longtemps, le suppliait avec importunité de lui confectionner une croix pour la planter sur les lieux de l'Apparition et il se convertit. Il vécut dès lors en bon chrétien et fit quatre ans plus tard une pieuse mort, le 24 février 1849. (1)

La croix de Maximin fut portée par lui-même, aidé de deux camarades et plantée au lieu de l'*Assomption*, le 22 octobre 1846. (2)

Malgré sa croyance à l'Apparition et son changement de vie, pendant plusieurs mois, il arriva encore souvent au charron de Corps de traiter durement et même brutalement le Voyant de la Salette; non pas qu'il fût naturellement méchant pour son fils, mais par suite des railleries et des insultes dont, à son occasion, il devenait parfois l'objet de la part de certains personnages.

M. l'abbé Arbaud en rapporte l'exemple suivant. C'était un soir de l'hiver 1846, Giraud se trouvait assis autour d'une table, avec quelques-uns de ses amis, dans un hôtel de Corps, quand la diligence arriva. Un jeune homme qui en descendait se mit à invectiver violemment l'hôtelière, lui reprochant de servir les voyageurs d'une façon pitoyable, parce qu'elle leur donnait du maigre les jours d'abstinence, de ne plus faire attention à ses meilleures pratiques et d'avoir inventé la comédie de l'Apparition pour attirer du monde dans le pays. L'hôtelière répondit avec vivacité à son interpellateur qu'elle n'était pour rien dans l'affluence qui se produisait à Corps, qu'elle n'avait pas parlé la première du fait de la Salette, et que, au reste, s'il voulait être parfaitement renseigné sur ce point, il pouvait s'adresser au père de Maximin, là présent. Alors, ce malotru s'élance comme un furieux du côté de Giraud, l'apostrophe de la manière la plus outrageante, le traitant d'escroc, de scélérat, de fripon, qui mérite d'être appréhendé

---

1. Nortet. N.-D. de la Salette. — Champon. Récits de Maximin.

2. Nortet. *ibid.* — Bertrand. La Salette.

par les gendarmes, pour avoir fait jouer à son enfant un rôle de mensonge et d'imposture, afin d'exploiter les bourses en abusant de l'ignorance et de la superstition du peuple. Le pauvre homme courbe la tête sous ce torrent d'injures et se met à pleurer de honte et de douleur, regrettant amèrement la funeste publicité d'un récit qu'il avait voulu étouffer à son origine. Enfin, incapable d'en entendre plus long, il sort précipitamment, court droit à sa maison, et là, après avoir attaché Maximin au pied d'une table, il l'accable de coups, l'accusant avec colère d'avoir attiré sur son père les outrages et le déshonneur. Puis il consigne le malheureux enfant pour huit jours dans un réduit obscur, et le condamne à ne se nourrir pendant ce temps que de pain et d'eau. (1)

De son côté, Mélanie ne trouva d'abord auprès des siens ni plus prompte créance, ni meilleur accueil. Elle eut aussi à subir de la part de son père, au sujet de l'Apparition, bien des reproches et bien des persécutions. Mais ni l'un ni l'autre ne furent pour cela infidèles à leur mission ; tous deux continuèrent à faire passer au peuple ce qu'ils avaient vu et entendu. Il semblait que l'Esprit-Saint les eût revêtus de cette force divine qui faisait dire aux Apôtres en face des menaces, des mauvais traitements, de la mort même : « Nous ne pouvons pas nous abstenir de parler. »

Cette constance intrépide, les petits Voyants en donnèrent une preuve de plus dans le nouveau et dernier interrogatoire que leur fit subir, non plus séparément cette fois, mais conjointement, le maire de la Salette, sur les lieux mêmes de l'Apparition, le dimanche 27 septembre, en présence d'un certain nombre de personnes, parmi lesquelles se trouvait le brigadier de la gendarmerie de Corps. M. Peytard déploie dans cette troisième et décisive séance toutes les ressources de sa haute intelligence et de son profond jugement. Il se fait indiquer successivement les endroits précis où les vaches ont bu et où elles se sont couchées ; ceux où les enfants eux-mêmes se trouvaient quand ils ont dîné, dormi, cherché leurs troupeaux, aperçu la grande clarté ; ceux enfin où la Belle Dame s'est assise, a fait son discours, a marché, a disparu. Il demande aux Voyants de prendre les attitudes

1. Arbaud. Souvenirs intimes.

qu'ils avaient, de reproduire les gestes qu'ils ont faits au cours de la grande et belle scène qui s'est déroulée sous leurs yeux ; enfin il veut entendre à nouveau le récit complet de ce qu'ils ont vu et entendu. Ce qui frappe surtout ce magistrat et toute l'assistance, c'est l'exactitude avec laquelle les Bergers désignent l'emplacement où chaque fait particulier s'est accompli, le ton de parfaite conviction avec lequel ils parlent, l'animation extraordinaire qu'ils mettent dans leur débit, le respect religieux avec lequel ils rapportent les paroles de la Belle Dame, leur facilité singulière à s'exprimer, leur prodigieuse fidélité à se rappeler mot pour mot ce qui ne leur a été dit qu'une seule fois, en partie même, dans une langue inconnue, la promptitude et la justesse avec lesquelles ils répondent à toutes les questions, résolvent toutes les objections, évitent tous les pièges. Il suffit de les voir et de les entendre, pour être convaincu que ce qu'ils disent est la vérité. Aussi, après cette troisième et dernière expérience, le maire de la Salette fut-il pleinement et entièrement persuadé que Maximin et Mélanie avaient réellement vu une *Dame,* comme ils l'affirmaient, et reçu de sa bouche les paroles qu'ils répétaient comme tombées de ses lèvres. N'avait-il pas du reste sous les yeux une preuve matérielle que quelque événement extraordinaire s'était produit, dans cette fontaine, jadis intermittente, qui maintenant coulait intarissable, sans qu'il pût expliquer par aucune cause naturelle cette subite transformation ?

A un moment donné, le brigadier, saisissant une corde dont il s'était muni à cette fin, fit mine de vouloir lier Maximin, qu'il appelait menteur, lui déclarant qu'il allait le conduire en prison s'il ne se rétractait sur-le-champ. L'enfant ne fut pas intimidé. Pendant ce temps, a-t-il avoué plus tard, il croyait entendre une voix intérieure qui lui disait : « N'aie pas peur, mon petit, on ne te fera pas de mal. » Ce n'est pas la seule fois qu'on ait menacé les Bergers de la prison et de la mort, mais sans jamais parvenir à les ébranler. (1)

On raconte que, quelque temps après l'Apparition, un gendarme de Corps, en montant à la Salette avec Maximin et d'autres personnes, arrivé à un endroit où le sentier côtoyait le précipice, saisit tout à coup le petit Pâtre, et le

---

1. Nortet. N.-D. de la Salette. — Mlle Des Brulais. L'Echo...

tenant suspendu au-dessus de l'abîme, lui dit avec de gros
jurons et d'un ton courroucé : « Je te laisse tomber si tu
n'avoues pas que tout ce que tu as raconté jusqu'ici n'est
pas vrai. — Non, je ne le dirai pas, répond l'enfant impassible, puisque tout ce que j'ai vu et entendu est vrai. »
Le gendarme, admirant cette intrépidité, se reprocha ensuite d'avoir exposé le Berger à une si forte tentation et
à un si grand danger, car il eût pu lui échapper des mains
se tuer en roulant au fond du précipice (1).

Le résultat de l'enquête si habilement conduite par M.
Peytard, bientôt connu à Corps, y produisit une grande
impression. Beaucoup de personnes commençaient à croire
à l'Apparition, mais d'autres aussi, et c'était encore la
majorité, la niaient et s'en moquaient. Quant au curé
de la paroisse, que faisait-il? Il gardait le silence; moins
pressé de parler que son confrère de la Salette, il attendait, il examinait, il s'instruisait. Corps était gouverné
au spirituel, à cette époque, depuis cinq ans, par l'abbé
Mélin, précédemment vicaire à la cathédrale de Grenoble. L'autorité diocésaine avait reconnu en lui, malgré
sa jeunesse, assez de tact, de sagesse et de science, pour
lui confier les fonctions particulièrement délicates de curé
de cette paroisse, alors que son prédécesseur en gardait
le titre. Mgr Ullathorne a rendu de lui le témoignage suivant : « C'est un homme d'un esprit solide et d'une rare
prudence, et l'on en voit peu qui soient aussi respectés.
Il est providentiel qu'un tel prêtre se soit trouvé près de
ces lieux et avec une autorité pareille, pour surveiller,
dès le commencement, cette affaire de la Salette, modé-
rer le zèle qui se développait, et exercer une surveillance
paternelle sur les enfants. Et, comme il l'a dit lui-même,
dans une lettre rendue publique, « il a toujours été circons-
» pect dans les détails qu'il a donnés sur l'Apparition, soit
» de vive voix, soit par écrit, sans jamais cependant abju-
» rer la vérité ou manquer de courage dans ses convic-
» tions ».

Avant l'Apparition, M. le curé de Corps ne connaissait
Maximin que comme l'un des enfants de sa paroisse, qu'il
avait vu rarement à l'église, plus rarement encore à l'é-
cole et jamais à la cure. La première fois que le jeune
Berger vint au presbytère, ce fut le samedi 26 septem-

---

1. Manuscrits Bossan.

bre, huit jours après l'Apparition. M. Mélin, selon toute vraisemblance, n'ignorait pas le bruit qui se faisait dans sa paroisse au sujet de l'événement du 19, et tandis que tout le monde courait chez Giraud pour voir et entendre l'un des témoins de la merveilleuse vision, le pasteur restait chez lui. Le samedi suivant, au moment où il sonnait sa messe, Angélique, la fille aînée du charron, lui dit que son frère avait vu la Sainte Vierge; M. le curé témoigna alors le désir de voir cet enfant.

Comme, ce jour-là, Mélanie était descendue de la Salette pour visiter ses parents, les deux Bergers se rendirent ensemble à la cure. M. Mélin les entend d'abord séparément, puis il les confronte l'un avec l'autre. Après qu'ils eurent achevé leur récit, il leur demanda : « Est-ce là tout ce que cette Dame vous a dit? — Elle nous a encore dit quelque chose, répondirent-ils, mais nous a défendu d'en parler. » (1)

C'est ainsi que M. Mélin fut amené à découvrir que les Voyants possédaient chacun leur secret, ce dont personne ne s'était encore douté jusque-là. Après avoir recommandé à ses jeunes visiteurs de bien faire leur prière, il les congédia. Maximin rentra chez son père et Mélanie revint aux Ablandins, chez Baptiste Prat, où elle devait rester jusqu'à la fin de novembre.

M. le curé ne laissa pas d'être grandement étonné de ce qu'il venait d'apprendre. Sans se hâter de se prononcer soit pour, soit contre le fait de l'Apparition, n'en pouvant mettre en doute la possibilité, il suspendit son jugement jusqu'à ce que le temps et les circonstances lui aient fourni plus de lumière, mais aussi employa-t-il consciencieusement tous les moyens de s'éclairer. Le maire de la Salette avait fait son enquête; il résolut de faire aussi la sienne. En conséquence, le lundi 28 septembre, accompagné de son sacristain, de Maximin, de Mélanie, qu'il prit en passant aux Ablandins, et de quatre autres personnes, il gravit la montagne de la Salette, non pas en pèlerin, mais en examinateur, pour se rendre compte par lui-même de la disposition des lieux, ainsi que l'avait fait la veille M. Peytard, et s'y faire raconter de nouveau

---

1. CHAMPON. Récits de Maximin. — D'après les Manuscrits BOSSAN, cette entrevue aurait eu lieu le 21 septembre, au lieu du 26.

et expliquer jusque dans leurs moindres circonstances les diverses phases de l'Apparition.

Mais voici que, arrivés sur le sommet déjà fameux, tous les membres du petit groupe, au lieu de se borner à satisfaire leur curiosité, comme pénétrés par une atmosphère de piété et de recueillement, s'agenouillent auprès de la fontaine qui jaillit à cinquante centimètres de l'endroit où la Dame a posé les pieds, et se mettent à réciter le chapelet, les litanies de la Sainte Vierge et plusieurs autres prières. Les réponses claires et précises des enfants, aussi bien que la netteté et la parfaite identité de leurs deux récits, impressionnèrent favorablement M. Mélin. Quand l'heure du retour fut arrivée, chacun voulut emporter un souvenir matériel de cette montagne où on avait passé de si doux instants. Déjà le sacristain s'efforçait de briser avec un caillou la large pierre qui couronnait le petit banc sur lequel la Belle Dame s'était assise, quand M. le curé l'arrêta. Pensant très justement que si, dans la suite, il était prouvé que l'événement est divin, on serait très heureux de posséder cette pierre honorée du contact de la céleste Messagère, il la fit descendre à Corps. Sage précaution à laquelle on doit de conserver au trésor du Pèlerinage un important fragment de cette vénérable et précieuse relique.

M. Mélin fit emporter aussi de l'eau de la fontaine, dans la pensée que, si la Mère de Dieu était réellement apparue, et si la fontaine avait coulé en témoignage de la véracité de ces enfants, Marie voudrait confirmer son ouvrage, et qu'elle saurait attribuer quelque vertu surnaturelle à cette eau. Une occasion immédiate d'en éprouver l'efficacité se présentait. Une pieuse dame de Corps, Mme Aglot, était gravement malade depuis longtemps. M. le curé, à son retour, lui imposa de prendre chaque jour quelques gouttes de l'eau rapportée de la sainte montagne, durant une neuvaine qu'on allait commencer pour elle. Elle obéit, et le neuvième jour, elle était guérie. Cette guérison, après le soulagement que Mélanie Carnal affirmait avoir obtenu en se lavant les yeux à la fontaine, acheva de convaincre M. Mélin de la divinité de l'Apparition. (1)

Mais si tel était son sentiment intime, extérieurement,

----

1. NORTET. N.-D. de la Salette.

il se tint dans les limites de la plus entière réserve. D'ailleurs, son évêque lui donnait l'exemple de la prudence sur ce point.

A l'Évêché de Grenoble.

Le Diocèse de Grenoble avait alors pour évêque Mgr Philibert de Bruillard.

A un esprit vif et pénétrant, à une activité sans égale, à ces manières distinguées qui caractérisaient la haute aristocratie de la Cour des anciens rois de France, ce Prélat joignait une grande bonté de cœur. Sa piété profonde envers la Sainte Vierge lui avait fait solenniser, l'un des premiers parmi l'Episcopat français, la fête de l'Immaculée Conception avec un extraordinaire éclat et ajouter aux Litanies de Lorette cette invocation : « Reine conçue sans péché, priez pour nous. »

Il convenait que le chef du diocèse connût, le plus tôt possible et de première main, les faits extraordinaires qui s'étaient passés à la Salette. M. Mélin à qui, en sa qualité de curé du chef-lieu du canton, incombait particulièrement le soin d'instruire Sa Grandeur, n'eut garde de faillir à ce devoir. Dès le 4 octobre, quinze jours à peine par conséquent après l'événement, et six après sa propre ascension sur la Sainte Montagne, il donnait à son évêque, au milieu d'autres détails, les renseignements suivants :

« Le récit de ces deux enfants a produit un effet extraordinaire dans les environs, même chez les hommes. Je les ai interrogés séparément, et chez moi, et sur les lieux mêmes, où je suis arrivé après quatre heures de marche pénible. Les autorités les ont menacés pour les faire taire; on leur a offert de l'argent pour leur faire dire le contraire de ce qu'ils affirmaient; ni les menaces, ni les promesses n'ont pu faire varier leur langage. Ils disent toujours les mêmes choses et à quiconque veut l'entendre. Je suis allé très lentement dans les informations que j'ai pu prendre; je n'ai rien pu découvrir qui dénote le moins du monde la supercherie ou le mensonge.

» La première idée de toute la contrée a été de faire bâtir un oratoire dans cet endroit. On a cassé par morceaux la pierre sur laquelle cette dame était assise; on a coupé l'herbe où elle a mis les pieds, et l'on conserve avec un religieux respect tous ces débris. Il y a plusieurs autres circonstances et quelques faits qui se rapportent à cette Apparition, mais le papier me manque pour les mentionner ici. Je soumets ces détails à Monseigneur qui ordonnera ce qu'il plaira à Sa Grandeur.

» L'interprétation des fidèles a été tout naturellement que c'était la Bonne Mère qui venait avertir le monde, avant que son Fils ne laisse tomber sur lui ses vengeances. Ma conviction personnelle, d'après tout ce que j'ai pu recueillir de preuves, ne diffère pas de celle des fidèles; et je crois que cet avertissement est une grande faveur du Ciel. Je n'ai pas besoin d'autres prodiges pour croire. Mon désir bien sincère serait que le bon Dieu, dans sa miséricorde, opérât quelque nouvelle merveille pour confirmer la première ».

Trois semaines ne s'étaient pas écoulées, que la nouvelle de l'Apparition, répandue et infidèlement colportée de bouche en bouche, avait donné lieu à des images qui n'étaient que d'affreuses caricatures et à des strophes sur Notre-Dame de la Salette qui fourmillaient d'erreurs. Pour empêcher ces faussetés d'égarer le public, autant que pour répondre à la demande de ceux de ses prêtres, déjà nombreux, qui sollicitaient une direction dans la conduite à tenir relativement à l'Apparition, Mgr de Bruillard adressa, le 9 octobre, à son clergé la criculaire suivante :

« Monsieur le Curé, vous avez sans doute connaissance de faits extraordinaires que l'ont dit avoir eu lieu sur la paroisse de la Salette, près de Corps. Je vous engage à ouvrir les statuts synodaux, que j'ai donnés à mon diocèse en l'année 1829. Voici ce qu'on y lit, page 94 : « Nous » défendons sous peine de suspense encourue *ipso facto* de » déclarer, faire imprimer, ou publier aucun miracle nou- » veau, sous quelque prétexte de notoriété que ce puisse » être; si ce n'est de l'autorité du Saint-Siège ou de la » nôtre, après un examen qui ne pourra être qu'exact et » sévère ».

» Or, nous n'avons point prononcé sur les événements dont il s'agit. La sagesse et le devoir vous prescrivent donc la plus grande réserve et surtout un silence absolu par rapport à cet objet, dans la tribune sacrée.

» Cependant on s'est permis de faire paraître un dessin lithographié, et d'y ajouter des strophes en vers. Je vous annonce, Monsieur le Curé, que cette publication non seulement n'a pas été approuvée par moi, mais qu'elle m'a extrêmement contrarié, et que je l'ai formellement et sévèrement réprouvée. Tenez-vous donc sur vos gardes et donnez l'exemple de la prudente réserve que vous ne manquerez pas de recommander aux autres.

» Recevez, Monsieur le Curé, l'assurance de mon sincère et tendre attachement.

» † PHILIBERT,
» Evêque de Grenoble. »

Ce n'était ni par indifférence, ni par hostilité, ni par incrédulité, que Mgr de Bruillard agissait ainsi, mais par sagesse et par devoir. Avant de se prononcer pour ou contre le fait, il voulait examiner, réfléchir, prier, consulter, laisser aux événements, qui pourraient apporter quelque lumière sur la question, le temps de se produire, afin de donner à son jugement, quand le moment serait venu de le porter, d'autant plus de force et d'autorité qu'il aurait été plus mûrement préparé. En attendant, M. Mélin mettait Sa Grandeur, d'une manière suivie, au courant de tout ce qui se passait à la Salette.

Le 12 octobre, il lui écrit que le grand événement préoccupe tout le monde. L'Apparition a produit dans les environs des effets merveilleux sur les hommes. Ils assistent beaucoup aux offices et cessent de travailler le dimanche.

On constate que déjà un grand nombre de visiteurs gravissent la Montagne, en priant le long du trajet.

A la date du 4 novembre, nouvelle lettre dans laquelle le Curé de Corps dit que l'Apparition prend de jour en jour de la consistance, qu'il est lui-même inondé de lettres et sa cure encombrée de visiteurs. Plus de cinquante personnes y ont logé en trois semaines; il est venu des pèlerins de Gap et des environs; beaucoup de voyageurs, se trouvant de passage à Corps, montent à la Salette. Déjà trois à quatre cents personnes ont interrogé les enfants; plus de deux mille ont visité les lieux de l'Apparition. M. Mélin termine sa lettre par cette phrase : « Oh! que je désire ardemment que ce fait se confirme! il me pèse, il me tourmente, je ne puis pas en douter ».

Le 17 du même mois, le digne archiprêtre répète à Sa

Grandeur qu'il se produit un retour sensible vers les pratiques religieuses; il ajoute que le fait est généralement admis, et que ceux qui n'y croient pas encore ne s'en constituent pas les adversaires. Il lui écrit de nouveau le 2 décembre.

Les précieux documents fournis par M. Mélin n'étaient pas les seuls que possédât Monseigneur. Il avait fait visiter le théâtre de l'Apparition, interroger les enfants, recueillir avec soin tout ce qu'on disait sur la Salette, soit par des prêtres des localités voisines de cette commune, soit par des ecclésiastiques de Grenoble. Il écoutait les récits que faisaient de ce qu'ils avaient vu et entendu les pèlerins, tant de son diocèse que des diocèses étrangers, et recevait de son côté des lettres et des rapports circonstanciés sur cette affaire. Trois mois s'étaient à peine écoulés, et déjà le vénéré Prélat possédait un volumineux dossier sur le Fait de la Salette.

C'est alors que Mgr de Bruillard nomma deux commissions composées, l'une des chanoines de sa cathédrale; l'autre, des professeurs de son grand séminaire. Chacune d'elles devait, sans se concerter avec l'autre, étudier le dossier en question, et donner ensuite par écrit ses propres conclusions.

Les choses se passèrent ainsi et il se trouva que les jugements des deux commissions furent identiques. L'une et l'autre furent d'avis que, pour le moment, il n'y avait lieu ni d'approuver, ni de condamner le Fait de la Salette, mais qu'il fallait attendre des renseignements plus complets et plus décisifs. Voici, au reste, des extraits textuels des deux rapports.

On lit dans celui des chanoines :

« Les membres du Chapitre de l'Eglise cathédrale de Grenoble soussignés sont d'avis qu'il faut s'abstenir de toute décision sur le dit événement. Car, d'un côté, cet événement n'a produit que de bons effets. Les populations environnantes en sont devenues plus ferventes et plus exactes à remplir leurs devoirs religieux. Il serait donc fâcheux d'arrêter cet élan par quelque décision restrictive de toute croyance à cet événement. D'un autre côté, on ne voit pas sur quoi pourrait porter une décision approbative du dit événement, car : 1º jusqu'ici, on n'a que le témoignage des deux enfants... 2º en admettant la véracité de ces deux enfants, l'autorité n'a pas à intervenir. Ces enfants remplissent leur mission et les desseins de Dieu en racontant l'événement, et en rapportant les menaces et les promesses qu'on leur aurait dit de faire connaître. Le Personnage de l'Apparition ne leur aurait pas même dit d'en faire part spécialement à l'autorité et de lui rien demander. L'autorité n'a donc pas à se prononcer sur cet événement tant qu'il ne produira aucun mauvais effet, et quand surtout il n'en produit que de bons. Elle doit laisser libres d'y croire ceux qui y découvrent des preuves suffisantes, et ne pas blâmer ceux qui s'y refusent pour les motifs contraires.

» Si cet événement vient de Dieu, et que Dieu veuille que l'autorité intervienne, il manifestera sa volonté d'une manière plus positive et plus certaine. Alors l'autorité sera toujours à temps de se prononcer. Il n'y a pas nécessité de le faire à présent; il n'y a pas péril dans le retard; c'est prudence d'attendre. Les membres soussignés partagent le même avis au sujet des événements subséquents qu'on allègue en confirmation du fait précédent et principal.

» En foi de quoi, ont signé au présent rapport, à Grenoble, le 15 décembre 1846, en émettant le vœu que Monseigneur fasse faire une enquête juridique pour mieux apprécier les faits :

» BOUVIER, ROUSSELOT, DESMOULINS, BOIS,
» MICHON, HENRY, PETIT, REVOL.. »

D'un autre côté, le rapport des professeurs du grand séminaire contient ces lignes :

« De toutes ces pièces (celles, au nombre de 14, dont se composait le dossier), il ressort clairement que l'Apparition, vraie ou prétendue, a produit une sensation et des effets étonnants sur les lieux et dans les environs, et, ce qui est assez extraordinaire, ces effets se soutiennent, s'augmentent même et s'étendent de plus en plus. Il paraît aussi, d'après les mêmes pièces, que la vue des deux enfants, leur naïveté simple et ferme tout à la fois, font une singulière impression et produisent même une conviction plus ou moins complète, chez tous ceux qui les voient et les interrogent. Plusieurs réponses des enfants semblent aussi très propres à faire croire à quelque chose d'extraordinaire. Ajoutons-y aussi toutes les choses étonnantes qu'on publie comme opérées par l'invocation de Notre-Dame de la Salette, ou par l'eau de la fontaine. Tout cela, en ne considérant que ce côté de la chose, rend très plausible le miracle de l'Apparition et nous disposerait fort à y croire, s'il ne s'agissait que d'un fait ordinaire qu'on peut admettre sans danger et sans conséquence. Mais comme il est question de prononcer ici doctrinalement sur un fait en tant que miraculeux, en face d'une attention générale toute disposée à y croire ou à s'en moquer; que dès lors, la décision de l'autorité doit avoir des conséquences graves, qu'elle se prononce pour ou contre le miracle; il nous semblerait prudent et même nécessaire de ne prendre aucun parti définitif, jusqu'à ce qu'on ait pu acquérir une certitude pleine et entière sur la réalité et la nature du fait en question. Or il nous paraît que, jusqu'à ce jour, rien ne démontre encore d'une manière authentique, inattaquable, ni la vérité, ni la divinité de cette Apparition...

> » ORCEL sup., ROUSSELOT, GAY, RIVAUX,
> » MICHALLET, ALBERTIN. »

Ces conclusions, émanées de théologiens qui considéraient les choses à la lumière des principes et avec tout le calme de la froide raison, Mgr de Bruillard, dont la conduite relativement au Fait de la Salette a toujours été empreinte d'une sagesse consommée, les adopta pleinement. Il n'alla pas plus loin pour le moment; toutefois le travail des deux commissions était un premier pas vers le jugement doctrinal qui ne devait venir que plusieurs années après.

CHAPITRE IV

HEUREUX FRUITS DE L'APPARITION.

Pèlerinages.

Epuis la semaine qui suivit l'Apparition jusqu'en décembre, les pèlerins ne cessèrent de se rendre à la Sainte Montagne, venant non seulement de la Salette et de Corps, mais aussi des environs, des diocèses limitrophes, et de plus loin encore.

Hommes et femmes, vieillards et jeunes gens, bien portants et malades, bravaient à l'envi la rigueur du froid et l'âpreté des chemins. La plupart d'entre eux voulaient voir et entretenir les petits Bergers. Arrivés au plateau béni, tout baignés de sueur, ils buvaient, sans jamais en éprouver le moindre mal, l'eau glacée de la Fontaine jadis intermittente et maintenant intarissable, priaient sans nul respect humain, puis reprenaient, heureux et émerveillés, le chemin de leur demeure.

Ce n'étaient là toutefois que des manifestations individuelles; la paroisse de Corps eut l'honneur d'inaugurer les pèlerinages collectifs. Ebranlée à la voix des deux humbles confidents de la Mère de Dieu, la population de ce bourg était déjà, vers la mi-novembre, revenue à certaines pratiques religieuses. On s'était remis à prier, à fréquenter l'église, et on craignait moins de paraître chrétien. C'est alors que les membres de la Confrérie des *Pénitents* conçurent la pensée de faire en procession l'ascension de la montagne visitée par la Mère de Dieu, et que l'on commençait déjà à appeler la « *Montagne de Notre-Dame, de notre bonne mère* ». D'eux-mêmes, et sans la participation du clergé, que l'ordonnance épiscopale obligeait à une absolue réserve, ils se préparèrent à réaliser leur projet le plus pieusement possible. En conséquence, le dix-sept novembre 1846, accompagnés de beaucoup d'autres personnes de Corps, les Pénitents se dirigèrent vers le lieu de l'Apparition.

C'était un bien touchant spectacle de voir tout ce monde, après avoir traversé et édifié par son bel ordre et son parfait recueillement la paroisse de la Salette, gravir lentement les pentes abruptes du Planeau, en jetant aux échos de la montagne, qui n'avait jamais entendu de pareils accents, d'ardentes prières et de saints cantiques.

Après plusieurs heures de marche très pénible, on atteint enfin le sommet désiré. Sur ce sol vénéré, la foule agenouillée prie longuement et les Pénitents chantent leur office avec une grande dévotion. Elles sont là environ six cents personnes qui s'efforcent de sécher, par leur amour et leur piété, les larmes dont leur céleste Mère a paru inondée sur ces rochers solitaires.

La descente s'effectue dans les mêmes conditions que la montée, et, de retour à Corps, au lieu de se disperser sur-le-champ, le pieux cortège parcourt tout le bourg en continuant ses refrains sacrés, pour ne rompre ses rangs qu'à l'église. Beaucoup d'habitants, en voyant passer les pèlerins devant leurs portes, se glissent parmi eux, touchés par la grâce. Ainsi la procession grossit à mesure qu'elle avance ; il n'y a plus de respect humain, les vieux pécheurs eux-mêmes cèdent à l'entraînement général (1).

C'est là une éloquente prédication pour la paroisse et un sujet d'édification pour tous les environs.

Pas plus que Dieu lui-même, la très Sainte Vierge ne se laisse vaincre en générosité ; aussi, à cette magnifique démonstration de Corps en son honneur, répondit-Elle en rendant l'usage de ses membres à une paralytique de cette localité : Marie Gaillard, épouse de François Laurent, boulanger. La maladie et la guérison de cette femme ont été attestées par le docteur Calvat. De plus, un procès-verbal dressé par M. Mélin et revêtu de sa signature, de celle de la malade, de ses parents et de plus de soixante personnes de la paroisse, mentionne et certifie, comme étant de notoriété publique, les faits suivants :

1° Pendant *sept à huit ans*, Marie Gaillard, par suite de douleurs rhumatismales, est restée percluse de ses membres et a gardé le lit à peu près habituellement ; elle ne pouvait s'y mettre ni en sortir seule.

2° Depuis *vingt-deux ans*, elle ne marchait qu'à l'aide de béquilles qu'on était obligé de lui mettre sous les

______

1. Manuscrits BOSSAN.

bras ; mais elle ne pouvait faire que le tour de la maison, ou aller un peu au soleil pendant les grosses chaleurs.

3° Elle ne pouvait seule, ni se lever de son fauteuil, ni s'y asseoir.

4° Privée de l'usage de ses mains, elle était hors d'état de rendre aucun service dans le ménage.

5° Dès qu'elle connut l'Apparition de la Salette, elle se sentit une grande confiance, et, le 17 novembre, s'étant recommandée aux prières de la Confrérie des Pénitents qui se rendaient en corps à la Montagne, *au moment où ceux-ci chantaient pour la première fois l'office*, elle se lève seule de son fauteuil et sans béquilles ; elle se transporte dans la partie de la maison où travaillait son mari, et lui dit : « Il me semble que je pourrais aller à l'église, appuyée seulement sur le bras de quelqu'un. ». Effectivement, depuis ce moment, elle quitte entièrement les béquilles, va seule à l'église, le 24 novembre, pour se confesser, et, le 25, fête de sainte Catherine, y retourne pour communier au grand étonnement de tout le monde.

6° Dès lors, elle se lève, s'assied, marche, va à l'église, balaie sa maison, lave la vaisselle, coud et travaille toute la journée dans son ménage, non seulement sans secours étranger, mais sans douleur aucune.

7° Elle a été guérie de ses souffrances et de sa faiblesse dans la saison, où, d'ordinaire, elle en éprouvait le redoublement.

8° Les grosseurs qu'elle conserva aux articulations ne la firent plus souffrir, et ne semblaient lui être restées que pour attester de quel horrible état elle avait été délivrée. Aussi se trouva-t-elle heureuse et dit-elle à tout le monde : « Je suis contente, j'ai obtenu tout ce que j'ai demandé » (1).

Marie Gaillard est morte en 1862. Elle a pu, jusqu'à la fin de sa vie, s'occuper des travaux de son ménage, comme elle le fit aussitôt après sa guérison. En reconnaissance, son beau-frère, Joseph Laurent, composa une complainte sur Notre-Dame de la Salette, et écrivit le récit de l'Apparition sous la dictée de Mélanie. Ce fut la première publication sur la Salette, après les gravures condamnées par Mgr de Bruillard.

---

1. ROUSSELOT. La Vérité...

Cette faveur signalée remplit d'admiration et de gratitude envers Notre-Dame de la Salette le bourg où elle s'était accomplie et les lieux circonvoisins. L'élan religieux avait été donné par le pèlerinage du 17 novembre; une nouvelle et plus nombreuse procession en actions de grâces se mit en route le 28 du même mois.

Les paroissiens de Corps ouvrent la marche avec Maximin et Mélanie à leur tête et, dans leurs rangs, François et Joseph Laurent, époux et beau-frère de Marie Gaillard, qui vont remercier la *bonne Notre-Dame;* mais, cette fois, ils ne sont pas seuls; un grand nombre d'habitants des villages environnants : Saint-Jean-des-Vertus, la Salle, Pellafol, Ambel, le Monestier d'Ambel, Aspres, s'unissent à eux et, tous ensemble, forment un superbe défilé de quinze cents personnes. Les prêtres, quoique à regret, n'y paraissent pas; on y voit les Religieuses, et tout le personnel de la gendarmerie de Corps.

Le temps est affreux, la neige tombe en abondance, peu importe! rien n'abat le courage de ces intrépides pèlerins. Tout le long de la route, ils alternent la récitation du chapelet avec les chants pieux. Quand, après avoir marché quatre heures durant, ils sont parvenus au but de leur sainte expédition, pendant que les Pénitents récitent tout leur office, leurs compagnons continuent de prier et de chanter en plein air, sans le moindre abri, de toutes parts exposés au froid qui sévit, à la bise qui souffle, à la neige qui tombe.

Tant de ferveur et d'abnégation ne pouvait manquer de toucher le Cœur de la Mère d'amour. Une femme hydropique du Dévoluy (région des Hautes-Alpes peu éloignée de Corps), que son mari et son fils avaient eu l'héroïque dévouement de porter à bras jusqu'aux lieux de l'Apparition, poussa soudain un cri au bord de la Fontaine, où, agenouillée dans la neige, elle implorait avec foi et confiance la délivrance de son infirmité; c'était une exclamation de joie, elle venait de se sentir guérie. Pour témoigner sa reconnaissance à sa céleste Bienfaitrice, elle ôte sur-le-champ la croix d'or qu'elle portait au cou, et la suspend à la croix de bois que Maximin avait plantée sur le plateau visité par Marie. Le recteur des Pénitents crut bien faire de s'emparer de cet ex-voto, le premier qui ait été offert à Notre-Dame de la Salette, pour le remettre à M. le Curé. Cette action toutefois ne lui porta pas bonheur, car, en descendant de la Montagne, il se cassa une jambe et dut être porté sur le brancard de l'hydropique qui, elle, pouvait maintenant marcher avec une liberté parfaite (1). Personne, depuis lors, n'eut plus l'idée de toucher aux ex-voto.

On rapporte aussi que, le même jour, un père de famille de Corps qui, par impiété, avait empêché, le matin, sa jeune femme de prendre part au pèlerinage, vit l'aînée de ses enfants, une petite fille de trois ans, mourir dans d'atroces souffrances, des suites d'une chute dans une chaudière d'eau bouillante. Le malheureux père reconnut du moins dans cet accident la main de Dieu qui le châtiait, et il se convertit.

Cependant, leur dévotion satisfaite, les pèlerins reprennent le chemin de Corps, toujours chantant et priant. A l'entrée de la paroisse, Marie Gaillard, la miraculée de Notre-Dame, prit la tête du cortège, entre Mélanie et Maximin, et, comme huit jours auparavant, la procession se déroula à travers les rues pour aboutir enfin à l'église. Alors seulement chacun se retire, et les personnes des autres paroisses s'en retournent dans leurs propres villages, en glorifiant Dieu et Notre-Dame de la Salette (2).

Maximin avait sa croix sur les lieux de l'Apparition; Mélanie voulut aussi y avoir la sienne. Elle demandait avec instances à son père de lui en fabriquer une, mais le pauvre Mathieu manquait de bois pour cela. La charité lui ayant enfin fourni la matière première, il put satisfaire le désir de sa fille. La croix existait; il s'agissait maintenant de la porter à destination. Ce transport fut, pour les Pénitents de Corps, l'occasion d'un troisième et dernier pèlerinage en 1846, qui eut lieu le 8 décembre, jour de l'Immaculée Conception.

La croix de Mélanie fut présentée à M. Mélin pour être bénite; mais M. le Curé, eu égard aux ordonnances de Mgr de Grenoble, ne crut pas devoir accéder sur ce point aux vœux de ses paroissiens. Au cours du trajet de Corps à la Salette, les Pénitents renouvelèrent leur tentative auprès de M. le Vicaire, qui était allé dire la messe à la

1. CHAMPON. Récits de Maximin.
2. NORTET. N.-D. de la Salette.

chapelle de Notre-Dame de Gournier, située entre les deux pays ; ce dernier pensa tout concilier en récitant sur la dite croix, non la formule spécialement réservée par le rituel au signe de notre Rédemption, mais simplement la bénédiction *commune*, ainsi appelée parce qu'elle peut être appliquée à toutes sortes d'objets.

Tout heureux d'avoir enfin vu réaliser leur désir, les confrères reprennent le chemin de la Sainte Montagne, chargés de leur précieux fardeau, à travers la neige qui, à certains endroits, leur monte jusqu'à la poitrine. Enfin, à force de vaillance et d'énergie, ils arrivent aux Lieux bénis, où ils plantent l'étendard du salut à l'endroit de la Conversation, et, une fois encore, récitent leur office.

Cette plantation de croix eut pour conséquence inattendue la comparution en justice du père de Mélanie, accusé par M. le Maire de la Salette, d'avoir fait acte de prise de possession d'un terrain communal. Mathieu allégua simplement pour sa défense que, loin d'avoir dépouillé la commune de la Salette, il l'avait au contraire enrichie, en dotant son terrain d'une croix. Il fut acquitté (1).

Conversions.

L'un des successeurs, à Corps, de M. Mélin, M. Champon, trace le tableau suivant de cette région des Alpes avant 1846, au point de vue religieux.

« L'esprit d'insubordination, les blasphèmes, la profanation du dimanche, l'absence de toute mortification, l'oubli de l'abstinence et des jeûnes du carême ; en revanche, un amour effréné des amusements publics et des cabarets : tel était, en deux mots, l'état moral de nos populations. Corps, comme chef-lieu de canton, se distinguait spécialement par tous ces désordres et marchait à la tête des communes environnantes, dans le large chemin du mal et de la perdition. Deux traits vont le peindre :

« Un ecclésiastique ne pouvait traverser le bourg sans être insulté (2). Les sacrements étaient abandonnés au

---

1. NORTET. N.-D. de la Salette. — CHAMPON. Récits de Maximin. — Manuscrits BOSSAN.

2. C'est ce qui arriva notamment à M. l'abbé Mélin, encore vicaire à la cathédrale de Grenoble, et occasionna même sa nomination à la cure de Corps ; le fait est assez piquant pour qu'on nous permette de le raconter. En 1841, à son retour

point que deux hommes seulement faisaient leurs Pâques,
et encore un jour de semaine, et de très grand matin, pour
échapper aux railleries de leurs compatriotes.

» Les bals et les danses étaient publiquement organisés et même présidés par les magistrats du bourg. Il y
avait surtout une époque de l'année vraiment scandaleuse,
celle des fêtes patronales de Corps et de Saint-Jean des
Vertus, paroisse voisine. Pendant quinze jours, ce n'étaient
que danses continuelles. L'affreux incendie qui dévora
Corps en 1822 et occasionna une quête générale dans le
diocèse, ne fut même pas capable d'interrompre de semblables réjouissances, et ce fut au son du violon qu'on
coupa les arbres des forêts pour relever le pays de ses
ruines » (1).

Telles étaient l'étendue et la profondeur du mal quand
la Vierge vint pleurer sur son peuple à la Salette. Les
larmes maternelles ne furent pas répandues vainement;
nous avons pu déjà constater un sensible retour au bien
dans les trois pèlerinages accomplis à la Sainte Montagne par Corps et les environs, en novembre et en décembre 1846, moins de trois mois après l'apparition. L'œuvre
de salut si bien commencée reçut un singulier accroissement d'un fâcheux événement qui se produisit aux approches de Noël de la même année.

Au milieu de la nuit, s'abattit sur Corps un ouragan
épouvantable. Les maisons étaient secouées comme des

---

de Notre-Dame du Laus où il avait fait vœu, s'il guérissait
du mal de gorge dont il était venu implorer la délivrance,
d'accepter, sans observation, le premier poste qui lui serait
offert, ce digne prêtre descendit de voiture sur la place publique de Corps pour aller faire visite à M. le juge de paix
de l'endroit. Il y fut accueilli par les huées et les cris injurieux de la populace. Comme il était d'une haute et forte
taille, et qu'il avait un bâton à la main, il marcha droit sur
les criards qui se dérobèrent heureusement à sa poursuite. Il
revint ensuite à la voiture, accompagné de M. le juge de paix
et du brigadier de gendarmerie. Une foule nombreuse station-
nait sur la place, mais, cette fois, elle fut silencieuse, et presque respectueuse. « Voilà des gens, dit M. Mélin à ses compagnons, auxquels pourrait faire du bien un curé qui n'en
aurait pas peur ». L'aventure parvint aux oreilles de Mgr de
Bruillard. Peu de temps après, l'abbé Mélin acceptait *sans observation*, ainsi qu'il s'y était engagé, la proposition qui lui
était faite par son évêque de venir à Corps en qualité de pro-
curé.

1. CHAMPON. Récits de Maximin.

arbres, et les tuiles tombaient des toits comme des feuilles. En un clin d'œil, les demeures furent désertes; tous les habitants, réunis sur la place publique, poussaient des cris de détresse, et ils ne se crurent en sûreté que lorsqu'ils virent au milieu d'eux Maximin et Mélanie implorant, en faveur du pays, la protection de Celle qui s'était montrée à leurs regards (1).

Dès lors, l'église fut remplie, les confessionnaux furent encombrés, à la messe de minuit, on put compter 500 communions, et, dans ce chiffre si consolant, *les hommes* figuraient pour une moitié.

Cette heureuse transformation s'affirma encore davantage lors du Jubilé accordé par Pie IX à l'occasion de son avènement au Souverain Pontificat, et dont les exercices eurent lieu, à Corps, au temps de Pâques 1847. M. Mélin put, en avril de la même année, rendre à son évêque ce témoignage : que la plus grande bonne volonté s'était montrée en tous pour le Jubilé et pour les Pâques, grâce à un *grand prédicateur et premier confesseur, la Belle Dame.* Elle a accordé tant de faveurs extraordinaires que lui, curé, en est embarrassé pour l'avenir, ne sachant quels moyens prendre pour assurer la persévérance des convertis. Ce qui frappait le plus le pasteur, c'est qu'il remarquait en tous de très bonnes dispositions; plusieurs de ces pauvres vieux pécheurs versaient des larmes en confessant leurs péchés.

Le fait de la conversion de Corps fut relevé, en septembre 1847, par M. l'abbé Arbaud, professeur à Forcalquier et pèlerin, en ces termes : « Ils (les habitants de Corps) étaient endormis dans l'indifférence et l'apathie religieuses; ils avaient perdu le goût des choses saintes; les offices de la paroisse étaient abandonnés, les fêtes et les dimanches profanés par des travaux sacrilèges et publics. Au respect de la Divinité et à la pratique de la prière, avaient succédé le mépris, la dérision du culte et l'usage impie de proférer des blasphèmes. La foi s'était sensiblement affaiblie dans cette triste population absorbée par les intérêts matériels et vouée aux suites désastreuses de l'impiété. Mais voilà que deux enfants racontent un fait merveilleux, étonnant, imprévu; d'abord leurs paroles sont

---

1. Champon. *ibid.*

accueillies avec des marques évidentes de dédain, de raillerie et d'incrédulité; cependant ils persistent dans leurs affirmations avec autant de calme que de ténacité; on les presse, on les tourne de toutes les façons, on les conduit sur la Montagne pour obtenir d'eux des explications catégoriques; on scrute, on raisonne, et, bientôt, les sentiments de doute et de défiance sont bannis. La piété reprend son empire, l'église se remplit de fidèles dont l'esprit et le cœur sont renouvelés, les sacrements sont fréquentés avec un rare empressement, la parole de Dieu trouve un écho puissant, la loi sacrée du dimanche est observée avec une exacte rigueur, les travaux profanateurs et les formules attentatoires à la Majesté divine sont considérés comme des monstruosités. L'impression causée par le récit des jeunes Bergers est si vive, les faits postérieurs qui semblent les confirmer obtiennent tant de crédit, que l'on refuse de se livrer le jour du Seigneur aux travaux rendus en quelque sorte indispensables par la nécessité, travaux que l'Eglise, toujours sage et inspirée, est loin de défendre. Ainsi, les rouliers de Provence, quelque embarras que leur causent leurs lourdes charges, quelque pressés qu'ils soient par le temps et les affaires, ne trouvent plus de renforts; les orages menacent la récolte, on ne veut point la préserver sans un ordre particulier du pasteur; une diligence allant de Grenoble à Gap a besoin d'une réparation urgente à défaut de laquelle le salut des voyageurs est compromis, n'importe! aucun ouvrier ne veut prêter le secours de son industrie avant que la nuit ne soit venue » (1).

Le 18 septembre de la même année, Mlle Des Brulais écrivait : « Hier soir, M. le vicaire prêchait toute la population pressée dans l'église de Corps. Pour la première fois, il put parler en chaire de l'Evénement inouï qui nous réunissait tous; il put aussi féliciter tous les habitants de leur assiduité aux offices, de leur zèle pour la sanctification du dimanche, de leur entier changement en un mot; car il y a un an, le Pasteur de cette paroisse ne pouvait que verser des larmes sur ses brebis égarées. Hier, M. le Curé lui-même me confirmait la vérité de ce changement; il m'a dit en propres termes que, sur toute sa

____

1. ARBAUD. Souvenirs intimes.

paroisse, *trente personnes* à peine avaient négligé cette année le devoir pascal. La population est de 1.500 âmes » (1).

Non seulement Corps, mais toute la région, fut renouvelée à cette époque. « Nous venons, écrit à Mgr de Grenoble M. Mélin en juillet 1847, d'avoir une preuve évidente de l'heureuse influence de l'Apparition dans toute la contrée. Saint-Jean des Vertus, pèlerinage de foi et de miracles, comme semble l'indiquer son nom, était chaque année témoin de désordres et de scandales pour sa fête patronale le 24 juin. Cette année, elle s'est célébrée très religieusement, sans le moindre bruit, et il y avait beaucoup plus de monde de cette paroisse sur la Montagne qu'à Saint-Jean. On y était allé pour se soustraire au désordre et pour prier. Restait la Saint-Pierre, de si triste et si célèbre mémoire, pour la danse, l'ivrognerie, le bruit assourdissant des instruments et le jour et la nuit, et la veille et le lendemain. Cette année, tout s'est passé à l'église, pas un seul coup d'archet n'a été entendu; inutile d'ajouter que pas une personne n'a dansé. »

De son côté, M. l'abbé Perrin, curé de la Salette, dit : « On voyait avec édification la cessation du blasphème et des travaux du Dimanche dans les paroisses voisines de la Salette. On accourait à l'église *même les jours ouvrables* pour entendre la divine parole et recevoir les sacrements...

» Les fidèles étaient comme atterrés sous ce grand coup du Ciel. Les prières étaient ferventes, les confessions sincères et les conversions ou améliorations dans la conduite fréquentes. Les larmes coulaient à chaque instant, j'avais presque toujours ce touchant tableau devant les yeux dans mon petit auditoire paroissial, quand je disais quelques mots des miséricordes de Dieu et des bontés de la Sainte Vierge envers mes bien-aimés habitants de la Salette. Cette première année qui suivit l'Apparition, il n'y eut pas une seule famille de ma paroisse qui n'ait fait célébrer une messe d'action de grâces en l'honneur de la Sainte Vierge. Oh! qu'il faisait bon être curé alors! Ce furent les plus beaux jours de ma vie » (2).

---

1. *L'Echo de la Sainte-Montagne.* — Ce chiffre de 1.500 ne nous paraît pas exact. Corps comptait alors, selon le P. Bossan, 1.300 habitants.

2. Manuscrits inédits et lettre au R. P. Perrin, missionnaire de la Salette.

Des contrées plus lointaines ressentirent également ces salutaires influences. « Ces dispositions heureuses, écrivait, en 1847, Mgr Villecourt, évêque de la Rochelle, se manifestèrent bientôt dans tous les environs de Corps, dans une grande partie du diocèse de Grenoble et des diocèses voisins et même éloignés. L'horrible blasphème du Saint Nom de Dieu ne se fit presque plus entendre. Quelques punitions éclatantes et sensibles des blasphémateurs le rendirent plus rare, même à l'extrémité opposée de la France. Un nombre prodigieux de pécheurs qui, depuis longtemps, vivaient dans l'oubli de Dieu, dans le mépris habituel de ses lois et des lois de l'Eglise, accoururent se jeter au pied des tribunaux sacrés; les larmes amères et abondantes dont ils les inondaient devenaient, pour les ecclésiastiques dépositaires de leurs aveux et de leurs soupirs, la plus heureuse garantie d'une conversion sincère. » *(Nouveau récit)*.

Qui avait produit ces merveilleux résultats? Notre-Dame de la Salette, non par le moyen des prêtres, qui gardaient le silence au sujet de l'Apparition, mais par l'organe des deux petits Bergers qu'accréditaient d'ailleurs, d'une part, le fait de la nouvelle fontaine avec ses guérisons miraculeuses, d'autre part, la réalisation partielle sans doute, mais frappante, des châtiments annoncés sur la Sainte Montagne.

« Permettez-moi, Mesdames, disait en 1849 Mlle des Brulais à des personnes de Corps, de vous demander si vous avez cru au miracle les premiers jours qu'on en a parlé! — Oh! vraiment, non, Mademoiselle, nous avons même été fort incrédules tout d'abord; il faut bien que nous l'avouions, pour rendre hommage à la vérité, bien que nous en soyons honteuses maintenant. Nous avons donc fait, comme bien d'autres, les esprits forts, riant et plaisantant à qui mieux mieux de la simplicité de ceux qui seraient tentés de croire à un pareil rêve raconté par deux petits ignorants. — Comment donc, je vous prie, en êtes-vous venues à croire? — Oh! il nous a bien fallu ouvrir les yeux et voir clair malgré nous; ce fut ma sœur que voici, Mme Aglot, que la sainte Vierge choisit pour confondre notre incrédulité : elle a été la première malade qui ait fait usage ici de l'eau miraculeuse. — Madame fut-elle guérie par l'emploi de cette eau sainte? — Oui, Mademoiselle, grâce à Dieu et à Notre-Dame de la Salette. »

« L'autre jour, (c'est encore Mlle des Brulais qui parle), j'ai dit à la jeune personne qui me sert de guide cette année : — Croyez-vous au miracle de l'Apparition? Elle me regarde d'un air étonné : — Eh! ce n'est pas possible de n'y pas croire, Mademoiselle! — Avez-vous aussi cru dès le premier jour? — Oh! non, Mademoiselle, j'ai fait comme tous les autres, j'ai dit que c'étaient des contes des enfants, ou bien des rêves. — Ah! on disait que c'était un rêve? — Oh! oui, Mademoiselle, bien longtemps on n'a pas voulu croire, mais on y a été pourtant forcé. — Comment, forcé! Et qui a pu vous forcer de croire? — Eh! les miracles, donc! On a vu que beaucoup de personnes étaient guéries, et on a dit : Il faut bien que ce soit vrai! » (1).

Cependant, en même temps que la miséricorde de Dieu se manifestait, sa justice aussi frappait les coups prédits. L'hiver de 1846 fut extraordinairement pénible, surtout pour les pauvres. Dès le commencement, on ne voyait que peu de pommes de terre sur le marché, et, *à Noël* il n'y en avait plus. Le blé fut fort cher. Au mois d'avril 1847, M. Mélin écrivait à Mgr de Bruillard qu'il se vendait encore 37 et 37 fr. 50 l'hectolitre. Les légumes pourrissaient.

Les religieuses de Corps, afin de pouvoir faire plus largement l'aumône, laissèrent le gros son dans leur pain, et M. le Curé, parce que tout le monde, dans la paroisse, faisait forcément maigre, ne voulut pas profiter pour lui-même de la permission du gras accordée par l'autorité diocésaine, en raison de la rareté et de la cherté des vivres. Le pain était si rare que, à son défaut, on se nourrissait d'une espèce de bouillie faite avec du son. On dit même qu'une femme, qui n'avait pas mangé depuis trois jours, faillit mourir pour avoir trop pris à la fois de cette chétive nourriture.

Le printemps venu, on vit les enfants, les femmes et même les hommes, courir dans les champs pour y arracher les herbes nouvelles afin d'en apaiser leur faim (2).

Cette même année, une mortalité exceptionnelle sévit

1. Mlle DES BRULAIS. L'Echo de la Sainte-Montagne.
2. CHAMPON. Récits de Maximin.

parmi les populations de Corps et des environs; M. Mélin écrit à Mgr de Grenoble, le 12 avril, que, depuis le 1er janvier, c'est-à-dire depuis trois mois, et douze jours, sur les 1300 habitants de sa paroisse, trente enfants et dix grandes personnes ont succombé. Les registres de l'Etat-Civil de Corps accusent, pour l'année entière, le chiffre de 99 décès, dont 63 d'enfants. Maximin fut malade, mais guérit. L'un de ses petits frères, celui-là même qui lui donnait son pain en cachette, quand sa belle-mère lui refusait à manger, mourut.

La coïncidence de ces fléaux avec les paroles de la céleste Messagère : « *Les pommes de terre continueront à se gâter et, pour Noël, il n'y en aura plus... Les petits enfants mourront... les autres feront pénitence par la faim,* » était trop manifeste pour n'être pas remarquée.

CHAPITRE V

LES BERGERS AU COUVENT

Qualités et défauts.

U lendemain de l'Apparition, Maximin, nous l'avons vu, revint habiter dans la maison de son père, tandis que Mélanie continua de garder, aux Ablandins, le troupeau de Baptiste Pra. Ainsi séparés, tous deux, chacun de son côté, faisaient passer *au peuple la grande nouvelle*, redisant volontiers le merveilleux événement à qui témoignait le désir de le connaître, accompagnant très souvent les pèlerins, sur leur demande, aux Lieux mêmes du Prodige, répondant à toutes les questions, résolvant toutes les difficultés, et ne livrant à personne la moindre parcelle des secrets particuliers qui leur avaient été confiés.

Quand, dans l'espace de trois mois, il eût pu être, à maintes reprises, invinciblement prouvé que ces deux enfants, l'un à Corps, l'autre à la Salette, ne laissaient pas cependant de s'accorder parfaitement entre eux, racontant les mêmes faits en des termes, sinon toujours identiques, à tout le moins équivalents, la Providence les rapprocha.

Depuis quelques années, grâce au zèle de son pasteur, Corps avait la bonne fortune de posséder une école tenue par les Religieuses de la Providence, florissante Congrégation, dont la Maison-Mère est à Corenc, près de Grenoble. Un jour, vers la mi-novembre, Maximin se présente au Couvent et demande à voir la Supérieure. On lui répond qu'elle est au lit, malade, et on l'engage à revenir un autre jour. Mais lui, s'étant fait indiquer sa chambre, vient trouver hardiment la bonne Sœur et la prie de lui apprendre tout de suite à lire, sur un alphabet qu'il tient en mains. La malade ne peut se débarrasser de l'importun qu'en lui donnant une première leçon de lecture. L'enfant revint encore quelques fois les jours suivants. Le 24 novembre, avec l'autorisation de Mgr de Grenoble, il était reçu définitivement à l'école des Sœurs. D'abord, il retournait chaque soir chez son père, puis, plus tard, il demeura complètement au couvent.

Mélanie, restée chez Baptiste Pra jusqu'au 15 décembre, rentra à cette époque chez ses parents et devint à son tour, à Noël, pensionnaire des Religieuses. (1)

Les Bergers séjournèrent l'un et l'autre en cette maison près de quatre ans, jusqu'en septembre 1850; Mgr de Bruillard s'était chargé de leur entretien plutôt que de les laisser accaparer par des étrangers de Gap, qui en avaient manifesté l'intention.

Durant tout ce temps, leurs excellentes maîtresses ne négligèrent rien pour instruire, élever et former ces enfants. Elles furent pour eux de véritables mères, notamment la Supérieure, Sœur Sainte-Thècle, qui, à un jugement exquis, joignait un grand cœur. L'entrée de Maximin et de Mélanie dans cet asile ne fut nullement une atteinte à leur liberté; leurs parents auraient pu les reprendre s'ils l'avaient voulu, et les pèlerins qui le désiraient, avaient la faculté de les voir et de les questionner. Les demandait-on ? Une Religieuse les amenait au parloir, puis, par discrétion, se retirait elle-même. Si les visiteurs priaient la Sœur de rester, elle le faisait, mais gardait le silence, se contentant de répondre brièvement aux questions qu'on lui adressait. A plusieurs reprises, au cours de ces quatre années, le père de Mélanie vint la chercher au couvent, soit sur les conseils de méchantes langues qui lui insinuaient calomnieusement qu'on gardait sa fille pour l'exploiter, soit de son propre mouvement, par un motif d'intérêt. La Supérieure lui disait alors : « Voici votre enfant, faites-en ce que vous voudrez. » Il l'emmenait presque toujours malgré elle, puis, au bout d'un certain temps, la ramenait aux Religieuses, qui la recevaient encore avec bonté. Il est arrivé aussi à la Voyante elle-même de vouloir, par caprice, sortir du couvent; on ne la contraignait pas d'y rentrer, et elle revenait spontanément.

Leurs dignes institutrices s'étudiaient surtout, et fort justement, à humilier, en particulier et même en public, les petits Pâtres, pour les empêcher de s'enorgueillir de l'ineffable et toute gratuite faveur dont les avait honorés la Sainte Vierge. Rarement, elles leur parlaient de l'Appa-

____

1. Manuscrits BOSSAN.

Histoire de l'Apparition. 6

rition, et quand, en passant, elles les en entretenaient, c'était pour en prendre occasion de leur adresser quelque reproche sur leur caractère, leur grossièreté, leurs défauts. (1)

C'est que, en effet, le privilège dont les Bergers avaient été gratifiés, n'avait pas changé leur nature, comme l'avouait ingénument Maximin, en répétant, à qui voulait l'entendre, que la Mère de Dieu les avait laissés tels qu'Elle les avait trouvés. On remarquait en eux, à côté de qualités sérieuses, non pas des vices, ils n'en avaient pas, mais les mêmes défauts dont ils avaient fait preuve avant l'Apparition, plus choquants, à mesure que ces enfants avançaient en âge.

Parlons d'abord de leurs qualités.

M. Rousselot dit de Mélanie : « Sa figure est douce et agréable. On remarque une grande modestie dans son maintien, dans la pose de sa tête, dans ses regards. » (2)

M. Arbaud raconte à son sujet le trait suivant : Le 20 septembre 1847, la Bergère, ayant fait le récit de l'Apparition à un groupe de personnes, fut sollicitée par l'une d'elles d'embrasser une jeune fille presque muette, pour attirer sur elle la protection de la Sainte Vierge. « Aussitôt que Mélanie eut entendu ces paroles, continue le narrateur présent à la scène, elle fit un geste de refus et se mit en mesure de sortir. Nous la priâmes de rester, et nous la conjurâmes, au nom de la charité, de faire ce qu'on lui demandait. La jeune personne qui souhaitait ardemment d'être guérie, s'élança sur elle pour l'étreindre dans ses bras, mais la Bergère la repoussa vivement. Elle s'obstina dans son refus, demeura inflexible, malgré nos pressantes sollicitations, et se mit à pleurer en disant : Non, non, je ne veux pas, je n'embrasse personne... Sa candeur, son innocence et sa délicatesse avaient trop révélé son mérite pour que nous dussions la molester plus longtemps ; nous lui accordâmes la permission de se retirer. » (3)

Mlle des Brulais rend ce témoignage à la Voyante : « Maximin est d'un caractère plus ouvert, plus aimable que

---

1. Manuscrits Bossan.

2. Rousselot. La Vérité...

3. Arbaud. Souvenirs intimes.

celui de Mélanie; mais cette dernière est surtout remarquable par sa grande et rare modestie. »

Mgr Villecourt parle en ces termes du Berger : « Maximin, d'un caractère vif, ne peut ouvrir la bouche sans
inspirer de l'intérêt par la suavité de sa parole et la candeur avec laquelle il s'exprime. Il est naturellement aimant,
caressant, reconnaissant et sensible... Dans les mille circonstances où les voyageurs l'interpellent pour le contre-

LES BERGERS EN 1847.

dire ou le faire tomber en contradiction, il se possède
assez pour ne se fâcher jamais. Cette disposition semble
lui être naturelle et n'annonce de sa part aucun effort...
Il faut qu'il décèle bientôt tout ce qu'il y a de candide
et de gracieux dans son âme. Ses expressions ont d'autant plus d'amabilité qu'elles sont la plus juste et la plus
pure image de ses sentiments... Mettez-le sur l'article des
biens de la terre, et vous ne tarderez pas à reconnaître
qu'il ne les envisage qu'avec dédain. Il est généreux et
désintéressé; il se dépouillerait de tout ce qu'il a pour vous

le donner, s'il pouvait vous déterminer à l'accepter. Vous lui procurerez une vraie jouissance en recevant de lui au moins quelque bagatelle comme souvenir d'amitié. Parlez-lui de la mort; vous verrez qu'il n'en éprouve aucune crainte; il laissera même aisément apercevoir que son désir serait de mourir jeune, pour ne pas être exposé aux dangers que la fragilité humaine et les scandales du monde multiplient partout. On a remarqué ces sentiments toutes les fois que, pour l'intimider, on lui a parlé de gendarmes, de prisons, de supplices ou de périls qui menaçaient ses jours. Il chérit la Sainte Vierge; il a l'air d'être sûr de sa protection; mais son dévouement est calme, et ne se manifeste que par quelques mots que l'on surprend à la dérobée et dont il ne s'aperçoit pas lui-même. Il est si pur, qu'il n'a pas même l'idée du vice, et qu'il ne comprendrait pas le langage qui pourrait l'indiquer... Son humilité est sincère; elle perce à l'instant même quand vous lui donnez quelque marque d'affection; il trouve alors des expressions qui n'appartiennent qu'à lui pour se mettre à sa place de *pauvre berger* » (1).

Sous le rapport de l'humilité, Mélanie ne le cédait en rien à Maximin; Mlle des Brulais, qui l'a tout particulièrement étudiée de près, a dit d'elle : « Loin d'être flattée d'attirer l'attention, elle voudrait s'y dérober, si le sentiment de sa mission ne l'emportait encore sur sa timidité naturelle, c'est ce que rend bien cette réponse : — *J'aimerais mieux n'être pas chargée de le dire, pourvu qu'ils le sussent*, et encore celle qu'elle a faite à un ecclésiastique qui lui demandait si elle était contente et heureuse que la Sainte Vierge lui eût fait cette révélation : — *Oui, a-t-elle répondu; mais je serais bien plus contente si elle ne m'avait pas dit de le dire.* — Et pourquoi donc? — Cela me fait trop voir. » (2)

Sans se prévaloir aucunement de leur qualité de voyants pour s'attirer des louanges, les deux Bergers s'effaçaient au contraire le plus possible. Ils employaient parfois, pour se désigner eux-mêmes, des termes de mépris. Ils eussent voulu qu'il ne fût jamais question de leur personnalité, et ils ne pouvaient souffrir les images sur lesquelles ils étaient représentés. Ils ne parlaient de l'Apparition que

---

1. Villecourt. Nouveau Récit.
2. Mlle Des Brulais : L'Echo...

quand on les interrogeait sur ce point, et se contentaient de répondre strictement et avec la plus grande concision aux questions qu'on leur posait. Jamais d'eux-mêmes, ils ne s'en entretenaient ni avec les Religieuses, ni avec leurs parents, ni entre eux.

Indifférents l'un à l'égard de l'autre, après le 19 septembre comme avant, sans sympathie réciproque, ils se fuyaient plutôt qu'ils ne se recherchaient et saisissaient avec empressement l'occasion de se mortifier mutuellement.

Un jour que les deux enfants prenaient leur récréation au milieu des Sœurs, la Mère supérieure reprit Maximin, assis à terre, de son peu de tenue. — « Comment voulez-vous, ma Sœur, interrompit alors Mélanie, qu'il se tienne bien? Il n'a pu se bien tenir devant la Sainte Vierge! — Comment! Il s'est mal tenu devant la Sainte Vierge! Qu'a-t-il donc fait? — Eh bien, il avait d'abord son chapeau sur la tête, puis il l'a ôté et l'a fait tourner sur son bâton. Il l'a ensuite remis sur sa tête et, avec son bâton, il a fait rouler des pierres jusque sur les pieds de la Sainte Vierge. — Oh! pour cela, s'écrie Maximin, ne le croyez pas, ma Sœur, il n'est pas allé seulement une pierre jusqu'à la Sainte Vierge! — Mais tu faisais rouler des pierres! — Oui, mais pas une n'a pu atteindre la Sainte Vierge; c'est sûr! » (1)

Une autre fois, comme Maximin avait manifesté des désirs d'être missionnaire, quelqu'un lui dit devant la petite Bergère : « Si vous êtes missionnaire, Mélanie pourra vous aider à convertir les sauvages, puisqu'elle veut être religieuse dans les pays étrangers. — Oh! répondit l'enfant, Mélanie peut bien aller où elle voudra; je ne veux pas de femme à ma suite. »

« Va, dit encore Maximin en s'adressant à sa compagne, quand je serai missionnaire, si tu viens à mon confessionnal, tu verras, je te donnerai une si grosse pénitence que tu ne seras pas tentée d'y revenir. — S'il n'y a que moi à ton confessionnal, reprend Mélanie, il sera bien souvent seul, ton confessionnal. » (2).

Avec ces dispositions respectives, nul doute que si l'un

1. Mlle Des Brulais. L'Echo...
2. Mlle Des Brulais. L'Echo...

de ces enfants eût manqué d'exactitude en un point quelconque du récit de la grande Merveille dont tous deux avaient été témoins, il n'en ait été tout aussitôt repris par l'autre. C'est précisément ce qui arriva à Maximin pour un détail insignifiant.

A propos de ces paroles de la Belle Dame : « Ils ne vont à la messe que pour se moquer de la religion, » certaines personnes, bien intentionnées, sans doute, mais manquant de jugement, se donnèrent la mission d'expliquer la pensée de l'Apparition. D'après elles, la divine Messagère avait dû sûrement condamner, par ce passage, la conduite répréhensible des jeunes gens de Corps qui allaient à la messe avec des cailloux dans leurs poches, pour les jeter aux jeunes filles. Sous l'influence de ces interprètes d'occasion, il était arrivé au petit Berger, quelques rares fois, d'ajouter ce commentaire fantaisiste en rapportant le grand Evénement. Mélanie, l'ayant entendu : « Qu'est ce que tu dis là ? s'écria-t-elle ; est-ce que la Sainte Vierge a parlé de cela ? » C'en fut assez, Maximin ne recommença pas. (1)

Nous avons esquissé le côté favorable de la physionomie des Voyants de la Salette, montrons maintenant, avec la même sincérité, le revers de la médaille.

Comme avant la grande journée du 19 septembre 1846, Mélanie était toujours raide, grossière, maussade, boudeuse, taciturne; Maximin léger, étourdi, distrait, curieux, indiscret, malhonnête, remuant sans cesse, aimant les amusements avec passion. M. l'abbé Dupanloup, futur évêque d'Orléans, ancien supérieur du Petit Séminaire de Paris, et alors chanoine de Notre-Dame, étant venu à la Salette en 1848, fut tout particulièrement choqué de l'incivilité et de la rusticité de ces pauvres montagnards, si différents des enfants de bonne éducation et de belles manières qu'il était habitué à fréquenter. Voici le portrait peu flatté qu'il en a tracé dans une lettre à M. Du Boys, de Grenoble, publiée plus tard :

« J'ai vu ces deux enfants; le premier examen que j'en ai fait m'a été très désagréable. Le petit garçon surtout m'a étrangement déplu. J'ai vu beaucoup d'enfants dans ma vie, j'en ai vu peu ou point qui m'aient donné une si triste impression; ses manières, ses gestes, son regard,

____

1. Nortet. N.-D. de la Salette.

tout son extérieur est repoussant ; à mes yeux du moins...

» La grossièreté de Maximin est peu commune ; son agitation, surtout, est vraiment extraordinaire : c'est une nature singulière, bizarre, mobile, légère ; mais d'une légèreté si grossière, d'une mobilité quelquefois si violente, d'une bizarrerie si insupportable que, le premier jour où je le vis, j'en fus, non seulement attristé, mais découragé. *A quoi bon, me disais-je, faire le voyage pour un pareil enfant !* J'avais toutes les peines du monde à empêcher les soupçons les plus graves de s'emparer de mon esprit.

» Quant à la petite fille, elle me sembla aussi fort désagréable à sa façon. Sa façon, je dois le dire, est cependant meilleure que celle du petit garçon. Les dix-huit mois qu'elle a passés chez les Religieuses de Corps l'ont, à ce qu'on dit, un peu façonnée. Malgré cela, elle m'a paru encore un être boudeur, maussade, stupidement silencieux, ne disant guère que des *oui* ou des *non*, quand elle répond. Si elle dit quelque chose de plus, il y a toujours une certaine raideur dans ses réponses et une timidité de mauvaise humeur qui est loin de mettre à l'aise avec elle. »

Mgr Villecourt, si élogieux d'ailleurs pour Maximin, signale pourtant son sans-façon et sa pétulance :

« Il a toujours, dit-il, quelque chose à remuer... Pour peu que vous interrompiez la conversation que vous ayez avec lui, quelque sérieuse qu'elle pût être, vous le verrez accourir auprès de ses petits compagnons pour folâtrer avec eux... Souvent, le jour où je gravissais avec lui la montagne, il m'a quitté pour aller auprès d'un enfant qui la montait avec nous, placer sa main sur son épaule, et converser sur des sujets enfantins. Quelquefois, il se lançait sur un cheval ; d'autres fois, il courait à toutes jambes en montant ou en redescendant, au milieu des aspérités de ces monts difficiles. » (1).

De même, Mlle des Brulais écrit au sujet des deux Bergers : « Ne croyez pas que je sois aveugle sur les défauts de ces chers enfants... j'avoue qu'ils ne sont point parfaits : je reconnais et je confesse même que leur nature, avec toute son innocence et son ingénuité, *est rustique* et parfois *plus encore*... Maximin est *indiscret* en ce qu'il visitera tout ce qui vous appartient, prendra sans façon

____

1. VILLECOURT. Nouveau Récit.

un fruit que vous aurez mis en réserve, vous dira : Qu'est-ce que ceci? donnez-moi cela, etc., etc. De plus, il est léger, joueur, toujours en mouvement, incapable d'avoir une contenance, quelle que soit l'importance de la personne qui lui parle... Quant à Mélanie, sa nature, moins heureuse que celle de Maximin, rappelle davantage le vice de sa première éducation : ainsi elle boudera encore quelquefois, ne saura pas se prêter à une attention prévenante, manquera même de déférence, etc. » (1)

L'instruction de ces enfants, du moins, donnait-elle de meilleurs résultats que leur éducation? Nullement. Le 16 novembre 1847, la Mère Sainte-Thècle a attesté devant la Commission épiscopale qui l'avait convoquée, que, depuis un an, Maximin, pourtant exercé à peu près quotidiennement, n'avait pu encore apprendre à servir la messe, pas plus que Mélanie à réciter les actes de foi, d'espérance et de charité, bien qu'on les lui ait fait répéter deux fois par jour. De fait, malgré les soins particulièrement assidus et dévoués dont ils furent assurément l'objet de la part de M. le Curé et des bonnes Sœurs, il leur fallut beaucoup de temps pour se mettre dans la mémoire et l'intelligence les notions élémentaires de catéchisme absolument indispensables à la réception du Sacrement de l'Eucharistie; ils ne purent faire leur Première Communion que le 7 Mai 1848, à l'âge, le petit garçon de près de 13 ans, la jeune fille de 16 ans et demi. Ils furent confirmés tous deux plus tard, le 25 juin 1850, à Corps, des mains de Mgr Dépéry, Evêque de Gap.

Après sept ans d'études, Mélanie n'a pas cessé de faire de grosses et nombreuses fautes d'orthographe : témoin les lettres qu'on a d'elle, et qui en sont émaillées. Maximin, mieux doué cependant que sa compagne, mais manquant d'application, bien qu'il eût étudié quatorze ou quinze ans, laissait encore échapper dans la conversation, au dire de ceux qui l'ont connu, de lourdes incorrections de langage. D'ailleurs, il fut très faible dans toutes ses classes.

Nous ne pouvons mieux clore cette étude des *qualités* et des *défauts* des Bergers de la Salette pendant leur séjour au couvent de Corps, qu'en citant un assez long, mais

---

1. Mlle Des Brulais. L'Echo...

intéressant récit de Mgr Villecourt qui dépeint ces enfants, Maximin surtout, avec une saisissante vérité. Tous
deux avaient accompagné Sa Grandeur sur la sainte Montagne :

« Maximin me tenait souvent par le bras et m'exprimait
avec une candeur tout aimable le plaisir qu'il avait d'être
avec moi... Il baisait ma croix pastorale, tirait sans façon
de mon doigt l'anneau épiscopal, et le gardait quelques
instants. Je le laissais faire, car il y avait de la foi et du
respect de sa part en tout cela. — Monseigneur, me dit-il,
dans un de ses épanchements de tendresse, qu'est-ce que
je pourrai faire pour vous être agréable? — Rien autre,
mon fils, lui répliquai-je, que de croître toujours en piété
et en simplicité.

» Tout à coup, Maximin, changeaut de conversation me
dit : — Je vous en conjure, Monseigneur, acceptez un petit
souvenir qui vous fera penser à moi surtout dans vos
prières. Puis, il me montra quelques croix ou médailles
qu'on lui avait données, me pressant instamment de faire
mon choix. Je refusai tout, le plus doucement qu'il me fut
possible; mais enfin, voyant que mon petit montagnard
était vivement contristé de mes refus, j'acceptai une de
ses petites médailles... M. le maire (de la Salette) me
pressa d'accepter l'offre de son cheval, je le remerciai
sans obtempérer à ses désirs. Maximin se lançait quelquefois sur le cheval avec une dextérité merveilleuse et Mélanie
s'y laissait placer derrière lui... Mais Maximin ne tardait
pas à revenir se jeter dans mes bras accompagné de Mélanie
qui se plaçait modestement à mes côtés. Cet enfant avait
toujours une attention marquée à m'adresser des paroles
agréables.

» Le retour fut beaucoup plus prompt que ne l'avait été
la montée. Nous approchions de la Salette, et, suivant l'ordre du pieux pasteur, le carillon de la paroisse saluait
notre retour. Nous fûmes invités à nous reposer au presbytère. Le sonneur, pensant qu'il devait, pendant ces instants de repos, laisser les cloches silencieuses, cessa de
sonner, pour recommencer à notre sortie. Maximin, attentif à tout, s'en aperçut; et, n'entendant pas que le carillon
fût interrompu pendant tout le temps que je serais au
village, animé d'un beau zèle, il s'arme de deux cailloux,
s'élance dans le haut du clocher, grimpe, je ne sais comment,

sur la principale cloche, se met à cheval sur le joug de bois, et commence à carillonner à sa façon avec les cailloux qu'il avait dans les mains, ainsi qu'avec les talons de ses souliers. Le sonneur, ne se rendant pas compte de ce bruit désordonné, pensa sans doute qu'on l'appelait à recommencer la sonnerie. Saisissant donc, du bas de l'église, la corde de la cloche, il se mit à l'ébranler et à la sonner en volée. Cent autres, moins prestes que Maximin, eussent péri dans un danger si imminent; mais il enveloppa aussitôt la cloche de ses bras et de ses jambes, et, la tenant fortement embrassée, il était balancé avec elle à droite et à gauche. L'airain ne rendant qu'un bruit sourd, le sonneur, qui probablement voulait en savoir la cause, suspendit la volée. Maximin, aussitôt, se précipita, d'une hauteur considérable, sur le plancher, sans avoir reçu la moindre égratignure.

» J'étais déjà à quelque distance du village, ne soupçonnant rien de semblable, quand il vint, en courant, me rejoindre, pour me raconter ce qui lui était arrivé. — Petit étourdi, lui dis-je, qu'allais-tu faire ainsi dans ce clocher? — Je voulais carillonner tant que vous seriez au presbytère. — Qu'avions-nous besoin de ton carillon? — Est-ce que les cloches doivent se taire, tant que l'Evêque est au village?...

» C'est ainsi que nous conversions en nous rendant à Corps. De temps en temps, les montagnards nous apercevant des hauteurs voisines, descendaient et se formaient en troupes le long du chemin que nous suivions. Maximin se pressait, en me quittant, d'aller à eux pour leur dire dans son patois : — Mettez-vous vite à genoux; Monseigneur va vous bénir. Puis il revenait à moi et semblait jouir de voir la bénédiction se répandre sur ces âmes simples et fidèles.

» J'eus ensuite à soutenir, pendant plus de 2 heures, un véritable assaut que me livra, presque sans interruption, l'excellent cœur de Maximin. Il avait entendu dire que je voulais reprendre, le soir même, la voiture qui se rendait à Grenoble. Le petit ne pouvait supporter la pensée d'une si prompte séparation.

» — Ne partez pas ce soir, Monseigneur, je vous en prie, pourquoi nous quitter si tôt?

» — Mon enfant, j'ai rempli le but de ma course dans

ces montagnes, j'ai d'autres courses à faire et d'autres devoirs à remplir.

» — Quand vous resteriez huit jours ici, je serais heureux de vous accompagner tous les jours sur la Montagne... Couchez au moins cette nuit à Corps et vous en repartirez seulement demain soir. Je prendrai mon *habit blanc* d'enfant de chœur et je vous servirai la messe...

» Maximin se tenait dans un appartement voisin de celui où nous dînions (à la cure de Corps). Souvent, pendant le repas, il était venu renouveler ses instances pour obtenir de moi une prolongation de séjour. Ma réponse était toujours la même; il m'en coûtait de la lui faire, et à lui de la recevoir. Plus d'une fois je vis couler ses larmes, et je me garderais bien d'assurer que j'ai toujours retenu les miennes...

» Un moment avant que nous quittassions la table, nous le vîmes entrer avec un verre à la main; il y mit du vin et de l'eau, et porta gracieusement une santé à l'évêque de la Rochelle... Bientôt on vint annoncer la voiture de Gap qui devait nous transporter à Grenoble. Mélanie, jusque-là timide, sembla une minute avoir trouvé l'aisance de Maximin. Elle s'empara de mon chapeau qui était sur un des meubles de la salle. Elle espérait, par ce larcin innocent, pouvoir empêcher mon départ. Vaine espérance ! On lui barra le passage comme elle s'enfuyait, et il lui fallut restituer ce gage dont elle était nantie.

» Je montai en voiture; Maximin s'y élança pour me serrer une dernière fois entre ses bras. A peine put-il articuler quelques expressions de tendresse. Je ne sais en quels termes, dans le trouble où j'étais, je lui donnai ma bénédiction paternelle. Il avait reçu la première après quatre heures du matin; il reçut la dernière après neuf heures du soir. » (1)

Étranges contrastes.

Nous l'avons montré : si les Bergers de la Salette, d'une part, étaient doués d'un cœur pur, généreux et humble, ils laissaient voir, d'autre part, une rusticité plus qu'ordinaire dans les manières, une mémoire rebelle, une intelligence bornée, un caractère sans relief dont la note

---

1. VILLECOURT. Nouveau récit.

dominante était, pour l'un, la légèreté étourdie, et pour l'autre, la timidité taciturne.

Mais, fait singulier, extraordinaire, et pourtant indéniable, ces défauts choquants, rebutants même, qui éclataient dans leur conduite générale et habituelle, cessaient de se manifester, que dis-je? cédaient la place aux qualités opposées, toutes les fois que ces enfants avaient à traiter de l'Apparition du 19 septembre 1846. Dès qu'ils étaient amenés sur ce terrain, et seulement alors, ce n'étaient plus les mêmes individus; une transformation instantanée et complète, une véritable métamorphose semblait s'être opérée dans toute leur personne. Changeait-on de sujet, ils redevenaient subitement ce qu'ils étaient auparavant De là, s'accusaient en eux quatre principaux contrastes que nous allons passer successivement en revue :

1º Contraste dans *la tenue*.

M. l'abbé Dupanloup, qui s'est montré cependant, nous l'avons vu, assez sévère dans ses appréciations sur Maximin et Mélanie, leur a rendu ce témoignage. « Bien que ces enfants me déplussent extrêmement avant ce récit (celui de l'Apparition), et aient continué de me déplaire après, je dois avouer que, tout en récitant, ils le firent l'un et l'autre avec une simplicité, une gravité, un sérieux, un certain respect religieux, dont le contraste avec le ton toujours vulgaire et habituellement grossier du petit garçon, avec le ton habituellement maussade de la petite fille, me frappa très particulièrement.

» Je dois ajouter dès à présent que cet étonnement se renouvela pour moi pendant ces deux jours, presque constamment, surtout avec le petit garçon qui passa un jour entier avec moi. Je le mis alors parfaitement à son aise, je lui laissai prendre toutes ses libertés; tous ses défauts, toutes ses grossièretés m'apparurent ainsi sous toutes les formes. Et cependant, toutes les fois que ce grossier enfant était ramené, même de la manière la plus inattendue, à parler du grand Evénement, il se faisait en lui un changement étrange, profond, subit, instantané; et il en est de même de la petite fille. Le petit garçon conserve ces yeux, cet extérieur si désagréables, mais ce qu'il y a d'excessif dans sa grossièreté est tout à fait dompté. Ils deviennent même tout à coup si graves, si sérieux; ils prennent comme involontairement quelque chose de si singulièrement simple et ingénu, quelque chose même de si respectueux pour eux-mêmes en même temps que pour ce qu'ils disent, qu'ils inspirent aussi à ceux qui les écoutent et leur imposent une sorte de crainte religieuse pour les choses dont ils parlent, et une sorte de respect pour leurs personnes. J'ai éprouvé très constamment, et quelquefois très vivement, ces impressions, sans cesser toutefois de les trouver un moment des enfants très désagréables...

» Dès qu'il s'agit du grand Evénement, ils ne paraissent plus avoir aucun des défauts ordinaires de leur âge : surtout ils ne sont en rien conteurs et bavards. Maximin cause beaucoup, d'ailleurs; quand il est à l'aise, c'est un véritable petit babillard. Pendant les 14 heures que nous avons passées ensemble, il m'a donné de ce défaut toutes les preuves possibles; il m'a parlé de toutes choses avec une grande abondance de paroles, m'interrogeant sans aucune retenue, me disant le premier son avis, contredisant le mien. Mais, sur l'événement qu'il raconte, sur ses impressions, sur ses craintes ou ses espérances pour l'avenir, sur tout ce qui se rattache à l'Apparition, ce n'est plus le même enfant. Sur ce point, il ne prend jamais l'initiative, il n'a jamais aucune inconvenance. » (1)

Mlle Des Brulais constate le même fait : « Parlons un peu de Maximin, écrivait-elle à un prêtre, le 15 septembre 1849, quel contraste présente le caractère de cet enfant avec la mission qu'il accomplit si fidèlement! Sa turbulence semble croître au lieu de diminuer; il lui est impossible de demeurer en repos, d'avoir la moindre contenance, soit quand on l'interroge, soit quand on l'instruit; et ce sera en tournant son chapeau, son bâton ou un bout de corde, qu'il vous fera les réponses les plus étonnantes! Il n'est grave que pendant le récit du *Discours de la Sainte Vierge*. Oh! à ce moment, je ne sais quel coup électrique lui est communiqué pour redresser tous ses nerfs et les contenir respectueusement. Mais, le récit terminé, il n'y tient plus; et vous le verrez se suspendre et se balancer à une corde; se renverser sur la chaise ou, à défaut de chaise, s'asseoir par terre, s'y traîner sur les genoux, s'y rouler même, sans que la présence de qui que ce soit l'arrête. » (2)

M. l'abbé Arbaud a remarqué le même phénomène : « Si

_____

1. DUPANLOUP. Lettre à M. Du Boys.
2. Mlle DES BRULAIS. L'Echo...

on les interroge (les Bergers), ils semblent rentrer en eux-mêmes ; ils se placent mentalement au lieu et en présence du personnage qui leur a apparu ; ils changent de ton, baissent les yeux, prennent un air triste, et combattent autant qu'il est en eux la légèreté de leur caractère : c'est par là qu'ils rendent témoignage à l'influence céleste qu'ils ont subie sans s'y attendre et sans le vouloir. » (1)

2º Contraste dans *la mémoire.*

On n'a pas oublié que Maximin avait tant de difficulté à retenir, que son père dut mettre de trois à quatre années pour lui apprendre tant bien que mal le *Pater* et l'*Ave Maria*, et que Mélanie, après les avoir répétés deux fois chaque jour, savait à peine, au bout d'un an, réciter les actes de Foi, d'Espérance et de Charité. Ces mêmes enfants, pourtant, n'ayant vu et entendu la *Dame* de la Montagne qu'une seule fois, se souviennent, avec une fidélité et une précision parfaites, des moindres particularités qui la concernent, de ses traits, de ses attitudes différentes, de son costume. Le discours qu'elle leur a adressé partie en patois, partie en français (c'est-à-dire alors, pour eux, dans une langue inconnue), ils le redisent intégralement, sans y rien changer, sans en rien retrancher ni y rien ajouter, commençant et finissant toujours leur narration de la même manière, et cela depuis le soir même de l'Apparition. Séparés ou réunis, ils répondent sans cesse d'une façon identique, sans que l'un ou l'autre contredise son compagnon ou se contredise soi-même. On feint d'avoir écrit sous leur dictée des faussetés ; ils répondent invariablement : « Ce n'est pas la vérité, je ne vous ai pas dit telle chose, mais telle autre ».

3º Contraste dans *l'intelligence.*

D'une incapacité notoire, ce n'est pas assez dire, d'une nullité absolue, et même parfois d'une stupidité incroyable, dans les choses les plus ordinaires de la vie, ce sont des petits prodiges, de vrais docteurs, qui étonnent, stupéfient et déroutent, par la clarté, la logique et l'à-propos de leurs répliques et de leurs raisonnements dans tout ce qui a trait au fait de la Salette. A toutes les questions qu'on leur pose sur ce sujet, ils répondent sur-le-champ, sans hésitation ni trouble, d'une manière prompte, brève, directe, péremp-

____

1. ARBAUD. Souvenirs intimes.

toire; ne s'apercevant même pas, souvent, des étonnantes
et accablantes réponses qui jaillissent de leurs lèvres. Un
monsieur demandait plus tard à Maximin : « Quand on
vous faisait des objections, cherchiez-vous vos réponses?
— Non, Monsieur, je répondais toujours sur-le-champ. Après,
j'étais quelquefois très étonné d'avoir fait de semblables
réponses. Souvent aussi, je répondais sans remarquer ce
que je disais, et ensuite je ne savais pas ce que j'avais dit.
Il m'est arrivé encore de faire, en m'amusant, en jouant
aux *gobilles*, pendant que mon esprit était tout entier au jeu,
des réponses qui étonnaient tous ceux qui les entendaient;
et moi, je ne les remarquais point.

— Vous ne faisiez donc aucun travail d'intelligence pour
répondre?

— Aucun, Monsieur, les réponses venaient toutes seules,
sur-le-champ, et toujours conformes aux demandes » (1).

M. l'abbé Arbaud en exprime son étonnement dans les
termes suivants : « Il me semble que les reparties de
Mélanie et de Maximin sont si spirituelles, si piquantes,
si naturelles, qu'elles sont plus extraordinaires que l'Evénement lui-même. En effet, concevez-vous que deux enfants ignorants, auxquels la nature a donné une mémoire
excessivement ingrate, qui n'ont pas l'idée de la société,
qui n'ont jamais été mis en communication avec le monde,
puissent sur-le-champ, sans délai comme sans préparation,
répondre à toutes les difficultés, à toutes les interpellations,
à toutes les finesses, à tous les sophismes dont on les
poursuit et dont on les accable? Croyez-vous qu'il fût
aisé à une personne, si cultivée qu'on la suppose, de repous-
ser, en deux mots, toutes les attaques dirigées contre
elle, sans jamais se couper, sans se contredire, sans se
lasser, sans tomber dans aucun piège? Où donc ces pauvres enfants ont-ils puisé l'art, si estimé aujourd'hui, *de
vous clouer un homme sur place* par un seul trait, cet
homme fût-il mathématicien, naturaliste, littérateur, journaliste, médecin, avocat, ecclésiastique, lettré ou illet-
tré? » (2)

M. l'abbé Dupanloup, bon juge en la matière, s'il en fut,
a constaté et relevé comme il suit le même phénomène :
« Il faut remarquer que jamais accusés n'ont été, en jus-

____

1. Manuscrits BOSSAN.
2. ARBAUD. Souvenirs intimes.

tice, poursuivis de questions sur un crime, comme ces deux pauvres petits paysans le sont depuis deux ans (il écrivait ceci en 1848) sur la vision qu'ils racontent. A des difficultés souvent préparées d'avance, quelquefois longuement et insidieusement méditées, ils ont toujours opposé des réponses promptes, brèves, claires, précises, péremptoires. On sent qu'ils seraient radicalement incapables de tant de présence d'esprit si tout cela n'était la vérité. On les a vu conduire comme on conduirait des malfaiteurs, sur le lieu même où de leur révélation, ou de leur imposture ; ni les personnages les plus graves et les plus distingués ne les déconcertent, ni les menaces et les injures ne les effraient, ni les caresses et la douceur ne les font fléchir, ni les plus longs interrogatoires ne les fatiguent, ni la fréquente répétition de toutes ces épreuves ne les trouve en contradiction, soit chacun avec lui-même, soit l'un avec l'autre. On ne peut moins avoir l'air de complices, et le fussent-ils, il leur faudrait un génie sans exemple pour être aussi conformes à eux-mêmes, depuis deux ans passés que dure et se continue sans interruption cette étrange et rigoureuse information. Ce qui ne les empêche pas de mêler à tout cela les contrastes les plus bizarres : tantôt la grossièreté de leur éducation, quelquefois l'impatience et une certaine mauvaise humeur, tantôt la douceur, le calme, un sang-froid imperturbable, tantôt, ou plutôt toujours, une discrétion, une réserve impénétrables à tous : parents, compagnons, connaissances, à l'univers entier. » (1)

Pour montrer la facilité, la justesse et la force avec lesquelles Maximin et Mélanie résolvaient les objections diverses qu'on leur posait, nous allons citer textuellement (à part les fautes de français) quelques-unes de leurs réponses, extraites de documents rigoureusement authentiques.

Un ecclésiastique (les prêtres ont toujours été les plus difficiles à convaincre du fait de l'Apparition, et ont soulevé les plus grosses difficultés aux petits Bergers) disait à Mélanie :

Vous le direz bien (son secret) à M. le Curé, quand vous ferez votre première Communion ?

1. Dupanloup. Lettre à M. Du Boys.

RÉPONSE. — Ce n'est pas un péché, mon secret; je ne le dirai pas pour cela.

DEMANDE. — Si la sainte Vierge vous apparaissait encore, la reconnaîtriez-vous?

R. — Je la reconnaîtrais bien si Elle se montrait *pareille* (c'est-à-dire sous le même aspect).

D. — Et vous croyez être sûre d'aller au Ciel?

R. — J'irai où j'aurai mérité d'aller.

Un jeune homme à Maximin : Si la Sainte Vierge avait voulu parler à des enfants, elle eût choisi de bons petits enfants, bien pieux, au cœur bien pur.

R. — Comment savez-vous, Monsieur, si je n'ai pas le cœur pur?

D. — Oh! c'est que vous m'avez scandalisé ce matin par votre dissipation en servant la Messe; vous tourniez la tête.

R. — Eh bien! je ne suis pas sage; voilà tout.

D. — Tenez, Maximin, voulez-vous que je vous dise la vérité?

R. — Dites, Monsieur.

D. — Vous vous êtes entendu avec Mélanie, et l'on vous a donné de l'argent pour que vous disiez toute cette histoire.

R. — Eh bien, Monsieur puisque vous en savez tant que cela, dites combien on m'a donné...

D. — Oh! le prix n'y fait rien, mais vous avez été payé.

R. — Moi, je dis que non... Si vous ne voulez pas le croire, laissez-le.

D. — Vous avez voulu faire parler de vous : tout cela durera peut-être encore un an, et puis tout tombera.

R. — Ça tombera, ça tombera... quand la Religion tombera.

Maximin voulait aller convertir les Protestants de Mens (paroisse peu éloignée de Corps); on lui demanda alors : Que leur diras-tu?

R. — Je leur dirai : faites comme moi!

D. — Tu leur diras donc : Aimez beaucoup le jeu comme moi; soyez dissipés comme moi; surtout paresseux comme moi, car je suis tout cela.

R. — Dites, dites; et je dis, moi, que s'ils ne faisaient pas plus mal que cela, ils ne pécheraient guère.

Quelqu'un fit cette question à Mélanie : Connaissiez-vous Maximin avant le 19 septembre 1846 ?

R. — Je l'ai connu deux jours auparavant.

D. — Mais comment se fait-il que vous ne le connaissiez pas, puisque, le 19, vous étiez bons amis ? Vous lui parliez.

R. — Monsieur, je vous parle et je ne vous connais pas.

D. — Comment avez-vous pu retenir toute cette histoire pour une fois que vous prétendez qu'elle vous a été dite ? Voici trois fois que je vous l'entends raconter, et je ne pourrais pas la redire.

R. — Monsieur, si la Sainte Vierge vous l'avait dite, vous la sauriez.

D. — Êtes-vous sûre de n'avoir point rêvé ce que vous racontez ?

R. — Rêvé !!! (elle hausse les épaules).

D. — Mais oui... si vous dormiez ?

R. — Nous avions dormi, Monsieur, mais nous ne dormions plus.

A une question analogue, Maximin répondit : Si on fait quelque chose en dormant, on sait que c'était en dormant ; et moi je sais que j'ai vu tout cela, bien éveillé. Je ne dormais pas, allez !

On prétendit devant les petits Bergers, en deux rencontres différentes, que la Dame qui leur était apparue venait d'être saisie par la police et emprisonnée. Maximin fit cette réflexion : Elle a bien pu disparaître de devant moi, elle saura bien disparaître de devant la police ; et Mélanie répliqua : Il n'y a que Dieu qui peut mettre Celle-là en prison, et je voudrais être dans cette prison-là.

On disait un jour à la Bergère : Si cette Dame est venue pendant que vous dormiez ?

R. — Une Dame pouvait bien venir, mais pas *s'enlever* (s'élever dans l'espace).

D. — Enfin, vous avez pu vous tromper ?

R. — Et la Fontaine, Monsieur, pourquoi est-elle là ?

D. — N'êtes-vous pas ennuyée de répéter si souvent les mêmes choses ?

R. — Non, Monsieur ! (Maximin avait répondu à un prêtre qui lui faisait semblable question : Et vous, Monsieur, vous ennuyez-vous de dire tous les jours la Messe ?)

D. — Cela doit pourtant vous ennuyer, surtout quand on vous fait des questions embarrassantes ?

R. — Monsieur, on ne m'a jamais fait de questions embarrassantes.

Un curé du diocèse de Gap lui objectait que la Dame avait disparu dans un nuage.

R. — Il n'y avait pas de nuage.

D. — Mais il est facile de s'envelopper d'un nuage et de disparaître.

R. — Monsieur, enveloppez-vous d'un nuage et disparaissez.

Un professeur du Séminaire disait à la Bergère que le personnage qu'il avait vu était peut-être le démon.

R. — Mais, Monsieur, le démon ne porte pas la Croix.

D. — Votre ange gardien sait-il votre secret ?

R. — Oui, Monsieur.

D. — Il y a donc quelqu'un qui le sait ?

R. — Mais mon ange gardien n'est pas du peuple.

D. — Si des anges gardiens le savent, nous finirons bien par le savoir.

R. — Eh ! faites-vous le dire.

Enfin, pour clore ces citations, un Monsieur demandait à Maximin s'il était plus sage depuis qu'il avait vu la Sainte Vierge.

R. — Oui, Monsieur, un quart.

D. — Comment, un quart ! A quelle mesure le connaissez-vous ?

R. — J'aime Dieu, Monsieur.

D. — Vous ne l'aimiez donc pas, auparavant ?

R. — Je ne le connaissais pas, Monsieur. Si je l'avais connu !... (1)

4° Contraste dans le *caractère*.

Cet étourdi consommé qu'est Maximin, cet être craintif et timide qu'est Mélanie, déploient une intrépidité héroïque et font preuve d'une ténacité invincible pour ne livrer à qui que ce soit les secrets que la Dame de l'Apparition a confiés à chacun d'eux. La plupart des personnes qui les interrogent, les questionnent sur ce point, car c'est là surtout pour eux le champ de bataille sur lequel ils doivent lutter tous les jours.

---

1. ROUSSELOT. La Vérité. — Milles DES BRULAIS. L'Echo... NOTES Lagier. — Manuscrits BOSSAN.

Chaque visiteur croit être plus habile que ceux qui l'ont précédé et nourrit l'espoir de saisir au moins quelque chose de ces insaisissables secrets. On les tourne et retourne de toutes les manières : science, ruse, pièges, promesses, menaces, caresses, mépris, tout est mis en œuvre et tout échoue. Si insidieuses, si habilement préparées que soient les interrogations sur ce sujet, ils y font toujours des réponses écrasantes. Impossible de rien découvrir; les plus savants et les plus retors n'en obtiennent pas plus que les ignorants et les simples. Quand il s'agit de leurs secrets, les Bergers ne connaissent plus personne, ni parents, ni amis, ni bienfaiteurs, ni prêtres, ni évêques; ils se tiennent en garde contre tous, sans exception. Mais laissons l'un des plus terribles adversaires contre lesquels ils aient eu à lutter, M. l'abbé Dupanloup, nous raconter lui-même sa savante stratégie et sa complète défaite :

« Tous mes efforts (pour surprendre le secret de Maximin), depuis le matin, avaient été parfaitement inutiles : au moment où je croyais atteindre mon but et obtenir quelque chose, tout ce que je m'imaginais tenir, m'échappait tout à coup... Cette réserve absolue me parut si extraordinaire dans un enfant, je dirai même dans un être humain quelconque, que, sans lui faire une violence à laquelle ma propre conscience aurait répugné, je voulus aller aussi loin que possible et tenter les derniers efforts pour vaincre en quelque chose et surprendre enfin son secret. Ce singulier secret me tenait par-dessus tout à cœur. Pour l'entamer sur ce point, je n'épargnai aucune séduction dans la mesure qui me parut tolérable.

» J'avais avec moi un sac de voyage dont le cadenas se fermait et s'ouvrait à l'aide d'un secret qui dispense de se servir d'une clef. Comme ce petit garçon est très curieux, touche à tout, regarde à tout, et de la manière la plus indiscrète, il ne manqua pas de regarder mon sac de voyage; et, me le voyant ouvrir sans clef, il me demanda comment je faisais. Je lui répondis que c'était mon secret. Il me demanda très vivement de le lui montrer. Le mot de secret réveilla dans mon esprit l'idée du sien; je profitai de la circonstance et lui dis : Mon enfant, c'est mon secret : vous n'avez pas voulu me dire le vôtre, je ne vous dirai pas le mien. — Ce n'est pas la même chose, me répondit-il sur-le-champ. — Et pourquoi? lui dis-je. — Parce qu'on m'a défendu de dire mon secret : on ne vous a pas défendu de dire le vôtre.

» La réponse était péremptoire. Je ne me tins pas pour battu ; j'excitai moi-même ses instances et sa curiosité. J'ouvrais, je fermais mystérieusement mon cadenas sans qu'il pût comprendre mon secret. J'eus l'indignité de le tenir ainsi ardent, passionné, suspendu, pendant plusieurs heures. Dix fois pendant ce temps, le petit garçon revenait violemment à la charge. — Je le veux bien, lui disais-je, mais dites-moi aussi votre secret.

» A ces paroles tentatrices, l'enfant religieux reparaissait aussitôt, et toute sa curiosité semblait s'évanouir. Puis, quelque temps après, il me pressait encore. Je faisais même réponse et je trouvais toujours même résistance... Je demeurai convaincu, comme le sera quiconque connaît l'indiscrétion humaine et en particulier l'indiscrétion des enfants, que ce petit garçon venait de subir victorieusement une des tentatives, une des violences morales les plus fortes qui se puissent imaginer.

» Je lui fis subir un nouvel assaut. Il m'avait déjà parlé avec affection des malheurs et des chagrins de son père ; je profitai encore de la mort récente de sa mère et je lui dis : Mais, mon enfant, si vous vouliez dire de votre secret ce que vous pouvez en dire, on pourrait faire beaucoup de bien à votre père. J'allai plus loin, et je lui dis : Moi-même, je pourrais lui procurer bien des choses et faire qu'il soit avec vous bien tranquille et bien heureux sans manquer de rien. Pourquoi vous obstinez-vous ainsi à refuser de dire de votre secret ce que vous pouvez en dire quand cela pourrait être si avantageux à votre père et le tirer de peine ? — Il me répondit d'un ton plus bas : Non, Monsieur, je ne puis pas.

» Je poussai la tentation encore plus loin, trop loin peut-être. Une circonstance particulière faisait que j'avais sur moi une assez grande somme en or. Tandis qu'il rôdait autour de moi, dans la chambre de mon auberge, regardant tous mes effets, fouillant partout en véritable *gamin*, ma bourse et cet or se rencontrèrent sous ses yeux. Il s'en saisit avec empressement, le déroula sur la table et se mit à le compter, en fit plusieurs petits paquets ; puis, après les avoir faits, il s'amusa à les défaire et à les refaire. Quand je le vis bien enchanté, bien ravi, par la

vue et le maniement de cet or, je pensai que le moment
était venu pour éprouver et connaître avec certitude sa
sincérité. Je lui dis avec amitié : Eh bien, mon enfant
si vous me disiez de votre secret ce que vous pouvez
m'en dire, je pourrais vous donner tout cet or pour vous et
pour votre père. Je vous donnerais tout, et tout de suite ;
et, soyez sans inquiétude, j'ai d'autre argent pour continuer mon voyage. Je vis alors un phénomène moral très singulier, et j'en suis encore saisi en vous le racontant.
L'enfant était tout entier absorbé par cet or ; il jouissait
de le voir, de le toucher, de le compter. Tout à coup, à
mes paroles, il devint triste, s'éloigna brusquement de
la table et de la tentation, et me dit : Monsieur, je ne puis
pas. J'insistai : Et cependant, il y aurait là de quoi faire
votre bonheur et celui de votre père. Il me répondit une
seconde fois : Je ne puis pas ; et d'une manière, et d'un
ton si ferme, quoique très simple, que je me sentis vaincu. Cependant, pour n'en avoir pas l'air, j'ajoutai d'un
ton qui voulait affecter le mécontentement, le mépris, l'iro-
nie : Mais peut-être que vous ne voulez pas me dire votre
secret parce que vous n'en avez pas ? C'est une plaisanterie ! — Il ne parut pas offensé de ces paroles et me
répondit vivement : Oh ! si, j'en ai un, mais je ne puis
pas le dire. — Qui vous l'a défendu ? — La Sainte Vierge.

» Je cessai dès lors une lutte inutile. Je sentis que la
dignité de l'enfant était plus grande que la mienne. Je
posai avec amitié et respect ma main sur sa tête ; je traçai
une croix sur son front, et je lui dis : Adieu, mon cher enfant, j'espère que la Sainte Vierge excuse toutes les instances que je vous ai faites. Soyez toute votre vie fidèle
à la grâce que vous avez reçue. Et, après quelques moments, nous nous quittâmes pour ne plus nous revoir.

» A des interrogations, à des offres du même genre, la
petite fille m'avait répondu : Oh ! nous avons assez ; il
n'y a pas besoin d'être si riches » (1).

Tels étaient, pendant leur séjour chez les Religieuses de
Corps, Maximin et Mélanie, avec leurs qualités et leurs
défauts, avec cette diversité, ce n'est pas assez dire, avec
cette opposition vraiment extraordinaire dans la manière

---

1. DUPANLOUP. Lettre à M. Du Boys, publiée par l'*Ami de
la Religion* du 7 avril 1849.

d'être, de parler et d'agir au quadruple point de vue de la tenue de la mémoire, de l'intelligence et du caractère qui se manifestait en eux selon que ce qu'ils disaient ou faisaient avait trait ou nom à l'Apparition.

CHAPITRE VI

UN AN APRÈS L'APPARITION.

Sur la Sainte Montagne.

PEINE le printemps de 1847 avait-il rendu libres les sentiers de la montagne, qu'un hiver des plus rigoureux avait tenus longtemps obstrués par la neige, que les pèlerins recommençaient l'ascension des lieux bénis. Leur nombre allait toujours en augmentant. Il en venait non seulement des pays d'alentour, c'est-à-dire de quatre, six, huit lieues à la ronde, mais aussi de plus loin, de toutes les parties de la France, et même de l'étranger. Toutes les conditions, tous les âges, toutes les professions s'y trouvaient représentés. Aux gens du peuple se mêlaient des hommes cultivés, te.s que : magistrats, médecins, avocats. Amenés par le désir d'y étudier le fait par eux-mêmes, ils étaient ravis de ce qu'ils voyaient et entendaient, et, sauf de très rares exceptions, ils ne tardaient pas à être convaincus de la réalité surnaturelle de l'Apparition. Les cœurs étaient touchés ; on priait, on pleurait, on se convertissait.

Les prêtres aussi affluaient au pèlerinage, voulant s'éclairer avant de se prononcer, et toucher pour ainsi dire du doigt les preuves de l'événement avant d'y ajouter foi. Un auteur sérieux estime qu'en cette première année le pèlerinage en vit bien un millier, et Baptiste Pra, le maître de Mélanie, a attesté qu'il en reçut chez lui quatre-vingt-dix-neuf qui vinrent le questionner sur les Bergers et leur vision.

Chaque journée de la belle saison amenait son contingent de pèlerins ; leur nombre fut particulièrement considérable le lundi de la Pentecôte. De même, le dernier jour de mai, la Sainte Montagne compta de cinq à six mille visiteurs. C'est ce jour-là, paraît-il, qu'un homme du peuple, sous l'inspiration d'une vive piété, s'agenouilla pour la première fois à quatorze reprises différentes en récitant les prières du Chemin de la Croix le long du parcours que la Dame avait suivi. Son exemple suscita des imitateurs et, le 23 juin, les stations de la voie douloureuse étaient régulièrement érigées sur les lieux de l'Apparition, par la plantation de quatorze croix, dont M. Perrin, curé, avait conçu le dessein, dont M. Peytard, maire, avait commandé l'exécution et que les paroissiens de la Salette avaient transportées sur leurs épaules. Ces croix eurent fort à souffrir de l'indiscrétion des pèlerins qui les tailladaient à l'envi pour en emporter des fragments, comme un précieux souvenir de leur passage à la Salette. Aussi deux mois à peine après leur plantation, plusieurs d'entre elles se trouvaient déjà à demi mutilées ; il fallut les remplacer par d'autres qui eurent bientôt le même sort. Pour obvier à cet inconvénient, en 1854, on recouvrit de zinc, sur chacune de leurs arêtes, les croix qu'on devait ériger dans le saint vallon pour la troisième fois.

Dès le printemps de 1847 encore, M. le Curé de la Salette fit placer une grande croix sur le sommet du Planeau pour indiquer aux pèlerins, de quelque côté qu'ils vinssent, la montagne de l'Apparition. Ce ne fut que plus tard que les autres sommets environnants, le Gargas, le pic des Baisses, le Chamoux, reçurent les leurs. Toutes ces Croix, exposées, l'hiver, à la fureur des vents, l'été, aux coups de la foudre, ont dû depuis être plusieurs fois remplacées.

Le plus illustre pèlerin de cette année, fut Mgr Villecourt, alors évêque de La Rochelle, depuis cardinal de la Sainte Eglise, qui gravit la Sainte Montagne le 22 juillet. Ce pieux Prélat avait aimé la Salette aussitôt qu'il en avait entendu parler. Il avait étudié de bonne heure cette merveilleuse Apparition et y avait cru pleinement. Il ne venait donc point en curieux, mais en pèlerin. Cependant il était bien aise de pouvoir affermir encore davantage sa croyance en visitant la montagne que foula la Reine du Ciel et en recueillant sur les lieux les renseignements les plus exacts et les plus complets.

De retour de son pèlerinage, Mgr Villecourt ne se contenta pas de parler de la sainte Apparition, de la prêcher publiquement à Lyon, en passant, et dans son diocèse ; il composa sur son voyage un petit livre plein d'intérêt intitulé : *Nouveau récit de l'Apparition de la Sainte Vierge sur la Montagne des Alpes,* dont nous avons déjà cité quelques extraits. Mais laissons le vénérable évêque nous raconter lui-même ses impressions : « Je partis le mardi 20 juillet, vers le soir, de Grenoble pour Corps, par la voiture de Gap. Que l'on pense ce que l'on voudra de mes préoccupations, je ne dissimulerai point que cette nuit fut une des plus douces de ma vie. J'étais heureux de méditer sur l'Apparition du 19 septembre, jour où la Reine du Ciel se montra aux deux petits montagnards; je repassais dans ma pensée les paroles qu'elle leur avait adressées; je me faisais une idée de la douceur et de la suavité de son langage... Je me représentais ces deux enfants, beaucoup plus rustiques que je ne devais les trouver; et néanmoins ils occupaient déjà dans mon cœur la place où se réunissaient tous les sentiments de l'affection la plus pure... Je dois dire que le besoin que j'avais de voir les deux enfants, était, sans comparaison, le sentiment qui prédominait dans mon cœur... Maximin et Mélanie m'occupaient toujours. Ils arrivèrent, et je m'approchai d'eux avec une sorte de respect que je cherchai de mon mieux à dissimuler. Ils avaient été favorisés et honorés par la visite de la Reine du Ciel et de la terre; pouvais-je les regarder avec un œil indifférent? Cependant je ne devais pas oublier que, malgré mon indignité, j'étais revêtu du caractère épiscopal. « Mettez-vous à genoux, mes petits enfants, leur dis-je, afin que je vous bénisse. » Aussitôt ils s'agenouillèrent et je leur donnai ma bénédiction avec un attendrissement que je m'efforçai de ne point laisser paraître... Je les fis relever ensuite... Je reposai une minute ma main sur leurs têtes et leur donnai quelques avis paternels; puis j'embrassai Maximin et retins quelques secondes sa tête appuyée contre mon cœur...

» J'étais aussi convaincu de l'Apparition, avant mon voyage dans les montagnes de la Salette, que je l'ai été depuis : car, avant d'avoir fait cette course, rien ne me semblait manquer aux preuves qui établissent la vérité du fait : c'est ce qui explique le parti que j'avais pris d'en parler ouvertement. Mais la visite que j'ai faite des lieux, les entretiens que j'ai eus avec les deux petits Bergers, la certitude personnelle que j'ai acquise des résultats miraculeux qui ont suivi cet événement extraordinaire, donnent aujourd'hui à mes paroles une tout autre force.

» A peine de retour à Lyon, je fus assailli par une foule de curieux qui ne cessaient de me demander compte de mes impressions. Le jour n'était pas assez long pour satisfaire aux désirs de tous. Dans l'intérieur des familles, dans les communautés, dans les chapelles particulières, dans les églises, partout, on voulait que je renouvelasse le récit que j'avais déjà cent fois répété. Pourquoi ne m'y serais-je pas prêté de bonne grâce ? Y avait-il donc quelque chose à craindre dans une narration aussi innocente ? Le nautonier parle sans aucun inconvénient des tempêtes qui lui présageaient d'affreux naufrages et dont le Ciel sensible à ses vœux l'a heureusement préservé. Il s'empresse de faire connaître les périls que doivent craindre les navigateurs qui parcourent les mêmes mers. Evitez telle route, leur dit-il, elle est féconde en écueils, ne vous exposez pas à y perdre vos biens, vos espérances futures et votre vie.

» Je me fais, sans peine, une idée de l'intérêt que l'on attachait, au berceau du Christianisme, à toutes les paroles des apôtres et des premiers disciples, quand ils racontaient ce qu'ils avaient vu de leurs yeux, ou entendu de la bouche de ceux qui en avaient été les heureux témoins ; puisqu'un événement qui a si peu de proportions avec les faits énoncés dans le Saint-Evangile excite à un si haut point l'attention publique : les uns prenant à tâche de l'attaquer et de le contredire comme une supercherie ; les autres trouvant mille motifs d'y souscrire et de s'en édifier. On verra bien par cet écrit que je partage les sentiments de ces derniers. Encore une fois, je n'ai pas la prétention de prononcer un jugement ; mais on n'a pas le plus petit reproche à me faire si j'adopte cette parole du Roi-Prophète : « J'ai cru et c'est pour cela que j'ai parlé. *Credidi, propter quod locutus sum* » (1).

Une manifestation aussi grandiose qu'inattendue allait éclater à l'occasion du premier anniversaire de l'Apparition.

Aux approches du 19, M. le Curé de la Salette ayant été prévenu qu'il se produirait ce jour-là, qui devait être un dimanche, un concours de monde extraordinaire sur la Montagne du miracle, avait, par prudence, de concert

_____

1. VILLECOURT. Nouveau Récit.

avec le Maire de la commune, M .Peytard, sollicité et obtenu de Mgr l'évêque de Grenoble la permission d'élever, sur les lieux de l'Apparition, une façon d'oratoire et d'y célébrer le Saint Sacrifice. Une charpente rustique fut donc improvisée, au fond de laquelle on dressa un autel à double face qui permit de dire deux messes à la fois.

Trois jours à l'avance, les chemins conduisant à la Salette se trouvaient encombrés de pèlerins. Les églises de la région étaient remplies de ces pieux fidèles qui demandaient à se confesser pour pouvoir, sur la Sainte Montagne, célébrer la grande fête par une fervente Communion. Le samedi 18, à Corps, non seulement les hôtels, mais les maisons particulières, regorgeaient de monde, ainsi que les innombrables voitures qui stationnaient d'un bout à l'autre du bourg et même au delà. Les arrivants n'y trouvant plus à loger, s'acheminent vers les divers hameaux de la Salette, en quête d'un gîte, d'autant plus désirable, que, depuis cinq heures du soir, une pluie battante et glaciale s'est mise à tomber sans arrêt. Comme à Corps, on s'entasse dans les maisons, les granges, les écuries, partout.

Au cours de cette horrible nuit, raconte M. l'abbé Arbaud, quatre-vingts prêtres étaient réfugiés dans un grenier à foin, quand, soudain, de sinistres craquements annoncèrent que le plancher cédait sous ce fardeau d'occasion. On se hâta de l'étayer, et aucun malheur ne se produisit.

De nouveaux pèlerins ne cessant d'affluer, comme il n'existe plus le moindre asile disponible, ni à Corps, ni à la Salette, ils sont contraints de s'aventurer, au sein des ténèbres et sous une pluie torrentielle, à travers la montagne. Ignorants des sentiers qui conduisent aux lieux de l'Apparition, la plupart s'égarent dans de fausses directions et ne rentrent plus tard dans le bon chemin qu'au prix de fatigues inouïes. Il en est qui glissent sur les rochers et roulent au fond des ravins, où descendent en cascades mugissantes les ruisseaux que forment les ondées, et on entend les cris de détresse et les gémissements plaintifs se mêler au bruit des eaux et aux rafales de la tempête.

Mais Notre-Dame veille sur ses enfants. Aucun d'eux ne périra; tous finiront même par atteindre sans grave accident le but de leur pieux voyage.

Plus de deux mille personnes, pendant la première moitié de cette épouvantable nuit, sont parvenues sur la Sainte Montagne. Les voilà exténuées par des efforts inouïs et baignées de sueur et d'eau, sans abri, sans feu, sans nourriture, debout, serrées les unes contre les autres, comme une masse compacte, pour mieux résister au froid et à la pluie, la tête insuffisamment protégée contre les averses continuelles par des parapluies, que la plupart du temps la violence du vent empêche de tenir ouverts, les pieds dans le gazon ruisselant; elles n'en prient qu'avec plus d'ardeur.

« Les prêtres, rapporte un témoin, réfugiés dans la chapelle en planches avec autant de fidèles qu'elle en pouvait contenir, entonnaient les *Litanies de la Sainte Vierge*, le *Salve Regina*, le *Magnificat*, etc., et la foule du dehors répondait aux voix du sanctuaire, et la tempête soufflait, et la pluie tombait, et personne ne se plaignait, mais tous étaient heureux et fervents. »

A deux heures et demie, M. le Curé de la Salette bénit l'oratoire improvisé, puis lui et M. Jacques Michel Perrin, son frère et coadjuteur, disent simultanément la messe à l'autel à double face et distribuent la sainte Communion. D'autres prêtres ne cessent de leur succéder dans l'exercice de cette double fonction durant l'avant-midi.

Pendant qu'une foule déjà nombreuse se presse sur les lieux de l'Apparition, une autre foule, de beaucoup plus considérable, arrive de tous les côtés à Corps, et s'achemine vers le Pèlerinage, par des chemins horribles et un temps épouvantable. Quand, à de rares intervalles, le vent ayant dispersé les nuages, cesse momentanément de souffler, du haut de la montagne, on aperçoit, un peu dans toutes les directions, mais surtout du côté de Corps, sur une longueur de six à huit kilomètres, comme des rubans de lumière dessinés dans les ténèbres de la nuit par les torches et les flambeaux que portent les pèlerins, pour éclairer leurs pas incertains à travers les rochers escarpés et sur le bord des précipices, et on entend, répercutés par les échos, les chants pieux qui montent de la profondeur des vallées.

Quand le jour est venu, l'affluence redouble. Chaque heure de la matinée amène plusieurs milliers d'arrivants. Vers dix heures, « il y eut, dit M. l'abbé Arbaud, un moment où il fut permis à chacun de jouir du plus bel effet;

le vent d'ouest avait soufflé ; le brouillard épais qui interceptait les rayons du soleil s'était divisé pour donner passage à une brillante lumière. Alors, en un clin d'œil, toute la gorge fut illuminée, nous pûmes nous voir distinctement et nous considérer, entourés d'un subit éclat. Les figures, les costumes, l'expression religieuse de l'assemblée, tout ressortit avec une merveilleuse vivacité. Aussi les élans des voix redoublèrent avec les élans de l'enthousiasme ; on s'oubliait soi-même, on était ravi, on ne tenait plus à la terre, on soupirait après un autre monde » (1).

À onze heures et demie, les flots vivants qui se précipitaient vers la chapelle deviennent si pressés qu'on ne peut plus avancer, ni reculer, ni faire un mouvement. Alors, afin d'obvier au danger de suffocation, devenu trop réel pour un grand nombre, on cesse de dire les messes ; et un jeune prêtre, M. l'abbé Sibillat, futur missionnaire de Notre-Dame, placé sur la pente adoucie du Gargas, adresse, d'une voix vibrante, une allocution enflammée à la foule qui l'écoute avec avidité, mais dont une grande partie ne peut l'entendre à cause de son immensité. Un peu plus tard, c'est M. Gerin, archiprêtre de la cathédrale de Grenoble, qui prend, à son tour, la parole et produit, dans ses auditeurs, une émotion plus profonde encore.

Puis cette multitude divisée en deux chœurs, que sépare le vallon de l'Apparition, chante avec âme le *Magnificat*, le *Sub tuum*, le cantique : « Bénissons à jamais » et enfin l'hymne d'action de grâces par excellence, le *Te Deum*.

« Jamais, dit encore M. l'abbé Arbaud, que nous nous plaisons à citer, parce qu'il fut le témoin de ces faits qu'il raconte dans ses *Souvenirs intimes*, je n'ai entendu de plus beau concert, jamais la voix des hommes ne m'a paru plus mâle, plus énergique, plus écrasante, plus victorieuse. La raison se trouble, l'esprit est confondu, l'orgueil est humilié, l'impuissance humaine fait ses aveux en présence de pareille manifestation » (2).

Quant à la source miraculeuse, il fallait, pour avoir son tour d'y puiser quelques gouttes, attendre, devant le rempart humain qui l'entourait, des trois, quatre et jusqu'à six heures ; un grand nombre de personnes ont même dû repartir sans avoir pu s'en approcher.

---

1. ARBAUD, *Souvenirs intimes*.
2. *Ibid.* — Manuscrits BOSSAN.

Un autre sujet qui intéresse au plus haut point les assistants, c'est la présence, au milieu de la foule, de Maximin et de Mélanie. Dès qu'ils paraissent, chacun veut les voir, les entendre, leur parler, les toucher, les embrasser. On les entoure, on les presse, on les accable de mille questions; aussi, pour satisfaire le désir ardent des pèlerins, ils font, à trois reprises et dans trois endroits différents, le récit de la sainte Apparition, Mélanie d'un côté et Maximin de l'autre. Comme leur voix enfantine ne peut se faire entendre au loin, une foule immense s'échelonne autour de chacun d'eux; le premier rang s'assied à terre ou s'agenouille et les autres se tiennent debout, fortement serrés les uns contre les autres. L'enfant, au centre de ce cercle humain, fait son récit; et, à mesure que ses paroles sortent de sa bouche, une voix forte et sonore les répète à tout le peuple et les fait parvenir au loin. La multitude boit les deux Bergers des yeux et dévore leurs paroles; on observe le silence le plus absolu, le recueillement le plus profond et on prête aux jeunes narrateurs une attention parfaite. On verse des larmes d'attendrissement, on n'aurait peut-être pas été plus ému, si l'on avait vu et entendu la Sainte Vierge elle-même. Rarement orateur, rarement prédicateur, fut écouté avec plus d'attention et produisit une plus vive impression dans l'âme de ses auditeurs.

Après que les enfants ont terminé leur narration, la foule leur demande de réciter quelques prières; ils le font, ils disent le chapelet et tout le monde répond avec une ferveur céleste. Plusieurs fois, les pauvres Bergers sont sur le point d'être étouffés par la foule qui se rue sur eux, partout où elle les aperçoit. Le père de Maximin est obligé d'emporter son fils de force pour l'empêcher d'être écrasé sous les flots de la multitude. Il l'emmène à la sacristie où le petit voyant utilise ce moment de répit en se confessant à M. Gerin. Les religieuses de Corps, qui ont amené Mélanie et l'ont toujours gardée sous leur surveillance, parviennent enfin aussi, mais non sans peine, à la tirer à l'écart. De retour à Corps, ces enfants devront recommencer à satisfaire aux questions des pèlerins, jusqu'à complet épuisement de leurs forces. Malgré toute l'attention dont ils sont l'objet, ils paraissent aussi calmes, aussi simples, aussi impassibles, que s'ils n'étaient pour rien dans l'événement qui a mis en branle tout ce monde.

Les gendarmes de Corps, eux aussi, sont venus à l'appel prudent du maire de la Salette, mais ils n'ont eu, dans un tel rassemblement, à constater aucun délit, à réprimer aucun désordre. Toutefois, leur concours fut précieux pour faciliter aux pèlerins l'accès de la sainte Table et de la source bénie.

Le nombre des visiteurs de la Sainte Montagne, en ce grand jour, a été porté par les uns à cent mille, par d'autres à quatre-vingts, à soixante, à cinquante. En adoptant ce dernier chiffre, nous avons conscience de demeurer en deçà plutôt que d'aller au delà de la vérité (1).

Vers deux heures, commence la descente. Ce n'est qu'à regret que ces fervents serviteurs de Marie s'éloignent, non sans se retourner, par intervalles, pour jeter un regard d'adieu aussi longtemps qu'ils peuvent l'apercevoir, sur le mont vénéré où ils ont, pour ainsi dire, laissé leur cœur.

Il est à remarquer que de tant de personnes venues pour la plupart de très loin, ayant voyagé dans de semblables conditions d'obscurité, de mauvais temps, de chemins impraticables et inconnus, il n'en est pas une, par une protection visible de la divine Mère, qui ait été victime d'un accident mortel. Il arriva seulement, qu'un malheureux protestant de La Mure, monté, non par dévotion, mais pour obéir aux pressantes sollicitations de sa femme, à la Salette, où il ne craignait pas de se répandre en insultes et en blasphèmes contre la Sainte Vierge et ses pèlerins, fut écrasé à Corps, au retour, par la voiture publique sur laquelle il voulut monter, à demi-ivre, pendant qu'elle était en marche. Il mourut quelques minutes après.

Tel fut cet incomparable pèlerinage du 19 septembre 1847, qui laissa un inoubliable souvenir dans la vie de tous ceux qui eurent le bonheur d'y participer.

Nouveaux actes épiscopaux.

Consultés au sujet du fait de la Salette, les vénérables chanoines de Grenoble avaient, le 15 décembre 1846, exprimé le vœu qu'une enquête juridique fût prescrite sur cet événement. Se rangeant à cet avis, Mgr de Bruillard porta, le 19 juillet 1847, l'ordonnance suivante :

---

1. M. Gérin, dans une lettre à M. Des Genettes, curé de Notre-Dame des Victoires, à Paris, opine pour *cent mille.*

« Philibert de Bruillard, par la miséricorde divine et la grâce du Saint-Siège apostolique, évêque de Grenoble ;

» Vu les deux rapports qui nous ont été adressés l'hiver dernier, par les deux commissions nommées par nous à cet effet, sur l'Apparition de la Sainte Vierge à deux jeunes bergers de la paroisse de la Salette, canton de Corps ;

» Vu les immenses progrès qu'a faits cet événement dans l'opinion publique, soit aux environs du lieu dont il s'agit, soit dans les diocèses voisins et une grande partie de la France ;

» Vu les procès-verbaux qui nous ont été transmis au sujet de beaucoup de guérisons ou étonnantes ou miraculeuses, opérées soit sur la montagne, soit ailleurs, par l'usage de la fontaine qui l'arrose ;

» Vu les demandes que nous recevons chaque jour de toutes parts, à l'effet d'obtenir de nous une décision sur l'événement ;

» Vu la conviction qu'ont éprouvée un grand nombre de personnes, prêtres et laïques, qui sont venues nous en faire part, après avoir visité les lieux et entendu les enfants, sans compter les milliers de pèlerins que nous n'avons point vus et qui partagent la même opinion ;

» Considérant qu'il est de notre devoir de faire prendre des informations juridiques, tant à Corps et à la Salette que dans les lieux où il n'est bruit que des guérisons miraculeuses ;

» Nous avons nommé M. Rousselot, professeur de théologie à notre grand Séminaire, chanoine de notre cathédrale et vicaire général honoraire, et M. Orcel, chanoine honoraire et supérieur du dit établissement, en qualité de commissaires délégués, pour dresser une enquête et recueillir tous les renseignements relatifs au fait dont il s'agit. Nous les engageons à s'adjoindre les prêtres et les laïques dont ils croiront la présence utile pour parvenir à la connaissance de la vérité. Ils requerront d'une manière toute particulière l'avis des médecins qui auront traité les malades, que l'on dit avoir obtenu leur guérison par l'invocation de Notre-Dame de la Salette, ou par l'usage de l'eau miraculeuse.

» Donné à Grenoble, le 19 juillet 1847.

» † PHILIBERT, évêque de Grenoble. »

Histoire de l'Apparition.   8

En conséquence de cette nomination officielle, MM. Rousselot et Orcel, pour accomplir leur mission, quittent Grenoble le 27 juillet. Ils parcourent successivement les diocèses de Valence, de Viviers, d'Avignon, de Nîmes, de Montpellier, de Marseille, de Fréjus, de Digne et de Gap, dont ils voient les évêques ou leurs représentants, et confèrent avec eux de l'objet de leur mandat.

« Partout, écrit M. Rousselot, dans le compte rendu officiel de cette enquête, présenté à Mgr de Bruillard, nous avons reçu un accueil favorable; partout il n'était bruit que de la célèbre Apparition de la Salette, de l'eau de la fontaine merveilleuse, de pèlerinages faits ou à faire à la Sainte Montagne, des miracles opérés, ou des grâces obtenues par l'intercession de Notre-Dame de la Salette et par l'usage de l'eau de la Salette. »

Les envoyés épiscopaux ne se contentent pas de se rendre compte de ce qu'on pense et de ce qu'on dit de l'Apparition, ils s'attachent à rechercher les preuves authentiques des faveurs extraordinaires, qu'on prétend avoir été obtenues par l'invocation de la Vierge de la Salette et l'usage de l'eau de la fontaine, voyant et interrogeant les soi-disant miraculés eux-mêmes, et se procurant des relations sûres et détaillées des faits, appuyées sur le témoignage, non seulement des intéressés, mais aussi de leurs parents, de leurs voisins et des médecins qui ont soigné leur mal et constaté sa disparition.

Lorsqu'en 1848, moins de deux ans seulement, par conséquent, après l'Apparition, M. Rousselot publia son rapport, il put déjà y mentionner, avec pièces justificatives à l'appui, vingt et une guérisons attribuées à la Reine des Alpes. Pour ne pas trop retarder la marche de notre récit, nous nous contenterons d'en rapporter seulement deux : celles de la Sœur Saint-Charles et de Mélanie Gamon, qui ont été déclarées miraculeuses par la grande commission épiscopale dont nous parlerons bientôt.

Guérison de la Sœur Saint-Charles. — Cette Religieuse appartenait à la Congrégation des Sœurs Hospitalières de Saint-Joseph et résidait à Avignon. Sa maladie et sa guérison ont été longuement racontées par sa propre Supérieure, dont nous nous bornerons à citer la relation si complète et si touchante.

« Ma Sœur Saint-Charles entra chez nous à l'âge de dix-sept ans et demi; sa complexion était des plus délicates; peu de temps après sa profession, sa santé s'affaiblit notablement, et, avant de terminer son noviciat, elle se vit réduite à l'état le plus affligeant; des douleurs d'estomac, de fréquents crachements de sang, la dysenterie et une fièvre lente et continue, l'ont tenue pendant plus de huit ans sur un lit de douleurs. Dans cet intervalle, elle a été administrée et a communié plusieurs fois en Viatique. Tous les médecins qui l'ont vue ont déclaré son état entièrement désespéré. Elle ne pouvait se lever que rarement et pour peu de temps, c'est tout au plus si elle assistait à la Sainte Messe cinq ou six fois par an; encore était-ce avec une si grande fatigue qu'elle en était aux abois.

» Plus d'une fois on a été obligé de l'emporter dans une défaillance complète. Aussi ne lui accordait-on cette grâce que pour céder à ses instances et ne pas trop l'affliger.

» Au mois de décembre 1846, ses maux s'aggravèrent considérablement, et nous nous vîmes plusieurs fois au moment de la perdre. L'inflammation se fixa au gosier et dans la bouche; elle n'avalait que très difficilement. Ce mal présentait tous les symptômes d'un ulcère; il s'en exhalait une odeur si infecte qu'on avait peine à la supporter; une expectoration abondante, mêlée de sang, contribuait encore à l'affaiblir et rendit son état pitoyable.

» Depuis cette époque jusqu'au 15 avril, elle n'a pu goûter le pain ni rien de solide; elle ne s'alimentait qu'avec du bouillon ou de l'eau laiteuse qu'elle ne pouvait prendre qu'en très petite quantité, bien qu'elle fût obligée de boire souvent; car sans cela son gosier se fermait.

» Le 14 février 1847, elle reçut l'Extrême-Onction et communia depuis, deux ou trois fois en Viatique.

» Tel était l'état de cette chère Sœur, quand on commença à parler des miracles opérés par l'eau de la Salette. J'avoue, à ma confusion, que je n'y ajoutai pas tout d'abord foi; mais ayant appris la guérison d'une religieuse du Sacré-Cœur (la Sœur Prouvèze), je sentis naître ma confiance, et j'eus la pensée de proposer une neuvaine à notre chère malade.

» Cependant, quelque désir que j'eusse de sa guérison, j'avais encore plus en vue la gloire de la Sainte Vierge, la confirmation de son Apparition aux deux petits Bergers et la conversion des pèlerins. C'est pour ces motifs que, parmi nos Sœurs malades qui étaient en assez grand nombre, je choisis ma Sœur Saint-Charles, comme celle qui, étant plus connue à raison de la longueur de sa maladie, pouvait mieux servir au but que je me proposais.

» Je lui fis part de ma pensée, elle parut d'abord très indifférente et me déclara qu'elle n'avait aucun désir de recouvrer la santé qui l'éloignerait de l'éternité ; qu'elle préférait mourir ou rester dans l'état où elle était, tant qu'il plairait à Dieu.

» Je revins plusieurs fois à la charge ; mais la trouvant toujours dans les mêmes dispositions, je crus devoir user de mon autorité. M'étant procuré une petite quantité de l'eau de la fontaine de la Salette, je lui dis qu'elle ne devait pas tant se considérer elle-même, que la gloire de Dieu et l'augmentation du culte de la Sainte Vierge, à quoi contribuerait beaucoup une guérison aussi extraordinaire, opérée en sa faveur. Je lui ordonnai donc de s'unir à la neuvaine que la communauté allait faire pour elle, et de prendre de l'eau que je lui apportais. Elle fut d'abord persuadée que si elle faisait cette neuvaine, elle serait guérie, et s'y soumit par obéissance. J'exigeai aussi qu'elle indiquât elle-même les prières et les exercices de la neuvaine.

» Chaque jour, une Sœur faisait la sainte Communion en esprit de réparation pour les principaux péchés que la Sainte Vierge avait signalés aux petits Bergers, et demandait la conversion des profanateurs et des blasphémateurs. On fit aussi trois jeûnes à la même intention, et chaque jour nous récitions le *Salve Regina*, trois *Ave*, avec les invocations : *O Marie, conçue sans péché*, etc., et *Mater admirabilis*, etc.

» La Sainte Vierge semblait mettre notre confiance à l'épreuve, car notre chère malade était toujours très faible et très souffrante. Le jeudi, septième jour de la neuvaine, elle eut une défaillance suivie d'un vomissement abondant de matières purulentes, mêlées de sang. Cet accident nous alarma vivement. La voyant en cet état, je lui dis : « Je crois que la Sainte Vierge vous guérira en vous mettant au Ciel. » Elle me répondit : « Tous mes maux n'affaiblissent point ma confiance et, comme je n'ai plus que trois jours à souffrir, je prie la bonne Mère de ne pas m'épargner, et j'espère bien aller samedi à la sainte Messe et y communier. » En effet, elle disposait toutes choses et demandait qu'on lui apportât ses habits et son voile, dont elle ne s'était pas servie depuis longtemps. Le vendredi 16 avril, après avoir passé une très mauvaise nuit, elle cracha encore du sang le matin. Mgr de Prilly, évêque de Châlons, devait célébrer la sainte Messe à sept heures, dans notre pauvre chapelle. Afin de participer aux indulgences attachées à la Messe de ce saint Prélat, j'avançai d'un jour la communion générale qui devait avoir lieu le samedi pour terminer la neuvaine. Ce changement contraria ma Sœur Saint-Charles, qui était désolée de ne pouvoir, ce jour-là, s'unir à la communauté, et craignait de se trouver seule à communier le lendemain, qu'elle croyait fermement devoir être le jour de sa guérison. Pendant que nous assistions à la sainte Messe, elle faisait ses petits projets et se proposait de faire demander à notre confesseur une nouvelle communion générale, afin de se présenter à la Table sainte avec toutes ses Sœurs, et être plus sûrement exaucée. Elle avait l'esprit tout rempli de cette pensée, quand, tout à coup, il se fit une révolution en elle. Tous ses maux cessèrent subitement, comme si une main invisible les lui enlevait (c'est son expression); elle ne se reconnaissait plus, et avait peine à croire ce qu'elle éprouvait; elle fit plusieurs mouvements pour s'assurer qu'elle n'était pas dans l'illusion, et, sentant que ses forces étaient entièrement revenues, elle ne douta plus de la grâce qui lui était accordée et s'écria : « Je suis guérie! » Ma Sœur Saint-Joseph, qui était couchée dans la même salle, ne comprit pas ce qu'elle disait, et crut au contraire qu'elle se trouvait plus mal; elle s'alarma d'autant plus, qu'elle était seule en ce moment et trop malade elle-même pour aller la secourir. Mais Sœur Saint-Charles, l'entendant pleurer, la tira bientôt de son inquiétude; elle sort du lit, et va elle-même la consoler. Elle en fit autant à la tourière qui gardait le couvent pendant la messe, et s'était beaucoup effrayée, en entendant courir dans la salle où elle n'avait laissé que des malades. Elle arrive tout essoufflée, se trouvant presque mal; ma Sœur Saint-Charles la tranquillisa, lui donna à boire, ainsi qu'à ma Sœur St-Joseph, et les assura qu'elle était guérie.

» On était au moment de l'Evangile de la Messe du saint Prélat. Cette chère Sœur s'habilla à la hâte et se rendit à l'avant-chœur, où elle entendit le reste de la Messe, à genoux et sans appui.

» Lorsque nous sortîmes du chœur, elle vint au-devant de moi pour m'embrasser; je lui dis qu'il fallait commencer par rendre grâces à sa céleste Bienfaitrice; elle me répondit qu'elle l'avait déjà fait, ayant entendu une grande partie de la Messe et récité le *Te Deum;* mais qu'il lui tardait de prendre de la nourriture, car elle avait bien appétit. Je hâtai le pas, et lui dis de me suivre afin d'éprouver ses forces; elle marcha très rondement et descendit l'escalier aussi vite que moi. Je lui donnai un morceau de pain bis, qu'elle mangea presque avec avidité; elle entra ensuite à la salle de communauté pour embrasser les Sœurs ravies de cette nouvelle, et recevoir la bénédiction de Mgr de Prilly; ce saint Prélat l'exhorta à témoigner sa reconnaissance à Dieu et à sa divine Mère, et à être très fidèle aux devoirs de notre saint état.

» Dans la matinée, elle fit une heure d'oraison, à genoux, après quoi elle se mit à l'ouvrage, repassa du linge pendant un temps assez considérable, reprit de suite toutes les observances de la communauté, alla au réfectoire, où elle mangea une grosse soupe aux choux (qu'elle n'aimait pas lors même qu'elle était en santé), ainsi que le légume qui nous fut servi à toutes. Le même jour, se rappelant qu'on lui avait préparé du bouillon gras qui ne lui était plus nécessaire, elle me demanda la permission de le porter à une pauvre femme malade qui se trouvait dans notre enclos, et que nous assistions; il fallait, pour se rendre chez elle, monter une échelle assez incommode. Notre chère Sœur le fit avec une facilité étonnante.

» Le bruit de cet événement se répandit bientôt dans la ville, attira chez nous une multitude de personnes, qui voulaient s'assurer par elles-mêmes de la vérité d'un fait si extraordinaire. Nos parloirs furent encombrés pendant plusieurs jours, et ce ne fut pas une petite épreuve que la fatigue que tant de visites devaient causer à notre chère Sœur. Elle la supporta cependant d'une manière qui nous jetait dans l'admiration, n'en étant nullement incommodée, quoiqu'elle fût obligée de parler presque toute la journée.

» Nos médecins surtout n'en pouvaient croire leurs yeux. L'un d'eux, qui venait plus fréquemment et avait suivi les progrès de la maladie de cette chère Sœur, m'avait dit plusieurs fois : « Vous la verrez expirer, car je ne sais vraiment ce qui la tient là. » Je lui parlai de la neuvaine que nous faisions, et lui demandai si, dans le cas où nos vœux seraient exaucés, il ne donnerait pas une attestation. « Si la chose arrivait, me répondit-il, j'en donnerais mil-» le, car elle est perdue ».

» Je me hâtai de le faire prévenir dans cette heureuse journée, et je le laisse raconter lui-même, dans son attestation, quelles furent sa surprise, son admiration et les épreuves qu'il exigea pour s'assurer de la vérité.

» Comme ma Sœur Saint-Charles n'avait pu s'unir à la neuvaine qu'en partie, elle avait promis de jeûner pendant trois jours lorsqu'elle serait guérie; elle le fit peu de jours après, sans en être fatiguée le moins du monde. Elle fit de même les jeûnes des Quatre-Temps et du jubilé qui se rencontrèrent à la même époque.

» Depuis plus de quinze mois que cette guérison a été opérée, ma Sœur Saint-Charles continue à suivre tous les exercices de la communauté, se lève à cinq heures, et jouit d'une santé aussi bonne qu'on peut le désirer, vu la délicatesse de son tempérament.

» Je désire que cette relation contribue à la gloire de Dieu, à l'augmentation de la foi et soit un monument éternel de notre reconnaissance envers notre glorieuse bienfaitrice, qui a bien voulu donner à notre communauté une si touchante preuve de sa puissante protection.

» C'est dans cette confiance que je signe ce récit, certifiant qu'il n'y a rien qui ne soit très conforme à la plus exacte vérité.

» J. PINEAU,
» Supérieure des Religieuses Hospitalières
de Saint-Joseph. »

Ajoutons à ce témoignage éloquent de la Supérieure de la Sœur Saint-Charles, les conclusions de deux médecins qui ont soigné la malade :

« Si l'on me demande, écrit le docteur Gérard, comment la cure de la Sœur Saint-Charles a eu lieu, je dois répondre que, médicalement parlant, elle n'a pas suivi les phases ordinaires. A-t-on vu d'autres fois, en effet, qu'un malade en danger recouvre la santé sans passer par une convalescence plus ou moins longue et pénible, c'est-à-dire, est-il naturel que, dans une maladie grave, inopinément le *facies* se métamorphose et que subitement les forces et l'appétit reviennent? Pour moi, je l'avoue, je n'avais jamais rien vu de semblable. »

Le docteur Roche donne à son tour l'attestation suivante :

« Le docteur médecin soussigné, médecin en chef honoraire de l'hôpital d'Avignon, après trente-six ans de service actif, déclare que le retour imprévu et inattendu d'un état médicalement jugé mortel dans la personne de la Sœur Saint-Charles ci-dessus nommée, à une santé parfaite sous tous les rapports fonctionnels et organiques, s'est opéré tout à coup sans l'intervention des procédés de l'art et que, partant, il tient du prodige.

» ROCHE, D. M. »

Guérison de Mélanie Gamon. — Mlle Mélanie Gamon demeurant à Saint-Félicien, arrondissement de Tournon, département de l'Ardèche (France), était atteinte depuis six ans et demi d'une affection à la moelle épinière avec trouble général des fonctions économiques. Elle était couverte de plaies, réduite à l'extrémité, munie des Sacrements de l'Eglise et agonisante, lorsqu'au dernier coup des Vêpres de l'Assomption, et vers les deux heures, elle se sent tout à coup parfaitement guérie et appelle sa sœur, restée seule dans la maison pour recevoir son dernier soupir. *Victoire, s'écrie-t-elle, apporte-moi ma robe, je suis guérie.* A l'instant, Mélanie se lève, s'habille... Tout a disparu, douleurs intérieures, plaies extérieures. Et si la modestie ne lui eût fait craindre de se donner en spectacle à un peuple qui la savait malade, et qui depuis six ans ne l'avait vue marcher, elle se serait jointe à la procession de ce jour-là. Elle avait fait deux neuvaines à Notre-Dame de la Salette, et pris chaque jour quelques gouttes de l'eau bienfaisante qu'un heureux hasard lui avait procurée; à la fin de la première, elle était encore plus souffrante, et ce ne fut qu'au neuvième jour de la seconde, qu'elle obtint le bienfait de sa guérison miraculeuse.

Cette guérison a été attestée par le docteur Farges-Lagrange qui avait soigné la malade, et elle a été relatée par M. le Chanoine Bernardin Fustier, curé de Saint-Félicien, dont la signature, accompagnée de celle de deux autres prêtres, a été légalisée par M. Gervais, vicaire général de Viviers.

Les envoyés de Mgr de Bruillard terminèrent leur voyage d'enquête par une visite à la Salette. Le jour même de leur arrivée à Corps, ils voient et interrogent longuement Maximin et Mélanie. Le lendemain, accompagnés de ces enfants, de MM. les Curés de Corps et de la Salette, et d'autres personnes, prêtres ou laïques, ils gravissent la Sainte Montagne, examinent minutieusement la disposition des lieux et se font redire sur place, de la manière la plus circonstanciée, le fait de l'Apparition. Enfin, ils ne regagnent Grenoble qu'après avoir pris toutes les informations possibles auprès des personnes de la Salette et de Corps qui pouvaient les renseigner utilement, et qu'après s'être munis des pièces authentiques susceptibles de faire la pleine lumière sur le grand fait qu'ils ont charge d'étudier.

A l'aide du riche trésor de documents et d'observations qu'ils avaient amassés au cours de leurs laborieuses pérégrinations, MM. Rousselot et Orcel rédigèrent un long et très intéressant mémoire qui ne fut livré à la publicité que plus tard, mais dont connaissance fut donnée sans retard à Mgr de Bruillard.

C'est alors que le Vénérable Evêque de Grenoble institua une nouvelle commission, dans le but d'étudier plus à fond le fait de la Salette, en prenant pour base d'examen le rapport dont nous venons de parler, accompagné de nombreuses pièces justificatives recueillies de toutes parts sur cette importante affaire. Cette nouvelle commission se composait des deux Vicaires généraux titulaires du diocèse, des huit Chanoines de la Cathédrale, du Supérieur du grand Séminaire et des simples curés de la ville épiscopale, avec Monseigneur lui-même pour président.

Tous ces messieurs, d'ailleurs respectables par leur science, leur caractère, leur situation et leurs vertus, ne professaient pas les mêmes sentiments à l'égard de l'événement de la Salette. S'il s'en trouvait qui lui fussent favorables, comme MM. Rousselot et Orcel, dont la conviction s'était formée à l'étude sérieuse et réfléchie des faits, d'autres, par contre, lui étaient plutôt hostiles. Aussi ces derniers jouèrent-ils dans les séances le rôle d'avocats du diable, faisant flèche de tout bois, pour attaquer le rapport, soulevant à son encontre les objections les plus futiles (ils n'en avaient pas de sérieuses à présenter) épiloguant sur les moindres incidents.

Dans l'espace de cinq semaines, la commission tint huit conférences, dont voici un court résumé, d'après les procès-verbaux authentiques qui en ont été dressés.

1ʳᵉ CONFÉRENCE *(8 novembre 1847)*. — Après récitation du *Veni Creator* et communication par Mgr de Bruillard d'un règlement concernant la distribution des travaux et la tenue des assemblées, lecture est donnée par MM. Rousselot et Orcel de la partie de leur rapport qui traite de la topographie de la Sainte Montagne, du caractère des deux Bergers, de leur récit et de leur secret.

Au sujet de la topographie, quelqu'un demande si une personne n'aurait pu se tenir cachée dans les circuits que fait le ruisseau de l'Apparition.

Le rapporteur répond que le ruisseau est totalement à découvert dans l'étendue de son parcours, soit au-dessus, soit au-dessous du lieu de l'Apparition.

Relativement aux enfants, il résulte de l'échange de plusieurs remarques, qu'ils sont réellement indifférents l'un à l'égard de l'autre, sans se rechercher ni se fuir, comme l'indique le rapport.

Enfin, un membre objecte l'addition (dont nous avons déjà parlé) faite par Maximin au discours de la Dame, des « cailloux jetés dans l'église par les jeunes gens de Corps aux jeunes filles. »

Par défaut de renseignements sur cette question on en remet la solution à la prochaine réunion.

Entre la première et la seconde conférence, Monseigneur appela à Grenoble M. le Curé de Corps ainsi que les deux Bergers. Maximin fut amené par son pasteur et descendit avec lui chez M. Gerin, curé de la Cathédrale. Mélanie fut confiée aux soins de la R. M. Sainte-Thècle, et toutes deux reçurent l'hospitalité à Corenc, chez les religieuses de la Providence.

Il est assez curieux de lire dans M. l'abbé Champon (1)

---

1. CHAMPON, *Récits de Maximin.*

les étonnements successifs éprouvés par le fils du charron Giraud, à son premier voyage. Son vénérable guide ne lui avait pas dit où ils allaient. A La Mure, l'enfant se croit déjà bien loin de Corps, et quand il apprend qu'ils ne sont pas à moitié chemin, il se figure qu'ils vont au bout du monde. A Laffrey, il prend les lacs de ce village pour la mer dont il a entendu parler par Sœur Valérie à la leçon de géographie. La vue du château de Vizille donne occasion à de nouvelles et naïves questions de sa part.

La nuit est venue quand on arrive à Grenoble. L'aspect des rues et des places de la ville éclairées au gaz le jette dans l'admiration. Un voyageur, à qui M. Mélin a dû faire connaître le Voyant de la Salette, demande alors à Maximin si la Dame qui lui est apparue sur la Montagne était aussi brillante que les éblouissantes devantures des magasins de la place Grenette où s'arrête en ce moment la voiture. — « Si elle se trouvait ici, répond Maximin, elle remplirait à elle seule toute cette place de lumière. »

Le lendemain, la personne de service de la cure dut, d'autorité, procéder en règle à la toilette du Berger, qui s'y refusait, pour le rendre présentable à l'évêché.

2me CONFÉRENCE *(15 novembre)*. — M. Mélin y assiste. On revient sur le caractère des Bergers. Quelqu'un ayant prétendu que les deux enfants étaient dressés à répondre aux questions qu'on leur pouvait faire et mis en doute leur désintéressement, M. le Curé de Corps et M. Rousselot assurent que leurs maîtresses ne leur parlent presque jamais de l'Apparition et qu'elles ne sont pas présentes lorsqu'on les interroge. Ils ajoutent qu'il faut souvent presser les Bergers pour les déterminer à accepter quelque chose et qu'ils remettent intégralement tout ce qu'ils reçoivent à Mme la Supérieure, sans jamais s'informer de l'emploi qu'elle en fait. Quant aux « cailloux jetés dans l'église », ajoutés par Maximin à son récit et objectés dans la conférence précédente, M. le Curé de Corps fait remarquer que ces mots, qui ont dû lui être suggérés par ses auditeurs, témoins journaliers de ces désordres, et que du reste l'enfant n'a répétés que trois ou quatre fois, sont, non une contradiction au discours de la Dame, mais seulement une explication de ses paroles.

M. Rousselot, continuant ensuite la lecture de son rapport, prouve, par une argumentation des plus claires et des plus solides, que les Bergers n'ont pu être ni trompés, ni trompeurs, et que dès lors leur témoignage est recevable.

Monseigneur fait alors introduire Maximin. L'enfant s'avance sans saluer et sans paraître le moins du monde intimidé par le grave sénat devant lequel il comparaît. Quand on l'a fait asseoir il s'agite sans cesse sur son fauteuil, tantôt se soulevant pour se laisser retomber, tantôt se penchant à droite ou à gauche, tantôt enfin se balançant d'avant en arrière et réciproquement; puis, dès qu'on le lui demande, il fait le récit de l'Apparition, moitié en français, moitié en patois.

3me CONFÉRENCE *(16 novembre)*. — Le fait principal de cette réunion fut la comparution de Mélanie. La Voyante entre dans la salle avec un embarras modeste. La Supérieure des Sœurs de Corps l'accompagne. Au milieu du plus profond silence commence alors un interrogatoire mené avec la plus grande habileté. La Bergère répond à tout avec un accent timide mais convaincu; elle fait ensuite son récit avec beaucoup de netteté.

Interrogée par Monseigneur, la R. M. Sainte-Thècle répond que la Bergère, dans les commencements, racontait le fait aussi fidèlement que maintenant, quoique avec moins de suite; que pour le reste, elle a si peu de facilité, qu'on a eu bien de la peine à lui apprendre les actes de foi, d'espérance et de charité, sans qu'on puisse même affirmer avoir réussi.

Maximin est ensuite introduit. Il montre le même sans-façon que la veille et satisfait aux questions qui lui sont posées.

4me CONFÉRENCE *(17 novembre)*. — Les enfants sont de nouveau entendus et répondent au contentement général de l'assemblée.

M. Rousselot continue la lecture de son rapport, et M. le Curé de Corps, pour se disculper du reproche de spéculation sur l'eau de la Salette, qu'un des membres de la commission hostile à l'Apparition n'avait pas craint de

lui adresser, déclare qu'il ne s'est pas réservé un centime
des offrandes faites par les personnes qui ont demandé
de cette eau, mais que l'excédent des recettes, tous frais
d'emballage et d'expédition payés, a été ou employé en
œuvres de charité dans le pays même, ou mis en réserve
pour la construction d'une chapelle quand il plaira à Monseigneur de l'ordonner.

5me CONFÉRENCE *(22 novembre)*. — Après une discussion
philosophique établissant qu'un petit nombre de témoins
possédant d'ailleurs les autres conditions requises pour
qu'un témoignage soit recevable, suffit pour rendre un fait
moralement certain, Monseigneur met aux voix les diverses parties du rapport déjà étudié, et elles sont toutes ap-
prouvées, les unes à l'unanimité, les autres à la très grande majorité des membres de la commission.

6me CONFÉRENCE *(29 novembre)*. — Cette séance est consacrée surtout à l'examen de plusieurs guérisons extraordinaires obtenues par l'invocation de Notre-Dame de
la Salette et des pièces justificatives qui en font foi. Celles
de Mélanie Gamon et de la Sœur Saint-Charles ont été
jugées réunir les conditions exigées par les théologiens
pour constituer un vrai miracle.

7me CONFÉRENCE *(6 décembre)*. — On continue à passer
en revue les guérisons. Celle d'une aveugle de Lalley
(Isère) est acceptée unanimement, sinon comme certainement miraculeuse, au moins comme tout à fait extraordinaire.

M. Rousselot commence ensuite à lire la partie de son
rapport qui résout les objections faites contre l'Apparition.

8me ET DERNIÈRE CONFÉRENCE *(13 décembre)*. — Elle a
pour objet la suite de l'examen des objections, dont les
solutions sont adoptées à la grande majorité.

Monseigneur prononce alors la clôture des conférences,
remercie les membres de la commission de leur zèle et
de leur assiduité, et se réserve de porter un jugement
doctrinal quand le temps lui en paraîtra arrivé (1).

1. ROUSSELOT. *La Vérité*. — Manuscrits BOSSAN.

CHAPITRE VII

LA GUERRE A LA SALETTE.

Premières escarmouches.

IL entre dans les vues de la Providence que tout ce qui vient du Ciel soit attaqué; la contradiction est même la pierre de touche des œuvres divines. Notre-Seigneur Jésus-Christ a accepté d'être contredit, ainsi que l'avait prédit le saint vieillard Siméon. Il le fut : dans sa Personne, par les ennemis qui l'ont calomnié et mis à mort; dans sa doctrine, par les hérésies; dans son Eglise, par la persécution sous toutes les formes.

L'Apparition de Marie, à la Salette, n'a pas fait exception à la règle générale.

L'autorité ecclésiastique, aux premiers bruits de l'événement, ne se hâta pas de se prononcer pour ou contre la réalité des faits allégués, mais elle se renseigna et attendit. L'autorité civile fut moins sage en présence du prodige dont elle ne tarda pas à apprendre que la montagne de la Salette aurait été le théâtre.

Dès le 20 février 1847, lisons-nous dans M. l'abbé Nortet, un hommé Claret, Maire de Morestel, chef-lieu de canton de l'Isère, avait fait parvenir au sous-préfet de la Tour-du-Pin, une relation de l'Apparition répandue parmi le peuple, et requis en même temps que des mesures fussent prises pour empêcher « *la circulation de pareilles absurdités* », écrivait doctoralement M. le Maire.

Le Sous-Préfet Carbonnel crut de son devoir, en transmettant ce communiqué au Préfet Pellenc, de renchérir sur son subordonné en faisant remarquer que « *ces sinistres rumeurs sont de nature à produire un effet déplorable dans les campagnes, où elles sont malheureusement partagées par des personnes revêtues d'un caractère respectable et qui ajoute à leur influence* ». C'était là, à l'égard des prêtres de l'Isère, que visaient clairement les dernières paroles du Sous-Préfet, une imputation mensongère, car le clergé observait, au sujet de l'Apparition, la discrète retenue imposée par Mgr de Bruillard dans sa circulaire du 9 octobre 1846.

Le premier magistrat du département, à son tour, en
donnant communication à Monseigneur de Grenoble de
l'envoi du Maire de Morestel déjà deux fois apostillé, voulut, nouveau Garo, y aller de sa petite remontrance à
l'Evêque qu'il pria de « *trouver quelque moyen de remédier
au mal que causent des inquiétudes exagérées* » (1).

Il y a apparence que, d'un autre côté, le Préfet de
l'Isère avisait également le Ministre de l'Intérieur des
graves dangers que la nouvelle de l'événement de la Salette faisait courir à ses administrés.

D'ailleurs, les sommités administratives eussent pu apprendre les faits dont il s'agissait par le retentissement
qu'ils eurent, dès cette époque, dans la presse de la capitale et de la province.

Dans ses numéros du 16 et du 21 février 1847, le *Siècle*
apprend à ses lecteurs, en s'en moquant, en la qualifiant
de *bruit absurde*, et en l'accompagnant de calomnies, la
nouvelle de l'Apparition de la Sainte Vierge à deux bergers des Alpes.

Le *National* arrive aussitôt à la rescousse pour dauber
le « *nombre encore grand, paraît-il, de ceux qui croient à
de tels récits* » qu'il appelle des *impostures fantastiques.*

Le *Constitutionnel* embouche également la trompette,
pour jouer un air semblable.

De leur côté, les bons journaux ne demeurèrent pas
muets, l'*Univers* et l'*Ami de la Religion* rivèrent le clou
aux feuilles impies dont ils firent ressortir la fausseté des
raisonnements, et conclurent que si, en droit, le miracle
était possible, en fait, il fallait, avant de se prononcer
pour ou contre, attendre la relation authentique que préparait l'évêché de Grenoble, ajoutant toutefois que la conversion des habitants de Corps, à la suite de l'événement
de la Salette, constituait une présomption en faveur de
sa divinité.

Le 1er mai, le *Censeur de Lyon* allait plus loin encore
que les mauvaises feuilles parisiennes; il accusait un prêtre des Alpes d'avoir inventé Notre-Dame de la Salette
pour battre monnaie, accompagnait cette calomnieuse im

---

1. NORTET. N.-D. de la Salette.

putation d'impiétés et de blasphèmes, et terminait son infâme article en appelant, sur les prétendus auteurs de l'Apparition, les rigueurs de la justice.

Par une lettre très digne et très pressante, M. le chanoine Bouvier, doyen du Chapitre de Grenoble, somma le rédacteur calomniateur, ou de prouver qu'un prêtre était coupable d'un pareil crime, ou de désavouer son accusation qui retombait sur le clergé tout entier. Avec la bonne foi qui caractérise ses pareils, le *Censeur*, qui ne pouvait donner la preuve d'un fait imaginé de toutes pièces, ne se rétracta pas davantage; du moins, il garda le silence.

Le Gouvernement d'alors ne croyait sans doute pas plus que le *Siècle*, et autres journaux de même acabit, à la réalité de l'Apparition, car il donna en secret, au parquet de Grenoble, l'ordre d'agir pour en rechercher et punir les auteurs.

Un jour d'hiver, Baptiste Pra voit arriver chez lui, aux Ablandins, un monsieur, escorté de deux compagnons, pour l'entretenir de l'Apparition. Cette visite, en elle-même, n'avait pas de quoi étonner le maître de Mélanie, accoutumé à recevoir des étrangers désireux de se renseigner sur le même objet. Toutefois, le nouveau venu se distingue du commun des pèlerins; il questionne avec plus d'instances et plus d'habileté et entre dans une foule de détails auxquels les autres ne songent pas. L'interrogatoire terminé, il demande à son interlocuteur de confirmer, par un serment, la vérité de ses dires, prend copie de la relation rédigée par Pra, sous la dictée de Mélanie, au lendemain de l'Apparition, enfin consigne par écrit tous les détails qu'il vient d'obtenir soit du maître de la Bergère, soit de celui de Maximin, Pierre Selme, qu'il a mandé et interrogé également, et leur fait signer à tous deux leur déposition sur les Voyants et les diverses circonstances de l'Apparition; après quoi il se retire sans se nommer. Baptiste Pra aurait sans doute toujours ignoré la qualité de cet extraordinaire étranger si, deux ans plus tard, il n'eût parfaitement reconnu son visiteur en la personne du Procureur du Roi, venu à Corps pour y traiter quelque affaire de son ressort (1).

Non content de payer de sa personne, le chef du par-

____

1. Manuscrits BOSSAN.

quet de Grenoble mit en mouvement ses subalternes. Dans le courant de mai 1847, le Juge de paix de Corps recevait l'ordre de citer à sa barre Maximin et Mélanie à l'effet de découvrir le Personnage qu'ils disaient avoir vu sur la Montagne, et de le poursuivre ensuite comme perturbateur de l'ordre public. Quel sujet de perturbation pour l'ordre public, en effet, que de pacifiques processions de pèlerins qui gravissent, en égrenant leur chapelet, la Sainte Montagne, et viennent y solliciter les faveurs de la Reine du Ciel; que des pécheurs, touchés par la grâce, qui assiègent les confessionnaux; que le retour de paroisses entières à la sanctification du Dimanche et aux autres pratiques de la vie chrétienne!

En conséquence, le 22 du même mois, les deux petits Pâtres comparaissaient devant le tribunal. En l'absence du Juge de paix, siégeait son suppléant, M. Long, maire de Corps, assisté dans l'exercice de ses fonctions par le greffier Giraud. Ces deux personnages, avec Mélanie et Maximin, composaient d'abord toute l'assistance. Ce ne fut que vers la fin de la séance, quand déjà les déclarations des enfants étaient écrites, qu'entra dans le salon de M. Long, où se tenait la réunion, un cinquième personnage, vérificateur de l'enregistrement. Alors recommença l'interrogatoire auquel prit part le nouvel arrivé.

Dès le lendemain, le suppléant adressait son rapport au chef du parquet de Grenoble, l'accompagnant de la lettre d'envoi suivante :

« Monsieur le Procureur du Roi,

» J'ai l'honneur de vous adresser la déclaration faite des deux enfants qui ont annoncé l'Apparition d'une Dame, à eux inconnue, dans un quartier de montagne de La Salette-Fallavaux, en septembre dernier. Ce récit ne diffère pour ainsi dire pas avec ce qu'ils ont raconté à leurs maîtres, en rentrant, le soir du jour même de l'Apparition. S'il y a quelque différence, c'est dans les mots, mais le fond est le même; c'est du moins ce que Pierre Selme m'a raconté.

» Agréez, M. le Procureur du Roi, l'hommage de mon profond respect.

» F. Long, suppléant ».

Voici maintenant le rapport lui-même ; cette pièce authentique est trop précieuse pour que nous ne nous fassions pas un devoir de la citer intégralement, même avec ses incorrections et ses entorses à la langue française. Nous nous permettons seulement d'y ajouter quelques mots d'explication entre parenthèses.

« Du 22 mai 1847.

» Le Juge de paix de Corps, assisté du greffier, a reçu la déclaration suivante :

« Mélanie Mathieu, âgée de quatorze ans *(née le 7 novembre 1831, elle avait alors 15 ans et demi)*, née à Corps, déclare :

« En 1846, j'étais bergère du sieur Pra, dit Carron, propriétaire, domicilié aux Ablandins, commune de La Salette-Fallavaux ; un samedi du mois de septembre dernier, je gardais *(les vaches, sous-entendu)* avec Maximin Giraud, berger de Selme, du dit lieu des Ablandins, sur la montagne du hameau de Dorsières, appelée Dessous-les-Baisses. Nous abreuvâmes nos vaches dans un petit ruisseau, ensuite elles s'écartèrent ; nous goutâmes auprès du ruisseau et nous nous endormîmes. Je me réveillai la première, et, n'apercevant pas nos vaches couchées, je réveillai mon compagnon, je me dirigeai la première vers le coteau ; Maximin me suivit. Là, nous aperçûmes nos vaches couchées ; nous descendîmes au lieu où nous avions goûté ; il faisait soleil, j'étais encore la première ; c'était alors deux ou trois heures après-midi, lorsque j'aperçus moi-même une clarté à deux ou trois pas du lieu où nous avions dormi ; je dis à Maximin : Vois une clarté ; il me demanda où elle était, je la lui indiquai avec le doigt, et il la vit comme moi ; nous en étions distants de sept à huit pas ; en la fixant, nous aperçûmes peu à peu qu'il y avait une Dame dans cette clarté, assise sur une pierre plate supportée par d'autres ; son corps était penché en avant, ses coudes reposaient sur ses genoux, et sa tête était appuyée sur ses deux mains ; elle était tournée vers nous. Pendant que nous continuions de la fixer, la Dame se leva, fit quelques pas pour venir à nous, et nous dit :

« Avancez, mes enfants, n'ayez pas peur, je suis ici pour

» vous conter une grande nouvelle ». Nous avançâmes et
nous nous rencontrâmes au lieu où nous avions dormi, et
là Elle nous dit :

« Si mon peuple ne veut pas se soumettre, je suis
» forcée de laisser aller la main de mon Fils ; elle est si
» forte, si pesante, que je ne puis plus la maintenir. De-
» puis le temps que je souffre pour vous autres, si je
» veux que mon Fils ne vous abandonne pas, je suis
» chargée de Le prier sans cesse, *(tandis)* que vous au-
» tres, vous *(n')* en faites pas cas. Vous aurez beau prier,
» beau faire, vous ne pourrrez récompenser la peine
» que j'ai prise pour vous autres. Je vous ai donné six
» jours pour travailler, je me suis réservé le septième ;
» on ne veut pas me l'accorder, c'est ce qui appesantit
» tant la main de mon Fils ; aussi, (pour : *de même*) ceux
» qui mènent les charrettes ne savent pas jurer sans y
» mettre le Nom de mon Fils au milieu ; c'est (pour :
» *ce sont*) les deux choses qui appesantissent tant la main
» de mon Fils ; si la récolte se gâte, ce n'est rien que
» pour vous autres. Je vous l'ai fait voir l'année passée
» par les pommes de terre, vous n'en avez pas fait cas ;
» c'était au contraire quand vous trouviez les pommes
» de terre gâtées, *(que)* vous juriez et *(que)* vous mettiez
» le nom de mon Fils au milieu ; elles vont continuer
» *(de se gâter,* sous-entendu) et à la Noël il *(n')* y en
» aura plus. »

« Ne comprenant pas ce qu'Elle voulait dire par *pommes
de terre,* j'étais sur le point de le demander à Maximin,
quand la Dame dit : « Vous ne comprenez pas, mes en-
» fants, je vais vous le dire autrement », et, parlant le
patois de Corps, Elle nous dit :

« Si les truffes *(expression locale pour signifier les pom-
» mes de terre)* se gâtent, ce n'est rien que pour vous au-
» tres. Je vous l'ai fait voir l'an passé, vous n'en avez
» pas fait cas. C'était, au contraire, quand vous trouviez
» des truffes gâtées, *(que)* vous juriez et *(que)* vous y
» mettiez le nom de mon Fils au milieu ; elles vont conti-
» nuer *(de se gâter, si bien)* que, cette année, à la Noël,
» il n'y en aura plus. Si vous avez du blé, il ne faut pas
» le semer ; tout ce que vous sèmerez, les bêtes le man-
» geront ; ce qui viendra, tombera en poussière quand
» on le battra. Viendra une grande famine ; avant que

» la famine vienne, les enfants au-dessous de sept ans
» prendront un tremble (pour *tremblement*) et mourront
» entre les mains des personnes qui les tiendront, les
» autres feront leur pénitence de famine; les noix devien-
» dront boffes *(vermoulues)* et les raisins pourriront. S'ils
» se convertissent, les pierres et les rochers seront des
» monceaux de blé; les truffes seront ensemencées par
» les terres.

» Faites-vous bien votre prière, mes enfants?

» — Pas guère (pour *pas beaucoup*), Madame.

» — *(Il)* faut bien la faire, mes enfants; quand vous
» ne diriez qu'un *Pater* et un *Ave Maria*, soir et matin,
» quand vous ne pourrez pas mieux faire; quand vous
» pourrez mieux faire, il faut en dire davantage. Il ne
» va que quelques femmes un peu d'âge à la messe, les
» autres travaillent tout l'été le dimanche; l'hiver, quand
» ils ne savent que faire, ils ne vont à la messe que pour
» se moquer de la religion; le Carême, ils vont à la bou-
» cherie comme les chiens.

» N'avez-vous pas vu du blé gâté, mes enfants?

» — Non, Madame.

» — Vous en devez bien avoir vu, vous, mon petit, une
» fois au Coin, avec votre père, que le maître de la terre
» dit à votre père d'aller voir son blé gâté, vous y allâtes
» tous deux, vous prîtes deux ou trois épis dans vos
» mains, vous les frottâtes et tout tomba en poussière;
» vous vous en retournâtes. Quand vous étiez encore à
» *(une)* demi-heure de Corps, votre père vous donna un
» peu de pain, et vous dit : Tiens, mon petit, mange
» encore du pain cette année, je ne sais pas qui va en
» manger l'année prochaine, si le blé continue comme
» cela.

» Maximin répondit : «Oh! oui, Madame, je m'en ressou-
» viens à présent : tout à l'heure, je ne m'en (pour *me le*)
» rappelais pas. »

» — Eh bien! vous le ferez passer à tout mon peuple. »

» Ayant repassé la combe, la Dame redit encore : « Eh
» bien! mes enfants, vous le ferez passer à tout mon peu-
» ple. »

« Vers le milieu de cette conversation, la Dame me dit
un secret que je ne puis pas révéler. »

» Pressée de le déclarer, elle a persisté dans son refus.

» La déclarante ajoute que la Dame monta sur le coteau où ils la suivirent; que là, elle s'éleva à environ un mètre, et là, elle disparut insensiblement en commençant par la tête; il ne resta plus qu'une clarté qui disparut aussi. La Dame avait des souliers blancs entourés de roses, de toutes couleurs, garnis d'une boucle jaune brillante; ses bas étaient jaunes; un fichu blanc croisé devant et attaché derrière par les bouts; une grande coiffe élevée, blanche, entourée d'une couronne de roses de toutes couleurs; elle avait une petite chaîne au cou, au bout de laquelle était suspendue une croix à Christ jaune; aux extrémités latérales de cette croix, il y avait d'un côté un marteau et de l'autre *une tenaille; (sic)* elle avait une autre grande chaîne sur les épaules, toutes deux étaient brillantes. En marchant, elle ne faisait pas fléchir l'herbe.

» Sur les questions à elle faites, la déclarante répond qu'elle n'a parlé à personne sur la montagne; que, rentrée chez son maître, elle a rentré ses vaches; que, pendant qu'elle était après (pour *occupée à)* les traire en présence de sa maîtresse, Maximin est survenu et a raconté ce qui s'était passé, et ma maîtresse *(dit-elle, sous-entendu)* m'ayant dit (pour *demandé)* si c'était vrai, je *(le)* lui confirmai. Le lendemain, sur l'invitation de mes maîtres, nous fûmes la *(l'Apparition)* raconter au Curé qui desservait alors la Salette, qui se mit à pleurer.

» Maximin Giraud, né à Corps, âgé de 11 ans *(il allait en avoir douze, puisqu'il était né le 27 août 1835)* déclare :

» Qu'il n'était pas précisément en service, qu'il était seulement allé passer huit jours chez Pierre Selme père, des Ablandins, pour garder ses vaches.

» Que le lendemain de l'Apparition, il est rentré chez son père; sa huitaine était expirée, c'était un dimanche. Après ces déclarations, Maximin répète textuellement le récit de Mélanie Calvat.

» REMARQUES. Les deux enfants ont été entendus séparément. On a expliqué à chacun qu'étant devant la justice, il fallait dire toute la vérité, mais rien que la vérité.

» Répondant qu'ils l'ont toujours dite, leur déclaration est débitée comme on réciterait une leçon; mais cela n'est pas étonnant; ils récitent si souvent et à tant de personnes, qu'ils ont contracté l'habitude du récit. » (1)

---

1. En fait, la facilité extraordinaire qui accompagnait le ré-

Interrogé par M. Rousselot sur ce qu'il pouvait savoir de particulier au sujet de cet interrogatoire juridique, M. Mélin répondit le 12 mars 1850 au digne vicaire général :

« ... Comme on a donné à cette mesure judiciaire la forme usitée en cas de prévention, je ne sais que fort peu de choses, et par ouï-dire de la part des deux enfants, sur ce qui s'est passé dans le huis-clos où a eu lieu l'interrogatoire.

» M. Long, notaire et maire de Corps, en sa qualité de premier suppléant, faisait fonction de juge de paix, pendant l'intérim ; M. Giraud, greffier de la justice, écrivait les dépositions. Ces deux fonctionnaires sont loin, l'un et l'autre, d'être au-dessous de leur charge, par leur savoir ; ni l'un ni l'autre ne sont enthousiastes du fait de l'Apparition. Il serait à désirer que vous pussiez vous procurer leur travail ; c'est une pièce bien précieuse, puisqu'à la sévérité de la justice, se joint le calme de la raison, et qu'elle est revêtue, en même temps, de la gravité de la magistrature et de l'éclat du savoir. Les deux enfants m'ont assuré qu'on les avait tournés et retournés en tous sens pour les faire contredire : qu'ils avaient été interrogés séparément, puis simultanément, et confrontés l'un à l'autre, et surtout très sérieusement menacés des rigueurs de la justice, si, plus tard, on découvrait quelques mensonges dans leurs dépositions ; mais rien n'a pu les faire taire sur ce qu'ils savaient, rien n'a pu leur faire ajouter ce qu'ils ne savaient pas.

» C'était là ma conviction avant qu'ils se rendissent à la salle des audiences, et je la communiquai naïvement à leurs parents, quand ils vinrent avec eux, tout effrayés, pour me prier de les accompagner ainsi que leurs enfants. — Non, leur répondis-je ; en pareil cas, on ne laisse entrer personne et j'en suis très satisfait ; mais, rassurez-vous, vos enfants ne seront point embarrassés ; ils feront mieux tout seuls qu'assistés par qui que ce soit...

» Le lendemain de l'interrogatoire, je rencontrai par hasard M. Giraud.

» — Eh bien, greffier, lui dis-je, en l'abordant, la séance d'hier vous a-t-elle fait découvrir quelque chose de nouveau sur l'Apparition ?

---

cit des enfants n'était pas le résultat de l'habitude, car il est prouvé qu'elle existait dès le commencement. — Manuscrits Bossan.

» — Non ; mais le Procureur du Roi ne s'en tiendra pas là ; il ira de l'avant ; nous en avons rédigé les pièces et nous les avons envoyées au parquet.

» — Tant mieux, si l'on poursuit, on finira par découvrir erreur ou vérité ; mais gare à moi ! Après les deux enfants, je suis le premier à la barre de la justice.

» — Non ; personne ne croit que vous soyez l'inventeur de ce fait, mais il pèse des soupçons sur une autre personne ; nous la surveillerons.

» — Vous me rassurez bien un peu en me mettant hors de cour et de procès ; mais pourrait-on savoir quel est celui sur lequel vous avez les yeux ouverts ? Est-ce un prêtre ?

» — Nous sommes obligés de procéder lentement et avec prudence, autrement nous n'atteindrions pas notre but ; mais c'est un prêtre.

» — Du Canton ?

» — Oui, du Canton.

» — Vous m'étonnez et vous m'embarrassez tout à la fois ; faites-moi cette confidence, je me fais fort pour ce prêtre.

» — Eh bien ! c'est votre voisin d'Ambel.

» — M. R....?

» — Oui, lui-même.

» — Je vous remercie de cette ouverture ; rassurez-vous, mon pauvre greffier ; mon voisin d'Ambel croit moins à l'Apparition que vous.

» En effet, M. l'abbé R., craignant de croire trop facilement ou de ne pas croire assez, s'était tenu, jusque-là, dans une neutralité complète, par respect pour une vérité qu'on n'est pas obligé de croire, ne fût-elle que probable...

» Voilà les détails qui sont à ma connaissance et dont je puis vous maintenir l'exactitude et la vérité.

» MÉLIN, archiprêtre. »

Nanti du rapport officiel de la justice de paix de Corps sur l'événement de la Salette, le Parquet de Grenoble jugea ce document concluant, et cessa d'agir.

Il n'en fut pas de même du Ministre de la Justice et des Cultes d'alors, qui se permit de tracer une règle de conduite au vénérable Mgr de Bruillard. Voici en effet la missive qu'il lui fit parvenir.

« Objet : *Publication et colportage*   Paris, 12 juin 1847.
d'une gravure représentant l'Apparition
de la Vierge à deux enfants et de rela-
tions de cette Apparition.

» Monseigneur,

» On m'a signalé le colportage, dans plusieurs départements, d'une gravure représentant *l'Apparition de la Vierge à deux enfants sur une montagne de la Salette, canton de Corps, près de Grenoble,* et de diverses relations imprimées soit à la suite de la gravure, soit séparément, contenant les détails de cette prétendue Apparition et l'annonce d'une grande famine, ainsi que d'une maladie mortelle sur les enfants.

» On y avertit les laboureurs *de ne pas semer de blé.*

» De semblables passages sont de nature à produire, et ont déjà produit, en effet, de funestes impressions, particulièrement sur les populations des communes rurales; ils pourraient même, dans un temps de disette, compromettre la tranquillité publique.

» L'une de ces relations, imprimée à Angers, par la veuve Piguet-Château, rue Saint-Gilles, numéro 14, porte qu'un archevêque et deux évêques *se sont saisis de ce prodige et en ont informé la Cour de Rome.*

» Vous y êtes désigné, Monseigneur, comme étant l'un des Prélats dont on prétendrait s'autoriser pour mieux répandre la gravure et les relations dont il s'agit.

» Vous apprécierez comme moi, Monseigneur, le danger de ces publications, et vous ne permettrez pas qu'on les place en quelque sorte sous vos auspices; mais il importerait, vous le comprendrez, d'arrêter très promptement le progrès du mal, en faisant connaître la vérité aux populations, et de déjouer de coupables manœuvres dont le succès est d'autant plus facile qu'elles s'adressent à leurs sentiments religieux.

» Je vous prie, Monseigneur, de vouloir bien me faire connaître la suite que vous aurez donnée à la présente communication.

» Agréez, etc... » (1)

A cette mise en demeure impolie et malhonnête, l'Evêque de Grenoble répondit par la lettre ci-après, empreinte d'une noble dignité :

---

1. Nortet. N.-D. de la Salette.

« EXCELLENCE,

» J'ignore si un archevêque et un évêque ont informé la Cour de Rome de l'événement de la Salette, paroisse située à soixante kilomètres de Grenoble. Pour moi, je suis entièrement étranger à la communication dont il s'agit, si toutefois elle a eu lieu : je ne le crois pas. Je n'ai autorisé ni gravure, ni relation ou notice sur l'Apparition. J'ai même défendu à l'imprimeur ordinaire de l'Evêché, sur lequel seul j'ai autorité, de rien publier à cet égard, et j'ai acquis la certitude qu'il s'est conformé à mes instructions.

» A peine instruit du bruit répandu sur l'événement, j'ai adressé à mon clergé une circulaire dans laquelle je lui ai rappelé l'article de mes statuts synodaux, qui défendent de publier, sans autorisation expresse, aucun miracle nouveau, et tous, à l'exception d'un seul imprudent (simple prêtre habitué), ont entendu la voix de leur Evêque.

» Cependant, la chose est grave. Aussi ai-je les oreilles et les yeux ouverts sur tout ce qui se dit, se fait et arrive.

» A mon retour d'une longue tournée diocésaine, je viens d'apprendre que, par l'ordre de l'autorité supérieure, M. le Juge de paix du canton de Corps avait fait subir un très long interrogatoire aux deux petits Bergers, qui, dans leurs réponses, m'a-t-on assuré, ont montré une candeur et une assurance imperturbables.

» Agréez, etc... »

A côté de l'autorité civile résolvant, par une négative tranchante, sans examen préalable, la question de la Salette, avec cette outrecuidance sceptique qui, déjà alors caractérisait le monde gouvernemental, nul ne s'étonnera de voir prendre rang, parmi les contradicteurs de l'Apparition, le Protestantisme, hostile par avance, je dirai presque d'instinct, à tout ce qui peut procurer l'honneur de l'Immaculée Mère de Dieu.

Peu de temps après l'événement du 19 septembre 1846, un certain protestant du nom de Napoléon Roussel, dans un opuscule intitulé : *Mystères de la Salette*, écrit sérieusement que Maximin et Mélanie ont vu quelqu'un, il est vrai, sur la montagne, mais que le personnage qui s'est montré à eux est un quidam quelconque, ou Satan lui-même, lequel a ensorcelé les croyants à l'Apparition.

Un autre ouvrage, composé vers la même époque par le pasteur Jules Daudel, met également le grand fait sur le compte du démon.

Ce qui paraîtra plus extraordinaire, c'est que quelques prêtres se soient posés en adversaires à outrance de la visite de Marie à son peuple.

Nous avons dit que, parmi les membres de la grande commission épiscopale, formée de Mgr de Bruillard comme président, de ses deux vicaires généraux, des huit chanoines de la cathédrale, du supérieur du Grand Séminaire et des cinq curés de Grenoble, il s'en trouvait qui, de parti pris, se montraient opposés à l'Apparition. Qu'ils eussent exposé leurs difficultés et provoqué des éclaircissements à leurs doutes, s'ils en avaient, c'était leur droit, et même leur devoir, car l'autorité diocésaine, en convoquant les commissaires, n'avait d'autre but que de faire jaillir, de l'échange de leurs idées, la lumière pleine et entière sur l'événement de la Salette. Mais les opposants ne se bornèrent pas à soumettre à leurs collègues leur manière de voir; après que leurs objections avaient été entendues, examinées et réfutées, ils remettaient constamment sur le tapis les questions tranchées par l'assemblée, dans le but, bien visible, d'empêcher, par une obstruction continuelle, les conférences d'aboutir à des conclusions contraires à leur opinion personnelle.

Leur plan, toutefois, ne réussit pas. Quoi qu'ils fissent, le rapport de MM. Rousselot et Orcel, qui établissait la divinité du prodige d'une manière péremptoire, fut adopté dans toutes ses parties, à la grande majorité, car sur les *dix-sept* personnes dont se composait la commission, le plus haut chiffre de voix qu'ait réuni le parti de l'opposition, dans le vote des différentes questions proposées au jugement de l'assemblée, fut celui de *quatre*.

Des membres dont se composait la minorité, à savoir : MM. Berthier, vicaire général, de Lemps, curé de Saint-André, Genevey, curé de Saint-Louis, et Cartellier, curé de Saint-Joseph, le premier avait demandé compte, fort peu délicatement, à M. Mélin, curé de Corps, universellement estimé pour son esprit de désintéressement et ses autres vertus sacerdotales, de l'emploi des recettes qu'il avait réalisées en expédiant, de divers côtés, l'eau de la fontaine miraculeuse; M. de Lemps, homme de bonne éducation et de manières exquises, était resté dans les bornes d'une parfaite courtoisie ; M. Genevey s'était obstiné à soutenir, contre la plupart des théologiens, au sentiment desquels avaient adhéré Mgr de Bruillard et la majorité de la commission, qu'une très grande probabilité n'était pas la même chose qu'une quasi-certitude ou certitude morale, pour employer le langage technique de l'Ecole ; M. Cartellier, quel qu'ait été le rôle joué par lui dans les premiers temps, devait devenir, dans la suite, le chef réel, actif et opiniâtre de tous ceux, d'où qu'ils vinssent, qui se sont, depuis lors, attaqués à l'Apparition et que nous désignerons désormais sous le nom collectif d'opposition ou d'opposants.

La commission épiscopale dissoute, le devoir de ceux qui en avaient fait partie était tout tracé : il leur fallait respecter, extérieurement du moins, les décisions adoptées par la majorité, quitte à garder, dans leur for intérieur, leur conviction propre, s'ils y tenaient.

Telle ne fut pas la conduite de la fraction opposante. Humiliés de n'avoir pu amener le grand nombre à penser comme eux, et, dans leur amour-propre mal placé, ne voulant pas se déjuger, ces messieurs de la minorité s'en prirent à l'Apparition, qu'ils se jurèrent d'anéantir. Dès lors donc, sous le manteau de la cheminée, en petit comité, ils se mirent à attaquer les conférences dont les décisions leur avaient déplu, accusant odieusement, d'une part, Mgr de Bruillard de s'être laissé influencer, vu son grand âge, par quelques fanatiques ; d'autre part, les membres de la majorité de ne s'être rangés à son avis que par crainte d'encourir sa disgrâce, etc...

C'étaient là de pures calomnies ; mais comment défendre une mauvaise cause autrement qu'avec des armes déloyales ?

En 1848, avec l'approbation de Mgr de Bruillard, sous ce titre : *La Vérité sur les événements de la Salette du 19 septembre 1846*, parut le rapport de M. Rousselot, rédigé d'après l'enquête officielle faite par lui et M. Orcel, et accompagné du compte-rendu des conférences de 1847. Cet ouvrage calme, lumineux, concluant, irréfutable, et dont ont dû nécessairement s'inspirer tous les auteurs qui, depuis, ont voulu traiter sérieusement de la Salette, a soulevé, en raison même de sa force probante en faveur de l'Apparition, les colères de l'opposition. A partir de ce moment, elle a combattu non plus dans l'ombre, mais à découvert, avec le livre, son auteur et l'Evénement dont il établit invinciblement l'authenticité, en montrant d'une part que les Bergers, n'ayant pu être ni trompés, ni trompeurs, ont réellement vu et entendu ce qu'ils racontent, et, d'autre part, que de nombreux miracles, soit dans l'ordre de la nature, soit dans l'ordre de la grâce, ont été opérés par l'invocation de la *Vierge de la Salette* et le pieux usage de l'eau de la sainte Montagne de l'Apparition.

Si le rapport de M. Rousselot est le mieux documenté, il n'est pas le premier des ouvrages qui ont paru sur la Salette. Dès 1847, d'excellents travaux avaient été écrits sur cette intéressante question par M. l'abbé Bez, du clergé de Lyon, le R. P. Heck, bénédictin de Notre-Dame des Ermites, en Suisse, et Mgr Villecourt, évêque de la Rochelle. Les « *Souvenirs Intimes* » de M. l'abbé Arbaud, du diocèse de Digne, ont vu le jour la même année que « *La Vérité* » de M. Rousselot. En 1849, furent publiés un premier ouvrage de M. l'abbé Lemeunier, du diocèse de Séez, ainsi que la lettre de Mgr Dupanloup écrite en 1848 à M. Du Boys, de Grenoble, et dont nous avons donné, dans un chapitre précédent, de longues citations. L'année 1850 a produit un second ouvrage de M. Rousselot : *Nouveaux documents sur l'Evénement de la Salette.* Cette publication est, en tous points, digne de son aînée, dont elle forme d'ailleurs la suite et le complément naturels, en montrant le progrès de la dévotion à Notre-Dame de la Salette, non seulement sur la sainte Montagne, que gravissent des pèlerins de plus en plus nombreux, mais encore jusque dans les contrées les plus éloignées, où se multiplient les guérisons et les faveurs diverses obtenues par l'invocation de la Mère de Dieu, qui s'est manifestée aux deux petits Bergers.

Ce second ouvrage de M. Rousselot terrifia les opposants.

L'auteur espérait qu'il aurait pour résultat, par la force et la multiplicité des témoignages qu'il contenait en faveur de l'Apparition, d'amener Mgr de Bruillard à se prononcer comme juge sur le fait de la Salette que Sa Grandeur examinait depuis quatre ans déjà. Ce moment devait être retardé encore par l'incident d'Ars, que l'opposition allait exploiter.

L'incident d'Ars.

Maximin touchait à sa quinzième année. Rendu une seconde fois orphelin par la mort de son père, il était passé sous la tutelle d'un frère de sa mère, Louis Templier, qui exerçait à Corps la profession de cordier. Comme cet enfant avait manifesté certains désirs de devenir prêtre et missionnaire, il s'initiait quelque peu, auprès de M. Mélin, à l'étude du latin; toutefois, en allant prendre ses leçons à la cure, il continuait d'habiter le couvent des bonnes Sœurs.

Cette vie sédentaire et presque claustrale pesait à sa nature mobile et vagabonde, et il enviait le sort des compagnons de son enfance, libres, eux, de courir de tous côtés, d'escalader les rochers et de grimper au sommet des arbres. Un jour, la tentation fut trop forte; il y succomba. Trompant la maternelle vigilance de ses gardiennes, il prit la clef des champs. Lorsqu'il revint de son escapade, on lui fit de justes reproches; mais, devant sa promesse de ne pas recommencer, on voulut bien n'en rien dire à M. le Curé ni au tuteur.

Hélas! les bonnes résolutions de Maximin furent de courte durée; bientôt, repris de la nostalgie des montagnes et des bois, il se permit une nouvelle fugue. Cette fois, il ne s'en tira pas à si bon compte; le pasteur, mis au courant du méfait, en informa le père Templier, lequel, d'une main vigoureuse, administra une maîtresse correction à son pupille au pied trop léger. Cet argument parut avoir définitivement convaincu notre écolier de la nécessité de garder la résidence; cependant le naturel revint une troisième fois. C'était un lundi; le petit Berger franchit le seuil du couvent, mais, craignant de refaire connaissance avec la solide poigne de son oncle, il prit sa course vers le hameau des Ablandins, pour y chercher un asile auprès de ses anciennes connaissances. Il arrive exténué de fatigue et de faim, couvert de boue et les vêtement déchirés, en un mot, « tel, a-t-il écrit lui-même, qu'on représente l'enfant prodigue ». En ce triste état, il se tient à la porte de la maison du maître de Mélanie, dans l'attitude d'un mendiant qui n'ose entrer. L'ayant aperçu, la bonne mère Pra l'accueille comme son enfant et lui donne à manger. Il conte son aventure et déclare sa volonté de rester au service de Baptiste Pra, en qualité de domestique.

Cependant, les Sœurs, la famille, M. Mélin, inquiets de ne pas revoir le fugitif, s'informent de ce qu'il est devenu. On l'a bien vu errer dans les rues de Corps, le jour de sa disparition, mais nul ne peut dire où il s'est réfugié. Plusieurs jours se passent, l'inquiétude est à son comble, lorsque, le jeudi, Baptiste Pra met fin à toutes les alarmes en ramenant au bercail la brebis égarée. Dans la joie de retrouver celui qu'on croyait réellement perdu, on ne gronda pas fort le coupable, et l'oncle voulut bien, pour cette fois, ne pas recourir aux grands moyens, mais M. Mélin fit savoir que si semblable fait se renouvelait encore, il cesserait absolument de s'occuper du délinquant. C'est ce qui arriva. A la suite d'une quatrième équipée, Maximin quitta définitivement les Sœurs, rompit avec les leçons de son pasteur et fut remis aux mains de son tuteur. Ceci se passait vers le printemps de 1850 (1).

Au commencement de septembre de la même année, Louis Templier, réfléchissant que les enfants Giraud avaient à Crémieu (chef-lieu de canton de l'Isère, à une trentaine de kilomètres de Lyon) un grand-oncle maternel, veuf, riche et âgé, se dit qu'il consentirait peut-être à se charger de la sœur de Maximin qui avait nom Angélique; il se mit donc en route pour l'y conduire, le petit Berger les accompagna. Le voyage n'eut pas le succès qu'on en espérait, mais il donna occasion à un fait qu'il nous faut signaler.

En cours de route, Templier et ses pupilles rencontrèrent M. le comte de Certeau qui, en considération du Voyant de la Salette, leur offrit, en son château de Passins, près Morestel, une cordiale hospitalité. Ces pauvres montagnards furent admis à la table de famille et comblés d'attentions et de prévenances. Avant de les laisser partir, le maître du château, ayant montré son superbe domaine à Maximin, lui dit : « Je vous donnerai tout cela si vous me dites votre secret. » Il faut avouer qu'il y avait là de quoi griser un petit paysan de quinze ans. « J'allais le trahir (son secret), a depuis avoué le jeune Berger, quand la mémoire me fit tout à coup défaut; il me fut impossible

---

1. NORTET. N.-D. de la Salette. — CHAMPON. Récits de Maximin.

d'articuler un mot; je restai muet et compris ma faute par cet avertissement de la Sainte Vierge. »

Le bon accueil reçu à Passins fit éclore dans l'esprit positif de l'oncle Templier une idée géniale, bien vite partagée par Mathieu, le père de Mélanie, qui avait retiré sa fille d'entre les mains des Sœurs pour lesquelles, lui avait-on suggéré, elle était une source de profit; ce fut celle de promener, nouveau Barnum, son neveu à travers le monde, comme une curiosité d'un genre à part dont l'exhibition, il n'en doutait nullement, lui procurerait de sérieux bénéfices. Hâtons-nous de dire que ce rôle de phénomènes qu'on leur destinait, ne souriait pas le moins du monde à Maximin ni à Mélanie. Mais d'autres événements allaient les soustraire à ce danger.

A l'occasion du quatrième anniversaire de l'Apparition, se trouvait sur la Sainte Montagne un certain Bonafous, ardent partisan du baron de Richemont, prétendu Louis XVII. Il s'intéressait à Maximin et associa à son œuvre charitable deux hommes honorables et sincèrement chrétiens : MM. de Brayer, de Paris, et Verrier, de Caen. Le premier de ces personnages avait-il, comme on l'a dit, l'intention secrète de faire servir le petit Voyant à favoriser le parti politique dont il était le champion? C'est possible; mais les deux autres demeuraient étrangers à un semblable calcul; pour eux, ils se proposaient uniquement de pourvoir au sort du privilégié de Marie. Quoi qu'il en soit, si telles étaient les espérances de Bonafous, l'avenir ne les a pas réalisées : un portrait du soi-disant roi, qu'il montra à Maximin, à la Salette, ne produisit sur sa physionomie aucune émotion et ne tira de ses lèvres aucune révélation, et une entrevue, ménagée plus tard entre l'enfant et le prétendant en personne, ne fut pas plus décisive; Maximin ne connut la personnalité de celui qu'il avait rencontré que quand ses compagnons l'en eurent instruit, la visite passée : « Je ne savais pas, dit-il naïvement plus tard, si un Louis XVI, un Louis XVII, un Louis XVIII avaient existé, je n'avais entendu parler que de Louis-Philippe. »

Le 22 septembre, munis de la procuration de Templier, les trois bienfaiteurs de son neveu l'emmenèrent dans le but de le faire étudier chez les RR. PP. Maristes, à Lyon. Mais, auparavant, MM. de Brayer et Verrier désiraient le conduire auprès du vénérable M. Vianney, curé d'Ars, dont la réputation de sainteté était universelle, afin qu'il le consultât sur sa vocation. En traversant Grenoble, Maximin fit une visite à M. Gerin curé de la cathédrale, qui avertit Mgr de Bruillard de ce qui se passait. Sa Grandeur fit aussitôt défendre au Berger de la Salette de quitter le diocèse, et lui enjoignit de se rendre à l'Œuvre de Saint-Joseph, dirigée par les Frères des Ecoles chrétiennes, en attendant la rentrée du petit Séminaire de Grenoble. Cet ordre déroutait les protecteurs de l'enfant; toutefois, ils le conduisirent à la maison indiquée où ils vinrent ensuite le redemander pour le faire souper avec eux avant leur départ pour Lyon. Revenu dans la compagnie de ces messieurs, Maximin, qui voulait à tout prix voir du pays, se refusa absolument à réintégrer l'Œuvre de Saint-Joseph. Ils consentirent, sur ses instances réitérées, à le conduire à Ars avec sa sœur Angélique âgée de vingt et un ans, qui, alors en service à Grenoble et désireuse aussi de s'éclairer sur sa vocation, avait demandé à être du voyage.

Le même M. de Brayer, qui s'était montré généreux pour le petit Pâtre, avait aussi obtenu du père de Mélanie qu'il le laissât s'occuper de l'avenir de la jeune fille. Pour arriver à ce résultat, il avait dû faire remise à Mathieu d'une somme de cinq cents francs, que ce dernier lui avait empruntée pour fournir un cautionnement en affermant le péage du pont de Corps sur le Drac. C'est ce qui donna lieu à ce bruit calomnieux que Mélanie avait été *achetée* pour cinq cents francs.

Dans les derniers jours de septembre, la Voyante quittait à son tour son pays natal, et, accompagnée par son père jusqu'à Grenoble, se présentait, d'après les recommandations de M. Mélin et des Sœurs de Corps, devant son évêque. Comme à Maximin, le Prélat lui défendit de s'éloigner du diocèse et l'adressa à la Maison-Mère des Religieuses de la Providence, à Corenc, où elle se rendit aussitôt avec bonheur.

Nous n'avons pas à donner ici de longs détails sur l'abbé Jean-Marie Vianney, auquel l'Eglise a décerné les honneurs de la béatification. Tous savent qu'il fut une des plus grandes merveilles surnaturelles du dix-neuvième siècle. Envoyé en 1818 comme curé dans une petite, pauvre et fort peu chrétienne paroisse du pays des Dombes, non seulement il la convertit, mais, de plus, par l'édification de ses héroïques vertus, le rayonnement de sa haute sagesse et du bien qu'il accomplissait, non moins que par les innombrables faveurs qu'obtenait du Ciel, avec l'aide de sainte Philomène, l'efficacité de sa prière, il fit de l'humble et jusque-là ignoré village d'Ars, l'un des pèlerinages les plus fréquentés du monde. Tel était celui près duquel les protecteurs de Maximin venaient chercher des lumières au sujet de la vocation de cet enfant.

Nos voyageurs, arrivés à Ars le 24 septembre, vers le soir, se rendirent sur-le-champ à l'église pour parler à M. le Curé, qui y récitait en ce moment son office. Le nombre incalculable d'étrangers qui se succédaient journellement dans la paroisse, pour y accomplir leurs devoirs religieux, avait obligé l'autorité diocésaine de donner au pasteur un auxiliaire faisant fonctions de vicaire. L'ecclésiastique qui occupait alors ce poste était M. l'abbé Raymond, connu pour son hostilité envers le fait de la Salette (1). C'est à lui que s'adressèrent les nouveaux venus pour demander à entretenir M. Vianney. L'abbé Raymond, ayant su qui ils étaient par une lettre qu'ils avaient reçue d'un curé de Lyon pour les accréditer à Ars et qu'ils lui présentèrent, leur dit d'aller l'attendre à l'orphelinat de la Providence où il demeurait; et que là il leur ferait savoir quand ils pourraient voir M. le Curé.

De retour chez lui, le vicaire accueille fort mal le Voyant de la Salette, le traite d'imposteur et lui affirme que, s'il a trompé les autres, il ne trompera pas M. Vianney, parce qu'il sait ce qui se passe dans le fond des cœurs. Cette algarade n'est pas du goût de Maximin; aussi, piqué au vif, il répond à l'abbé avec humeur, comme il l'avait déjà fait maintes fois à d'autres personnes (c'était sa manière à lui de se débarrasser de certains contradicteurs à outrance et de parti-pris) : « Eh bien ! admettons que je suis un menteur et que je n'ai rien vu ». Le vicaire, s'emparant alors de cette boutade, s'en va dire de tout côté, et notamment à son saint curé, que le Berger a rétracté tout ce qu'il avait affirmé jusque-là sur l'Apparition.

---

1. Il gardait rancune à l'abbé Perrin, curé de la Salette, de ne lui avoir pas laissé dire la messe dans son église sans celebret. (L'Ami du Clergé).

Le lendemain, à sept heures du matin, Maximin voit M. Vianney seul à seul dans la sacristie. Leur court entretien, dans lequel rien n'est décidé au sujet de la vocation de l'enfant, se termine par l'ordre intimé à ce dernier de retourner dans son diocèse. Les conducteurs du Berger, que le désir de s'éclairer sur son avenir a amenés à Ars, ne sont pas satisfaits de cette décision et veulent que leur protégé retourne auprès du vénérable pasteur. Pour leur obéir, il le revoit donc, cette fois, derrière le maître-autel, où M. le Curé confessait les hommes, et s'entend renouveler l'injonction de revenir se mettre à la disposition de son évêque. Le séjour à Ars de la petite caravane n'ayant plus d'objet, elle ne tarda pas à le quitter.

Revenus à Lyon, les amis de Maximin se sentaient assez embarrassés de leur protégé, qui ne voulait pas retourner à Grenoble. Au bout de trois jours, employés à l'exhiber dans différentes maisons où on se plaisait à l'entendre raconter l'événement du 19 septembre, ils se trouvaient avec lui à l'hôtel du Parc, lorsque la porte de la salle qu'ils occupaient, s'ouvrant soudain, livre passage à M. l'abbé Bez, prêtre lyonnais, plusieurs fois pèlerin de la Salette et l'un des premiers historiens de la Sainte Apparition, qui avait appris par hasard la présence du Berger dans la ville. A la vue de ce digne ecclésiastique, Maximin, qui le connaissait et l'aimait « tout à fait bien », suivant ses propres expressions, se jette dans ses bras en pleurant et ne veut plus le quitter. M. Bez l'emmène donc, puis le place, en le faisant passer pour son neveu, afin de lui épargner d'indiscrètes questions, dans un pensionnat d'Ecully, dirigé par l'abbé Collart, en attendant que Mgr de Bruillard, dûment averti, l'y envoie chercher, un mois après, pour le faire entrer au petit Séminaire du Rondeau, situé aux portes de Grenoble.

Cependant, l'abbé Raymond ne s'était pas tenu en repos ; il avait d'abord répandu de toutes parts le bruit que le petit Berger s'était rétracté auprès du curé d'Ars ; un peu plus tard, rédigeant en toute hâte un long rapport sur cette prétendue rétractation, il l'avait envoyé non seulement à l'Evêque de Belley, Mgr Devie, dont Ars dépendait, mais encore au Cardinal de Bonald, archevêque de Lyon, et à Mgr Dépéry, évêque de Gap, qui passaient pour peu favorables à l'Apparition.

Cette nouvelle produit partout une émotion profonde, et les opposants sont heureux de s'en faire une arme contre la Salette. Pouvoir s'autoriser du saint curé d'Ars pour combattre l'Apparition : quelle bonne aubaine! De fait, M. Vianney, à la suite de la visite de Maximin, avait cessé de signer des images de la Salette, et d'en bénir des médailles.

Le jeune Berger a-t-il donc renversé, à Ars, tous ses dires précédents, et, conséquemment, fourni la preuve que, pendant quatre ans, il s'était fait un jeu de mentir à la face du monde, mystifiant, par une imposture colossale, les autorités les plus respectables, les esprits les plus perspicaces, les personnages les plus prudents et les plus judicieux? Si la révélation d'une conduite aussi criminelle est sortie de sa bouche, elle a dû singulièrement lui coûter et le laisser sous l'impression d'une profonde tristesse, ou tout au moins d'une visible préoccupation. Or, rien de pareil n'a été remarqué. En se remettant en route, ses compagnons l'ont trouvé tout joyeux, absolument semblable à lui-même. M. Bez, au premier bruit des racontars qui déjà remplissaient tout Lyon, l'ayant sérieusement examiné, questionné, tourné et retourné, constata sa persévérance à soutenir ses premières affirmations et ne s'aperçut d'aucun changement survenu dans son langage, dans ses manières, dans son caractère; c'était bien toujours le même enfant léger, remuant, étourdi, qu'il avait connu à Corps, trois ans auparavant.

Par ordre de Mgr de Bruillard, mis à son tour au courant de ce qui se disait, Maximin, devenu séminariste, comparut à l'Evêché, en face de Sa Grandeur et d'une Commission composée de prêtres et de laïques instruits, chargés de lui faire subir un interrogatoire en règle, afin de découvrir si réellement il s'était rétracté à Ars, comme l'opposition le publiait si haut. Le petit Pâtre, devant cette vénérable assemblée, se montra, ainsi que de coutume, distrait, volage, sans contenance comme sans gêne, mais ne parut nullement inquiet ni embarrassé. On l'interrogea longuement, habilement et de manières variées, on essaya de tous les moyens pour lui faire avouer qu'il s'était rétracté; il se tira sans peine des pièges qu'on lui tendit et répondit à toutes les questions d'une façon nette, précise et très satisfaisante, protestant qu'il ne s'était pas démenti à Ars, et qu'il dirait toujours, même sur le lit de mort, ce qu'il n'avait jamais cessé de répéter depuis quatre ans, à savoir qu'il avait vu quelque chose à la Salette. Et, comme on lui demandait ce qu'il entendait par ce « quelque-chose », il répliqua qu'il comprenait par là une belle Dame qui lui avait parlé, puis avait disparu. Toutefois, il avoua qu'il n'avait pas entendu distinctement M. Vianney et qu'il lui avait répondu des « oui » et des « non » au hasard.

D'autres épreuves qu'on lui fit subir hors de l'Evêché, aboutirent au même résultat. M. le chanoine Henri, l'ayant pris un jour à part dans la sacristie de la Cathédrale, eut avec lui l'entretien suivant :

« — Oh! mon petit, je t'ai toujours beaucoup aimé, mais, maintenant, je t'aime bien davantage.

» — Et, pourquoi, Monsieur?

» — C'est qu'aujourd'hui tu es un enfant bien sage. Auparavant tu étais un petit menteur; mais aujourd'hui tu viens d'avouer ton mensonge à Ars; aujourd'hui tu es un petit garçon bien sincère, bien franc.

» — Mais, Monsieur, je ne me suis pas démenti.

» — Nous savons, mon enfant, à quoi nous en tenir. La Salette n'est plus rien, tu l'as sagement avoué. Tu n'as maintenant plus de secret.

» — Mais, Monsieur, je ne me suis pas démenti.

» — Nous savons le contraire; tu as tout démenti; aussi je t'aime bien, maintenant.

» — Monsieur, vous vous moquez de moi.

» — Mais non, mon ami, je ne m'en moque pas.

» — Monsieur, on se moque aujourd'hui de la Salette; mais c'est comme une fleur qu'en hiver on couvre de fumier et de boue, et qui, au printemps ou en été, sort de terre plus belle. »

Le lendemain de la comparution de Maximin à l'Evêché, M. Gerin, curé de Notre-Dame, se rendait à Corenc, où se trouvait Mélanie, et abordait la Bergère par ces paroles prononcées avec assurance :

« — Eh bien! Mélanie, voilà quatre ans que vous nous trompez; Maximin vient d'avouer au curé d'Ars que vous n'aviez rien vu sur la montagne.

» — Oh! le malheureux! s'écria Mélanie stupéfaite, pour moi je dirai toujours que j'ai vu quelque-chose.

» — Et qu'entendez-vous par quelque chose?

» — J'entends une belle Dame qui a parlé et qui a disparu.

» — Et qui vous a dit tout ce qui est dans votre récit depuis quatre ans?

» — Oui, Monsieur. »

Au mois de novembre, l'Evêque de Grenoble députa à Ars deux de ses prêtres, MM. Rousselot et Mélin, porteurs d'une déclaration de Maximin ainsi conçue :

« Je soussigné, Maximin Giraud, pour rendre hommage à la vérité, et pour la plus grande gloire de Dieu, en l'honneur de la Sainte Vierge, atteste les faits suivants :

» 1º Que je ne me suis pas confessé à M. le curé d'Ars.

» 2º Que, ni à la sacristie, ni derrière l'autel de l'église d'Ars, M. le Curé ne m'a questionné ni sur l'Apparition, ni sur mon secret; qu'il ne m'a dit que deux choses : que je devais retourner dans mon diocèse, et qu'après une pareille faveur, je devais être bien sage.

» 3º Que, dans aucune réponse à M. le Curé d'Ars, ni à M. Raymond, son vicaire, je n'ai rien dit qui fût contraire à ce que j'ai dit à des milliers d'autres depuis le 19 septembre 1846;

» 4º Que je n'ai jamais dit que mon secret concernait Louis XVII;

» 5º Que je persiste toujours dans tout ce que j'ai dit à l'évêché de Grenoble, à Mgr de la Rochelle, à M. l'abbé Bez, à M. Rousselot, à M. Mélin, curé de Corps, et à tant d'autres, sur le fait de la Salette. En foi de quoi, je signe la présente, prêt à l'attester sur la foi du serment.

» Petit Séminaire de Grenoble, le 2 novembre 1850.

» MAXIMIN GIRAUD. »

« Au surplus, si j'ai fait à M. le Curé d'Ars quelques révélations, une confidence qui l'empêche de croire à l'Apparition de la Salette, ou qui concerne cet événement, je l'autorise bien volontiers à en donner connaissance à MM. Rousselot et Mélin.

» Au petit Séminaire de Grenoble, le 6 novembre 1850.

» MAXIMIN GIRAUD. »

Des explications données de vive voix par M. Vianney aux envoyés de Grenoble, ces Messieurs conclurent que le saint prêtre, prévenu défavorablement d'avance, nous l'avons vu, par son vicaire, avait cru entendre le Berger de la Salette lui avouer qu'il n'avait rien vu sur la montagne.

Maximin ne l'eut pas plutôt appris qu'il répondit par cette lettre :

MONSIEUR LE CURÉ,

« Vous venez de dire à M. le Chanoine Rousselot et à M. le Curé de Corps que je vous ai avoué n'avoir rien vu et avoir menti en faisant mon récit connu, et avoir persisté trois ans dans ce mensonge en en voyant les bons effets.

» Vous avez ajouté, Monsieur le Curé, que, m'ayant demandé l'autorisation de faire part de cet aveu à Mgr de Belley, et mon adresse pour pouvoir m'écrire s'il y avait lieu, je vous ai donné cette autorisation et cette adresse, et puis qu'un instant après, j'ai retiré l'une et l'autre.

» Ce rapport, qui m'est dicté par M. Rousselot, prouve que je n'ai pas su me faire comprendre de vous, Monsieur le Curé; et, permettez-moi de vous le dire en toute sincérité, qu'il y a eu un malentendu complet de votre part.

» Je ne vous ai point voulu dire, Monsieur le Curé, et je n'ai dit sérieusement à personne, n'avoir rien vu, et avoir menti en faisant mon récit connu, et avoir persisté trois ans dans ce mensonge en en voyant les effets.

» Je vous ai dit seulement, Monsieur le Curé, en sortant de la sacristie, et sur la porte, que j'ai vu quelque chose et que je ne savais pas si c'était la Sainte Vierge ou une autre dame. Dans ce moment, vous avanciez dans la foule, et notre entretien a cessé. Peu après, on m'a renvoyé près de vous, derrière l'autel où vous confessiez un homme, pour vous demander de nouveau si je devais retourner dans mon diocèse ou rester à Lyon. Vous m'avez répété que je devais retourner dans mon diocèse, et vous avez ajouté quelques paroles que je n'ai pu comprendre. Mais je ne vous ai aucunement entendu parler de Mgr de Belley, ni me demander mon adresse, et je suis certain de ne pas vous avoir donné cette adresse, ni prié d'écrire à Mgr de Belley.

» Je fais et écris cette déclaration en mon âme et conscience, et je m'abonne *(je me résigne, expression locale)* à être chassé du petit Séminaire, où je me trouve très heureux, et même à tout souffrir, si cette déclaration est, en quoi que ce soit, contraire à la vérité. »

» Grenoble, 21 novembre 1850. , MAXIMIN GIRAUD (1) ».

De son côté, Mgr de Bruillard ayant écrit à M. Vianney, en reçut ces lignes :

« Ars, 5 décembre 1850,

» MONSEIGNEUR,

» J'avais une grande confiance en Notre-Dame de la Salette; j'ai béni et distribué une grande quantité de médailles et d'images représentant ce fait; j'ai distribué de la pierre sur laquelle la Sainte Vierge se serait arrêtée, j'en portais continuellement sur moi, et j'en ai même fait mettre dans un reliquaire. J'ai parlé très souvent de ce fait à l'église. Je crois, Monseigneur, qu'il y a peu de prêtres, dans votre diocèse, qui aient fait autant que moi pour la Salette.

» Il n'est pas nécessaire de répéter à votre Grandeur ce que j'ai dit à ces Messieurs (MM. Rousselot et Mélin). Le petit m'ayant dit qu'il n'avait pas vu la Sainte Vierge, j'ai été fatigué une couple de jours.

» Après tout, Monseigneur, la plaie n'est pas si grande, et si ce fait est l'ouvrage de Dieu, l'homme ne le détruira pas.

» Je suis très heureux, Monseigneur, d'avoir l'occasion de présenter à votre Grandeur mes très humbles respects, de me recommander à ses prières, et de la prier de me donner sa sainte bénédiction.

» JEAN-MARIE VIANNEY,
» Curé d'Ars. »

Cette explication ne satisfit pas complètement l'Evêque de Grenoble, aussi pria-t-il un ami commun, M. Dausse, ingénieur des Ponts-et-Chaussées, homme des plus respectables, d'insister auprès du saint Curé pour en obtenir des renseignements plus explicites. Une lettre fut écrite dans ce sens, mais demeura sans réponse. Mgr de Bruillard sollicita ensuite une confrontation devant témoins, entre M. Vianney et Maximin, mais Mgr Devie ne la crut pas utile et ne voulut pas l'accorder. C'est alors que l'Evê-

---

1. L'abbé BEZ : M. Vianney, Curé d'Ars et Maximin Giraud, Berger de la Salette.

que de Grenoble, recueillant tous les documents relatifs à cette affaire, les envoya à son collègue de Belley, en le priant d'en prendre connaissance et de voir ce qu'il convenait d'un conclure.

Mgr Devie, à l'occasion du sacre de Mgr Chalandon, son coadjuteur, se trouvait avoir près de lui, au reçu de ce dossier, Mgr Chatrousse, évêque de Valence, et Mgr Guibert, futur archevêque de Paris et cardinal, alors sur le siège épiscopal de Viviers. Ensemble, ils examinèrent avec soin et pesèrent mûrement toutes choses. Le vicaire d'Ars fut appelé et interrogé; il faut croire qu'il eut peine à justifier pleinement la manière dont il avait agi au sujet de la Salette, car il dut, à bref délai, échanger pour une autre la position qu'il avait à Ars. La conclusion de cette consultation épiscopale fut une lettre adressée le 15 janvier 1851 par Mgr Devie à Mgr de Bruillard, dans laquelle se trouve ce passage décisif. « *Nous regardons toujours comme assuré que les enfants ne se sont pas entendus pour tromper le public, et qu'ils ont vu réellement un personnage qui leur a parlé. Est-ce la Sainte Vierge ? Tout porte à le croire, mais cela ne peut être constaté que par des miracles différents de l'Apparition.* »

Cette solution persuada M. Vianney qu'il n'avait pas compris Maximin; cependant, il lui restait, sur la Salette, des doutes dont il ne fut entièrement délivré qu'en 1858, une année avant sa mort. Mais, alors, ce fut complètement et sans arrière-pensée aucune, qu'il se remit à croire à l'Apparition de Notre-Dame, comme le prouve cette communication de sa part à M. Gerin, qu'il honorait de son amitié, et qui est mort, lui aussi, en odeur de sainteté à Grenoble, en 1863 :

« Je vous remercie, lui disait-il le 12 octobre 1858, d'être venu me voir. J'ai bien des choses à vous dire de Notre-Dame de la Salette. Je ne saurais vous exprimer par quelles angoisses, par quels tourments, mon âme a passé à ce sujet. J'ai souffert au delà de tout ce qu'on peut dire. Pour vous en donner une idée, imaginez-vous un homme dans un désert, au milieu d'un affreux tourbillon de sable et de poussière, ne sachant de quel côté se tourner. Enfin, au milieu de tant d'agitations et de souffrances, je me suis écrié tout haut : *Credo !* Et, à l'instant même,

j'ai retrouvé la paix, le repos que j'avais entièrement
perdu. J'ai demandé à Dieu de m'envoyer de Grenoble

LE BIENHEUREUX J.-B. VIANNEY.

un prêtre instruit et capable pour verser dans son âme
mes dispositions et mes sentiments à cet endroit... *Maintenant il ne me serait pas possible de ne pas croire à la Salette.*

J'ai demandé des signes pour croire à la Salette, je les ai obtenus ; on peut et on doit croire à la Salette.

Ces *signes* providentiels, le vénérable Curé ne les révéla pas à M. Gérin, mais M. le Chanoine des Garets, également ami de M. Vianney, et auteur de l'opuscule : *Le Curé d'Ars et la Salette*, va nous les faire connaître :

« Voici, lisons-nous dans son livre, ce que je tiens de bonne source : L'œuvre de prédilection de M. le Curé d'Ars était de fonder des missions périodiques pour les paroisses du diocèse. Or, il avait besoin, dans un court délai, d'une somme de 1.200 francs, environ, pour compléter une fondation de cette nature. Il ne crut pas pouvoir mieux faire, dans la circonstance, que de s'adresser à Notre-Dame de la Salette; et il ne s'était pas trompé, car, sa prière terminée, il trouva une bonne partie de la somme sur le coin de sa cheminée. Il remercia Notre-Dame de tout son cœur, non sans ajouter qu'il attendait le reste avec confiance. En effet, il le trouva le lendemain sur sa table. »

Ces sentiments des derniers temps de M. Vianney ont été aussi attestés par Mgr de Langalerie, successeur, sur le siège de Belley, de Mgr Devie, de la bouche duquel M. Mélin recueillit les paroles suivantes : « J'étais son évêque et son ami, il est mort dans mes bras, *en me déclarant sa foi à l'Apparition de la Salette. Il m'entend du haut du Ciel, et ne me démentira pas.* »

Voulant, d'une part, faire passer son serviteur, afin de le sanctifier de plus en plus, par le creuset de terribles peines intérieures, et, d'autre part, préparer à la cause de l'Apparition un triomphe final, d'autant plus éclatant qu'elle aurait été discutée plus longtemps, Dieu avait donc permis cette erreur temporaire du bon Curé. Mais à quelle cause faut-il l'attribuer? Les auteurs qui ont le plus sérieusement étudié la question l'attribuent, les uns à un malentendu entre M. Vianney et le petit Berger, les autres à une espièglerie de Maximin.

D'après les partisans du *malentendu*, les choses se sont ainsi passées : « C'est donc vous, mon ami, dit le Curé d'Ars à l'enfant, qui avez vu la Sainte Vierge?

— « Je n'ai pas dit, répond celui-ci, que j'ai vu la Sainte Vierge, mais seulement une *belle Dame* ». C'étaient, en effet, les termes dont se servaient habituellement, dans leur récit, les Voyants, qui, en réalité, ne surent pas,

le 19 septembre, quelle était Celle qui se montrait à eux.
Ils ne le comprirent que plus tard, comme tout le monde,
par l'examen réfléchi du fait, de ses circonstances, et
surtout de ses suites miraculeuses. Toutefois, personne, en
les entendant s'exprimer de cette façon, ne se méprenait
sur le sens véritable de leurs expressions. Il en fut tout
autrement de M. Vianney.

Croyant à un désaveu, le saint prêtre réplique aussitôt
au Berger :

« Mon enfant, si vous avez menti, il faut vous rétracter. »

Ce dernier, pensant aux mensonges d'écolier qu'il avait
faits jadis à M. le Curé de Corps pour dissimuler ses
fugues ou son inapplication à l'étude, riposte que ce n'est
pas nécessaire, et qu'il est trop tard. Puis, pour se rendre
aux désirs de ses conducteurs qui lui ont commandé de
consulter l'Homme de Dieu sur sa vocation, il continue :
« Je veux me faire religieux. »

C'est alors que M. Vianney, se persuadant de plus en
plus que Maximin vient de se démentir et que jusque-
là il a trompé tout le monde, ajoute : « Je ne peux prendre cela sur moi, il faut que je consulte mon évêque. »
Telle est la première explication.

Voilà maintenant la seconde, celle des tenants de l'*espièglerie* :

Maximin, malmené par l'abbé Raymond de la manière
que nous avons racontée, le quitte de fort mauvaise humeur et cherche en son esprit le moyen de prendre le
vicaire en défaut. L'abbé l'a mis au défi de tromper le
Curé d'Ars; eh bien! ce défi, il l'accepte. Placé en présence du vénérable prêtre, il fait semblant de n'avoir rien
vu sur la Montagne de la Salette, et M. Vianney, à qui Dieu,
en ce moment, ne donne pas, sur un fait qu'il n'a pas
mission de juger, les lumières surnaturelles dont il le
favorisait si souvent, tombe dans le piège du Berger qu'il
croit sur parole. Maximin, alors triomphe; il a eu raison
contre M. Raymond, et il rejoint, enchanté, ses bienfaiteurs. Une personne tant soit peu réfléchie, eût-elle eu
la tentation d'agir de cette façon, aurait été retenue d'y
succomber par cette pensée qu'on ne badine pas dans une
matière si importante, et qu'une parole inconsidérée, dans
un cas semblable, peut avoir des conséquences incalcula-

bles. Mais Maximin n'était rien moins que réfléchi, et il ne regardait pas si loin. Pour lui, avec l'incorrigible légèreté qui le caractérisait, il n'a vu là, qu'on nous permette l'expression, qu'un *bon tour* à jouer au vicaire d'Ars qui l'avait « *tarabusté* », comme dira plus tard Mgr Devie, et il ne s'en est pas privé. Toutefois, parce que ses paroles au saint Curé n'étaient qu'une feinte et qu'elles n'exprimaient nullement les sentiments réels de son âme, il a pu ensuite, en toute vérité, soutenir qu'il ne s'était pas rétracté à Ars, et écrire à M. Vianney: «Je ne vous ai *point voulu* dire, M. le Curé, et je n'ai dit *sérieusement* à personne n'avoir rien vu, et avoir menti en faisant mon récit connu. »

Cette deuxième explication nous semble la plus plausible. Elle est exposée en particulier par M. le Chanoine Des Garets, ami de M. Vianney, qui conclut en ces termes : « Pour moi, après avoir étudié l'incident d'Ars sous toutes ses faces, après avoir frappé à toutes les portes pour avoir des renseignements certains, sachant qu'encore après son retour à sa première croyance, M. le Curé disait : *Je crois bien, mais c'est malgré ce que m'a dit le petit,* je suis bien convaincu que là est le mot de cette énigme, et je sais positivement que Maximin l'a avoué à un petit nombre d'intimes » (1). N'y aurait-il pas, comme une trace de ces aveux du Berger dans ces paroles de M. Dausse : « ... A-t-il fait dans la sacristie quelque mensonge en vue d'éprouver la pénétration du Saint? Je n'ai pu tirer de lui un seul mot à l'appui de cette supposition. Tout ce que j'ai pu lui faire dire sur ce point, c'est ceci, et ç'a été sa conclusion : M. le Curé d'Ars avait le diable dans l'oreille quand je lui ai parlé. — Et toi tu l'avais sur la langue, lui répondis-je, réponse qui fit venir sur son mobile visage un sourire d'assentiment » (2).

Ainsi donc, un *malentendu* ou, à tout pousser, une *espièglerie d'enfant irréfléchi,* voilà à quoi se réduit, en réalité, *l'incident d'Ars* dont les opposants à la Salette ont fait tant de bruit, empruntant de nouveau la voix de la presse antireligieuse pour répandre, à cette occasion, leurs attaques virulentes et leurs impudents mensonges.

Cependant, l'effet qui résulta de cet effort de l'opposi-

1. DES GARETS. Le Curé d'Ars et la Salette.
2. DAUSSE. Vie de M. Gerin.

tion fut tout le contraire de ce qu'avaient espéré ceux qui le tentèrent; au lieu de contribuer à renverser l'Apparition, il servit à l'accréditer davantage, en faisant naître l'occasion de porter les secrets des Bergers à Rome (1).

Les Secrets à Rome.

A la nouvelle d'une apparition de Marie à la Salette, et de nombreux fidèles qui, conséquemment, prenaient le chemin de la Sainte Montagne, certains commerçants lyonnais craignirent que le pèlerinage antique de Fourvière et par suite, leur petit négoce, ne souffrissent de ce qu'ils regardaient, dans leurs vues matérielles et intéressées, comme une *concurrence*. D'autres personnes, et même des prêtres, trop exclusivement attachés à leur chapelle, embrassant cette manière de voir, s'indisposèrent contre la Salette. Des plaintes et des récriminations arrivèrent coup sur coup au Cardinal de Bonald qui occupait alors le siège primatial de Lyon, métropole de Grenoble. Tout naturellement l'Archevêque auquel tant d'affaires de sa charge ne laissaient pas le loisir d'examiner à fond la question, fut prévenu contre l'Apparition. La lettre fantaisiste du vicaire d'Ars n'était pas de nature à le faire changer de sentiment. Sachant donc que les Bergers se disaient possesseurs d'un secret à eux donné par la Dame de la Montagne, il profita du passage à Lyon du Cardinal Gousset, archevêque de Reims, se rendant à Rome, pour faire demander au Souverain Pontife que ces secrets fussent communiqués à Sa Sainteté par son intermédiaire.

Par politesse, sans doute, Pie IX acquiesça, mais verbalement seulement, à cette requête. En conséquence, le 21 mars 1851. Mgr de Bonald adressait à M. Rousselot la lettre suivante :

« Je ne me suis pas occupé des affaires de la Salette, Monsieur l'abbé, autrement que pour adresser à Monseigneur de Grenoble de respectueuses représentations que vous avez connues. Aujourd'hui, je dois m'en occuper comme conseiller du Pape, et je viens vous prier de me dire si *Marcellin et sa sœur* me confieront leurs secrets pour les transmettre à Sa Sainteté. »

1. Manuscrits BOSSAN. — NORTET. N.-D. de la Salette. — BERTRAND. La Salette. — Mlle DES BRULAIS. L'Echo... — ROUSSELOT. Un nouveau Sanctuaire à Marie.

Le contenu de cette missive soi-disant *confidentielle* fut bientôt connu du clergé lyonnais, et la nouvelle ne tarda pas à en arriver indirectement de la métropole aux oreilles de Mgr de Bruillard.

Dès lors, l'évêque de Grenoble fit instruire les Bergers du désir du Souverain Pontife. Le 23 mars, M. Auvergne, secrétaire de l'évêché se rendait au Petit Séminaire du Rondeau et engageait avec Maximin l'entretien que voici :

« — Maximin, je viens te parler d'une chose importante ; tu me promets de ne pas répéter ce que je vais te dire ?

— Oui, Monsieur.

— L'Eglise peut-elle se tromper ?

— Non, Monsieur.

— Le Pape, Vicaire de Jésus-Christ, parlant au nom de l'Eglise, peut-il se tromper ?

— Non, Monsieur.

— Si donc le Pape te demandait ton secret, tu le lui dirais, n'est-ce pas ?

— Je ne suis pas encore devant le Pape ; quand j'y serai, je verrai.

— Comment, tu verras ?

— Oui, selon ce qu'il me dira et ce que je lui dirai.

— S'il t'ordonne de lui dire ton secret, tu ne lui diras pas ?

— S'il me l'ordonne, je le lui dirai...

— Allons, mon enfant, je suis content de te voir dans ces bonnes dispositions. Je vais vite à Corenc pour voir Mélanie et savoir si elle sera disposée comme toi à dire son secret, sur les ordres du Pape...

— Si Mélanie ne veut pas obéir, alors je penserai que peut-être nous avons été trompés par le démon ou par un homme au moyen de *quelque physique* ; mais pour ce que j'ai dit avoir vu et entendu, je le soutiendrai jusqu'à la mort. »

M. Auvergne se transporta ensuite à Corenc pour voir Mélanie. Tout d'abord, elle répondit à peu près comme Maximin, mais avec plus d'hésitation ; puis l'envoyé de Monseigneur lui fit cette question :

« Si le Pape vous demandait votre secret, vous le lui diriez, n'est-ce pas ?

— Je ne sais pas, Monsieur, dit-elle timidement.

— Comment, vous ne savez pas ! Le Pape se trompe-

rait donc en vous demandant ce qu'il ne devrait pas
vous demander?

— La Sainte Vierge m'a défendu de le dire.

— Comment savez-vous que c'est la Sainte Vierge?
L'Eglise seule peut le savoir et le dire, et il faudra obéir
à l'Eglise.

— Si ce n'était pas la Sainte Vierge, elle ne se serait
pas élevée en l'air.

— Le démon peut faire cela, et la physique aussi. L'E-
glise seule peut distinguer la vérité d'avec l'erreur.

— Eh bien! qu'on déclare que ce n'est pas la Sainte
Vierge qui nous a apparu.

— Pour connaître la vérité, l'Eglise a besoin de savoir
votre secret. Vous le direz, Mélanie, si le Pape vous l'ordonne, n'est-ce pas?

— Je ne le dirai qu'à lui, et pour lui seul ».

M Auvergne veut à tout prix faire dire à la Bergère
qu'elle confiera son secret à un autre qu'au Pape, ou,
au moins, qu'elle le fera parvenir au Pape par quelque
grand personnage ecclésiastique; il n'obtient d'elle que
des « Je ne sais pas. » Comme sur ces entrefaites les
vêpres viennent à sonner, il l'y envoie. Elle s'y rend et
ne fait que pleurer tout le temps qu'elles durent.

Après l'office, le secrétaire la rappelle et lui demande
si elle a bien réfléchi, et si elle est décidée, cette fois, à
dire son secret, au cas où le Pape l'exigerait.

— « Je ne sais pas! redit-elle encore.

— Quoi! vous désobéirez au Pape?

— La Sainte Vierge m'a défendu de le dire.

— La Sainte Vierge veut qu'on obéisse au Pape.

— Ce n'est pas le Pape qui demande mon secret, ce
sont d'autres qui lui ont dit de le demander. »

Après de nouvelles et tout aussi inutiles tentatives,
M. Auvergne abandonne la place en annonçant à Mélanie
la prochaine visite de M. Rousselot dans le même but.
Elle lui répond qu'elle ne pourra lui parler autrement
qu'elle vient de le faire.

Cinq jours plus tard, M. Rousselot à son tour, prend
le chemin de Corenc. La Supérieure du Couvent lui apprend que la Bergère est très agitée depuis la visite de
l'abbé Auvergne. Elle ajoute qu'on est content d'elle, puis
l'ayant fait venir, elle se retire elle-même.

Après quelques mots d'encouragement, M. Rousselot en arrive à la question capitale:

« Si le Souverain Pontife vous commande de lui dire votre secret, le lui direz-vous?

— Oui, Monsieur.

— Le lui direz-vous de bon cœur?

— Oui, Monsieur.

— Et vous le lui direz sans crainte d'offenser la Sainte Vierge?

— Oui, Monsieur.

— Si donc le Pape vous commande de dire votre secret à quelqu'un qu'il désignerait pour le recevoir et le lui faire passer, vous le direz à cette personne qu'il vous aurait désignée?

— Non, Monsieur, je veux le dire au Pape seul, et seulement quand il le commandera.

— Et si le Pape vous donne ce commandement, comment ferez-vous donc pour lui faire passer votre secret?

— Je le lui dirai à lui-même, ou bien je l'écrirai dans une lettre cachetée.

— Et cette lettre cachetée, à qui la remettrez-vous pour la faire passer au Pape?

— A Monseigneur l'Evêque.

— Ne la remettriez-vous pas à un autre?

— Je la remettrais à Monseigneur ou à vous.

— Ne la confierez-vous pas à M. Gérente (l'aumônier du couvent)?

— Non, Monsieur.

— Ne la feriez-vous pas aussi passer au Pape par Mgr le Cardinal, archevêque de Lyon?

— Non, Monsieur.

— Ni par un autre évêque ou prêtre?

— Non, Monsieur.

— Et pourquoi?

— Parce qu'à Lyon on ne croit pas beaucoup à la Salette, et ensuite, je ne veux pas qu'on décachette ma lettre.

— Mais quand le Pape connaîtra votre secret, cela vous fâchera-t-il qu'il le publie?

— Non, Monsieur, cela le regardera, ce sera son affaire...

« — Adieu, mon enfant, soyez toujours bien sage, aimez et priez toujours bien la Sainte Vierge. »

Mgr de Bruillard fit expédier ensuite à Lyon le procès-verbal de ces différentes entrevues. Deux mois plus tard, le Cardinal n'ayant pas encore donné la moindre réponse à son suffragant, l'Evêque de Grenoble écrivait, le 4 juin, au Souverain Pontife, une lettre dans laquelle il résumait sommairement les événements relatifs à la Salette, survenus depuis 1846, indiquait les dispositions actuelles des Bergers, et signalait l'imparfaite connaissance du fait de l'Apparition que laissait supposer dans l'archevêque de Lyon sa communication à M. Rousselot où son Eminence avait donné à Maximin le nom de *Marcellin* et pris Mélanie pour la *sœur* du petit Berger.

Quinze jours s'étaient écoulés depuis que cet envoi avait été fait à Rome, quand arriva à Grenoble un pli du Cardinal accusant réception des documents envoyés, exigeant de nouveau la tradition des secrets non cachetés, et annonçant comme possible la visite du Prélat pour le mois de Juillet.

Etant donnée l'obstination des enfants à ne vouloir communiquer ce que la Belle Dame leur avait dit pour eux seuls, qu'au Pape et par l'entremise de l'Evêque diocésain, Mgr de Bruillard se trouvait placé dans un grand embarras par les exigences de l'Archevêque, lorsque des nouvelles arrivées de Rome lui permirent d'envoyer directement à Pie IX les secrets des Bergers.

En conséquence, le 2 juillet, le pieux et grave M. Dausse, honoré tout à la fois de la confiance de son Evêque et de l'amitié de son pasteur, M. Gerin, allait chercher Maximin au Séminaire pour l'amener à l'Evêché. Chemin faisant, comme le petit Berger babillait à son ordinaire, son conducteur lui conseillait de réfléchir à ce qu'il aurait à écrire dans quelques instants, pour ne rien oublier.

« Je n'ai pas à m'en inquiéter, répondit l'enfant, je me rappelle bien tout ce qui m'a été dit; vous verrez comme j'écrirai rapidement sans chercher mes mots, quand nous serons arrivés. »

Et il se remit à causer de choses et d'autres. Arrivé au palais épiscopal, Maximin est introduit dans une salle du second étage donnant sur la place Notre-Dame, et placé devant un bureau muni de tout ce qu'il faut pour écrire.

Monseigneur adjoint M. le chanoine de Taxis à M. Dausse pour surveiller l'enfant, puis se retire dans ses appartements, en priant ces messieurs de le sonner quand le secret sera écrit.

Sous les yeux de ces deux témoins qui se tiennent à une distance assez considérable du bureau, Maximin, après avoir réfléchi quelques minutes, la tête entre les mains, pour trouver une entrée en matière, trempe sa plume dans l'encrier, puis, la secoue sans plus de façon sur le parquet. A une observation de M. de Taxis qui l'en reprend, il regarde avec insouciance le plancher qu'il vient de tacher, puis, retrempant sa plume, il se met à rédiger un préambule ainsi conçu : « Le 19 septembre 1846, j'ai vu une Dame brillante comme le soleil que je crois être la Sainte Vierge; mais je n'ai jamais dit que ce fut la Sainte Vierge. C'est à l'Eglise à juger si c'est véritablement la Sainte Vierge ou une autre personne, par ce que je vais dire ci-après. Elle me l'a confié au milieu de son discours, à la suite de cette phrase : les raisins pourriront et les noix deviendront mauvaises. »

Ayant terminé cette sorte d'introduction, le Berger va la montrer à M. Dausse, qui l'approuve; puis, revenu au bureau, il se met à écrire avec rapidité, sans s'arrêter, comme s'il copiait un livre placé sous ses yeux. Quand il a fini, il se lève vivement et, avec une joyeuse pirouette, jette en l'air la feuille qu'il vient de remplir, en disant : « Maintenant, je suis bien débarrassé, je n'ai plus de secret, je suis comme les autres. On n'aura plus besoin de venir me rien demander, on pourra s'adresser au Pape, il parlera s'il le veut. » Puis il s'approche de la fenêtre et regarde sur la place. Cependant, les deux témoins, ayant ramassé le papier à terre, s'aperçoivent que l'étourdi, en véritable écolier, a fait un vilain brouillon écrit de travers et constellé de pâtés. Il doit, non sans rechigner, recommencer son travail; mais, cette fois, il s'en acquitte proprement. On sonne alors Monseigneur qui, bientôt de retour, commande à Maximin de placer son écrit dans une enveloppe et de la cacheter. Pendant que l'enfant se dispose à obéir, M. Dausse insiste auprès de sa Grandeur pour qu'elle lise auparavant ce papier afin de ne pas s'exposer à envoyer à Rome une communication qui ne serait peut-être pas digne du Souverain Pontife; et le Prélat, après quelques hésitations, se décide à suivre ce sage conseil. Maximin cachette ensuite son secret et, sur l'enveloppe qui le renferme, est apposé le sceau épiscopal auprès duquel MM. Dausse et de Taxis attestent que le contenu de cette enveloppe a été réellement écrit et signé par le Berger, et cela, spontanément, en dehors de toute influence étrangère.

Plus tard, quand les secrets eurent été envoyés à Rome, Maximin, se croyant dégagé du commandement que lui avait fait la Sainte Vierge, offrit, par amitié, le 11 août 1851, une copie de son secret à M. Dausse, lequel n'en donna connaissance qu'à Mgr Ginoulhiac, successeur de Mgr de Bruillard, sur sa demande officielle, en 1855, et à M. de Taxis. Ces derniers ne l'ont pas divulgué.

Le même jour, M. Dausse, par ordre de son Evêque, se rend à Corenc pour s'acquitter, auprès de Mélanie, de la mission qu'il vient de remplir auprès de Maximin, mais sans obtenir tout d'abord le même succès. La Bergère, apprenant que l'heure est venue de livrer son secret, s'y refuse et se met à pleurer. On passe le reste de la journée et une partie de la nuit à essayer de lui faire comprendre son devoir ; enfin, elle promet de s'exécuter. Le lendemain donc, 3 juillet, le délégué épiscopal étant revenu à Corenc, elle se rend à l'aumônerie, et là, en présence de M. l'abbé Gérente, aumônier du couvent, confie au papier ce que la Belle Dame lui a dit pour elle seule. Elle écrit posément, sans précipitation et sans lenteur, au courant de la plume, comme une personne qui n'a pas besoin de réfléchir pour recueillir ses idées ou trouver ses expressions. Sa réduction achevée, elle la signe, sans se relire, puis elle la met dans une enveloppe qu'elle cachette et sur laquelle elle écrit cette adresse ; *A Sa Sainteté Pie IX, à Rome.* M. Dausse, après avoir certifié sur l'enveloppe que cet écrit est bien l'œuvre de la personne dont il porte la signature, et qu'elle l'a rédigé en pleine et parfaite liberté, prend possession du pli pour aller le remettre sans délai aux mains de Mgr de Bruillard.

Quelques heures après le départ de M. Dausse, Mélanie, toute triste et peinée, demandait à être conduite auprès de M. Rousselot. Admise en sa présence, elle lui dit qu'elle avait oublié de mentionner quelque chose en écrivant son secret. (Il paraît qu'elle n'avait fixé qu'une seule date pour deux événements qui ne devaient pas se passer à la même époque). Sur le conseil de M. Rousselot, le 6 juillet, à Grenoble, dans un établissement des Religieuses de la Providence, en présence de M. Auvergne et de la Sœur Saint-Louis, supérieure de la maison, elle écrivit de nouveau son secret, sans s'interrompre, sinon pour demander le sens de *infailliblement* et l'orthographe de ville *souillée* et de *antéchrist*, puis le signa, le cacheta comme la première fois, et les témoins apposèrent leur signature sur l'enveloppe, attestant que ce qu'elle renfermait émanait réellement de la personne qui l'avait signé. C'est cette deuxième rédaction du secret de Mélanie, portée à l'évêché par M. Rousselot, qui fut envoyée à Rome. On croit que la première est restée aux mains de Mgr de Bruillard (1).

En possession des deux secrets, l'évêque de Grenoble chargea de les porter au Souverain Pontife MM. Rousselot et Gerin auxquels il remit la lettre suivante qui les accréditait auprès du Pape :

« Grenoble, 5 juillet 1851.

» Très Saint-Père,

» Votre Béatitude voit deux bons prêtres prosternés à ses pieds pour recevoir sa bénédiction apostolique et me transmettre celle que Sa Sainteté voudra bien envoyer à l'évêque de Grenoble et à ses chers diocésains. L'un est M. l'abbé Rousselot, depuis près de quarante ans professeur de théologie dans mon grand Séminaire et vicaire général *ad honores*, auteur de plusieurs ouvrages estimés ; l'autre est M. l'abbé Gerin, curé de ma cathédrale, ayant déjà fait le voyage de la Ville éternelle. Je les envoie pour entretenir Votre Sainteté de l'Evénement de la Salette, et remettre entre ses mains bénies l'écrit contenant les secrets confiés sur la montagne de l'Apparition, l'un à Maximin Giraud, et l'autre à Mélanie Mathieu, par la Dame qui s'est montrée à eux, avec défense de les révéler à personne.

» Les enfants ont résisté constamment à la demande qui

---

1. Il est donc tout à fait faux que les deux Bergers aient écrit leurs secrets *en même temps*, *à l'Evêché*, comme le disent plusieurs auteurs, se copiant mutuellement. — Les rénseignements ci-dessus ont été obtenus à l'aide d'une enquête très sérieuse conduite par le P. Bossan.

leur a été faite de livrer leur secret par des milliers de

SA SAINTETÉ PIE IX.

pèlerins de tout rang et de toute condition. Mais ils ont
compris qu'il y avait une exception de droit pour le Chef

suprême de l'Eglise, dès qu'il manifestait la volonté de le connaître.

» Mes deux envoyés sont chargés de me rapporter ce qu'il plaira à Votre Sainteté de prononcer sur le fait de l'Apparition de la Sainte Vierge. En cas de réponse favorable, le Très Saint-Père daignerait-il consentir à ce que l'évêque de Grenoble déclarât, dans un mandement, qu'il juge que cette Apparition porte avec elle les caractères de la vérité, et que les fidèles sont fondés à la croire véritable? Sa Béatitude voudrait-elle accueillir nos vœux en ouvrant les trésors de l'Eglise, dont elle possède les premières clefs, en faveur des personnes visitant avec piété la Sainte Montagne, et aussi de ceux qui, après s'être confessés, auront le bonheur de communier dans la chapelle? Quel que soit l'avis de Sa Béatitude, je m'inclinerai de cœur et de bouche à sa parole : *Roma locuta est, causa finita est.*

» J'ai l'honneur d'être, avec le plus profond respect, et prosterné à Vos pieds, Très Saint-Père, de Votre Sainteté, le très humble, très obéissant, dévoué serviteur et fils.

» † PHILIBERT, *évêque de Grenoble.* »

Les envoyés de Mgr de Bruillard, porteurs des secrets des Bergers, étaient partis pour Rome depuis quelques jours à peine, quand, le 12 juillet, le Cardinal de Bonald, en revenant de la Grande-Chartreuse, arrivait à Grenoble pour se faire communiquer à lui-même les dits secrets par les Bergers. Il ne put atteindre son but. Les Voyants, ayant eu vent de ce qui se racontait publiquement, à savoir que son Eminence n'était pas sans préventions contre le fait de la Salette, auraient désiré ne pas la voir. Ils durent cependant comparaître en sa présence, mais ne répondirent pas, ou presque pas, à ses questions sur leurs secrets. Au dire de M. Dausse, qui assistait à l'entrevue, l'archevêque eut beau les presser beaucoup, leur répéter avec humeur qu'ils méconnaissaient sa dignité et son mandat. « La *Dame*, répondaient-ils, leur avait défendu de les révéler; d'ailleurs, ils les avaient envoyés directement au Pape, et il n'était pas nécessaire de les lui faire parvenir deux fois ». Comme le Cardinal parlait de nouveau de la mission spéciale qu'il tenait de Rome à cet égard, les enfants s'enhardirent jusqu'à lui demander de leur en montrer la preuve, et Mgr de Bonald fut obligé d'en rester là, puisqu'il avait reçu du Saint-Père non pas un mandat impératif en règle et par écrit, mais un simple assentiment verbal. Seul, son titre de métropolitain n'autorisait pas l'éminent Cardinal à s'immiscer dans l'affaire de la Salette sans en avoir été prié par l'évêque de Grenoble, lequel trouvait, au contraire, dans l'hostilité connue du Prélat envers l'Apparition, de justes motifs de ne point l'en saisir (1).

Aussi, le Saint-Père, loin de désapprouver Mgr de Bruillard de s'être adressé directement à Rome, fit à ses envoyés le plus bienveillant accueil. Arrivés dans la Ville éternelle le 11 juillet, le 18 du même mois, MM. Rousselot et Gerin, admis à l'audience pontificale, remettaient entre les mains de Pie IX les secrets des Bergers.

Le Souverain Pontife décacheta les lettres et en prit connaissance en leur présence. Après avoir parcouru celle de Maximin, il dit : « *C'est bien là la candeur et la simplicité d'un enfant.* » Pendant qu'il lisait celle de Mélanie, un changement se manifesta dans l'expression de son visage, ses lèvres se contractèrent, ses joues se gonflèrent, et, sa lecture achevée, il prononça ces paroles : « *Ce sont des fléaux qui menacent la France, elle n'est pas seule coupable : l'Allemagne, l'Italie, toute l'Europe est coupable et mérite des châtiments. J'ai moins à craindre de l'impiété ouverte que de l'indifférence et du respect humain. Ce n'est pas sans raison que l'Église est appelée militante, et vous en voyez ici le Capitaine.* » En prononçant ces derniers mots, le Pape portait la main sur sa poitrine.

Plus tard, le même Pie IX dit au R. P. Giraud, supérieur des Missionnaires de la Salette, qui lui demandait, dans une audience privée, s'il ne pourrait connaître quelque chose des secrets : « Vous voulez connaître les secrets de la Salette? Eh bien! voici les secrets de la Salette : « Si vous ne faites pénitence, vous périrez tous. »

Voilà tout ce qu'on peut dire, jusqu'ici, de *parfaitement authentique* sur les secrets de la Salette. Cette matière, nous le savons, a fait couler des flots d'encre; nous ne *voulons* ni ne *pouvons* nous occuper de ces sortes de pro-

---

1. M. DAUSSE. Vie de M. Gerin.

ductions, parce que telle est la volonté formelle du Saint-Siège. D'ailleurs, « il y a dans la Salette, ajouterons- nous, avec le R. P. Berthier, assez d'enseignements certains, capables d'édifier, pour qu'il ne soit pas besoin d'un chercher d'autres, qui peuvent être douteux, ou dont la publication peut être inopportune et par conséquent funeste. » (1)

Avant la fin de l'audience, le Souverain Pontife avait adressé à M. Rousselot cette parole bien propre à dédommager l'intrépide champion de l'Apparition de toutes les attaques des méchants : « J'ai fait examiner votre livre par Mgr Frattini, promoteur de la Foi; il m'a dit qu'il est content, que ce livre est bon, qu'il respire la vérité. »

Les délégués de Mgr de Bruillard ne furent pas moins bien reçus chez les sommités ecclésiastiques de Rome, auxquelles ils firent visite, qu'au Vatican. Le cardinal Fornari, ancien nonce à Paris, et déjà alors au courant du fait de La Salette, assura à M. Rousselot qu'il lisait son ouvrage avec plaisir. Mgr Frattini lui répéta l'éloge dont le Saint-Père avait daigné se faire l'écho, et ajouta qu'il ne voyait aucune difficulté à ce que Mgr de Grenoble allât de l'avant et fît construire une chapelle sur de vastes et belles proportions, au lieu de l'Apparition, et qu'on y suspendît autant d'ex-voto qu'il y avait de miracles constatés, et qu'il s'en ferait encore dans la suite. Le R. P. Rubillon, assistant du Général des Jésuites, et le R. P. Quéloz, procureur des Rédemptoristes, s'affirmèrent profondément convaincus de la vérité de l'Apparition. Le cardinal Lambruschini, à qui Pie IX avait jugé bon de communiquer les secrets, avoua qu'il connaissait la Salette depuis longtemps, qu'il y croyait comme évêque, et qu'il l'avait prêchée avec fruit dans son diocèse. Enfin, M. Rousselot, que M. Gerin avait précédé en France, quitta Rome le 24 août, comblé des présents du Pape pour lui-même et pour Mgr de Bruillard.

Nouvelles attaques.

Si les partisans de l'Apparition savaient la défendre, ses adversaires aussi ne désarmaient pas. En vain M. Bez et M. Rousselot, dans des brochures irréfutables, avaient ré-

---

1. BERTHIER. Les Merveilles de la Salette.

duit à néant l'objection tirée de l'incident d'Ars, l'opposition continuait à en faire son grand cheval de bataille, en attendant qu'elle trouvât un autre prétexte à ses mensonges et à ses calomnies. Elle ne craignit pas de se condamner elle-même aux yeux de tout homme non seulement chrétien, mais simplement raisonnable, en empruntant le déshonorant concours des plus mauvais journaux de Paris et de la province. On a peine à s'imaginer avec quel acharnement la presse impie et voltairienne s'est déchaînée contre l'événement de la Salette de 1851 à 1857. Pour le combattre et l'anéantir, il n'est pas d'injures qu'elle n'ait proférées, de suppositions malveillantes qu'elle n'ait mises en avant, de ruses diaboliques qu'elle n'ait inventées. On somma ces feuilles d'iniquité d'avoir à reproduire les réfutations que l'on avait faites de leurs articles ; ou bien elles s'y refusèrent, ou bien elles ne les insérèrent qu'en partie, et avec des explications fausses et malignes qui en détruisaient toute la portée. Nommons seulement parmi les journaux hostiles à l'Apparition : *La Gazette de France*, *Le Siècle*, *Le Patriote des Alpes*.

Après le retour de Rome des envoyés de l'évêque de Grenoble, on pensait généralement que Mgr de Bruillard allait prononcer son jugement sur la Salette ; c'était le vœu de la très grande majorité des prêtres de son diocèse, notamment de la plupart de ceux qui, le 24 septembre, venaient participer aux exercices de la retraite pastorale. Dès le lendemain on présentait à Sa Grandeur cette pétition, appuyée de 240 signatures :

« Grenoble, le 25 septembre 1851,

» MONSEIGNEUR,

» Le Chapitre de votre cathédrale et les prêtres soussignés de votre clergé présents à la retraite, cédant à leur propre conviction et confirmés dans leur croyance par les encouragements que vos délégués ont reçus à Rome, vous prient, avec de respectueuses instances, d'annoncer publiquement que vous autorisez le pèlerinage de la Salette, que vous vous proposez d'y construire prochainement un sanctuaire et que vous inviterez les fidèles de votre diocèse, de la France et de l'étranger, à vous aider pour

cette bonne œuvre par des souscriptions et par des aumônes. »

Ce n'était pas là précisément ce que voulaient les opposants; aussi essayèrent-ils de leur côté une contre-pétition
qui réunit à grand'peine *dix-huit* noms, dont trois, de l'a-
veu des intéressés, n'auraient pas dû y figurer, et dans
laquelle ils demandaient au Prélat de surseoir encore à
son jugement. En même temps, ils répandaient dans le
Grand Séminaire, où se donnait la retraite, deux opuscules
lithographiés, combattant l'Apparition. L'un, portant le nom
fictif de J. Robert, était rempli de faussetés et de raisonnements captieux, l'autre non signé, mais avoué peu après
par M. Cartellier, ramenait sur le tapis l'incident cent fois
éclairci d'Ars, pour l'opposer injurieusement au voyage
de MM. Gerin et Rousselot à Rome, comme si l'opinion
d'un simple prêtre étranger et incompétent pour juger un
tel fait (si saint soit-il et supposé qu'il ne se soit pas
trompé), pouvait être mise en balance avec l'autorité de
l'évêque propre agissant dans le légitime exercice de sa
charge avec la bienveillante autorisation du Pape et des
Cardinaux !

Les prêtres retraitants apprécièrent comme ils le méritaient ces écrits : ils les méprisèrent et les condamnèrent.
D'ailleurs, des réfutations solides en furent, sans tarder,
composées et livrées à la publicité par la voie de la presse.
De telles attaques, surtout de la part de membres du clergé, constituaient une grave irrévérence envers le premier
Pasteur du diocèse à qui seul il appartenait de se prononcer
en ces matières. Aussi Mgr de Bruillard jugea-t-il opportun
d'y mettre un terme par la lettre suivante adressée à son
clergé :

« Monsieur le Curé,

» Je regrette, avec tout mon clergé, les conflits qui se
sont élevés au sujet de la Salette. Ces discussions par
la presse divisent les prêtres, scandalisent les fidèles, et
nuisent au bien des âmes que nous ne pouvons opérer que
dans l'union et la paix. Elles sont d'ailleurs, de la part
d'un prêtre, un empiétement sur mon autorité. Chacun,
sans doute, peut adresser à son évêque ses vues et ses
réclamations, mais lui seul a le droit de prononcer dans
les questions religieuses. Je crois donc qu'il est de mon
devoir d'intervenir et de mettre fin à toutes ces discus-

sions, et je défends expressément à tous les prêtres de mon diocèse de faire une publication, directe ou indirecte, sans une autorisation de ma part.

» Je vous salue bien affectueusement en Notre-Seigneur Jésus-Christ.

» † PHILIBERT, *Evêque de Grenoble.* »

L'apaisement s'étant fait dans les esprits, au moins pour quelque temps, le vénérable Evêque de Grenoble songea à se prononcer officiellement sur la réalité de l'Apparition. Avec l'humilité d'un saint, il avait fait appel, pour la rédaction du jugement doctrinal qu'il voulait porter, à la plume aussi savante que pieuse de Mgr Villecourt, Evêque de La Rochelle, qui, nous l'avons vu, avait visité la sainte Montagne et retracé en des pages exquises les impressions de son pèlerinage, et par surcroît de prudence, le texte de ce document capital avait été communiqué au cardinal Lambruschini, préfet de la Sacrée Congrégation des Rites. L'Eminentissime Prince de l'Eglise, après en avoir pris connaissance, daigna l'approuver, comme en témoigne sa lettre ci-après, adressée à M. Rousselot :

« Rome, le 7 octobre 1851.

» Monsieur l'Abbé,

» J'ai reçu avec votre lettre du 17 septembre, le projet de mandement que désire publier le savant et pieux évêque de Grenoble, par rapport au fait qui a eu lieu sur une des montagnes de son diocèse. Aussitôt que mes occupations et ma faible santé l'ont permis, j'ai lu très attentivement le dit mandement, et voici mon avis : Le Prélat raconte le Fait, certainement extraordinaire, sans prévention et avec l'exactitude historique tant recommandée dans la Sainte Ecriture, et d'après les Règles de la sainte Eglise. *Tout est très bien et sa lecture ne m'a rien laissé à désirer*, surtout pour l'examen de l'événement, qui a été poussé avec une édifiante et tout à fait louable rigueur. Je n'ai qu'une chose à observer ; elle regarde les dispositions prescrites par le vénérable prélat, parmi lesquelles me paraît celle du nº 3 (sous ce numéro, Mgr de Bruillard ordonnait le chant solennel du *Te Deum*). Je pense que peut-être la sagesse et la prudence exigent de ne pas en venir encore à attester avec une si grande solennité, au nom de l'Eglise, la vérité du Fait dont il est question.

» Je vous prie, etc...

» Le cardinal LAMBRUSCHINI. »

Fort de l'assentiment d'une si haute autorité, Mgr de Bruillard lança enfin le mandement depuis si longtemps attendu. Bien que portant la date du 19 septembre 1851, il ne fut publié que le 16 novembre suivant. On y lit, après un exposé rapide, mais limpide et concluant, des principales preuves de l'Apparition, ces mots décisifs : « Nous jugeons que l'Apparition de la Sainte Vierge à deux Bergers, le 19 septembre 1846, sur une montagne de la chaîne des Alpes, située dans la paroisse de la Salette, de l'archiprêtré de Corps, porte en elle-même tous les caractères de la vérité, et que les fidèles sont fondés à la croire indubitable et certaine. Nous croyons que ce fait acquiert un nouveau degré de certitude par le concours immense et spontané des fidèles sur le lieu de l'Apparition, ainsi que par la multitude des prodiges qui ont été la suite du dit événement, et dont il est impossible de révoquer en doute un très grand nombre, sans violer les règles du témoignage humain. C'est pourquoi, pour témoigner à Dieu et à la glorieuse Vierge Marie notre vive reconnaissance, nous autorisons le culte de Notre-Dame de la Salette. Nous permettons de le prêcher et de tirer les conséquences pratiques et morales qui ressortent de ce grand événement... »

La promulgation de ce beau mandement dans les 600 églises ou chapelles du diocèse, ne donna lieu qu'à deux incidents sans importance. Dans une paroisse, le jour où il devait le lire, le curé en remplaça la lecture qu'il renvoya au dimanche suivant, par l'exposé des motifs qu'il croyait avoir de penser sur la Salette autrement que son Evêque ; dans une autre, un simple vicaire affecta de lire le document épiscopal avec une rapidité significative, après quoi il se permit de prononcer quelques paroles qui constituaient un manque de respect pour Mgr de Bruillard et son œuvre.

A part ces deux manifestants dont la conduite fut universellement blâmée, tous les prêtres du diocèse, même les opposants, accueillirent respectueusement le mandement et en donnèrent connaissance à leurs ouailles, sans laisser percer la moindre trace de mécontentement. Ces pages, lumineuses et sereines comme la vérité, furent envoyées aux évêques de France, à plusieurs éminentes personnalités de Rome et à un certain nombre de prélats étrangers. Partout elles produisirent la plus favorable impression. Elles furent bientôt traduites dans toutes les langues européennes, et valurent à leur vénérable auteur des félicitations et des adhésions aussi précieuses que multipliées. Bornons-nous à en citer quelques-unes :

« Jouissez, Monseigneur, des consolations que donne à l'âme l'accomplissement d'une grande détermination prise avec une maturité qui annonce le souffle de l'Esprit-Saint. Je demande à Dieu, du fond du cœur, qu'il vous en récompense au centuple et dans cette vie mortelle, et dans l'éternité bienheureuse...

» † CLÉMENT, *Evêque de la Rochelle.* »

« J'ai reçu avec un vrai bonheur le mandement si plein de sagesse de Votre Grandeur sur l'Apparition miraculeuse de la Très Sainte Vierge. Votre jugement remplira de joie le cœur des fidèles qui l'attendaient depuis si longtemps...

» † JACQUES-MARIE-JOSEPH, *Evêque de Luçon.* »

« Je vous félicite, Monseigneur, d'avoir pris votre parti relativement à l'affaire de la Salette, en publiant votre mandement...

» † A. R., *Evêque de Belley.* »

« J'ai lu votre mandement avec un indicible bonheur; son ton grave, naturel et persuasif, imprime la conviction. La Sainte Vierge, j'en suis sûr, pour parler ici le langage humain, vous en a déjà témoigné sa reconnaissance; sa protection vous est, en retour, à jamais acquise, et vous savez qu'elle est toute-puissante...

» † J. FRANÇOIS, *Evêque de Perpignan.* »

A Rome même, centre de la catholicité, le journal l'*Osservatore Romano* reproduisit intégralement dans ses colonnes *avec la permission de la censure, donnée après un scrupuleux examen,* le mandement doctrinal.

Après deux années entières de laborieuses négociations (ces longueurs eurent pour cause le mauvais vouloir et les exigences déraisonnables de la commune de la Salette), Mgr de Bruillard, représenté par M. Bergeret, de Grenoble, achetait à la dite commune, en l'étude de Me Long, notaire à Corps, le 26 octobre 1851, pour la somme de 12,000 francs, cinq hectares du pâturage communal aux lieux de l'Apparition. Le 23 mars 1852, par acte passé devant Me Chuzin, notaire à Grenoble, Sa Grandeur faisait donation du même terrain à l'Evêché en la personne des Evêques de Grenoble canoniquement institués, et en communion avec le Saint-Siège, dans le but de faire construire, avec les offrandes des fidèles, en cet endroit consacré par la visite de la Mère de Dieu, une chapelle et une maison d'habitation.

A l'aurore du mois de Marie, Mgr de Bruillard publiait un nouveau mandement annonçant la pose de la première pierre du Sanctuaire de Notre-Dame de la Salette sur la montagne même où Elle était descendue, et la création d'un corps de missionnaires destinés à desservir le pèlerinage pendant la belle saison, et à évangéliser le diocèse le reste de l'année. Dès le mois de mai, avant même que la construction de l'église fût commencée, les premiers apôtres de Notre-Dame habitèrent sur la sainte Montagne, laquelle, sauf durant l'hiver 1852-1853, ne fut plus jamais privée de prêtre.

La bénédiction de la première pierre était fixée au 25 mai, et Mgr de Bruillard, dans la crainte que le fardeau de ses quatre-vingt-sept ans, augmenté d'infirmités, qui ne sont que trop communes à cet âge, ne mît obstacle à son ardent désir de gravir à cette occasion la montagne de l'Apparition, avait délégué, pour accomplir la cérémonie en son nom, son ancien vicaire général, Mgr Chatrousse, promu à l'Evêché de Valence. Ce fût donc un bonheur d'autant plus grand qu'il était inespéré, de voir arriver à Corps, le 24 Mai, par la route de la Mure, le vénérable évêque de Grenoble. La population indigène et les pèlerins déjà arrivés nombreux du dehors, firent une réception enthousiaste à Sa Grandeur, lorsqu'elle entra dans le bourg, escortée par la gendarmerie et les sapeurs-pompiers dont le capitaine, M. Aglot, y était allé de son petit compliment. Un peu après, Mgr Chatrousse, arrivant à son tour, par la route de Gap, fut accueilli avec les mêmes démonstrations de joie et de respect.

Le lendemain, la Sainte Montagne revit quelque chose de l'inoubliable manifestation du premier anniversaire de l'Apparition.

Lutte à outrance.

Tous les opposants à la Salette ne doivent pas être mis sur le même pied; il faut savoir faire entre eux une distinction. Les uns ont été de bonne foi et se sont conduits correctement. L'Apparition ne leur semblant pas, dans le principe, établie sur des preuves assez concluantes, ils l'ont discutée, mais modérément, raisonnablement. Cette opposition a été utile, parce qu'elle a provoqué l'examen et la solution de nombreuses objections. Mais dès que l'autorité compétente se fut prononcée, les opposants de cette première classe respectèrent sa décision et cessèrent toute discussion. Les autres se comportèrent bien différemment. Avant la publication du mandement doctrinal, ils s'étaient montrés de parti-pris, injustes, passionnés; après, au lieu de se soumettre, ils levèrent l'étendard de la révolte, leur mécontentement devint de la frénésie; tout moyen pour combattre l'Apparition leur parut bon et ils ne mirent plus de bornes à leurs inventions et à leurs calomnies. On ne tarda pas à s'en apercevoir.

Quelques jours à peine après la consolante journée du 25 mai, sous leur inspiration, s'imprimaient clandestinement et sans nom d'auteur, à Grenoble, des chansons annotées dans lesquelles étaient odieusement outragés la Religion, la Salette, l'Evêque diocésain, M. Rousselot et l'élite du clergé grenoblois. Comme ces immondes couplets étaient colportés et chantés de toutes parts, afin d'arrêter le scandale qui en résultait, Mgr de Bruillard, par une lettre du 12 juin à son clergé, les condamna et en frappa les auteurs et les propagateurs, au cas que ce fussent des prêtres, de la peine de suspense, sans préjudice d'autres punitions à leur infliger quand ils lui seraient connus.

Le vénérable évêque supposait donc que des ecclésiastiques avaient bien pu n'être pas étrangers à cette œuvre d'impiété et de honte? Hélas! le prêtre, pour avoir été, par un privilège gratuit, choisi de Dieu, revêtu de pouvoirs surnaturels, et favorisé de grâces exceptionnelles, n'en reste pas moins homme, et, par suite, sujet, s'il ne se tient pas sur ses gardes, à des illusions, à des erreurs,

à des faiblesses, à des chutes même d'autant plus profondes qu'il était placé plus haut. Ceux-là seuls pourraient
s'en étonner qui n'auraient pas lu l'Evangile, où nous
voyons, à côté de dix apôtres inébranlablement fidèles,
un Pierre un instant égaré et un Judas perdu sans retour.
De fait, le grand chef de l'opposition était alors un prêtre,
l'abbé Cartellier, curé de Saint-Joseph de Grenoble, dont
nous avons déjà parlé, et auquel un autre prêtre, l'abbé
Déléon, avec lequel le moment est venu de faire connaissance, allait apporter l'important appoint de son triste
concours.

M. Déléon avait été vicaire de Corps en 1822 et 1823.
Au moment de l'Apparition, il administrait, en qualité
de curé, la paroisse de Villeurbanne, située aux portes
mêmes de Lyon bien qu'appartenant au diocèse de Grenoble, qu'il dut quitter vers 1849. Il ne nourrissait alors
aucune hostilité contre la Salette; au contraire, il y
croyait et c'est grâce à lui que plusieurs de ses paroissiens y crurent également et firent le pèlerinage de la
Sainte Montagne. Pendant les cinq ou six années qui suivirent l'événement, loin de s'y montrer opposé, il publia
des articles en sa faveur dans un journal dont il avait la
direction. Il entretenait d'excellents rapports avec M. Rousselot, qui le regardait comme son ami et s'efforçait de
tout son pouvoir de le tirer des mauvais pas où l'avait
jeté son imprudence. Un jour vint où l'abbé Déléon fut
plus qu'imprudent; de graves et trop justes accusations
pesèrent sur sa conduite privée, si bien que Mgr de Bruillard, après avoir longtemps patienté et multiplié vainement ses paternels avertissements, se vit dans l'obligation
de lui interdire toute fonction ecclésiastique par sentence
du 30 janvier 1852. Irrité d'une mesure qu'il ne tenait
qu'à lui de s'épargner, le malheureux prêtre ouvre alors
son cœur à des sentiments de rancune et à des désirs de
vengeance contre le supérieur qu'il a forcé à le frapper.
Voyant que l'abbé Cartellier s'obstinait à contester le fait
de l'Apparition proclamé indubitable et certain par Mgr
de Bruillard quelques mois auparavant, il passe d'emblée
dans les rangs de l'opposition à laquelle il apporte, avec
une incontestable habileté dans l'art d'écrire, une fougue
impétueuse, une audace sans limite et une conscience sans
scrupule. Le curé de Saint-Joseph n'eut garde de refuser

un pareil auxiliaire; bien vite il l'admet dans son intimité,
lui communique un fameux manuscrit, son œuvre, qui
était comme l'arsenal où les opposants puisaient toutes
leurs objections, toutes leurs subtilités, tous leurs faux
raisonnements et tous leurs mensonges; il lui met pour
ainsi dire la plume à la main pour écrire contre la Salette; il fait plus encore : à l'occasion, il collabore avec
lui. Il est piquant de voir comment les deux compères se
sont encensés mutuellement dans leurs productions respectives. Déléon a présenté Cartellier comme un « homme
sérieux et éclairé », et Cartellier, à son tour, sans doute
pour ne pas demeurer en reste de politesse, a proclamé
que l'écrit de Déléon était « un ouvrage sérieux, plein
de force et de vérité, qui accusait chez son auteur une
grande connaissance des faits et un talent d'écrire peu
commun. »

Déléon entra en lice par la publication d'une circulaire
du cardinal de Bonald à ses diocésains, qu'il interpréta
faussement, pour les besoins de sa cause, contre l'Apparition, et d'un ouvrage qui parut en août 1852 sous ce
titre : *La Salette-Fallavaux ou la Vallée du mensonge, par
Donnadieu.* Nous ne pouvons mieux faire, pour donner
une idée de la valeur de ce pamphlet, que de citer la lettre
adressée, au sujet de son apparition, par Mgr de Bruillard
au journal l'*Univers,* le 1er septembre de la même année.

« MONSIEUR LE RÉDACTEUR,

» Une brochure infâme, remplie d'allégations fausses,
d'assertions mensongères et d'injures grossières contre les
personnes les plus respectables, vient de paraître à Grenoble.

» Cet écrit est déjà qualifié d'œuvre de ténèbres par un
de mes vénérables collègues.

» Toute la critique que nous voulons en faire, c'est qu'il
renferme autant de mensonges que de mots.

» Le clergé et les âmes honnêtes le laisseront tomber
dans l'oubli et le mépris qu'il mérite.

» Plusieurs plumes en feront au besoin prompte justice.

» Soyez assez bon pour publier cette lettre dans votre
estimable journal. J'invite tous les journaux à la reproduire.

» † PHILIBERT, Evêque de Grenoble. »

Les opposants avaient espéré que ce livre jetterait le trouble et trouverait de nombreux acheteurs parmi les retraitants ecclésiastiques de cette année; ils furent déçus sous ce double rapport : l'ouvrage ne se vendit pas; et une protestation indignée, signée de 212 prêtres, fut présentée à Mgr de Bruillard, lequel, au cours de la retraite, avait épanché son cœur débordant d'amertume dans celui de son clergé et en même temps condamné le livre avec son auteur, qui se dérobait sous le pseudonyme de Donnadieu.

Voici le texte de cette protestation :

« Grenoble, le 11 septembre 1852.

» MONSEIGNEUR,

» Les membres soussignés du clergé réunis pour la retraite pastorale, soumis à l'autorité de leur Evêque portant son jugement doctrinal sur le Fait de la Salette, protestent spontanément et avec énergie contre tout ce qu'un pamphlet, qui vient de paraître, contient d'injurieux au premier Pasteur du diocèse et à des confrères, honorés à juste titre de votre confiance, et que nous aimons et vénérons comme nos pères ou que nous chérissons comme des frères et des amis. Ils protestent également contre tout écrit semblable qui serait publié à l'avenir ».

A la fin de décembre 1852, le diocèse de Grenoble apprenait, avec autant de peine que d'étonnement, que son Evêque, profondément vénéré et tendrement aimé, venait de se démettre de son siège, pour aller finir ses jours dans la solitude et la prière, et qu'il avait choisi pour lieu de sa retraite le couvent des Dames du Sacré-Cœur, à Montfleury, tout près de sa ville épiscopale. Gracieusement invité par le Souverain Pontife à désigner lui-même son successeur, le saint Prélat avait demandé et obtenu, pour le remplacer à Grenoble M. l'abbé Ginoulhiac, vicaire général d'Aix.

La démission de Mgr de Bruillard affligea particulièrement les amis de la Salette, car ils appréhendaient que son successeur, malgré tout le bien que la renommée en publiait, ne tînt pas la même ligne de conduite que lui au sujet de l'Apparition; au contraire, elle réjouit les opposants qui espéraient, avec le nouvel Evêque, avoir beau jeu pour attaquer et renverser ce qu'ils appelaient la *Superstition de la Salette*. Aussi, ces derniers voulurent-ils frapper un grand coup en éditant et en répandant avec profusion, avant l'arrivée de Mgr Ginoúlhiac, un nouvel ouvrage intitulé : *La Salette-Fallavaux, 2e partie.* L'auteur, Déléon, toujours sous le nom supposé de *Donnadieu*, y ressassait les objections, déjà cent fois réfutées, de son premier livre; mais, de plus, il y contredisait manifestement ses précédentes élucubrations en y ajoutant le roman Lamerlière. En effet, depuis six ans, les opposants avaient affirmé sur tous les tons que les Bergers *n'avaient ni vu, ni entendu personne* à la Salette, et, cette fois, Déléon vient dire : *Ils ont vu et entendu quelqu'un : Mlle de Lamerlière.*

Le 7 mai 1853, le nouvel Evêque de Grenoble prenait possession de son siège. C'était un homme de première valeur. Jeune encore, il joignait à un rare sang-froid, à une calme fermeté et à une extrême prudence, une vaste érudition, de grands talents et une science profonde de la théologie qu'il avait enseignée comme professeur de dogme au Grand Séminaire de Montpellier. Naturellement conciliant et pacifique, Mgr Ginoulhiac espérait, à force de condescendance et de bonté, ramener les opposants et faire cesser les divisions existantes. Aussi accueillit-il avec bienveillance, et les prêtres respectables qui plaidèrent auprès de lui la cause de Déléon, et Déléon lui-même, qui sollicitait la levée de son interdit. Pour réhabiliter le coupable, Sa Grandeur exigeait qu'il donnât des preuves d'amendement et lui imposait de reprendre l'habit ecclésiastique, qu'il ne portait plus depuis longtemps, de renvoyer de son domicile une personne suspecte dont la présence chez lui constituait un scandale, de retirer du commerce son livre *La Salette-Fallavaux* en se faisant remettre à l'Evêché les exemplaires restants; enfin, d'adresser une lettre d'excuses à Mgr de Bruillard. L'abbé Déléon, après avoir essayé d'éluder ces conditions, finit par les accomplir. Il fut alors relevé de la peine ecclésiastique décernée contre lui par Mgr de Bruillard. Malheureusement, après que Mgr Ginoulhiac eut levé son interdit, il retomba promptement dans ses précédents errements et machina de nouvelles attaques contre l'Apparition.

En 1854, deux nouveaux livres destinés à combattre la Salette voient le jour : le *Mémoire au Pape* de M. Cartèllier, et *La Salette devant le Pape* de l'abbé Déléon.

Le *Mémoire au Pape*, après avoir été envoyé manuscrit à Rome, y revenait bientôt imprimé. Pie IX le renvoya à l'Evêque de Grenoble, qui le jugea et le condamna par son mandement du 4 novembre 1854. Sa Grandeur commence par dire l'impression qu'a produite sur elle-même et sur Notre Saint-Père le Pape le procédé des opposants : « ... Un Mémoire manuscrit sur l'affaire de la Salette a été adressé au Souverain Pontife. A peine était-il parvenu entre les mains de Sa Sainteté, qu'il a été publié, et, bientôt après, envoyé aux Evêques de France, aux archiprêtres du diocèse, et même à plusieurs journaux.

» Douloureusement étonné de cette injure qui était faite au Saint-Siège, et de cette violation ouverte des décrets de l'Eglise, qui défendent la publication de livres traitant de matières religieuses sans l'autorisation prescrite par le droit, nous nous empressâmes d'adresser à Notre Saint-Père le Pape, avec l'expression de notre douleur, une protestation contre cette publication même, et nous suppliâmes Sa Sainteté de tracer la règle de conduite que nous avions à suivre dans une circonstance qui nous paraissait aussi grave que délicate.

» Dans la réponse que le Souverain Pontife a daigné nous adresser, après nous avoir raconté qu'il avait reçu d'abord un Mémoire anonyme sur l'affaire de la Salette et puis le même Mémoire imprimé, il flétrit cette publication en des termes que la bonté paternelle qui le caractérise a sans doute encore adoucis. « Lorsque nous avons re-
» connu, dit le Saint-Père, que l'opuscule imprimé n'était
» autre que le manuscrit qui nous avait été adressé, nous
» n'avons pas pu ne pas nous étonner de cette manière
» d'agir d'hommes inconnus, qui, au mépris des principes
» mêmes de la politesse la plus vulgaire, pour ne rien
» dire de plus, ont prétendu nous susciter des embarras
» par la publication anonyme de cet écrit. »

Passant ensuite à l'examen de l'ouvrage, l'Evêque de Grenoble démontre péremptoirement qu'il renferme : des réticences graves et réfléchies, des réflexions hasardées ou même certainement fausses, des allégations sans fondement et qui sont injurieuses pour son vénérable prédé-

cesseur et pour des prêtres respectables de son diocèse;
enfin, des insinuations insidieuses, quand elles ne sont
pas ouvertement malveillantes.

Enfin, Sa Grandeur prononça la sentence suivante :

« ART. Ier. — Nous condamnons *la publication* du livre
intitulé : *Affaire de la Salette, Mémoire au Pape*, etc.
comme étant injurieuse au Saint-Siège et ayant été faite
sans autorisation, contrairement aux canons, aux décrets
du Concile du Lyon et aux statuts du diocèse;

MONSEIGNEUR GINOULHIAC.

» Et nous condamnons *ce livre en lui-même* comme
contenant des allégations ou imputations injurieuses pour
notre vénérable prédécesseur, et pour les prêtres respectables de notre diocèse; et, en outre, des assertions au
moins irrespectueuses à l'égard d'une dévotion qui y est
légitimement établie et autorisée.

» ART. II. — Nous défendons à tous les ecclésiastiques
engagés dans les ordres sacrés de lire ou de garder cet
ouvrage sous peine de suspense à encourir; et de le prêter ou de le répandre en quelque manière que ce soit,
sous peine de suspense encourue par le seul fait et à
nous réservée.

» ART. III. — Espérant que l'auteur de ce livre donnera l'exemple d'une soumission louable, nous nous réservons de statuer à son égard ce qu'il appartiendra... »

Quand il vit son livre condamné, M. Cartellier, pour échapper à l'interdit qui le menaçait, se soumit, *extérieurement* du moins, et remit à son Evêque la pièce qu'on va lire :

« MONSEIGNEUR,

» Je viens déposer aux pieds de votre Grandeur la déclaration suivante :

» 1. En attaquant le *fait* de l'Apparition, je n'ai pas voulu attaquer la *dévotion* à la Salette.

» 2. J'obéirai exactement au mandement du 4 novembre dernier, et je ne chercherai jamais à propager mon Mémoire.

» 3. J'accepte avec une humble soumission la condamnation de mon Mémoire. Je veux me soumettre à tous les actes de l'administration de mon Evêque.

» 4. Les faits qui se trouvent dans mon Mémoire, je les ai rapportés de bonne foi, mais je désavoue et condamne tout ce qui est faux et inexact, tout en conservant mon opinion sur la Salette.

» 5. Je désavoue, déplore et condamne les expressions qui, dans mon Mémoire, ont pu contrister Mgr de Bruillard et tous les prêtres que Monseigneur a en vue dans son mandement.

» C'est dans ces sentiments, etc...

» CARTELLIER, *aîné*. »

Cette formule ne vint pas toute seule et de prime abord au bout de la plume de M. Cartellier. Avant d'en arriver à celle-là, il en avait présenté plusieurs autres qui parurent insuffisantes. Enfin, de bon ou de mauvais gré, il avait satisfait à ce qu'on exigeait de lui; il demeura donc curé de Saint-Joseph, sans cesser d'être opposant à la Salette. Toutefois, il n'a plus agi *publiquement* contre l'Apparition. Tandis que Déléon, qui n'avait pas de cure à sauvegarder, bataillait à ciel découvert, en enfant perdu, son collaborateur combattait du même cœur, mais prudemment, dans l'ombre, pour ne pas compromettre sa situation. Un fait particulier nous montre bien le fond de ses sentiments et le degré de confiance que mérite sa soumission : M. l'abbé Burnoud, Supérieur des Missionnaires de la Salette, ayant appris que l'auteur du *Mémoire au Pape* avait donné satisfaction à son Evêque, crut bon, en vue de réparer le scandale qu'avait causé ce mauvais livre, d'imprimer et de répandre quelques lignes où il annonçait la *rétractation* de l'abbé Cartellier. Ce dernier, qui n'avait cédé qu'à la nécessité et qui rongeait secrètement son frein, protesta auprès de Mgr Ginoulhiac contre le mot de *rétractation* employé par M. Burnoud et qui ne se trouvait pas dans la formule signée par lui. Le bon Evêque, le trouvant assez humilié par le langage sévère dont le Saint-Père s'était servi pour le blâmer, et par la condamnation solennelle de son ouvrage, eut la générosité de demander qu'on cessât de jeter dans la circulation l'imprimé du Supérieur des Missionnaires. Ainsi donc, s'il sauva les apparences, M. Cartellier ne cessa pas de faire de l'opposition sous le manteau de la cheminée, et, lorsqu'il mourut à Vichy, où il était allé prendre les eaux, le 13 juillet 1865, il s'occupait encore d'un nouvel ouvrage contre l'apparition (1).

La Salette devant le Pape n'était que le développement du *Mémoire;* ces deux écrits, du reste, parurent dans le même volume. L'abbé Déléon s'y répandait en injures contre Mgr de Bruillard, Mgr Ginoulhiac et l'élite du clergé diocésain, y dénaturait le fait de l'Apparition et enfin y avançait les erreurs théologiques les plus grossières et les plus pernicieuses. L'évêque de Grenoble le cita à comparaître devant le tribunal de l'officialité diocésaine; il s'y présenta et y fut interrogé dans quatre séances successives. Comme il persistait dans la plupart de ses assertions erronées, le Prélat, après examen, condamna son livre comme contenant, « d'une part, des propositions respectivement erronées, téméraires, scandaleuses, subversives de l'ordre et du gouvernement ecclésiastique, sentant le presbytérianisme et le favorisant, et déjà condamnées, soit expressément, soit dans leurs principes, par les Souverains Pontifes; d'autre part, comme contenant, à l'égard de Mgr de Bruillard et de prêtres respectables du diocèse, des allégations et imputations de fait qui constituent, au sens des Canons de l'Eglise, une véritable diffamation. »

____

1. AMÉDÉE NICOLAS. La Salette devant la raison... *(Supplément).*

L'auteur ne voulut pas se soumettre à son Evêque **ni** rétracter ses erreurs; en conséquence, Mgr Ginoulhiac renouvela contre lui la peine de l'interdit.

Cette punition méritée, au lieu d'amener le prêtre coupable à résipiscence, ne fit que l'irriter davantage et l'enfoncer de plus en plus dans l'abîme. Aussi, en 1856, exhala-t-il son venin dans un nouveau livre : *La Conscience d'un prêtre et le pouvoir d'un évêque*, qui dépassait tout ce qu'il avait écrit de plus mauvais jusque-là et dans lequel, mentant, calomniant et injuriant avec plus d'audace que jamais, il attaquait non seulement les deux évêques qui avaient dû sévir contre lui, mais encore l'Episcopat tout entier, le Pape et l'Eglise.

L'année qui vit paraître *La Conscience d'un prêtre* fut signalée aussi par la publication de deux autres ouvrages hostiles à la Salette : l'un, *Les Entretiens sur la Salette*, d'un certain abbé Laborde, prêtre hérétique et interdit comme son confrère en opposition, Déléon, mais qui est revenu à de meilleurs sentiments et s'est complètement rétracté avant de mourir; l'autre, *La Vérité sur la Salette*, du pasteur protestant de Charleroi, Poinsot, réfuté avec autant de solidité que d'esprit par M. l'abbé Doyen, prêtre distingué du diocèse de Namur.

Quant à l'œuvre de l'ex-curé de Villeurbanne, Mgr Ginoulhiac la pulvérisa dans sa lettre-circulaire du 19 septembre 1857, avec une clarté, une force et une logique qui font de ce document épiscopal une œuvre véritablement magistrale. Ce coup de massue terrassa le second chef de l'opposition, qui dès lors ne fit plus guère parler de lui. Il mourut dans une vieillesse fort avancée, de nouveau réhabilité par Mgr Fava, et après avoir avoué qu'*il avait toujours cru dans son cœur à la Salette*, et qu'il ne l'avait combattue que pour se venger de l'Autorité (1).

Les armes de l'opposition.

Nous avons eu plusieurs fois l'occasion de remarquer combien les adversaires de la Salette étaient peu scrupuleux dans le choix de leurs armes, aussi bien que dans celui de leurs auxiliaires. De même, en effet, qu'ils ne rougirent

---

1. Cet aveu a été fait à Saint-Ismier, par l'abbé Déléon en personne, à un missionnaire de la Salette encore vivant, de qui nous le tenons.

pas de s'allier aux pires ennemis de la Religion et du
Catholicisme, ainsi ils ne se gênèrent pas pour user cou-
ramment, dans leurs attaques, de mensonges, de fausses
suppositions, de calomnies et d'injures.

Nous avons dit, déjà, comment ils avaient odieusement
accusé à tort M. Mélin, le digne curé de Corps, de faire un
commerce de l'eau de la Fontaine miraculeuse. M. Rousselot, l'historien si consciencieux qui n'a rien avancé sans
le prouver surabondamment, le prêtre vénérable et universellement vénéré, aux vertus duquel mille prêtres qui
l'avaient intimement connu, pendant ses quarante années
de professorat au Grand Séminaire de Grenoble, rendaient
un unanime hommage, fut moins épargné encore. Voici
un échantillon des aménités que l'opposition lui a prodi-
guées : « M. Rousselot, Chanoine et Vicaire Général, auteur
de trois ou quatre opuscules sur la Salette, déguise avec
soin les vérités qui seraient capables d'éclairer le public ;
il inscrit des miracles qui n'ont existé que dans son imagination ; il établit des principes d'une morale démoralisa-
trice, contradictions, erreurs, mensonges se pressent sous
sa plume... M. Rousselot n'est pas un juge consciencieux ;
la vérité ne l'inspire pas ; son opinion ne saurait commander la confiance ou éclairer la question... M. Rousselot se
joue du diocèse de Grenoble, etc... »

Comment auraient-ils respecté les simples prêtres même
les plus dignes de vénération, ceux qui n'ont pas rougi
d'insulter le saint Mgr de Bruillard, en voulant le faire
passer, lui dont la haute prudence et la grande sagesse
ont brillé avec tant d'éclat dans toute la conduite de cette
grave affaire de la Salette, comme un esprit affaibli par
l'âge ? *Le Siècle* (numéro du 18 décembre 1854) n'a-t-il pas
écrit à son sujet ces paroles irrévérencieuses au suprême
degré, que nous avons honte de rapporter : « Depuis longtemps déjà, le parti dévot, dans le diocèse de Grenoble,
éprouvait le besoin d'un miracle ; l'occasion était bonne
pour tenter l'opération, l'Evêque était un vieillard de quatre-vingts ans. Dieu nous préserve, mon ami, d'atteindre
cet âge, car nous pourrions bien ne plus savoir ce que
nous dirions. Cet Evêque, Bruillard de son nom de famille, et Philibert de son prénom, infiniment recomman-
dable, infiniment respectable d'ailleurs, avait, comme vous
comprenez, la tête légèrement affaiblie, une partie de

la garnison avait déménagé... » Le vénéré Prélat fut l'innocente victime de bien d'autres injures qu'il serait trop long de rapporter; relevons seulement l'injuste reproche de tyrannie qu'a osé faire peser sur lui le malheureux Déléon en publiant, de connivence avec l'abbé Cartellier, que Mgr de Bruillard l'avait frappé d'interdit à cause de son opposition à la Salette. Nous avons vu plus haut, au contraire, que cette punition lui avait été attirée pour de tout autres motifs. C'est parce que sa conduite n'était rien moins qu'exemplaire, que d'abord, sur la dénonciation de l'archevêque de Lyon, mieux informé de ce qui se passait à Villeurbanne que l'évêché de Grenoble, il dut quitter sa cure vers 1849, puis, qu'en 1852, il fut interdit par l'autorité diocésaine. Loin d'avoir été frappé parce qu'il était opposant, il ne s'est fait opposant que parce qu'il était frappé, par esprit de vengeance contre son évêque, et aussi pour essayer d'atténuer le déshonneur dont le couvrait sa punition, en donnant le change sur les raisons qui la lui avaient fait encourir. Bien loin de combattre la Salette, il défendait l'Apparition avant son interdit, comme lui-même l'avouait à M. Rousselot dans une lettre du 11 mai 1855 où il écrivait : « Je faisais travailler pour vous, je n'étais pas opposant ».

Il eût été étonnant que le calomniateur de Mgr de Bruillard ne se fût pas attaqué à Mgr Ginoulhiac qui s'était vu obligé de renouveler contre lui, après lui avoir miséricordieusement pardonné, les sévérités de son prédécesseur. Il n'osa pas, sans doute, accuser de faiblesse d'esprit le théologien éminent qui a composé l'*Histoire du dogme catholique*, mais il écrivit qu'il n'était devenu évêque de Grenoble que parce qu'il s'était engagé préalablement auprès de Mgr de Bruillard à soutenir la Salette contre sa conscience; en d'autres termes, que son élévation à l'épiscopat était le résultat d'un honteux et sacrilège marché que les abbés Plantier et Dissandes de Bogenet, incroyants aussi à l'Apparition, n'avaient pas voulu accepter quand on le leur avait proposé. Il osa ajouter que Sa Grandeur elle-même avait reconnu et avoué la réalité de cette convention, dans une lettre adressée au Cardinal de Bonald, laquelle lettre avait été lue par le neveu de Son Eminence. Or, d'irrécusables témoignages prouvent que ces allégations, formulées avec tant d'aplomb, sont autant d'insignes faussetés.

Voici d'abord la lettre par laquelle Mgr de Bruillard, à
qui le Saint-Père avait permis de choisir son successeur,
s'ouvrit de son désir à M. l'abbé Ginoulhiac :

« Grenoble, 3 juin 1852.

» MONSIEUR LE VICAIRE GÉNÉRAL,

» Je vais vous faire une ouverture à laquelle vous êtes
loin de vous attendre, et pour laquelle je réclame le secret
le plus inviolable.

» Je suis parvenu *ad senectam et senium*, et Dieu daigne
m'accorder une verte et vigoureuse vieillesse. Néanmoins
j'éprouve depuis bien des années une névralgie que la
continuité des travaux entretient, augmente, et rend souvent, pendant des mois entiers, bien douloureuse.

» J'ai toujours eu l'intention de consacrer à Dieu, dans
la retraite et la prière ,les dernières années de ma carrière,
afin d'entrer avec moins d'effroi dans la maison de mon
éternité. Aussi, suis-je décidé, non pas à demander un
coadjuteur, mais à donner la démission de mon siège.

» Or, c'est sur vous, Monsieur l'abbé, que j'ai arrêté
mon choix, s'il plaît au Saint-Père et au Gouvernement,
comme je l'espère, de l'adopter.

» En devenant mon successeur, vous recueillerez tous
les renseignements qui vous seront nécessaires;... mais,
pour le moment, je n'ai besoin que de votre adhésion à
la proposition que j'ai l'honneur de vous faire.

» Permettez-moi d'attendre une prompte réponse, et
recevez...

» † PHILIBERT, *Evêque de Grenoble.* » (1)

On le voit, il n'est pas même question de la Salette dans
cette communication. Donc il est faux que Mgr Ginoulhiac
ait fait un marché en acceptant l'épiscopat. Il l'est également que MM. Plantier et Dissandes de Bogenet aient repoussé ce soi-disant marché parce qu'ils ne croyaient pas
à la Salette, car tous deux ont protesté contre cette assertion.

« Les bontés de Mgr de Bruillard, écrit le 24 mai 1857
Mgr Plantier à M. Amédée Nicolas, de Marseille, ont été

____

1. Mgr GINOULHIAC. Lettre-Circulaire du 28 septembre 1854.

parfaites pour moi, mais il ne m'a jamais offert l'Evêché de Grenoble à condition que je soutiendrais et que je continuerais l'œuvre de la Salette; jamais, de mon côté, je n'ai refusé cette proposition par motif que je ne croyais pas au miracle. Tout ce qu'on en a dit n'est qu'un rêve, ou le mensonger écho d'un bruit sans fondement. » (1)

« Votre lettre, répond à son tour M. l'abbé Dissandes de Bogenet à la même personne qui lui avait signalé l'affirmation de Déléon à son sujet, m'a profondément surpris, car elle m'apprend (ce que j'ignorais complètement) que l'auteur du livre : *La conscience d'un prêtre et le pouvoir d'un Evêque*, me place au nombre des contradicteurs de l'Apparition de la Très Sainte Vierge sur la montagne de la Salette. Si ce que vous m'écrivez est exact, l'auteur s'est étrangement trompé sur mes sentiments; et l'assertion qu'il s'est permise à mon égard renferme une erreur inexcusable, pour ne pas dire une calomnie...

» Comme j'ai souvent manifesté ma conviction, soit en chaire, soit dans la conversation, et que ma bouche n'a jamais prononcé une parole de doute, d'incrédulité ou de contradiction, je ne sais ce qui a pu porter l'écrivain dont vous parlez à me mêler à ce déplorable débat. » (2)

Il n'est pas plus vrai que le Cardinal de Bonald ait reçu une confidence de la part de Mgr Ginoulhiac touchant le prétendu marché en question :

« Je n'ai jamais pensé, écrivait à son suffragant l'archevêque de Lyon, le 23 juillet 1857, encore moins je n'ai jamais dit ou écrit qu'il y ait eu une convention entre votre prédécesseur et vous, Monseigneur, au sujet de la Salette. *J'ai entendu cette calomnie, et je l'ai combattue,* comme mon respect pour vous, et la charité m'y obligeaient. Si M. Déléon a un écrit de ma part à ce sujet, qu'il le produise. S'il a entendu de ma part ce qu'il ose alléguer, qu'il cite les témoins.

» Jamais Votre Grandeur ne m'a rien écrit sur cette prétendue stipulation. Il faut plaindre ceux qui ont pu y croire. » (3)

Le neveu de Son Eminence n'a donc pu lire une lettre

---

1. AMÉDÉE NICOLAS. La Salette devant la raison.
2. AMÉDÉE NICOLAS. *Ibid.*
3. Mgr GINOULHIAC. Lettre-Circulaire du 28 septembre 1854.

qui n'a jamais existé; du reste, il a pris soin de réfuter
lui-même cette calomnie :

« Je déclare, écrivit-il à Mgr Ginoulhiac, que je n'ai
jamais su que le Cardinal, mon oncle, ait reçu de Votre
Grandeur aucune lettre renfermant l'aveu d'une semblable
stipulation; que, à plus forte raison, je ne l'ai jamais eue
entre les mains...

» Votre Grandeur a été calomniée dans cette circonstance, et moi aussi. » (1)

Quand on se permet de faire ainsi faussement parler
les Evêques, pourquoi se gênerait-on avec le Pape lui-
même? L'abbé Déléon osait avancer que Pie IX avait dit
aux deux envoyés de Mgr de Grenoble : « Ce que vous
m'apportez-là est un monde de stupidités », puis, le soir
de leur audience, affirmé devant un grand nombre de Cardinaux et de Prélats romains que les secrets de la Salette
étaient des niaiseries, des sottises, des monstruosités qui
lui avaient été apportées le jour même par deux prêtres
fanatiques, et jetées immédiatement dans les papiers sales.
Mgr de Ségur, ajoutait-il, avait entendu ces paroles et
les avait répétées à Paris le 21 octobre 1854, en présence
de 25 prêtres.

Or, Mgr de Ségur envoyait le 11 septembre 1856, à
l'évêché de Grenoble, ce démenti formel :

« MONSEIGNEUR,

» J'apprends avec autant de surprise que d'indignation
que, dans un libelle anonyme, fort peu respectueux pour
Votre Grandeur, et dirigé contre Notre-Dame de la Salette,
mon témoignage vient d'être invoqué de la manière la
plus impudente.

» On lit, à la page 144 de ce pamphlet intitulé : *La
conscience d'un prêtre et le pouvoir d'un évêque*, que le
Saint-Père aurait dit aux deux prêtres qui lui communi-
quèrent les secrets des deux enfants de la Salette : « Ce
que vous m'apportez-là est un monde de stupidités », que
Sa Sainteté aurait répété la même parole le soir du même
jour, en présence de nombreux Cardinaux et Prélats de la
Cour. On ajoute que Mgr de Ségur, auditeur de Rote, qui
assistait à cette soirée, qui a entendu les paroles du Pape,

____

1. Mgr GINOULHIAC. Lettre-Circulaire du 28 septembre 1854.

qui en a eu une nouvelle confirmation, quelques jours après, de la bouche du Saint-Père, les répétait à Paris, en présence de vingt-cinq prêtres.

» Tout cela est aussi mensonger que ridicule, et je le démens formellement. Le Saint-Père ne m'a jamais parlé de la Salette, et je ne me souviens, en aucune façon, d'en avoir parlé moi-même dans aucune compagnie ecclésiastique, ni à Paris, ni ailleurs...

» Je profite de cette occasion pour vous prier d'agréer...

» † H.-G. DE SÉGUR,
» Ancien auditeur de Rote,
dignitaire du Chapitre impérial de St-Denis.

» Laigle (Orne), le 11 septembre 1856. »

Ces citations suffiraient amplement à montrer la confiance que mérite un écrivain qui se joue à ce point de la vérité. Mais nous n'aurions pas fait suffisamment connaître jusqu'à quelles invraisemblables limites d'audace le sous-chef de l'opposition a porté l'invention et le mensonge, si nous nous abstenions de parler avec quelque détail de la *Fable Lamerlière*.

La fable Lamerlière.

Nous allons, cette fois, nous trouver en plein roman. Il ne s'agit plus seulement d'exagérations, d'amplifications si grandes qu'on les suppose, mais d'une pure fiction, d'une histoire forgée de toutes pièces.

Après le mandement doctrinal dans lequel Mgr de Bruillard proclamait l'Apparition de la Mère de Dieu à la Salette indubitable et certaine, il devenait bien difficile à l'opposition de continuer à soutenir, comme elle l'avait fait jusque-là, que le récit des enfants était totalement imaginaire. Elle se crut donc obligée de changer de tactique et de chercher une explication naturelle et humaine à l'événement surnaturel et divin qu'elle ne pouvait plus nier, au risque de contredire manifestement, par le fait, tout ce qu'elle n'avait cessé de dire et de redire depuis cinq ans. Mais, où prendre un personnage à qui on pût faire jouer le rôle de la belle Dame ?

Dans le temps où les opposants se creusaient la tête pour arriver à résoudre ce difficile problème, un ecclé-

siastique de l'Isère, dans une réunion où se trouvaient
des adversaires de la Salette, se mit à dire soudain à
ces derniers en manière de plaisanterie : « Vous vous
donnez beaucoup de peine pour trouver la Dame de l'Apparition ; dites donc que c'est Mlle de Lamerlière! » (1).

Cette saillie fut une inspiration pour Déléon, et il résolut
d'échafauder une histoire sur cette base ridicule.

Mlle Constance-Louise-Marguerite-Saint-Ferréol de Lamerlière, habitant Saint-Marcellin, appartenait à une fort
respectable famille, originaire de Roybon. Elle avait reçu
une excellente éducation et possédait une remarquable
facilité d'élocution. D'une piété sincère et ardente, mais
parfois, paraît-il, quelque peu excentrique, elle employait
toute sa fortune à faire des bonnes œuvres, sans apporter
peut-être toujours assez de discernement dans ses libéralités. Tel était du moins l'avis de ses proches parents qui,
pour ce motif, tentèrent de lui faire donner un conseil
judiciaire, afin de la protéger contre sa propre générosité.
Voilà la personne que l'abbé Déléon imagina de faire
passer pour l'héroïne de l'Apparition.

Dans ce but, notre romancier fait monter, aux premiers
jours de la chasse, en 1846, sur l'impériale de la diligence
qui va de Valence à Grenoble, Mlle de Lamerlière, avec
un carton renfermant des effets d'habillement. Chemin faisant, elle raconte au conducteur, près duquel elle se trouve
assise, qu'un de ses proches parents vient d'obtenir un
grade supérieur dans l'armée d'Afrique, et qu'elle s'en va
dans les Alpes. A sa descente de voiture, tout en reprenant
son carton, elle annonce mystérieusement que bientôt un
immense éclat sera produit.

Peu de temps après, sur la montagne de la Salette avait
lieu l'Apparition dont l'imaginatif écrivain donne cette fantaisiste explication :

Mlle de Lamerlière connaissait ces lieux pour y avoir
habité auparavant dans un chalet; il lui a donc été facile
de se montrer à Maximin et à Mélanie, revêtue du costume
qu'ont décrit ces enfants et qu'elle avait apporté dans son
fameux carton. Elle s'est mise à parler aux Bergers en
français, et quand elle a vu qu'ils ne la comprenaient pas;

____

1. Le prêtre qui a tenu ce propos serait, suivant les uns,
M. Giraud, curé d'Ornacieux; suivant d'autres, M. Lacroix, curé
de l'Albenc.

elle a usé du patois de Corps, dont elle avait saisi quelques mots pendant le court séjour qu'elle avait préalablement fait dans le pays. Enfin, profitant d'un moment où un nuage s'avançait vers le tertre au bas duquel elle conversait avec les enfants, elle s'est dirigée d'un pas grave et solennel, vers le sommet du monticule, laissant les Bergers à distance et leur répétant en français : « Eh bien ! vous le ferez passer à tout mon peuple. » Alors, enveloppée dans un autre nuage qui s'avançait presque perpendiculairement et dérobait successivement sa tête, puis son corps, puis ses jambes et enfin ses pieds, elle disparut en glissant vers le versant opposé. Voilà toute l'Apparition !

En doutez-vous ? Déléon va vous fournir ses preuves, vous citer des noms propres, vous préciser des dates : Le conducteur de la diligence s'appelait Fortin. Le récit de l'Apparition, telle qu'elle vient d'être rapportée, a été fait par Maximin lui-même à M. Filiole, négociant de Grenoble, qui le prit dans sa voiture avec son père, en allant de la Salette à Corps, dans le courant de décembre 1848. Peu de jours après le 19, Mlle de Lamerlière s'est présentée au Pèlerinage de Notre-Dame du Laus dans les Hautes-Alpes, y a logé chez les religieuses, et là s'est montrée à une servante et aux Sœurs vêtue du costume dans lequel l'avaient vue les enfants, puis s'est échappée par la fenêtre de sa chambre sans que les recherches immédiatement opérées par les religieuses et les missionnaires, aient pu la faire retrouver. Au bout de quelques mois, le cocher Fortin, se trouvant pour son service à Tullins, chez M. Mazet, aperçoit des médailles de la Salette ; à cette vue, il se met à rire disant que la Salette a été fabriquée par Mlle de Lamerlière, et celle-ci, survenant justement au même moment, fait un demi-aveu. Les différentes pièces du costume ont été vues à Grenoble par plusieurs personnes, entre autres, M. Génard, marchand d'ornements d'églises, et Mme Carra, hôtelière près de la Porte de France. D'ailleurs, Mlle de Lamerlière a fait des aveux complets à Mme de Monière qui le raconta à M. le vicaire général Berthier, en décembre 1846, et tous ces faits étaient de notoriété publique et même universelle dès le mois de novembre de la même année.

Le moyen, après cela, de n'être pas convaincu ! Des

affirmations aussi positives, appuyées sur des preuves aussi concluantes, fortifiées de détails aussi circonstanciés, peuvent-elles renfermer autre chose que la pure vérité? Et pourtant cette belle argumentation n'est qu'un long et impudent mensonge; cet édifice, d'apparence si solide, n'est qu'un château de cartes, que renverse un souffle d'enfant. L'échafaudage pompeux de Déléon croule au simple examen.

D'abord, le conducteur Fortin n'a pu accueillir sur la diligence, aux premiers jours de la chasse de 1846, Mlle de Lamerlière, parce que, d'après la déclaration faite le 30 juillet 1857 par M. Gruizard, entrepreneur des voitures publiques de Valence à Grenoble, il n'est devenu conducteur de la diligence qu'en 1849, et qu'il n'avait jamais, avant cette époque, même accidentellement, conduit la voiture de Saint-Marcellin à Tullins.

Mlle de Lamerlière n'a pu en 1846 annoncer que son proche parent avait obtenu un grade supérieur dans l'armée d'Afrique, car son beau-frère, M. de Luzy, duquel seul il peut être ici question, tenait garnison à Lyon en 1846 et 1847; il ne fut élevé au grade de général de brigade, en Algérie, que six ou sept ans plus tard. Elle n'a connu la Montagne de la Salette que lorsqu'elle en a fait le pèlerinage, en 1848, guidée dans ces régions, toutes nouvelles pour elle, par un habitant de Saint-Michel-en-Beaumont, qui a certifié avoir eu toutes les peines du monde à lui faire atteindre en deux jours le sommet béni. Le chalet dans lequel elle aurait résidé en ces lieux, avant l'Apparition, est de pure imagination, les pèlerins n'en ont jamais aperçu la moindre trace, et les Maires de la Salette et des villages voisins ont certifié qu'il n'existait en 1846, sur le territoire de leurs communes respectives, hors des hameaux et des maisons habitées, aucune espèce de chalet. Elle n'eût pu y parvenir le 19 septembre sans que sa présence eût été remarquée par les habitants des hameaux qu'il lui aurait fallu de toute nécessité traverser; par Pierre Selme, travaillant toute la journée dans son champ; par les bergers, disséminés sur tous les points de la montagne entièrement découverte; or, aucun étranger n'a été aperçu ce jour-là sur le territoire de la Salette.

Mais arrêtons-nous aux circonstances de la merveilleuse vision, telles que Maximin et Mélanie n'ont jamais cessé de les décrire : Les Bergers ont vu d'abord une grande clarté, puis, sans disparaître, mais en s'ouvrant, cette clarté a laissé apercevoir dans son sein une Dame assise sur la pierre. La Dame s'étant levée, les enfants l'ont approchée de si près qu'une personne n'eût pu passer entre Elle et eux; ils furent donc bien à même de l'examiner, sans aucun danger de se tromper. Or, elle était toute de lumière, au point qu'ils apercevaient l'herbe au travers de sa personne, et d'une taille élevée, supérieure à celle des plus grandes femmes qu'ils aient jamais vues. Elle se tenait à quelque distance au-dessus du sol et s'est avancée sans faire plier l'herbe sous ses pieds.

Rien de tout cela ne convient ni ne peut convenir à Mlle de Lamerlière qui était petite, ramassée, obèse, mais nullement lumineuse ni diaphane.

Le romancier opposant ajoute que son héroïne apprit le patois de Corps, de façon à pouvoir le parler d'une manière intelligible, en passant dans cette région. Nous pourrions lui répondre qu'il est faux qu'elle y fût venue, comme nous l'avons déjà indiqué; de plus, qu'elle n'a jamais de sa vie su cet idiome; mais bornons-nous à constater qu'il ne suffit pas, pour pouvoir parler le langage d'une contrée, de l'avoir traversée avec assez de rapidité pour n'avoir pu y être remarqué. Il suppose que, pour dissimuler son départ de la Montagne, elle a tenu ses interlocuteurs à distance, et profité d'un nuage qui tombait perpendiculairement. Malheureusement pour l'auteur de ces belles conceptions, il se met par là en contradiction flagrante avec la réalité des faits. Les Bergers ont accompagné de tout près la Dame, qui leur est apparue, dans la montée du petit tertre. Mélanie en avant et Maximin en arrière; puis, sous leurs regards elle s'est élevée et est restée suspendue dans l'espace à environ un mètre cinquante de hauteur, si bien que Maximin a dû faire un bond en l'air pour essayer de saisir une des roses qui entouraient ses pieds. C'est seulement alors qu'elle a disparu sans le secours du moindre nuage, d'abord parce que les nuages n'ont pas pour habitude d'être poussés perpendiculairement par le vent, et ensuite parce que ce jour-là il n'y avait aucun nuage au ciel que le soleil illuminait, au contraire, de tous ses feux.

Continuons à renverser les assertions audacieuses de

l'ingénieux inventeur : Le négociant de Grenoble dont il parle, n'a pu recevoir une confidence quelconque de Maximin, recueilli dans sa voiture sur le chemin de la Salette à Corps, en décembre 1846, pour la bonne raison qu'à cette époque ces deux localités n'étaient reliées par aucune route charretière, mais uniquement par des sentiers de chèvres, le chemin actuel n'ayant été fait qu'en 1851, et encore ne dépassait-il pas alors la chapelle de Notre-Dame de Gournier, limite des deux communes. A Notre-Dame du Laus, le Supérieur des Missionnaires et des Religieuses, qui n'ignorait rien de ce qui se passait au pèlerinage, a déclaré formellement que ni en 1846, ni à aucune autre époque, durant les sept années qu'il a desservi le sanctuaire du Laus, il n'a jamais entendu dire que Mlle de Lamerlière, ou toute autre personne, se fût montrée au Laus dans le costume de Notre-Dame de la Salette. M. Mazet de Tullins, par une pièce signée de son nom, a nié catégoriquement avoir jamais eu, avec le conducteur Fortin, de conversation sur le fait de la Salette. Mlle de Lamerlière a fait, il est vrai, confectionner et a montré à plusieurs personnes des costumes bizarres, mais ce ne fut pas en 1846 où elle portait le grand deuil par suite de la mort de sa mère, décédée au mois de janvier de cette même année, mais deux ans et plus après cette date; et ces costumes, sur lesquels figurait un berceau, se rapportaient à l'œuvre de la Sainte-Famille dont s'occupait depuis trente ans cette pieuse personne, et n'était nullement conformes à celui de la Dame de la Sainte Montagne, minutieusement décrit par Maximin et Mélanie. M. Génard, le marchand d'ornements, a déclaré à Mgr Ginoulhiac, d'une manière nette et précise, que c'était en 1848 que Mlle de Lamerlière avait ouvert devant lui un carton renfermant un costume singulier, mais différent de celui de la belle Dame, et les époux Carra ont certifié, par un acte authentique, qu'en 1846, époque à laquelle Déléon fait revêtir chez eux à son héroïne le costume de l'Apparition, ils n'étaient pas aubergistes; qu'ils ne sont venus à l'hôtel de la Porte de France qu'en 1847, que jamais, avant cette dernière époque, ils n'avaient ni vu Mlle de Lamerlière, ni entendu parler d'elle, et que ce n'est qu'en l'année 1850, au plus tôt, qu'elle est venue loger chez eux pour la première fois.

L'affirmation des prétendus aveux de Mlle de Lamerlière à Mme de Monière ne se rencontre pas dans le premier ouvrage qui traite du roman qui nous occupe; elle n'a été formulée que dans un livre postérieur à la mort de cette dame; on était sûr dès lors qu'elle ne la démentirait pas. D'autre part, s'il est vrai que la confidence de ces aveux ait été faite à M. Berthier, pourquoi cet opposant de la première heure n'en a-t-il jamais soufflé mot? C'eût été là un argument bien autrement puissant à faire valoir que les expéditions d'eau de la Fontaine de M. Mélin.

Déléon n'est pas plus heureux quand il prétend que le rôle de Mlle de Lamerlière à la Salette était de notoriété publique, même universelle, dès le mois de novembre 1846, car alors il faut dire que la police qui recherchait les auteurs de l'Apparition, a été de connivence avec elle, puisqu'elle ne l'a pas poursuivie, et que tous les opposants, y compris Déléon lui-même, se sont faits aussi ses complices, en gardant un silence absolu sur cette affaire, soit dans les conférences épiscopales de 1847, soit pendant les cinq années suivantes, dans leurs diverses productions dirigées contre la Salette (1).

Nous avons voulu montrer, par des réfutations de détail, l'insigne mauvaise foi de l'écrivain opposant; mais nous aurions pu nous borner à établir un fait qui ruine à lui seul toute l'œuvre déléonesque, celui de la présence de Mlle de Lamerlière à Saint-Marcellin, c'est-à-dire à 120 kilomètres de la Salette le 19 septembre 1846, jour de l'Apparition.

Elle s'y trouvait le 18 septembre, à deux heures de l'après-midi, car à ce moment l'huissier Giraud lui a remis en mains propres, ainsi que le constate un document officiel, un exploit judiciaire. Se fût-elle mise en chemin immédiatement après le départ de chez elle de l'officier ministériel (lequel du reste a déclaré ne s'être nullement aperçu qu'elle fît des préparatifs de route), qu'elle n'eût pu moralement se trouver, même en voyageant toute la nuit, le lendemain, à pareille heure, au moment où se produisit l'Apparition, sur la montagne de la Salette. Cette impossibilité ressort encore davantage quand on songe qu'il lui eût fallu, en si peu de temps, non seulement franchir

____

1. Mgr Ginoulhiac. Diverses Lettres-Circulaires. — Amédée Nicolas. La Salette devant la raison...

la distance dont nous avons parlé, mais encore, embarrassée d'un encombrant carton renfermant le costume qu'on
lui suppose avoir emporté, et en dépit de la pesanteur de
ses cinquante-six ans, surchargés d'un embonpoint plus
qu'ordinaire, escalader des pentes abruptes, par des sentiers étroits et difficiles, à peine praticables pour des pâtres jeunes, lestes et agiles. Mais il y a plus : il est prouvé
par des faits mémorables qui en ont perpétué le souvenir,
que Mlle de Lamerlière est restée à Saint-Marcellin aussi
bien le 19 et le 20 septembre, que le 18. Elle attendait,
en effet, pour le samedi 19, le colonel de Luzy, son beau-
frère, qui devait venir de Roybon lui proposer un arrangement à l'amiable au sujet d'importantes affaires de famille
alors pendantes. M. de Luzy partit réellement ce jour-là
de chez lui pour se rendre auprès de sa belle-sœur, mais,
victime en chemin d'un accident de voiture, il dut s'arrêter à Murinais où Mlle de Murinais le recueillit et le soigna
en son château, en même temps qu'elle dépêchait un exprès vers la marquise de Luzy pour l'informer de l'événement survenu et la rassurer sur ses suites.

Cependant, Mlle de Lamerlière, inquiète de ne pas voir
arriver son beau-frère, envoie aux informations et apprend ce qui s'est passé. Le lendemain, dimanche, un
messager va partir de sa part pour Murinais, mais apprenant que cet homme n'a pas entendu la messe, elle lui
retire sa commission et charge à sa place, un peu plus
tard dans la journée, une autre personne, de se rendre
auprès du colonel, qui arrive enfin, le soir de ce même
dimanche, à Saint-Marcellin, et y traite l'affaire qui a motivé son voyage.

Loin d'avoir avoué la conduite que les opposants lui
prêtent, Mlle de Lamerlière l'a toujours énergiquement niée,
de vive voix aussi bien que par écrit, en public, comme
en particulier. Elle a fait davantage : Le 8 octobre 1854,
devant le tribunal civil de Grenoble, elle assignait MM.
Déléon et Cartellier, ainsi que leur imprimeur, pour l'avoir
diffamée, et leur demandait 20.000 francs de dommages-
intérêts. Le tribunal, jugeant que l'honneur et la considération de la plaignante n'avaient pas été atteints, la
débouta de sa demande par sentence du 2 mai 1855. Elle
appela de ce premier jugement devant la Cour impériale.
Malgré la magnifique plaidoirie du célèbre Jules Favre,

et contrairement aux conclusions du premier avocat général, M. Alméras-Latour, en son réquisitoire, la Cour rendit dans son audience du 6 mai 1857, l'arrêt suivant :

« Attendu que la Cour n'a à statuer que sur le point de savoir si Mlle de Lamerlière est fondée dans sa demande en dommages-intérêts qu'elle a formée contre les abbés Déléon et Cartellier, pour ce qu'ils ont dit d'elle dans les publications citées dans cette demande, ou si au contraire les abbés Déléon et Cartellier doivent être mis hors d'instance parce qu'ils ont agi de bonne foi et sans intention de lui nuire, et qu'ils ne lui ont porté aucun préjudice.

» Attendu que, pour prononcer sur cette question, la Cour ayant dans les documents versés au procès tous les éléments nécessaires, ce n'est pas le cas d'ordonner des enquêtes, et de permettre à Mlle de Lamerlière de prouver par témoins les faits stipulés dans les conclusions subsidiaires qu'elle a prises devant la Cour, mais qu'il y lieu au contraire de refuser cette preuve comme frustratoire et inutile.

» Par ces motifs, et en adoptant ceux exprimés par les juges :

» La Cour, ouï M. Alméras-Latour, premier avocat général, en ses conclusions motivées, sans s'arrêter aux conclusions tant principales que subsidiaires de Mlle de Lamerlière, dont elle est déboutée, met l'appellation par elle émise envers le jugement du tribunal civil de Grenoble, du 2 mai 1855, au néant; confirme le jugement, ordonne qu'il sortira son plein et entier effet.

» Condamne l'appelante à l'amende et aux dépens. »

Faut-il voir dans cette sentence un préjugé défavorable à la cause de l'Apparition? Nullement. Dans l'affaire qui nous occupe, deux questions de fait pouvaient se poser : 1o Déléon et compagnie, en attribuant à Mlle de Lamerlière le rôle d'héroïne de la Salette, ont-ils dit la vérité ou bien menti? 2o Leurs allégations ont-elles, ou non, porté préjudice à la plaignante? Seule, la seconde de ces questions a été examinée par les juges des deux procès, et ils y ont répondu par ce verdict : MM. Déléon et Cartellier ont agi de bonne foi et n'ont causé aucun préjudice à Mlle de Lamerlière. Explique qui pourra comment ces Messieurs de la Justice ont pu conclure à la bonne foi d'écrivains qui avaient inventé de toutes pièces le plus abracadabrant les romans, ainsi que nous l'avons surabondamment démontré, comment ils ont pu estimer que Mlle de Lamerlière n'avait subi nul préjudice dans son honneur et sa considération, après qu'on l'eut fait passer en face de toute la France et même du monde entier comme l'actrice de la plus sacrilège des comédies; quant à nous, nous confessons notre impuissance à résoudre ce problème. Il est d'ailleurs assez indifférent, relativement à l'événement du 19 septembre 1846, que Mlle de Lamerlière ait été ou n'ait pas été lésée dans sa réputation; ce qui est pour la Salette d'une importance capitale ,c'est de savoir si Déléon dans son explication de l'Apparition s'est exprimé suivant la vérité ou s'il a proféré d'abominables mensonges. Or, cette question, les juges de Grenoble ont expressément déclaré qu'il ne l'examinaient pas : « Attendu que la Cour *n'a qu'à statuer sur le point de savoir si Mlle de Lamerlière est fondée dans sa demande de dommages-intérêts.* » Ils ont fait plus, pour n'avoir pas à s'en occuper, ils ont refusé à la demanderesse de produire juridiquement la preuve des calomnies dont, à juste titre, elle se prétendait victime. Ils avaient peur, semble-t-il, de faire la lumière sur ce point si important.

Mais la vérité qu'ils n'ont pas voulu proclamer par une sentence officielle, a jailli quand même plus éclatante que le jour, au cours des plaidoiries. *Déléon par rapport à Mlle de Lamerlière a été un insigne calomniateur ;* voilà ce qu'a péremptoirement établi Me Jules Favre, en plaidant, et ce qu'a formellement reconnu l'avocat général Alméras-Latour, en requérant de la Cour l'infirmation de l'arrêt du tribunal civil. Nous ne pouvons mieux faire que de citer leurs propres paroles.

« Il me semble, qu'à l'heure qu'il est, la conviction de ceux qui me font l'honneur de m'écouter doit être égale à la mienne : *M. Déléon a calomnié avec impudence;* je l'ai, je crois, suffisamment justifié. » (Jules Favre, dans l'audience du 28 avril 1857).

« Mlle de Lamerlière est-elle réellement l'héroïne de la Salette?... Je dirai avec une entière conviction qu'il n'existe plus de motifs sérieux de suspicion contre Mlle de Lamerlière et qu'elle *n'a pas joué le rôle qu'on lui a prêté. La preuve à cet égard me paraît suffisamment fournie.*

» *Il est évident que Mlle de Lamerlière n'est pas allée à*

La Salette, et, en définitive, il est une chose connue de tous, c'est qu'à cette époque Mlle de Lamerlière était préoccupée du procès qu'elle soutenait, et que, cédant aux mouvements désordonnés de son esprit, elle allait à tout instant assiéger les hommes d'affaires et les magistrats. *Son alibi est donc devenu incontestable* ». (Alméras-Latour, dans son réquisitoire du 28 avril 1857) (1).

Mgr Ginoulhiac a merveilleusement résumé toute la question dans la lettre suivante adressée par Sa Grandeur à un prêtre étranger au diocèse de Grenoble, qui lui avait manifesté ses inquiétudes :

« Monsieur le Curé,

» Tranquillisez-vous et tranquillisez vos paroissiens. Personne, ici, ni parmi les magistrats qui ont prononcé l'arrêt récent dont on a fait tant de bruit, ni parmi les gens sensés, ne croit que c'est Mlle de Lamerlière qui a fait l'Apparition. Il y a eu preuve évidente au cours des débats, qu'il y avait impossibilité physique que cette personne eût joué ce rôle, et, en fait, qu'elle était le 19 septembre 1846 à Saint-Marcellin, c'est-à-dire à trente lieues de la Salette. Et, cependant, dans ces débats, on n'a pas tout dit. Je me charge de le faire moi-même pour en finir avec tous ces mensonges qui ici ne trompent que les sots, mais qui, ailleurs, peuvent surprendre les gens de bonne foi. Vous pouvez dire hautement, Monsieur le Curé, comme le tenant de moi, que la fable Lamerlière est la fable la plus stupide, la plus grossière et la plus ouvertement démentie par des faits certains, que des hommes haineux et de mauvaise foi aient pu imaginer, et qu'*avoir recours à cette supposition pour porter atteinte au fait de l'Apparition de la Sainte Vierge sur la montagne de la Salette, c'est montrer qu'il n'est aucune supposition raisonnable qu'on puisse opposer au miracle, et c'est, par là même, le confirmer.*

» Si vous écrivez à votre évêque, veuillez lui offrir l'hommage de mon respect et de mon entier dévouement.

» Recevez pour vous-même, etc.

» † M.-A., *Evêque de Grenoble.* »

Convaincre d'imposture ses auteurs et faire briller d'un

---

1. Sabbatier. Affaire de la Salette.

plus vif éclat la réalité de l'Apparition de Notre-Dame,
voilà donc quel a été le résultat final de cette colossale
mystification qui a fait tant de bruit en son temps. Et
dire que la presse antireligieuse, maintenant encore, ose
servir cette facétie comme un argument sérieux à ses naïfs
lecteurs! On ne peut se moquer plus impudemment du
monde (1).

1. Amédée Nicolas. La Salette devant la raison...

CHAPITRE VIII

LES BERGERS APRÈS LA FIN DE LEUR MISSION.

Mélanie.

ON moins que ses amis et ses défenseurs, les témoins de la Sainte Apparition eurent l'honneur d'être en butte à l'aveugle fureur et aux calomnieuses imputations des opposants, qui s'imaginaient, en les discréditant, en les diffamant odieusement, déconsidérer et ruiner l'Evénement divin dont ces humbles Voyants avaient été les premiers hérauts. Aussi, il n'est pas de vices dont on ne les ait chargés. Nous avons vu ce que furent Maximin et Mélanie pendant les cinq premières années qui suivirent l'Apparition. L'examen impartial de leurs qualités et de leurs défauts nous a convaincus que s'ils n'étaient pas exempts d'imperfections, ils ne méritaient du moins aucun grave reproche.

En 1851, Mgr de Bruillard portait son jugement doctrinal. Or, dès l'instant que par cet acte épiscopal l'Eglise, reconnaissant que les Bergers n'avaient été ni trompeurs, ni trompés, acceptait le fait de la Salette comme authentique, et se chargeait elle-même de faire passer au peuple de Marie le message de la Reine des Cieux, la mission dont les Bergers avaient été investis le 19 septembre 1846 prenait fin. Dès lors, quelle que pût être désormais leur conduite, on n'était pas fondé à en rien conclure contre la divine réalité de l'Apparition. Parce que le roi Salomon s'est perverti dans sa vieillesse, on n'en peut inférer ni qu'il n'a pas reçu le don de sagesse au début de son règne, ni que les Livres sacrés sortis de sa plume ne sont pas authentiques. C'est ce que faisait ressortir Mgr Ginoulhiac, dans une allocution publique aux pèlerins de la Sainte Montagne, le 19 septembre 1855, par ces paroles d'une évidence toute lumineuse : « La mission des enfants est finie, celle de l'Eglise commence. Qu'ils aillent où ils voudront, qu'ils se dispersent dans le monde, qu'ils deviennent de mauvais chrétiens, qu'ils méconnaissent ce qu'ils ont annoncé à tous les peuples, qu'ils foulent aux pieds toutes les grâces qu'ils ont reçues et qu'ils recevront encore, tout cela ne pourra réagir sur le miracle de l'Apparition, qui est certain, prouvé canoniquement, et ne sera jamais sérieusement ébranlé. » (1) Dans le même ordre d'idées, M. Mélin, curé de Corps, répondait à une personne qui regrettait de ne plus pouvoir visiter Mélanie partie pour l'Angleterre : « Eh! que vous reviendrait-il maintenant de vos visites? Dieu a pris les deux Enfants de la Salette dans leur innocence et s'en est servi; voilà ce qu'il était nécessaire de constater. *Mais leur mission, croyez-le, est terminée en ce qui concerne le Fait de l'Apparition;* laissons-les donc à l'écart, et, suivant la voie que semble nous indiquer la Providence, bornons-nous à enregistrer soigneusement les preuves lumineuses dont le Ciel éclaire chaque jour la merveille de ce grand Fait. L'Apparition est posée désormais sur une base trop visiblement divine, pour que rien d'humain puisse ébranler ou consolider les fondements de ce majestueux édifice. » (2)

C'est ce que comprenait fort bien Maximin. Se trouvant à Grenoble, chez les Missionnaires de la Salette, le 14 septembre 1862, après avoir annoncé à l'un d'eux qu'il ne se rendrait pas sur la Sainte Montagne pour le 19 suivant, parce que les pèlerins, en un tel jour, ne lui laisseraient pas de repos, ajouta : « *Du reste, comme je l'ai dit bien souvent, ma mission est finie depuis que l'Eglise s'est emparée du fait de la Salette et l'a examiné.* — Et cependant, reprit son interlocuteur, vous parlez bien toujours de la Salette, quand on vous le demande? — Oui, répondit le Berger, j'en parle toujours, et toujours de la même manière, *mais ma mission est finie.* » (3)

Citons enfin, sur ce sujet les justes observations du P. Bossan, auxquelles nous nous associons pleinement : « Toutes les explications et les réponses que les deux Bergers ont données depuis 1846 jusqu'en 1851 sont de la plus rigoureuse exactitude, parce que, à cette époque, ils étaient pour ainsi dire continuellement sous l'action immédiate de la Sainte Vierge, comme de simples canaux,

---

1. A. Nicolas, *La Salette devant la raison et le devoir d'un catholique.*

2. Mlle Des Brulais. Suite de l'*Echo de la Sainte Montagne.*

3. Manuscrits Bossan.

comme des instruments passifs. En 1851, ils écrivent leurs secrets et Mgr l'évêque de Grenoble se prononce canoniquement en faveur de l'Apparition de la Salette. A partir de ce moment les Voyants, dont la mission spéciale était finie, retombèrent sur eux-mêmes, ne possédèrent plus cette assistance particulière du Ciel qu'ils avaient eue jusqua-là, redevinrent presque ce qu'ils étaient avant l'Apparition et ne donnèrent pas toujours, dans la suite, les explications aussi exactes qu'auparavant. Plus d'une fois, ils mêlèrent du leur à ce qu'ils disaient au sujet du grand Evénement. On ne doit donc faire cas des explications et des réponses fournies par eux depuis 1851, qu'autant qu'elles sont en conformité, ou tout au moins qu'elles ne sont pas en contradiction avec ce qu'ils ont déclaré de 1846 à 1851. » (1)

Ainsi donc, les imputations malveillantes des adversaires de l'Apparition au sujet des faits et gestes postérieurs de Maximin et de Mélanie seraient-elles vraies, qu'ils n'auraient nul sujet de s'en prévaloir contre l'Evénement miraculeux. Mais, tant s'en faut que les Bergers ressemblent à l'odieuse caricature qu'ont tracée d'eux les ennemis de la Salette; nous allons le prouver en les montrant tels qu'ils ont été dans leur vie et dans leur mort.

Commençons par parler de Mélanie, dont l'existence, pour avoir été moins mouvementée que celle de Maximin, ne fut pas cependant exempte de vicissitudes.

La Voyante de la Salette, après être demeurée près de quatre ans auprès des Sœurs qui dirigeaient l'école des Filles de Corps, entra, vers la fin des vacances de 1850, en

---

1. *Ibid.* — C'est exactement ce que constatait M. l'abbé Barbe, Supérieur du Petit Séminaire de Pamiers, dans une lettre que nous avons sous les yeux : « Aujourd'hui, 19 septembre 1871, vingt-cinquième anniversaire de l'Apparition, j'ai entendu Maximin répéter, à l'issue des Vêpres, à la multitude des pèlerins rassemblés autour de lui auprès de la fontaine miraculeuse, le récit de l'Apparition. Le fond est toujours le même, mais certains détails m'ont paru inexacts et d'autres même en contradiction avec ceux qui ont été fidèlement recueillis de sa bouche durant les cinq années de son apostolat. Nouvelle preuve pour moi que sa mission, comme celle de Mélanie, avait expiré à l'époque où le Secret fut envoyé au Souverain-Pontife. Ainsi, par exemple, il a prétendu, qu'après la disparition de la sainte Vierge dont le corps s'est fondu graduellement de la tête aux pieds, il est resté un petit globe lumineux qui s'est élevé vers le Ciel et qu'ils ont suivi pendant quelques instants de leurs yeux dans l'espace. »

qualité de postulante, au Couvent de la Providence de
Corenc, maison-mère de ces dignes Religieuses. Son postulat dura une année, et, le 10 octobre 1851, elle recevait,
avec le saint habit, le nom de religion de Sœur Marie de
la Croix. La *postulante* était devenue *novice*. Au cours de

MÉLANIE A 60 ANS.

son noviciat, chargée de la classe gratuite annexée au
pensionnat du Couvent, elle s'acquitta convenablement de
sa charge, maintenant parmi ses petites écolières une discipline exacte, plutôt sévère même, et réussissant à leur
apprendre « ce qu'elle ne savait pas elle-même », suivant
la remarque originale de M. Similien, qui nous fournit
ces détails (1).

1. SIMILIEN. *Pèlerinage à la Salette, 2e édition.*

Des personnes bien placées pour savoir, et dont la sincérité est au-dessus de tout soupçon, rendent unanimement à la vie de Mélanie à Corenc un témoignage favorable.

Quand, le 26 mars 1851, envoyé par Mgr de Bruillard à la maison-mère des Sœurs de la Providence pour obtenir de la Bergère que son secret fût communiqué au Souverain Pontife, M. l'abbé Rousselot, professeur au Grand Séminaire de Grenoble, demanda à la R. M. Supérieure : « Etes-vous contente de Mélanie? » celle-ci lui répondit: « Toujours très contente; elle est l'édification de toutes ses compagnes et même de la communauté. Elle n'aspire qu'au moment de prendre l'habit. Mais son intention est d'aller dans un pays de mission pour s'y consacrer à l'instruction chrétienne des petites filles païennes. » (1)

Au temps où l'hôtellerie du Pèlerinage était desservie par les Religieuses de la Providence, qui y ont précédé les Sœurs de la Salette, l'une des Supérieures de cette résidence, la R. M. Sainte-Aurélie, qui avait été jadis l'ange gardien de la Bergère (on appelle *ange gardien*, dans les communautés, la personne ancienne et sûre, que l'on charge de veiller sur les nouvelles arrivées pour les initier aux usages et au règlement de la maison), certifiait que sa pupille « était bien sage et bien pieuse, quoique un peu boudeuse, et qu'elle fut bonne postulante et bonne novice. »

Le 14 juillet 1871, le P. Bossan, qui s'occupait de réunir des documents de toute sorte se rattachant d'une façon même éloignée à l'Apparition, s'étant rendu à Corenc, eut avec le digne abbé Gérente, aumônier des Sœurs de la Providence, déjà en charge du temps de Sœur Marie de la Croix, l'entretien suivant :

— Quelle a été la conduite de Mélanie à Corenc?

— Bien bonne, un peu singulière, excentrique parfois; mais je crois que le démon était pour beaucoup en cela.

— Quels sont les principaux défauts qu'on a remarqués en elle durant son séjour ici?

— Elle s'est montrée un peu entêtée, boudeuse, surtout quand on la tourmentait au sujet de l'Apparition, qu'on paraissait ne pas croire ce qu'elle disait. Pendant qu'elle faisait l'école aux enfants de la paroisse de Corenc, elle était sévère envers elles, comme un peu sur tout. Elle était

---

1. Rousselot. *Un Nouveau Sanctuaire à Marie.*

habituellement mélancolique. Jamais elle n'a paru bien gaie.

— Quelles qualités avait-elle principalement?

— Elle était obéissante, très obéissante, elle était humble, pieuse; elle était pure, très pure, parfaitement chaste.

— Est-il vrai qu'elle était fortement tentée?

— Oui, cela est vrai; elle était tentée, parfois fortement, singulièrement tentée. Le démon lui faisait bien la guerre. Une fois, nous avions ici un savant Père Jésuite qui prêchait une retraite. Je lui dis : « Le démon peut-il tenter fortement cette enfant? — Bien entendu, me répondit-il, et je serait bien étonné si cela n'avait pas lieu ». Ceci me confirma la réalité de ce que j'avais remarqué en elle.

Quatre jours après cette conversation, le même Père remontait au Couvent de la Providence pour se renseigner cette fois auprès de la Sœur Dosithée, religieuse professe, maîtresse de musique au Pensionnat, qui avait été autrefois la compagne de noviciat, l'amie fidèle et l'intime confidente de la Sœur Marie de la Croix. Voici la copie textuelle du dialogue qui se déroula entre les deux interlocuteurs :

— Quelles vertus principales avez-vous remarqués dans Mélanie?

— Une *piété* tendre et forte : elle aimait singulièrement la Sainte Communion, elle en parlait avec effusion de cœur; quand elle se trouvait à l'église, elle se tenait toujours à genoux, sans appui, immobile, comme en extase, faisant en sorte de se poser sur l'arête du marchepied; une grande *mortification* : elle aimait beaucoup les souffrances, son bonheur était de souffrir; elle disait quelquefois : « Au Ciel il y a quelque chose qui m'ennuie, c'est qu'on n'y souffre pas; je voudrais pouvoir souffrir toujours, éternellement »; une *pureté* angélique : elle était pure, candide, comme les tout petits enfants; quand elle vous embrassait, on sentait quelque chose de frais, de suave comme quand on embrasse un tout petit enfant; une profonde *humilité* : elle ne pouvait supporter qu'on l'ait fait figurer sur les images de la Salette; elle effaçait son nom partout où elle le trouvait écrit, elle déchirait les images et grattait les médailles qui la représentaient.

— Quels étaient ses principaux défauts?

— Elle n'en avait pas.

— Mais enfin, comme tout le monde, elle avait bien aussi ses côtés faibles ?

— Elle était quelquefois grogneuse, terrible, menaçante. Elle disait : « Non, je ne veux pas, je ne le ferai pas !... » Puis, un moment après, elle revenait à elle et faisait ce qu'on lui commandait. Souvent elle semblait parler et agir sans savoir ce qu'elle disait ou faisait ; il semblait qu'elle *n'était pas à elle*. Quand elle quitta Corenc, elle adressa des paroles très inconvenantes, très impertinentes à notre Mère Générale qui en fut bien peinée et lui dit de partir promptement. Quand elle fut au milieu de la descente, la Sœur qui l'accompagnait lui dit qu'elle laissait une bien mauvaise impression sur son compte, qu'elle avait insulté sa Supérieure. « Ce n'est pas possible, répondit-elle, je ne l'ai pas même vue, je ne lui ai pas dit adieu. » Et aussitôt elle remonta pour prendre congé fort poliment.

— Etait-elle gaie ou triste ?

— Habituellement, elle était triste ; cependant quelquefois elle était très gaie et riait de bon cœur ; mais pas souvent et pas longtemps. Elle aimait à être seule. Elle me dit que c'était de même quand elle était petite, elle aimait à garder son troupeau seule, à travailler seule.

— Est-il vrai qu'elle ait été aveugle à Corenc ?

— Je ne l'ai jamais vue aveugle et je n'ai jamais entendu dire qu'elle le fût ; mais je l'ai vue plusieurs fois muette, et pendant plusieurs jours de suite. Parfois tout à coup au milieu de la conversation, elle devenait muette et le restait. Je ne sais pas à quoi cela tenait. J'ai vu, une fois qu'elle était ainsi, M. Gérin, ancien curé de la cathédrale de Grenoble, lui faire un signe de croix sur le front ; et aussitôt, elle parla (1).

Il est à remarquer que les réponses de la sœur Dosithée ainsi que celles de M. Gérente, nous montrent la Bergère en butte aux vexations de l'Ennemi du Salut ; c'est ce que confirment, du reste, les mots suivants extraits d'une lettre écrite par Mélanie elle-même à un missionnaire de la Salette et publiée par l'abbé Delbreil :

« Corenc, 16 mars 1854.

» ... Je ne suis *presque plus tourmentée* par messieurs

1. Manuscrits BOSSAN.

mes ouvriers (les démons); il paraît qu'ils se reposent; mais je ne prends pas modèle sur eux. » (1).

Les âmes plus favorisées de Dieu ont toujours particulièrement excité la jalousie de Satan, et il n'est pas étonnant que le *Grappin* qui osa persécuter, comme l'on sait, le Bienheureux Curé d'Ars, ne se soit pas fait faute de s'attaquer aussi à la Voyante de la Salette.

La Sœur Marie de la Croix ne fut pas appelée à faire des

MÉLANIE EN PRIÈRE.

vœux chez les Religieuses de la Providence : nous en trouvons le motif dans un mandement adressé par Mgr Ginoulhiac à son clergé à la date du 4 novembre 1854 et qui contient ces lignes :

« Quant à Mélanie, si elle n'a pas été entièrement soumise aux mêmes épreuves (que Maximin), elle en a subi d'autres qui auraient suffi pour enflammer l'imagination la plus calme, et pour ébranler la vertu la mieux éprouvée. Devenue, depuis le 19 septembre 1846, de la part d'un grand nombre de personnes, même les plus considé-

1. DELBREIL. *Le Nouveau Sinaï.*

Histoire de l'Apparition.14

rables et les plus distinguées, l'objet d'attentions délicates, de prévenances tendres et respectueuses qui ressemblaient à une espèce de culte, si, pendant plusieurs années, elle s'en est peu émue, ne serait-il pas étonnant qu'elle ne se fût laissé gagner enfin par l'*attachement à son propre sens,* qui est un des plus grands périls que courent les âmes favorisées de dons extraordinaires? Cet attachement à son sens et les *singularités qui en sont la suite naturelle* fixèrent notre attention dès que nous en fûmes informé, et, bien que la Communauté rendît hommage *à sa piété et à son zèle pour l'instruction religieuse des enfants,* nous crûmes qu'il était de notre devoir de *refuser de l'admettre aux vœux annuels,* afin de la former efficacement à la pratique de l'humilité et de la simplicité chrétiennes, qui sont le préservatif nécessaire et le plus sûr contre les illusions de la vie intérieure. »

Nous empruntons à M. Similien le récit des derniers rapports de la Bergère, avec la Congrégation de la Providence.

« A la fin de janvier 1854, la santé de la Sœur Marie de la Croix étant venue à dépérir par suite d'une maladie d'estomac, on pensa qu'il lui serait utile d'aller se rétablir chez les Sœurs de Saint-Vincent-de-Paul, à Vienne, où l'air est beaucoup moins vif qu'à Corenc, et où elle se conformerait plus commodément au traitement hygiénique qui lui avait été prescrit. Mais, s'y étant trouvée en dehors de ses habitudes et ne pouvant s'accommoder au régime de la maison, elle y prit beaucoup d'ennui, et demanda à être réunie de préférence à des Religieuses de son Institut. C'est pourquoi elle ne séjourna que trois semaines à Vienne, et en repartit pour aller prier sur la montagne de Salette où elle acheva son rétablissement en se recommandant à Celle que l'on nomme si justement la Santé des infirmes.

» Sur ces entrefaites, les supérieurs de la Sœur Marie de la Croix eurent la sage pensée d'aviser à la former encore plus étroitement que par le passé à la pratique de l'humilité et de l'oubli de soi-même, vertus fondamentales de toute Religieuse. Ils étaient péniblement affectés de ses légères tendances à la vanité et à une imagination enflée, tendances provenant d'ailleurs des flatteries que lui avaient distribuées des visiteurs qui n'avaient en quelque sorte point séparé les déférences permises à l'égard de la Bergère d'avec les hommages uniquement dus à Notre-Dame de la Salette... Le motif précédent fut déterminant pour la mettre dans une condition inférieure, en la replaçant, vers le 1er mai suivant, dans la communauté très peu importante de Corps d'où elle était primitivement sortie.

» Elle y reçut, comme auparavant, de la part des Religieuses, les soins les plus prévoyants, et toujours, de ses supérieurs, la vigilance la plus active et un admirable empressement à seconder en elle les volontés du Ciel. Mais plusieurs circonstances se prêtèrent à lui occasionner des dégoûts et quelques chagrins. Ses occupations étaient entièrement changées; elle n'avait plus, comme à Corenc, de classe à tenir, fonction qui lui était si douce et si agréable; elle était tombée du premier Pensionnat de l'Ordre de la Providence dans l'un des moindres; sans y être ni élève, ni maîtresse, elle se trouvait en contact avec de jeunes paysannes n'ayant, ni le même degré d'instruction, ni les mêmes manières, que les demoiselles élevées à Corenc. Enfin, elle était revenue habiter le pays où réside sa famille, vivant dans un état voisin de la mendicité, ce qui l'exposait à quelque désagrément, en sa qualité de Religieuse. Il y en eut d'assez indélicats pour lui rappeler combien sa position était précaire, son excessive pauvreté ne lui ayant pas permis même de fournir une dot. Avec cela, plusieurs personnes, bien intentionnées du reste, s'ingérèrent de la conseiller, chacune à sa manière.

» Entre tant d'avis différents, la Sœur Marie de la Croix ne savait que prendre et que laisser; et sa tête ne fut pas assez forte pour les porter tous à la fois. Le démon en profita pour la torturer et la bouleverser par de rudes vexations, ce qui influa sur son moral, au point qu'on se hâta, contre toute vérité, de la traiter de possédée. » (1)

Au mois de septembre 1854, un Prélat romain de nationalité anglaise, Mgr Newsham, étant venu passer le huitième anniversaire de l'Apparition sur la sainte Montagne, vit Mélanie et lui proposa de l'emmener en Angleterre, avec la permission de Mgr Ginoulhiac. Il ne s'agissait que d'un simple voyage. La Bergère accueillit volontiers cette proposition et partit pour la Grande-Bretagne.

1. SIMILIEN. Pèlerinage à la Salette.

Dans une lettre datée du 20 septembre, Mlle des Brulais mentionne ce départ comme il suit :

« Avant-hier soir, en gravissant sa chère Montagne, certes, la pauvre enfant ne se doutait guère que, de longtemps peut-être, elle ne recommencerait la sainte ascension et ce n'est qu'après la fête (du 19, anniversaire de l'Apparition) qu'elle a connu le projet de son voyage. Au moment où elle allait quitter la Salette, hier soir, le R. P. Burnoud la fit appeler et lui donna connaissance de la lettre de Mgr Ginoulhiac qui permettait que Mgr Newsham emmenât Sœur Marie de la Croix faire un voyage en Angleterre, pourvu qu'elle y consentît elle-même. Son consentement a été promptement donné ; et, toutefois elle eût préféré, m'a-t-elle dit, retourner à sa chère communauté de la Providence de Corenc, ainsi qu'elle l'a demandé plusieurs fois à son évêque, et tout récemment encore, dans une lettre très soumise et très suppliante qu'elle m'a communiquée. Mais plutôt que de vivre au milieu des visites et des distractions qu'elle avait à Corps, elle a mieux aimé quitter tout à fait la France. Au reste, elle m'a témoigné n'être pas fâchée d'aller en Angleterre, où elle pourra plus facilement apprendre l'anglais, qu'elle désire tant savoir. » (1)

Arrivée dans la grande île, Mélanie, que Mgr Newsham ne pouvait garder auprès de lui, fut placée par ce Prélat, en qualité de pensionnaire, à Darlington, comté de Durham, dans un couvent de Carmélites, où elle était entièrement libre de ses allées et venues. La vie austère des Filles de Sainte-Thérèse, qu'elle put alors considérer de près, la captiva ; elle demanda et obtint la faveur de faire partie de la communauté. Le 25 février 1855, elle reçut l'habit du Carmel en grande pompe, en présence de plusieurs évêques et d'illustres représentants de la noblesse anglaise, et, son noviciat achevé, elle émit les saints vœux de religion.

Mlle des Brulais raconte, pour l'avoir entendu dire par le R. P. Burnond, supérieur des missionnaires de la Salette, qui, lui-même, le tenait directement de la prieure du Carmel de Darlington, que la Sœur Marie de la Croix, devenue aveugle peu de temps après son admission dans

____

1. Mlle DES BRULAIS. *Suite de l'Echo de la Sainte Montagne.*

le couvent, par suite de violentes douleurs de tête, fut guérie de sa cécité de la manière suivante : « Elle était dans cet état depuis trois semaines peut-être, lorsque mourut une religieuse qui avait été pendant sa longue existence l'édification de ses sœurs et que vénérait toute la communauté. Sœur Brigitte (c'était le nom de la défunte) ayant été placée sur son lit funèbre, ses sœurs se disposèrent à se rendre deux à deux près d'elle pour y prier à tour de rang, selon l'usage. Mais les avis furent partagés à ce sujet, plusieurs d'entre les Religieuses se demandant s'il ne valait pas mieux invoquer cette chère défunte plutôt que de prier pour elle. La Supérieure, consultée sur cette difficulté, décida que l'on demanderait à Dieu de vouloir bien faire connaître, par un privilège quelconque, la sainteté de Sœur Brigitte, et l'on conclut que le signe demandé serait la guérison de Sœur Marie de la Croix. On conduisit donc la pauvre aveugle près du lit funèbre, et Sœur Marie de la Croix, prenant la main de la morte, se l'appliqua sur les yeux, en faisant une courte et fervente prière. Aussitôt, la guérison de ses yeux s'opéra : « Je vois, s'écria-t-elle, je suis guérie ! » Effectivement, la vue venait de lui être rendue comme si jamais elle n'eut été aveugle. » (1)

Au cours d'un pèlerinage qu'il fit à la Sainte Montagne, au printemps de 1857, l'aumônier des Carmélites de Darlington certifia aux Missionnaires de la Salette que la Sœur Marie de la Croix était une humble et bonne Religieuse. Néanmoins, après six ans passés au Carmel, elle voulut à toute force le quitter pour revenir en France. Arrivée à Marseille à la fin de septembre 1860, elle ne tarda pas à être reçue chez les Sœurs de la Compassion, par le R. P. Barthès, Jésuite, Fondateur et Supérieur de la Congrégation naissante.

Mélanie passa environ un mois dans la Maison Saint-Barnabé, située à vingt minutes de la Maison-Mère. Là, vêtue de noir et coiffée d'un simple bonnet de la même couleur elle vivait isolée, se promenant seule dans les jardins et ne répondant que par signes quand on l'avertissait qu'elle était servie dans sa chambre. On la qualifia bientôt de mystérieuse. Le R. Père lui avait enjoint de

____

1. Mlle DES BRULAIS. *Suite de l'Echo de la Sainte Montagne.*

ne pas se faire connaître. Dans la Communauté, on savait que la demoiselle solitaire était une ex-Carmélite arrivant d'Angleterre. Sur sa demande d'une Religieuse à qui elle pût s'ouvrir, on lui donna pour Mentor la Mère Marie de la Présentation, Supérieure de l'Œuvre des servantes, laquelle, désormais vint souvent à Saint-Barnabé s'entretenir longuement avec elle.

Nous retrouvons, en 1861, Mélanie dans les Iles Ioniennes, où elle a suivi, revêtue de l'habit de la Compassion et sous le nom de Sœur Zénaïde, la Mère de la Présentation, nommée Supérieure d'un orphelinat à Céphalonie. L'année suivante, elles sont de retour en France et Sœur Zénaïde fait des démarches pour rentrer au Carmel, à Marseille. Elle y reste dix mois, après quoi elle demande à revenir à la Compassion.

Le Fondateur était mort; M. le Vicaire général Guiol, alors Supérieur ecclésiastique de la Congrégation, la proposa à la Supérieure générale qui l'admit au noviciat. C'était en octobre 1864, exactement quatre ans après son retour d'Angleterre. Après quelques mois d'épreuve, Mélanie reprit l'habit et fut appelée Sœur Victor. La condition formelle de son admission était qu'elle ne ferait connaître sa qualité de Voyante de la Salette à personne soit dans la communauté, soit au dehors, et cela sous peine d'exclusion définitive.

Sœur Victor dit à une de ses compagnes en quittant le Noviciat : « Je vais à l'externat de l'Asile catholique, je ferai le catéchisme; quel bonheur! » Plus tard elle fut envoyée, pour y remplir le même emploi, à Montolivet, dans la banlieue de Marseille. Le curé de cette paroisse était alors M. l'abbé Forcade; la Sœur crut pouvoir lui découvrir qui elle était, et celui-ci ne tarda pas d'établir dans sa paroisse récemment créée la dévotion à Notre-Dame de la Salette.

Devina-t-on le motif de l'enthousiasme du Pasteur? Quoi qu'il en soit, lorsque M. le Vicaire général Guiol fut certain que la Sœur Victor était connue pour être Mélanie de la Salette, elle reçut l'ordre de quitter immédiatement Montolivet pour le Canet, autre localité de la banlieue marseillaise, opposée à celle d'où elle venait. Là encore on sut bientôt que la Sœur Victor était Mélanie de la Salette. Les Supérieurs avaient pris une décision à son sujet, elle dut. quitter la Communauté et Marseille pour n'y jamais revenir en qualité de religieuse. C'était en avril 1867.

La Mère de la Présentation, alors assistante de la Supérieure générale, touchée de compassion pour cette *pauvrette*, comme elle l'appelait, demanda et obtint de Mgr Place, évêque de Marseille, la permission de suivre sa protégée pendant un temps déterminé, tout en restant membre de la Congrégation à laquelle elle était liée par des vœux perpétuels.

La Mère de la Présentation alléguait pour motif que Mélanie avait été recommandée à ses soins par le vénéré Père Fondateur : « Je ne puis, disait-elle, l'abandonner ». Hélas ! elle sacrifia sa vocation; ce qu'elle eut bientôt lieu de regretter.

Mélanie était entrée à la Compassion au moment où plusieurs évêques d'Italie exilés à Marseille, entre autres Mgr Petagna, de Castellamare, étaient reçus par le R. P. Barthès dans la Maison-Mère de la Compassion, à la Blancarde. Ce dernier, très actif, demanda à y exercer le saint ministère; Mélanie en profita largement. Aussi, lorsqu'elle fut congédiée de la communauté et du diocèse, elle se hâta d'implorer la pitié de l'évêque de Castellamare qui accueillit paternellement la fugitive et la trop complaisante Mère de la Présentation.

Nous ne pensons pas que Sœur Victor ait fait des vœux à la Compassion, son nom n'y figure sur aucun registre (1).

Avant de gagner l'Italie, Mélanie, accompagnée de son inséparable Mère de la Présentation, revit la Sainte Montagne du 15 au 18 avril. Elle témoigne en ces termes du bon accueil qu'elle y a reçu dans une lettre adressée de Naples au R. P. Giraud, Supérieur des Missionnaires : « Je viens vous remercier de toutes vos bontés. J'espère que notre divine Mère se chargera d'acquitter ma dette auprès de vous; Elle seule peut vous récompenser dignement... Je me ferai un devoir bien doux de prier pour vous, mon T. R. P., pour les bons Pères de la Sainte Montagne, ainsi que pour les Religieuses, puisque tous

____

1. Ces renseignements sont dus à l'obligeance de la T. R. M. Caroline, Supérieure générale des Religieuses de la Compassion.

sont devenus la langue ou la bouche de Marie, pour répéter ce que la toute belle et toute bonne Marie a dit à ces deux petits riens. » (1)

Les voyageuses durent séjourner à Naples, en attendant le retour de Rome, où il était allé, de l'Evêque de Castéllamare. Les premiers temps qu'elles passèrent dans cette dernière ville furent durs : « Nous sommes toujours, écrivait alors Mélanie, dans la même position, c'est-à-dire à ne rien faire et toujours à charge à Mgr l'Evêque de Castellamare qui est très bon pour nous. » (2)

La même détresse persiste en 1869; aussi la Bergère exprime-t-elle sa profonde reconnaissance au R. P. Giraud d'un secours qu'il lui a envoyé : « Je me hâte de vous écrire pour vous dire que j'ai reçu les deux billets de vingt francs et pour vous remercier mille et mille fois de votre grande charité. » (3). A cette époque, Mélanie donnait deux fois par semaine des leçons de français à quatre ou cinq élèves d'une maîtresse de pension qui, en retour, la logeait. Pour comble d'infortune, la Mère de la Présentation tomba malade et garda un mois le lit. Emu d'une telle situation, le Supérieur des Missionnaires de la Salette envoya une nouvelle aumône dont on lui accusait réception par ces mots : « Nous avons reçu la somme de 200 francs que votre charité a eu la bonté de nous envoyer. Comment vous exprimer notre gratitude, mon très Révérend Père?... » (4)

Non content de secourir la Bergère, le bon P. Giraud étendait ses générosités à la mère Calvat; aussi, la fille de cette dernière ne tarissait-elle pas en remerciements : « Je ne trouve pas de paroles pour vous exprimer comme je le sens, ma vive, ma profonde gratitude. Je voudrais que la divine et belle Dame vous dît tout ce que je souhaite vous dire pour le bien que vous faites à ma mère. » (5). — « Ce matin, j'ai reçu votre bonne lettre contenant les 50 francs que vous avez eu la bonté de m'envoyer et dont je vous suis reconnaissante. » (6). — « Je viens vous re-

1. Lettre du 11 juin 1867.
2. Lettre au R. P. Giraud du 14 septembre 1868.
3. *Ibid.*, 17 janvier 1869.
4. Lettre du 17 février 1869.
5. Lettre du 8 mai 1870.
6. Lettre du 22 décembre 1870.

mercier, bien sincèrement de votre grande générosité en m'envoyant la somme de cent francs. » (1). — « Il me semble qu'il y a un siècle que je n'ai pas eu le plaisir d'avoir de vos nouvelles, et cependant Dieu sait comme souvent je pense à vous ! La reconnaissance m'en fait un bien doux devoir ; vous êtes si bon pour ma pauvre et vieille mère ! » (2). — « Je viens vous remercier pour les trois bouteilles de l'eau de la Salette qui vient d'arriver sans frais de port. Je vous en suis très reconnaissante, ainsi que du billet de 25 francs. Je vous remercie aussi, T. R. P., de tout ce que vous avez fait pour ma pauvre vieille mère. » (3)

Après la mort de Mgr Petagna, Mélanie se plaça sous la direction de Mgr Zola, évêque de Lecce, qui donna son *Imprimatur* au secret publié par la Bergère en 1879.

Cet *Imprimatur* est un certificat attestant que rien dans la publication de Mélanie n'est opposé soit à la doctrine soit à la morale catholiques, ni plus ni moins. Quant à la question de savoir si le dit secret est bien celui que donna Notre-Dame de la Salette à sa Voyante le 19 septembre 1846, un simple *Imprimatur* ne la tranche pas, il faudrait pour cela un jugement canonique de l'autorité compétente. Or, jusqu'à ce que ce jugement ait été porté, tout en laissant aux autres la liberté d'admettre l'authenticité du Secret imprimé à Castellamare, nous nous abstenons de nous prononcer sur ce point, pour ces trois principales raisons : que l'apparition dudit secret a été désapprouvée en haut lieu (4), que la mission des Voyants s'est termi-

1. Lettre du 11 septembre 1872.

2. Lettre du 19 décembre 1873.

3. Lettre du 29 janvier 1874. — On pourrait citer bien d'autres libéralités des Missionnaires de la Salette, en faveur de Mélanie et de sa famille. Qu'il nous suffise d'ajouter qu'à chacune des visites de la Voyante au Pèlerinage, on lui offrait un billet de cent francs en même temps qu'une provision convenable d'objets de piété, et que ses frères étaient assistés, tant par des aumônes proprement dites que par le travail auquel on les employait pour leur permettre de gagner leur vie. — (Ceci soit dit pour réfuter certaines allégations mensongères d'auteurs sans scrupules).

4. Voici, en effet, la réponse adressée, le 8 août 1880, au Supérieur général des Missionnaires de la Salette par le Cardinal Caterini au nom de la S. C. du Saint-Office, au sujet du susdit ouvrage de la Voyante : « Le Saint-Siège a vu avec dé-

née, comme nous l'avons expliqué, en 1851, et que, entre 1851 et 1879, Mélanie a bien pu se tromper soit par défaut de mémoire, soit par un effet de sa propre imagination, soit par la suggestion d'hommes exaltés et de jugement peu sûr, avec lesquels elle a été notoirement en rapport.

La Voyante de la Salette revint en France pour soigner sa mère avec laquelle elle demeura à Cannes et au Cannet. En 1890, celle-ci étant morte, elle habita deux ans à Marseille, sept ans en Italie et cinq ans dans l'Allier. Enfin, en 1904, elle se retirait définitivement à Altamura près de Bari.

Pendant les dernières années de sa vie, Mélanie refit plusieurs fois le pèlerinage de la Sainte Montagne où elle fut toujours pour les fidèles et les gardiens du sanctuaire un sujet de haute édification par sa simplicité, sa mortification et sa dévotion. Partout, d'ailleurs, où elle demeura, elle laissa une impression de grande vertu et de tendre piété. Jusqu'à la fin, elle ne cessa de redire au peuple de Marie, comme elle en avait reçu l'ordre de la Très Sainte Vierge, le grand Evénement auquel elle fut mêlée d'une façon si étroite et si consolante. Jamais, sur ce point, son témoignage n'a varié, et Mgr Fava, à un journal qui avait osé publier qu'elle s'était rétractée, a pu opposer victorieusement ce solennel démenti : « Mélanie, que je suis allé interroger à Castellamare, il y a deux mois, signerait de son sang le récit qu'elle a fait et toujours maintenu ».

Dans sa retraite d'Altamura, après avoir d'abord usé de la gracieuse hospitalité qui lui était offerte, sur la recommandation de Mgr Cecchini, le Prélat de cette cité, dans une honorable et chrétienne famille, la Bergère de la Salette se décida, au bout de trois mois, à habiter seule une petite chambre. Tous les matins elle se rendait à la cathédrale afin d'y assister au saint Sacrifice et regagnait, pour le reste de la journée, son modeste logement. Le 15 décembre, on ne la vit pas à la messe. Mgr Cecchini envoya son domestique prendre de ses nouvelles; sa porte était fermée. On requit, pour l'ouvrir, les représentants de l'autorité, qui trouvèrent Mélanie morte. Si son trépas

plaisir la publication de cet opuscule, et il veut que les exemplaires, là où il a été répandu, en soient retirés des mains des fidèles ».

fut subit, on ne peut pas dire qu'il fut imprévu, car elle s'y était préparée par une vie entière de fuite du monde, d'union à Dieu et de vertus chrétiennes, rendue plus méritoire encore par les vexations du démon. La respectable dame qui lui avait offert l'hospitalité pendant sa vie, à son arrivée à Altamura, a voulu aussi abriter ses restes mortels dans un tombeau de famille, où ils furent conduits par Mgr Cecchini lui-même, entouré des chanoines de la cathédrale et suivi d'une foule considérable.

Maximin.

Que fut à son tour le second témoin de l'Apparition? Nous allons l'esquisser. Commençons par résumer les diverses phases de son existence mouvementée, après quoi nous examinerons ses dispositions morales, et enfin, nous verrons comment il s'est comporté relativement à l'Apparition.

Nous avons dit, plus haut, qu'après le fameux voyage d'Ars, à l'automne de 1850, le petit Pâtre fut placé par Mgr de Bruillard au séminaire du Rondeau. Ses progrès dans l'étude n'y furent pas des plus brillants, comme on en jugera par la lettre suivante qu'il écrivit à la bonne Mère Sainte-Thècle, le 22 mars 1851 :

« Je viens vous apprendre une bien triste nouvelle : de tous les sixièmes, c'est moi qui ai le plus mal réussi pour mon examen. Je vous avais bien recommandé de prier pour moi pour que je ne tombasse pas sur une seule fable de Phèdre que je ne savais pas. Nous avons passé notre examen le 19 mars, jour de la fête de saint Joseph. J'eus le bonheur de faire la communion pour ne pas tomber sur cette fable. Bien content, ne croyant pas y tomber, j'avance, je tire mon billet, je tombe sur la fable... Pensez comme je dus être surpris! Cependant, je me mets en train et je ne la savais nullement. Voilà qu'on me disait tous les mots, et encore plus effrayé, je ne savais plus ce que je disais. Cependant, on m'a dit que j'avais su le reste assez bien. L'examen est un peu comme la conscription; avant de le passer, on craint de l'avoir à rapporter, et, quand on l'a passé, ceux qui l'ont à rapporter sont tristes; ils chantent bien, mais pas comme les autres. C'est passé, maintenant, bien ou mal; si je l'ai à copier, je l'offre à Dieu comme jeûne de mon carême; mais comme les soldats disent : en un jour, nous avons travaillé pour sept ans, moi, en vingt minutes, j'ai perdu tous les congés d'une année. »

Pendant les vacances de 1851, M. Dausse conduisit notre écolier à la Grande Chartreuse. Là, le R. P. Edmond le dirigea pendant une retraite de huit jours, et tout en s'occupant de purifier sa conscience, il sonda très attentivement ses dispositions intérieures. « Il se convainquit, remarque M. Similien, que son caractère bizarre, expansif, et incapable de discrétion, s'opposait à ce qu'il eût imaginé une imposture, encore plus qu'il la soutint, même en usant de toutes les facultés de son âme. » (1) On conçoit que l'austérité de ces lieux où règnent perpétuellement la solitude et le silence, dut peser à cet enfant si ami de la société et du bruit; il s'en ouvrit à la R. M. Sainte-Thècle, en ces termes, dans une lettre datée du 1ᵉʳ septembre :

« Je suis à la Chartreuse, bien nourri, bien soigné, mais le temps m'y dure un peu tout seul; les jours me paraissent des mois, et moi je veux faire le brave. Le Révérend Père me demande si le temps me dure, et je lui veux répondre en français un gros non. Mais il me dure un peu, car je me vois tout seul; mais je travaille au latin, au français. Je ne puis prendre mes récréations sans un peu pleurer, mais on vient de me mettre un tour. Je m'amuse à faire des chandeliers, et je veux même faire ceux que j'ai promis à ma tante Valérie pour sa classe. C'est à vous que je pense le plus, je n'ai plus que vous qui me soyez chère au monde, après ma grand'mère, encore je vous aime plus qu'elle. Mélanie me disait souvent de faire une retraite et de méditer; cette fois, je le fais malgré moi. »

A la rentrée, Maximin fut mis au séminaire de la Côte Saint-André, encore dans l'Isère, mais où on pensait qu'il serait moins accablé de visites dérangeantes pour ses études qu'aux portes mêmes de Grenoble. Dans cette maison, au dire de Mgr Ginoulhiac, dans son Mandement du 4 novembre 1854, le Voyant sembla jouer quelque peu au prophète en communiquant à ses condisciples et à d'autres personnes des espèces de prédictions sans liaison, du reste, avec le fait de l'Apparition. Il passa les grandes vacances de 1852 chez M. l'abbé Rabilloud, curé de Meyrié, rentra

1. Similien. *Pèlerinage à la Salette.*

à La Côte en octobre, mais pour revenir au printemps suivant au Rondeau.

L'année scolaire révolue, il passait aux mains de M. l'abbé Champon, alors curé de Seyssins, près de Grenoble, qui devait, plus tard, devenir curé de Corps et écrire les « *Récits de Maximin* » qui n'ont jamais été publiés intégralement, mais dont les *Annales de Notre-Dame de la Salette* ont donné de larges extraits de 1881 à 1888. On lit en particulier, dans ces notes, le trait suivant, qui montre jusqu'à quel degré d'injustice et d'audace, Maximin a été parfois calomnié.

M. Champon, pendant que le Berger demeurait chez lui, avait fait à Lyon un voyage de huit jours. A la réunion suivante des prêtres du canton, l'archiprêtre (1) crut de son devoir de l'avertir d'avoir désormais à prendre ses précautions relativement à son pensionnaire, lorsqu'il devrait encore s'absenter de sa paroisse. Le bon curé, ébahi, se permet de s'enquérir de ce qui a pu lui occasionner cette monition. Il lui est répondu que, pendant qu'il était à Lyon, Maximin a frappé la sœur de son hôte, s'est emparé de l'argent de la cure avec lequel, accourant à Grenoble, il a festoyé pendant une journée et une nuit, scandalisant tous le monde par ses propos insultants et par ses excès de boisson; et qu'enfin on l'a relevé un matin ivre-mort sur la place Grenette, en face du Café des Mille-Colonnes.

— Voilà qui est grave, dit alors l'abbé Champon, et si ces faits sont véritables, je ne puis garder plus longtemps le coupable chez moi.

— Rien n'est plus vrai ! s'écrient d'une même voix cinq ou six assistants; tout Grenoble en a été témoin et les raconte.

— Veuillez me préciser l'époque exacte où se sont passées ces scènes malheureuses.

— Elles ont eu lieu la semaine dernière, pendant votre voyage, et c'est mercredi matin que l'individu a été recueilli sur la place Grenette.

— Eh bien ! Messieurs, je dois vous dire que cette histoire est absolument fausse et inventée du commencement

---

1. On appelle *Archiprêtres*, dans le diocèse de Grenoble, les curés des chefs-lieux de canton, nommés *Doyens* en beaucoup d'autres endroits.

jusqu'à la fin. Maximin m'a accompagné à Lyon, il ne m'a pas quitté durant ces huit jours, et mercredi matin il me servait la messe à Fourvières et y communiait. Vous pouvez vérifier la vérité de mes paroles auprès des hôteliers qui nous ont hébergés et des voituriers qui nous ont transportés.

Au mois de septembre 1854, M. Similien, professeur à l'Ecole des Arts et Métiers d'Angers, ami des Bergers, et fondateur du Maître-Autel du Pèlerinage de la Salette, fit faire à Maximin, avec la permission de Mgr Ginoulhiac, le pèlerinage de Rome.

En 1856, après que le Voyant eut passé trois années dans le presbytère hospitalier de Seyssins, le R. P. Régis Champon, frère de M. l'abbé Champon, et professeur au Grand Séminaire de Dax, bientôt après transféré à Aire-sur-l'Adour, dans les Landes, l'emmenait avec lui dans cet établissement.

« Hélas! écrit l'abbé Nortet, les Jésuites ne furent pas, plus que ses autres instituteurs, habiles à mettre du plomb et de la science dans la pauvre tête de ce grand enfant, resté toujours étourdi, et peu apte à recevoir une instruction solide. » (1)

Voyons Maximin lui-même confirmer, dans une lettre à la Sœur Sainte-Thècle, ce jugement porté sur sa sempiternelle étourderie : « Vous savez que je suis à deux cent cinquante lieues de mon pays, que je suis dans un Grand Séminaire, que je fais ma philosophie; mais je n'ai pas la même soutane que j'avais autrefois au couvent de Corps, celle qui a reçu les coups de bâton de Sœur Sainte-Thècle. C'est une soutane en drap, les coups de bâton l'useraient, mais les petites gronderies ne font que la rendre lisse. Je croyais, dans ma bonne foi, qu'à vingt ans on n'était plus enfant, je fais tous les jours l'expérience du contraire. Aujourd'hui encore, avant que je mette la main à la plume pour vous écrire, d'un ton grave et sévère, un bon Père Jésuite est venu me faire une réprimande, en disant : — Monsieur, à vingt-deux ans, on ne fait pas d'enfantillages, voyez, *vous n'êtes qu'un grand enfant;* vous avez aujourd'hui, pour vous récréer un instant, mis la maison sens dessus dessous. (Il faut vous dire que j'avais annoncé à tous les élèves qu'il y avait

____

1. NORTET. *Notre-Dame de la Salette.*

classe d'Ecriture Sainte, lorsque cela n'était pas, et tout
le monde s'est rendu en classe à l'heure indiquée). Quand
il m'eut dit que j'étais un enfant, je me mis à rire en lui
disant de me mettre en niche, car les enfants vont au
Ciel et, en conséquence, sont des Saints.

MAXIMIN EN ZOUAVE PONTIFICAL.

» ... Comme je suis le meilleur élève de la maison, on
m'a placé à côté du Père *Grondeur*; j'ai bien un avantage, celui d'avoir le plus beau point de vue de la maison,
et la plus jolie chambre, mais mon cher voisin m'importune, car je ne puis faire le moindre bruit sans qu'il vienne
vite voir et me gronder ».

Au bout de deux ans, ayant quitté le Grand Séminaire,

Maximin, après un court stage chez un percepteur de La Tronche, vint à Paris. De grandes déceptions et de dures privations attendaient le Berger dans la Capitale; nous en trouvons l'aveu dans cette lettre adressée de Paris à la Mère Sainte-Thècle, le 28 octobre 1859 :

« Bonne Maman, sans doute qu'en votre cœur vous dites : Mon pauvre enfant oublie sa mère dans cette Babylone moderne et, qui ne pense plus à sa mère, n'est qu'à deux doigts de sa perte! Après bientôt six mois, je viens enfin vous sortir de peine. Je me suis toujours conduit passablement, seulement *j'ai un peu mangé de vache enragée*. Vous n'en doutez nullement, puisque je suis resté près de quatre mois dans les rues de Paris, sans connaissances ni amis. Toutes mes ressources étaient en une pièce de dix francs, chose minime dans la capitale. J'ai souvent versé des larmes au souvenir de mes premières années, de mes huit jours chez Pierre Selme; et, sans mentir, je crois que mes yeux devenaient source et rivière, lorsque ma pensée se reportait aux caresses de bonne maman Thècle et de tante Valérie, aux tapes de Sœur Marie. Tout ceci, cruel outrage jadis pour le Berger des Alpes, n'était pour lui, dans la cité la plus civilisée du monde, que son âge d'or. Il m'arrivait souvent, qu'au milieu de ces douces rêveries, je balbutiais ce vers :

« Je l'ai planté, je l'ai vu naître. »

» Et mes regards se promenaient avec délices sur les arbres demi-dépouillés par le vigoureux automne, voisin du triste hiver, pour le pays de Corps; mais bientôt je redoublais de larmes et mes deux petites rivières devenaient de grands fleuves, quand je me trouvais à la Chapelle de la Très Sainte Vierge, derrière le Maître-Autel de Saint-Sulpice. Je priais la tendre Reine des Anges sous le vocable de « Mater afflictorum », puis je sortais un peu consolé et beaucoup encouragé. Enfin, bonne maman, tout est terminé. J'ai une bonne place, espoir d'avancement, avec une bonne conduite et du travail. »

La bonne place à laquelle il est fait ici allusion était un poste d'employé à l'Hospice impérial du Vésinet, où Maximin était entré dans l'été de 1859, mais qu'il ne devait occuper que jusqu'au 10 janvier suivant.

De Paris, le Berger passe un an et demi au collège de

Tonnerre pour y compléter son instruction. Au bout de ce temps, admis comme l'enfant de la maison dans une honnête famille, la famille Jourdain, il se croit appelé à devenir médecin, et se met à suivre des cours en conséquence.

En 1864, il dit adieu à la Faculté et, l'année suivante, contracte un engagement dans les zouaves pontificaux.

Six mois se passent, et nous retrouvons Maximin en Seine-et-Oise, habitant, avec sa famille adoptive, une maison de campagne qu'il devait à la munificence d'un insigne bienfaiteur.

L'année 1866 vit l'ancien Pâtre revenir vers ses montagnes. Mobilisé pendant la guerre de 1870, il résida au fort de Barraux, près de Grenoble, d'où il venait régulièrement, chaque mois, se confesser au R. P. Berthier (1). Le premier mars 1875, il s'éteignait à l'ombre du clocher natal, tout en caressant un dernier rêve, qu'il n'aurait sans doute pas plus réalisé que les autres, s'il eût survécu : celui de se faire missionnaire de la Salette.

Nous n'avons vu jusqu'ici que l'extérieur de la vie de Maximin ; pénétrons maintenant dans son âme pour nous rendre compte de sa valeur morale.

Si le Berger de la Salette n'a pas été exempt de tout défaut, il a fait preuve aussi d'excellentes qualités auxquelles les nombreux et fidèles amis qu'il a su s'attacher ont rendu témoignage, ainsi que ses compatriotes qui n'ont jamais cessé de l'environner de leur estime et de leur respect. Nous pourrions citer notamment un vénérable religieux, intime confident de notre héros depuis ses années de Petit Séminaire jusqu'au jour de sa mort, qui ne perd pas une occasion de faire son éloge et de le venger des abominables calomnies dont il a été l'objet.

On reconnaît en Maximin adolescent et homme fait, mais plus accentués et plus caractérisés, les traits distinctifs qu'il laissait apercevoir à la maison de Pierre Selme et à l'école des bonnes Sœurs.

Le Berger qui, en partant aux champs après avoir déjeuné, commençait à manger son dîner sans songer qu'il n'aurait plus rien à se mettre sous la dent le reste de la journée, dépense plus tard sans discernement des sommes relativement importantes, que d'heureuses circonstan-

____

1. BERTHIER. *Les Merveilles de la Salette.*

ces lui avaient mises entre les mains, ne sachant prévoir la gêne profonde dont auraient à souffrir ses dernières années. Mais aussi, l'écolier que ne put séduire l'or tentateur de Mgr Dupanloup, qui refusait ou remettait à ses maîtresses l'argent qu'on lui offrait, et qui, au témoignage de Sœur Valérie, un jour qu'il avait reçu un nouveau pantalon se dépouillait de l'ancien en faveur d'un petit pauvre dépenaillé, demeura toute sa vie désintéressé, charitable, généreux et réfractaire, même dans ses moments de plus grande détresse matérielle, aux propositions de fortune qui lui furent faites sous la condition qu'il trahirait la cause de l'Apparition ou livrerait son secret. Nous n'ignorons pas qu'on lui a amèrement reproché de s'être fait *marchand de liqueurs*. Ceux qui l'ont condamné de ce chef se sont-ils parfaitement rendu compte de sa situation? Maximin était à bout de ressources, le faible boni qu'il retirait d'un petit commerce d'objets de piété ne suffisait pas à le faire vivre avec les braves gens qui l'avaient adopté, eux aussi ruinés. Sur ces entrefaites, un industriel qui était en même temps et plus encore *un chevalier d'industrie* lui propose une affaire, à son dire, des plus avantageuses. Il s'agit de fabriquer avec les plantes de la montagne une liqueur qu'on appellera la Salettine et un spécifique à base d'arnica. Les nouveaux produits seront vendus sous le nom de Maximin Giraud, lequel, en retour du prêt de son nom, sans autre participation de sa part, partagera avec le fabricant effectif les bénéfices réalisés. Maximin croyant trouver dans cette combinaison un moyen honnête de subvenir à sa pressante nécessité, acquiesça à la proposition qui lui était soumise. Hélas! c'était un leurre. Son nom figura bien sur toutes les étiquettes des marchandises, mais le co-associé s'adjugea la totalité, ou à peu près, des profits de la vente.

Cette spéculation, pas plus qu'un petit commerce d'objets de piété, n'enrichit l'ex-pâtre de Pierre Selme; tout au contraire, il ne cessa, dans les dernières années de sa vie, d'être criblé de dettes et menacé de poursuites par ses créanciers. Ses lettres aux Missionnaires de la Salette et à l'Evêque de Grenoble sont de perpétuelles demandes d'argent. Sans doute, Maximin n'était pas économe, mais aussi M. et Mme Jourdain, ses bienfaiteurs de jadis lui furent, après leur ruine totale, une lourde charge. Agés tous deux, ils avaient besoin d'une bonne à demeure que, naturellement, il fallait nourrir et payer. De plus, leur ancienne position les avait habitués à certaines délicatesses : les boulangers et les bouchers de Corps ne parvenaient pas toujours à les satisfaire, et on faisait venir de Grenoble le pain et la viande.

A la mort du Berger, bien que, sur l'ordre de Monseigneur, la caisse du Pèlerinage ait pourvu aux frais de médecin, de pharmacie et de sépulture, la situation financière n'était rien moins que brillante. Pour y remédier, Mme Jourdain conçut la pensée de composer un ouvrage sur Maximin, à l'aide des manuscrits de son fils adoptif, et de ses souvenirs personnels. Après y avoir travaillé plus de deux ans, elle envoya son œuvre au R. P. Giraud, Supérieur des Missionnaires de la Salette, pour qu'il la revît et la corrigeât, avant qu'elle fût livrée à l'impression. Mgr Fava, mis au courant de l'affaire, demanda l'écrit en question et en confia l'examen à M. l'abbé Nortet, qui, après lecture, en adressa à Sa Grandeur l'appréciation suivante, laquelle fut transmise au P. Giraud : « Il y a deux cahiers qui sont l'œuvre de Maximin et de sa main; un troisième est de lui, probablement, mais non de son écriture. Les deux autres sont de la main et de la prose de Mme Jourdain. Les deux premiers cahiers m'ont fourni quelques détails qui complètent heureusement ce que je savais déjà... Cependant Maximin *n'y est pas aussi exact, aussi complet que dans ce que j'ai déjà vu de lui ailleurs.* Il a écrit ceci *à une époque où ses souvenirs n'étaient plus aussi précis.* On voit également, en plusieurs circonstances, *qu'il se recherche...* Les deux cahiers de Mme Jourdain contiennent la vie aventureuse de Maximin depuis sa sortie de la maison de M. Champon, mais *c'est une vie surfaite, embellie, et point sa vie réelle.* ON NE PEUT SE FIER A CET ÉCRIT. Du reste, c'est fort mauvais au point de vue littéraire, et il n'y a point d'ordre... » (1). Nanti de ces renseignements, le P. Giraud déclina l'offre de Mme Jourdain et lui renvoya ses écrits. Un autre leur fit un accueil favorable, et, en 1881, paraissait *Maximin peint par lui-même* (2).

____

1. Lettre de M. l'abbé Nortet à Mgr Fava du 14 février 1878.

2. Ce livre a pour auteur M. Le Baillif, curé de Berville (Eure). Il nous avait paru, dès que nous le parcourûmes, *un*

Le Voyant qui, après le départ de la céleste Dame, témoignait qu'Elle s'était emparée de son jeune cœur par cette naïve exclamation : « *Ah ! si nous avions su que ce fût une Sainte, nous lui aurions bien dit de nous emmener avec Elle,* » garda un culte fidèle et une tendre dévotion à la Reine du Ciel. Il aimait à s'adresser à Elle avec la simplicité confiante et candide de l'enfant parlant à sa mère; il avait l'habitude de dire chaque jour le chapelet en son honneur, et on l'a surpris s'acquittant de ce tribut d'amour bien tard dans la nuit, avant d'aller prendre son repos. Le souvenir de sa sainte Apparition ne s'effaça jamais de sa mémoire, les plus belles harmonies ne purent lui faire oublier la suavité de sa voix, ni les plus séduisants attraits du monde le déprendre de ses charmes.

Le Pâtre courageux qui se portait bravement en avant, le bâton levé, prêt à défendre sa compagne effrayée, au premier aspect de la divine Visiteuse, se montrant assise au sein d'une éblouissante lumière, sur la pierre de la montagne, ne connut jamais les lâchetés du respect humain; toujours il défendit la Religion quand il la vit attaquée et confessa hautement sa foi de catholique et son dévouement au Saint-Siège. Mais, autant il manifestait de susceptibilité dans ce qui touchait à l'honneur de Dieu ou de la Sainte Vierge, autant il faisait preuve de patience, de support et de miséricordieux pardon, quand il ne s'agissait que de lui-même.

Voici deux traits authentiques à l'appui de ce que nous venons d'affirmer. Le premier nous a été raconté à nous-même en ces termes par un ancien et fidèle serviteur du Pèlerinage de la Salette : « Maximin arriva un jour à la Sainte Montagne au moment où on se mettait à table. — Je voudrais dîner, me dit-il, mais servez-moi à part, s'il vous plaît. Je lui répondis : Il n'y a que sept ou huit étrangers, vous pouvez prendre place à la table commune, personne ne vous connaîtra. Le Berger se trouva face à face avec M. de Montgolfier. Au cours de la conversation, celui-ci en vint à dire qu'il connaissait Maxi-

---

Panégyrique à outrance de son héros; la découverte, dans la correspondance du R. P. Giraud, de l'appréciation de M. Nortet, n'a fait que confirmer notre première impression; c'est pourquoi nous avons avancé plus haut que *Maximin peint par lui-même* « ne nous inspire qu'une confiance relative ».

min, qu'il était venu à son château appelé par sa sœur, mais qu'il ne lui avait pas plu et qu'il savait qu'il s'était rétracté à Ars, que c'était un inconstant, qu'il n'était bon à rien, etc., etc... Maximin écouta tout cela sans broncher et dîna tranquillement. A l'un des bouts de la table se trouvait M. l'abbé Abeau, supérieur du petit Séminaire

MAXIMIN A L'AGE D'HOMME.

d'Aix; je lui dis : Avez-vous connu ce monsieur qui est arrivé le dernier? Il me répondit que non. — Eh bien! ajoutai-je, c'est le Berger de la Salette. Il le rapporta à M. de Montgolfier, qui quitta le Pèlerinage à l'instant. Je m'attendais à ce que Maximin me fît quelque observation après le dîner; il ne me dit rien. »

Nous empruntons le second trait à M. Similien.

La scène se passe à Marseille. Sont présents : avec M. Similien et Maximin, M. le Chanoine Louche, qui connaît le Berger, et un autre prêtre, directeur de patronage, qui ne soupçonne pas et doit continuer d'ignorer la qualité du jeune homme qu'il a devant lui.

« — M. l'abbé, demande M. Louche à ce prêtre, n'êtes-vous point allé à la Salette? Croyez-vous à l'Apparition? Avez-vous interrogé le Berger?

» — Oui, sans doute; vous n'ignorez pas que j'ai eu ce bonheur; je suis parfaitement convaincu; l'une de mes grandes satisfactions a été de pouvoir parler à Mélanie. Quant à Maximin, je n'ai pas été tenté de me déranger pour l'aller voir à Seyssins; je ne me souciais nullement d'aborder un espiègle, un paresseux, auquel on reproche plus d'un défaut.

» — Eh bien! vos dispositions présentes sont-elles les mêmes? Si l'on vous proposait de vous le montrer, ne feriez-vous point un pas pour le presser sur votre cœur?

» — Pas un : il a méconnu les dons du Ciel; il ne mérite pas qu'on se déplace.

» — Et vous, jeune homme, reprend l'abbé Louche, en s'adressant à Maximin, que pensez-vous de la Salette? Connaissez-vous le Berger? Que vous semble-t-il du portrait sous lequel on le dépeint?

» Aussitôt celui-ci, sans s'offenser, et prenant bravement son parti, dit en souriant : — Il peut bien y avoir du vrai dans ce qu'on raconte, mais il y a aussi beaucoup à rayer.

» La discussion s'animant, continue M. Similien, je m'efforçai, mais vainement, de distraire l'attention sur d'autres sujets; le bon chanoine n'en continuait pas moins son intrigue, lançant alternativement des pointes, des questions insidieuses, au Directeur et à Maximin. Je bouillais d'impatience, tremblant que mon protégé n'en vînt à témoigner de l'aigreur et à rompre, pour en finir, notre entretien, par cette sortie : *Ce Berger que l'on censure tant, c'est moi-même !*

» Mais non : quoiqu'il ne fût nullement préparé à cet imbroglio, il se contint jusqu'au bout et se retira avec politesse, laissant le supérieur dans l'idée qu'il n'avait eu affaire qu'à un simple touriste. » (1)

Le jeune chrétien qui faisait à l'un de ses interlocuteurs cette belle déclaration : « J'aime Dieu, Monsieur », fut constamment fidèle à l'accomplissement des pratiques religieuses; il s'approchait des sacrements tous les mois.

1. SIMILIEN. Nouvelle auréole de Marie.

L'innocent qui répondait à une personne lui demandant si la Sainte Vierge n'avait pas reproché le libertinage : « Je ne comprends pas ce que vous voulez me dire, je ne sais pas ce que c'est », ne cessa pas, en grandissant, d'être irréprochable au point de vue des mœurs. Tous ceux qui l'ont suivi de près dans ses différentes étapes, et notamment les jeunes gens de son âge qui ont été liés d'amitié avec lui, soit à Paris, soit à Rome, soit à Corps et ailleurs, ont attesté unanimement son éloignement absolu des désordres auxquels trop souvent se laisse aller une jeunesse livrée à elle-même. Des misérables, pour qui sa réserve était un secret reproche, lui ont parfois tendu des pièges inavouables, ils en ont été pour leurs frais. On se demandera peut-être pourquoi n'étant ni prêtre ni religieux, le Berger de la Salette ne s'est pas engagé dans les liens du mariage ; sa réponse à un de ses meilleurs amis qui l'avait questionné sur ce point délicat va nous en donner la raison ; elle est toute à sa louange : « Quand on a vu la Sainte Vierge, dit-il, on ne peut s'attacher à personne sur la terre. » (1)

Donnons la parole, au sujet de l'irréprochable moralité de Maximin, à trois témoins.

A la personne de confiance qui était venue lui solder les honoraires de soins donnés au Berger, M. Peytard, médecin à Corps, fit cette déclaration catégorique : « Maximin est mort sans avoir fréquenté aucune femme. »

Le Docteur Minder, chirurgien de l'hôpital de Grenoble, ancien condisciple du Voyant au petit Séminaire et à l'Ecole de médecine, répondit à l'envoyé des Missionnaires de la Salette qui, lui ayant apporté à embaumer le cœur de son ami, l'interrogeait sur la vie de ce dernier dans la grande Ville : « Vous avez connu Maximin à Corps ; il a fait à Paris comme dans son pays natal : il a bu quelques verres de vin, *mais qu'on ne lui reproche pas autre chose, au moins !* »

Le R. P. Henri Le Chauff de Kerguenec devenu, de zouave pontifical, religieux de la Compagnie de Jésus, écrivait, dans les premiers jours qui suivirent son sacerdoce, à son ancien camarade de l'armée du Pape, une épître des plus cordialement affectueuses, de laquelle nous extrayons ces lignes : « Mon bien cher Maximin, tu n'as certaine-

____

1. Cet ami, qui nous l'a raconté, est le R. P. Perrin.

ment pas oublié un de tes bons camarades des zouaves
pontificaux, dont la signature de cette lettre te remettra le
nom sous les yeux. J'étais malheureusement en permission
lorsque tu as dû quitter le bataillon, et depuis lors, je n'ai
plus entendu parler de toi. Je ne voudrais pourtant pas te
perdre tout à fait de vue. Tu sais quelle affection et quel
véritable intérêt je te portais et tu dois te souvenir que je
faisais mon petit possible aux zouaves pour t'être utile...
Voyant qu'il m'était impossible de continuer le métier
militaire, et d'un autre côté, regrettant amèrement de ne
pouvoir plus défendre par l'épée la cause du Saint-Père, je
me suis décidé à la défendre d'une autre manière, en entrant dans la Compagnie de Jésus. Oui, mon cher ami, voilà
quatre ans et demi que je suis Jésuite, et à peine un mois
que je suis prêtre! Je t'écris donc dans le premier moment
de mon sacerdoce... Un autre de tes *bons amis* des zouaves,
Galbaud du Port, s'est fait aussi Jésuite et est en Chine
déjà depuis trois ans; ainsi va le monde. Lorsque nous
gravissions ensemble les sentiers qui conduisent aux Ca-
maldules, près Frascati, je ne pensais guère à me faire
moi-même religieux un jour!... Et toi, mon cher, qu'es-tu
devenu? Que fais-tu à l'heure qu'il est? Je serai bien heureux d'avoir de tes nouvelles. En attendant, sois bien persuadé que je ne t'oublie pas dans mes prières. De ton côté
recommande mon récent sacerdoce et ma pauvre santé à
N.-D. de la Salette. Demande-lui que je sois un saint prêtre,
un fervent religieux, et que je procure à Dieu le plus de
gloire possible. J'aime à croire que, *grâce à la protection
si spéciale dont la Très Sainte Vierge t'a toujours couvert, tu es
toujours demeuré le bon enfant et le bon chrétien que j'ai connu
autrefois* (1). »

1. Dans les deux volumes de *Lettres* toutes pétillantes de
verve gauloise et imprégnées des plus beaux sentiments chrétiens et chevaleresques, qu'il a publiés, le R. P. Le Chauff
de Kerguenec parle, en plusieurs endroits, avec honneur du
Berger de la Salette. C'est à lui aussi que nous sommes redevables d'un renseignement précieux pour la mémoire de Maximin. Le bruit s'était faussement répandu, même parmi les
zouaves pontificaux, que le Voyant de Notre-Dame avait été
forcé de quitter ce corps d'élite pour échapper au Conseil
de guerre dont il avait encouru la menace pour avoir, en état
d'ébriété, frappé l'un de ses chefs. Or, le R. P. Le Chauff
a eu en 1903, la bonne fortune, vraiment providentielle, de
retrouver à Nantes le caporal qui était alors chef du poste de

On se rappelle que le charron Giraud, bien avant l'Apparition, emmenait de temps en temps avec lui au cabaret son petit Maximin, et qu'il s'amusait à le faire fumer et boire. Plus tard, d'innombrables curieux se disputèrent le Voyant de la Sainte Montagne. C'était à qui pourrait l'entretenir longuement et en tête-à-tête; dans ce but, on l'invitait, à l'hôtel ou chez soi, à déjeuner, à dîner, à souper, et, dans ces circonstances, on tenait à honneur de le bien traiter. D'aucuns même (et cela s'est rencontré plus d'une fois), dans la perfide intention de lui extorquer son secret, sans toutefois y parvenir jamais, allaient jusqu'à remplir son verre sans que, dans le feu de son récit, il y fît attention, et même à mêler à son vin des substances enivrantes. Il s'en suivit, comme fatalement, que Maximin, peu à peu, finit par n'être pas insensible aux attraits du vin, et même il lui arriva parfois, sans descendre aux graves excès, et sans qu'il y ait toujours de sa faute, de se trouver pris de boisson. Mais même alors, on n'a jamais surpris sur ses lèvres aucune parole inconvenante (1).

C'est là le principal défaut qu'on a eu à reprocher au Témoin de l'Apparition, et dont son vieil ami du Petit Séminaire l'a souvent repris en s'efforçant de l'en corriger. Le coupable avouait alors franchement son tort et promettait bien sincèrement de ne plus retomber; mais de nouvelles et nombreuses occasions se présentant, il en était

police à Carpineto, lors de l'incident. Ce caporal, *témoin du fait*, dément absolument que Maximin fût ivre. Il affirme que le sergent était l'agresseur et que Maximin a, par un geste malheureux, mais nullement intentionnel, fait tomber la médaille de Castelfidardo que le sergent portait sur la poitrine. C'est cette particularité, grossie et dénaturée, qui donna naissance à la légende dont, de très bonne foi, d'honorables personnes se firent ensuite les échos. Les apparences étant contre le Berger, on évita d'aller au fond des choses, probablement de peur de le trouver coupable, ce qui accrédita l'idée qu'il l'était. Mais il n'eut, à son départ du régiment, aucune note fâcheuse et son congé lui fut favorablement établi. A la demande du R. Père, le caporal des zouaves a consigné par écrit et dûment signé sa déclaration.

1. Un jour, chez les Missionnaires de la Salette, le R. P. Giraud ayant fait remarquer au Berger que ses pommettes rougies l'accusaient d'avoir quelque peu dépassé les bornes de la tempérance : « Ne craignez rien, mon Père, répliqua Maximin, cela ne tire pas à conséquence, *j'ai le vin pieux* ». — « Et c'était vrai », ajoute le R. P. Perrin, en racontant le fait.

de ces belles promesses comme de celles qu'il faisait jadis aux bonnes Sœurs de Corps de ne plus leur fausser compagnie pour aller gambader dans la campagne.

Sa fin fut des plus édifiantes; nous en empruntons le récit en l'abrégeant, aux *Annales de Notre-Dame de la Salette* du mois d'avril 1875, année de sa mort :

Depuis déjà un an environ, Maximin Giraud était atteint d'une maladie que tous jugèrent grave dès son principe : lui-même ne se le dissimulait pas, et, mettant toute sa confiance en la Très Sainte Vierge, il ne cessait de réclamer son assistance en multipliant les neuvaines en son honneur et les communions aux jours de ses fêtes.

Il demandait à son confesseur de fréquentes visites. Le prêtre qui l'a suivi de plus près pendant sa maladie a déclaré que l'épreuve a été pour sa foi, demeurée toujours ferme, une occasion de se manifester dans toute sa vivacité. A plusieurs reprises la mort avait semblé imminente. Alors le malade renouvelait avec ferveur les actes de résignation et d'abandon à la volonté de Dieu. Ses paroles révélaient la confiance dont son âme était remplie.

Au commencement de novembre 1874, le mal lui ayant laissé quelques jours de relâche, il en profita pour faire un pèlerinage au Sanctuaire de la Montagne. Il n'en redescendit pas sans s'approcher de la Sainte Table ni sans faire pour la dernière fois en ce Lieu vénéré, le récit de l'Apparition aux Religieuses de la Salette qui remplaçaient depuis peu à l'Hôtellerie des Pèlerines, les Sœurs de la Providence de Corenc.

Le lundi 1er mars, son confesseur le visita avec M. l'archiprêtre de Corps. Le malade était accablé par la souffrance. On jugea qu'il était temps de lui donner les derniers Sacrements et de lui faire gagner l'indulgence du jubilé. On lui apporta donc aussitôt après le Saint Viatique. Sa foi semblait lui rendre des forces. Il répondit luimême aux prières du prêtre. Ayant peine à avaler la Sainte Hostie, il demanda de l'eau de la Salette. Ce furent ses dernières paroles; l'eau de la Salette fut sa dernière boisson et le Pain eucharistique sa dernière nourriture. Le prêtre était à peine sorti de sa demeure qu'il expira.

Après qu'on eut procédé à l'extraction de son cœur qui fut, selon son désir, porté sur la Sainte Montagne, on déposa son corps dans le cimetière paroissial. Toute la population de Corps, plusieurs prêtres du canton et un grand nombre de personnes étrangères venues de pays voisins, malgré l'abondance des neiges, assistèrent aux funérailles.

Après avoir suivi Maximin dans les péripéties de son existence et considéré son tempérament moral, il nous reste à constater ce qu'il fut relativement à l'Apparition.

A ce point de vue le Berger ne mérite que l'admiration et la louange. Partout et toujours on le trouvait prêt à redire la merveilleuse vision dont il avait joui; et quand il la racontait, (surtout quand c'était sur les lieux mêmes où elle s'est produite), il semblait qu'elle fût actuellement encore sous ses yeux. Aussi, en face du recueillement de son attitude, de l'émotion et de la sincérité de ses accents, plus d'un incrédule s'avoua vaincu.

Le P. Bossan, qui l'avait entendu à la Salette en 1864, a écrit à ce sujet :

« J'ai remarqué que Maximin paraît un peu embarrassé quand il fait son récit ou commence à donner des explications, mais dès qu'on lui adresse des questions et qu'on lui fait des objections, il pose comme un grave magistrat, et répond avec promptitude, dignité, force, clarté, calme et très brièvement, mais péremptoirement, sans jamais s'émouvoir ni s'impatienter, ni employer son temps en discussions. Il va droit à son but, et toujours par le chemin le plus court. Je remarque aussi que ce jeune homme raisonne toujours ce qu'il dit, et qu'il raisonne juste. Il possède des principes et en tire les conséquences naturelles. Il n'est pas verbeux, mais concis. Son jugement me paraît bon et juste. Il a, quand il commence à parler et à faire son récit, un ton, un air, un maintien un peu timides qui préviennent en sa faveur. Il est enfin ce qu'il était, il y a dix-huit ans, sauf qu'il est instruit, tandis qu'alors il était tout à fait ignorant. Son extérieur est aimable, gracieux, pur, candide. Il a de bonnes manières et beaucoup d'aisance dans son attitude, dans ses gestes et dans toute sa personne. » (1)

Quand il s'agissait de défendre l'Apparition, ni le nombre, ni la qualité des contradicteurs ne l'effrayaient. Pendant les vacances qu'il passa à Meyrié, M. l'abbé Rabilloud le conduisit en pèlerinage à La Louvesc, au tombeau de saint François Régis au moment où s'y trouvaient réunis

----

1. Manuscrits BOSSAN.

vingt-cinq Pères Jésuites à l'occasion d'une retraite solennelle donnée à une grande multitude de pèlerins. Dans
une assemblée où ils se tinrent tous, ils firent comparaître Maximin devant eux et cherchèrent à l'intimider, le
tournant, le retournant en tout sens. Et l'on vit ce *faible
sixième*, suivant son expression, sans s'être préparé à se
défendre, étonner cet aréopage pendant quatre heures entières qu'il passa sur la sellette. Toutes ses réponses furent
d'une clarté, d'une force, d'une justesse étonnantes ; et
ses juges, après avoir été battus et désarmés, se retirèrent
tous pris d'un saint respect pour l'Apparition. De La Louvesc, nos pèlerins se rendirent à Notre-Dame d'Ay, sanctuaire dirigé, comme celui de saint François Régis, par
des religieux de la Compagnie de Jésus ; Maximin y eut
à soutenir de nouvelles luttes avec une vingtaine de Pères.
Toutes les batteries étaient merveilleusement dressées, et
l'on peut penser combien il eut à se tenir sur ses gardes,
car il avait affaire à des adversaires bien exercés à manier la parole ; ce fut un feu roulant d'objections pendant
deux heures et demie, et l'on tomba, armé de toutes
pièces, sur le pauvre Berger. Mais à cette seconde attaque
succéda un second triomphe, et, quelque habilement que
fût dirigée la tactique des assaillants, l'assiégé resta seul
maître de la place et força ses agresseurs à lever le siège. (1)

Ce fut non seulement par la parole, mais encore par la
plume, que Maximin se fit le champion de la Sainte Apparition. En 1866, il publiait, *Ma profession de foi sur l'Apparition de Notre-Dame de la Salette.* C'est une plaquette
de 72 pages *in-octavo* qu'il nous faut faire connaître avec
quelque détail.

L'auteur commence par indiquer le motif qui lui a fait
prendre la plume, dans cette courte préface :

« Lorsqu'il y a quelques mois, la *Vie parisienne* m'atta-
qua dans ses colonnes, mon intention avait été de répondre
immédiatement par la brochure qu'on va lire. Le désir de
laisser tomber dans l'oubli cette affaire, ma répugnance
pour la publicité, et si je l'ose dire, la modération naturelle de mon caractère, me firent changer de dessein.

» Cependant des consciences s'inquiétèrent, des lettres
nombreuses m'arrivèrent, sollicitant une réponse.

» Cette réponse, je ne crois pas devoir la faire attendre

____

1. SIMILIEN. *Pèlerinage à la Salette.*

plus longtemps : je publie mon modeste travail, et que Dieu lui donne sa bénédiction.

» Maximin GIRAUD. »

Vient ensuite une touchante et pieuse dédicace à Notre-Dame de la Salette ;

« TRÈS SAINTE VIERGE MARIE IMMACULÉE, NOTRE-DAME DE LA SALETTE :

» Permettez-moi de venir déposer à vos pieds ces quelques pages ; faites qu'aujourd'hui que je suis devenu homme, ma voix soit aussi pure, aussi véridique que le 19 septembre 1846, quand je descendis de votre Sainte Montagne pour annoncer, à *tout votre peuple*, la grande nouvelle dont vous m'avez chargé.

» Je n'aurais jamais écrit, bonne et très excellente Mère, si l'on ne mettait point en doute mon témoignage, si l'on ne le tournait point contre vous-même, si l'on ne me prêtait point des paroles lorsque je garde le plus profond silence.

» Je vous prie et vous supplie, ô très sainte Vierge Marie, implorée sous votre *titre de Notre-Dame de la Salette*, de m'accorder, jusqu'à la fin de mes jours, la grâce de confesser votre Apparition, comme tous les témoins de l'Eglise ont fait pour la divinité même de Notre-Seigneur Jésus-Christ. »

Le corps de l'ouvrage se compose de cinq parties :

La première est la réfutation en règle, faite avec autant d'humour que de logique, des attaques de la *Vie parisienne*, véritable volée de bois vert, administrée de main de montagnard au journaliste de la capitale. Nous ne résistons pas au plaisir de la citer tout entière.

« Le Berger de la Salette n'a rien écrit jusqu'à ce jour sur l'Apparition dont il a été honoré ; l'article suivant, publié dans la *Vie parisienne*, samedi 11 novembre 1865, numéro 43, l'a déterminé à faire sa profession de foi et à confirmer de nouveau son témoignage d'enfance :

« *Il n'est personne qui ne croie au miracle de la Salette, rien*
» *de plus naturel ; mais ce qui est vraiment surnaturel, c'est ce*
» *qui arrive depuis. On nous assure que le petit bonhomme (de-*
» *venu grand aujourd'hui) qui en a été témoin, refuse positivement*
» *de croire que c'est arrivé.*

» *On l'avait d'abord placé au Séminaire, mais comme il mon-*

» *trait des sentiments par trop peu orthodoxes, on finit par livrer*
» *au bras séculier ce Mortara récalcitrant. En dépit de l'anathème*
» *qui l'avait frappé (Marathena) (1) et rien que pour le princi-*
» *pe, une société de dames pieuses a résolu d'adopter l'enfant du*
» *miracle : on réchauffe en famille le petit serpent.*

» *Il faut le voir se tenant les côtes de rire, quand il voit par*
» *hasard le fameux groupe de plâtre où il est représenté, lui et sa*
» *sœur, ravi en extase devant une bonne Vierge en costume au-*
» *vergnat. La sœur d'un caractère plus flexible, s'est laissée en-*
» *fermer dans un couvent, où elle prie, la pauvre petite, pour*
» *que cela soit arrivé.* »

« Quelques jours après, on lisait dans le même journal :

« *Dans notre numéro du 11 novembre, nous avons publié un*
» *petit article concernant le Berger de la Salette. M. Maximin*
» *Giraud y a vu des imputations de nature à nuire à sa considé-*
» *ration d'honnête homme et de catholique. L'atteinte à la sincé-*
» *rité du témoignage qu'il a porté devant les autorités administra-*
» *tives, judiciaires et ecclésiastiques, ainsi que devant une multi-*
» *tude de personnes, lui a été particulièrement sensible.*

» *Nous déclarons ici, de la meilleure grâce du monde, que nous*
» *n'avons eu nullement d'intentions injurieuses à son égard, et*
» *nous reconnaissons, sans peine, que les renseignements qui*
» *nous ont été fournis sont inexacts.* »

(Journal la *Vie parisienne*, samedi 6 janvier 1866, N° 1).

« Comme chrétien, il y a longtemps que j'ai mis au pied
de la croix les injures personnelles; mais, comme témoin,
j'aurais cru être un apostat et m'attirer toute la malédic-
tion du Ciel, si je n'avais pas protesté en faveur de mon
témoignage et de ma croyance en l'Apparition de Notre-
Dame de la Salette.

» Parce que je n'ai point embrassé la vie religieuse,
plusieurs ont cru voir dans ma conduite le démenti de
mes premières dépositions, et ils m'attribuent une incrédulité que je repousse de toute l'énergie de ma conscience.

» Il est certain que la personne qui m'a provoqué demande pour elle et pour toutes celles de son opinion, une
profession de foi. Elle veut savoir si je suis convaincu
moi-même du privilège immense que j'ai reçu gratuite-

---

1. L'auteur sans doute, et je ne sais pourquoi, a voulu citer
saint Paul; mais le grand apôtre dit Maran-Atha et non pas
Marathéna.

ment de la très Sainte Vierge Marie, Mère de Notre-Seigneur Jésus-Christ.

» Peut-être aurais-je eu lieu d'attendre de mon contradicteur un langage plus poli, une forme plus courtoise; mais je ne lui ferai aucun reproche à ce sujet, puisqu'il a désavoué lui-même des lignes qui ne lui faisaient pas honneur. Que je sois petit bonhomme, si bon lui semble : je n'ai jamais eu la prétention d'être un grand personnage; mais je respecte les autres dans mon langage, et je serais heureux qu'on tînt envers moi la même conduite.

» Afin que dorénavant on ne m'accuse plus d'incrédulité en ce qui concerne le fait de la Salette, par des *on assure, on dit, on rapporte,* moi, le témoin de l'Apparition du 19 septembre 1846, Apparition bien connue de nos jours sous le titre de Notre-Dame de la Salette, *aujourd'hui devenu grand,* à l'âge de trente ans accomplis, en pleine possession de mes facultés, libre et indépendant, j'affirme que loin de refuser de croire à ce que j'ai vu et entendu sur la Sainte Montagne, je suis tout prêt *A DONNER MA VIE* pour soutenir et défendre la vérité de ce grand événement.

» J'espère, avec la grâce de Dieu et le secours de la très Sainte Vierge Marie, suppliée sous son vocable de Notre-Dame de la Salette, que je ne serais point lâche si l'occasion se présentait.

« *L'enfant montrait des sentiments par trop peu orthodoxes.* »

» Quand on veut connaître sincèrement la vérité, on va aux renseignements, et on ne les fait pas. En effet, à propos de mon orthodoxie, une foule de pèlerins aussi distingués par leurs talents que par leurs vertus, une multitude d'ecclésiastiques éminents placés dans tous les degrés de la hiérarchie, les supérieurs et les professeurs *des séminaires où l'on m'avait d'abord placé,* mes condisciples et au besoin un million de personnes, sinon plus, qui m'ont interrogé depuis l'Apparition de Notre-Dame de la Salette jusqu'à ce jour, tous témoigneraient hautement de mon fidèle attachement au Saint-Siège, de mon entière soumission, pour tout ce qu'enseigne la sainte Eglise catholique et romaine.

» Je ne cacherai à personne que je serais on ne peut plus heureux de verser mon sang pour ma foi : telle est mon orthodoxie.

» *En dépit de l'anathème qui l'avait frappé* »

» Quant à l'anathème dont parle l'auteur de l'article, c'est sans doute celui de l'impiété. Eh bien! je suis on ne peut plus fier d'en être frappé.

« *Une société de dames pieuses a résolu d'adopter l'enfant du miracle : on réchauffe en famille le petit serpent.* »

» Je n'ai pu m'empêcher de sourire en voyant avec quelle assurance l'auteur parle de mon adoption par une société de dames pieuses. Certes, la méprise est singulière : il a confondu un bataillon de zouaves pontificaux avec une société de dames. Ce n'est pas pour l'avoir vu qu'il avance un pareil fait.

« *Il faut le voir se tenant les côtes de rire quand il voit par hasard le fameux groupe de plâtre où il est représenté, lui et sa sœur, ravi en extase devant une bonne Vierge en costume auvergnat.* »

» En présence du groupe de la Salette, je n'éprouve pas l'hilarité indécente que l'on me prête; je m'incline, au contraire, avec respect et vénération en m'humiliant à la pensée de la grâce insigne que la très sainte Vierge Marie Immaculée a daigné accorder à un pauvre pâtre comme moi.

» Le mot *hasard* n'est point heureux dans cette fiction, car j'ai un groupe dans ma chambre; je porte sur moi un médaillon représentant l'Apparition de Notre-Dame de la Salette, renfermant une parcelle de la pierre sur laquelle la Belle Dame, plus brillante que le soleil, était assise. Je ne dissimulerai point que dans les dangers et les épreuves de cette vie j'ai recours à ma *précieuse relique.*

« *La sœur, d'un caractère plus flexible, s'est laissée enfermer dans un couvent où elle prie, la pauvre petite, pour que cela soit arrivé.* »

» Chose surprenante! les écrivains, soit contre l'Apparition de Notre-Dame de la Salette, soit contre les petits Bergers, commencent généralement par démontrer, dès les premières lignes, leur profonde ignorance sur un fait dont ils se font les docteurs.

» Très certainement ils n'ont point consulté les actes civils : mais sans aller aux archives de la mairie, vingt à trente auteurs différents de tous rangs et de toutes nations leur auraient appris, dans leurs préfaces seule, que les enfants de la Salette ne sont point parents, ne se connaissaient que de la veille du miracle, et depuis se sont perdus de vue.

» Les ennemis de l'Apparition veulent que Mélanie soit entrée de force au couvent. Erreur, encore une fois. Tous les habitants de Corps, la famille elle-même de Mélanie, qui a voulu la détourner de son dessein, et une foule de personnes peuvent confirmer ce que j'avance : elle s'est faite carmélite afin de prier pour la conversion des pécheurs et des ennemis du fait dont elle est un des témoins, *et la pauvre petite* n'oubliera pas, dans ses humbles prières, celui qui l'a attaquée dernièrement dans les feuilles publiques.

» Parler de soi est toujours chose difficile, surtout quand il s'agit de se défendre ; aussi permettez-moi de garder le plus profond silence sur ma vie privée, pour laisser la parole au petit Berger de la Salette, et raconter l'Apparition du 19 septembre 1846, telle qu'il l'a vue. »

Dans la deuxième partie de sa brochure, Maximin fait sobrement et clairement le récit annoncé par les lignes précédentes et que nous ne reproduisons pas, parce qu'il se trouve en substance dans les premières pages de notre travail.

La troisième partie est une réponse topique et spirituelle aux principales objections dont les Voyants de la Salette étaient sans cesse assaillis : nous la donnons intégralement.

« Dans le cours de notre vie, enfants de la Salette, nous avons été fréquemment interrogés, et bien souvent contredits. Toutes les suppositions imaginées jusqu'à ce jour, contre nous, se réduisent à trois.

» 1º On nous a pris pour des esprits astucieux, assez habiles pour inventer une histoire dont les diverses parties s'enchaînent et se soutiennent merveilleusement bien, assez audacieux pour soutenir l'imposture en présence d'imposants auditoires, assez fortunés pour faire accepter leur récit.

» 2º On nous a considérés comme des êtres d'une simplicité qui approche de l'idiotisme, assez sots pour servir de jouets à un fourbe, assez entêtés pour garder leur folle conviction.

» 3º Enfin plusieurs nous refusant, du même coup, le génie et la stupidité, n'ont vu en nous que les spectateurs stupéfaits d'un phénomène naturel qu'ils ont donné comme un miracle.

» On n'a pas dit, on ne pouvait pas dire autre chose : ces mêmes arguments se sont reproduits sous mille formes différentes, avec des développements qu'il serait trop long de rapporter, et que, d'ailleurs, il importe peu de connaître.

» Remarquons d'abord que, pour résoudre le même problème, il est curieux qu'il faille recourir à des explications contradictoires; mais ce qui est plus curieux encore, c'est que les moyens employés pour tourner une difficulté en font toujours surgir une plus considérable.

» Quelle fin de non-recevoir en apparence plus naturelle pouvait-on opposer à notre discours que ces simples mots : « Enfants, vous êtes de petits menteurs. » Voyez cependant que de questions elle faisait naître. Pour quelle cause ces enfants nous trompent-ils? Quel but se proposent-ils? Comment ont-ils tramé leur complot? Quel succès osent-ils se promettre? Sont-ils des ambitieux qui veulent se faire un nom, des êtres cupides qui courent après la fortune, des cœurs blasés en quête de plaisirs nouveaux? Car, enfin, l'homme ne ment pas simplement pour mentir, surtout en matière aussi grave et avec une constance si inébranlable. De quelle précocité merveilleuse ces petits enfants ne sont-ils pas doués? Ils connaissent à fond le cœur humain, car ils ont trouvé le secret d'exciter au plus haut point la curiosité publique en touchant une question brûlante à notre époque : la question du surnaturel. Ils ont prévu avec une sagacité surprenante toutes les objections qu'on leur pourrait faire. Les interrogatoires les plus subtils ne les effraient point, les phrases les plus captieuses ne les déconcertent point; ils échappent à tous les pièges au moyen de réponses claires et péremptoires. Confrontés ou séparés, leurs dépositions s'harmonisent, se complètent, se corroborent, et cela sur des détails sans valeur. Les théologiens se sont avoués vaincus, les jurisconsultes et les savants, d'abord d'une hardiesse extrême, craignirent bientôt d'y voir trop clair. Est-ce là tout? Non. Ces petits rusés, doués d'une habileté si prodigieuse, sont néanmoins d'une modestie telle qu'ils se laissent prendre dans leur pays pour des esprits grossiers, ignorants, incapables de s'instruire, paresseux et insouciants, dans l'impuissance d'apprendre leur catéchisme et oubliant en chemin la commission qu'on leur fait faire. Ou plutôt ces petits drôles, dont le cœur est assez pervers pour tromper l'univers tout entier, sont en même temps des hypocrites si raffinés que tout le monde les prend pour des âmes candides et innocentes.

» A quiconque me regarde comme imposteur, écoutez ce que je réplique :

» Lorsqu'on me fait assez rusé pour inventer une telle fourberie, veut-on que je sois assez stupide pour la tourner contre mes intérêts? Ce serait allier à une grande finesse une extrême bêtise; deux choses qui ne se marieront jamais ensemble. Si j'ai couru après la fortune, la gloire et le plaisir, il faut convenir que je me suis perdu en chemin; je dis sans regret que je n'ai trouvé rien de tout cela. Je dis plus : mon témoignage a été toujours la cause de toutes mes vicissitudes. Que ne m'a-t-on laissé dans mes montagnes! ma carrière, moins agitée, m'aurait procuré plus de joie. Je n'aurais point connu, auprès de mes compatriotes, ce qu'il en coûte de vivre parmi des étrangers, et le pain noir de mon village ne m'aurait pas manqué si souvent que la nourriture plus recherchée des grandes villes. Je dis plus encore : je serais riche à l'heure qu'il est, si j'avais eu la lâche complaisance de me démentir. Qu'y avait-il de pénible à rétablir la vérité, supposé que je l'eusse trahie, lorsque je pouvais immédiatement recueillir le bénéfice d'un immense scandale, et livrer mon nom à tous les échos de la publicité? Ceux qui me donnent tant de vices ne supposeront pas que le scandale me fasse peur.

» Pour me résumer, comment suis-je à la foi si ingénieux et si sot, si audacieux et si pusillanime, si impie et si scrupuleux? Suis-je donc un monstre inexplicable, ou est-ce l'hypothèse de mes adversaires qui se trouve monstrueuse? Dans le dernier cas, que l'on abandonne l'hypothèse, et, dans l'autre, que l'on reconnaisse dans l'ordre moral un miracle pour le moins aussi grand que celui que je défends.

» Vaincus sur ce point, nos adversaires se portent à l'extrémité opposée : ils nous transforment tout à coup, et avec un pouvoir magique inconnu aux sorciers, en petits idiots, victimes d'une supercherie dont nous nous faisons ensuite les prédicants.

» Voici ce que jeur réponds :

» Si notre simplicité nous exposait à croire l'erreur, elle ne nous empêchait pas d'adhérer à la vérité, et s'il a été si facile de nous tromper, pourquoi a-t-il été si difficile de nous dissuader? L'obstination qu'on nous a reprochée en face des hommes les plus distingués de notre siècle, montre combien nous étions peu susceptibles de subir une influence étrangère, et si les raisons alléguées par ces intelligences supérieures sont demeurées sur nous sans effet, c'est qu'elles étaient bien faibles contre l'événement dont nous témoignons. Pourquoi, suivant les besoins de la cause, faire de nous tour à tour des enfants crédules et des esprits qu'on ne peut convaincre? Y a-t-il donc en nous deux êtres qui se détruisent? Mais avant de nier le miracle de la Salette, expliquez-moi, je vous prie, cet autre miracle dans l'ordre intellectuel.

» Non, dira-t-on, cessons d'injurier des enfants innocents. Ils ont cru voir ce qui n'existait pas; avec l'optique on explique bien des choses. — Mais quoi! Mélanie et moi avons été au même instant atteints de la même hallucination et, chose étrange, nos oreilles trompées, aussi bien que nos yeux, nous ont fait entendre des paroles identiques! Faut-il ainsi renverser toutes les lois de la nature pour établir que la nature n'a pas été renversée dans ses lois? Cette maladie subite, que rien n'avait annoncé et qui n'a pas eu de suite, est aussi extraordinaire que le fait qu'on repousse.

» Choisissez maintenant et prenez le parti qu'il vous plaira d'embrasser; mais si vous n'acceptez pas mon témoignage, je vous déclare que vous aboutirez toujours à une impasse. Avec moi il faut s'élever jusqu'au surnaturel ou tomber dans l'absurde. Reconnaissez la vérité du miracle, et quel acte de foi ne ferez-vous pas dans un siècle particulièrement ennemi des faits divins! Mais essayez de le nier, et quelles suppositions étranges devez-vous imaginer pour appuyer votre démenti! C'est dans cette alternative singulière que je laisse ici mes lecteurs.

» Je n'ai objecté à mes contradicteurs que ce qu'ils m'objectent eux-mêmes. J'aurais pu leur dire que de nouveaux miracles venaient à l'appui du premier. N'était-il pas miraculeux de voir deux enfants, qui la veille ne parlaient pas le français, s'expliquer aisément en cette langue et débiter de mémoire un long discours, eux qui jusque-là n'avaient pu retenir le *Pater* ? N'était-il pas miraculeux de voir couler la fontaine qui depuis n'a point tari, et d'assister à des guérisons extraordinaires, nombreuses et scrupuleusement constatées ? N'était-il pas miraculeux de voir se convertir à notre récit des foules qui nous accueillaient avec la dernière prévention et très souvent avec mépris ? C'est qu'en effet Marie, parlant par notre bouche, nous transformait soudain en théologiens, en jurisconsultes, en savants, en poètes, plus encore, en prophètes.

» Mais pourquoi m'étendre moi-même sur ces choses, lorsque je puis alléguer des autorités supérieures à la mienne ? En effet, le Ciel et la sainte Eglise ont confirmé notre témoignage :

» Le Ciel, par des miracles canoniquement reconnus ;

» La sainte Eglise, par des Rescrits, Brefs et Indults émanés de Rome, par le Mandement doctrinal de Mgr de Bruillard, évêque de Grenoble, de pieuse mémoire. Je les rapporte ici pour les personnes pieuses qui veulent croire avec l'Eglise, pour les personnes qui désirent s'instruire sérieusement et sans prévention sur l'Apparition de Notre-Dame de la Salette. Quant à celles qui font profession de nier tout, même l'évidence, il faut aujourd'hui, avant de nous combattre, qu'elles renversent les actes du Ciel et et de l'Eglise qui se sont déclarés en faveur de notre témoignage. »

La quatrième partie du livre de Maximin relate plusieurs miracles authentiquement attestés par les Evêques des diocèses où ils ont eu lieu, obtenus par l'intervention de Notre-Dame de la Salette.

Enfin la cinquième partie contient plusieurs pièces officielles de la Cour Romaine enrichissant de privilèges et de faveurs soit le sanctuaire, soit l'archiconfrérie, soit la communauté des missionnaires de la Salette, et le mandement de Mgr Philibert de Bruillard sur la sainte Apparition.

Apôtre et défenseur de la visite de Notre-Dame durant sa vie, Maximin voulut l'être encore jusqu'à la mort ; aussi a-t-il consigné dans son testament ce beau témoignage de sa foi et de son amour :

« Au nom du Père, et du Fils, et du Saint-Esprit. Ainsi soit-il.

» Je crois à tout ce qu'enseigne la sainte Eglise aposto«
lique et romaine, à tous les dogmes qu'a définis N. S. P.
le Pape, l'auguste et infaillible Pie IX.

» Je crois fermement, même au prix de mon sang à la
célèbre Apparition de la Très Sainte Vierge sur la Sainte
Montagne de la Salette, le 19 septembre 1846, Apparition
que j'ai défendue par **paroles**, par **écrits** et par **souffrances**.

» Après **ma mort**, que personne ne vienne **assurer** ou
dire qu'il m'a entendu me démentir sur le grand événement
de la Salette; **car**, en mentant à l'univers, **il se mentirait**
à lui-même.

» Dans ces sentiments, je donne mon cœur à Notre-
Dame de la Salette. »

Tels furent les deux Voyants de Notre-Dame. S'ils n'ont
pas **été** des saints, leur **vie**, cependant si décriée par la
passion aveugle et injuste, pourrait **supporter** la comparaison, souvent même avantageusement, avec celle de la
plupart de leur détracteurs.

CHAPITRE IX

LES PREMIERS SERVITEURS DE NOTRE-DAME.

Si l'on voulait représenter, dans un grand et fidèle tableau, le Fait de la Sainte Apparition, il faudrait, nous semble-t-il, mettre en face de la *Belle Dame*, les Enfants, au premier plan; puis, immédiatement derrière eux, les principaux personnages qui ont le plus efficacement contribué à faire naître et grandir la connaissance et le culte de Notre-Dame de la Salette.

C'est pour réaliser cette pensée par la plume, que, après avoir résumé la vie de Mélanie et de Maximin, nous allons consacrer quelquel lignes biographiques à la mémoire de Mgr de Bruillard, de M. Rousselot, des abbés Perrin, de M. Gerin et de M. Mélin.

Monseigneur de Bruillard.

Mgr Philibert de Bruillard naquit à Dijon, le 11 septembre 1765, d'une famille aussi distinguée par sa religion que par sa noblesse. A seize ans, il avait achevé sa rhétorique. Ordonné prêtre en 1789, il enseigna à Saint-Sulpice la philosophie et la théologie, exerça secrètement le saint Ministère dans Paris pendant les jours de la Terreur, et eut l'honneur, nous apprend M. l'abbé Nortet, d'assister la famille royale dans la prison du Temple et de donner, du sein de la foule, une suprême absolution à Louis XVI marchant au supplice.

La tourmente passée, il devint successivement vicaire à Saint-Sulpice, curé de Saint-Nicolas du Chardonnet, puis de Saint-Etienne-du-Mont, et enfin fut promu à l'Evêché de Grenoble, en 1825. Ce choix avait été l'un des meilleurs qu'on pût faire, les vingt-six années qu'il passa sur le siège de Saint Hugues en ont fourni la preuve éloquente. Cette même force de volonté qui lui avait fait ne pas cesser d'exercer le saint ministère en plein Paris pendant les tristes et si périlleux jours de 1793, il l'apporta dans l'administration de son diocèse pour y répandre le bien et faire germer la semence de l'Evangile. On ne saurait dire ce qui était le plus digne d'éloge en lui de sa vigilance pour le maintien de la discipline ecclésiastique, de sa vie édifiante, ou de cette charité inépuisable qu'il porta si loin que, arrivé à Grenoble avec une fortune personnelle de près d'un million et demi, il aurait à peine laissé de quoi faire face aux frais de ses funérailles s'il avait vécu quelques années de plus. Avant que le poids des années eût affaibli les forces de son corps, sans diminuer en rien celles de son intelligence, dont il garda jusqu'à la fin la plénitude, il parcourait fréquemment son diocèse, se rendant de préférence dans les paroisses dont les besoins étaient ou plus urgents, ou plus considérables et répandant partout des libéralités soit pour secourir des misères privées, soit pour restaurer des églises et fonder de pieuses institutions. Il n'est pas un établissement diocésain de quelque importance qui n'ait participé à ses largesses. Une foule de paroisses ont reçu de lui des ornements d'église, des autels en marbre, des souscriptions importantes pour des dépenses de réparations. Il a fondé des bourses et des demi-bourses dans les trois séminaires du diocèse. Quant à ses aumônes, nul n'en a jamais su toute l'étendue; il ne pouvait se décider à refuser à qui que ce fût.

Pendant l'administration de Mgr de Bruillard, douze succursales ont été érigées et deux catéchismes furent composés par lui. Il installa dans son diocèse les Jésuites et les Dominicains, et d'importantes missions furent prêchées. L'événement le plus important et le plus glorieux de son épiscopat et de toute sa vie fut l'Apparition du 19 septembre 1847; nous avons dit au fur et à mesure de notre récit de ce grand fait, toute la correspondance qu'il y a apportée; nous n'avons pas à y revenir.

Nous avons raconté également comment, après avoir obtenu d'être déchargé du fardeau de l'Episcopat, le vénéré Prélat s'était retiré chez les Dames du Sacré-Cœur. Ce fut dans cette paisible solitude que, quatre ans avant sa mort, il éprouva le désir de revoir, malgré son grand âge, sa Montagne bien-aimée et d'y célébrer le trentième anniversaire de son sacre qui avait eu lieu à Paris, le 6 août 1826.

Entre Corps et le sanctuaire, le voyage se fit en chaise

à porteur. Il en fut de même pour le retour. Le bon vieillard passa trois jours entiers sur le domaine de Marie. Ces lieux sacrés que le mauvais temps l'avait empêché de visiter en détail, quatre ans auparavant, au jour de la bénédiction de la première pierre de l'église, il lui fut donné cette fois de les parcourir à loisir, par un soleil splendide. Il put tout à son aise suivre pas à pas, en priant et en méditant, les traces de la Reine du Ciel, boire à la fontaine miraculeuse, contempler, à la place de la chapelle en planches couverte de chaume de jadis, un Sanctuaire grandiose déjà presque à moitié terminé. A ces

MONSEIGNEUR DE BRUILLARD.

spectacles touchants, le cœur du vieil évêque surabonde de joie et pendant l'allocution qu'il prononce à la messe du jour de la Transfiguration, sur ce texte : « Il fait bon d'être ici », il ne peut retenir des larmes de bonheur et en fait couler des yeux de tous les assistants.

Pendant le séjour de Mgr de Bruillard au Pèlerinage, des soldats de passage à Corps y étant montés, le saint Prélat leur adresse une paternelle exhortation, prie avec eux, leur distribue des médailles et les bénit, leur laissant, à leur départ, la plus douce impression de sa piété et de sa bonté. Avant de descendre de ces sommets sacrés qu'il ne devait plus revoir, Sa Grandeur, voulant témoigner des sentiments qui l'animaient, traça sur l'album du Pèlerinage les lignes suivantes : « Je remercie Notre-Seigneur et sa Sainte Mère de la facilité avec laquelle j'ai fait ce voyage. J'ai célébré, j'ai prêché trois fois en deux jours, dans l'église inachevée de Notre-Dame de la Salette. Tout ce que j'ai vu, entendu et éprouvé, a confirmé la conviction que j'avais depuis mon premier mandement sur la réalité de l'Apparition de la Très Sainte Vierge, en 1846, le 19 septembre. — Le 6 août 1856, jour anniversaire de ma consécration épiscopale en 1826, et la quatre-vingt onzième année de mon âge.

» † PHILIBERT DE BRUILLARD. »

Lorsque, le 5 septembre 1860, l'Empereur Napoléon et l'Impératrice Eugénie se rendirent, en présence d'une foule innombrable accourue du Dauphiné, à la cathédrale de Grenoble, ils virent à l'entrée du portail, entre Mgr Ginoulhiac, et Mgr Dépéry, évêque de Gap, qu'entouraient tous les membres du Chapitre de Grenoble et un triple rang d'ecclésiastiques, le saint vieillard. Malgré ses quatre-vingt quinze ans et l'affaiblissement de la maladie, il avait voulu descendre de sa Thébaïde pour saluer le Chef de l'État qui, n'étant encore que Prince-Président, l'avait nommé, à sa démission du siège de Grenoble, chanoine de premier ordre au chapitre royal de Saint-Denis, et pour offrir ses bénédictions à l'Impératrice. La souveraine, frappée de son aspect vénérable, lui adressa de bienveillantes paroles et lui témoigna, ainsi que l'Empereur, un touchant intérêt. Ce fut la dernière visite du vénérable Évêque à cette ville de Grenoble, à laquelle il avait fait tant de bien.

L'existence de Mgr de Bruillard dans sa retraite de Montfleury, où il résida huit années, ne fut pas moins admirable qu'à l'évêché de Grenoble. Jusqu'à sa dernière heure, il est resté d'une extrême sobriété et n'a cessé de pratiquer l'esprit de mortification. Levé tous les jours de trois heures et demie à quatre heures du matin, il s'habillait, sans l'aide de personne, en moins d'un quart d'heure, méditait et se préparait à la célébration de la Sainte Messe, après laquelle il en entendait une en actions de grâces. Il faisait chaque jour trois visites à la chapelle du couvent de Montfleury, récitait trois chapelets et disait souvent l'office de la Sainte Vierge et celui des morts. Quand il ne priait pas, il lisait ou répondait à chacune des lettres qui lui étaient adressées et dont le chiffre s'élevait parfois à quinze et vingt par jour. Un grand nombre de fidèles allaient aussi le visiter et recevaient de sa part un accueil dont le souvenir ne s'effaçait plus de leur mémoire. Ses modèles favoris étaient saint François de Sales et saint Charles Borromée. Toutes ses paroles étaient remplies de douceur, d'aménité, et si, dans de rares occasions, il lui échappait quelque mouvement d'impatience, il avait aussitôt l'humilité de s'en excuser auprès de ceux qu'il croyait avoir blessés, auxquels un tel acte de vertu de la part de ce vénérable vieillard, faisait venir les larmes aux yeux.

La vénération de Mgr de Bruillard pour Pie IX était aussi grande que son dévouement pour le Saint-Siège était profond. Aussi ce lui fut une bien douce consolation de recevoir, quelques jours avant son départ d'ici-bas, la bénédiction apostolique, que daigna lui envoyer le Souverain Pontife.

Sa mort, comme sa vie tout entière, fut un modèle de piété et d'angélique ferveur. Il se faisait lire par l'aumônier de Montfleury, M. Dye, les prières qu'il savait les plus propres à augmenter dans son cœur l'amour divin, s'y associait avec une attention soutenue et se montrait plein d'une entière résignation. Enfin, le 15 décembre 1861, après avoir reçu le Saint Viatique des mains de Mgr Ginoulhiac, le noble et saint vieillard passa à une vie meilleure. Il était âgé de 95 ans, trois mois et quatre jours.

Mgr de Bruillard avait désiré dormir son dernier sommeil à l'ombre du sanctuaire qui, sur ses ordres, s'élevait sur la Sainte Montagne en l'honneur de la Vierge de la Salette. Mais le clergé de Grenoble, informé des desseins de son ancien et toujours bien-aimé premier pasteur, manifesta hautement la volonté de posséder dans l'église cathédrale le corps du Prélat. Pour concilier son propre sentiment et celui de ses prêtres, Mgr de Bruillard demanda, dans son testament, que son corps fût inhumé dans la cathédrale de Grenoble, mais que son cœur en fût extrait pour être déposé dans le sanctuaire de la Salette. En conséquence, après le décès du vénérable Prélat, avant d'ensevelir son corps, on en retira son cœur qui fut embaumé et gardé dans la chapelle que les Missionnaires de la Salette possédaient dans la ville épiscopale, en attendant que le printemps permît l'accès de la Sainte Montagne.

La ville de Grenoble fit à son ancien Evêque, des funérailles splendides. Le 20 décembre, dès huit heures du matin, le gros bourdon de Notre-Dame emplissait les airs de sa voie puissante. Depuis longtemps déjà, une foule compacte se pressait aux abords de la place Notre-Dame et surtout de la chapelle du Grand Séminaire, où avait été exposé le vénéré défunt. Au signal des cloches, le cortège se met en marche. En tête, s'avancent les congrégations et les confréries de dames et de demoiselles des paroisses de Grenoble, puis viennent les Sœurs de l'Hôpital, de Saint-Vincent de Paul, et de la Providence, avec leurs enfants ; l'Hospice des vieillards, les élèves du Petit Séminaire, du Lycée et des autres établissements et écoles de la ville. Le clergé de chaque paroisse de Grenoble arrive ensuite, précédant le Chapitre de Notre-Dame accompagné de la presque totalité des curés du diocèse, et enfin Mgr l'Evêque de Saint-Jean de Maurienne et Mgr Ginoulhiac.

Les coins du drap mortuaire sont tenus par le Général de division, le Premier Président, le Préfet de l'Isère et le Procureur général. Le corps, porté par les élèves du Grand Séminaire est suivi par les plus hauts représentants de la Magistrature, de l'Armée, de l'Université, de l'Administration et par la Municipalité au grand complet.

Quand la procession, escortée par des détachements de soldats de toutes armes, est enfin parvenue, après avoir longtemps défilé à travers la ville, à la cathédrale dont les murailles et les colonnes disparaissent sous les draperies et les tentures de deuil, Mgr l'Evêque de Saint-Jean de Maurienne commence la messe et à l'Evangile Mgr Ginoulhiac, prononce l'oraison funèbre de son digne prédécesseur.

Le Saint Sacrifice et les absoutes d'usage terminés, la dépouille mortelle de Mgr de Bruillard est descendue dans le tombeau des évêques de Grenoble, situé sous le chœur de la cathédrale (1).

Ce fut à la fin de mai 1861 que le P. Berlioz, missionnaire de la Salette, et M. l'abbé Dye, transportèrent le

____

1. *Courrier de l'Isère* du 22 décembre 1860.

cœur du regretté Prélat à sa destination définitive. Arrivés à Corps, ils l'abritèrent provisoirement dans l'oratoire des Sœurs de la Providence; c'est là que le clergé paroissial vint le chercher pour le conduire, au son des cloches et au chant des psaumes, à l'église, où se fit une absoute solennelle.

Les deux messagers se mettent aussitôt en route pour la Montagne de Marie, mais la pluie, venant à tomber en abondance, les oblige à s'arrêter au village de la Salette. Le cœur du pontife est déposé dans l'église; des hommes se relaient durant toute la nuit pour venir prier en sa présence et le lendemain, dès cinq heures du matin, toute la paroisse, en rang de procession, avec de nombreuses jeunes filles habillées de blanc, accompagne, au murmure des prières et au chant des cantiques, le reste vénéré de l'évêque qui, quatre ans auparavant, jour pour jour, la bénissait avec amour en accomplissant son dernier pèlerinage. Une seconde procession, descendant du sanctuaire, vient au-devant de la première et se joint à elle. Quand le cortège est arrivé à l'église la messe commence pour le repos de l'âme du vénéré défunt. Le cœur déposé sur un catafalque, est porté à l'issue du Saint Sacrifice sur les lieux de l'Apparition, puis, après une oraison funèbre prononcée par le P. Berlioz, il est scellé dans le mur de l'église au fond de la nef latérale du côté de l'épître et recouvert d'une plaque de marbre noir portant une inscription qui signale sa retraite aux pieux visiteurs. 600 personnes prirent part à ces derniers honneurs rendus au cœur de Mgr de Bruillard; c'était le 25 mai, au neuvième anniversaire de la bénédiction de la première pierre du sanctuaire.

M. Rousselot

C'est au Barboux, alors province de la Franche-Comté, aujourd'hui département du Doubs, que vit le jour Pierre-Joseph Rousselot, le 12 avril 1785. Ses parents, pauvres, mais excellents chrétiens, durent, pour échapper aux Révolutionnaires, émigrer en Suisse avec leur jeune famille.

Le petit Joseph entra à huit ans chez les Trappistes de la Val-Sainte, dont l'abbé, Dom Augustin de Lestrange, venait d'instituer un Tiers-Ordre enseignant. C'est là qu'il commença l'étude du latin, fit sa première Communion en 1795, et reçut la Confirmation deux ans plus tard.

En 1798, les Trappistes, chassés de la Suisse, doivent prendre le chemin de l'exil; une soixantaine de leurs élèves, parmi lesquels notre héros, s'attachent à leurs pas. Les Pères vont à pied, les enfants sont traînés sur de longues voitures fermées, où ils continuent d'étudier comme ils le faisaient au couvent. C'est ainsi que Joseph Rousselot, heureux du reste de voyager et cherchant à voir le pays par les interstices de sa Trappe ambulante, traverse Berne, Zurich, Schaffouse. Après un campement de quelques jours sous les murs de Constance, dans le grand duché de Bade, on se rend à Augsbourg, en Bavière, où l'on séjourne près de deux mois, jusqu'à ce qu'on ait reçu du Czar de Russie l'autorisation de se réfugier dans ses Etats.

D'Augsbourg, on se dirige vers Donawerth. Tel était l'ordre qu'on avait observé jusqu'ici dans ce long voyage : Après le lever à heure fixe, on récitait l'office, on assistait à une messe, quand il était possible d'avoir un autel, et on partait. Déjà les Frères convers avaient serré dans les voitures les couvertures' repliées et les traversins, les écuelles en bois, les marmites, les provisions de légumes, les ornements et les livres. Ce qu'il restait de place était occupé par les vieillards, les infirmes et les enfants. La communauté était divisée en trois groupes : en avant, les Pères; derrière eux, les Frères convers, les uns et les autres sur deux lignes; puis, à une certaine distance, les enfants avec leurs professeurs. Les Religieux récitaient leurs heures aux moments voulus, les maîtres faisaient la classe à leurs élèves en cours de route, et tous se réunissaient pour la récitation de trois chapelets par jour. Toutes les deux heures, on faisait une halte d'un quart d'heure durant laquelle les plus fervents lisaient ou priaient au pied d'un arbre. Quand on arrivait à l'endroit où l'on devait passer la nuit, grange louée, auberge ou abbaye hospitalière, on allait d'abord, s'il n'était pas trop tard, chanter le *Salve, Regina* à l'église, puis le Père Cellérier préparait le souper selon la règle, sans viande, sans poisson, sans beurre, sans huile, sans œufs, sans vin. Après le repas, chacun déroulait sa couverture et bientôt s'endormait paisiblement.

A Donawerth, un nouveau mode de voyager s'impose : la colonie s'embarque sur des radeaux surmontés de cabanes de planches et descend le Danube, s'arrêtant aux villes qu'elle rencontre pour y assister aux saints offices ou les célébrer, à la grande édification des populations qui accueillent les exilés avec charité.

Après avoir traversé l'Autriche, notre Joseph passe en Bohême, tombe malade à Prague, où les soins d'une archi-

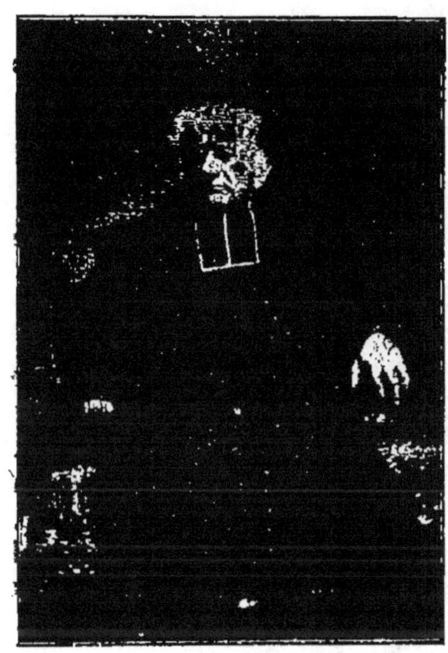

M. ROUSSELOT.

duchesse, chez laquelle il est hospitalisé, le guérissent. De là, il gagne la Pologne dont il apprend la langue, comme il l'a déjà fait pour l'allemand ; et, par Cracovie et Varsovie, il gagne la Russie, où, après différents arrêts, il vient enfin se fixer avec ses compagnons de route à Thermagne, dans la Volyhnie, dont le climat est si dur que le thermomètre y descend dans l'hiver jusqu'à vingt-cinq et trente degrés.

Là, sans doute, les fugitifs pourront demeurer en paix ? Hélas ! leur tranquillité fut de courte durée. A peine s'y trouvaient-ils depuis quelques mois que, dans le courant de l'été de 1800, l'empereur de Russie leur fait parvenir un ordre d'expulsion qui ne leur donne que vingt-quatre heures pour partir. Le jeune Rousselot, il avait alors quinze ans, après avoir déjà tant voyagé, va donc de de nouveau se mettre en route. Sous la conduite du Père Jean de la Croix, nos Trappistes de Thermagne se rendent à Varsovie où ils s'embarquent sur la Vistule pour Dantzig. De là ils font voile vers Lubeck.

Après avoir passé le Carême de 1801 à Hambourg, Joseph fait partie d'une colonie envoyée à Paderbornn, en Westphalie. Chassé encore de cet asile en 1803, il reprend le chemin de la Suisse, et, après avoir fait à pied près de mille kilomètres, rentre à la Val-Sainte que Dom de Lestranges a recouvrée. Pendant deux ans, il suit les cours de philosophie et de théologie au collège de Fribourg, après quoi il enseigne dans le monastère même où il a été élève.

Nous voici en 1807; le jeune professeur est atteint par la conscription. Le voilà donc, pour se soustraire au service militaire dont l'éloignent et son caractère, et sa vocation au sacerdoce, et sa qualité d'émigré, obligé de se livrer à de nouveaux voyages. Oulx et Suse en Piémont, La Ceryara près de Gênes, Briançon, Grenoble, Lyon, Paris, Bordeaux, Clermont-Ferrand, et de nouveau Lyon et Briançon, telles furent les étapes par lesquelles dut passer, au milieu de mille tracas et de mille souffrances, notre pauvre réfractaire. A peine était-il de retour dans le couvent de cette dernière ville, qu'un ukase de Napoléon Ier fermait toutes les Trappes de l'empire français, et le Père abbé de Briançon renvoyait ses religieux dans leurs familles. Le Frère Maur — tel était le nom de religion de M. Rousselot — se réfugia alors dans la paroisse du Bourg-d'Oisans, dont le curé ne tarda pas à le recommander, comme une précieuse recrue pour le clergé diocésain, à M. Bouchard, vicaire-général de Grenoble. Le voyageur était enfin arrivé au port.

A l'Evêché, on se hâta d'obtenir pour le nouveau venu, du Gouvernement l'exemption du service militaire, et de l'archevêché de Besançon des lettres dimissoriales, et on l'envoya, en octobre 1811, professer la troisième au Séminaire de la Côte-Saint-André. M. Rousselot se révéla aussitôt comme un maître éminent en science et en vertu.

L'année suivante, il entrait au Grand Séminaire, à la

Toussaint. Ayant reçu la tonsure, les ordres mineurs et le sous-diaconat pendant les vacances de 1812, il fut ordonné diacre à Noël de la même année. A Pâques de 1813, il quittait le banc de l'élève pour la chaire du professeur. Enfin, le 18 septembre suivant, il était promu au Sacerdoce. Le nouveau professeur de théologie devait enseigner cette science jusqu'à sa mort, c'est-à-dire pendant plus d'un demi-siècle, le dogme d'abord, la morale ensuite. Doué d'une mémoire prodigieuse, d'un jugement solide et d'un grand amour du travail, il acquit une vaste érudition. Les nombreux élèves qu'il a formés attestent qu'il était à lui seul une bibliothèque vivante, et le P. Gury lui a décerné le glorieux qualificatif de très savant : « *perdóctus* ». On a de lui une réédition annotée et complétée de Sœtteler, en cinq gros volumes in-8º.

Homme de lumière, M. Rousselot fut aussi homme de zèle. Il fut chargé des œuvres de la Propagation de la Foi et de Saint-François de Sales, fonda une bibliothèque de bons livres, se dévoua à la Congrégation des Dames de Saint-Pierre, fit pendant de longues années un catéchisme de persévérance au Sacré-Cœur de Montfleury et à la cathédrale. Ajoutons qu'il fut un parfait modèle de foi vive, d'ardente piété et de charité sans bornes.

La foi, il ne cessait d'en rappeler la nécessité à ses élèves, en leur répétant cette parole de saint Paul : « Pour s'approcher de Dieu, il faut croire premièrement qu'il y a un Dieu, et qu'il récompense ceux qui le cherchent. » Mais sa foi n'était pas une foi ordinaire, c'était la foi des Patriarches : la foi de Noé qui, assuré du déluge par la parole de Dieu, construisit en tremblant une arche de salut pour sa famille; la foi d'Abraham qui obéit à l'ordre de partir pour le lieu de son héritage, sans savoir où il irait; la foi d'Isaac et de Jacob qui habitaient comme leurs pères sous des tentes en confessant qu'ils n'étaient que des pèlerins et des étrangers sur la terre; la foi de Moïse dont il est dit : « Il demeura ferme et constant comme s'il eût vu l'invisible »; la foi des Israélites qui traversèrent la Mer Rouge comme une terre ferme; la foi de tous les justes de l'Ancienne et de la Nouvelle Loi qui, par elle, ont vaincu les rois, pratiqué la justice, connu par expérience la dérision, les coups, la prison, la persécution sous toutes ses formes.

La foi produit avant tout, dans l'âme où elle règne, un profond sentiment de la présence de Dieu. Aussi, M. Rousselot avait-il écrit, parmi les résolutions de ses Retraites d'ordination, celle-ci : « Tous les jours de ma vie, je marcherai en la présence de Dieu, j'aurai sans cesse Dieu dans mon esprit, dans mon cœur, sur mes lèvres. » De fait, c'était bien l'impression d'une âme toute pénétrée de la divine présence que donnait ce saint prêtre à ceux qui le rencontraient, s'avançant seul, la démarche grave, les yeux modestement baissés, soit dans la cour, ou les corridors du Séminaire, soit dans les rues ou sur les places de la ville.

Quant à sa piété, il la plaçait, non dans le sentiment ou les consolations sensibles, mais dans l'accomplissement du devoir, dans la soumission, en toutes circonstances, à l'adorable volonté de Dieu. L'imagination n'y entrait pour rien. C'était un feu caché sous la cendre, la piété d'un théologien ascétique qui n'a d'autre base qu'une foi forte et vive.

On aimait à l'entendre faire la Méditation : une vérité de la foi, une thèse de théologie, un fait évangélique, une prière de l'Eglise, lui en fournissaient le sujet. Ce sujet était toujours bien divisé et se prêtait, sur ses lèvres, à de féconds développements. Et quand, après avoir exposé et développé le mystère, il s'élevait à Dieu par de saintes aspirations et des invocations qui partaient du fond de son âme, l'esprit et le cœur de ses élèves le suivaient tout naturellement. Il était très exact à ses exercices de piété. Cependant, s'il était dérangé dans un exercice, il paraissait aussi tranquille qu'auparavant, parce que sa maxime était celle-ci : Trouver Dieu, dans la prière ou l'oraison, ou dans une bonne œuvre de charité, c'est toujours la même chose. Si on lui disait : on gaspille **votre** temps qui est si précieux. — Qu'importe, répondait-il, qu'il soit employé à ceci ou à cela, pourvu que ce soit pour Dieu! Il n'y a de grand que ce qu'on fait pour lui; souffrons ce qui nous gêne, mais ne faisons pas souffrir les autres.

Il avait, en particulier, pour la Sainte Vierge, une dévotion toute filiale. Sans parler de tout ce qu'il a fait pour divulguer et défendre sa sainte Apparition de la

Salette, il a composé en son honneur un *Mois de Marie* des plus complets.

Enfin, M. Rousselot possédait une charité immense, qui se traduisait par une bonté à laquelle tous ceux qui l'ont approché ont rendu un unanime hommage. Ecoutons sur ce point son historien.

« Pour se faire une idée d'une telle bonté, il faut énumérer tous les caractères que saint Paul donne à la charité même : « la charité est patiente; elle est douce et » bienfaisante; elle n'est point envieuse, point téméraire » et précipitée; elle ne s'enfle point; elle n'est point dé- » daigneuse, elle ne recherche point ses intérêts; elle ne » s'aigrit point; elle n'a point de mauvais soupçons; elle » ne se réjouit point de l'injustice; elle se réjouit de » la vérité, elle supporte tout, elle croit tout; elle espère » tout; elle souffre tout » (I Cor. XIII).

» M. Rousselot n'avait pas, ce qui se rencontre chez beaucoup d'autres personnes, d'ailleurs bonnes et estimables, des jours de facile et de difficile accès; toujours égal à lui-même, il était toujours bon pour tous. Son grand plaisir était d'obliger en tout temps et quoiqu'il fût surchargé de travaux, celui qui l'abordait ne se serait pas douté qu'on abusait de son temps, tant il conservait son calme et son aménité. Il répondait à tous, ne savait rien refuser de ce qu'on demandait; il était content et satisfait quand il voyait la satisfaction des autres... Il était très sensible aux maux et aux peines du prochain. On lisait sur sa figure la peine qu'il en ressentait. Il s'informait de ce que l'on souffrait avec la tendresse d'une mère. Il ne refusait jamais l'aumône. Il était né pauvre, il ne fut jamais riche, quoiqu'il ait pu le devenir; il préféra rester pauvre en donnant tout ce qu'il avait. » (1)

Les honneurs vinrent d'eux-mêmes chercher le plus humble des hommes. Mgr Simon le nomma chanoine honoraire en 1822, Mgr de Bruillard le fit chanoine titulaire en 1833 et vicaire général en 1837. Cette dernière dignité lui fut confirmée par Mgr Ginoulhiac.

Tel est le prêtre, distingué à tous égards, que Notre-Dame s'était préparé à l'avance pour en faire le héraut et le champion de sa sainte Apparition sur la Montagne

____

1. L'abbé Auvergne : Vie de M. Rousselot.

de la Salette. D'abord, lorsque le bruit de l'Evénement se répandit, M. Rousselot montra une réserve conforme aux sages lois de l'Eglise : « Faisons faire quarantaine à ce fait, disait-il souvent; s'il est divin, il prendra racine dans l'opinion; si c'est une supercherie, elle se découvrira et tombera d'elle-même ». En sa double qualité de membre du chapitre et de professeur au Grand Séminaire, il fit partie des deux premières commissions nommées dès 1846 par Mgr de Bruillard pour exprimer leur manière de voir sur les premières relations et les autres pièces arrivées à l'évêché de Grenoble concernant l'événement de la Salette. Comme chanoine, il fut d'avis avec ses collègues qu'il « fallait s'abstenir de toute décision sur le dit événement... qu'il n'y avait pas de péril dans le retard; que c'était prudent d'attendre ». Avec ses confrères du Grand Séminaire, il jugeait « qu'il y avait prudence et même nécessité de ne prendre aucun parti définitif, jusqu'à ce qu'on ait pu acquérir une certitude pleine et entière sur la réalité et la nature du fait en question... »

Nous avons dit dans la première partie de cet ouvrage avec quelle conscience, choisi avec M. Orcel par Mgr de Bruillard pour enquêter sur l'événement de La Salette, il s'acquitta de cette mission délicate et rédigea son rapport qui servit de base aux travaux d'une troisième Commission instituée et présidée par l'Evêque de Grenoble, en novembre 1847. Devant le lumineux faisceau de preuves réunies par l'enquête, M. Rousselot qui de prime abord avait ajourné son jugement, n'hésita plus. Il resta profondément convaincu de la réalité d'une vision céleste. Dès lors il se prit d'un immense amour pour l'œuvre de La Salette. Ce fut son œuvre; il s'en fit le serviteur dévoué, l'apôtre infatigable. Malgré son âge avancé, on le vit prendre deux fois la route de Rome, dans l'intérêt de la Salette. D'abord, ce fut pour porter au chef de l'Eglise le secret communiqué aux Bergers par la Sainte Vierge; puis, dans un second voyage, il obtint du Saint-Père de nombreuses indulgences et faveurs spéciales pour le nouveau Pèlerinage. En 1852, M. Rousselot eut le bonheur d'assister à la bénédiction de la première pierre du sanctuaire de Notre-Dame. Plus tard, son zèle, qui semblait croître avec le nombre des années, le porta à entreprendre de nouveaux voyages en faveur de son œuvre chérie. Il profita des vacances pour parcourir le Nord de la France, la Belgique et la Hollande, et recueillit d'abondantes offrandes pour la construction de la nouvelle église. Chaque année, souvent même deux fois l'année, on le voyait gravir les rampes escarpées de la Sainte Montagne et venir s'agenouiller sur la terre arrosée des larmes de la divine Messagère. Quelle joie, quels transports étaient les siens, à la vue de ces lieux bénis ! Quel bonheur aussi pour les missionnaires et les pèlerins de pouvoir se presser autour de ce patriarche dont l'aspect vénérable attirait les regards, et les paternels discours allaient droit au cœur !

Mais c'est surtout par ses écrits que M. Rousselot a servi la cause de la Salette. Il publia d'abord son rapport sur l'enquête faite par lui conjointement avec M. Orcel, sous ce titre : *La vérité sur l'Evénement de la Salette*. Cette publication réjouit les fidèles qui l'attendaient avec une vive impatience. L'opuscule fut lu avec avidité et traduit en plusieurs langues. L'auteur reçut des félicitations et des encouragements de tous côtés. A partir de ce moment il fut connu et considéré comme le défenseur de l'Apparition. Il devint le centre d'une correspondance considérable. On lui adressa des renseignements nombreux et intéressants, ce qui l'obligea à publier un second opuscule intitulé : *Nouveaux Documents sur la Salette;* puis un troisième ayant pour titre : *Un nouveau Sanctuaire à Marie*. Sans parler de différentes réfutations d'articles de journaux, on a encore de lui un *Manuel du Pèlerin de la Sainte Vierge sur la Montagne de la Salette* et enfin un *Résumé court et clair des motifs qu'un catholique a de croire à la réalité d'une Apparition de la Sainte Vierge sur la Montagne de la Salette*.

En considérant la place immense que tint la sainte Apparition dans la vie de M. Rousselot, on se demande par suite de quelle aberration d'esprit, au jour des inoubliables noces d'or de son sacerdoce auxquelles étaient venus prendre part au Séminaire trois cent cinquante prêtres, l'Evêque diocésain en tête, l'orateur qui résuma sa belle existence dans une harangue latine, d'ailleurs très littéraire, ne dit pas un seul mot du grand fait de la Salette, n'y fit même pas la plus légère allusion, dans la crainte ridicule de blesser les déraisonnables susceptibilités de quelque opposant irréductible qui se serait trouvé dans l'auditoire.

Pendant les cinq mois de la maladie qui termina sa vie, les séminaristes ont voulu se faire, nuit et jour, même pendant les vacances, ses gardes les plus respectueux et les plus tendrement dévoués. Comme il l'avait vu faire à la Trappe, il désira recevoir à l'église le Saint-Viatique et l'Extrême-Onction Il est mort un samedi, trois jours avant l'Assomption, comme si la Très Sainte Vierge avait voulu par une attention maternelle, associer dans le Ciel son fidèle serviteur à son propre triomphe (1).

Les Abbés Perrin

Le prêtre qui devint curé de la Salette en septembre 1846, l'abbé Louis-Joseph Perrin et son frère, l'abbé Jacques-Michel, qu'on lui donna bientôt pour auxiliaire, appartenaient à l'une de ces familles patriarcales qui fournissent aux autels de vaillants prêtres, aux cloîtres de saints religieux, aux foyers des époux modèles. Leurs parents habitaient le village de La Murette, près de Voiron (Isère).

L'abbé Louis, né en 1812, fut nommé, à sa sortie du Séminaire, vicaire au Villard-de-Lans, et quatre ans après, curé du Monestier-d'Ambel; au bout d'une année, l'autorité diocésaine l'envoya à la Salette, le 28 septembre 1846, neuf jours après l'Apparition.

Il passa près de deux semaines avec son prédécesseur, dans le presbytère qui n'était alors qu'une simple cabane en chaume; ce ne fut que dans la suite qu'il obtint du Conseil municipal deux chambres avec des murs crépis : mais les autres pièces restèrent revêtues de planches, et il n'y avait, pour mettre en communication le rez-de-chaussée avec l'étage, qu'un escalier de bois assez semblable à une échelle.

Toutefois, là n'était pas le côté le plus pénible de la situation. Déjà la douzaine de hameaux disséminés dans les replis de la montagne, entre lesquels se partageaient les 800 habitants de la paroisse, en rendaient le service passablement laborieux; or, le concours des pèlerins accourant

---

1. AUVERGNE. Vie de M. Rousselot. — Annales de N.-D. de la Salette.

des pays les plus lointains vers la sainte Montagne, dont
la renommée s'étendait chaque jour davantage, ne tarda
pas à occasionner un surcroît de besogne considérable au
nouveau curé. Ce fut à ce point que, en dépit de sa jeunesse et de son courage, bientôt il n'y put plus suffire et
dut demander à l'Evêché de lui adjoindre son frère comme
auxiliaire.

L'abbé Jacques-Michel Perrin, de beaucoup plus âgé que
le pasteur de la Salette, vint donc habiter avec lui et partager ses travaux. Ordonné prêtre en 1836, il avait suc-

M. LOUIS PERRIN.

cessivement rempli jusque-là les fonctions de maître d'é-
tude au Petit Séminaire de la Côte Saint-André, de vicaire
aux Abrets, et d'aumônier à l'hôpital général de Grenoble, laissant partout de touchants exemples de piété et de
mortification.

Ainsi rapprochés, les deux frères, vraiment dignes l'un
de l'autre, rivalisèrent d'ardeur pour procurer la gloire de
Dieu par la propagation de la grande merveille de l'Apparition.

Malgré leur différence d'âge, et quoique l'aîné fût en
quelque sorte le vicaire du plus jeune, ils ne faisaient qu'un
cœur et qu'une âme, n'avaient qu'une seule manière de
voir, une seule volonté. Ce que l'un avait commandé en

l'absence et à l'insu de l'autre, était approuvé et ratifié par ce dernier, comme si l'ordre fût émané de lui-même. Chacun d'eux se dépensait avec une égale abnégation. Peu de temps après leur lever, ils se mettaient en devoir de réciter le bréviaire, pour être en mesure de donner ensuite plus de temps aux pèlerins; puis l'un ou l'autre, ou tous les deux, si le service paroissial le permettait, gravissaient la montée ardue du Planeau. Là, il leur fallait, les jours de moyennes fêtes, entendre jusqu'à soixante confessions, célébrer la sainte Messe, distribuer de nombreuses communions et faire des prières publiques, avec les pieux visiteurs, aux intentions qui leur avaient été transmises. Ensuite, ils prêchaient ou lisaient le récit de nouvelles guérisons obtenues par l'invocation de Notre-Dame de la Salette, indulgenciaient les objets de piété que la foule était avide d'emporter comme un précieux souvenir de la Montagne aimée, et prenaient note des recommandations qui leur étaient confiées.

Ce travail terminé, ils allaient s'agenouiller, pour satisfaire leur dévotion personnelle, au pied de la croix de l'Assomption ou sur les bords de la fontaine miraculeuse. Souvent ils n'étaient de retour au presbytère qu'à deux heures de l'après-midi. A peine avaient-ils pris à la hâte un frugal repas bien gagné, que l'engrenage de nouvelles occupations les saisissait. C'étaient des pèlerins pauvres sollicitant de leur charité un morceau de pain et une parole de réconfort qui les aidassent à atteindre le Mont béni. C'étaient des visiteurs de toutes catégories leur posant mille questions au sujet du Prodige du 19 septembre. C'étaient des amis, des connaissances, des étrangers même, auxquels ils accordaient une franche et cordiale hospitalité. La charité envers les hôtes que la Providence leur envoyait ne pouvait être portée plus loin. C'est ainsi qu'une nuit, l'abbé Jacques-Michel était allé dormir dans le foin du grenier, pour laisser sa chambre à trois voyageurs de Grenoble, ce qui ne l'empêcha pas, le lendemain, de les accompagner de grand matin au but de leur sainte excursion.

Laissons un pèlerin de passage raconter lui-même l'accueil qu'il reçut auprès des deux frères.

« A peine m'eurent-ils introduit dans leur demeure, qu'ils m'invitèrent avec gracieuseté à me rafraîchir, et donnèrent des ordres pour qu'on me préparât un couvert à leur table et, lorsque le repas fut achevé, je fus tellement pressé d'aller m'étendre sur le lit de l'aîné, le seul alors disponible, pour me remettre de la lassitude d'une nuit roulée en voiture, que malgré ma répugnance à me coucher lorsque le soleil vivifie la nature, je cédai à leurs instances dans la crainte de leur causer du déplaisir.

» Le lendemain, ils renouvelèrent ces politesses exquises, et furent désolés de n'avoir plus à me proposer une pièce de réserve qu'ils avaient concédée à un de leurs confrères du canton de Voiron, M. l'abbé Moulin, qui, par suite de ses souffrances, avait quitté sa famille pour retrouver, à la Salette, le bienfait de la santé. Ils firent, pour y suppléer, des perquisitions auprès de leurs paroissiens les plus aisés. Mais s'étant assurés que, vu leur malpropreté, il n'y avait pas d'appartements logeables, même chez les plus riches, ils obtinrent du Maire qu'on me dressât un lit dans la salle des délibérations de la mairie, salle assez propice et la plus convenable de la commune. » (1)

Ce qui achevait d'accaparer jusqu'aux moindres moments des abbés Perrin, (à ce point que, de l'aveu de l'aîné, à peine pouvaient-ils compter sur une demi-heure de liberté dans l'espace de quinze jours), c'était une correspondance active, non seulement avec les pays les plus extrêmes de la France, mais encore avec l'Italie, l'Allemagne, les Pays-Bas, l'Angleterre et l'Amérique. Ils s'acquittaient scrupuleusement de toutes les commissions dont on les chargeait, donnaient tous les éclaircissements qu'on leur demandait, classaient, avec pièces justificatives à l'appui, toutes les guérisons merveilleuses qu'on leur signalait, envoyaient partout où l'on en réclamait, de l'eau de la Fontaine miraculeuse, dans des bouteilles qu'ils authentiquaient, en les munissant d'un cachet où était représentée la Très Sainte Vierge s'entretenant avec les enfants. M. Louis Perrin a affirmé avoir, à lui seul, écrit jusqu'à *six mille* lettres.

A semblable besogne, on s'use vite, surtout, si déjà avant de s'y livrer, on ne jouissait pas d'une bonne santé. C'était le cas pour l'abbé Jacques-Michel. Aussi, sentait-il ses forces l'abandonner de plus en plus. Son énergie de

1. SIMILIEN. *Pèlerinage à la Salette.*

volonté seule le soutenait. Son état empira surtout à l'époque du Carême. Il suivit encore cependant les exercices du Jubilé donnés à la paroisse par l'abbé Louis son frère, et le curé de Saint-Jean-des-Vertus. Il eut la joie d'apprendre que quatre hommes seulement, dans la Salette, ne s'étaient pas approchés des Sacrements, mais il lui tardait de voir arriver la clôture du Jubilé afin de pouvoir être reconduit à La Murette où reposaient son père et sa mère. Quatre jours après avoir manifesté ce désir de sa piété filiale, cet excellent prêtre célébrait sa dernière messe, puis prenait le chemin de son pays natal où il reçut les meilleurs soins de la part de sa sœur. En dépit de la sollicitude dont il était entouré, il se vit condamné à garder la chambre. Il demanda lui-même le jour des Rameaux, le Saint-Viatique et l'Extrême-Onction qu'il reçut en pleine connaissance et avec une profonde et édifiante piété. Le mercredi de Pâques 23 avril, le pasteur de la Salette accourait au chevet du vénéré malade. « Je n'attendais plus que ce bonheur pour mourir, lui dit ce dernier ». Et il pria le nouvel arrivé de lui faire la recommandation de l'âme. La mort toutefois n'était pas aussi proche qu'il le pensait. Le lendemain, il put encore recommander à son frère de se ménager davantage pour travailler plus longtemps à la gloire de Dieu, et à sa sœur de s'appliquer avant tout à sauver son âme. Puis, les yeux au ciel et les bras étendus, il s'écria : « Je cherche ma bonne mère ! » Son frère lui ayant demandé de leur adresser encore quelques bonnes paroles dont ils aimeraient à se souvenir dans la suite : « Je le voudrais bien, dit-il, mais mes facultés m'abandonnent. » Et de fait, à une heure de l'après-midi, après une demi-heure seulement d'agonie, il rendait le dernier soupir, pendant que son frère lui faisait baiser le crucifix et que ses proches, agenouillés près de sa couche, répandaient des larmes en récitant des prières. C'est ainsi que cet ardent et courageux serviteur de Notre-Dame de la Salette s'en alla voir au Ciel Celle qu'il avait si bien glorifiée sur la terre.

Après avoir raconté les derniers moments de ce digne prêtre, M. Similien conclut par ces belles et touchantes paroles :

« Telle fut la glorieuse fin de M. l'abbé Jacques-Michel Perrin, l'un des prêtres du diocèse de la vertu la plus épurée, et jouissant auprès de ses confrères, comme auprès de tous ceux qui le connaissaient, de la plus singulière estime.

» Jamais piété ne fut plus pure et plus sincère que la sienne; il abhorrait jusqu'à l'apparence du mensonge, et sa ferveur était si admirablement entretenue par son affection envers les pauvres et les malades, qu'elle le portait à se détacher de tout pour soulager leurs misères. C'est pourquoi, quand on lui conseilla de quitter l'hôpital de Grenoble qui était pour lui un acheminement vers le tombeau, la réponse qu'il fit soudain en pleurant fut celle-ci :

« Non, mes amis, laissez-moi soigner mes pauvres et » mes malades; s'il faut mourir bientôt, je veux mourir au » milieu d'eux. »

« Aussi lorsque je parlai à Mgr de Bruillard de cette perte irréparable, il m'assura que M. Jacques-Michel Perrin était certainement l'un de ses prêtres d'élite, et qu'il y avait tant d'humilité et d'héroïsme dans ses actions, qu'on pouvait le regarder comme un fruit parvenu à toute sa maturité pour être recueilli dans le Ciel. »

La mort de son frère, jointe aux fatigues du ministère, fut préjudiciable à la santé du pasteur de la Salette. Dans ces conditions, il crut que ses forces ébranlées ne lui permettaient pas d'entrer dans la Société des Missionnaires de Notre-Dame de la Salette formée par Mgr de Bruillard en 1852 et dont Sa Grandeur lui proposait de faire partie. En conséquence, dans les premiers jours de mai, il quittait le Pèlerinage et la Salette, pour la cure de Courtenay, au canton de Morestel, non sans éprouver un cruel déchirement et sans laisser de vifs regrets tant parmi ses bien-aimés paroissiens que parmi les pèlerins étrangers qui avaient eu le bonheur de le connaître.

M. Louis Perrin passa de Courtenay à Sonnay, en 1866. Enfin en 1882, il se retirait du ministère et revenait à La Murette, son pays natal, où il mourut de la mort des justes le jour de Noël 1884, à l'âge de soixante-douze ans.

Le R. P. Joseph Perrin, missionnaire de la Salette, qui avait eu la surnaturelle consolation d'assister son saint oncle en ce moment suprême, faisait part du triste événement à Mgr l'Evêque de Grenoble dans les termes suivants qui sont le plus bel éloge du vénéré défunt.

« J'ai la douleur de vous annoncer le décès de M. l'abbé

Louis Perrin, mort ce matin à 6 heures, après avoir encore reçu la sainte communion à la messe de minuit. Il semble qu'il lui tardait d'aller achever au Ciel, avec les anges du Paradis, cette belle fête de Noël qu'il prévoyait, depuis huit jours, devoir être le dernier terme de ses grandes souffrances en cette vie. Sa mort a dû être précieuse devant Dieu, comme l'avait été sa vie entière; car, me disait-il encore dernièrement, il n'avait pas passé un jour, depuis l'âge de sept ans, sur la recommandation de son vénéré père, sans demander cette grâce d'une bonne mort. C'est ce qui explique ce profond esprit de foi et cette tendre piété qu'on aimait à remarquer dans ses paroles et dans sa conduite. C'est ainsi, qu'après un ministère de plus de quarante ans, qu'il a accompli sinon avec beaucoup d'éclat, du moins avec zèle et souvent avec succès, il est allé recevoir la récompense et la paix éternelle promise en ce jour aux hommes de bonne volonté.

» Ce qui me frappe, dans la connaissance que je prends de ses dernières volontés, c'est son amour pour les pauvres qu'il aimait tant à secourir dans l'exercice de son ministère, et son attention à favoriser les vocations ecclésiastiques et religieuses, tant la justesse de son esprit lui avait fait comprendre l'importance de ces deux grandes vertus évangéliques : la charité et l'apostolat.

» Mais, si, d'un côté, tout me porte à croire qu'il aura été favorablement accueilli par le Dieu des miséricordes, d'un autre, nous savons aussi que le juste est à peine justifié, et que l'œil scrutateur du souverain Juge pourrait bien découvrir, surtout dans une âme sacerdotale, quelque tache à purifier, quelque bonne œuvre négligemment omise ou imparfaitement accomplie; c'est pour cela, Monseigneur, que je me permets de compter que votre charité de Père ne laissera pas de réclamer en faveur d'un de vos meilleurs prêtres, tous les suffrages possibles. Il était du reste, lui-même, si empressé à prier pour ses confrères défunts!... »

M. Gerin

« On ne pouvait voir M. Gerin sans désirer de le voir sans cesse. Toute sa personne et ses moindres actes; son visage angélique; son fin et doux regard; sa voix tendre et belle; ses manières affables, vives, franches, simples, modestes; son esprit gracieux, prompt, juste, pénétrant; son cœur affectueux et compatissant; sa parole enfin et sa plume vraiment inspirées : tout, en lui, révélait un saint. » Tel est le portrait du regretté curé de Notre-Dame, de Grenoble, tracé par son biographe et ami, M. Dausse, Ingénieur des Ponts-et-Chaussées.

L'abbé Jean-Baptiste Gerin est né, le 23 décembre 1797 au village des Roches-de-Condrieu (Isère). Son père avait

M. GERIN.

quelques champs qu'il cultivait, tout en exerçant le métier de tailleur. C'était un bon chrétien, et sa femme une personne de grande énergie et de haute vertu. Le futur prêtre débuta par être apprenti tailleur. Ses études classiques furent faites dans un presbytère. Au Grand Séminaire de Grenoble, de l'aveu de tous, il était l'*ange* de la maison.

Ordonné prêtre le 16 juin 1831; il fut successivement vicaire à Saint-Symphorien d'Ozon, curé de Feyzin, curé-archiprêtre de Saint-Symphorien d'Ozon où il avait débuté en qualité de vicaire, et enfin, en 1835, curé-archiprêtre de Notre-Dame de Grenoble. Jamais prêtre ne se consacra d'une manière plus soutenue, plus complète, à l'accomplissement de ses devoirs. On eût dit que, comme saint

Liguori, il avait fait le vœu de ne pas perdre un seul moment. Rien ne l'affligeait tant que les instants inutilement dépensés; il lui semblait que c'était un vol fait aux âmes dont il avait la charge, et néanmoins il répondait toujours avec la plus grande douceur à ceux qui venaient le déranger de ses plus importantes occupations.

Levé régulièrement au milieu de la nuit, il passait d'abord quatre heures dans la prière, l'étude et la méditation, et, après avoir travaillé à la perfection de son âme, il employait tout le reste du jour à répandre et à communiquer les trésors de sainteté qu'il avait ainsi amassés. Plusieurs fois par semaine, il faisait des instructions où il donnait la substance des Livres Saints interprétés avec les lumières de son esprit et l'amour de son cœur. Une grande partie de ses heures s'écoulaient au confessionnal toujours assiégé d'une foule compacte qui venait y chercher des secours spirituels et des conseils dont chacun reconnaissait l'excellence et l'efficacité. Chaque jour aussi il visitait les malades et les pauvres et portait aux uns et aux autres des soulagements. Dans ces trois apostolats de la parole, de la confession et de la consolation des affligés, M. Gerin fut également admirable. Le progrès spirituel de ses ouailles, leur avancement dans la foi, le préoccupaient ardemment, et c'est à sa féconde initiative qu'on doit tant d'œuvres de piété et de zèle établies à la cathédrale, dont il était le centre vivant, et qu'il animait par ses prédications, sa prière, ses conseils et ses exemples.

Ce vénérable prêtre a toujours eu pour la Sainte Vierge une ferveur qui ne fit que s'accroître à mesure qu'il avançait en âge.

Il fut un des premiers croyants à l'Apparition de la Salette, avec le Curé de Corps, M. Mélin, son ancien premier vicaire à Grenoble et son ami. Quelques semaines après ce grand événement, il l'apprenait à Rome, à son paroissien, M. Dausse, et ce fut sa lettre, communiquée au R. P. de Villefort, qui, en donna la première nouvelle dans la Ville éternelle.

Voici cette lettre :

« Il s'est passé, le 19 septembre dernier, un fait bien frappant dans notre diocèse, à la Salette, au-dessus de Corps, où est curé M. Mélin, mon ancien vicaire.

» C'est la Sainte Vierge qui a apparu à deux enfants, dont l'un âgé de onze ans, qui s'appelle Germain, et l'autre de douze ans, qui s'appelle Mélanie. Elle leur a dit qu'Elle a peine à retenir le bras de son Fils, qui s'appesantissait sur les hommes; qu'Elle priait beaucoup pour eux; que s'ils ne se convertissaient, ils seraient punis par la faim, et que les enfants mourraient de tremblement, et qu'au contraire les pommes de terre viendraient partout, que les pierres se changeraient en pain, si on revenait à Dieu.

» Toute la France se préoccupe de ce fait surprenant.

» Arrêtez-vous à Corps en revenant. M. Mélin vous racontera tout. Vous pourrez même voir ces enfants. Ils ont chacun un secret qu'il leur est défendu de dire. » (1)

M. Gerin a fait tous les ans, depuis l'Apparition jusqu'à sa mort, le pèlerinage de la Sainte Montagne; il y a prêché, après l'abbé Sibillat, le 19 septembre 1847. On lira avec plaisir le compte rendu de ce premier anniversaire de l'Apparition, envoyé par lui à M. le Curé de Notre-Dame des Victoires.

« Depuis que j'ai eu le bonheur de vous voir, Monsieur le Curé, vous, votre église, votre archiconfrérie, je suis allé le 19 septembre sur la Montagne de la Salette. Ç'a été un des plus beaux jours de ma vie. J'ai eu l'indicible bonheur de célébrer l'anniversaire du jour à jamais mémorable de la présence visible et corporelle de la Très Sainte Vierge, dont nous avons parlé ensemble. J'ai eu la faveur insigne d'y célébrer la sainte Messe. Il y avait déjà trois jours que les chemins de la Salette gémissaient sous les pas de nombreux pèlerins. A plusieurs lieues de distance, les églises étaient inondées de pieux fidèles qui demandaient inutilement à se confesser; les hôtels, les voitures, les remises, tout était encombré et débordait de toute part. Dans la nuit du 18 au 19, il y avait sur cette montagne deux mille personnes, malgré une pluie battante, accompagnée d'orage, qui a duré 6 heures; les parapluies ne pouvaient pas même être déployés.

» Cette multitude, pour se garantir du froid, s'est mise en carré, et en cet état elle a chanté toute la nuit les louanges de la Sainte Vierge.

1. M. DAUSSE : Vie de M. Gerin.

» Il n'est pas même résulté de ce bivouac original le moindre rhume, le moindre refroidissement, la plus légère indisposition. J'ai vu, depuis, plusieurs personnes qui avaient été de ce nombre et qui avaient l'apparence de la santé la plus parfaite. La pluie a cessé à minuit, elle n'est plus revenue de toute la journée. Le sommet de la Salette était couronné d'un brouillard assez froid. Sans exagération, il y avait de Corps à la Salette au moins 10 kilomètres d'ascension. Le chemin était horrible par la pluie de la veille, sans parler de sa rudesse naturelle.

» Nous nous sommes mis en route vers les six heures du matin. Les pèlerins abondaient extraordinairement plus que les fils d'un cordon qui aurait été tendu sur cette ligne. J'ai reçu une large balafre à la jambe par une chute que j'ai faite à corps étendu, malgré toutes mes précautions. D'après mes antécédents à cet égard, je devais en avoir au moins pour plusieurs semaines.

» J'ai un compte sérieux à régler avec ma jambe, me disais-je le soir en me couchant. Mais, quel n'a pas été mon étonnement quand j'ai trouvé cette plaie entièrement cicatrisée. C'est la première fois de ma vie que j'ai été guéri de cette manière en pareille occasion.

» Ce qui m'a vivement attendri dans cette ascension, c'étaient les chants des litanies, du petit office, des cantiques de la Sainte Vierge, partant du cœur et de la bouche des hommes, des femmes, des jeunes gens, des jeunes personnes; la récitation du chapelet et d'autres prières à voix haute par un aussi grand nombre de personnes; des montures chargées d'un père ou d'une mère tenant amoureusement autour d'eux leurs enfants, de pauvres mères marchant à pied en serrant tendrement contre leur sein de tout petits enfants, des personnes portées en palanquin, des infirmes de toute espèce. Enfin, arrivé sur la Montagne sainte, nous avons vu avec ravissement un vrai campement d'Israël. Des groupes, de toute part, assis à côté de leurs montures.

» Deux ou trois hommes m'ont fort obligeamment frayé, à travers une foule compacte comme une pierre, un passage pour arriver à la chapelle de planches, où était un autel double pour deux messes à la fois. Entraîné par le torrent de la foule, séparé de mes guides, livré entièrement à la disposition de cette foule, un moment je me croyais perdu, et je ne sais comment je suis arrivé au pied de l'autel. J'ai eu le bonheur d'y dire la sainte messe pour toute ma paroisse. Des prêtres donnaient tour à tour la communion aux fidèles. Mais cette foule a empêché beaucoup de prêtres de célébrer la sainte messe et un grand nombre de fidèles de communier. Il y a même eu un moment où l'on ne pouvait plus répondre de la vie des pèlerins qui étaient là. On a été alors dans la douloureuse nécessité d'interrompre le saint sacrifice de la messe deux heures avant le terme final fixé par Monseigneur, c'est-à-dire à 11 heures. On m'a donné à peine le temps de faire mon action de grâces. M'étant revêtu d'un rochet et d'une étole, pour détourner la foule des environs de la chapelle où le danger était le plus grand, plusieurs ecclésiastiques vigoureux m'ont fait traverser, non sans peine, la combe, au milieu d'une population immense, et m'ont conduit sur le versant opposé. Précaution inutile, le danger était toujours le même près de la chapelle. J'étais presque regardé comme un Pape, au milieu de cette masse d'enfants de Marie. Un nombre immense de croix, de chapelets, de médailles, m'étaient mis sous les yeux pour avoir des indulgences. Enfin, nous nous sommes arrêtés. Un ecclésiastique du voisinage de Grenoble, autorisé par Monseigneur, a donné une bonne instruction qu'il avait préparée. La prière, la sanctification du dimanche, l'horreur du blasphème, en ont été le sujet. L'orateur a parlé une demi-heure; mais, désavantageusement placé, il a été peu entendu. A la fin de cette zélée instruction, nous avons prié pour les pèlerins, pour Monseigneur, pour le diocèse, pour toute la France. A ces prières ont succédé les chants du *Salve Regina*, du *Magnificat*, du *Sub tuum*, du cantique *Bénissons à jamais*. Pendant le *Magnificat*, le nuage, qui était jeté comme un voile sur l'immense multitude, s'est levé comme par enchantement. C'est alors que j'ai été témoin du plus beau spectacle que j'aie jamais vu de ma vie. J'avais sous mes yeux soixante mille personnes. Tous chantaient ensemble. D'abondantes larmes, plus douces que le miel, coulaient des yeux de tous ces enfants de Marie. Jamais je n'ai vu un pareil spectacle, ni à Lyon à l'arrivée des Bourbons au retour de l'exil, ni à l'apparition de Bonaparte revenant de l'île d'Elbe, ni à Notre-Dme des Ermites à l'anniversaire de la consécration miraculeuse de ce sanctuaire, ni à Rome à la prise de possession de Saint-Pierre par Pie IX. Et cependant à peine y avait-il là les deux tiers des pèlerins. Comme on avait commencé à dire des messes sur la montagne à trois heures, on en descendait depuis trois heures et demie. du matin. Plusieurs hommes de l'art, sans s'être entendus ensemble, ont porté au nombre de plus de soixante mille cette population si édifiante, sans y comprendre le mouvement incessant d'une autre foule qui montait et descendait. Ce qui a été en tout, pour cette mémorable journée, un mouvement de cent mille pèlerins. Il était midi, le peuple demandait encore qu'on prêchât; en montant sur le toit d'une cabane, pour être aperçu de la foule, je me souvins que j'étais à jeun, que les forces me feraient défaut. Après avoir pris à la hâte quelque chose, je parlais une demi-heure à cette multitude affamée de la Sainte Vierge. Mieux placé que le prédicateur du matin, j'étais mieux entendu. Des larmes d'amour coulaient des yeux de ces pieux pèlerins, pour lesquels je me sentais une affection sans pareille. Le soir, la belle église de Corps, bâtie par les Bénédictins, était remplie de pèlerins. Nous y avons encore parlé de l'amour de Marie, à la satisfaction de tous ces enfants de Marie. On fait sur la Montagne une octave de messes et on y accourt encore avec empressement de toutes parts. »

M. Gerin écrivait, à M. Dausse au sujet du 2me anniversaire de la visite de Marie à la Salette les lignes suivantes :

« Il y a eu cette année à Notre-Dame de la Salette, à l'époque de l'anniversaire, un mouvement de quinze mille pèlerins. J'ai prêché trois quarts d'heure à dix mille réunis, sur les onze heures du matin. Le simple récit de ce qui s'est passé d'admirable sur cette sainte Montagne, leur a fait couler de bien douces larmes. Ce pèlerinage m'a rempli de consolation. Le beau Fait de la Salette fait le bonheur de ma vie. Il me semble être à la porte du Ciel, quand je puis y penser. » (1)

Voici, faite par Mlle Des Brulais, l'analyse de son discours de 1849 :

« M. le Curé de la cathédrale de Grenoble vient de faire vibrer tout ce qu'il peut y avoir de cordes sensibles

---

1. M. DAUSSE : Vie de M. Gerin.

dans une âme catholique. Qu'il a été beau, éloquent et sublime, quoique simple! O mon amie, c'est un Saint que Marie inspirait, pour confirmer encore la vérité de sa céleste Visite en ces Lieux... Que je voudrais te résumer ce touchant discours! mais je m'en sens incapable, quoique j'en sois tout embaumée; j'en affaiblirais trop les expressions.

» L'apôtre de Marie n'a point cherché, je t'assure, à gazer sa pensée; mais il a franchement abordé le *Fait miraculeux* qui nous réunit, pour en tirer les conséquences pratiques qui en découlent naturellement, c'est-à-dire la « *réformation de nos mœurs* », d'où il nous a conjurés de bannir « *l'horrible blasphème*, la *détestable* coutume de violer les jours d'abstinence et la *damnable* profanation du dimanche. »

» Qu'il a été touchant, le saint Prêtre, quand il nous a montré « ces lieux parcourus par la Reine du Ciel, arrosés » de ses larmes, parfumés de son souffle virginal!... » Quand il a tourné nos regards vers cette Fontaine « que » les pas bénis de la Mère de Dieu ont fait jaillir, vers cette » Fontaine dont les eaux salutaires, mêlées aux larmes » de Marie, sont plus douces que le miel, plus bienfai- » santes que le lait, et l'objet des vœux et des soupirs » des cinq parties de la terre!... Oui, mes frères, de l'u- » nivers entier! s'est-il écrié dans un saint enthousiasme, » de l'univers entier, car les cinq parties du globe ont ici » leurs représentants! Oui, voilà que des députés de l'O- » rient et de l'Occident, du Septentrion et du Midi, avi- » des de se désaltérer à vos eaux vivifiantes, ô Fontaine » sacrée! sont venus ici, au pied de cette chaire sublime » préparée par Dieu même à sa Mère, sont venus avec » un saint respect écouter les avertissements de la Reine » du Ciel prêchant l'univers!!! Malheur aux cœurs en- » durcis qui ferment l'oreille aux maternels conseils que » Marie nous est venue donner sur cette montagne par » l'entremise de ces pauvres petits Pâtres! Heureux, au » contraire, mille fois heureux les cœurs dociles qui les » recueillent et les mettent en pratique!... »

» Je te laisse à penser, mon amie, quel effet ont dû produire de telles paroles dites *ici*, lorsque nous avons sous les yeux cette preuve permanente du Miracle, ce don gracieux de notre Mère bien-aimée, sa douce et bienfaisante Fontaine!

» Mais quand le digne Prêtre, après un admirable rapprochement entre ce qui se passa au temps de Notre-Seigneur et ce qui se passe encore ici, sous nos yeux, s'est écrié : « Oui, comme alors, mes Frères, les malades sont » guéris, les aveugles voient, les boiteux marchent... » je ne sais quel frémissement de conviction à traversé l'auditoire, dont tous les regards se sont spontanément tournés vers la croix de l'Assomption, où *quatorze béquilles* sont là appendues, comme les ex-voto de ceux qui furent boiteux et qui maintenant marchent...

» Comment encore rendre le moment où le Serviteur de Marie, emporté par la force de sa conviction et le zèle de sa charité, a fait un appel si éloquent à ces rochers *qui ont vu la Reine du Ciel*, à ces montagnes qui *se sont inclinées sur son passage!* Comment redire son émotion et la nôtre quand, les yeux pleins de larmes, il » a conjuré « tous les échos de ces vastes solitudes de ré- » péter à notre Reine, à notre Mère, le serment, le doux » serment d'écouter ses célestes avertissements; de nous » donner à son Fils, notre Sauveur, de travailler à lui ra- » mener les pauvres pécheurs pour lesquels son sang di- » vin coule inutilement, hélas! s'ils se perdent!... » (1).

Nous avons dit plus haut que M. Gerin fut choisi, avec M. Rousselot, pour porter au Saint-Père les secrets des Bergers. Il a donné sur leur audience pontificale d'intéressants détails.

Ces Messieurs, avant d'arriver près de Sa Sainteté, durent traverser douze salons, tous pleins d'officiers de service. Dans le dernier salon, on les instruisit du cérémonial d'ordonnance pour aborder le Souverain Pontife. Dans l'antichambre pontificale, en même temps qu'eux, se trouvaient un ministre étranger en grande tenue, un lieutenant de vaisseau, un capitaine et un missionnaire français, arrivant des Indes-Orientales, lorsqu'entrèrent trois Cardinaux, qui furent immédiatement introduits auprès du Saint-Père, car les Cardinaux n'attendent jamais. Après le départ des trois Princes de l'Eglise, les officiers de service voulaient faire entrer ensemble chez le Pape tous les

______

1. Mlle DES BRULAIS : L'Echo...

Français qui se trouvaient dans l'antichambre, mais Pie IX donna l'ordre d'introduire *seuls* les envoyés de Mgr de Grenoble. L'étiquette exige que les visiteurs saluent Sa Sainteté par trois génuflexions, après quoi le Pape donne à baiser sa mule, sur laquelle est brodée une croix. Par une exception pleine de bienveillance, ce fut sa main que Pie IX présenta aux lèvres des prêtres grenoblois. Mais laissons parler M. Gerin :

« M. Rousselot et moi, nous étions le 18 juillet dernier (1851) aux pieds de Sa Sainteté Pie IX, remettant entre ses mains, de la part de Mgr de Grenoble, les deux secrets des jeunes *Bergers* de la Salette.

» Le Saint-Père, assis devant son bureau, s'est levé après nous avoir donné sa main à baiser, ce qui est une faveur insigne. Allant dans l'embrasure de sa fenêtre, il oubliait presque qu'il était Pape et disait : Suis-je obligé de garder ces secrets ? — Très Saint-Père, lui ai-je dit, vous pouvez tout, vous avez la clef de toutes choses...

» Je savais déjà que le Secret de Maximin est le plus court. Le Saint-Père l'a lu le premier. Il a fait l'éloge de la candeur et de la simplicité de cet enfant.

» A la lecture du second Secret, celui de Mélanie, la figure du Saint-Père n'a plus été la même : ses lèvres se sont fortement comprimées; ses joues se sont considérablement bombées. Après cette lecture, le Saint-Père nous a dit :

« Ce sont des fléaux qui menacent la France. Elle n'est
» pas seule coupable : l'Italie l'est bien aussi, l'Allema-
» gne, la Suisse, l'Europe! Ce n'est pas sans raison que
» l'Eglise est appelée militante : Vous en voyez ici le Ca-
» pitaine! J'ai moins à craindre de l'impiété déclarée que
» de l'indifférence religieuse et du respect humain ».

- « Monsieur, a continué le Saint-Père, en s'adressant
» à M. Rousselot, j'ai fait examiner votre livre (La Vé-
» rité sur l'Evénement de la Salette), par Mgr Frattini,
» Promoteur de la Foi : il m'a dit que votre livre est bien,
» qu'il en est content; que ce livre respire la vérité ».

» Quel âge avez-vous, Monsieur? dit Sa Sainteté à M. Rousselot.

» — Très Saint-Père, j'ai soixante-six ans.

» — Vous êtes plus âgé que moi : j'ai soixante ans.

» — O Très Saint-Père, que ne puis-je encore ajouter la
» différence à mes années et la retrancher des vôtres !

« — Oh!... fit le Souverain Pontife, avec un certain
» geste italien.

« — Très Saint-Père, je dis cela dans la sincérité de
» mon cœur.

» — Venez-vous pour la première fois à Rome, Mes-
» sieurs ?

» — Très Saint-Père, répond M. Gérin, j'ai eu le bon-
» heur d'être au nombre des premiers prêtres de ma na-
» tion à qui il a été donné de contempler votre auguste
» Personne après son exaltation, en 1846.

» — C'est vrai, Monsieur, vous étiez un des douze prê-
» tres français qui me donnèrent alors des témoignages
» de leur dévouement; cependant, vous n'étiez pas tout
» à fait les premiers de votre nation : je me souviens
» qu'un Evêque français, qui était venu à Rome sous Gré-
» goire XVI, ayant appris à Venise mon exaltation, re-
» vint sur ses pas jusqu'à Rome, pour me voir. » (1)

Après son retour de Rome, dans son instruction sur
la Sainte Montagne, le 19 septembre 1851, M. Gérin a démontré la divinité de l'Apparition. Sa troisième preuve était
l'approbation de l'Eglise. En voici le début :

» Oui, mes chers Frères, *le Représentant de Jésus-Christ,
Notre Saint-Père le Pape, se montre favorable à la merveille de la Sainte Montagne*. Vous savez déjà que le
Souverain Pontife, ayant demandé le Secret des jeunes
Bergers de la Salette, Monseigneur notre Evêque nomma
des témoins chargés d'être présents pendant que chaque
Enfant écrirait son Secret respectif, sur chacun desquels
Monseigneur apposa son cachet; vous savez aussi que
nous avons eu l'honneur, M. Rousselot et moi, d'être dé-
putés par notre digne Prélat pour aller déposer aux pieds
de Sa Sainteté, l'immortel Pie IX, ces importants secrets.
Oh! qu'il a été consolant pour nous, mes Frères, le mo-
ment où nous avons pu toucher et baiser la noble main de
Celui qui est l'organe et la robe de Notre-Seigneur Jésus-
Christ! » (2)

Presque à chaque anniversaire, M. Gérin prêchait le Che-

---

1. Mlle Des Brulais : L'Echo de la Sainte Montagne.
2. Mlle Des Brulais : L'Echo...

min de la Croix, de dix heures à minuit, sur les traces de Marie, et cela, affirme M. Dausse, « avec une éloquence, une onction, une compassion inouïes ». C'est d'ailleurs le témoignage que lui rend aussi Mlle des Brulais dans ces lignes émues, au souvenir du Chemin de la Croix du 18 septembre 1854 :

« Quelle nuit délicieuse, ma bonne amie, quelle nuit délicieuse que celle du 18 au 19 septembre, passée sur la Montagne de Marie! Mais comment pourrais-je t'en donner une faible idée? Comment te faire assister à cette touchante cérémonie du Chemin de la Croix que je me sens incapable de te raconter convenablement!... Oh! qui dira ce que l'âme chrétienne éprouve en écoutant ces méditations inspirées par l'amour de Jésus et de Marie; ces méditations capables d'émouvoir les cœurs les plus insensibles et de fendre jusqu'aux rochers les plus durs! Oh! comme votre serviteur, douce Mère, a plongé son cœur dans les plaies sacrées de votre divin Fils! Comme il a sondé vos inénarrables douleurs! Encore une fois, comment te redire, ma pauvre amie, le retentissement de cette parole toute de charité, dans le calme de cette nuit, près de cette Fontaine, de cette Fontaine formée, pour ainsi dire, des larmes de Marie, en présence de ce Sentier qu'Elle a tristement gravi, comme autrefois le Calvaire; sur cette Montagne, enfin, où tout nous parle de l'amour et des douleurs de notre Mère chérie!

» Les Stations du Chemin de la Croix ont été commencées à 10 heures. Le clergé seul occupait le sentier où quatorze croix, tu ne l'as pas oublié, marquent les pas de Marie, et qu'une illumination en feux de couleur rendait visible à la foule des pèlerins groupés en face sur le versant du Gargas. Nous étions là plus de cinq mille, portant pour la plupart un petit cierge que, malgré l'intensité du brouillard qui nous enveloppait comme un voile de crêpe, bon nombre parvinrent à maintenir allumé. Pendant deux heures entières, cette foule, profondément recueillie, est demeurée suspendue aux lèvres du zélé serviteur de Notre-Dame de la Salette, le pieux M. Gerin. Oh! comme sa parole inspirée nous redisait éloquemment et avec tous les gémissements de la plus inexprimable compassion, les tortures de Jésus en croix et le martyre de sa Mère! Mais quand il nous faisait entendre certaines exclamations, comme celle-ci : « Ah! par pitié, bourreaux inhumains, par pitié, frappez moins fort : sa Mère, sa pauvre Mère est là!... » O mon amie, quand l'écho, semblable à une voix planant du Ciel, nous répétait si distinctement : Sa Mère, sa pauvre Mère est là, n'était-il pas impossible, dis-le-moi, que le cœur le plus dur demeurât insensible? Aussi, quel tribut d'émotion et de pieuses larmes! » (1)

A Grenoble, M. Gerin avait l'habitude, à moins de graves empêchements, d'aller prier à la fin de ses journées, à la petite *Salette* de cette ville.

Les longues séances du confessionnal avaient développé chez ce zélé pasteur le germe de la maladie qui le conduisit au tombeau. Il en souffrait depuis plusieurs années déjà sans en rien dire, de crainte qu'on ne lui imposât le repos. Un moment vint où il fut obligé de s'avouer vaincu. Durant les cinq mois qu'il dut passer sur son lit de douleur, ses souffrances étaient grandes, mais sa résignation leur était supérieure. Il répétait souvent ce verset des psaumes : « *Lætatus sum in his quæ dicta sunt mihi : in domum Domini ibimus* ». La pensée de ses paroissiens ne le quittait pas et partageait son esprit avec la pensée de Dieu. Même aux approches de l'heure suprême, il avait conservé toute la plénitude de son intelligence, et son calme, comme son désir d'aller à Dieu, étaient plus grands que jamais. Il demanda et reçut avec une expression de bonheur le sacrement de l'Extrême-Onction. Le matin de sa mort, se sentant complètement affaibli, il pria M. l'abbé Cotton de lui appliquer *in articulo mortis* l'indulgence plénière de saint François d'Assise, et, presque aussitôt après qu'il l'eût reçue, l'agonie commença. Elle fut très douce et ne dura que quelques minutes pendant lesquelles son regard conserva sa lucidité et jeta, avant de s'éteindre, une dernière lueur de vie au moment où furent prononcées ces paroles des prières de la bonne mort : *Partez de ce monde, âme chrétienne.*

Les paroissiens de Notre-Dame firent à leur pasteur des funérailles triomphales et aujourd'hui, après un demi-siècle écoulé, son souvenir est encore vivant, et sa tombe pieusement entretenue et fidèlement visitée.

---

1. Mlle Des Brulais. *Suite de l'Echo...*

M. Mélin

Né à Jallieu, près de Bourgoin (Isère) le 6 mai 1810, M. Mélin fit d'excellentes études au presbytère de son village, d'abord, puis aux petits Séminaires de la Côte-Saint-André et de Grenoble, et enfin au Grand Séminaire diocésain. Après son ordination sacerdotale, il fut successivement vicaire à Morestel et à la cathédrale de Grenoble qui avait alors pour curé le saint M. Gerin. Entre le vénérable pasteur et son jeune auxiliaire se forma bien vite une amitié qui ne devait jamais s'altérer.

Quand l'abbé Mélin fut envoyé à Corps, en 1841, il n'avait que trente et un ans. C'était, dit-on, le premier exemple dans le diocèse, d'une promotion si rapide. Il est vrai que cette nomination était moins une faveur qu'un éclatant témoignage de la confiance qu'avaient ses supérieurs dans la prudence et l'esprit sacerdotal du nouveau curé. On le plaçait à Corps comme conciliateur et réformateur. Son prédécesseur avait mérité d'être suspendu de ses fonctions par l'autorité épiscopale. A l'arrivée de M. Mélin à Corps, ce pays était en proie à la division. Un pro-curé fut nommé dans le commencement de 1839 et passa à Corps dix-neuf mois. Le curé titulaire, mais suspens, M. Viollet, s'était obstiné à demeurer sur les lieux, et le pro-curé se vit réduit à lui refuser la communion. Plusieurs, et c'étaient comme toujours les plus audacieux, blâmaient la suspense infligée à leur curé et prenaient parti pour lui. De nombreux abus s'étaient glissés dans cette population à la faveur de circonstances que l'esprit du mal sait si bien exploiter. Ajoutons que le pro-curé était réduit aux deux tiers du traitement, l'autre tiers étant réservé au curé titulaire.

M. Mélin se mit sérieusement à défricher la portion de vigne confiée à ses soins. Dès les premiers jours, son énergique caractère, que soutenait alors la vigueur de l'âge, commanda le respect à tous. « Il me souvient, dit un témoin, d'avoir assisté à des scènes presque violentes, où il ne fallait rien moins que l'indomptable énergie de M. Mélin pour triompher. »

Dieu lui ménagea, après les difficultés des premières années de son ministère, une immense récompense. Cinq ans après son arrivée à Corps, avait lieu la merveilleuse

Apparition de la Sainte Vierge sur les sommets de La Salette. Rien n'est plus admirable que la conduite du pro-curé de Corps dans cette grande œuvre. Voici sur ce point le témoignage d'un prêtre qui, en 1846, était son sacristain : « Aujourd'hui que je puis mieux apprécier les qualités de cet homme de bien, je ne saurais sans admiration me souvenir de l'attitude sage qu'il garda à l'égard de cette étonnante Apparition. D'abord surpris, comme tout le monde, M. Mélin réfléchit quelques jours; mais il ne tarda pas de se convaincre que le récit des jeunes Pâtres était l'histoire d'un grand événement. Aussi éloigné de ceux qui nièrent de parti pris un fait qu'ils n'avaient jamais étudié, ou qui se rendaient à la montagne pour critiquer et comme en espions, M. Mélin voulut rechercher consciencieusement la vérité avec la droiture de la bonne foi, mais aussi avec la résolution de ne croire que sur de bonnes preuves. Dix jours après l'Apparition, il prend avec lui les enfants et se rend avec eux sur la montagne. J'ai le plaisir de l'y accompagner. Je me souviendrai toujours de notre émotion en entendant pour la première fois le récit sur ce gazon encore tout embaumé des parfums de la visite de Marie. Mes regards se fixaient surtout sur M. Mélin; je cherchais à découvrir ses impressions. Plusieurs fois l'émotion chez lui fut visible, mais il sut la comprimer. Venu pour examiner et non pour se laisser attendrir, il s'efforça de rester dans son rôle. Toutefois il avoua plus tard qu'après avoir examiné toutes choses, écouté les dépositions des petits Bergers, visité les lieux, sa conviction dès ce jour fut acquise. Aussi, s'empressa-t-il de faire enlever et descendre à Corps la pierre sur laquelle la Vierge s'était assise, prévoyant qu'on lui en serait plus tard reconnaissant.

» Depuis ce moment, le fait de la Salette grandit comme un géant. Deux mois s'étaient à peine écoulés depuis le 19 septembre 1846, que M. Mélin recevait des lettres et accueillait des pèlerins venus de tous les points de la France. Un an après, il en avait reçu de toute l'Europe. Or, son calme fut toujours admirable. Pendant qu'autour de lui l'enthousiasme débordait, pendant qu'à Corps même on se plaignait de son silence, lui, toujours impassible, se contentait de répondre strictement aux questions qui lui étaient posées.

— Mais enfin, lui disaient parfois des pèlerins, vous, Monsieur le Curé, croyez-vous à ce fait?

— Ma conviction, répondait-il invariablement, ne doit pas influer sur la vôtre; allez sur la montagne et, quand vous aurez vu, alors vous croirez et vous le trouverez bon. Mais, avouait-il plus tard, ma croyance à la Salette était si forte que j'avais bien de la peine à me renfermer dans ce rôle d'indifférence. Quelquefois cependant, à cette question instamment répétée :

M. MÉLIN.

— Monsieur le Curé, nous vous en prions, dites-nous si vous croyez à ce fait.

— J'y crois, répondait-il alors tout simplement.

» Et ce mot dit avec calme frappait tellement les auditeurs que des pèlerins m'assuraient y avoir puisé une entière conviction. C'est par cette réserve presque excessive que M. Mélin a pu répondre à tant de milliers de lettres, voir des centaines de mille de pèlerins sans jamais se compromettre, et cependant en faisant beaucoup pour La Salette. Sa foi en l'avenir de ce merveilleux événement était si grande, qu'appelé au conseil de Mgr l'Evêque quand on songeait à construire une église sur la sainte Montagne, M. Mélin insista pour que le monument fût grandiose, et à l'objection faite par Monseigneur lui-même : Où trouvera-t-on les fonds nécessaires ?

— Monseigneur, répondit-il, il en viendra des quatre coins du monde et du milieu ».

L'événement a justifié ces prévisions.

Un pèlerin de marque exprimait en d'autres termes les mêmes appréciations sur le caractère de M. Mélin : « Calme et froid en apparence, écrit M. Gustave de la Tour (1), d'un tact exquis, d'une politesse affectueuse, qui n'est pas cette politesse du monde étiquetée, sèche et plâtrée de dissimulation, M. Mélin, quoique circonspect, est d'une franchise qui plaît et d'une indépendance qui va si bien aux ministres de Dieu ; refuser son témoignage, qu'il ne donne jamais, d'ailleurs, sans qu'on le lui demande, c'est, à mon avis, refuser d'entendre la vérité. »

Quelques années après l'Apparition, la Très Sainte Vierge réservait à son fidèle serviteur une nouvelle et bien douce consolation : en 1852, il réconciliait avec Dieu et faisait réhabiliter dans ses fonctions sacerdotales le curé en titre, M. Viollet.

Le 30 avril 1852, M. Mélin, se trouvant à Grenoble, se disposait à rentrer dans sa paroisse pour y ouvrir le soir même le *Mois de Marie*. Toutefois il changea d'avis et écrivit à son vicaire que l'ouverture des Exercices était renvoyée au lendemain, sur les instances de M. Gérin, son ancien curé et son saint ami, qui le priait de rester pour donner, à la fin du jour, la Bénédiction du Saint-Sacrement à la cathédrale où commençait le *Mois de Marie*, et lui proposait d'associer leurs prières pendant tout le mois de mai. Le pro-curé de Corps accepta d'autant plus la proposition qu'il se disait qu'il avait tout à gagner dans une semblable convention. Le lendemain, de retour chez lui, et ouvrant à son tour le *Mois de Marie*, il apprenait à ses paroissiens que le vénéré curé de la cathédrale priait pour eux, les engageait à prier de leur côté et à s'unir aux intentions du saint prêtre et ajoutait : « Quelquefois le fruit de nos prières reste caché ; il n'en est pas moins assuré. D'autres fois, il plaît à Dieu de nous consoler en nous montrant d'une manière évidente le point où nos prières ont porté. » Quelques heures plus tard, un heureux événement venait justifier ces paroles.

____

1. *Mes impressions.*

Le jour suivant, 2 mai, la domestique de M. Mélin en entrant à l'église de grand matin, y trouve, contre toute attente, le curé titulaire, M. Viollet, agenouillé.

S'approchant de lui, « Attendez-vous M. le curé ? lui dit-elle.

» — Croyez-vous, demande le vieillard, qu'il veuille me recevoir ?

» — Sans doute ! » reprend la bonne. Et aussitôt elle va prévenir son maître.

Peu après, M. Mélin arrive et va droit à la sacristie, sans paraître apercevoir M. Viollet. Celui-ci le suit et l'aborde en ces termes :

« Monsieur Mélin, je désire sortir de la position où je me trouve.

» — M. le Curé, dit l'abbé Mélin, ce jour-là sera un jour de bonheur pour tout le monde. Dites-moi quel est celui de vos condisciples, de MM. les Curés.Archiprêtres de Mens, de La Mure ou du Valbonnais, qui a votre préférence : je l'enverrai chercher tout de suite.

» — Je n'en veux point d'autre que vous, répond M. Viollet; si je ne fais pas mon affaire avec vous, je ne la ferai avec personne.

» — Dans ce cas, reprend M. Mélin, je suis tout entier à votre disposition ».

M. Viollet fit sa confession, et dès le lendemain, 3 mai, fête de l'Exaltation de la Sainte-Croix, il s'approcha de la Sainte Table, à la manière des simples fidèles.

Cependant Mgr Philibert de Bruillard était venu à la Salette le 25 mai, pour la bénédiction de la première pierre du sanctuaire de Notre-Dame. Ce jour-là même, il reçut de M. Viollet une lettre par laquelle l'Enfant prodigue venait humblement déposer à ses pieds ses respectueux hommages et solliciter son pardon. La fête du 25 mai était trop belle pour que Mgr de Bruillard ne saisît pas l'occasion de l'embellir encore par la concession de la faveur demandée.

La cérémonie de réhabilitation se fit le 16 juin, jour de la fête de saint François Régis, patron de M. Viollet.

M. Mélin ne borna pas là sa sollicitude à l'égard de son prédécesseur; il le fit, en outre, rétablir gracieusement dans toute ses fonctions d'ordre. Bien qu'il eût gagné toute l'estime et l'affection de M. Viollet, cependant, malgré toutes les charges qui pesaient sur lui comme Archiprêtre et par suite du merveilleux Evénement de la Salette, jusqu'à la fin de l'année 1854, M. Mélin n'était toujours que *pro-curé* de Corps. Le titre de *curé* et le tiers du traitement appartenaient à M. Viollet. Mgr de Bruillard avait eu la pensée de poser à ce dernier, à l'époque de sa réhabilitation, la question de démission ; mais M. Mélin ne l'avait pas voulu, et avait prié Sa Grandeur de lui laisser à lui-même le soin d'aborder ce sujet en temps opportun. Il sut en effet choisir le moment avec beaucoup de tact, et il en fit la proposition avec une délicatesse qui émut profondément M. Viollet, lui fit verser des larmes d'attendrissement et obtint son complet assentiment.

Dans sa paroisse, le digne curé acheta un presbytère, établit une communauté de religieuses, fonda une école de Frères, répara son église, donna des leçons de latin à des jeunes gens en vue du sacerdoce et dirigea plusieurs jeunes filles vers le couvent.

Après vingt et un ans passés à Corps dans l'exercice d'un ministère laborieux, M. Mélin parut avoir mérité une retraite honorable. Il fut appelé en 1865 à occuper dans le chapitre de la cathédrale de Grenoble la stalle laissée vide par la mort de M. Rousselot, bon ouvrier, comme lui, de Notre-Dame de la Salette. Il était chanoine honoraire depuis 1852.

Nommé directeur diocésain de l'œuvre de Saint-François de Sales, c'est dans un voyage entrepris pour la propager, qu'il fut, chez M. le curé de Lans, frappé de l'attaque d'apoplexie qui l'enleva le 19 juin 1874, après qu'on lui eut donné l'absolution et l'Extrême-Onction, mais sans qu'il ait pu recouvrer la parole.

Pour montrer le désintéressement de ce saint prêtre que les opposants ont osé accuser d'avarice, citons un fait bien significatif. Un de ses frères était mort par suite d'un incendie qui détruisit tous les billets que plusieurs personnes lui avaient souscrits ; M. Mélin, héritier, voyant exposé le salut de ces débiteurs qui, probablement, ne s'empresseraient pas de déclarer leurs dettes, fit annoncer publiquement à Jallieu qu'il tenait quittes envers lui ceux qui devaient quelque chose à son frère.

M. Mélin n'ayant point fait de testament, l'inventaire qui

fut dressé après sa mort établit que son avoir s'élevait à une valeur inférieure à celle de son patrimoine. En sorte que, après 21 années de ministère paroissial dans une cure de canton et près de 9 ans de canonicat, M. Mélin, en vivant de la manière la plus modeste, non seulement n'a retiré pour lui aucun bénéfice de son long ministère, mais encore a consacré à ses œuvres de zèle une partie de ce qu'il tenait de sa famille.

DEUXIÈME PARTIE

AUTHENTICITÉ

CHAPITRE I

LE FAIT D'UNE APPARITION A LA SALETTE EST INCONTESTABLE

OUR ne pas nuire à l'intérêt de notre récit, nous nous sommes borné, jusqu'ici, à fidèlement exposer, entouré de ses principales circonstances, le grand événement dont nous avons entrepris l'histoire, sans nous attarder à étudier les raisons qui en établissent l'authenticité. Cette simple narration, sans doute, est déjà capable, à elle seule, de porter la conviction dans des esprits droits et sans parti-pris ; mais notre ambition, qu'on nous le pardonne, serait de faire de tous nos lecteurs plus que des croyants à la Salette : nous voudrions que chacun d'eux, ardent apôtre et champion victorieux de la Sainte Apparition, fût en mesure de la faire connaître à ceux qui l'ignorent et de la défendre contre ceux qui l'attaquent. C'est en vue de leur faciliter cette double tâche que nous allons maintenant, dans notre deuxième partie, mettre en lumière les principales preuves sur lesquelles s'appuie, comme sur un roc inébranlable, le miracle de la Salette.

Afin de procéder avec méthode, nous commencerons par établir que le *Fait* d'une Apparition à la Salette, le 19 septembre 1846, est absolument certain ; après quoi nous démontrerons que le *Personnage* apparu sur la Sainte Montagne n'était autre que la Très Sainte Vierge Marie.

Une apparition n'est pas quelque chose de purement subjectif, comme une pensée qui se concentre invisible dans l'esprit ; c'est, au contraire, une réalité objective, un fait extérieur rendu sensible par le moyen de paroles que l'oreille saisit, de formes et de couleurs que l'œil aperçoit.

Or, les faits s'imposent comme certains quand ils sont affirmés par des témoins dignes de foi; et les témoins offrent cette garantie quand il est prouvé qu'ils n'ont pas été trompés, qu'ils n'ont pas voulu tromper, et que, l'eussent-ils même voulu, ils n'auraient pu tromper.

Ces principes élémentaires de bon sens, que tout le monde, du reste, admet, étant posés, nous devrons nécessairement conclure à la certitude d'une apparition sur le mont Sous-les-Baisses, au territoire de la Salette, le 19 septembre 1846, quand nous aurons montré que Maximin et Mélanie, qui rapportent ce fait pour en avoir été témoins, sont entièrement dignes de foi, parce que, sur ce point, ils n'ont pas été trompés, ils n'ont pas voulu tromper, et l'eussent-ils voulu, ils n'auraient pu tromper.

Les Bergers n'ont pas été trompés.

Si Maximin et Mélanie avaient été induits eux-mêmes en erreur au sujet de ce qu'ils ont affirmé avoir vu et entendu sur la montagne de la Salette, leur erreur n'aurait pu venir que de l'une ou l'autre de ces causes : imperfection de leurs organes, imbécillité de leur esprit, hallucination de leurs sens, circonstances défavorables dans lesquelles le fait qu'ils ont raconté se serait passé. Or, aucune de ces différentes suppositions n'est soutenable; nous le ferons facilement voir en peu de mots.

D'abord, les Bergers n'ont pas été trompés par suite d'une imperfection de leurs organes. L'un et l'autre possédaient de fort bons yeux, d'excellentes oreilles. N'ayant apporté en naissant nulle infirmité, ils n'étaient pas devenus, en grandissant, myopes ou sourds. Toute leur vie s'étant écoulée sous le beau ciel bleu du bon Dieu, en face des magnifiques horizons de leur pays de montagnes et dans la pleine liberté du grand air, ils ne ressemblaient en rien, soit à ces malheureux écoliers dont la vue s'est affaiblie dans le long tête-à-tête avec les cahiers et les livres, à la fatigante clarté d'une lampe fumeuse ou d'un bec de gaz blafard, soit à ces jeunes apprentis chez qui la sensibilité de l'ouïe s'est émoussée par leur habituel séjour au sein de fabriques ou d'ateliers, dans lesquels ne cessent de retentir l'assourdissant tapage des machines et des outils.

Faut-il accuser l'imbécillité de leur esprit? — Non, certes. Sans doute, ces enfants n'étaient pas des génies, loin de là, nous l'avons dit, déjà, et nous y reviendrons encore, mais ils n'étaient pas davantage des idiots; ils savaient parfaitement se rendre compte de ce qui tombait sous leurs yeux ou frappait leurs oreilles; dans l'accomplissement de leurs fonctions de bergers, ils ont prouvé qu'ils entendaient fort bien les recommandations de leurs maîtres, et qu'ils étaient capables d'exercer sur leurs troupeaux une serveillance intelligente et réfléchie.

Mais peut-être ont-ils été hallucinés? —Pas davantage. Les hallucinés sont de vrais malades qui, par suite de la surexcitation de leur système nerveux et de l'exaltation de leur imagination, se figurent voir des objets qui ne se trouvent pas en réalité sous leurs yeux, entendre des sons qui ne résonnent nullement à leurs oreilles. Or, les Pâtres des Ablandins jouissaient d'une excellente santé. Dans la vie calme et apaisante des champs, leurs nerfs n'étaient pas plus excités que de raison, et leur ignorance de toutes choses, aussi bien que le milieu fort peu intellectuel où ils vivaient, les avaient suffisamment prémunis contre tout écart d'imagination. D'ailleurs, l'hallucination se rencontre surtout chez les femmes, et les malheureuses qui y sont sujettes, ont dépassé l'âge qu'avait en 1846 Mélanie, laquelle, bien que dans ses quinze ans au moment de l'Apparition, n'était ni forte, ni grande, ni développée en proportion, à tel point que, même une année après, au témoignage de Mgr Villecourt (1), elle ne paraissait pas encore avoir plus de douze ans. Les hallucinés étant de pauvres cerveaux détraqués qui rêvent tout éveillés, il leur arrive ce qui se passe dans les songes : ce qu'ils croient avoir vu ou entendu manque toujours en quelque point de précision, de netteté, de relief, et quand ils en parlent un peu longuement, ils ne tardent pas à tomber dans le vague et l'incohérence. Rien de semblable dans la vision des Bergers de la Salette : la description qu'ils font de la « Dame » apparue est de la dernière exactitude; les moindres détails y sont distingués, depuis les rayons lumineux que projette son royal diadème, jusqu'aux boucles d'or qui brillent sur ses pieds; ses paroles forment un sens parfait où tout s'enchaîne et s'harmonise, et plus les voyants sont pressés de questions, plus ils ravissent d'ad-

____

1. Nouveau récit de l'Apparition.

miration ceux qui les interrogent. Dans l'hallucination, l'imagination, travaillant sur des impressions préalablement acquises, se représente un ensemble plus ou moins ordonné de choses déjà vues et entendues. Or, dans l'Apparition que racontent Mélanie et Maximin, tout est nouveau pour eux; rien dans le passé de ces montagnards ignorants, qui ne connaissent pas le premier mot du catéchisme, n'a pu leur donner l'idée d'une « Dame » toute de lumière, laissant apercevoir le gazon à travers ses formes diaphanes, portant, entre autres pièces de son costume, une triple guirlande de roses et un crucifix accompagné de tenailles et d'un marteau; rien surtout n'a pu leur suggérer ce discours incomparable qui rappelle, par la gravité du fond et la majestueuse simplicité de la forme, l'antique langage des prophètes d'Israël. Ajouterons-nous que si deux malades sont sujets aux hallucinations, ces accès de folie passagère ne les saisissent pas au même moment et ne les affectent pas de la même manière. Les Bergers, au contraire, voient et entendent exactement, au même instant et les mêmes choses. Assurément, il est de toute évidence qu'ils n'ont pas été hallucinés.

Reste à examiner si les témoins de l'Apparition n'auraient pas été illusionnés par suite de circonstances défavorables, dans lesquelles se serait passé l'événement du 19 septembre 1846. Cette dernière hypothèse n'est pas plus admissible que les précédentes. L'événement s'est produit dans des conditions telles qu'elles excluent, chez Mélanie et Maximin, toute possibilité d'erreur. D'abord, il a eu lieu *en pleine lumière* : la « Dame » que les petits Pâtres ont vue s'est offerte à leurs regards, non parmi les ténèbres de la nuit, non à la lueur indécise de l'aube naissante ou du soir qui commence à tomber, non au milieu de la brume opaque d'un épais brouillard, mais vers les trois heures de l'après-midi, par une superbe journée d'automne, alors que le soleil, du haut d'un ciel sans nuage, versait à flots sur la terre ses doux et purs rayons. En second lieu, toute la scène s'est passée dans un endroit *absolument découvert* ; le mont *Sous-les-Baisses* est visible en toutes ses parties; impossible d'y arriver sans être aperçu; impossible, quand on s'y trouve, de s'y dissimuler; nul quartier de roche, nul enfoncement de terrain, nul bosquet, buisson ou fourré susceptible de servir de cachette, et de permettre à qui que ce soit de se montrer ou de disparaître subitement. Enfin, le Personnage apparu s'est manifesté *de tout près :* « Nous étions si près de la « Dame » qu'une personne n'aurait pu passer entre Elle et nous », ont dit les Voyants. Aussi, dans une telle proximité, ont-ils pu saisir et graver à jamais dans leur esprit ses diverses attitudes, ses traits, son costume, sa démarche. Ils ont fait plus que la voir, ils l'ont entendue leur parler et lui ont répondu de leur côté. Entre elle et eux une conversation s'est engagée et poursuivie; leur Interlocutrice s'est exprimée tantôt en français et tantôt en patois; après s'être adressée à tous deux ensemble, elle a fait à chacun séparément une communication particulière. Quand elle a gravi le monticule voisin du ravin où Elle a apparu, ils se sont attachés à ses pas, Mélanie la précédant et Maximin la suivant; enfin ils l'entouraient encore au moment où elle s'évanouit. Loin donc d'être défavorables, les circonstances de l'Apparition étaient des plus favorables pour prévenir toute erreur chez ses témoins.

Dès lors que les deux Voyants n'ont pu être induits en erreur par aucune des quatre causes d'illusion, les seules supposables, que nous venons de passer en revue, la conclusion logique qui s'impose, c'est qu'*ils n'ont pas été trompés.*

Faisant un pas de plus dans notre démonstration, montrons maintenant qu'ils n'ont pas voulu tromper de leur côté.

Les Bergers n'ont pas voulu tromper.

Supposer aux Pâtres de la Salette le dessein prémédité, calculé, de tromper à bon escient, de sang-froid et avec persévérance leurs maîtres, leurs parents, leurs compatriotes, le monde entier, c'est en faire d'impudents menteurs, de fieffés scélérats, des imposteurs consommés, en un mot, des prodiges de dissimulation, d'audace, de ruse, de perversité. Or, tout autre est le portrait que nous ont tracé de ces enfants les personnes sagaces, sérieuses et véridiques qui les ont connus, étudiés et pratiqués.

M. Mélin, curé de Corps, dont Mgr Ullathorne, évêque de Birmingham, a écrit : « C'est un homme d'un esprit solide et d'une rare prudence » (1), rend ce témoignage de ses petits paroissiens, dans une lettre du 4 octobre 1846 à Mgr de Bruillard : « Je les ai interrogés séparément et chez moi, et sur les lieux mêmes... Les autorités les ont menacés, pour les faire taire ; on leur a offert de l'argent pour leur faire dire le contraire de ce qu'ils affirmaient : ni les menaces, ni les promesses n'ont pu faire varier leur langage. Ils disent toujours les mêmes choses et à quiconque veut l'entendre. Je suis allé très lentement dans les informations que j'ai pu prendre ; *je n'ai rien pu découvrir qui dénote le moins du monde la supercherie ou le mensonge.* »

Les maîtres des Bergers, qui les devaient bien connaître, et que M. Perrin, leur curé, certifie être des hommes dignes de foi, ont déposé : Pierre Selme, que Maximin était *un innocent sans malice ;* et Baptiste Pra, que Mélanie avait changé en bien depuis l'Apparition, faisant mieux sa prière et étant devenue active et obéissante, de paresseuse et désobéissante qu'elle s'était montrée auparavant (2).

M. Peytard, à qui Mgr Villecourt a décerné cet éloge flatteur : « Le Maire de la Salette est un homme d'un jugement exquis ; il est difficile de se figurer quelqu'un de plus sensé, de plus prudent et de plus sage », a fait au dit Prélat la déclaration suivante : « J'avoue que mon incrédulité fut subjuguée, et que *je demeurai pleinement convaincu que ces deux enfants ne disaient rien qui ne fût très véritable.* »

L'évêque de La Rochelle lui-même, à son retour du pèlerinage qu'il accomplit en 1847 sur la Sainte Montagne, s'est exprimé en ces termes sur le compte des deux Pâtres, après avoir passé toute une journée en leur compagnie : « Maximin, d'un caractère vif, mais sans aucun emportement, ne peut ouvrir la bouche sans inspirer de l'intérêt pour la suavité de sa parole et *la candeur* avec laquelle il s'exprime. Il est naturellement aimant, caressant, reconnaissant et sensible... Il faut qu'il décèle bientôt tout ce qu'il y a de *candide et de gracieux* dans son âme. Ses expressions ont d'autant plus d'amabilité qu'elles sont la plus juste et la plus pure image de ses sentiments... Réu-

---

1. Mgr ULLATHORNE. *La Sainte Montagne de la Salette.*
2. ROUSSELOT. *La Vérité sur l'Evénement de la Salette.*

nissez dans votre imagination tous les traits qui vous semblent devoir peindre la modestie la plus parfaite et la plus saisissante, et vous aurez à peine une idée de celle de Mélanie. Elle a un visage régulier et délicat; ses yeux sont pleins de douceur et sa voix est d'une aménité angélique qui vous pénètre, à l'instant, d'estime et d'une certaine considération... Elle parle peu et seulement quand on l'interroge. Alors elle le fait avec une grâce qui emprunte du ton délicieux de sa voix et de sa retenue un charme inexprimable. Ce qu'elle dit est d'une justesse qui ravit; mais elle ne s'en doute pas : un enfant de six ans ne s'exprimerait pas avec plus de simplicité et moins de prétention... *Elle est ingénue et sans détour.* »

L'évêque pèlerin avait un compagnon de voyage, M. l'abbé Latta, aumônier de Pradines, chanoine et vicaire général honoraire, qui, de son côté, dans une lettre du 16 août 1847 à Mgr Villecourt, manifesta ses impressions au sujet des Voyants de cette façon : « Je ne rendrai jamais d'une manière complète ce qui se passa en moi à la première vue des deux petits Bergers de Corps. C'était la candeur, c'était la vérité même prise sur le fait. Cette simplicité si naïve et qu'il est impossible de contrefaire, porterait, j'en suis sûr, la persuasion dans le cœur le plus incrédule. *Ce n'est pas dans de pareilles âmes que se trament la supercherie et l'imposture. La pensée même ne pourrait pas leur en venir.* Tous ceux qui verront les deux enfants seront saisis de cette persuasion, et né pourront s'empêcher de reconnaître que le Ciel ne pouvait pas mieux choisir les organes de cette mission nouvelle, puisque dès qu'on les voit on ne peut plus garder le moindre soupçon, et que leur candide langage vient mettre le comble à la conviction que leur aspect avait fait naître. » (1)

Entendons maintenant le témoignage de Mlle Dés Brulais, pieuse et distinguée maîtresse de pension, justement honorée de la haute confiance des évêques de Nantes et de Grenoble, qui fit à sept reprises différentes le pèlerinage de la Salette et passa de longues heures dans l'intimité des deux enfants au couvent de Corps.

Voici d'abord l'entretien qu'elle eut avec un compatriote des Bergers le lendemain de son arrivée pour la première fois à Corps, le 9 septembre 1847 :

---

1. Mgr VILLECOURT. *Nouveau récit.*

« Chemin faisant, j'ai demandé à mon conducteur s'il est vrai qu'on ait voulu conduire en prison le petit Maximin.

— Oui, Madame, c'est bien vrai; le brigadier lui dit qu'il mentait; on apporta des cordes comme pour le lier, Mais il n'eut nulle peur; et après il a dit : J'avais en moi une voix qui disait : N'aie pas peur, mon petit, on ne te fera pas de mal.

— Est-il franc, cet enfant?

— Oh! Madame, vous le verrez, il est tout entier naturel; il ne sait pas mentir.

— Ses compagnons croient-ils que ce qu'il raconte soit vrai?

— Oui, Madame, tous le croient bien.

— Ils ne l'ont jamais appelé menteur?

— Non, Madame, ce n'est pas possible. »

En rapportant ce dialogue, la narratrice ajoute ceci en note : « Dans la diligence, à mon retour, j'ai entendu confirmer ce témoignage. Un ecclésiastique avait lui-même questionné les enfants de l'école en leur disant : « Maximin ne ment-il pas quand il raconte tout cela? — Oh! non, Monsieur, il dit bien vrai. » Cet ecclésiastique nous dit encore avoir retourné en tous sens les parents de Mélanie et de Maximin, sans avoir pu trouver lieu de soupçonner le moins du monde la bonne foi des jeunes Bergers. »

Mlle Des Brulais nous a fait entendre le jugement des autres; écoutons maintenant le sien : « Cet enfant (Maximin) a le caractère le plus aimable, le plus candide qu'on puisse trouver. Il est très léger, et certes *incapable de fabriquer un mensonge, plus encore de le soutenir*. On lit toute son âme sur sa naïve figuré où se peint toute l'innocence d'un cœur pur et ingénu...

» Il m'a été impossible de recueillir toutes les questions qui ont été adressées à Mélanie et à Maximin pendant cette semaine où la foule des interrogateurs a toujours été croissant. Je ne rapporte que ce qui m'a le plus vivement frappée. J'ai tenu à reproduire les expressions des enfants, autant que je l'ai pu et je crois ne m'être que rarement écartée de leur naïf langage. Mais ce qu'il est impossible de rendre, ce qu'il faut avoir vu, c'est la simplicité de leur attitude, de leurs gestes; c'est l'expression de leur physionomie *où se peignent la franchise, la candeur et la conviction.* Maximin est d'un caractère plus ouvert, plus aimable que celui de Mélanie. Mais cette dernière est surtout remarquable par sa grande et rare modestie...

» *Maximin et Mélanie sont-ils convaincus de la vérité de l'Apparition?* Telle est la question que je me suis posée dès le premier jour de mon arrivée à Corps, et pour la solution de laquelle je crois avoir consciencieusement profité de toutes les occasions d'étudier ces enfants, qu'a pu me fournir la position unique où la Providence m'a placée. Le résultat de mes observations a été, comme on l'a vu, de me fortifier de jour en jour dans *l'intime conviction que les deux Bergers de la Salette sont étrangers à toute supercherie.* »

Au cours d'un second pèlerinage, l'institutrice nantaise écrit encore, à la date du 24 septembre 1849 : « Je retrouve dans les deux jeunes témoins de l'Apparition *la même candeur, la même naïveté, c'est toujours le même cachet de vérité.* Je les ai plus scrupuleusement étudiés encore, s'il est possible, qu'à mon premier voyage, et *j'emporte de leur véracité une conviction de plus en plus profonde,* une admiration toujours croissante pour le soin avec lequel Marie les garde et leur met à la bouche des réponses que ne pourrait trouver la science, avec toutes ses ressources. Ne croyez pas au reste, je vous en prie, Monsieur, que je sois aveugle sur les défauts de ces chers enfants. Il est vrai que je les aime tendrement, parce qu'ils ont fixé les célestes regards de la Mère de Dieu; je les respecte parce qu'Elle en a fait ses petits apôtres; mais j'avoue qu'ils ne sont point parfaits; je reconnais et je confesse même que leur nature, avec toute son innocence et son ingénuité, est rustique et parfois presque plus encore; *mais le cœur paraît si pur! et les défauts ne tiennent qu'au caractère.* » (1)

Il faut avouer que ces traits favorables tracés par des mains différentes et toutes si respectables, ne conviennent guère aux roués coquins, aux effrontés mystificateurs que seraient forcément Maximin et Mélanie s'ils avaient menti en racontant l'Apparition.

D'ailleurs, on ne voit pas le motif qui eût pu leur sug-

---

1. Mlle Des Brulais. *L'Echo de la Sainte Montagne.*

gérer une semblable conduite. Les imposteurs qui se font
un jeu d'induire les foules en erreur ne trompent pas uniquement pour tromper, mais pour se procurer un avantage quelconque, cherchant qui à s'amuser, qui à s'enrichir, qui à se faire valoir. Or, nul mobile de cette nature
n'est attribuable aux Bergers de la Salette.

En publiant leur vision, ces enfants ne recherchaient pas
le plaisir, car tous deux ont eu à subir, de ce chef, une
véritable persécution, de réels mauvais traitements de la
part de leur famille. Nous avons raconté comment le charron Giraud frappait son petit Maximin pour essayer d'obtenir de lui un silence absolu sur le fait du 19 septembre
1846. Le père Matthieu ne fut pas plus tendre envers Mélanie. Dans le récit de son pèlerinage accompli à la Sainte
Montagne en 1855, Mgr Dupuch a écrit cette note : « Mon
fidèle serviteur et compagnon de voyage recueillait, le
6 octobre dernier, en montant à la Salette, d'attendrissants
détails au sujet *des violences, des coups* dont Mélanie fut
d'abord l'objet de la part de son propre père, et ce, de
la bouche de ce père ému de douleur, de repentir, de bonheur d'avoir une telle fille. » (1)

De la part des étrangers, les petits Pâtres étaient l'objet
d'une obsession de tous les instants. C'en est fait, pour
Mélanie, de sa belle tranquillité d'autrefois en compagnie
de son troupeau, et, pour Maximin, de ses interminables
parties avec les petits garçons de son âge. Désormais,
pendant six ans et plus, mais surtout dans les premiers
temps, il leur faudra, continuellement en butte aux interrogations d'une foule sans cesse renouvelée qui ne leur
laissera pas toujours le temps de manger ni de dormir,
répéter sans fin la même narration, réfuter les mêmes
objections, éclaircir les mêmes difficultés. Des milliers de
personnes, soit du pays, soit d'ailleurs, poussées par une
curiosité louable sans doute dans son motif, mais souvent plus qu'indiscrète dans sa manifestation, les harce-
laient de leurs questions sans relâche le jour et la nuit,
dans les maisons et dans les rues, à Corps et à la Salette,
sur le sentier de la Montagne et sur le Plateau béni. Grands
et petits, jeunes et vieux, savants et ignorants, prêtres et
fidèles, croyants et incrédules se succédant, s'interrompant
mutuellement, leur adressaient la parole et exigeaient une

____

1. Mgr Dupuch. *Venez avec moi à La Salette.*

réponse. Quand les uns se retiraient, d'autres plus nombreux les remplaçaient. Aussi ces pauvres enfants succombaient-ils parfois à la fatigue. C'est ce qui arriva en particulier à Maximin le 19 septembre 1847. Il avait déjà payé de sa personne tout le long du jour sur la Sainte Montagne; « cependant, le soir, raconte Mlle Des Brulais, il lui fallut continuer au couvent sa pénible mission, qu'il accomplit tant qu'il en eut la force, et jusqu'à ce que, tombant de lassitude, il trouvât moyen de se glisser derrière le cercle qui l'entourait, d'arriver à un banc sur lequel j'étais assise près de Sœur Sainte-Clotilde; puis, s'y allongeant la tête appuyée sur mon épaule, le cher enfant s'endormit, et je le cachai ainsi, en souriant d'entendre la foule se demander ce qu'il était devenu. Pauvre petit! il avait vainement demandé grâce avec sa naïveté charmante : « Pardonnez-moi pour cette fois, Monsieur; j'ai été *embétéyé* toute la journée. » (1)

Pas plus que le plaisir, *l'intérêt* ne faisait parler les Voyants. Eux et leurs parents étaient pauvres avant l'Apparition; pauvres ils sont restés. Mgr Dupanloup le relève en ces termes : « Je n'ajouterai pas que depuis deux ans, ces deux enfants et leurs pauvres familles sont demeurés aussi pauvres qu'auparavant. C'est un fait que j'ai vérifié suffisamment pour moi, et qu'il est facile de constater avec la plus parfaite certitude. » (2) Ce n'est pas cependant que l'occasion de s'enrichir, s'ils eussent été sans conscience, leur eût manqué. On se souvient et des pièces d'argent que M. Peytard offrit à Mélanie, le lendemain de l'Apparition, comme prix du silence qu'il lui demandait de garder, et des nombreux louis d'or que le futur évêque d'Orléans laissa voir, compter et manier à Maximin, promettant de les lui donner à la seule condition que l'enfant lui livrerait son secret, double tentative demeurée également sans succès. De plus, il s'est rencontré des personnes qui, après avoir entendu le récit de l'Apparition ou s'être fait accompagner au Mont-sous-les-Baisses par les Bergers, ont voulu leur témoigner leur satisfaction et leur reconnaissance en leur offrant de l'argent ou tout autre présent; ils ont refusé ces cadeaux, ou si, comme vaincus par l'importune générosité de certains pèlerins, ils ont

---

1. *L'Echo de la Sainte Montagne.*
2. Lettre à M. Du Boys.

accepté d'eux quelques bagatelles, c'était pour les remettre aussitôt entre les mains des bonnes Sœurs chargées de leur éducation sans s'inquiéter de ce qu'elles en feraient, ou pour les donner à d'autres, sans rien garder pour eux-mêmes.

Enfin, Maximin et Mélanie n'étaient pas davantage guidés par un sentiment de *vanité* ou de *gloriole*. Rien dans leurs paroles ou dans leurs actes qui dénote la moindre recherche personnelle, la moindre velléité de paraître ou de se faire valoir. « Maximin, écrit M. Rousselot, n'a point d'amour-propre; il avoue avec une grande ingénuité la misère de sa condition, la bassesse de ses premières occupations. Quand nous lui avons demandé : « Où étais-tu? Que faisais-tu avant d'aller en service chez Pierre Selme? » Il a répondu naïvement : « J'étais chez mes parents et j'allais ramasser du fumier sur la grande route! » Il va plus loin, il avoue ses défauts, ses mauvaises inclinations. Ainsi, par deux fois, le 15 et le 19 novembre, je l'ai fait venir dans ma chambre. Là, je lui ai dit : « Maximin, on m'a dit qu'avant l'Apparition de la Salette, tu étais un peu menteur? » Maximin, en souriant et d'un air de candeur : « On ne vous a point trompé, on vous a dit vrai : Je mentais et je jurais en jetant des pierres après mes vaches, lorsqu'elles s'écartaient. » (1) Le petit Pâtre s'étonnait que Mgr Villecourt eût tant de bonté pour un pauvre *crottolet* tel que lui. (2) Mélanie, de son côté, ne perdait pas de vue son insignifiance et accompagnait son nom au bas des lettres qu'elle écrivait, des épithètes de *crottolette* et de *bergerette*. Elle répondit un jour à Mlle Des Brulais qui lui manifestait son désir d'obtenir d'elle un léger souvenir : « Je n'aime pas qu'on se souvienne de moi; je ne suis pas une sainte pour qu'on pense à moi. » L'un et l'autre ne se sont jamais produits d'eux-mêmes pour se faire connaître et parler de l'Apparition. Sans doute, ils se montraient toujours disposés à répondre aux questions qui leur étaient faites sur ce sujet, mais dès qu'ils avaient donné les explications demandées, on voyait qu'ils avaient hâte de s'effacer et de disparaître. Ils eussent voulu trouver le moyen de publier la visite de la Sainte Vierge sans avoir à parler d'eux. Maximin avait

---

1. ROUSSELOT. *La vérité sur l'événement de la Salette.*
2. Nouveau récit.

jadis témoigné quelque velléité d'être plus tard missionnaire. A cette occasion, Mlle Des Brulais lui disait :

« J'aimerais bien savoir, mon enfant, si vous parlerez à vos sauvages de l'Apparition de la Sainte Vierge à la Salette ». Le Berger fait un signe négatif.

« Quoi, non ? Pourtant, il faudra bien que vous leur annonciez les avertissements de la Sainte Vierge; ils seront aussi, eux, son peuple.

— Oui, mais je me garderai bien de leur dire que c'est à moi qu'Elle a dit tout cela.

— Pourquoi, mon enfant, ne leur diriez-vous pas que c'est à vous ?

— Parce que je ne veux pas.

— Mais ils diront peut-être : Comment sait-il que cela est vrai ?

— Je leur dirai : Je suis bien sûr de tout cela, allez ! C'est arrivé à deux pauvres petits enfants, deux bergers de mon pays que je connais tout à fait bien, et même le petit garçon est mon plus proche parent (je n'ai pas de plus proche parent que moi-même). » (1) Loin de dire ou de donner à deviner qu'il était le Voyant de l'Apparition, Maximin gardait le plus profond silence sur sa personnalité. En 1862, il rencontra l'un de ces escrocs, comme il s'en est trouvé plusieurs, paraît-il, qui se faisaient passer pour le Berger de la Salette dans le but malhonnête de capter la bienveillance et surtout d'obtenir les aumônes des personnes auxquelles ils s'adressaient. Il l'accabla d'objections sur l'Apparition; — il était à même d'en faire, lui qui en avait tant entendu depuis seize ans ! — Le malheureux imposteur ne sut bientôt plus que balbutier et finit par se taire tout à fait. Alors le vrai Maximin, sans se découvrir, dit à ce fourbe: « Monsieur, Maximin de la Salette était bien sot, mais s'il l'avait été autant que vous, la Sainte Vierge ne l'aurait jamais choisi pour se montrer à lui et le charger de faire passer ses enseignements à son peuple. » (2)

Donc ni le plaisir, ni l'intérêt, ni la vanité n'ont porté les Bergers à tromper le public.

Enfin, si ces enfants eussent été de vulgaires menteurs, ils n'auraient pas eux-mêmes cru un seul mot de ce qu'ils

1. *L'Echo de la Sainte Montagne*, p 136.
2. Manuscrits BOSSAN.

racontaient. Or, c'est un fait constaté des centaines de fois que, quand ils redisaient la céleste vision dont ils affirmaient avoir été favorisés, ils paraissaient si profondément pénétrés de ce qu'ils rappelaient, qu'ils semblaient présentement encore se trouver en face de l'auguste Visiteuse. Nous avons déjà cité, sur ce point, le témoignage si explicite et si irrécusable de Mgr Dupanloup; voici celui d'un autre pèlerin de la Sainte Montagne, M. Arbaud: « Si on les interroge (les Bergers), ils semblent rentrer en eux-mêmes; ils se placent mentalement au lieu et en la présence du personnage qui leur a apparu; ils changent de ton, baissent les yeux, prennent un air triste et combattent autant qu'il est en eux la légèreté de leur caractère; c'est par là qu'ils rendent témoignage à l'influence céleste qu'ils ont subie sans s'y attendre et sans le vouloir. » Après avoir rapporté le passage que nous venons de citer, le P. Bossan ajoute : « Ce que M. l'abbé Arbaud a écrit en 1847, je l'ai vu se répéter exactement sous mes yeux, pour Mélanie et pour Maximin, aussi en 1847; pour Mélanie seule, en 1854, à la Salette; pour Maximin seul, également à la Salette, en 1862, 1863, 1864. Toutes les fois qu'ils parlaient au sujet de l'Apparition, un an, deux cinq, dix, quinze ans après l'événement, ils étaient toujours les Bergers du 19 septembre 1846 pour la pose, l'air, le ton, la simplicité, l'humilité, la gravité, la modestie, la candeur, la brièveté des paroles, la justesse et la concision des réponses. » (1)

Mlle Des Brulais, à son tour, est pleinement persuadée que Maximin et Mélanie croient dans toute la sincérité de leur cœur à la réalité du fait qu'ils rapportent, et voici ses preuves : « Une foule de ces petits détails qui viennent vous révéler la pensée secrète de ceux avec qui vous vivez, mille nuances comme imperceptibles que peut surtout saisir l'œil accoutumé à étudier les enfants, ont pour ainsi dire mis tellement à découvert devant moi le fond des deux jeunes cœurs que je voulais scruter, qu'*il ne m'est pas possible de conserver le moindre doute sur la conviction intime des petits témoins de l'Apparition.* Parmi tous les traits de ce genre qui ont été pour moi des traits de lumière, qu'on me permette d'en citer deux, plus fidèlement présents à mon souvenir.

____

1. Manuscrits BOSSAN.

» Le jeudi 16, je montai pour la seconde fois à la Salette. Mélanie, qui naturellement n'est ni gaie ni expansive, parut s'animer en m'entendant annoncer mon départ pour la Montagne. Au moment où j'allais sortir, je la vois accourir à moi d'un air empressé, et me jetant affectueusement ses deux mains sur les épaules (ce qui ne lui est point habituel, tant s'en faut), elle me dit avec une joie marquée : « Oh! vous allez à la Montagne..., vous direz quelque chose pour moi là-haut, n'est-ce pas? » Si cette enfant n'était pas convaincue du miracle, m'aurait-elle dit cela? Encore une fois, n'est-ce pas ici la nature dans sa candeur et dans son effusion la plus charmante?

» L'affluence extraordinaire des pèlerins, le 18 et le 19, parut leur causer à tous deux beaucoup de joie, à Mélanie surtout. Mais quand cette dernière entendit annoncer que, par précaution, des gendarmes seraient commandés pour se rendre sur la Montagne le 19, elle dit d'un air mécontent : « Je n'aime pas cela; si on se tient bien, on dira que c'est à cause d'eux. » Cette impression de la jeune fille n'est-elle point encore une preuve de sa conviction intime et profonde?

» Madame la Supérieure m'a dit que le 1er septembre 1847, les deux enfants manifestèrent une joie extraordinaire, causée sans doute par le retour du mois béni où ils avaient reçu la visite de Marie. Pourquoi cette joie, dont j'ai pu moi-même juger le 18 et le 19? Pourquoi cette joie, s'ils n'étaient convaincus de la réalité de l'Apparition? » (1)

La fourberie étant opposée au caractère des Bergers, présupposant des motifs qui n'ont pu être les leurs, et ne pouvant se concilier avec leur conviction indiscutable de la vérité du miracle, il s'en suit que Maximin et Mélanie *n'ont pas voulu tromper*, ce que d'ailleurs il leur eût été impossible de faire, quand même ils en auraient eu le désir, comme nous allons le faire voir.

L'eussent-ils voulu, les Bergers n'auraient pu tromper.

Si, contre toute vérité, on voulait trouver dans Maximin et dans Mélanie, au lieu de ces enfants simples,

____
1. *L'Echo de la Sainte Montagne,*

droits et candides que nous ont révélés en eux des témoignages autorisés et des preuves péremptoires, des êtres assez remplis de duplicité, d'hypocrisie et de malice pour avoir prétendu non sans succès accréditer une apparition purement imaginaire, il faudrait alors, de toute nécessité, admettre qu'ils ont pu : 1º inventer eux-mêmes ou apprendre d'un imposteur quelconque une comédie des plus compliquées, 2º la soutenir après l'avoir inventée, 3º prédire d'avance un avenir humainement impénétrable et qui pourtant s'est réalisé. Or ce sont là des actes dont ils étaient radicalement incapables, comme nous n'aurons nulle peine à le démontrer.

I. — *Maximin et Mélanie étaient incapables d'inventer eux-mêmes ou d'apprendre d'un imposteur quelconque la comédie compliquée d'une fausse Apparition.* Rappelons-nous ce qu'étaient les Bergers avant le 19 septembre 1846. Ils ne ressemblaient en rien à ces petits prodiges qui émerveillent le monde par la vivacité de leur intelligence et la précocité de leurs saillies, pas même à ces enfants qui, sans briller d'un éclat particulier, ont acquis le développement intellectuel normal que procurent à ceux de leur âge la fréquentation des écoles et l'habituel contact d'une société cultivée. C'étaient, sous tous les rapports, de pauvres arriérés, naturellement peu favorisés des dons de l'esprit et n'ayant jamais mis le pied au catéchisme ou à la classe. Avaient-ils du moins trouvé au foyer de la famille de quoi combler ces lacunes? Hélas! Maximin n'avait pas connu sa mère et son père passait au cabaret le plus clair de ses loisirs. Quant à Mélanie, elle avait dû quitter la maison paternelle dès l'âge le plus tendre pour aller gagner sa vie au service de maîtres étrangers. La rue, pour l'un; pour l'autre, la société des animaux, tel avait été jusque-là leur milieu le plus ordinaire. Personne ne leur ayant rien appris, ils avaient atteint, celle-ci ses quinze, celui-là ses onze ans au sein de l'ignorance la plus profonde et de l'incapacité la plus absolue, privés même de la ressource de suppléer par les livres à l'enseignement oral qui leur avait manqué, puisqu'ils ne savaient pas lire. De plus leur mémoire, par suite du défaut de culture, était si peu développée, qu'il avait fallu trois ans au père Giraud pour apprendre à peu près le *Pater* et l'*Ave* à son fils et que les Sœurs de Corps n'arriveront

pas, après un an d'exercices quotidiens, à loger les actes
du chrétien dans la dure tête de Mélanie. Et ce serait
dans l'inculte cervelle de ces gardeurs de bestiaux qui
n'ont jamais vu que leur coin perdu de montagne, jamais
fréquenté, outre leurs troupeaux, que d'humbles paysans
fort peu communicatifs et dont le niveau intellectuel, d'ailleurs, n'était guère plus élevé que le leur, qu'aurait éclos
soudain l'invention de cette vision incomparablement belle
qu'ils ont décrite et qui rappelle l'une des plus belles pages
de l'Evangile, celle de la Transfiguration de Notre-Seigneur? Et, dans leur sublime mensonge, ils se seraient
trouvés en parfait accord avec les plus grands génies
qu'aient éclairés, dans le cours des siècles, les lumières
réunies de la foi et de la raison, affirmant, conformément
à l'enseignement de la plus haute théologie, sur les qualités des corps glorieux, que la *Dame* qui s'est manifestée
à eux paraissait être toute de lumière, qu'elle ne projetait
point d'ombre, qu'elle semblait glisser en marchant, effleurant à peine le gazon sans en courber la pointe? Et
ils auraient composé ce discours si profond, si relevé, si
parfaitement approprié aux grandes plaies morales de notre époque, portant un tel cachet d'inspiration surnaturelle,
qu'aux yeux du savant Mgr Ginoulhiac, ancien évêque de
Grenoble, mort archevêque de Lyon, il constituait à lui
seul une preuve évidente de l'Apparition? Enfin, pour réaliser d'une commune entente de semblables prodiges, sans
jamais avoir eu de rapports l'un avec l'autre, sans s'être
même connus, puisqu'il est avéré qu'ils n'ont lié connaissance que le 17 septembre, au soir, il leur eût suffi de
garder ensemble leurs vaches une journée et demie? La
réponse à de pareilles questions s'impose d'elle-même à
l'esprit; il n'est pas besoin de la formuler. Impossible
donc de s'arrêter un seul instant à cette pensée que les
Bergers auraient inventé l'Apparition.

Mais un plus habile qu'eux, inventeur lui-même de la
comédie, ne la leur aurait-il pas apprise? Dans ce cas
les enfants se seraient faits volontairement les criminels
complices de son intrigue; or nous avons prouvé qu'ils
n'ont pas voulu tromper. De plus quelles innombrables
séances n'eût-il pas fallu au professeur le plus habile et
le plus expérimenté pour apprendre aux êtres ignares et
bornés qu'étaient Maximin et Mélanie, une leçon si longue

que la récitation ininterrompue en eût duré plus d'une demi-heure, si exactement retenue que les écoliers n'en eussent jamais rien oublié et ne se fussent même jamais trompés en la répétant; si compliquée qu'il s'y fût trouvé du français, langue ignorée des Bergers, mêlé au plus pur patois de Corps; si relevée qu'elle eût pu supporter la comparaison avec le langage inspiré des antiques prophètes; et malgré tout cela, si parfaitement comprise des deux enfants, qu'ils eussent été pour toujours mis en mesure de répondre victorieusement à toutes les difficultés que des milliers de personnes des plus intelligentes et des plus savantes leur pourraient faire dans la suite à son sujet! Or, jamais personne au monde ne s'est approché soit de Maximin soit de Mélanie pour leur faire la leçon, ni quand ils étaient séparés, comme leurs parents et leurs compatriotes ont été unanimes à le déclarer, ni pendant qu'ils gardaient de compagnie leurs troupeaux, ainsi qu'il résulte du témoignage de Pierre Selme, lequel n'a pas cessé de surveiller son Berger d'occasion jusqu'au jour même de l'Apparition à midi.

Il est donc surabondamment prouvé que les enfants de la Salette étaient incapables soit d'inventer eux-mêmes, soit d'apprendre d'un habile imposteur la comédie d'une vision fictive.

II. — *Ils ne l'étaient pas moins de soutenir une semblable invention.* Dès le lendemain de l'Evénement, ils se trouvaient éloignés l'un de l'autre : Maximin, dont le service provisoire chez Pierre Selme avait pris fin, était revenu chez son père, et Mélanie continuait de garder le troupeau de Baptiste Pra. Ainsi séparés, chacun d'eux, de son côté, fut questionné, tourné et retourné de toutes les manières, et il fut constaté que ce que le petit garçon répondait à Corps, la petite fille le disait également aux Ablandins; si parfois leurs expressions différaient, le sens de leurs paroles demeurait le même. Cette parfaite unanimité se continua quand les enfants se retrouvèrent sous le toit hospitalier des Sœurs de Corps; alors même qu'ils ne s'entretenaient jamais entre eux de l'Apparition, qu'ils se fuyaient plutôt qu'ils ne se recherchaient, et qu'ils évitaient, autant qu'ils le pouvaient, de se rencontrer ensemble dans un même interrogatoire; elle persévéra quand ils se furent définitivement quittés pour ne plus se réunir ici-bas. Et pourtant, on ne peut se figurer de quelle formidable opposition ils eurent à triompher ! Tous les moyens : promesses alléchantes, menaces terribles, raisonnements captieux ont été mis en œuvre pour les amener à se couper, à se contredire, à se déjuger ; les personnages les plus judicieux et les plus érudits : des prêtres, des magistrats, des avocats, des médecins, des juges, des évêques, ont déployé tour à tour, afin de les prendre en défaut, les ressources de leur esprit et l'habileté de leur diplomatie ; tout a échoué. Des objections innombrables leur ont été présentées, des difficultés spécieuses leur ont été opposées, et on a vu ce spectacle invraisemblable et humainement inexplicable de deux êtres d'une incapacité notoire, ce n'est pas assez dire, d'une nullité absolue, et même parfois d'une véritable stupidité dans les choses les plus ordinaires de la vie, se transformer, dès qu'on les plaçait sur le terrain de l'Apparition, en petits docteurs, étonnant, déroutant, stupéfiant et réduisant au silence leurs contradicteurs, par la clarté et la logique de leur raisonnement, la soudaineté et l'à-propos de leurs ripostes. Pour donner une idée de la valeur des personnages contre lesquels les Bergers eurent à lutter, et dont ils triomphèrent, rappelons le souvenir de deux de leurs adversaires : M. Lagier et Mgr Dupanloup.

Le dessein bien arrêté de M. l'abbé Lagier était d'arriver par surprise, menaces, intimidations, à convaincre les Voyants de fausseté. Plus à même que personne de découvrir la fraude, si fraude il y avait, il possédait d'abord sur tous les étrangers le précieux avantage de connaître à fond et de pouvoir ainsi saisir jusque dans ses plus imperceptibles nuances le seul idiome que sussent bien comprendre et parler les Bergers, le patois de Corps. De plus, par suite de la mauvaise saison peu favorable aux voyages, il pouvait, tout à loisir, entretenir les deux enfants, momentanément délivrés de la tyrannique obsession des pèlerins. Aussi, ne s'en fit-il pas faute. Il les vit, tantôt ensemble et tantôt séparément. Rien que pour Mélanie, il la tint sur la sellette pendant trois séances dont la plus courte dura près de quatre heures, écrivant au crayon ses propres interrogations et les réponses qui lui étaient faites, au fur et à mesure que les unes et les autres se produisaient. Le résultat de cette enquête menée avec autant de méthode que de conscience, ne fut pas celui que l'abbé avait escompté : la parfaite sincérité des enfants, et, par une conséquence logique, la vérité de la miraculeuse Apparition, resplendit avec l'éclat de l'évidence aux yeux de M. Lagier.

Mais voici, en face de ces pauvres enfants de la montagne, un jouteur bien plus redoutable encore, ayant en partage une vaste intelligence, une science consommée de l'enfance et la haute expérience que donne un long commerce avec les hommes de toutes les conditions. Le contraste est saisissant; Mgr Dupuch l'a très justement dépeint dans les lignes suivantes : « Regardez d'ici... cette curieuse, et, en apparence, cette prodigieusement inégale lutte... elle dure depuis quatorze heures, quels rivaux! D'un côté, en effet, après la pauvre petite Bergère des Ablandins, quasi sortie hier de l'étable de Baptiste Pra, car c'est en 1848, je reconnais cet autre petit Pâtre improvisé, ce chercheur de fumier sur les grands chemins, revenu peut-être à son premier état dans l'intervalle des leçons qu'on s'efforce, presque à peine perdue, de lui inculquer à tout prix. Et puis, de l'autre côté, n'est-ce pas un des hommes les plus remarquables de notre époque à tous égards? N'est-ce pas l'esprit le plus fin, le plus adroit, le plus fécond en ressources, le plus observateur de l'enfance, le plus accoutumé à la deviner, à en surprendre les secrets, à la pénétrer jusqu'au plus intime de sa nature tour à tour si expansive et si prompte à se défier, son dominateur, son doux fascinateur autant que son père, même alors qu'au contact d'une société trop civilisée pour être toujours sincère, même alors qu'au milieu de jeunes hommes déjà presque initiés à des habitudes non moins rusées que polies, elle a pu perdre, cette enfance bien-aimée, les premiers charmes de sa candide simplicité. Jugez de ce qu'il va être, de ce qu'il est d'avance, autour, auprès, en face de l'humble fils du Montagnard de Corps, de cette nature inculte, abrupte comme ces collines et leurs gazons, mais limpide et pure comme les eaux de leurs torrents... La Sézia ne l'est pas davantage. De l'aube au soir, en montant, en descendant à la Salette, à Corps, sans perdre un instant de ces quatorze longues heures, l'un ne cessera d'étudier, d'interroger, de scruter de son œil perçant, de son esprit qui l'est plus encore et qui jamais n'en partagera l'infirmité... de chercher à séduire, à déconcerter, à couper, de tenter par toute espèce de moyens... Et l'autre, de se livrer, de s'abandonner, sur un seul point excepté, sans avoir l'air de le soupçonner, bien certainement même, sans le soupçonner du tout. » (1)

Or, dans ce duel étrange quel sera le vaincu? Ce sera le grand éducateur, l'ancien Supérieur de Séminaire, le futur évêque d'Orléans. Lui-même confesse sa défaite en ces termes : « Je cessai dès lors une lutte inutile. Je sentis que la dignité de l'Enfant était plus grande que la mienne. Je posai avec amitié et respect ma main sur sa tête; je traçai une croix sur son front, et je lui dis : Adieu, mon cher enfant, j'espère que la Sainte Vierge excuse toutes les instances que je vous ai faites. Soyez toute votre vie fidèle à la grâce que vous avez reçue... Si j'étais obligé de me prononcer et de dire *oui* ou *non* sur cette révélation, et que je dusse être jugé à ce sujet sur la sincérité rigoureuse de ma conscience, je dirais *oui* plutôt que *non*. La prudence humaine et chrétienne me ferait dire *oui* plutôt que *non*, et je ne croirais pas avoir à craindre d'être condamné au jugement de Dieu comme coupable d'imprudence et de légèreté. » (2)

Rappelons que ce que les Voyants affirmaient le soir du 19 septembre 1846 devant leurs maîtres, en 1847 devant M. Lagier, en 1848 devant Mgr Dupanloup, ils n'ont cessé de le redire à la face du monde entier jusqu'à leur dernier soupir.

Evidemment ces petits montagnards n'étaient pas de taille à soutenir victorieusement une fable dans de semblables circonstances et contre de pareils adversaires.

III. — *Maximin et Mélanie étaient bien plus incapables encore de prédire à coup sûr un avenir impénétrable aux prévisions humaines.* Ce qui échappe aux plus grands génies eux-mêmes, n'a pu être l'apanage de pâtres grossiers et illettrés. Or, le discours que les Bergers ont publié comme sorti des lèvres de la « Dame » du Mont-sous-les-Baisses contient l'annonce de plusieurs faits, alors humainement impossibles à prévoir, et qui pourtant, au cours des soixante années écoulées depuis 1846, ont déjà reçu

---

1. Mgr DUPUCH. *Venez avec moi à la Salette.*
2. Mgr DUPANLOUP. Lettre à M. Du Boys.

leur accomplissement, sans préjudice de ce que peut nous réserver l'avenir. Entrons dans le détail. D'après l'Apparition, les pommes de terre qui déjà se sont gâtées, continueront à le faire : « *Si les récoltes se gâtent, ce n'est qu'à cause de vous. Je vous l'ai fait voir l'année passée par les pommes de terre, vous n'en avez pas fait cas ; au contraire, quand vous en trouviez de gâtées, vous juriez et vous y mettiez le nom de mon Fils. Elles vont continuer à pourrir, et cette année, pour Noël, il n'y en aura plus.* »

Cette première menace s'est réalisée à la lettre.

A cette question adressée par Mlle des Brulais, en septembre 1847 à un habitant de Corps : « Est-ce que vous avez eu la famine ici? » celui-ci répondait : « Oui, Madame. Les pauvres gens mourraient de faim dans la montagne; ils n'avaient pas seulement une pomme de terre à manger.

— Les pommes de terre, insistait la pèlerine nantaise, ont donc été mauvaises par ici comme ailleurs?

— Bien sûr, Madame, et pour trois francs, vous n'en auriez pas eu autant qu'on en a à présent pour huit sous; quinze jours avant Noël, il n'y en avait plus une de bonne. La Sainte Vierge avait bien dit cela aussi. » Sur quoi l'auteur de « l'Echo » après avoir rapporté ce dialogue, ajoute dans une note : « Cela est si vrai que, pour être à même de partager un morceau de pain avec ces pauvres affamés, les bonnes religieuses de Corps employèrent dès lors la farine telle qu'elle sort du moulin sans ôter même le *gros du son*. Aujourd'hui encore (1847), elles continuent ce pain grossier, afin de ménager leur petite provision de blé, pour le partager de nouveau avec le pauvre, si l'hiver doit être aussi malheureux que l'année dernière. » (1)

En Angleterre, la Reine Victoria, dans son discours du Trône, prononcé à l'ouverture du Parlement, le 19 janvier 1847, s'exprimait ainsi : « C'est avec la plus profonde sollicitude que j'ai à appeler votre attention sur la disette des subsistances qui règne en Irlande et dans certains pays de l'Ecosse. En Irlande surtout, la perte de l'aliment ordinaire du peuple (personne n'ignore que le peuple Irlandais se nourrit surtout de pommes de terre) a été cause de cruelles souffrances, d'épidémies et d'un grand accroissement de mortalité. Le peu d'abondance des récol-

---

1. Mlle Des Brulais. *L'Echo de la Sainte Montagne.*

tes en France, en Allemagne et dans d'autres parties de l'Europe, a ajouté à la difficulté d'obtenir des approvisionnements suffisants. » Les journaux anglais, à la même époque, évaluaient à douze millions de livres sterling (soit trois cents millions de francs) la perte occasionnée à la seule Irlande par le déficit de la récolte des pommes de terre.

En France, le même manque de récoltes s'accusa par le soin que prit le gouvernement de faire paraître, en janvier 1847, deux ordonnances royales ayant pour objet : la première, de défendre l'exportation de la pomme de terre, la seconde, d'en faciliter l'importation.

« *Si vous avez du blé*, avait continué la " Dame ", *il ne faut pas le semer, car tout ce que vous semerez, les bêtes vous le mangeront, et ce qui viendra tombera en poussière quand vous le battrez.* »

Or, de 1851 à 1856, la récolte du blé a été fort mauvaise, témoin les journaux de l'époque.

Le *Siècle* du 5 octobre 1854, traitant de la cherté des subsistances et du manque des récoltes, constate « qu'il y a des miracles atmosphériques qui font avorter les moissons dans le sein de la terre ».

L'Illustration du 19 juillet 1856 contient ce passage :

« Pictin, ou maladie des chaumes. — Cette maladie a causé de grandes pertes en 1851 et 1852. Jusque-là, le parasite qui la provoque ne s'était que fort peu multiplié et ses dégâts avaient passé inaperçus... Depuis lors, on a plusieurs fois constaté son action pernicieuse sur les froments... La maladie commence, soit avant la floraison, soit quelques jours après. Les plantes attaquées s'élèvent moins que les autres et prennent très promptement la teinte jaune qui caractérise les froments arrivés à maturité. Les entrenœuds les plus inférieurs des tiges sont les premiers atteints, etc... ».

Un correspondant de l'*Univers* publie dans cette feuille, à la date du 15 juillet 1856, la communication suivante : « Nos blés, dans les années 1854 et 1855, n'ont donné qu'un faible rendement. On assigne diverses causes à ce déficit... Pour moi, mes observations particulières m'avaient convaincu que nos céréales étaient envahies par une nouvelle maladie qui les dessèche, attaquant rarement les tiges, quelquefois les épis, plus souvent les alvéoles ou palles plus ou moins nombreuses de chaque épi. Je croyais bien que cette maladie qui débutait aurait reparu cette année, et avec plus d'intensité. Mes prévisions, ou mieux mes craintes, ne se réalisent que trop bien. Après une floraison faite dans les meilleures conditions, nos blés sont envahis de nouveau par la maladie, et leur rendement, déjà si faible l'année dernière, pourrait bien être encore plus faible cette année... Voici ce que je remarque : Extérieurement, quelque temps après la floraison, et alors que la graine commence à se former, vous voyez blanchir hâtivement la tête des épis. C'est la première invasion de la maladie qui se développe pendant la durée de plusieurs semaines, et qui, en se développant, altère plus ou moins, comme je l'ai dit plus haut, la graine, les palles calicinales et quelquefois les tiges elles-mêmes. Intérieurement, j'ai examiné de près, j'ai ouvert les alvéoles ou palles desséchées. Les unes ne renferment aucune graine, ce sont celles qui ont été envahies les premières, et quand les embryons étaient à peine noués. Les autres renferment un grain amaigri et desséché que rien ne nourrit; ce sont celles qui ont été envahies plus tard. Dans les unes et les autres, nous avons trouvé, sous la forme de poudre jaune, des « petits vers » qui, sans doute, produisent tous ces ravages. Chacun peut aujourd'hui constater le même phénomène : il suffit de se rendre au premier champ de blé, de prendre en main quelques épis, d'ouvrir les corolles marquées à leurs racines d'une tache noire, et l'on verra pulluler les animalcules. »

Le *Courrier de Marseille* du 4 octobre 1856 relate cette information qui lui est envoyée de Bucharest (Roumanie actuelle) :

« La récolte a été très mauvaise et, sans exagération, je puis vous affirmer que, dans plus d'un endroit, elle a été nulle. Aussi, la cherté des vivres se fait-elle sentir de jour en jour, et comme tous les autres objets suivent toujours le taux des denrées alimentaires, une élévation de prix se fait remarquer dans tout. »

Le *Sémaphore de Marseille* du 8 octobre 1856 mentionne que « la récolte a été si peu abondante dans les provinces qui avoisinent Madrid, que c'est à peine si les laboureurs ont la quantité de blé nécessaire pour ensemencer la terre. »

Enfin, d'après la *Gazette du Midi* des 13 et 26 novembre 1856, on redoutait à cette époque une cruelle famine en Laponie; et en Pologne, pour suppléer à la rareté des récoltes, certains fonctionnaires à la solde de la Russie, ont eu leur traitement augmenté d'un tiers.

« *Il viendra une grande famine* », est-il dit aussi dans le discours de l'Apparition.

Et voici que le journal le *Constitutionnel*, dans un de ses numéros de mars 1856, publie une statistique évaluant le nombre des morts causées, en France seulement, par suite de la « cherté des vivres » (synonyme adouci de famine), pour 1854, à « soixante et onze mille », et pour 1855, à « quatre-vingt mille », au minimum.

L'année 1856 ayant été plus meurtrière encore, sous ce rapport, que les précédentes, il n'est pas du tout téméraire de fixer à « cent mille », au bas mot, son contingent de victimes de la faim, ce qui donne pour les trois ans le chiffre de deux cent cinquante et un mille décès. En étendant ce calcul, on arriverait facilement au total « d'un million » pour l'Europe entière.

« *Avant que la famine vienne*, avait annoncé la « Dame », *les petits enfants au-dessous de sept ans prendront un tremblement et mourront dans les bras des personnes qui les tiendront.* »

Or, en 1847, à Corps même, pays des Bergers, qui ne comptait que treize cents âmes, tandis qu'il n'était mort en 1845 que treize enfants au-dessous de quatorze ans, en 1846, il en mourut vingt-quatre au-dessous de dix ans; en 1847, au 10 avril, il en avait déjà péri trente-trois au-dessous de dix ans, et, à la fin de l'année, le total des décès s'élevait à 99, dont 63 d'enfants. Du coup, les habitants de cette bourgade et des environs se convertirent. Aussi, n'y eut-on pas à souffrir du choléra, quand il éclata en 1854. Mais les cantons voisins, et bien d'autres régions, furent alors terriblement ravagés par cet épouvantable fléau. Le *Constitutionnel* porte à « cent cinquante mille » le nombre des victimes qu'il a faites cette année-là en France. Dans ce chiffre, on a calculé que les enfants doivent figurer pour une moitié. Chez eux, le choléra, la plupart du temps, se compliquait de la « suette milliaire »; ils étaient saisis d'un froid glacial, se mettaient à « trembler » de tous leurs membres, et, au bout de quelques heures, ils expiraient.

« *Les raisins pourriront et les noix deviendront mauvaises* », avait dit encore l'Apparition.

Chacun sait les dévastations accomplies par les nombreuses maladies de la vigne, à ce point que des régions entières ont été ruinées par la perte complète de leurs vignobles. Ce que l'on connaît moins, c'est que, en 1846, au moment de l'Apparition, il était impossible de se douter de l'imminence d'un semblable fléau. Alors, l'oïdium, la première maladie de la vigne, n'était connu qu'en Angleterre, et encore sur des grappes venues en serres chauffées ou sur des treilles, et il n'y avait nulle apparence qu'il pût s'attaquer à des vignes cultivées en plein champ et sous un climat plus sec et plus chaud.

Voici ce qu'on lit, à ce sujet, dans un rapport présenté au Ministère de l'Intérieur par M. Louis Leclerc, en 1852 : « C'est au printemps de 1845 que la maladie fut observée, pour la première fois, à Margate, en Angleterre, dans les cultures forcées de M. Tucker, jardinier pépiniériste... On ne sait rien de positif sur l'époque précise à laquelle les vents jetèrent les spores ou semences du fatal oïdium sur le continent; mais, circonstance notable, on le vit, en 1847 d'abord, dans les cultures forcées des environs de Paris, d'où il passa bientôt sur les treilles, comme il avait fait en Angleterre. Probablement, la plante parasite dut s'installer dans plusieurs vignobles avant 1851; mais faiblement, et c'est à cette dernière époque que le mal prit d'effrayantes proportions dans le sud et le sud-est de la France, en Italie, en Hongrie, etc... »

Le *Moniteur* ne souffle mot du nouveau fléau jusqu'en 1851. C'est seulement dans son numéro du 12 août de la dite année que se rencontre le passage suivant : « On lit dans une lettre écrite à la date du 6 août, de la limite du vignoble du Beaujolais : L'on s'attend à faire peu de vin dans nos contrées : les raisins sont trop petits et généralement assez rares. La maladie dont les raisins d'une grande partie des treilles de Mâcon étaient attaquées l'année dernière se propage dans les vignes de raisins blancs de Pouilly, Fuissé, Chintré, et les raisins attaqués deviennent blanchâtres, c'est-à-dire paraissent saupoudrés; ensuite ils deviennent noirs, pourrissent et sentent mauvais. Dans une quinzaine de jours, on pourra sans doute savoir au juste ce qu'il en est de cette maladie, qui met l'épouvante dans les lieux où elle s'est montrée. »

Quant aux *noix*, qui formaient jadis l'une des principales ressources, soit qu'on les vendît pour la table, soit que le cultivateur récoltant en fabriquât lui-même une huile comestible, elles ont commencé à être atteintes par la maladie en 1851, comme le constate également le rapport de M. Leclerc, dans les termes suivants : « Le Lyonnais et le Beaujolais me paraissent moins frappés... Les peupliers et les saules de cette belle région sont tous atteints d'une maladie qui leur est particulière ; le feuillage est triste, languissant, brun sale ou couleur de tabac. Beaucoup de noyers se trouvent dans une situation également maladive, comme dans l'Isère, au reste, où l'importante récolte des noix a été perdue. »

A la lecture du « secret » confié à Mélanie, devant les envoyés de l'Evêque de Grenoble, Pie IX a laissé tomber de ses lèvres ces paroles dans lesquelles il est bien permis de voir un résumé de la communication particulière faite à la Bergère par la *Dame* de l'Apparition : « *Ce sont des fléaux qui menacent la France ; elle n'est pas seule coupable : l'Allemagne, l'Italie, toute l'Europe est coupable et mérite des châtiments.* »

Pour ne parler que de la France, que de maux, depuis 1846, l'ont affligée et l'affligent actuellement plus que jamais ! Deux ans après l'Apparition, Paris voyait la Révolution de 1848 et ces barricades que rougit le sang d'un archevêque. Quelques années plus tard, arrivait la guerre de Crimée, puis l'expédition du Mexique, ensuite 1870 qui coûta à notre pays, outre cinq cent mille de ses enfants tombés sur les champs de bataille ou expirés dans les prisons allemandes, deux de ses plus florissantes provinces et cinq milliards de contribution forcée, et fut suivie de l'atroce Commune avec ses pillages, ses incendies et ses fusillades d'otages. Depuis lors, sans rien dire d'épouvantables désastres matériels, tels que l'incendie du Bazar de la Charité, le tremblement de terre de la Martinique, la catastrophe des mines de Courrières, l'explosion toute récente du navire de guerre *Liberté*, un fléau d'un nouveau genre a surgi et ne cesse d'accroître ses ravages, c'est la guerre à Dieu et à son Eglise, par la déchristianisation de la France, conduite avec une habileté vraiment satanique par la Franc-Maçonnerie dont le mot d'ordre sert de programmes à nos législateurs et à nos gouvernants. Nombreuses sont les étapes déjà fournies : laïcisation de l'instruction publique, suppression des aumôniers dans l'armée et des Sœurs dans les hôpitaux, obligation du service militaire pour les séminaristes, expulsion des congrégations religieuses, rupture du Concordat. Les fruits d'un tel régime ne se sont pas fait attendre : le blasphème, l'immoralité, le meurtre, la rapine débordent de toutes parts ; le socialisme, l'anarchie, l'internationalisme lèvent insolemment la tête, n'attendant qu'une occasion pour mettre tout à feu et à sang.

Il serait aisé de montrer que le reste de l'Europe, et en particulier l'Allemagne et l'Italie trouvent aussi la punition de leurs fautes, et dans les théories criminelles et dangereuses qu'on y professe, et dans l'état d'inquiétude, de malaise, d'agitation, précurseur de prochains et terribles orages, qui s'y révèle à l'observateur attentif.

Enfin, outre des châtiments, la *Dame* du Mont-sous-les-Baisses avait annoncé aussi, mais d'une manière conditionnelle, des bénédictions temporelles : « *S'ils se convertissent, les pierres, les rochers, deviendront des monceaux de blé, et les pommes de terre se trouveront comme ensemencées d'elles-mêmes.* » Jusqu'ici, la condition posée n'a pas été réalisée ; car s'il s'est produit, depuis 1846, des retours partiels au bien, le peuple de Marie, dans son ensemble, ne s'est pas converti. Il n'y a donc pas à s'étonner que le Ciel n'ait pas accordé les prospérités prédites.

Ainsi qu'on vient de le voir, les prédictions de La Salette ont été vérifiées de point en point par l'événement. Leur auteur avait donc lu à coup sûr dans le livre fermé de l'avenir, prodige que les deux Pâtres ignares et incultes des Ablandins n'étaient pas moins incapables d'accomplir, on en conviendra, que d'inventer ou d'apprendre d'un tiers une fausse Apparition et de soutenir ensuite cette pure comédie. Il reste donc démontré que Maximin et Mélanie n'auraient pu tromper, l'eussent-ils voulu. Comme, d'autre part, nous avons prouvé qu'ils n'ont pas voulu tromper et qu'ils n'ont pas été trompés eux-mêmes, la conclusion qui se dégage nette et lumineuse, c'est qu'ils sont dignes de foi. Dès lors, leur témoignage est recevable, et, par suite, *le fait d'une Apparition sur la Montagne de la Salette*, attesté par eux, *ne peut pas être logiquement contesté.*

CHAPITRE II

C'EST LA MÈRE DE DIEU QUI EST APPARUE
A LA SALETTE.

APRÈS avoir, dans le précédent chapitre, établi le *fait* d'une Apparition sur le Mont-sous-les-Baisses, nous devons maintenant, dans celui-ci, nous demander quel est le *personnage* qui s'est montré et a parlé à Maximin et à Mélanie, le 19 septembre 1846.

La *Dame* de la Salette, pour employer l'expression des petits Bergers, était : ou bien une habitante de ce monde terrestre, ou bien une envoyée de Satan, ou bien une messagère de Dieu; point d'autre alternative possible.

Faut-il voir en elle une habitante de la terre? Evidemment non. Il est de toute impossibilité à une créature humaine que la mort n'a pas encore soustraite aux conditions de la vie présente, si habile, si rusée, si savante qu'on la suppose, de se produire dans les circonstances rapportées par les Voyants. Aussi longtemps qu'il n'a pas terminé sa carrière mortelle, l'homme reste soumis à des lois physiques et morales bien caractérisées dont il n'est pas en son pouvoir de s'affranchir. Or, ces lois n'existaient pas pour la *Dame* du Mont-sous-les-Baisses.

Tandis que nous sommes ternes et sans éclat, Elle était toute de lumière, d'abord comme ensevelie au sein d'un globe éblouissant, puis entourée d'une double auréole auprès de laquelle pâlissaient les rayons du soleil. Tandis que la pesanteur nous attache au sol, Elle est demeurée, tout le temps qu'Elle a parlé aux petits Pâtres, suspendue à une vingtaine de centimètres du sol, a glissé au-dessus de l'herbe sans en faire fléchir la pointe, puis s'est élevée à une hauteur d'environ un mètre cinquante et est restée là quelques instants immobile avant de disparaître. Tandis qu'en parlant haut à deux personnes situées à la même distance de nous, nous ne pouvons faire que, ou toutes les deux ensemble, ou seulement l'une des deux, à notre gré, perçoivent nos paroles, Elle s'est exprimée d'un ton de voix toujours uniforme en face des deux Bergers debout à ses pieds, et elle a été successivement entendue de tous les deux d'abord, puis de Maximin seul, puis de Mélanie seule, et enfin une dernière fois de tous les deux. Tandis que, quelque part que nous allions, il nous est impossible de ne pas tomber, à notre approche, et ensuite de ne pas rester tant que dure notre séjour, sous le regard des personnes présentes, Elle s'est trouvée soudain près des Voyants sans que ni ceux-ci, ni Pierre Selme qui travaillait dans son champ à peu de distance de là, ni les pastoureaux disséminés çà et là au nombre d'une quarantaine sur tous les points de la montagne, l'aient vue venir; pendant que Maximin et Mélanie la contemplaient, nul autre qu'eux ne l'apercevait, pas même le roquet hargneux du petit Berger qui, tout le temps que dura l'Apparition, demeura tranquille et silencieux aux côtés de son maître; enfin, son message achevé, Elle *se fondit* en présence et à la portée de la main de ses Voyants pour ne plus reparaître à leurs regards. Tandis que nous ignorons du passé ce qui s'est réalisé loin de nous et dont personne ne nous a parlé, de l'avenir absolument tout, Elle a rappelé à Maximin, qui l'avait oublié, l'incident très détaillé de la *Terre du Coin* et a formulé des prédictions que les événements ont justifiées. Assurément Celle qui a réalisé de telles merveilles n'était pas, ne pouvait pas être une habitante de ce bas monde. Aussi toutes les démarches, les enquêtes, les procédures d'ordre administratif ou judiciaire accomplies par le maire de la Salette, le suppléant de la justice de paix de Corps et le procureur du roi de Grenoble, malgré l'ardent désir de ces messieurs de découvrir la *Dame* de l'Apparition, ont-elles complètement échoué, et les efforts désespérés de l'opposition pour assigner une origine humaine à l'événement du 19 septembre, ont-ils piteusement abouti à la sotte fable Lamerlière.

N'appartenant pas à la terre, la *Dame* aurait-elle été une envoyée de l'enfer? Pas davantage. Sans doute il n'est pas impossible que le démon, ce « singe » de Dieu, essaie de se transformer en ange de lumière, mais les manifestations de l'esprit de ténèbres se reconnaissent à des caractères auxquels on ne peut se tromper et qu'on ne rencontre aucunement dans le miracle de la Salette. Les Apparitions diaboliques présentent principalement les particularités

suivantes : elles laissent à ceux qui en ont été témoins
une impression de trouble, de tristesse et de frayeur;
elles offrent toujours sur un point ou sur un autre, quelque chose de choquant, de difforme, d'inconvenant, à tout
le moins de bizarre, de grotesque et de ridicule; leur but,
s'il se dissimule quelque temps, finit bientôt par se révéler
comme mauvais; enfin leurs résultats définitifs se résument en un mot : l'offense de Dieu, le péché. Or, nous
constatons précisément tout le contraire dans l'Apparition
de la Salette. Sans doute, à la première vue d'un spectacle
si nouveau pour eux et d'ailleurs surnaturel, Maximin et
Mélanie sont saisis d'un sentiment de crainte, mais une
fois que la *Dame* leur a dit : « Avancez, mes enfants,
n'ayez pas peur, je suis ici pour vous apprendre une
grande nouvelle », leur cœur se remplit aussitôt d'une paix
délicieuse qu'ils ont exprimée par ces mots simples mais
expressifs : « Nous étions bien contents ! » Tout dans l'attitude, le costume, les paroles de la merveilleuse Visiteuse
est bienséant, convenable, harmonieux; sa taille est élevée
et majestueuse; ses traits, d'une régularité parfaite, respirent la noblesse, la grandeur et la sainteté; ses vêtements
conviennent, par leur éclat, à la dignité de la Reine, par
leur simplicité, à la modestie de la Vierge. Son langage,
à la fois tendre et énergique, ne renferme rien que de vrai,
de bon, d'utile, d'édifiant et d'avantageux. L'excellence
du but que poursuit la *Dame* du Mont-sous-les-Baisses
ressort manifestement de tout son discours : ce qu'elle
veut, c'est que les pécheurs cessent d'encourir, par leurs
infractions aux lois de Dieu et de l'Eglise, les châtiments
du Ciel et que, au contraire, ils méritent ses bénédictions
en se convertissant. Quant aux résultats de l'Apparition
de la Salette, ils consistent dans la réalisation d'un bien
immense. Grâce à elle, des âmes innombrables ont été
sauvées, des contrées entières ramenées à Dieu, des centres de pèlerinages se sont formés, des confréries pieuses
ont surgi, des multitudes de faveurs spirituelles et temporelles ont été obtenues, le règne de Notre-Seigneur et de
son auguste Mère ont pris un accroissement considérable.
Si de tels effets étaient attribuables au démon, il faudrait
dire que, pour la première fois depuis six mille ans, il a
travaillé contre lui-même. La force de cette preuve en faveur de la divinité de l'Apparition n'a pas échappé à l'esprit

si clairvoyant de Mgr Dupanloup. Notant les impressions de son pèlerinage à la Sainte Montagne en 1872, il écrivait dans son journal : « J'ai relu ce que j'ai écrit; cela persuade beaucoup. Et aujourd'hui j'ajoute : ... Ce n'est pas le père du mensonge qui a imaginé cela. Qu'y aurait-il gagné? La foi, la ferveur, la communion, l'honneur de la Sainte Vierge, la gloire de Dieu à un degré extraordinaire. Il est difficile de croire que Dieu ait permis *in falsum* (pour une fausseté) ce mouvement du monde entier. » (1)

Le Personnage apparu à la Salette ne relevait donc pas plus de l'Enfer que de la terre. Dès lors, comme pourtant il devait nécessairement venir de quelque part, nous sommes dans l'obligation de conclure qu'il avait été envoyé du Ciel.

En principe, qu'une manifestation semblable soit possible, c'est certain. Rien en cela qui répugne à la foi catholique. Tout au contraire, l'histoire de la Religion rapporte de nombreux exemples d'apparitions célestes. Dans l'ancien Testament, citons, entre autres personnes favorisées de visions angéliques : Abraham, Agar, Loth, Jacob, Tobie, Élie, Daniel. Aux temps évangéliques, l'archange Gabriel apparaît à Zacharie, à Marie et à Joseph. Quand le Fils de Dieu a paru sur la terre, des anges chantent sur son berceau, le servent dans le désert, l'assistent dans son agonie et gardent son tombeau après sa résurrection. Saint Pierre emprisonné à Jérusalem fut tiré de son cachot par un ange, et ce fut un ange aussi qui rassura saint Paul au milieu d'une tempête. Au temps de saint Grégoire-le-Grand, au cours d'une procession solennelle dans les rues de Rome, un ange apparut sur le môle d'Adrien. Au XVIIe siècle, Notre-Seigneur Lui-même daigna se montrer à la bienheureuse Marguerite-Marie. Pour le XIXe siècle, le bréviaire romain raconte que la Très Sainte Vierge apparut à Catherine Labouré en 1830, à Alphonse Ratisbonne en 1842, à Bernadette Soubirous en 1858.

En fait, la *Dame* qui s'est montrée à Maximin et à Mélanie, le 19 septembre 1846, n'était autre que l'auguste Mère de Dieu. Telle est la douce et consolante vérité que vont nous certifier, d'un commun accord, trois principaux témoignages : celui de l'Apparition Elle-même, celui de l'autorité compétente et celui de Dieu.

---

1. M. l'abbé BRANCHEREAU. *Journal intime de Mgr Dupanloup.*

ARTICLE I.

Témoignage de l'Apparition Elle-même.

L'Apparition étant, comme nous l'avons prouvé, une Messagère céleste, nous pouvons et nous devons accepter comme véridiques les paroles tombées de ses lèvres ; les envoyés de Dieu ne mentent pas. Or, la divine Ambassadrice révèle qui Elle est.

Dans d'autres manifestations analogues, Notre-Dame s'est nommée expressément et formellement. Ainsi, jadis, au Laus, elle dit à la Vénérable Sœur Benoîte : « *Je suis Marie, Mère de Jésus* », et à Lourdes, quand Bernadette lui adressera pour la troisième fois cette naïve et touchante prière : « Madame, veuillez me dire qui vous êtes et quel est votre nom ? » Elle répondra : « *Je suis l'Immaculée-Conception.* » A la Salette, Elle s'est désignée aussi, mais d'une autre manière : au lieu de se nommer, Elle s'est dépeinte ; au lieu de prononcer son nom, Elle a tracé son portrait ; et ce portrait est d'une ressemblance telle qu'on ne peut pas n'y pas reconnaître à première vue Celle qu'il représente. Touchante délicatesse de son cœur ! Elle a voulu, ce semble, nous ménager la joyeuse surprise de l'enfant qui, mis en présence d'une photographie, y découvre de lui-même les traits aimés de sa bonne mère.

Si Maximin et Mélanie ne se sont pas doutés de la personnalité de Celle qui leur parlait, c'est que leur ignorance religieuse était absolue ; des enfants tant soit peu initiés à la connaissance du catéchisme auraient compris qu'ils avaient devant eux la Sainte Vierge. Ses paroles en effet sont tellement significatives !

« Si mon *peuple* ne veut pas se soumettre... Vous le ferez passer à tout mon *peuple*... » Elle a un peuple ; elle est donc *reine*.

« Si mon peuple ne veut pas *se soumettre*, je suis forcée de laisser aller *le bras de mon Fils* ». Elle a pour Fils Celui dont le bras vengeur s'appesantit sur ceux qui ne veulent pas se soumettre, Celui par conséquent dont il est écrit dans les Psaumes : « Le Seigneur, dans sa justice, brise la tête des pécheurs » (Ps. CXXVIII, 4) ; Elle est donc *Mère de Dieu*.

« Il (le bras de mon Fils) est si lourd et si pesant que je ne puis *plus* le retenir ». Elle l'avait retenu jusque-là...

Histoire de l'Apparition   21

Qu'il faut donc qu'elle soit *puissante* pour balancer ainsi, par sa seule entremise, la justice même de Dieu prête à frapper !

« Si je veux que mon Fils ne vous abandonne pas, je suis chargée *de le prier* sans cesse. » Elle est donc *l'avocate* et la *médiatrice* du monde coupable.

« Vous aurez beau prier, beau faire, vous ne pourrez jamais *récompenser la peine* que j'ai prise pour vous. » Elle a donc, à une époque donnée, *bien souffert pour nous*, qu'Elle nous met au défi de pouvoir jamais souffrir autant pour Elle.

Or, il n'est dans le Ciel qu'une seule personne à laquelle se rapportent ces différents traits ; mais ils lui conviennent si bien que de leur réunion résulte son exacte physionomie ; cette personne, c'est MARIE.

Marie, que l'Eglise salue du beau nom de *Reine* : « *Salve, Regina !* »

Marie, à laquelle toute bouche catholique murmure plusieurs fois par jour cet éloge : « Sainte Marie, *Mère de Dieu*, priez pour nous, pauvres pécheurs ! »

Marie, que saint Bernard ne craint pas d'appeler la *Toute-Puissance* suppliante : « *Omnipotentia supplex !* »

Marie, que ses enfants de la terre implorent comme leur céleste *avocate* et reconnaissent pour leur *médiatrice* secondaire auprès du Médiateur principal : « *Eia ergo, advocata nostra... pro nobis Christum exora !* »

Marie, enfin, dont la douleur endurée pour nous jadis sur le Calvaire a dépassé en vérité tout ce que nous pourrions souffrir pour Elle, puisqu'Elle a, dans l'intérêt de notre salut, consenti à la mort de son Fils et de son Dieu !

La divine Messagère s'est donc désignée Elle-même. Elle ne s'y est pas trompée, dans sa simplicité clairvoyante, la vieille mère Pra, maîtresse de Mélanie, qui, au premier récit des Bergers, le soir même du 19 septembre, prononça que cette Belle Dame était certainement la « Sainte Vierge, » parce que « il n'y a qu'Elle, au Ciel, dont le Fils gouverne. » Il ne s'y est pas trompé, dans sa piété sacerdotale, le bon curé de la Salette, lorsque, ayant entendu, le lendemain, de sa chambre, les Voyants raconter, dans sa cuisine, la scène merveilleuse, il leur dit en pleurant d'émotion : « Vous être bien heureux, vous avez vu

la Sainte Vierge! » Il ne s'y est pas trompé, le peuple
chrétien, qui, aux premiers bruits de l'Evénement miraculeux, alors que le clergé attendait prudemment, avant
de se prononcer, gravissait le *Mont-sous-les-Baisses*, pour
y invoquer d'instinct la Mère de Dieu.

ARTICLE II.

Témoignage de l'autorité compétente.

Le fait de la Salette se révélant en lui-même et dans
ses circonstances comme dépassant les lois de la nature,
il appartenait à l'Eglise de l'examiner et de le juger.

D'après les règles du droit canonique, c'est à l'évêque
dans le diocèse duquel s'est accompli un événement de ce
genre que revient le soin de l'étudier et de prononcer sur
son caractère. Mgr de Bruillard, qui occupait le siège de
Grenoble en 1846, ne s'est pas dérobé à la mission qui lui
incombait; il l'a au contraire remplie avec une sagesse
digne de tout éloge.

Nous avons vu, dans notre première partie, comment
le vénérable Prélat, tout en se renseignant avec soin à
bonne source, et en se tenant exactement au courant de ce
qui se disait et se faisait, ne se hâta pas de se prononcer,
mais garda une grande réserve, qu'il imposa en même
temps à tous ses prêtres, leur défendant de faire aucune
allusion au fait de la Salette, du haut de la chaire.

Dès le commencement de décembre 1846, l'évêque de
Grenoble établissait les deux commissions des chanoines
de sa cathédrale et des directeurs de son grand Séminaire,
auxquelles il demandait un rapport motivé sur la question
soigneusement étudiée. L'année suivante, il envoyait, revêtus de ses pleins pouvoirs, MM. Rousselot et Orcel, enquêter dans neuf diocèses différents sur les guérisons qu'on
disait avoir été obtenues par le recours à Notre-Dame de
la Salette et l'usage de l'eau de sa Fontaine, ainsi qu'au
pays des Bergers, sur l'Evénement lui-même.

En novembre et en décembre 1847, le rapport des deux
commissaires épiscopaux était discuté puis approuvé dans
des conférences tenues à l'évêché sous la présidence de
Mgr de Bruillard et auxquelles assistaient les vicaires généraux, les chanoines et les curés de Grenoble.

La question ainsi étudiée à fond, l'évêque laissa s'écouler encore quatre années durant lesquelles il prit de nouveaux renseignements, enregistra de nouveaux faits, constata une progression très marquée dans la piété des fidèles envers la Sainte Vierge, dans la fréquentation de la montagne de la Salette, dans le bien opéré par la connaissance de plus en plus répandue de l'Apparition.

Ce fut alors seulement que parut le mandement doctrinal rédigé avec la collaboration de Mgr Villecourt, alors évêque de la Rochelle et futur cardinal, et approuvé par le Préfet de la Congrégation des Rites.

Nous nous croyons obligé, à cause de son importance capitale, de donner cette pièce tout au long.

« PHILIBERT DE BRUILLARD, par la miséricorde divine et la grâce du Saint-Siège apostolique, évêque de Grenoble;

» Au Clergé et aux Fidèles de notre diocèse, salut et bénédiction en Notre-Seigneur Jésus-Christ.

» NOS TRÈS CHERS FRÈRES,

» Un événement des plus extraordinaires, et qui paraissait d'abord incroyable, nous fut annoncé, il y a cinq ans, comme étant arrivé sur une des montagnes de notre diocèse. Il ne s'agissait de rien moins que d'une apparition de la Sainte Vierge que l'on disait s'être montrée à deux bergers (1) le 19 septembre 1846. Elle les aurait entretenus de malheurs qui menaçaient *son peuple*, surtout à cause des blasphèmes et de la profanation du dimanche, et aurait confié à chacun d'eux un secret particulier avec défense de le communiquer à qui que ce fût.

» Malgré la candeur naturelle des deux Bergers, malgré l'impossibilité d'un concert entre deux enfants ignorants, et qui se connaissaient à peine; malgré la constance et la fermeté de leur témoignage, qui n'avait jamais varié ni devant la justice humaine, ni devant des milliers de personnes qui ont épuisé tous les moyens de séduction pour les faire tomber en contradiction ou pour obtenir la révélation de leur secret, nous avons dû, pendant long-

---

1. Maximin Giraud, né à Corps, le 27 août 1835, et Mélanie Mélanie Mathieu, née à Corps, le 7 novembre 1831.

temps, nous montrer difficile à admettre comme incontestable un événement qui nous semblait si merveilleux. Notre précipitation n'eût pas été seulement contraire à la prudence que le grand Apôtre recommande à un Evêque, mais elle eût été de nature à fortifier les préventions des ennemis de notre foi et de tant de catholiques qui ne le sont plus, pour ainsi dire, que de nom. Aussi, pendant qu'une foule d'âmes pieuses accueillaient ce fait avec un grand empressement, nous recherchions avec soin tous les motifs qui auraient été capables de nous le faire rejeter, s'il ne devait pas être admis. Nous avons même bravé jusqu'ici le blâme dont nous n'ignorions pas que nous pouvions être l'objet de la part des personnes les mieux intentionnées d'ailleurs, qui nous accusaient peut-être d'indifférence ou même d'incrédulité sur ce point. Nous savions, au reste, que la Religion de Jésus-Christ n'a nul besoin de ce fait particulier pour établir la vérité de mille autres apparitions célestes que l'on ne saurait rejeter sans une disposition d'impiété et de blasphème à l'égard de l'Ancien et du Nouveau Testament. Notre silence, il est vrai, n'était pas l'effet d'une vaine crainte qu'auraient pu nous inspirer les déclamations dont certains esprits faisaient retentir la France, à l'égard de ce fait comme à l'égard de tant d'autres qui intéressent la Religion. Ce silence résultait de l'avis de l'Esprit-Saint lui-même qui enseigne que celui qui croit trop précipitamment n'est qu'un esprit léger : *qui credit cito, levis corde est* (Eccl., XIX, 4). C'est là ce qui nous faisait un devoir de la plus sévère circonspection, principalement à cause de notre qualité de premier Pasteur.

» D'un autre côté, nous étions strictement tenu à ne pas regarder comme impossible un événement que le Seigneur (qui oserait le nier ?) avait bien pu permettre pour en tirer sa gloire; car son bras n'est pas raccourci et sa puissance est la même aujourd'hui que dans les siècles passés.

» Nous avons aussi médité souvent, au pied des autels, ces paroles que le grand Apôtre adressait à un saint Evêque, à qui il avait imposé les mains : « Si nous manquons de foi, notre incrédulité n'empêche pas ce Dieu qui ne peut se renier lui-même d'être fidèle dans ce qu'il annonce : *Si non credimus, ille fidelis permanet :*

negare seipsum non potest (II Tim., II, 13). Donnez ces avertissements aux fidèles, et rendez témoignage à la vérité devant le Seigneur. Ne perdez pas pour cela le temps à disputer en paroles : ce qui n'est bon qu'à pervertir ceux qui les écoutent (*Ibid.*, v. 14 et 15).

» Pendant que notre charge épiscopale nous faisait un devoir de temporiser, de réfléchir, d'implorer avec ferveur les lumières de l'Esprit-Saint, le nombre des faits prodigieux qui se publiaient de toutes parts allait toujours croissant. On annonçait des guérisons extraordinaires, opérées en diverses parties de la France et de l'étranger, dans des contrées même fort éloignées. C'étaient des malades désespérés et condamnés par les médecins à une mort prochaine ou à des infirmités perpétuelles que l'on disait rendus à une santé parfaite par suite de l'invocation de Notre-Dame de la Salette, et de l'usage qu'ils avaient fait avec foi de l'eau d'une fontaine sur laquelle la Reine du ciel avait apparu aux deux Bergers. Dès les premiers jours, on nous avait parlé de cette fontaine. On nous avait assuré qu'elle était intermittente, et ne fluait qu'après la fonte des neiges ou après des pluies abondantes. Elle était à sec le 19 septembre; dès le lendemain, elle commença à couler, et coule sans interruption depuis cette époque : eau merveilleuse, sinon dans son origine, au moins dans ses effets.

» De nombreuses relations, tant sur l'événement de la Salette que sur les guérisons merveilleuses qui l'ont suivi, nous étaient arrivées et nous arrivaient des lieux voisins et de divers diocèses, les unes manuscrites, les autres imprimées. Une de ces relations a pour auteur un de nos vénérables collègues (1) qui s'est transporté des bords de l'Océan sur ladite montagne, et a paternellement entretenu les deux Bergers pendant une journée presque entière.

» Un autre fait, qui nous a paru tenir du prodige, c'est l'affluence à peine croyable et néanmoins au-dessus de toute contestation, qui a eu lieu sur cette montagne, à diverses époques, mais spécialement au jour anniversaire de l'Apparition : affluence devenue plus étonnante et par l'éloignement des lieux, et par les autres difficultés que présente un tel pèlerinage.

---

1. Mgr l'Evêque de la Rochelle.

» Quelques mois après l'événement, nous avions déjà consulté notre Chapitre et les professeurs de notre grand Séminaire; mais après tous les faits indiqués plus haut et beaucoup d'autres qu'il serait trop long d'exposer, nous jugeâmes convenable d'organiser une commission nombreuse, composée d'hommes graves, pieux et instruits, qui devaient mûrement examiner et discuter *le fait de l'Apparition et ses suites*. Les séances de cette commission ont eu lieu devant nous. Les deux Bergers qui se disaient favorisés de la visite de la *messagère céleste*, y ont été interrogés séparément et simultanément; leurs réponses ont été pesées et discutées; toutes les objections qui pouvaient être opposées aux faits racontés ont été présentées librement. Un de nos vicaires généraux qui avait été chargé par nous de recueillir tous les faits, l'a été également de rendre compte des séances de la commission et de consigner les réponses aux objections. Ce travail consciencieux et impartial, intitulé : *La Vérité sur l'Evénement de la Salette*, **qui a été** imprimé et revêtu de notre approbation, montre jusqu'à quel point on a porté l'attention et prolongé l'examen.

» Quoique notre conviction fût déjà entière et sans nuage à la fin des séances de la commission qui se terminèrent le 13 décembre 1847, nous ne voulûmes pas encore prononcer de jugement doctrinal sur un fait d'une telle importance. Cependant l'ouvrage de M. l'abbé Rousselot reçut bientôt l'adhésion, et réunit les suffrages de plusieurs Evêques, et d'une foule de personnes éminentes en science et en piété. Nous avons su que ce livre était traduit dans toutes les langues européennes. Plusieurs nouveaux ouvrages parurent en même temps et en diverses contrées sur le même fait, publiés par des hommes recommandables venus exprès sur les lieux pour rechercher la vérité. Le pèlerinage ne se ralentissait pas. Des personnages graves, des vicaires généraux, des professeurs de théologie, des prêtres et des laïques distingués sont venus de plusieurs centaines de lieues pour offrir à la *Vierge puissante et pleine de bonté* leurs pieux sentiments d'amour et de reconnaissance pour les guérisons et autres bienfaits qu'ils en avaient obtenus. Ces faits prodigieux ne cessaient d'être attribués à l'invocation de Notre-Dame de la Salette, et nous savons que plusieurs d'entre eux sont regardés comme vraiment miraculeux par les Evêques dans les diocèses desquels ils se sont accomplis. Tout cela est constaté dans un second volume publié par M. Rousselot en 1850, qui a pour titre : *Nouveaux documents sur l'Evénement de la Salette.* L'auteur aurait pu ajouter que d'illustres prélats de l'Eglise prêchaient l'Apparition de la très Sainte Vierge ; qu'en plusieurs lieux, et avec l'assentiment tacite de nos vénérables collègues, des personnes pieuses avaient fait construire des chapelles déjà très fréquentées sous le vocable de Notre-Dame de la Salette, ou avaient fait placer dans des églises paroissiales de belles statues en son honneur ; qu'enfin de nombreuses demandes étaient adressées pour l'érection d'un sanctuaire qui perpétuât le souvenir de ce grand événement.

» On sait que nous n'avons pas manqué de contradicteurs. Quelle vérité morale, quel fait humain ou même divin n'en a pas eu ? Mais pour altérer notre croyance à un événement si extraordinaire, si inexplicable sans l'intervention divine, dont toutes les circonstances et les suites se réunissent pour nous montrer le doigt de Dieu, il nous aurait fallu un fait contraire, aussi extraordinaire, aussi inexplicable que celui de la Salette, ou du moins qui expliquât naturellement celui-ci ; or, c'est ce que nous n'avons pas rencontré, et nous publions hautement notre conviction.

» Nous avons redoublé nos prières, conjurant l'Esprit-Saint de nous assister et de nous communiquer ses divines lumières. Nous avons également réclamé en toute confiance la protection de l'Immaculée Vierge Marie, Mère de Dieu, regardant comme un de nos devoirs les plus doux et les plus sacrés de ne rien omettre de ce qui peut contribuer à augmenter la dévotion des fidèles envers elle, et de lui témoigner notre gratitude pour la faveur spéciale dont notre diocèse aurait été l'objet. Nous n'avons, du reste, jamais cessé d'être disposé à nous renfermer scrupuleusement dans les saintes règles que l'Eglise nous a tracées par la plume de ses savants docteurs, et même à réformer sur cet objet, comme sur tous les autres, notre jugement, si la chaire de saint Pierre, la mère et la maîtresse de toutes les églises, croyait devoir émettre un jugement contraire au nôtre.

» Nous étions dans ces dispositions, et animé de ces

sentiments, lorsque la Providence divine nous a fourni l'occasion d'enjoindre aux deux enfants privilégiés de faire parvenir leur secret à notre très Saint-Père le Pape Pie IX. Au nom du vicaire de Jésus-Christ, les Bergers ont compris qu'il devaient obéir. Ils se sont décidés à révéler au Souverain Pontife un secret qu'ils avaient gardé jusqu'alors avec une constance invincible, et que rien n'avait pu leur arracher. Ils l'ont donc écrit eux-mêmes, chacun séparément; ils ont ensuite plié et cacheté leur lettre en présence d'hommes respectables que nous avions désignés pour leur servir de témoins, et nous avons chargé deux prêtres qui ont toute notre confiance de porter à Rome cette dépêche mystérieuse. Ainsi est tombée la dernière objection que l'on faisait contre l'Apparition, savoir qu'il n'y avait point de secret, ou que ce secret était sans importance, puéril même, et que les enfants ne voudraient pas le faire connaître à l'Eglise.

    » A ces causes,

    » Nous appuyant sur les principes enseignés par le Pape Benoît XIV, et suivant la marche tracée par lui dans son immortel ouvrage *de la béatification et de la canonisation des Saints* (Liv. II, chap. XXXI, n° 12);

    » Vu la relation écrite par M. l'abbé Rousselot, l'un de nos vicaires généraux, et imprimée sous ce titre : *La Vérité sur l'Evénement de la Salette*, Grenoble, 1848;

    » Vu aussi les *Nouveaux documents sur l'Evénement de la Salette*, publiés par le même auteur en 1850; l'un et l'autre ouvrage revêtus de notre approbation;

    » Ouï les discussions en sens divers qui ont eu lieu devant nous sur cette affaire dans les séances des 8, 15, 16, 17, 22 et 29 novembre, 6 et 13 décembre 1847;

    » Vu pareillement ou entendu ce qui a été dit, ou écrit depuis cette époque, pour ou contre l'événement;

    » Considérant, en premier lieu, l'impossibilité où nous sommes d'expliquer le fait de la Salette autrement que par l'intervention divine, de quelque manière que nous l'envisagions, soit en lui-même, soit dans ses circonstances, soit dans son but essentiellement religieux;

    » Considérant, en second lieu, que les suites merveilleuses du fait de la Salette, sont le témoignage de Dieu lui-même, se manifestant par des miracles, et que ce témoignage est supérieur à celui des hommes, et à leurs objections;

» Considérant que ces deux motifs, pris séparément, et à plus forte raison réunis, doivent dominer toute la question, et enlever toute espèce de valeur à des prétentions ou suppositions contraires dont nous déclarons avoir une parfaite connaissance;

» Considérant enfin que la docilité et la soumission aux avertissements du Ciel peut nous préserver des nouveaux châtiments dont nous sommes menacés, tandis qu'une résistance trop prolongée peut nous exposer à des maux sans remède;

» Sur la demande expresse de tous les membres de notre vénérable Chapitre, et de la très grande majorité des prêtres de notre diocèse;

» Pour satisfaire aussi la juste attente d'un si grand nombre d'âmes pieuses, tant de notre patrie que de l'étranger, qui pourraient finir par nous reprocher de retenir la vérité captive;

» L'Esprit-Saint et l'assistance de la Vierge Immaculée de nouveau invoqués;

» Nous déclarons ce qui suit :

» Art. 1er. — Nous jugeons que l'Apparition de la Sainte Vierge à deux Bergers, le 19 septembre 1846, sur une montagne de la chaîne des Alpes, située dans la paroisse de la Salette, de l'archiprêtré de Corps, porte en elle-même tous les caractères de la vérité, et que les fidèles sont fondés à la croire indubitable et certaine (1).

» Art. 2. — Nous croyons que ce fait acquiert un nouveau degré de certitude par le concours immense et spontané des fidèles sur le lieu de l'Apparition, ainsi que par la multitude des prodiges qui ont été la suite dudit événement, et dont il est impossible de révoquer en doute

---

1. Il est curieux de rapprocher de ce texte celui du mandement de Mgr Laurence, évêque de Tarbes (18 janvier 1862) sur l'Apparition de Notre-Dame de Lourdes : « Article premier. — Nous jugeons que l'Immaculée Marie, Mère de Dieu, a réellement apparu à Bernadette Soubirous, le 11 février 1858 et jours suivants, au nombre de dix-huit fois, dans la Grotte de Massabielle, près la ville de Lourdes; que cette Apparition revêt tous les caractères de la vérité, et que les fidèles sont fondés à la croire certaine... »   (N. de la R.)

un très grand nombre, sans violer les règles du témoignage humain.

» Art. 3. — C'est pourquoi, pour témoigner à Dieu et à la glorieuse Vierge Marie notre vive reconnaissance, nous autorisons le culte de Notre-Dame de la Salette. Nous permettons de le prêcher et de tirer les conséquences pratiques et morales qui ressortent de ce grand événement.

» Art. 4. — Nous défendons néanmoins de publier aucune formule particulière de prières, aucun cantique, aucun livre de dévotion sans notre approbation donnée par écrit (1).

» Art. 5. — Nous défendons expressément aux fidèles et aux prêtres de notre diocèse de jamais s'élever publiquement, de vive voix ou par écrit, contre le fait que nous proclamons aujourd'hui et qui dès lors exige le respect de tous.

» Art. 6. — Nous venons d'acquérir le terrain favorisé de l'Apparition céleste. Nous nous proposons d'y construire incessamment une église qui soit un monument de la miséricordieuse bonté de Marie envers nous et de notre gratitude envers elle. Nous avons aussi formé le projet d'y établir un hospice pour abriter les pèlerins. Mais ces constructions, dans un lieu d'un accès difficile et dépourvu de toutes ressources, exigeront des dépenses considérables. Aussi avons-nous compté sur le concours généreux des prêtres et des fidèles, non seulement de notre diocèse, mais de la France et de l'étranger. Nous n'hésitons pas à leur faire un appel d'autant plus empressé que déjà nous avons reçu de nombreuses promesses, mais toutefois insuffisantes pour l'œuvre à entreprendre. Nous prions les personnes dévouées qui voudront nous venir en aide, d'adresser leurs offrandes au secrétariat de notre évêché. Une commission composée de prêtres et de laïques, est chargée de surveiller les constructions et l'emploi des offrandes.

» Art. 7. — Enfin, comme le but principal de l'Appari-

---

1. Mgr Laurence dit encore : Art. 2. — « Nous autorisons dans notre diocèse le culte de Notre-Dame de la Grotte de Lourdes; mais nous défendons de publier aucune formule particulière, aucun cantique, aucun livre de dévotion, relatifs à cet événement, sans notre approbation, donnée par écrit ».

(N. de la R.).

tion a été de rappeler les chrétiens à l'accomplissement de leurs devoirs religieux, au culte divin, à l'observation des commandements de Dieu et de l'Eglise, à l'horreur du blasphème et à la sanctification du Dimanche, nous vous conjurons, nos très chers Frères, en vue de vos intérêts célestes et même terrestres, de rentrer sérieusement en vous-mêmes, de faire pénitence de vos péchés, et particulièrement de ceux que vous avez commis contre le deuxième et le troisième commandement de Dieu. Nous vous en conjurons, nos Frères bien-aimés : rendez-vous dociles à la voix de Marie qui vous appelle à la pénitence, et qui, de la part de son Fils, vous menace de maux spirituels et temporels, si, restant insensibles à ses avertissements maternels, vous endurcissez vos cœurs.

» Art. 8. — Nous voulons et ordonnons que notre présent Mandement soit lu et publié dans toutes les églises et chapelles de notre diocèse, à la messe paroissiale ou de communauté, le dimanche qui en suivra immédiatement la réception.

» Donné à Grenoble, sous notre seing, le sceau de nos armes, et le contre-seing de notre secrétaire, le 19 septembre 1851 (cinquième anniversaire de la célèbre Apparition).

» † PHILIBERT, Evêque de Grenoble.
» Par Mandement :
» Auvergne, Chan. honor., Secrétaire. »

Tous les successeurs de Mgr de Bruillard à Grenoble, sans exception, ont possédé, et sa croyance à la divinité de l'Apparition, et son zèle à procurer la gloire de Notre-Dame de la Salette.

Mgr Ginoulhiac, qui occupa le siège de Saint-Hugues, de 1853 à 1870, démasqua et confondit, avec une logique irréfutable, les impostures de l'opposition dans trois lettres magistrales à son clergé, datées du 30 septembre 1854, du 4 novembre 1854 et du 19 septembre 1857. Cette dernière, qui ne compte pas moins de 64 pages, est un véritable chef-d'œuvre ; aussi fut-elle le coup de massue dont les adversaires de l'Apparition ne se relevèrent pas.

On avait osé avancer que le successeur de Mgr de Bruillard ne partageait pas, sur le Fait de la Salette, la conviction de ce dernier ; Sa Grandeur met à néant ces faux bruits par ces paroles si formelles de son mandement du 4 novembre 1854 : « Nous vous le déclarons donc hautement, puisqu'on nous y force, nos chers Coopérateurs, et nous nous croirions entièrement indigne de vous gouverner si nous pouvions avoir d'autres pensées : si, depuis que nous avons l'honneur d'être à la tête de ce diocèse, nous avions découvert quelque fait, rencontré quelque supposition qui eût été de nature à éveiller dans notre âme des doutes sérieux sur la vérité du Fait proclamé par notre vénérable prédécesseur, certes, nous ne nous serions pas hâté de croire que nous jugions mieux les choses que lui ! Sans doute, nous n'aurions point fait appel à l'opinion publique, au risque du scandale ! Mais, après en avoir conféré avec quelques-uns de nos vénérables collègues, afin de ne rien hasarder dans une affaire qui ne manque pas de gravité, ou, pour parler avec saint Paul, *afin de n'avoir pas couru et de ne pas courir en vain*, nous serions allé trouver Pierre dans la personne de son immortel successeur, et, après lui avoir exposé tous nos doutes, marchant à la lumière de ses conseils et sous la direction de son autorité suprême, nous aurions fait ce qu'auraient exigé les droits de la vérité qui sont inséparables des véritables intérêts de la Religion. »

Le bruit s'étant répandu dans le Midi que, malgré ses deux mandements si expressifs de septembre et de novembre 1854, le nouvel évêque de Grenoble ne croyait pas à l'Apparition, un prêtre de Bordeaux en écrivit à M. Rousselot. Monseigneur voulut envoyer lui-même à cette lettre, le 2 juillet 1855, une réponse dont voici un extrait :

« Je vous dirai donc, Monsieur l'abbé, et je vous autorise à dire en mon nom :

» 1º Qu'il est faux que j'aie changé de sentiment sur le Fait de la Salette ;

» 2º Qu'il est faux que j'aie regretté et que je regrette d'avoir publié mon mandement du 4 novembre ; s'il n'était pas fait, je le ferais encore, et je n'ai pas à retirer une seule ligne ;

» 3º Qu'il est plus faux, s'il est possible, que j'aie demandé au Saint-Père de le rétracter. J'ai déclaré au Pape qu'il résultait de l'examen long et consciencieux auquel je me suis livré, relativement au Fait de la Salette, que toutes les suppositions qu'on avait faites et que j'avais pu imaginer moi-même pour expliquer le rapport des enfants en dehors de l'intervention surnaturelle, étaient sans fondement et sans vraisemblance, et que les preuves du Fait réunissaient toutes les conditions désirables pour fonder et maintenir une dévotion dont l'objet est saint et dont le but est louable. Ce que j'ai dit au Saint-Père, je l'avais écrit auparavant à son Em. l'archevêque de Lyon; je l'ai dit après à son Em. l'archevêque de Bordeaux... » (1)

Invoquons un dernier témoignage de Mgr Ginoulhiac au sujet de sa croyance à la divinité de l'Apparition. Nous le trouvons dans son mandement de septembre 1857. Après avoir rappelé différentes circonstances qui lui ont fourni l'occasion d'examiner de près et à fond les choses, Sa Grandeur conclut en ces termes : « C'est ainsi que peu à peu, et comme providentiellement, en dehors de toute considération et de toute influence humaine, *notre conviction sur le Fait de la Salette s'était formée. Depuis cette époque, elle est allée grandissant encore.* Et, laissez-nous le dire, la manière dont il a été attaqué, les suppositions qu'on a mises en avant, et en particulier celle dont on a fait tant de bruit, n'ont pas peu contribué à l'affermir ».

Le 9 août 1853, le successeur de Mgr de Bruillard faisait sa première visite au Pèlerinage de la Salette et y bénissait la première pierre de la chapelle qu'on allait ériger à l'endroit où Notre-Dame a disparu, et qui, depuis, a été transportée au cimetière pour laisser place au groupe en bronze dit de l'Assomption. La sainte Montagne le revit et l'entendit prêcher la Visite de la divine Mère en 1855-56-57, 1865-66-68 et 1869. Sa Grandeur honora également de sa présence et de sa parole la chapelle des Missionnaires de la Salette de Grenoble à plusieurs reprises, notamment le 4 février 1855, pour la bénir, et en 1863, 1865 et 1868 pour y présider l'anniversaire de l'Apparition.

Enfin, c'est à sa demande et sous la garantie de son approbation qu'en 1865, les Missionnaires inaugurèrent les *Annales de Notre-Dame de la Salette*, revue mensuelle, destinée à faire connaître en général tout ce qui concerne l'Apparition et la dévotion de la Vierge des Alpes, notamment les manifestations en son honneur sur la sainte Mon-

---

1. NICOLAS. *La Salette devant la raison.*

tagne et ailleurs, et les faveurs extraordinaires obtenues par son intercession.

En 1870, Mgr Paulinier remplaçait à Grenoble Mgr Ginoulhiac (1) devenu archevêque de Lyon. Sur les cinq années qu'il y resta, cinq fois il fit l'ascension du Mont-sous-les-Baisses, et y redit aux foules suspendues à ses

MONSEIGNEUR FAVA.

lèvres le récit de l'Apparition de Marie aux deux Pâtres des Ablandins. En 1872, il avait le bonheur d'y recevoir pour la première fois le pèlerinage national. En 1873, il organisait le mois des Pèlerinages du 22 août au 22 septembre, et à son appel, les peuples à l'envi, gravissaient la Montagne bénie.

Mgr Paulinier, transféré à Besançon, eut pour succes-

1. Né à Montpellier en 1806, Mgr Ginoulhiac y revint mourir en 1875. — Mgr Paulinier (1815-1881) naquit et mourut à Pézenas (Hérault).

seur sur le siège épiscopal que son départ rendait vacant, Mgr Fava (1). Déjà à la Martinique, d'où il venait, le nouvel évêque s'était montré plein de zèle pour propager le culte de Notre-Dame de la Salette; on pouvait heureusement augurer, relativement à la sainte Apparition, de son arrivée dans le diocèse même qui en avait été le théâtre. Ces belles espérances furent réalisées et même dépassées.

Le 13 juin 1876, le Prélat escaladait, à la manière apostolique, à pied, et le bâton du pèlerin à la main, les cimes que Marie honora de sa présence. A la date du premier septembre suivant, il publiait sur Notre-Dame de la Salette une lettre pastorale commençant ainsi : « Pour la première fois, il nous est donné de célébrer avec vous l'anniversaire de l'Apparition de la Sainte Vierge Marie dans les montagnes de la Salette. Si notre voix se taisait à l'approche de cette époque mémorable, et si nos pieds, en ce jour béni, demeuraient fixés dans la plaine, vous pourriez dire que nous sommes oublieux de nos devoirs envers Dieu et son auguste Mère. C'est pourquoi nous parlerons, et, le jour venu, nous reprendrons avec bonheur le chemin des montagnes qui ont tressailli sous les pieds glorieux de la Vierge Marie. »

Fidèle à sa promesse, Mgr Fava présidait cette même année, sur la sainte Montagne, la fête du vingtième anniversaire de l'Apparition. La même circonstance l'y ramenait l'année suivante. En 1878, Sa Grandeur accueillait et évangélisait sur le Mont béni le Pèlerinage national amené par le R. P. Picard, des Augustins de l'Assomption. En 1879, de nouvelles attaques s'étant produites contre la Salette, le vaillant évêque prend deux fois la plume pour y répondre. Dans la première des lettres adressées à cette occasion au clergé et aux fidèles de son diocèse, on lit ces lignes :

« Un journal de Toulouse, le *Messager de Toulouse*, vient de publier un article commençant ainsi : « Sa Sainteté a » déclaré, par décret contresigné par le cardinal Barto- » lini que le culte de Notre-Dame de la Salette n'avait ni » base sérieuse ni raison d'être. En vertu de ce décret » qui a été expédié ce matin (25 janvier) à Sa Grandeur

____

1. Mgr Fava, originaire d'Evin-Malmaison (Pas-de-Calais) (1826-1879) fut d'abord vicaire général de Saint-Denis de la Réunion, puis évêque de Saint-Pierre.

» Mgr l'évêque de Grenoble,... etc. » Nous avons, en effet, reçu ledit décret, mais au lieu de déclarer que le culte de Notre-Dame de la Salette n'a ni base sérieuse ni raison d'être, il porte que deux grandes faveurs viennent d'être accordées par Sa Sainteté Léon XIII au sanctuaire vénéré de Notre-Dame de la Salette. Ces faveurs sont : le titre insigne de basilique mineure pour l'église, puis le couronnement solennel de Notre-Dame de la Salette, représentée par la statue que la Sacrée Congrégation des Rites approuve...

» Le *Messager de Toulouse* prétend que Mélanie a menti et qu'elle le reconnaît; c'est une calomnie. Mélanie, que je suis allé interroger à Castellamare, il y a deux mois, signerait de son sang le récit qu'elle a fait et toujours maintenu. D'ailleurs, elle n'était pas seule. Il y avait un second témoin : Maximin; lui aussi, aurait préféré mourir plutôt que de nier la vérité du Fait de l'Apparition; mais ils ont été sincères dans ce récit, et nous disons que Mélanie est, de la part du *Messager de Toulouse,* l'objet d'une calomnie. La pauvre Bergère est notre diocésaine : il nous appartient de la défendre; nous le faisons volontiers, en ce moment, lui laissant le soin de se faire rendre justice. D'ailleurs, le secret qu'il invoque est par lui-même une preuve évidente qu'il calomnie. Si Mélanie avait reconnu devant Sa Sainteté qu'elle a trompé, comment le Souverain Pontife nous accorderait-il, pour le sanctuaire de Notre-Dame de la Salette, le titre de Basilique mineure; puis une nouvelle statue de la Vierge de la Salette, qui sera couronnée solennellement en son nom, s'il plaît à Dieu : les hommes, la foi et la liberté aidant?... »

Au début de sa seconde lettre qui n'est autre que son Mandement de Carême pour 1879, Mgr Fava énonce en ces termes les trois principaux points qui en font l'objet : « Nous ne songeons pas à recommencer le travail déjà fait, notamment par Mgr Philibert de Bruillard, dont le diocèse garde avec amour la mémoire vénérée et la tombe. Nous voulons seulement résumer ici les diverses phases de ce long et minutieux examen, afin d'affermir encore vos convictions sur le Fait de l'Apparition : ce sera la première partie de cette Instruction pastorale. Nous étudierons ensuite, dans la seconde, les circonstances religieuses et sociales dans lesquelles il s'est produit, et nous comprendrons que ces circonstances rendaient éminemment opportune et éclatante la glorification de Notre-Seigneur Jésus-Christ par l'Apparition de son auguste Mère et par les enseignements qu'Elle adresse à son peuple. Nous verrons, enfin, que la Sainte Vierge devait être glorifiée en retour par son Fils, et il nous sera permis alors de conclure que le culte de Notre-Dame de la Salette, loin de n'avoir ni base sérieuse ni raison d'être, est fondé sur un événement qui réunit tous les caractères de vérité et d'opportunité religieuse et sociale. »

Le 21 août 1879, l'évêque de Grenoble célébrait avec dix archevêques ou évêques, près de mille prêtres et vingt-cinq mille pèlerins, le triomphe de la Vierge de la Salette sur le front de laquelle Son Em. le cardinal Guibert, spécialement délégué à cette fin par Sa Sainteté Léon XIII, déposait une couronne royale (1). L'église du Pèlerinage, désormais élevée au rang de Basilique mineure, avait été consacrée la veille, par les mains de Mgr Paulinier, archevêque de Besançon.

En 1884, Mgr Fava, ancien pèlerin de Terre Sainte, était heureux de donner hospitalité sur la sainte Montagne à la Croix de Jérusalem, qu'y apportaient les membres du Pèlerinage de Pénitence; et en 1886, par une lettre adressée au ministre des Cultes et publiée ensuite, il vengeait éloquemment la dévotion à Notre-Dame de la Salette, taxée de superstition à la tribune française. Aussi longtemps que les infirmités lui en laissèrent la possibilité, il revint chaque année une fois, parfois deux, sur la Montagne de Marie. En 1897, il la gravissait encore dans l'intention d'y demeurer tout le temps des grandes manifestations du jubilé cinquantenaire de l'Apparition à l'occasion duquel il avait, l'année précédente, publié sa brochure : « *Notre-Dame aux montagnes de la Salette* », mais sa santé, déjà ébranlée, le forçait d'en descendre au bout d'une semaine. Ce fut sa dernière visite à la Vierge en pleurs.

Son ardent amour pour la Vierge de la Salette lui inspira

---

1. Mgr Fava n'ayant pas cru devoir faire enregistrer la Bulle pontificale qui lui accordait les deux faveurs du Couronnement de Notre-Dame et de l'érection de son sanctuaire en Basilique, fut de ce chef, poursuivi en appel comme d'abus.

une particulière bienveillance pour les humbles apôtres de ses larmes. Entre autres marques du haut intérêt qu'il daigna témoigner aux Missionnaires de la Salette, citons l'autorisation de fonder une école apostolique pour le recrutement de leur Communauté et de se constituer en Congrégation régulière.

Le 17 octobre 1899, le zélé Prélat, à qui ses luttes intrépides pour la gloire de Notre-Seigneur et de sa divine

MONSEIGNEUR HENRY.

Mère, inséparables dans son cœur comme dans ses armes (1), avaient mérité que le Souverain Pontife lui conférât l'honneur du Sacré Pallium ordinairement réservé aux archevêques, était rappelé à Dieu.

A Mgr Henry (2), que la Providence lui donna pour successeur, la Salette n'était ni inconnue ni indifférente. Jeune prêtre encore, il avait appris à la connaître et à

1. On sait que chaque évêque adopte un blason avec une devise. La devise de Mgr Fava portait : *Accipe puerum et matrem ejus*, Prenez l'enfant et sa mère.

2. Mgr Henry (1851-1911), né à Blidah (Algérie), appartint ensuite, comme Mgr Ginoulhiac et Mgr Paulinier, au diocèse de Montpellier. Il mourut à Grenoble.

l'aimer à l'école de M. le chanoine Gaffino, ardent apôtre
de la Vierge des Alpes, dont il fut, cinq ans durant, l'auxiliaire à Saint-Louis de Cette, et il avait gravi plusieurs
fois en pieux visiteur les sentiers du Pèlerinage avant d'en
devenir l'évêque. Aussi, à peine Sa Grandeur était-elle
arrivée à Grenoble, qu'elle invitait le peuple chrétien à
diriger ses pas vers la sainte Montagne par deux lettres
adressées, l'une à ses diocésains, l'autre à ses vénérables
collègues dans l'épiscopat. On lisait dans la première :

« Placé par la divine Providence à la tête du beau diocèse que la Mère de Dieu a daigné choisir pour théâtre
de sa glorieuse Apparition en 1846, Nous avons eu à
cœur, au début de notre nouvelle carrière, de mettre notre
Episcopat sous le patronage de Notre-Dame de la Salette,
protestant publiquement de notre amour pour Elle et de
notre volonté d'étendre son culte. Nous sommes heureux
d'accomplir cette solennelle promesse en nous adressant
à Messieurs les Archiprêtres et à Messieurs les Curés de
notre cher diocèse pour les inviter avec instance à gravir,
avec l'élite de leurs ouailles, comme nous avons dessein
de le faire Nous-même, la sainte Montagne que Marie a
visitée... ».

La seconde lettre commençait ainsi :

« Vénéré Seigneur, Notre Saint-Père le Pape Léon XIII
Nous ayant confié, avec l'administration du diocèse de
Grenoble, la garde du sanctuaire vénérable de Notre-Dame
de la Salette, Nous savons répondre à un de ses plus chers
désirs en encourageant, au déclin de ce siècle, les pèlerinages de Pénitence à la sainte Montagne. Dans ce but,
Nous venons d'adresser nos exhortations au Clergé et aux
fidèles de notre diocèse et Nous avons pensé qu'il pourrait vous être agréable d'en donner communication par
le moyen de votre *Semaine Religieuse* au clergé et aux
fidèles soumis à votre juridiction... »

Le 7 juillet 1900, le nouveau Prélat, joignant à l'autorité
de sa parole l'entraînement de son exemple, amenait en
personne aux pieds de Notre-Dame de la Salette une imposante députation de sa ville épiscopale qu'accompagnaient de nombreux pèlerins accourus de divers points

du diocèse. L'année suivante, Mgr Henry adressait à son peuple un second appel à visiter la sainte Montagne.

Quand, à l'automne de 1901, les Missionnaires de la Salette se virent forcés, par une loi de persécution, de quitter, parce qu'ils étaient Religieux, le sanctuaire béni qu'ils desservaient depuis sa fondation, Sa Grandeur, dans sa haute sollicitude, confia la direction du Pèlerinage et

MONSEIGNEUR MAURIN.

la rédaction des *Annales de Notre-Dame de la Salette* à des prêtres séculiers choisis parmi l'élite de son clergé, et auxquels fut donné le titre de Chapelains de Notre-Dame de la Salette.

Enfin, l'année 1906, en amenant les *Noces de diamant* de l'Apparition, fournit tout naturellement à Mgr Henry l'occasion d'une nouvelle lettre, particulièrement importante, à son clergé et à ses fidèles. Le Prélat, après avoir rappelé le merveilleux événement de la visite de Marie, les attaques dont il a été l'objet et le jugement favorable et fondé qu'ont porté sur ce grand fait tous ses vénérables Prédécesseurs, formule à son tour sa profession de foi en ces termes : « Héritier du siège de tant d'éminents pontifes et défenseur-né des traditions qu'ils nous ont transmises, l'honneur de notre ministère nous engage à soutenir celle-ci avec le même zèle, si nous ne le pouvons avec le même éclat et la même gloire. *Et voilà pourquoi, à plusieurs reprises, nous n'avons pas hésité et nous n'hésitons pas davantage aujourd'hui à affirmer notre foi raisonnée et motivée comme la leur au prodige qui s'accomplit sur la Montagne de là Salette, le 19 septembre 1846, il y aura bientôt soixante ans.* » Puis Monseigneur convie son peuple à fêter ce jubilé soixantenaire par d'exceptionnels témoignages de sa vénération et de sa foi à Notre-Dame de la Salette, notamment par des pèlerinages plus nombreux à la sainte Montagne où le premier Pasteur (la cinquième fois depuis que la Providence l'a élevé à l'Episcopat) accompagnera son troupeau, et par un triduum solennel célébré dans toutes les paroisses.

Quant à Mgr Maurin (1), appelé à remplacer à Grenoble Mgr Henry, il n'a même pas attendu d'être intronisé pour témoigner publiquement de sa particulière dévotion à Notre-Dame de la Salette, et, par conséquent, de sa croyance à la divinité du grand Fait du 19 septembre 1846. A peine le choix que le Saint-Père avait fait de sa personne pour le siège de Saint Hugues lui était-il connu, que le nouvel Elu s'empressait d'aller offrir le divin Sacrifice à l'autel que possède Notre-Dame de la Salette dans l'église de Saint-Michel, de Marseille, dont il avait été jadis curé. En réponse aux félicitations de M. le Vicaire Capitulaire de Grenoble, il écrivait : « *Je suis et veux être l'Evêque de la Salette.* » Deux fois déjà pèlerin de la Sainte Montagne, il gravissait à nouveau les pentes du Gargas, dès avant son sacre, pour venir, sur les Lieux mêmes où Elle a daigné descendre, consacrer son épiscopat à la Vierge des Larmes. Dans ses armoiries, il vou-

---

1. Mgr Maurin a vu le jour, en 1859, à la Ciotat, diocèse de Marseille. Il était, au moment de son élection, vicaire général de Mgr Fabre et recteur du sanctuaire de Notre-Dame de la Garde.

lut, le premier parmi tous les Prélats créés Evêques depuis

SA SAINTETÉ LÉON XIII.

1846, faire figurer Notre-Dame de la Salette pleurant, la tête entre les mains, telle qu'elle a apparu à ses deux Voyants.

Enfin, dans sa première Lettre pastorale au clergé et aux fidèles de son diocèse écrite à Marseille et datée du 13 novembre 1911, Sa Grandeur s'exprimait en ces termes significatifs :

« Et vous, ô notre Bonne Mère, que nous aimons à saluer ici sous le vocable de Notre-Dame de la Garde, que nous retrouverons et, que nous invoquerons là-bas sous le titre de Notre-Dame de la Salette, nous vous en conjurons, arrêtez le bras de votre divin Fils qui pourrait si justement s'appesantir sur la France coupable. Les prévarications de notre malheureuse patrie vous arrachèrent autrefois des larmes et des sanglots : Hélas ! loin de recevoir avec docilité les graves et salutaires leçons que vous lui avez données sur la Sainte Montagne, elle est restée sourde à la voie de la miséricorde et elle s'enfonce chaque jour plus avant dans les profondeurs de l'abîme. Son apostasie est aujourd'hui officiellement consommée. O Mère des douleurs, ô Notre-Dame de la Salette, réconciliatrice des pécheurs, qu'il nous soit donné de ramener à vos pieds la France pénitente ! Que toutes les brebis égarées, si nombreuses, hélas ! retournent au bercail et puissions-nous saluer le jour où il n'y aura qu'un troupeau et qu'un pasteur ! »

Basée sur le fait de l'Apparition de la Mère de Dieu aux Bergers ainsi examiné, jugé, défendu, propagé, en un mot, authentiqué par l'autorité diocésaine, à laquelle, de droit ecclésiastique, revenait cette mission, la dévotion de Notre-Dame de la Salette fut l'objet de précieuses faveurs de la part du Saint-Siège. Ne pouvant les citer toutes, et sans nous occuper de celles dont de nombreux sanctuaires secondaires de la Vierge en pleurs ont été honorés, bornons-nous à donner un aperçu très succinct de celles dont se glorifie surtout sa Basilique de la Sainte Montagne.

Mgr Fava, dans son mandement de Carême pour 1879, résumait ainsi les libéralités spirituelles octroyées par Pie IX :

« Un rescrit du 24 août 1852 déclare privilégié à perpétuité le grand autel du sanctuaire de la Salette;

» Un rescrit du 26 août 1852 accorde la permission de dire la messe votive *de Beata* tous les jours de l'année,

excepté les grandes fêtes et les féries privilégiées, à tous
les prêtres qui viennent à la Salette ;

» Un bref du 3 septembre 1852 accorde une indulgence
plénière une fois par an à tous ceux qui visiteront l'église
de Notre-Dame de la Salette ;

» Un bref du même jour porte érection en Archiconfrérie
de la Confrérie de Notre-Dame de la Salette, sous le vo-

SA SAINTETÉ PIE X.

cable de *Notre-Dame Réconciliatrice*, avec de nombreuses
de la Sainte Vierge. »

» Enfin, un indult du 2 décembre 1852, de Sa Sainteté
Pie IX, accorde, sur la demande de Mgr l'Evêque de
Grenoble, la permission de célébrer chaque année la fête
de Notre-Dame de la Salette, le 19 septembre ou le dimanche suivant, dans toutes les églises du diocèse, par une
messe solennelle et le chant des Vêpres, en l'honneur
de la Sainte Vierge ».

Léon XIII a daigné concéder le Couronnement de Notre-

Dame de la Salette (1), l'érection de son sanctuaire du Pèlerinage en Basilique mineure, et la faculté d'y gagner une indulgence plénière au cinquantenaire de l'Apparition, ainsi que le grand Jubilé de 1901.

Pie X, à son tour, continuant les largesses de ses augustes prédécesseurs envers le culte de Notre-Dame de la Salette, a enrichi la Basilique de la Sainte Montagne de nouveaux privilèges, y attachant, en particulier, les indulgences des sept autels de Saint-Pierre de Rome, douze jours par an, et celle du Jubilé marial de 1904. Ajoutons que la dévotion publique de Notre-Dame de la Salette, grâce au zèle dévoué de M. l'abbé Crévoulin, chapelain de Saint-Louis-des-Français, et avec l'autorisation de Mgr Patrizi, Cardinal-Vicaire, fut inaugurée dans Rome, à Saint-Sauveur-in-Thermis, le 6 août 1867. Cette église possédait un beau tableau de l'Apparition; en vertu d'un bref de la Sacrée Congrégation des Rites daté du 19 septembre 1870, elle devint le siège d'une confrérie de Notre-Dame Réconciliatrice. Quand, plus tard, le gouvernement la fit fermer, la dévotion qu'elle abritait fut transférée dans une chapelle latérale de Saint-Louis-des-Français.

La grande bienveillance des Souverains Pontifes s'est étendue de la *dévotion* elle-même aux apôtres chargés de la prêcher. Les Missionnaires de la Salette ont reçu de Rome, outre différentes facultés extraordinaires pour l'exercice du saint ministère, des bénédictions spéciales données à plusieurs reprises à eux-mêmes, à leurs Bienfaiteurs, à leurs œuvres; un décret laudatif, puis un autre approbatif, en faveur de leur Institut; de plus, le triple privilège de posséder un Cardinal Protecteur, un Procureur près le Saint-Siège, et un scolasticat dans la ville éternelle; enfin, en 1909, un nouveau décret approuvant pour dix ans, leurs constitutions. MM. les Chapelains séculiers qui desservent à l'heure actuelle le Pèlerinage ont

1. Certaines personnes se sont étonnées que la Vierge couronnée ne reproduisît pas l'attitude et le costume historiques de l'Appparition, d'autres même ont prétendu en conclure, que Rome condamnait la Salette. Or rien de moins fondé qu'un tel étonnement, et rien de plus faux qu'une telle conclusion. La Sacrée-Congrégation des Rites, dans la circonstance, a tout simplement appliqué les prescriptions du Pape Urbain XII, qui interdit de représenter les images et les statues de la Mère de Dieu offertes à la Vénération des fidèles sous un type différent de ceux que l'Eglise a adoptés, d'après la tradition.

été favorisés, de leur côté, par le successeur de saint Pierre, de bénédictions et de pouvoirs particuliers.

ARTICLE III.

Témoignage de Dieu.

Dieu a un langage qui lui est propre et qu'il n'est donné à personne de pouvoir contrefaire; son langage, c'est le miracle. A lui seul appartient la faculté de déroger aux lois qu'il a posées. Tout miracle dûment constaté doit donc être considéré comme la signature de Dieu.

Or, il s'est produit, et en grand nombre, tant dans l'ordre physique que dans l'ordre moral, des miracles (1) dont certains ont été canoniquement définis comme tels par l'autorité épiscopale, qui prouvent la vérité de l'Apparition de Notre-Dame.

Qu'on remarque, en effet, ceci : il existe une connexion étroite, un rapport nécessaire, entre ces événements miraculeux et l'authenticité de la Visite de Marie. D'abord, il en est, dans le nombre, qui se sont accomplis après avoir été sollicités formellement de la puissance et de la bonté divines comme une confirmation céleste, une marque surnaturelle que c'était bien la Mère de Dieu qui était descendue sur le Mont-sous-les-Baisses le 19 septembre 1846. Telle, la guérison de la Sœur Saint-Charles, d'Avignon, que nous avons racontée dans la première partie de notre travail, ainsi que le prouve cette attestation de la Sœur Pineau, supérieure de la Religieuse miraculée : « Tel était l'état de cette chère Sœur, quand on commença à parler des miracles opérés par l'eau de la Salette. J'avoue, à ma confusion, que je n'y ajoutai pas d'abord foi; mais ayant appris la guérison d'une Sœur du Sacré-Cœur, je sentis naître la confiance et j'eus la pensée de proposer une neuvaine à notre chère malade. Cependant, quelque désir que j'eusse de sa guérison, j'avais encore plus en vue la gloire de la Sainte Vierge, *la confirmation de son Apparition aux deux petits Bergers*, et la conversion des pécheurs. *C'est pour ces motifs*, que, parmi nos Sœurs

---

1. En employant ce terme pour désigner les faits extraordinaires que nous rapporterons dans tout cet article, nous n'entendons prévenir en rien les décisions de l'Eglise, au jugement de laquelle nous nous soumettons entièrement.

malades qui étaient alors en assez grand nombre, je choisis ma Sœur Saint-Charles, comme celle qui, étant plus connue en raison de la longueur de sa maladie, pouvait mieux servir au but que je me proposais. »

Mais même les miracles qui n'ont pas été demandés expressément en preuve de l'Apparition de Marie, ne laissent pas de la prouver quand même par le fait. En effet, dans quelles conditions se sont-ils réalisés? Postérieurement à la date du 19 septembre; quelquefois, sur la Montagne même de la Salette; le plus souvent loin d'elle, mais par l'emploi de l'eau de sa Fontaine et toujours à la suite et en vertu de prières adressées à Marie sous le vocable de Notre-Dame de la Salette, c'est-à-dire reconnue, confessée, invoquée comme réellement apparue au Mont-sous-les-Baisses à Maximin et à Mélanie. Ces circonstances de temps, de lieu, de moyens, de mode, établissent entre l'Apparition de la Mère de Dieu et le miracle opéré dans de telles conjonctures, une relation tellement intime, que la production de celui-ci amène comme nécessairement à conclure à la réalité de celle-là. Quand donc, sachant qu'une semblable conclusion sera logiquement et universellement tirée d'un miracle, Dieu, qui ne peut favoriser l'erreur, accomplit ce miracle, Il proclame lui-même, et dans le langage qui lui est propre, que c'est Marie qui est venue à la Salette.

Le nombre des miracles dus à l'intercession de la Vierge des Alpes est considérable. Trois ans et quelques mois seulement après l'Apparition, M. Jacques Michel Perrin, frère et auxiliaire de M. le Curé de la Salette, écrivait : « Nous pouvons, *les pièces en mains*, attester que plus de *deux cent cinquante* guérisons ont été obtenues par l'invocation de Notre-Dame de la Salette. »

M. l'abbé Rousselot, dans ses différents ouvrages sur l'Apparition, en mentionne plus de *cinquante*. Le R. P. Berthier, dans son livre : *Les Merveilles de la Salette*, en décrit *trente-neuf*. La collection *des Annales de Notre-Dame de la Salette*, publiées depuis 1865, avec l'approbation des différents Evêques qui se sont succédé à Grenoble, en cite une quantité considérable. Enfin, le P. Bossan, dont nous possédons les notes précieuses, et en qui nous avons reconnu, en maintes circonstances, une exactitude parfaite et exempt de toute exagération, parle de *plu-*

sieurs milliers. Parmi tant de faits merveilleux, nous regrettons que le cadre de cet ouvrage ne nous permette d'en rapporter qu'un fort petit nombre.

§ I. — FAITS EXTRAORDINAIRES DANS L'ORDRE PHYSIQUE.

LA FONTAINE DE L'APPARITION.

Si nous commençons la série des Faits extraordinaires dans l'ordre physique, que nous nous proposons de publier, par quelques lignes sur la Fontaine de l'Apparition, c'est appuyé sur l'autorité de Mgr de Bruillard qui, dans son Mandement doctrinal, déclare « *merveilleuse, sinon dans son origine, au moins dans ses effets* », l'eau de cette source bénie.

La « *Dame* » que les petits Bergers aperçurent au sein du globe lumineux qui s'entr'ouvrait sous leurs yeux, assise sur des pierres, la tête entre les mains, avait les pieds dans le lit desséché d'une source connue dans le pays sous le nom de *Petite Fontaine*. Cette source, de temps immémorial, était intermittente, tarissant durant un temps plus ou moins long au cours de la belle saison, puis recommençant à couler après les pluies ou à la fonte des neiges.

Le jour de l'Apparition, il y avait déjà au moins trois semaines qu'elle se trouvait à sec. Le lendemain, personne ne vint en cet endroit de la Montagne; le surlendemain, il fut constaté qu'elle fluait, et depuis, elle n'a jamais tari. Il est arrivé, en certains étés particulièrement secs, que toutes les autres sources des environs ont manqué d'eau; même alors, la Fontaine de l'Apparition en a toujours fourni, et en quantité suffisante, pour satisfaire aux nécessités de travaux de maçonnerie en cours, d'une centaine d'ouvriers, de la cuisine et de la buanderie de l'hôtellerie du Pèlerinage.

« Jusqu'au 10 septembre de l'année suivante, dit le R. P. Berthier (1), elle resta dans son état primitif et naturel. Aucun travail n'y fut fait. Du tertre de gazon qui recouvrait le rocher, elle s'échappait par plusieurs filets qui venaient se réunir dans un bassin creusé par les bergers de la Montagne. De là, formant un petit ruisseau à tra-

---

1. *Les Merveilles de la Salette.*

vers le gazon, elle s'écoulait dans le torrent de la Sézia. Cependant, les visiteurs devenaient de plus en plus nombreux; une foi simple les portait à cueillir l'herbe et à déraciner le gazon qu'ils emportaient avec respect. L'eau en était troublée, et il était difficile de puiser dans le bassin. On comprit que quelques travaux étaient nécessaires. Aussi, le 10 septembre, pendant qu'on faisait à la Montagne quelques préparatifs pour le premier anniversaire de l'Apparition, la source fut entourée d'une maçonnerie qui laissait couler l'eau par un tube de fer, et donna aux nombreux pèlerins du 19 septembre 1847 le moyen de satisfaire leur dévotion. Aujourd'hui, la source miraculeuse coule aux pieds mêmes de la statue de la Vierge qui pleure; elle est amenée par un conduit au bord de la grille qui environne les lieux de l'Apparition. C'est là que les pèlerins viennent puiser... »

L'eau de cette fontaine est toujours très froide, même au milieu de l'été, quelque élevée que soit la température; des milliers de personnes, mises en transpiration par une montée laborieuse, en ont bu à longs traits, et on n'a pas connaissance qu'aucune d'elles en ait été le moins du monde indisposée. Citons à ce propos le témoignage d'un pèlerin. Après avoir dit qu'il était très dangereux, en général, lorsqu'on se trouve en transpiration, d'étancher sa soif aux sources des montagnes, M. Similien (1) ajoute : « Oh! combien, à la Salette, les effets sont différents! J'y ai bu presque chaque fois une dose, non pas proportionnée à mon altération, mais bien à la capacité de mon estomac; mes dents en étaient saisies d'une sensation glaciale, et je me soumettais à cette épreuve, dès mon arrivée, lorsque mes vêtements étaient encore si saturés de sueur, par la fatigue du trajet, qu'on aurait pu facilement l'en exprimer. Puis, aussitôt après, au lieu de continuer à marcher pour entretenir la chaleur du corps, j'allais prier dans la chapelle sombre et très humide, où je restais longtemps dans le repos le plus absolu. Cependant, j'atteste devant Dieu que ce régime ne m'a occasionné, ni le plus léger rhume, ni la moindre affection pulmonaire. Mon témoignage n'est pas le seul. Que l'on consulte les pèlerins; on n'en rencontrera pas un seul dont l'opinion varie sur ce point. »

---

1. *Pèlerinage à la Salette.*

Il y a plus : l'analyse chimique de l'eau de la Fontaine de l'Apparition, faite par M. Similion, licencié ès sciences, professeur de mathématiques et de sciences physiques et chimiques, a démontré qu'elle ne contient aucun des principes curatifs qui entrent dans la composition des eaux minérales, que c'est de l'eau ordinaire, aussi pure que possible. Or, cette eau, dénuée de toute vertu médicale, a procuré la guérison des maladies les plus diverses à une foule de personnes qui l'ont employée sous l'une ou l'autre forme de boisson, de lotion ou de compresse, en invoquant en même temps Notre-Dame de la Salette.

Mieux encore, cette eau *merveilleuse* (pour redire l'expression de Mgr de Bruillard) a guéri des âmes et amené la conversion de grands pécheurs auxquels des personnes charitables étaient parvenues à en faire boire quelques gouttes, même à leur insu.

On comprend dès lors que la Fontaine bénie soit assiégée par les pèlerins de la Sainte Montagne, que son onde bienfaisante soit réclamée comme une inappréciable faveur jusque dans les contrées les plus éloignées, et on s'associe de grand cœur à ces poétiques effusions de Mgr Dupuch :

« Douce Fontaine de la Salette, source si limpide, si calme et si pur miroir, qu'aucun imposteur, que nul inventeur n'eût pu ainsi faire subitement jaillir de ce roc brûlé par le soleil, n'eût pu faire couler sans interruption, toujours la même, pendant ces neuf dernières années ! (1).

» Douce Fontaine de la Salette, gracieux autant qu'irréfutable témoin du passage de ma mère, pour t'empêcher d'élever ton paisible murmure au-dessus de la plus grande voix des torrents et des abîmes, il eût fallu de nouveau refouler de temps en temps, au moins, tes intarissables ondes !

» Douce Fontaine de la Salette, plus nombreux encore que ces fleurs sans nombre qui tapissent tes alentours de leurs corolles azurées, furent déjà les pieds de ceux qui accoururent vers toi, pour y mêler leurs larmes à ses larmes, pour y baiser la trace des siens... ne sont-ce pas ces ruisseaux sacrés qui n'ont cessé de t'alimenter jus-

1. Ces lignes étaient écrites en 1855.

qu'ici? Puissent-ils y couler ainsi toujours aussi pleins de charmes et de célestes grâces!

» Douce Fontaine de la Salette, l'écho de tes solitudes bénies répéta-t-il une seule fois, depuis qu'il eut redit ses maternelles paroles, une seule coùpable voix... et ce mur·mure si caressant de tes flots n'est-il pas désormais plus que l'image, l'unique écho de celui de leurs prières et de leurs chants?... Oh! toujours, toujours, demeure ainsi unie aux cantiques du Ciel sur la terre!

» Douce Fontaine de la Salette, nul de ceux qui se désaltérèrent dans ton divin cristal n'y burent la mort avec l'erreur. Ah! c'est trop le goût de la vérité pour qu'aucun s'y puisse méprendre!

» Douce Fontaine de la Salette, avant de continuer ma course haletante de cette vérité, de ce bonheur, encore plus que d'humains efforts, laisse-moi tremper encore, ne fût-ce qu'un instant, mes lèvres ardentes, ma plume altérée, dans ce cristal si pur... Au dernier des miens, que ne puis-je y coller mes lèvres!

»Ι Douce Fontaine de la Salette, te souvient-il d'une autre fugitive heure de ma vie, aussi vite entraînée, ainsi tes eaux impatientes sur le déclin du Gargas, mais qui dure encore, qui durera toujours dans mon cœur?... Je te demandais alors, courbé sur tes fraîches eaux, dont les parfums m'enivraient comme je ne l'avais jamais été, pas même au jour de ma première Communion, pas même à celui de ma première messe, de mon sacre... pas même aux bords des citernes d'Hippone... je te demandais si tu ne t'épanchais pas plutôt du Ciel que de ces terrestres collines, si ton souvenir ne m'y accompagnerait pas! » (1)

GUÉRISON DE Mlle MARIE-ANTOINETTE BOLLENAT

d'Avallon (Yonne). — 1847 (2).

I. — *Relation du fait par M. l'abbé Gally, curé de Saint-Martin, paroisse de la miraculée.* — Quand je fus nommé curé de Saint-Martin, en 1843, Marie-Antoinette Bollenat était déjà malade; mais, depuis ces quatre dernières années, son état est toujours allé en empirant. Je ne décrirai

---

1. Mgr DUPUCH. *Venez avec moi à la Salette.*
2. ROUSSELOT. *La vérité sur l'Événement de la Salette.*

pas sa maladie; le certificat de son médecin (1) ne laisse rien à désirer : ce que je puis dire de plus, c'est qu'il est difficile de s'imaginer des douleurs plus atroces que celles qu'elle endurait dans des crises qui souvent se sont prolongées pendant des semaines entières. Il m'a toujours semblé que ce qui la conservait à la vie, au milieu de ces tortures affreuses, c'est qu'au moment où le mal arrivait à son dernier degré d'intensité, elle tombait dans des syncopes plus ou moins longues d'où elle ne sortait que pour revenir à de nouvelles et horribles souffrances. Des épreuves d'un autre genre devaient l'assaillir : elle perdit, dans ces dernières années, un père et une mère tendrement aimés; ce furent des coups terribles pour cette personne douée d'une grande sensibilité. Son frère, sa sœur, firent des maladies extrêmement graves; elle ne pouvait s'empêcher de voir que le peu de parents qui lui restaient, obligés de lui prodiguer des soins assidus le jour et la nuit, épuisaient lentement pour elle leurs forces et leur santé. A cela se joignaient encore des tortures de conscience que le monde ne peut comprendre dans des personnes aussi pures que l'était Antoinette Bollenat, mais dont se rendent facilement compte ceux qui connaissent les voies de Dieu à l'égard des Saints. Quand les souffrances corporelles cédaient un peu, les peines de l'âme reprenaient le dessus avec une nouvelle force, et la jetaient dans un état pitoyable : « Le jour, me disait-elle, en présence de mes » parents, je suis obligée de renfermer dans mon cœur » ce que j'éprouve; mais la nuit, quand je les entends » dormir, oh! alors, je me livre à ma douleur et mes » larmes ne cessent qu'au retour de la lumière ».

» Elle communiait de temps en temps; mais sur la fin, les jours de communion, au lieu d'être des jours de bonheur ou du moins de consolation, étaient encore plus tristes que tous les autres; elle s'imaginait recevoir indignement Celui qu'elle aimait de tout son cœur : l'obéissance seule pouvait la faire triompher de ses craintes. Dieu lui avait caché la couronne qu'il réservait à tant de souffrances, et il ne lui semblait voir que l'enfer entr'ouvert sous ses pas.

» Enfin arriva la crise que tout le monde, et son médecin

---

1. Nous donnerons plus loin ce certificat tout à fait explicite et concluant.

le premier, crurent devoir être la dernière. Le 11 novembre, à neuf ou dix heures du soir, on vint me chercher, son confesseur ordinaire, M. l'archiprêtre, demeurant à l'autre extrémité de la ville. Je la confessai au milieu de ces alternatives de syncopes et d'horribles souffrances dont j'ai parlé plus haut. Jamais je ne l'avais vue plus mal.

» Depuis quelque temps, elle se proposait de faire une neuvaine à Notre-Dame de la Salette. M. l'archiprêtre s'était procuré de l'eau de la Fontaine de l'Apparition; il avait intéressé pour elle les deux petits Bergers qui devaient réciter un *Ave Maria* pendant neuf jours, à partir du dimanche 14 novembre. Ce jour devait être aussi le premier de la neuvaine; mais le vendredi 12, elle était si mal, que M. l'Archiprêtre, désespérant de la voir vivre jusqu'à dimanche, décida qu'on la communierait le samedi.

» Dès les premiers jours qu'elle but de l'eau, toutes les peines de l'âme cessèrent, s'évanouirent comme un songe; à ses anxiétés succédèrent une confiance sans bornes, un abandon total à la Providence, un grand espoir de guérison, bien qu'elle eût préféré néanmoins mourir. Depuis si longtemps elle s'était habituée à envisager la mort comme une amie!

» Cependant, les douleurs corporelles n'en étaient pas moins intenses; elles furent un peu diminuées le mardi par une légère application de sangsues; mais, dès le soir même, les symptômes habituels reparurent; elle a été si faible au commencement de cette neuvaine, qu'elle disait à une de ses amies : « Ma chère S..., vois mes » mains, je n'ai plus la force de les soulever! »

» Le jeudi 18, elle voulut faire une expérience. Depuis trois ou quatre ans, elle ne pouvait prendre de bouillon gras; sa seule nourriture était un peu de lait, deux ou trois cuillerées par jour, et encore les rejetait-elle après les avoir prises. Du 5 au 21 novembre, pendant quinze jours, un verre d'eau fut son unique aliment. Le jeudi donc, exténuée de faiblesse, elle voulut essayer ce que ferait une cuillerée de bouillon; encore eut-elle soin de l'affaiblir en le mélangeant d'une égale quantité d'eau. Vaine précaution : le bouillon, à peine introduit dans l'estomac, y causa des douleurs inexprimables, et, huit heures après, elle le vomissait, bien punie de son imprudence.

» Depuis trois ans, il lui était impossible de faire aucun mouvement dans son lit; toujours couchée sur le dos, qui souvent n'était qu'une plaie, elle ne pouvait se tourner sur l'un ou l'autre de ses côtés sans s'évanouir par la souffrance. Cependant, on pouvait la transporter dans son fauteuil, où elle demeurait quelques instants dans l'immobilité la plus complète; mais les huit derniers jours, elle était si faible, que son médecin n'avait pas voulu qu'on la changeât de lit. « Laissez mourir cette jeune fille en repos », avait-il dit à ses parents. Le dimanche, de grand matin, comme elle devait communier, on ne tint aucun compte de la défense du médecin, et on la transporta dans un autre lit; mais quelque précaution que l'on prît, ce ne fut pas sans lui causer d'affreuses douleurs : « Que » tu m'as fait de mal! tu m'as tuée! » disait-elle à la personne qui venait de lui rendre ce service.

» C'était le 21 novembre; je lui portai la sainte communion, le matin à six heures. Jamais elle n'éprouva plus de bonheur en recevant son Dieu. Néanmoins, ses souffrances corporelles furent aussi vives toute la journée. A trois fois différentes, on fut obligé de venir la soulever; elle se sentait oppressée jusqu'à la suffocation. La région épigastrique, centre de son mal, cette région si douloureuse que le moindre contact suffisait pour la faire tomber évanouie, était encore d'une sensibilité extrême. Ayant voulu ôter le coton qui recouvrait la plaie d'un vésicatoire volant et qui la brûlait, elle fut obligée d'y renoncer; la seule pression du doigt lui occasionnait des douleurs à lui arracher des larmes.

» Qui eût dit dans ce moment que cette personne si souffrante, si exténuée, deux ou trois heures après, serait assise, pleine de joie et de santé, au milieu de sa famille, à table, où elle mangerait d'un excellent appétit?

» Suivons la malade dans les diverses phases de cette espèce de résurrection.

» A une heure et demie, elle prit pour la dernière fois de sa neuvaine, la mesure ordinaire de l'eau de la Fontaine miraculeuse, je veux dire trois fois une petite cuillerée à bouche, et, après l'avoir bue, elle espéra plus que jamais; elle annonça même une guérison que pourtant rien encore ne semblait lui promettre.

» A deux heures, elle éprouve le besoin de manger; elle

demande, et on lui apporte comme pour satisfaire une
envie de malade, une tasse de bouillon où trempait un
léger morceau de pain. Il y avait plus de quatre ans qu'elle
n'avait mangé de soupe; elle prend le tout sans éprouver
le moindre mal. Elle crut que c'était le moment de la
guérison; elle veut essayer de se lever, vain effort! Elle
recommence une seconde fois aussi inutilement, puis une
troisième. A la troisième fois, les palpitations se firent
sentir; elle crut que ses horribles douleurs d'estomac
allaient la reprendre. En cet instant, un doute affreux
s'éleva dans son âme; « mais ce fut, disait-elle, le pas-
» sage de l'éclair; je remis ma confiance en Dieu et je
» pris la résolution d'attendre son heure avec patience. »

» Ce moment, ce fut entre cinq heures et demie et cinq
heures trois quarts. Au même instant, les palpitations, les
douleurs de poitrine, tout a cessé; elle porte la main sur
cette tumeur si douloureuse, qu'elle n'avait pu toucher du
doigt une demi-heure auparavant, elle n'éprouve plus le
moindre mal : les souffrances physiques avaient disparu
le dernier jour de la neuvaine, comme les souffrances morales s'étaient évanouies le premier.

» Malgré sa grande confiance en Dieu, ou plutôt à cause
de cette confiance si douce, si calme, si soumise, Antoinette Bollenat était si éloignée de l'exaltation, de l'empressement même, que, tout en se sentant guérie, et bien
qu'il n'y eût alors dans sa chambre que trois de ses amies
intimes, elle attendit leur départ pour faire l'expérience
de ses forces; seulement elle pria l'une d'elles, confidente
de ses espérances, de lui apporter ses vêtements. Quand
elle se voit seule, elle descend de son lit, bien surprise
de l'agilité de ses premiers mouvements. A peine est-elle
descendue, qu'un léger étourdissement lui fait craindre
d'être allée trop vite. Elle remonte pour se coucher; mais
elle le fait avec tant de facilité, ses pieds si lourds depuis
tant d'années, elle les sent si légers, ses genoux sont
devenus si flexibles, qu'elle se dit à elle-même : Mais
s'il m'a été si facile de remonter, combien me le sera-t-il
davantage de redescendre! Aussitôt la voilà descendue.
Elle s'habille et puis se jette à genoux pour remercier
l'auguste Marie d'une guérison si merveilleuse.

» Sur ces entrefaites, sa belle-sœur, Joséphine Bollenat,
venait allumer le feu d'une cheminée opposée au lit de

la malade, parce que c'était la coutume, chaque dimanche, de passer la soirée dans sa chambre. L'ex-malade termine sa prière, et ne trouvant pas ses souliers, les demande à sa belle-sœur. Celle-ci qui l'avait entendue déraisonner une partie de la semaine dans des accès de fièvre, lui demande, à son tour, si elle bat la campagne.

— « Non », répond la malade, en s'avançant vers le feu. La belle-sœur lève la tête et, l'apercevant debout et marchant, elle pousse un cri d'effroi. Son mari accourt de la chambre voisine, et vient partager, sinon la frayeur, du moins la stupéfaction de sa femme.

» Pour la malade, souriant de leur surprise, elle va s'asseoir auprès du feu, leur annonce sa guérison, puis elle leur dit : « Allons, ne perdez pas de temps, apprêtez » le souper, car je me sens un fort bon appétit. »

» En effet, une demi-heure après, elle était à table, entourée d'une famille aussi joyeuse qu'émerveillée de la voir manger comme l'eût fait toute autre personne jouissant de la santé la plus parfaite.

» Après ce repas, elle voulut se promener dans la chambre, mais à peine y avait-elle fait quelques tours, avec la même facilité que si jamais elle n'eût été malade, que sa belle-sœur, de plus en plus étonnée, n'en pouvant plus, la conjura de s'asseoir. « Si tu continues de marcher, lui dit-elle, je me trouve mal; » en effet, on la voyait pâlir. On resta donc assis, et la soirée se passa en conversation et en prière. La malade achéva sa neuvaine à genoux et ne passa pas moins d'un quart d'heure dans cette position.

» A neuf heures, on alla se coucher. La nuit fut excellente. Depuis trois ans, à moins qu'on employât des soporifiques, elle ne dormait pas dix minutes dans ses meilleures nuits, et encore, quel sommeil! Cette première nuit et les suivantes, il fallut la réveiller le matin. Tout en se mettant au lit, sans y prendre garde d'abord, elle s'était couchée et elle resta ,jusqu'au matin, sur ce côté gauche auparavant si douloureux, qu'elle ne pouvait le toucher sans se trouver mal.

» Le lendemain, 22, on s'empressa d'aller la voir. Avec quelle effusion de cœur, avec quel air de bonheur elle recevait tous ceux qui venaient la visiter! Elle se levait, marchait, causait, de manière à faire douter si c'était là cette personne que, la veille encore, on avait vue si malade. Elle ne pouvait se reconnaître elle-même; elle ne savait surtout comment témoigner sa reconnaissance à la Sainte Vierge. A ceux qui lui disaient combien Marie avait été bonne à son égard, combien Elle avait droit à ses actions de grâces : « Ah! répondait-elle, je ne peux la » remercier; tout ce que je puis, c'est de regarder son » image. »

» On aurait pu croire que le lendemain de sa guérison, tant de visites, tant d'émotions diverses, auraient pu altérer son état. Il n'en fut rien. Le soir, elle était aussi forte, aussi joyeuse que le matin. Elle avait fait quatre solides repas dans la journée. Elle attendit son médecin dont la visite lui avait été annoncée, jusqu'à onze heures et demie de la nuit. Il ne vint que le lendemain 23, et ce fut alors qu'il constata son parfait état de santé. Je le vis quelques instants après cette visite, et je lui demandai ce qu'il en pensait : « En vérité, me répondit-il, s'il était » nécessaire, je serais prêt à signer de mon sang que cette » guérison est un miracle. »

» Voici plus de deux mois qu'Antoinette Bollenat est guérie et sa santé est toujours excellente. A la voir marcher, manger et travailler, l'homme le plus incrédule ne pourrait s'imaginer qu'elle ait jamais été malade. Veuille le Seigneur conserver Lui-même, pour l'édification de ma paroisse et de la ville entière, cette personne qui est devenue comme une preuve visible, publique, incontestable, de la puissance et de la bonté de Marie.

» Avallon, le 17 février 1848.

» GALLY, *curé de Saint-Martin.* »

II. — *Rapport du Docteur Gagniard.* — « Je soussigné, docteur en médecine de la Faculté de Paris, demeurant à Avallon (Yonne), certifie avoir donné mes soins à Marie-Antoinette Bollenat depuis 1830 jusqu'en 1847, et avoir, pendant le cours de sa maladie, qui a duré dix-neuf à vingt ans, observé ce qui suit :

« Mlle A. Bollenat, âgée de trente-trois ans, d'un tempérament lymphatique et sanguin, avait eu une bonne santé jusqu'à l'âge de douze ans. A cette époque, elle fut jetée par terre et accablée de coups par une femme qui, en même temps, lui appuya violemment le genou sur la poi-

trine et sur la région épigastrique. A partir de ce moment, elle a toujours souffert de l'estomac, et un an après,
en 1828, les vomissements commencèrent et se continuèrent, avec quelques rares intermittences, jusqu'en 1843.
Depuis ce temps, les vomissements n'ont point cessé, c'est-
à-dire que le moindre aliment, une cuillerée de lait, de
bouillon, d'eau même, était presque toujours rejeté.

» En 1840, les douleurs d'estomac devinrent intolérables
au moindre contact. A peine la main effleurait-elle la peau,
qu'une syncope, produite par la douleur, se manifestait.
Je profitai d'une de ces syncopes pour palper la région
épigastrique où je découvris alors une tumeur grosse
comme un œuf de poule; cette tumeur alla toujours en
augmentant et, dans ces derniers temps, elle occupait la
région épigastrique entière et tout l'hypocondre gauche.
Cette tumeur n'offrait aucun caractère d'un anévrisme;
je la crus squirreuse.

» Les syncopes devenaient de plus en plus fréquentes et
longues. Elles duraient de dix minutes à une, deux et
même une fois trois heures, et cela au moindre contact,
soit qu'on soulevât un peu la malade ou qu'on la changeât
de lit, soit qu'elle eût un accès de toux un peu plus fort
qu'à l'ordinaire, ou qu'elle éprouvât la moindre émotion
morale.

» Les douleurs, le séjour au lit depuis trois ans, la
diète absolue, avaient réduit la malade à un état de maigreur et de faiblesse extrême. Sa voix éteinte ne dépassait
plus le bord des lèvres; fièvres, sueurs nocturnes, douleurs épigastriques atroces, figure hippocratique. Depuis
huit jours, on n'avait pu changer la malade de lit. Je voulus
palper la tumeur qui occupait la partie supérieure et latérale gauche du ventre; mais la douleur fut si vive, que
je dus y renoncer, et je quittai la malade pendant la syncope, en prévenant les parents que je ne pouvais plus rien
faire, que tout remède était inutile, et qu'il fallait laisser
mourir cette pauvre fille en repos. Tel était l'état où se
trouvait Antoinette Bollenat, le 19 novembre 1847. Je n'y
retournai pas le 20; mais le 22, on vint me dire que le
21 au soir, elle était guérie.

» Je ne crus pas d'abord à cette guérison, mais le lendemain 23, quand je vis ma malade levée, venant au
devant de moi avec un air de bonheur indicible, restant

sur ses jambes tout le temps de la visite, que je la trouvai sans douleur dans le ventre, digérant tout, ne vomissant rien ; quand j'eus palpé avec force et avec le plus grand soin les régions abdominales naguère si douloureuses, quand surtout je ne sentis plus de tumeur, il fallut bien me rendre à l'évidence.

» Depuis cette époque, Antoinette Bollenat marche, mange et dort comme on le fait en parfaite santé.

RÉSUMONS :

» 1° Depuis dix-sept ans, Antoinette Bollenat vomissait tout ce qu'elle mangeait, digérait à peine quelques cuillerées de lait ou de bouillon. Les trois derniers mois, jusqu'au 21 novembre, elle ne digérait plus rien ;

» 1° Le 21 novembre, à six heures du soir, sans transition aucune, sans qu'aucune crise se soit manifestée, elle mange et digère très bien un fort potage, des légumes et des fruits ;

» 2° Depuis trois ans, Antoinette Bollenat n'a pas marché ; elle est restée sur son dos, pouvant à peine faire exécuter quelques mouvements à ses membres inférieurs ;

» 2° Le 21 novembre, Antoinette Bollenat se lève, met ses vêtements, ses bas, se promène dans sa chambre ;

» 3° Depuis dix ans, Antoinette Bollenat ne pouvait se coucher sur son côté gauche ; elle était presque entièrement privée de sommeil ;

» 3° Le 21 novembre, Antoinette Bollenat se couche sur le côté gauche, et dort toute la nuit ;

» 4° Depuis dix-neuf ans, les douleurs d'estomac, insupportables sur la fin, n'avaient pas cessé ;

» 4° Le 21 novembre, il ne reste plus aucune douleur à la région épigastrique, ni à aucune autre partie de l'hypocondre gauche ;

» 5° Depuis sept ans, une tumeur énorme existait à la partie supérieure moyenne et latérale du ventre, et depuis longtemps je n'em-

» 5° Le 21 novembre, la tumeur a complètement disparu ; aucun mouvement critique, aucun écoulement quelconque, purulent ou

ployais plus aucune espèce de médication, soit pour guérir cette tumeur, soit pour en arrêter le développement ;

» 6° Le 19 novembre 1847, Antoinette Bollenat présentait tous les symptômes d'une mort prochaine.

autre, n'avait eu lieu par aucune voie ;

» 6° Le 21 novembre et jours suivants nous l'avons vue pleine de santé.

» En foi de quoi j'ai délivré le présent certificat que je déclare sincère et véritable.

» Avallon, 4 décembre 1847.   GAGNIARD, d. m. p. »

III. — *Jugement de Mgr l'Archevêque de Sens.* — MELLON JOLLY, *par la miséricorde divine et la grâce du Saint-Siège apostolique, Archevêque de Sens, Évêque d'Auxerre, Primat des Gaules et de Germanie,*

« Vu le rapport de la Commission nommée par Nous, le 24 janvier 1848, pour procéder à une enquête juridique sur les faits relatifs à une guérison extraordinaire arrivée à Avallon, le 21 novembre 1847, sur la personne d'Antoinette Bollenat, après une neuvaine à la Très Sainte Vierge ;

» Vu les interrogatoires des témoins et médecin en date des 7, 8 et 14 février 1848 ;

» Vu les certificats et pièces annexés à ces interrogatoires ;

» Vu le rapport présenté à Nous le 20 février 1849, par M. l'abbé Chauveau, notre Vicaire général, chargé par Nous de l'examen de cette affaire et d'en discuter les faits ;

» Vu les conclusions du rapport ;

» Après avoir pris l'avis de notre Conseil ;

» Le saint Nom de Dieu invoqué,

» Déclarons, pour la gloire de Dieu, la glorification de la Très Sainte Vierge et l'édification des fidèles, que la guérison d'Antoinette Bollenat, opérée le 21 novembre 1847, après une neuvaine à la Très Sainte Vierge Mère de Dieu « invoquée sous le nom de Notre-Dame de la Salette », présente toutes les conditions et tous les caractères d'une guérison miraculeuse, et constitue un miracle de troisième ordre.

...» Donné à Sens, sous notre seing, le sceau de nos armes et le contre-seing de notre Vicaire Général, secrétaire particulier, le 4 mars de l'an de grâce 1849.

(L. S.)　　　*(Signé) :*　　　　　　　　» MELLON,
　　　　　　　　　　　　　　　　　　　　» Archevêque de Sens.

» Par mandement de Monseigneur l'Archevêque,
　　　　　　　　　　　　　» E. CHAUVEAU, Vic. Gén. »

GUÉRISON DE Mᵉ SŒUR MARIE-FRANÇOIS DE SALES

à Rennes (Ille-et-Vilaine) — 1847 (1).

Examen et jugement du Vicaire Général, supérieur de la Visitation de Rennes, avec approbation de Monseigneur l'Evêque. — « L'an de Notre-Seigneur 1849, le 26 du mois de juillet, nous soussigné, Vicaire général de Mgr l'Evêque de Rennes, supérieur du monastère de la Visitation de Sainte-Marie de la ville de Rennes, accompagné de M. l'abbé Corvaisier, aumônier dudit monastère, nous nous sommes transporté au grand parloir de la communauté où nous avons trouvé réunies : la Mère supérieure, ma Sœur l'assistante, ma Sœur l'infirmière et mes Sœurs Marie de Chantal, Louise-Françoise-Stéphanie de Gonzague et Marie-François de Sales, lesquelles nous ont présenté :

» 1º Un certificat délivré par MM. Bruté père et fils, docteurs-médecins, contenant ce qui suit :

» Nous soussignés, docteurs-médecins, avons été appelés à donner des soins à Mme Marie-François de Sales, religieuse de la Visitation. Cette religieuse était affectée depuis plusieurs années d'une hypertrophie du cœur avec lésion des valvules. Une voussure énorme s'étendait depuis la clavicule jusqu'à la dernière côte.

» A son arrivée de Paris à Rennes, Mme Marie-François de Sales sentit le mal faire des progrès. Les crises de suffocation qui existaient depuis longtemps, augmentèrent et finirent par ne plus lui permettre de prendre la position horizontale. La déformation des côtes devint énorme, le cœur semblait prêt à s'ouvrir un passage, et tout l'arbre artériel gauche commença à s'hypertrophier.

» M. Bretonneau, si habile praticien, reconnut l'existence

1. ROUSSELOT. *Nouveaux documents.*

du mal que nous signalons. Son diagnostic fut celui que nous venons de tracer. Les jambes enflèrent, elles devinrent rouges et s'excorièrent. Le gonflement remontait au-dessus des genoux. Cent dix nuits et cent dix jours furent passés par la malade dans la position assise dans un fauteuil.

» Tous les moyens auxquels la médecine a recours en pareille circonstance furent inutilement employés; moxas, cautères, ventouses ne purent s'opposer aux progrès rapides de cette horrible maladie qui fut abandonnée à elle-même pendant quelques jours.

» Mme François de Sales désirait qu'on fît une neuvaine. Les accidents allèrent en augmentant, et la malade arriva en quelques jours au dernier degré de l'agonie; une sueur froide ruisselait sur le visage; les pupilles immobiles étaient insensibles au contact de la lumière, et les personnes qui l'entouraient s'apprêtaient à recevoir son dernier soupir, lorsque instantanément, elle demanda à boire, prit sans difficulté la boisson qu'on lui offrit, et demanda un potage qui lui fut donné. Les jambes désenflèrent immédiatement; elle dormit à merveille la nuit suivante; et lorsque nous arrivâmes le lendemain, nous ne trouvâmes plus aucune trace de la maladie. Les jambes avaient repris leur volume et leur coloration normale. La voussure et la déformation des côtes avaient disparu. Les bruits du cœur ne présentaient pas la plus légère nuance anormale. Mme François de Sales marchait; elle montait deux rampes d'escalier sans qu'on pût percevoir la moindre exagération dans l'impulsion du cœur. L'appétit était bon, la digestion facile et à partir de ce moment, Madame Marie-François de Sales put prendre la position horizontale au lit et dormir d'un sommeil parfait.

» Depuis trois mois, époque à laquelle ce changement a eu lieu, sa santé n'a pas cessé d'être parfaite. Mme Marie-François de Sales est peut-être la plus forte parmi les personnes qui composent la communauté, et nous n'avons plus de cette horrible maladie que le souvenir.

» Le présent procès-verbal a été fait et attesté par nous, trois mois après la maladie, ce 3 juillet 1849. »

» 2º Une relation de la maladie et de la guérison de ma Sœur Marie-François de Sales, rédigée partie par elle-même, partie par ma Sœur Marie-Pauline, infirmière, laquelle contient ce qui suit :

» Au commencement du mois de mars, le médecin qui avait toujours dit que mon mal était sans remède, voyant qu'il s'aggravait encore, instruisit ma famille de mon état désespéré. Ma sœur aînée fit alors demander à M. le curé de la Salette une neuvaine de messes, et m'envoya de l'eau miraculeuse de ce pèlerinage, me priant d'en boire et de m'unir à la neuvaine. J'eus de la peine à m'y décider, à cause du désir ardent que j'avais de mourir; enfin, déterminée par l'obéissance, j'y consentis, et cette neuvaine fut commencée à la Salette le 21 de ce mois; ma famille et trois de nos chers monastères voulurent bien s'y unir. Depuis le 11 du même mois, mes crises étaient devenues beaucoup plus fréquentes. Jusqu'au 26, je ne fus pas, le jour, plus d'une demi-heure sans crise, et j'en avais encore plusieurs la nuit, temps où, livrée à une continuelle insomnie, j'avais ordinairement une fièvre très forte. M'assoupir était pis encore, le moindre mouvement m'éveillant avec de violentes douleurs. Mon cœur, en battant, me déchirait tout le côté, où il me semblait avoir intérieurement des plaies vives, et, lorsque se dilatant, il cessait de battre, j'étais étouffée. Alors une goutte d'eau m'aurait fait suffoquer, et je ne pouvais même avaler ma salive. De grands maux de tête, un profond dégoût de tout ce qui est nourriture, une faiblesse qui me faisait vivement appréhender mes crises : en un mot, un état de souffrance que je ne puis exprimer me faisait attendre à chaque instant mon dernier moment. M. Bruté, père, qui venait alors tous les jours, m'avoua depuis qu'il s'était toujours hâté de quitter l'infirmerie de peur de me voir passer devant lui. La difformité de mon côté gauche était telle que l'une de nos Sœurs me dit : « Cela fait mal à voir ». Je ne puis rendre compte de mon agonie, ayant été sans connaissance. C'est à présent ma sœur infirmière qui parle :

» Le 26 mars, à six heures et demie du soir, Sœur Marie-François de Sales eut une crise qui parut devoir être la dernière. C'était le sixième jour de la neuvaine. Le délire, les yeux fixes et tous les symptômes qui accompagnent une mort prochaine se manifestèrent. On avertit M. l'aumônier qui se hâta de donner à la malade l'extrême-onction et l'indulgence de la mort. Après la cérémonie,

nos Sœurs se retirèrent à regret, pensant ne plus revoir
leur sœur, dont la mort parut si certaine qu'on prépara
tout ce qui était nécessaire pour l'ensevelir. Notre Mère
supérieure et trois autres Sœurs veillèrent avec moi autour d'elle. Son agitation devint grande, et, au milieu de
la nuit, nous vîmes son visage couvert de la sueur de la
mort. En l'essuyant, je m'aperçus que sa figure était glacée. Notre Mère mit la lumière devant les yeux de la malade qui ne la distingua pas. Les yeux étaient totalement
vitrés. Ce regard fixe avait quelque chose d'effrayant.
Nous allumâmes le cierge bénit et nous fîmes toute la
recommandation de l'âme. Notre chère sœur eut ensuite
une faiblesse qui rendit nos craintes encore plus vives.
Au bout de quelques minutes, la respiration revint, et
la malade tomba dans une espèce d'assoupissement qui
était un signe d'autant plus mauvais que le pouls, devenu
tout à fait intermittent, était quelquefois quelques minutes
sans battre, et remontait considérablement; vers le matin,
un redoublement de fièvre lui rendit un peu plus de force.
Le médecin vint, elle ne le reconnut pas, les yeux demeurant vitrés et le délire continuant. Il dit qu'on ne pouvait
répondre de cinq minutes d'existence; mais qu'assurément notre chère sœur ne passerait pas la journée. On
ne put, pendant les vingt-deux heures de son agonie, lui
faire avaler une seule goutte d'eau; tout coulait de sa
bouche comme aux agonisants; nous nous contentions
de mettre sur ses lèvres l'eau de la Salette.

» Cependant, elle désirait avec ardeur le saint Viatique,
et retrouvait toujours sa raison lorsqu'on lui parlait de
Dieu. Le médecin dit qu'il fallait essayer de lui faire avaler
du pain à cacheter; ce qui ayant réussi, on se pressa de
procurer à la malade la consolation qu'elle souhaitait si
vivement. (Elle avait reçu le saint Viatique trois jours
avant).

» La fièvre étant tombée, le pouls redevint ce qu'il avait
été pendant la nuit, et marqua, joint à la décoloration
du visage, un total affaiblissement. Vers les quatre heures
du soir, M. notre aumônier apporta le saint Viatique;
notre chère sœur entrait dans la vingt-deuxième heure de
son agonie. Elle peut à présent rendre compte de ce qui
se passa en elle.

« Lorsqu'on m'apporta Notre-Seigneur, je ne vis ni le

prêtre, ni nos Sœurs, ni les lumières. Je savais seulement que j'allais communier. Dès que j'eus reçu le saint Viatique, je connus mon mal et sentis mon état. Mon corps était brûlé par la souffrance. Je compris que je venais d'être bien proche de la mort, et je le dis à notre Mère supérieure. Notre-Seigneur, après m'avoir montré l'état duquel il me tirait, me dit intérieurement : C'est moi qui peux et qui veux te guérir. Je lui dis : Fiat! et n'aurais pu lui répondre autre chose, n'ayant d'autre sentiment que de le laisser faire. Dès que Notre-Seigneur m'eut dit cette parole, il se fit un grand travail dans tout mon côté gauche; mon cœur sembla comme se retourner et reprendre sa place, mais avec un mouvement si violent que j'eus même peur. Voyant cependant que ce n'était suivi d'aucune souffrance, et qu'un bien-être général se répandait dans tout mon être, je compris que j'étais guérie. Je l'étais effectivement et entièrement. Je n'avais pas plus envie de communiquer cette faveur que je ne l'avais désirée. Cependant, après une demi-heure ou trois quarts d'heure d'actions de grâces, je le dis à notre Mère supérieure; d'ailleurs, les traits de mon visage parlèrent pour moi, ils étaient tout à fait remis. Je demandai à boire, et je bus sans difficulté. On m'offrit à manger, j'acceptai une soupe que je pris avec grand plaisir. Je marchai ce soir-là même. Mes jambes, jusqu'alors si enflées, surtout vers le pied gauche, qui était même fort malade, étaient revenues dans leur état ordinaire, ainsi que mon côté.

» Le cautère que j'avais sur le cœur se guérit. Je dormis très bien toute la nuit. A cinq heures du matin, je déjeunai avec des huîtres et une tasse de café. Le médecin, qui vint à six heures, frappé d'étonnement de ne pas me trouver morte et de l'état dans lequel il me voyait, m'examine avec grand soin et me dit : « Madame, vous » êtes pour moi une personne revenue de l'autre monde. » Depuis ce moment, je peux monter et descendre les escaliers, ce que je n'avais pu faire depuis plus de dix mois; me coucher, n'importe sur quel côté. J'agis aussi bien du bras gauche que du bras droit. Enfin, je suis dans un état de santé parfaite qui me permet de suivre en tout la communauté.

» Gloire à Dieu, gloire à Marie! »

» Lecture faite de ces deux pièces, nous avons demandé

à ma Sœur Marie-François de Sales si elle avait à ajouter quelque chose à la relation qu'elle avait faite de sa maladie et de sa guérison ; ce à quoi elle a répondu : qu'elle regardait comme chose très certaine qu'elle devait sa guérison à l'intercession toute spéciale de la très Sainte Vierge ; ce dont elle était d'autant plus persuadée qu'elle n'éprouvait aucun ressentiment de son affreuse maladie, et que même elle était capable de s'acquitter de l'office du chœur, ce qu'elle n'avait pu faire avec tant soit peu de suite, depuis plus de douze ans.

» Nous avons ensuite interrogé ma Sœur Marie-Pauline, infirmière, laquelle nous a dit persévérer dans ce qu'elle avait avancé dans la relation de la maladie et de la guérison de Sœur Marie-François de Sales ; laquelle a même ajouté que cette guérison lui avait paru tellement prodigieuse et miraculeuse, qu'elle n'avait pas eu besoin, pour y ajouter foi, de voir pendant plusieurs jours la continuation du parfait rétablissement de la malade. Ayant ensuite interrogé la Mère supérieure et les autres Sœurs présentes, elles nous ont toutes déclaré qu'elles partageaient, comme témoins oculaires, les convictions de mes Sœurs Marie-Pauline et Marie-François de Sales. Nous avons ensuite interrogé M. l'abbé Corvaisier, lequel nous a dit : qu'il ne doutait nullement de l'état agonisant de Sœur Marie-François de Sales, le 27 mars, présente année, jour où il administra le Viatique, et que durant vingt-trois ans de l'exercice du saint ministère, il n'avait jamais vu un état semblable sans qu'il fût suivi d'une mort prochaine.

» Nous déclarons nous-même avoir été témoin plusieurs fois de crises éprouvées par la malade, et qui nous semblent ne pouvoir « naturellement » être suivies d'une guérison instantanée.

» Toutes ces dépositions reçues :

» Vu le certificat de MM. Bruté qui attestent :

1º Que la guérison de ma Sœur Marie-François de Sales ne peut être l'effet des remèdes qui avaient été « inutilement » employés ;

2º Que la malade était réduite à une véritable agonie ;

3º Qu'on avait cessé l'emploi de tout remède ;

4º Que la guérison a été instantanée ;

5º Que la guérison persévère depuis quatre mois ;

» Vu la déposition faite par la malade elle-même ;

- » Vu la déposition des religieuses qui ont eu des rapports habituels avec la malade;

» Vu la déposition de M. l'abbé Corvaisier;

» Nous avons jugé que la guérison de Sœur Marie-François de Sales avait été opérée d'une manière tout à fait extraordinaire et en dehors des lois physiologiques et pathologiques, et nous avons permis en conséquence à la Mère supérieure de donner connaissance des faits ci-dessus relatés, et même de délivrer copie du présent procès-verbal aux personnes intéressées à les connaître.

» Fait au parloir de la Visitation, les jours et an que dessus ».

Suivent sur l'original, les signatures de :

MM. Farin, vicaire-général, supérieur ; l'abbé Corvaisier, aumônier de la Visitation ; Brulé, père ; Brulé, fils ; sœurs Marie-Thérèse, supérieure ; Marie-Elisabeth Bossé, assistante ; Marie-Pauline, infirmière ; Marie de Chantal ; Marie-François de Sales ; Louise-Françoise ; Stéphanie de Gonzague.

» Le présent procès-verbal, vu et approuvé par nous, évêque de Rennes, 2 août 1849.

(L. S.)   » † G., *évêque de Rennes.* »

GUÉRISON DE M. L'ABBÉ MARTIN,

au Grand Séminaire de Verdun (Meuse) — 1847 (1).

I. *Récit du fait par l'abbé lui-même.* — « Après avoir perdu mon père en 1842, et ma mère en 1843, orphelin à seize ans, je compris que la souffrance serait mon partage, et je tombai dans une mélancolie profonde, qui détermina sans doute les crises nerveuses dont j'ai beaucoup souffert depuis 1846. Au mois de janvier 1848, ces crises furent suivies de violents maux de tête, que le médecin prit pour les symptômes d'une fièvre cérébrale. Je dus quitter le séminaire, vers le milieu du mois de février et me retirer chez M. le Curé de Void, mon bienfaiteur. Je rentrai au séminaire, vers le 15 mars, sans être parfaitement guéri, pour en sortir bientôt, y revenir encore et retourner à Void, le 22 juin. A partir de cette époque, je pris de moi-même, et à fortes doses, les remèdes de M. Raspail; ils me causèrent des syncopes et achevèrent

_____

1. Rousselot. *Nouveaux documents.*

de ruiner mon tempérament. Des crampes et de vives douleurs dans les articulations succédèrent aux crises nerveuses; je les ressentis surtout dans la jambe gauche qui s'était notablement affaiblie depuis trois ans. Après un voyage forcé, en octobre 1848, j'éprouvai dans ce membre une gêne insupportable.

» Telle était ma position le 23 janvier 1849; du 6 au 20 de ce mois, je fus saisi d'une fièvre terrible, accompagnée de nombreuses défaillances et de sueurs abondantes. Par suite d'un refroidissement, la fièvre et la sueur s'arrêtèrent subitement; dès lors, j'éprouvai dans la jambe des douleurs bien plus intenses, et je m'aperçus bientôt qu'elle était notablement réduite et comme desséchée. Retenu pendant quinze jours encore sur mon lit de souffrances par une faiblesse extrême, ne pouvant supporter aucune nourriture, je reçus souvent la visite du médecin; mais il me répugnait de lui parler de cette jambe malade. Un condisciple charitable, qui restait constamment près de moi, l'en avertit, malgré mes répugnances. Le 23 janvier, après un examen, le docteur me fit entendre que la douleur seule était cause de cette étonnante diminution, que probablement j'avais un rhumatisme; et aussitôt il ordonna des frictions. Dès le lendemain, le docteur me déclara atteint d'un rhumatisme articulaire, et, le 25 janvier, c'était, à ses yeux, une sciatique très avancée et d'autant plus dangereuse que le membre était notablement atrophié. Ma peine fut grande, quand, le 26 janvier, il me fallut quitter le séminaire, pour aller réclamer de mon bienfaiteur les soins et les secours qu'il me prodiguait de si bon cœur. Le froid était extrême; pendant le voyage de Verdun à Void, j'étais comme transi, et la douleur était insupportable; il fallut me descendre de voiture, et ce ne fut qu'à grand'peine, appuyé sur le bras de mon oncle, que je pus, en vingt minutes, faire le court trajet qui me séparait de la maison où je devais fixer ma demeure. Dès le lendemain, le nouveau docteur dont je réclamai les soins, me couvrit la jambe de vésicatoires qu'il saupoudrait d'acétate de morphine, et me fit une application de sangsues. A son jugement, la sciatique était fort avancée, c'était un des cas les plus graves; et certes, du 27 janvier au 5 février, les souffrances me l'apprirent assez ainsi qu'à tous ceux qui m'entouraient.

Le docteur, à la vue de douleurs si intenses, ne put continuer seul son traitement; il me demanda la permission de consulter plusieurs confrères, et m'annonça que, si la douleur continuait, il faudrait me couvrir la jambe de ventouses, puis y passer des barres de fer rouge. Cependant, j'étais au paroxysme de la souffrance; la Sœur hospitalière affirmait n'avoir jamais vu de crises aussi violentes. C'était trop de douleur pour ma faiblesse, il fallait un terme au mal ou me préparer à la mort. C'était là le dernier mot du médecin. Mais non, Dieu ne m'appelait pas à Lui. Peu à peu, la souffrance diminua, et, vers le 10 février, je pus, avec beaucoup de peine, sans doute, me servir de crosses et faire quelques pas. Le beau temps améliora ma position, et, quinze jours s'étaient à peine écoulés, que je commençai à m'appuyer sur ma jambe, sans toutefois pouvoir m'agenouiller.

» Grande fut la surprise du médecin en me voyant en si bonne voie de guérison; il avait dit à bon nombre de personnes que c'était fini de moi, si la douleur ne se calmait pas. Il dit une autre fois à mon oncle : « Votre neveu est un homme usé »; il en dit tout autant à M. Legros, alors curé de Naives. Mais enfin, j'allais assez bien. Je fis connaître au docteur mon intention de rentrer au séminaire; il me répondit d'abord par un refus, puis me laissa libre. Il consentit enfin, *par pure complaisance*, à me donner un certificat attestant que, quoique *imparfaitement guéri*, je pouvais cependant reprendre mes travaux. Il me prescrivit néanmoins certaines précautions, à l'aide desquelles seules je parviendrais à me guérir complètement de la maladie dont j'étais atteint. Je dois avouer que je ne pus tenir compte de ces recommandations. Il m'avait dit que, probablement, ma jambe ne commencerait pas à reprendre de la nourriture avant un an, et que, pour la douleur, elle se dissiperait à la longue. J'écrivis donc à M. le Supérieur pour l'avertir de mon prochain retour; il me fixa lui-même le 4 mars 1849, et je rentrai, en effet, le jour indiqué. Mais de nouvelles et plus terribles épreuves m'attendaient au Séminaire. Dès le 7 mars, les douleurs, loin de diminuer, augmentèrent rapidement; il me fallait souvent retenir sur mes lèvres le cri du désespoir, et la pensée de Marie pouvait seule l'arrêter; je la conjurais de me rappeler vivement les souffrances de son fils, et de me cacher dans les plaies de son cœur.

» Je revis donc le médecin de la maison; il le fallait. Le 10 mars, M. Lépine m'ordonna des frictions avec le baume nerval; j'obéis, mais sans confiance. En effet, le 18, je lui fis observer que ma jambe se raidissait comme une barre de fer, que je ne pouvais faire un pas sans souffrir cruellement, que la douleur remontait dans les reins et dans l'épine dorsale jusqu'à la tête. Je voulus lui faire voir ma jambe; il me dit, pour toute consolation : « Il faut, mon ami, attendre le beau temps; alors j'emploierai des bains aromatiques alcaliques; puis, si cela ne fait rien, nous emploierons autre chose, et après, si cela, n'opère pas... Eh bien! adieu, Monsieur! » Et, cela dit, il s'en alla.

» Cette réponse n'était guère rassurante; désormais, je ne voyais plus à qui m'adresser. Du 10 au 13 mars, j'avais fait usage du Sirop de Boubée et de son liniment, en même temps que je faisais des frictions avec le baume nerval, et je ne m'aperçus nullement de l'effet de ce rémède dont on vantait l'action instantanée. Je consultai un livre de médecine sur les symptômes de ma maladie; cette lecture me fit trembler.

» Un jour, sous l'impression de mes douleurs, j'allai voir mon directeur, car il fallait de la consolation à mon âme. Je fus heureux de l'entendre m'exprimer une idée qui m'occupait depuis longtemps déjà, mais je ne voulais point prendre l'initiative; il s'agissait de conjurer le Ciel d'entreprendre seul ma guérison, et de faire une neuvaine *en l'honneur de Notre-Dame de la Salette*. Dès le lendemain, 27 mars 1849, mardi de la Passion, sur la proposition d'un condisciple, j'écrivis à M. le Curé de Notre-Dame des Victoires, à Paris, pour réclamer, en ma qualité d'affligé et de membre de l'Archiconfrérie, le secours de Marie et les prières des Coassociés.

» Le 1er avril, jour des Rameaux, notre neuvaine commence par l'offrande du Saint Sacrifice que plusieurs prêtres de la ville m'appliquèrent; de nombreuses communions furent offertes à mon intention par bien des personnes charitables des différentes Communautés de Verdun, qui invoquèrent *surtout Notre-Dame de la Salette*. Cependant mes souffrances étaient toujours les mêmes. Ce jour-là,

comme les précédents, pour obéir à la règle, j'allai passer
la récréation dans le lieu où la prenait la communauté; je
marchais lentement, appuyé sur le bras d'un condisciple
à qui je dois une éternelle reconnaissance pour son dévouement à mon égard. Je me confiai plus que jamais en
Marie : « Elle me guérira, pensai-je, et je connaîtrai ma
vocation ». Le soir, vers six heures un quart, mon directeur me remit un peu d'eau de la Salette qu'il avait obtenue des Dames du Couvent de la Congrégation. C'était là
ce que je demandais avec instance, ce que j'appelais mon
salut, mon sauveur. « Il y en a bien peu, ménagez-la, »
me dit mon directeur. « Oh! répondis-je, en souriant; oh!
Monsieur, il n'en faut pas tant. » Je descendis avec une
peine extrême au lieu de la récréation. Après un quart
d'heure d'une promenade douloureuse, et qui me parut
bien longue, j'éprouvai dans tout le corps, et surtout dans
là jambe malade, une fatigue extraordinaire; je dus faire
de grands efforts, même en m'appuyant sur la rampe,
pour remonter l'escalier et arriver au couloir. Je me dirigeai vers la chapelle.

» Je ne pus y rester que cinq ou six minutes. Ce n'é-
tait pas là que Dieu m'attendait, mais bien dans cette
pauvre cellule où j'avais tant souffert. Enfin, me voici
devant cette petite statue de Marie, vers laquelle j'avais
si souvent porté mes regards. Pressé par la confiance en
Marie, je saisis son image, je tombe à genoux sans même
m'en apercevoir. Depuis longtemps, il m'était impossible
de plier ma jambe raidie. Alors, *saisissant mon petit
flacon, je le presse sur les lèvres*, et, contemplant l'image
de Marie : O Marie! ô ma bonne Mère! m'écriai-je, oui,
vous me guérirez, j'en ai l'intime confiance; Marie, vous
savez pourquoi je le désire; si c'est la plus grande gloire
de Dieu que je souffre, *non recuso laborem;* si, au contraire, c'est que je sois guéri, je vous promets de me
consacrer tout entier à votre culte, et de suivre de point
en point ma vocation. O ma bonne Mère, oui, je serai
guéri ».

Alors je tombai dans un anéantissement profond, ne pensant plus, n'ayant plus conscience de ma prière, j'étais
comme écrasé sous le poids de l'action divine que je ne
sentais pas cependant. Cet état dura environ un demi-
quart d'heure, puis, revenu de cette espèce d'étourdisse-

ment, sans m'apercevoir du changement qui s'est opéré en moi, je descends avec précipitation un long escalier, pour dire encore à l'élève infirmier : « Ayez bonne confiance, je serai guéri. » Plus tard ce bon condisciple, qui m'avait prodigué ses soins pendant mes maladies, me racontait que ma démarche ferme, ma contenance assurée, l'avaient étrangement surpris, qu'il ne comprenait pas mes paroles, et qu'il avait ajouté assez bas : « Vous serez guéri ? Mais vous l'êtes! » Je partis sans faire attention à cette parole; mais quand me trouvant au milieu des couloirs, je rencontrai un condisciple qui me saisit et s'écria : « Vous êtes guéri! ». Seulement alors je m'aperçus du changement opéré en moi, je compris tout mon bonheur, et j'allai proclamant ma guérison, non comme prochaine, mais comme accomplie. Je n'étais pas loin de la chapelle où tout à l'heure je n'avais pu prier; maintenant, je m'y sentais invinciblement poussé. Pendant le quart d'heure que je passai au pied du saint autel, à genoux, sans éprouver la moindre douleur, je ne sais ce que je dis à Jésus, ni quelle prière j'adressai à cet aimable Sauveur.

» L'heure du souper approchait, et je voulais annoncer la bonne nouvelle à mes supérieurs. Je monte rapidement l'escalier qui conduit chez mon directeur; je me précipite dans sa chambre en criant : « Je suis guéri, Marie m'a guéri! » A l'instant même, je lui donne des preuves multipliées de ma guérison. Mon directeur me serre dans ses bras, et aussitôt je cours chez M. le Supérieur qui refusait de me croire; ce ne fut qu'au nom de *la Salette* qu'il comprit la cause de tous mes transports. Je ne sortis de chez lui que pour me rendre au réfectoire avec tant d'agilité que deux condisciples ne purent m'atteindre. Mon estomac, si délabré par tant de maladies et de souffrances, reçut sans dégoût et digéra sans peine les aliments. D'ailleurs, depuis ce moment, il ne s'est plus refusé au régime de la communauté. Au sortir du réfectoire, je suis entouré de toute la communauté qui exige de moi toutes les marques d'une guérison complète; je cours, je plie la jambe, je frappe fortement du pied la terre et j'accède à tout ce que l'on demande de moi pendant la récréation que je passe au milieu de mes condisciples, comme si jamais je n'avais été malade. Le lendemain, jour de promenade, une marche de cinq heures ne me fait éprouver aucune gêne. Ce même jour, 2 avril, trois personnes examinent la jambe et se convainquent qu'elle a repris de la vie. Depuis le Jeudi-Saint, jour où elle a cessé de grossir elle est restée dans le même état où elle se trouve aujourd'hui; je puis affirmer qu'elle était au moins des deux tiers plus petite que l'autre avant ma guérison.

» C'est à peine si je me ressentis de la fatigue que l'on éprouve d'ordinaire après les longs offices de la Semaine Sainte. Trois jours après que je fus guéri, j'allai voir le médecin; je lui racontai les détails et je lui donnai les preuves de cette guérison instantanée; et comme il semblait vouloir l'attribuer à ses remèdes, je lui fis observer que je les avais abandonnés depuis plusieurs jours. Malgré la contrariété des temps, la difficulté de monter et de descendre plusieurs fois chaque jour un long escalier, malgré certaines imprudences, aujourd'hui, 26 juillet 1849, j'affirme que je n'éprouve aucune douleur.

» Il ne m'appartient pas de prononcer sur la cause du changement subit qui s'est opéré en moi, je veux me borner à dire avec l'aveugle-né de l'Evangile : « *Unum scio;* » je ne sais qu'une chose, c'est qu'après avoir abandonné les remèdes humains, j'ai prié, j'ai fait prier *au nom de Notre-Dame de la Salette;* c'est qu'après une courte oraison, *au moment où je tenais un petit flacon de l'eau de la Salette,* en présence d'une petite statue de Marie, je me suis trouvé guéri.

» Grand Séminaire de Verdun, le 26 juillet 1849, fête de sainte Anne.

» Martin, de Void, cl. min. »

II. *Attestation de Messieurs les Directeurs du Grand Séminaire.* — Nous, soussignés, Supérieur, Directeurs et Professeurs du Grand Séminaire de Verdun-sur-Meuse, attestons ce qui suit :

1° M. Martin, clerc minoré, a constamment édifié ses condisciples, par sa foi vive, par sa régularité et sa piété. Tout l'ensemble de sa conduite est à nos yeux une preuve si évidente de sa sincérité qu'il nous inspire une entière confiance. Nous sommes donc bien persuadés qu'il a voulu raconter aussi exactement que possible, le fait et les circonstances de sa guérison.

2° Pendant les quelques semaines qui se sont écoulées depuis sa rentrée au Séminaire jusqu'au 1er avril 1849, nous l'avons vu dans un état continuel de souffrance qui ne lui a pas permis de suivre les exercices de la communauté. Il ne marchait qu'avec peine, et presque sans pouvoir s'appuyer sur la jambe gauche. Comme nous touchions au moment de prononcer sur son admission aux ordres mineurs, il fut convenu entre nous, que M. le Supérieur ferait connaître à Monseigneur la position du malade. Sa Grandeur décida que ce jeune clerc ne serait admis à l'ordination, qu'après la guérison bien constatée de son infirmité. M. Martin, qui redoutait cette décision, commença et fit commencer le 1er avril une neuvaine *en l'honneur de Notre-Dame de la Salette.* Le même jour, son directeur lui remit, vers les six heures du soir, un flacon contenant de l'eau puisée *à la Source de la Salette,* et que M. le Curé de Corps avait fait parvenir à M. Marotte, vicaire général de Monseigneur l'Évêque de Verdun. Vers sept heures, le malade marchait, courait, montait et descendait rapidement divers escaliers et faisait des génuflexions pour prouver sa guérison à son Directeur, à M. le Supérieur et à plusieurs de ses condisciples. A huit heures, toute la communauté fut témoin des autres faits. Le lendemain, M. Martin accompagna ses condisciples à la promenade, et depuis ce jour (2 avril), jusqu'à l'ouverture des vacances (26 juillet), il a constamment suivi, sans paraître en souffrir, tous les exercices de la Communauté.

3° Depuis le Dimanche des Rameaux, il n'y a eu qu'une voix au Séminaire pour attester le fait de cette guérison extraordinaire. Elle a produit la plus vive impression sur toute la Communauté composée de plus de cent élèves. Les Séminaristes n'en parlèrent sur le moment, et ils n'en parlent encore aujourd'hui, que comme d'un prodige sur lequel ils n'élèvent aucun doute. Pour nous, après avoir examiné et discuté avec soin toutes les circonstances de ce fait, *nous ne voyons pas comment nous pourrions l'expliquer par des causes purement naturelles.*

» PETIT, *Supérieur du Séminaire ;* JEANNIN, *professeur de dogme ;* THOMAS, *professeur de philosophie ;* J. POROT, *économe ;* VAUTROT, *professeur de morale.* »

III. *Jugement de Mgr l'Evêque de Verdun.* — « LOUIS ROSSAT, *par la miséricorde divine et la grâce du Saint-Siège Apostolique, Evêque de Verdun ;*

» A tous ceux qui ces présentes verront et entendront, salut et bénédiction en Notre-Seigneur Jésus-Christ :

» Nous déclarons *certain et incontestable* le fait de la *guérison instantanée et bien soutenue* depuis le 1er avril 1849 jusqu'aujourd'hui, en la personne du Jeune Martin, élève de notre Grand Séminaire, qui a rédigé, *d'après nos ordres,* la relation qu'on vient de lire. Nous ajoutons qu'il nous a toujours paru très difficile d'expliquer une telle guérison par les seules forces de la nature, et que nous avons vu sans surprise les Elèves de notre Grand Séminaire l'attribuer unanimement à une intervention surnaturelle de la Sainte Vierge.

» Donné à Verdun, en notre palais épiscopal, le 1er août 1849.

» † LOUIS *Evêque de Verdun.*

(L. S.)

» Par mandement de Monseigneur,
» DASCIER, *Chan. Sec.* »

GUÉRISON DE Mlle PAULINE BURTON

à Namur (Belgique). — 1851 (1).

I. *Relation de M. Delvaux, docteur en médecine à Rochefort, province de Namur.* — Cette relation est consignée dans les archives de l'église de Cincy. En voici un extrait :

« Mlle Pauline Burton est née de parents sains, propriétaires-cultivateurs, vivant dans une certaine aisance. Son éducation fut soignée; elle passa plusieurs années dans une maison d'éducation dirigée par des religieuses, où elle reçut l'instruction propre à son état. Sa santé, sans être robuste, s'était toujours assez bien soutenue.

» Rentrée chez ses parents, elle s'occupa avec ses sœurs aux soins du ménage : son goût particulier cependant était pour les ouvrages tranquilles, la couture, la broderie, en sorte que sa vie, quoiqu'à la campagne, fut assez sédentaire.

---

1. ROUSSELOT. *Un nouveau Sanctuaire.*

» A l'âge de dix-huit à vingt ans, elle se livra un jour à un exercice violent; dès lors, elle n'eut plus un instant de santé; elle devint plus pâle et souffrante, elle perdit toute gaîté; les digestions se dérangèrent, la respiration devint courte, les forces s'énervèrent, et bientôt elle tomba dans un état d'anémie et de souffrances continuelles; des palpitations se manifestèrent, et tous les symptômes d'une hypertrophie du cœur; les poumons semblèrent s'entreprendre, et tout fit craindre une phtisie pulmonaire; l'estomac, de son côté, s'affecta d'une manière toute particulière; la région épigastrique devint tellement sensible que le moindre attouchement eût provoqué la syncope. Des douleurs entre les épaules et une sensibilité des apophyses des vertèbres dorsales dénotèrent une affection de la moelle épinière. Les organes du bas-ventre s'affectèrent à leur tour, etc., etc.

» Cet état, qui dura l'espace de dix-neuf à vingt ans, présenta des intervalles de soulagement, c'est-à-dire qu'il fut des temps où le mal fut plus supportable; elle pouvait marcher un peu à l'aide d'un bras, se faire conduire et être un peu à l'église. Mais le plus ordinairement les souffrances étaient telles qu'elle devait rester au lit, se tenir toujours dans la même position en proie aux douleurs les plus cruelles; nul organe qui ne souffrît à sa manière, et les symptômes portés à une telle intensité qu'on s'attendait d'un jour à l'autre à la voir succomber, et que plusieurs fois, on en vint à lui administrer les derniers sacrements.

» Vers le mois de mars 1850, à la suite des peines et des inquiétudes que lui donna la maladie d'une sœur qu'elle aimait tendrement, Mlle Burton sentit son état s'empirer; tous les symptômes prirent une intensité nouvelle; ils résistèrent à toute espèce de traitement. Elle pouvait encore jusque-là se livrer par moment à quelques petits ouvrages, broder, coudre, se traîner de temps en temps à l'église : il fallut tout laisser, tenir le lit, y subir les souffrances les plus cruelles, elle refusa toute nourriture, son estomac n'en supportait plus; des nausées et des vomissements survinrent; les palpitations étaient si fortes qu'on pouvait les entendre même à une certaine distance du lit; plus de sommeil, plus le moindre repos.

» A cet état déjà si grave, vint se joindre vers le milieu

de l'été dernier, une sueur des plus abondantes : cette sueur acquit de jour en jour une intensité plus forte, et ce fut au point que le linge de la malade, ses vêtements, toutes ses literies étaient trempées en un instant; au bout de deux heures, on était obligé de la changer.

» Les lotions froides sur toute la surface du corps, les prescriptions les plus astringentes, les acides minéraux concentrés, rien ne put arrêter ce déluge de sueur. On peut évaluer à plus de quinze à vingt litres la quantité de liquide exhalé sur les vingt-quatre heures.

» La malade en proie aux souffrances que nous avons signalées, ne prenant plus la moindre nourriture, était à toute extrémité; nous déclarâmes aux parents que son état était au-dessus de toute ressource : et le 11 décembre, je la quittai, persuadé que je ne la reverrais plus et que la mort viendrait mettre fin à un état si douloureux.

» C'est quelques jours après qu'on eut recours à l'intercession de Notre-Dame de la Salette... Je laisse maintenant aux personnes qui l'ont vue pendant ce temps à détailler ce qui s'est passé alors; mais *je ne balance pas à déclarer que la guérison instantanée qui a eu lieu alors est un fait miraculeux.*

» Retenu chez moi, je ne pus voir mon ancienne malade que quinze jours après l'événement. Je la trouvai levée, gaie et alerte; tous les symptômes étaient disparus, elle avait un appétit très fort et digérait parfaitement tout ce qu'elle prenait. Je le répète encore : du lit de la mort passer sans convalescence à un état de santé parfaite, est une chose surnaturelle, tout médecin qui aurait suivi la malade depuis tant de temps, s'il a un peu de foi, confessera la réalité du miracle.

» Fait à Rochefort par le soussigné docteur en médecine de la Faculté de Paris, le 22 juillet 1852.

» Delvaux. »

II. *Déclaration de M. le docteur Lefebvre.* — « Je soussigné, docteur en médecine et en chirurgie, déclare solennellement et dans l'intérêt de la vérité les faits suivants :

» Je vis Mlle Burton pour la première fois le 5 mai 1851, appelé par la confiance de la famille à conférer avec mon excellent collègue, M. le docteur Delvaux, et je la trouvai dans un état d'une extrême gravité.

» Malade depuis vingt ans, elle était arrivée à un état d'épuisement qui laissait peu de ressources. Pour ne parler que de ce que j'ai vu moi-même, je constatai chez l'intéressante malade une hypertrophie du cœur fort avancée et compliquée d'une gastralgie exquise, tellement intense, tellement rebelle à toute médication que pendant plus de huit mois nous ne pûmes jamais parvenir à faire supporter à la malade autre chose qu'une cuillerée de fromage mou et une tasse de bouillon.

» Sous l'influence de ses longues souffrances et grâce à cette alimentation dérisoire, Mlle Burton était arrivée à un degré d'anémie tel que nous étions à nous étonner à chaque visite qu'avec un sang si appauvri elle pût continuer à vivre...

» Une dernière complication survint qui devait, selon nous, achever d'épuiser la malade; au commencement d'octobre, il survint des sueurs morbides d'une abondance excessive et d'une ténacité désespérante. On devait changer la malade douze à treize fois par jour (vingt-quatre heures), et pendant deux mois et demi, nulle médication ne parvint à modifier ces sueurs colliquatives.

» La malade allait s'achevant, et lors de notre dernière consultation, le 11 décembre, nous la quittâmes avec la conviction qu'elle était arrivée à ce point extrême de faiblesse au delà duquel la vie n'est plus possible.

» Le 28 décembre, elle était encore dans le même état, et le 29, elle était guérie.

» J'ai revu Mlle Burton quelques jours après, et *je déclare formellement que la médecine, même incrédule, ne peut que s'incliner devant des faits pareils, reconnaître qu'elle est parfaitement désintéressée dans une telle guérison et proclamer qu'une puissance surnaturelle a dû intervenir dans cet événement.*

» Namur, le 10 août 1852. » Dr LEFEBVRE. »

GUÉRISON DE Mlle HONORINE CUREL

à Tourrettes-les-Vence (Var). — 1849 (1).

I. — *Relation du fait par M. le Curé de Tourrettes-les-Vence.* — Quand je fus nommé curé de Tourrettes-les-Vence, en 1839, Mlle Honorine Curel était atteinte, depuis

---

1. ROUSSELOT. *Nouveaux documents.*

plus d'un an, de la longue et cruelle maladie dont elle a été guérie subitement, et sans convalescence aucune, le 24 juin 1849, par l'intercession de Notre-Dame de la Salette, et l'usage de l'eau bénite de la fontaine miraculeuse auprès de laquelle notre divine Mère est apparue aux deux jeunes Bergers.

Douée d'une excellente constitution, mais d'une extrême sensibilité, Honorine Curel, que je connais depuis sa plus tendre enfance, avait joui de la santé la plus parfaite jusqu'à l'âge de dix-huit ans. Elle eut le malheur de perdre, à cette époque, une mère pour laquelle elle avait l'affection la plus tendre. Cette perte, arrivée le 17 avril 1839, commença cette longue série de souffrances que je ne saurais décrire, quoique j'en aie été le témoin. Le dérangement de la santé de notre ex-malade débuta par de violentes attaques de nerfs qui se renouvelaient fréquemment, accompagnées de fortes convulsions qui duraient quelquefois plusieurs heures et qui occasionnèrent une palpitation de cœur continuelle. Durant les trois premières années, les symptômes et les effets de la maladie avaient été à peu près les mêmes. Quand les convulsions avaient cessé, la malade pouvait vaquer à ses occupations ordinaires. Tous les secours de la médecine lui furent prodigués par les hommes de l'art les plus distingués de la contrée; par MM. les docteurs Raptuel, d'Antibes; Reybaud, de la Colle, entre autres; mais inutilement. La fréquence des attaques et la violence des convulsions minèrent peu à peu toute l'économie du corps, et la maladie se présenta avec de nouveaux effets. Les attaques des nerfs furent toujours suivies de vomissements, de douleurs d'estomac et de fièvres qui duraient plusieurs mois et qui nécessitaient l'emploi de médicaments variés, mais surtout de saignées générales et locales, d'applications de sangsues et de vésicatoires à l'estomac. Ce traitement, qui a continué à peu près jusqu'au jour de la guérison, soulageait la malade pour quelques jours, jusqu'à une nouvelle attaque qui ne se faisait pas attendre longtemps.

En 1845, le système nerveux devint tellement impressionnable, que la moindre émotion, le plus léger bruit, la cause la plus futile, suffisait pour occasionner de nouvelles attaques et, à leur suite, toujours et inévitablement, les vomissements, les douleurs d'estomac et la fièvre qui

a eu des durées de plus de six mois. Quand le mal était
arrivé à son plus haut degré d'intensité, la malade tombait dans un évanouissement plus ou moins long, d'où
elle ne revenait que pour recommencer de nouvelles souffrances. À la suite de ces douleurs atroces, les fonctions
digestives, malgré les remèdes employés, s'altérèrent profondément; la déglutition des aliments, même des liquides,
devint, à plusieurs reprises et pendant fort longtemps, complètement impossible, et la nutrition ne put avoir lieu
qu'imparfaitement. La malade se trouva plusieurs fois en
danger de mort pendant ces années. Je lui administrai le
Saint-Viatique, mais toujours avec cette crainte qu'elle
ne pût avaler les Saintes Espèces ou les retenir dans
son estomac. Je puis ajouter, sans crainte de blesser la
vérité, que les deux premières années de sa maladie, Honorine Curel les a passées au lit et avec la fièvre. Si
elle a eu par intervalles quelques jours de relâche, elle
était toujours dans un tel état de faiblesse et d'épuisement,
qu'à peine pouvait-elle, avec l'aide d'une personne, aller
jusqu'à la paroisse, qui est très rapprochée de sa maison.

Enfin, le 31 mars 1849, une nouvelle épreuve vint assaillir Honorine Curel. Il y avait peu de jours qu'elle avait
pu quitter le lit et se faire conduire une fois ou deux
jusqu'à la paroisse. On lui annonce la mort d'une tante
qu'elle aimait comme une seconde mère. Elle est à l'instant saisie dans tous ses membres. Jamais je n'avais vu
une crise plus terrible. La malade passa quarante-huit heures dans des convulsions horribles et dans une espèce de
délire. Pendant plus de huit jours, il lui fut impossible de
faire pénétrer même une goutte d'eau dans son estomac,
quoiqu'elle fût dévorée d'une soif ardente. Il fallut se
contenter de lui mouiller, de temps en temps, le bout des
lèvres. Jusqu'au moment de la guérison miraculeuse, la
malade n'a plus quitté le lit. Sa nourriture n'a consisté
que dans quelques tasses de potage, ou dans quelques autres aliments maigres, tout à fait insuffisants et dont elle
se bornait à extraire quelques parties du suc par la suc-
cion; la fièvre et la palpitation ont été continues, les
nuits sans sommeil; et, pour hâter une fin qui ne pouvait
être que fâcheuse, et dans un temps peu éloigné, le bas-
ventre était devenu le siège d'une inflammation qui, résistant aux applications répétées de sangsues, aux bains

émollients de toute nature, se termina par une tumeur
très profonde et très douloureuse à la pression. M. le docteur Leth, qui donnait ses soins à la malade, lui avait dit
quelquefois : Si je connaissais un médecin ou un remède
qui pût vous guérir, j'irais moi-même vous le chercher,
serait-il à Marseille ou à Montpellier.

Ce fut dans cet état déplorable et lorsque tout faisait
craindre une mort prochaine ,que je rencontrai chez la
malade l'ouvrage de M. l'abbé Rousselot sur la vérité de
l'Apparition de la Sainte Vierge sur la Montagne de la Salette, que quelque amie lui avait prêté. J'en fis la lecture;
je dis ensuite à la malade que son unique remède était
le secours de la Vierge de la Salette et l'usage de son
eau bénite; que Marie seule pouvait la guérir. Honorine
Curel qui avait toujours eu une tendre dévotion pour la
Sainte Vierge et qui avait été un modèle de patience et
de résignation dans sa longue maladie, entra parfaitement
dans ma pensée; elle commença par se recommander chaque jour à Notre-Dame de la Salette dont elle avait une
médaille. Je m'adressai à M. Mélin, archiprêtre de Corps,
qui eut la bonté de nous envoyer de l'eau de la Salette
et d'autres objets de piété qui se rattachent à l'Apparition.
La demande était à peine partie, que la malade me répétait souvent : « Oui, il me semble que je serai guérie,
quand j'aurai le bonheur de recevoir de l'eau de la Salette. » Aussi l'attendait-elle avec une sainte impatience.

Enfin, cette eau, tant désirée, arriva le 23 juin, veille
de la Saint-Jean. Depuis le commencement de la semaine,
la malade souffrait davantage; la tumeur semblait prendre
un plus grand développement. Mais le grand remède était
arrivé. Honorine Curel proteste n'en vouloir pas d'autres,
elle enlève les cataplasmes qui, depuis trois mois, recou-
vraient la partie malade, enlève les vésicatoires, etc., etc...
boit de cette eau, en imbibe des compresses qu'elle appli-
que sur son corps. Nous commençons la neuvaine à Notre-
Dame de la Salette. Le soir du même jour, j'allai encore
voir la malade; elle me dit qu'elle souffrait beaucoup. Je
n'en fus pas surpris; (elle n'avait jamais pu quitter son
cataplasme pour un quart d'heure, sans que l'inflammation
devînt plus intense). Je lui répondis cependant, pour ranimer et soutenir sa confiance en Marie, que si elle souffrait
davantage, c'était une marque que la Sainte Vierge voulait

la guérir. « Oh! me dit-elle, si demain j'allais à la messe!
Si vous me voyiez arriver à la paroisse! Marie pourrait
bien le faire, elle n'aurait qu'à le vouloir. »

Il semble que la Sainte Vierge lui avait fait entendre
qu'elle serait guérie le lendemain. J'osais espérer de notre
bonne et tendre Mère qu'on n'a jamais invoquée en vain,
une grâce que nous lui demandions et qu'on lui demandait dans le lieu même de son Apparition, pour sa gloire
et celle de son divin Fils; une grâce qui pût faire impression sur mes paroissiens, réveiller les cœurs indifférents, faire cesser le blasphème et la profanation du saint
jour du dimanche; mais je n'aurais jamais osé espérer
que cette grâce fût aussitôt accordée. Aussi avais-je dit à
la malade, le soir de ma dernière visite : « Nous ferons
une neuvaine, nous en ferons une seconde, puis une troisième, jusqu'à ce que notre bonne Mère nous ait exaucés;
Dieu veut la persévérance. » Mais que Marie est une Mère
compatissante! Quelle hâte de secourir ses enfants! Le
lendemain, dimanche, fête de la Saint-Jean, sur les quatre
heures et demie du matin, on vint m'annoncer que la malade était guérie et levée. Je ne crus pas d'abord à la
guérison. J'allai chez la malade, et je la trouvai dans
l'état qu'on m'avait dit. Voici comment notre miraculée
raconte elle-même sa guérison :

Après une nuit de souffrances et d'insomnie, sur les
trois heures et demie du matin, elle récite le chapelet, le
Souvenez-vous, et les Litanies de la Sainte Vierge. Pendant la récitation des Litanies, elle éprouve une forte agitation, comme une attaque de nerfs. Il lui vient la pensée
de se lever et d'aller prendre elle-même l'eau de la Salette qui est dans sa chambre; mais une crainte, celle de
ne pouvoir se soutenir, la retient. Elle se reproche bientôt
cette crainte comme un manque de confiance en Marie.
Lève-toi, se dit-elle; si tu tombes, on te relèvera. Elle
descend du lit, se trouve ferme sur ses pieds; elle peut
marcher. La domestique qui a entendu du bruit est accourue. Elle est saisie d'effroi en voyant sa maîtresse
levée et se promenant dans sa chambre; elle croit que
c'est l'approche de la mort qui la fait agir. Notre ex-malade,
dans l'effusion de la plus vive reconnaissance envers sa
divine Protectrice, embrasse son image qu'elle couvre de
baisers, entre dans l'appartement de son père qui s'est levé

en entendant du bruit, se jette entre ses bras en s'écriant : Mon père, je suis guérie, la Sainte Vierge m'a guérie; buvez aussi de cette eau miraculeuse. Je vais m'habiller lui dit-elle, et nous irons remercier la Sainte Vierge à la paroisse. La tumeur avait disparu instantanément sans aucune évacuation; elle n'éprouve plus la moindre douleur; elle peut toucher, appuyer même fortement cette partie sans la plus légère sensation désagréable, quoique, quelques instants auparavant, elle ne pût y toucher même légèrement. Elle va et vient dans la maison, descend l'escalier sans difficulté. Son bon père, qui la suit, peut à peine en croire ses yeux. Dans cet intervalle, le docteur arrive. Quelle n'est pas sa surprise en voyant la malade levée et allant au-devant de lui! Elle lui raconte comment elle a été guérie et le remède qu'elle a employé. Le docteur veut s'assurer de la disparition de la tumeur; il palpe, il presse fortement; il est obligé d'avouer qu'il y a là de l'extraordinaire. Cependant notre ex-malade n'a pas oublié ce qu'elle doit à son auguste Libératrice. Elle va la remercier à la paroisse, revient ensuite assister à la messe du prône, et le soir aux vêpres et à la procession en l'honneur du Saint Cœur de Marie qui se fait sur la place de la paroisse, le dernier dimanche de chaque mois; tout cela, sans l'aide de personne, quoiqu'elle soit dans un état de maigreur voisin du marasme. Pendant toute la journée, on s'empresse d'aller voir la miraculée. Elle se levait pour aller recevoir toutes les personnes qui venaient la visiter; elle causait avec chacune d'elles, leur racontait comment la Sainte Vierge l'avait guérie et tout cela avec tant d'aisance qu'on aurait pu douter s'il était bien vrai qu'elle fût si malade depuis trois mois et la veille encore. Le soir, elle était aussi forte et aussi joyeuse que le matin; elle se couche à neuf heurs et, le lendemain, après une nuit excellente, se lève à cinq heures.

Notre bonne Mère n'a pas seulement guéri et fait disparaître la tumeur; elle a encore voulu que la guérison fût entière sur tous les points : attaques de nerfs, palpitations, fièvres et autres symptômes précédemment décrits, tout a disparu et cessé en même temps. Le système nerveux est revenu à l'état normal; il n'est plus impressionnable que dans une juste mesure. Le dégoût de tout aliment gras a cessé. Dès l'instant de la guérison, Honorine Curel a pu prendre du gras dont l'horreur était extrême chez elle, depuis environ deux ans, jusqu'à n'en pouvoir supporter l'odeur. Elle prend, indistinctement, toute sorte de nourriture comme avant la maladie, et, malgré la maigreur, seule marque encore subsistante de la longue maladie, Mademoiselle Honorine Curel, dont la santé se soutient et gagne tous les jours, peut vaquer, depuis l'instant de sa guérison, aux soins d'une maison importante et s'occuper encore des malades et des pauvres qu'elle soigne et dont elle n'a jamais cessé d'être la bienfaitrice. Le jour de l'Assomption, elle a pu, avec trois autres demoiselles, porter à la procession, la statue de la Sainte Vierge qui est assez pesante avec son brancard. Elle a pu la porter pendant toute la procession, quoiqu'il soit dans l'usage de se remplacer lorsqu'on est arrivé au milieu du pays, parce que nos rues sont fort difficiles.

Tous ces faits que je viens d'exposer ont pour témoin la population entière de la paroisse qui compte 1.200 habitants, dont je pourrais au besoin invoquer le témoignage; ils sont d'ailleurs de notoriété publique dans une grande partie de l'arrondissement de Grasse.

A Tourrettes-les-Vence, ce 1er septembre 1849.

BÉRARD, curé.

II. — *Certificat du docteur Leth.* — Je soussigné, docteur en médecine de la faculté de Paris, résidant en la ville de Vence, département du Var, certifie avoir donné mes soins, après plusieurs de mes confrères et pendant trois années consécutives, à Mademoiselle Curel Honorine, fille de M. Curel, adjoint à la mairie de Tourrettes, près Vence, et avoir fait sur elle les observations suivantes :

Perturbation générale et profonde des fonctions du système nerveux, et, par suite, sensibilité très exagérée et se développant sous l'influence de la cause la plus futile; névralgies diverses d'une opiniâtreté extrême, dérangement complet des fonctions digestives, dégoût invincible pour tout aliment tiré du règne animal, à diverses époques et toujours pour un temps assez long; constriction du pharynx rendant toute déglutition impossible...; insomnie habituelle et des plus fatigantes; état fébrile à peu près continu et souvent accompagné de violentes palpitations, même à l'état de repos;... maigreur voisine du marasme; décoloration de la peau, et dans les trois derniers mois qui ont précédé la guérison de Mlle Curel, et pendant lesquels elle n'a pas pu quitter une seule fois le lit, *métro-péritonite* sub-aiguë, terminée par un engorgement profond, mal circonscrit, mais très réel, qui semblait avoir son siège dans le tissu graisseux de la fosse iliaque droite.

Je certifie en outre que cet état qui, le 23 juin dernier était tel que je viens d'essayer de le décrire en peu de mots, et qui devait naturellement m'inspirer les craintes les mieux fondées, a *brusquement* et *complètement* cessé dans la nuit du 23 au 24 juin, sans l'emploi d'aucun médicament, sans aucune évacuation spontanée apparente, mais uniquement, d'après le dire de la malade et de ses parents, qui méritent toute confiance, par l'effet de l'application extérieure et de l'emploi intérieur de l'eau dite *de la Salette*. Je certifie enfin que, depuis le 24 juin, la guérison de Mlle Curel, qui me paraît *médicalement inexplicable*, se soutient et que la tumeur abdominale, après avoir subitement disparu en même temps aussi *complètement* que tous les symptômes très graves précédemment mentionnés, *n'a plus reparu.*

La maigreur, aujourd'hui bien moindre, grâce à l'influence d'une alimentation et d'un sommeil réparateurs, et les forces qui sont revenues comme par enchantement n'ont pas cessé de faire des progrès.

En foi de quoi, j'ai délivré le présent certificat, pour qu'il en soit fait tel usage qu'on jugera convenable.

A Tourrettes, près Vence, Var, le 24 août 1849.

L*ETH*, docteur.

III. — *Lettre de Mgr l'Evêque de Fréjus à M. l'abbé Curel, curé de Valbonne et frère d'Honorine Curel.* — Monsieur le Curé, j'approuve fort que vous alliez à la Salette remercier la Sainte Vierge des grâces signalées que Madame votre sœur a reçues par l'entremise de cette bonne et puissante Mère. J'ai lu, M. le Curé, avec un vif intérêt et une égale reconnaissance, tous les détails qui m'ont été transmis par M. le Recteur des Tourrettes sur la guérison de Madame votre sœur, et *je suis tout à fait porté à y voir tous les caractères d'un vrai miracle.* Dans le même temps à peu près, un fait de même nature, non moins touchant et non moins surprenant, se produisait sur un autre point du diocèse, à Saint-Cyr, et remplissait toute une population de joie et d'une profonde vénération pour Notre-Dame de la Salette.

Veuillez vous souvenir de moi dans votre pèlerinage, M. le Curé, et recommandez à l'auguste Mère de Dieu les innombrables besoins et misères de son pauvre serviteur.

Recevez aussi, M. le Curé, l'assurance de mon affectueux dévouement en Notre-Seigneur.

† CASIMIR, évêque de Fréjus.

Fréjus, le 24 août 1849.

GUÉRISON DE Mlle MARIE LAUZUR

Sur la Montagne de la Salette. — 1852 (1).

I. — *Attestation de la Communauté de Valence (Drôme), sur la cécité et sur la guérison de Mlle Lauzur, du 27 Juillet 1852, portant trente-neuf signatures, toutes légalisées par Mgr l'Évêque de Valence, et revêtues du sceau de l'évêché.*

« Mlle Marie Lauzur, de Saint-Céré, département du Lot, est entrée dans la maison le 7 décembre 1851. Dès son entrée au pensionnat, nous n'avons pas tardé à nous apercevoir que non seulement elle était myope, mais encore qu'elle avait la vue excessivement faible. En effet, elle n'y voyait presque pas de l'œil droit, et le gauche portait encore les traces d'un accident, qui lui était arrivé dans son enfance, et dont les suites avaient été extrêmement fâcheuses, puisque, à partir de ce moment, Mlle Lauzur avait souffert des maux d'yeux qui l'avaient souvent réduite à l'impuissance de se livrer à aucune espèce de travail; ce qui avait beaucoup nui à son éducation.

» Cependant à l'époque où cette jeune personne prit place parmi nos élèves, elle paraissait être beaucoup mieux, quoique sa vue fût encore assez faible pour ne pas lui permettre une occupation sérieuse, trop longtemps prolongée; aussi le travail à l'aiguille, la broderie surtout, lui était chose inconnue. Employant toutes ses facultés à l'étude, elle avait besoin de s'y livrer avec une sage mesure pour ne pas trop fatiguer ses yeux, et encore n'était-ce qu'à l'aide de lunettes qu'elle pouvait lire et écrire, ce que par prudence elle ne faisait jamais à la lumière.

---

1. ROUSSELOT. *Un nouveau sanctuaire.*

» C'est ainsi que s'écoulèrent les jours de l'hiver, et nous étions arrivés au mois d'avril sans que Mlle Lauzur se ressentît en aucune manière du travail appliquant auquel elle avait consacré plusieurs heures par jour; sa santé était parfaitement bonne; sa vue n'était pas plus mauvaise que par le passé, et nous avions tout lieu de croire qu'en continuant de prendre quelques précautions, elle pourrait sans danger poursuivre le cours de ses études.

» Mais nos espérances allaient être cruellement déçues; car le 17 avril entre une heure et deux heures de l'après-midi, Mlle Lauzur, qui lisait dans ce moment, sentit tout à coup que ses yeux se couvraient d'un espèce de brouillard; quelques instants après, elle perdit entièrement l'usage de l'œil droit; et, le lendemain, elle était complètement aveugle, sans avoir éprouvé la moindre douleur, sans avoir été préparée à ce terrible accident par la plus légère souffrance, et ce qui était plus affreux encore, sans aucune espérance de revoir un jour la lumière.

» En effet, dès ce moment, une insensibilité effrayante se manifesta dans l'organe de la vue à un tel point, que Mlle Lauzur pouvait, sans qu'il en résultât aucune sensation douloureuse, promener ses doigts sur la prunelle de ses yeux, les frotter comme elle aurait fait sur un corps étranger, et pénétrer même jusqu'à la partie la plus interne de l'œil. Que de fois ne l'avons-nous pas vue répéter cette opération et se faire en quelque sorte un jeu de ce qui était pour nous un véritable tourment, par la conviction où nous étions que cette insensibilité était une preuve certaine d'une paralysie complète dans le nerf optique!

» Cependant les remèdes les plus énergiques demeuraient sans effet, et ne faisaient qu'aggraver les souffrances de notre chère élève. M. Dupré de Loire, médecin de la maison, semblait, en les employant, n'en attendre aucun résultat, parce que, en examinant avec une grande attention notre pauvre aveugle, il avait reconnu une amaurose. Notre anxiété s'accroissait donc chaque jour, à la vue d'une jeune personne frappée, à l'âge de dix-huit ans, d'une cécité complète et réduite à une impuissance telle, qu'il ne lui était plus possible de faire un pas sans se heurter contre quelque obstacle. Toujours guidée ou par sa sœur, novice dans notre communauté, ou par quelqu'une de nous, ou enfin par quelque élève compatissante, on la voyait s'avancer tristement, incertaine dans sa marche, comme l'enfant qui essaie ses premiers pas et cherchant toujours à se préserver de quelque accident fâcheux au moyen d'une de ses mains, lors même que l'autre avait trouvé un appui.

« Fatiguée de la dépendance continuelle où la tenait son infirmité, Mlle Lauzur fit dès les premiers jours quelques efforts pour s'y soustraire. Elle y parvint enfin ; et plus d'une fois, à l'aide d'un mur qu'elle suivait, d'une rampe d'escalier à laquelle elle se cramponnait, elle put marcher sans guide et parcourir seule le pensionnat et même la partie du monastère où était située la chambre qu'elle habitait depuis qu'elle avait perdu la vue. Déjà après deux semaines de cécité, tous les instincts des aveugles s'étaient par degré révélés en elle ; à défaut de ses yeux, chacun de ses sens était pour elle un guide intelligent et sûr ; son oreille fine et délicate avait appris à discerner les pas de chacune de nous ; le plus léger bruit était pour elle un avertissement ; et, quelle que fût la main qui la touchât, elle devinait toujours à la plus simple pression, quelle était celle de nous qui la caressait.

» Ne pouvant plus lire, plus écrire, et n'ayant pas encore appris à travailler à l'aiguille sans y voir, comme elle essaya de le faire plus tard, notre chère élève passait de longues heures devant Dieu, sollicitant sa guérison par d'incessantes prières. Comme nous, et encore plus que nous peut-être, elle sentait qu'elle ne pouvait obtenir cette grâce précieuse que par un miracle ; et pour hâter le moment où elle lui serait accordée, elle répétait à satiété son chapelet, puis redisait l'une après l'autre toutes les prières que sa mémoire lui rappelait. Le chemin du chœur lui était devenu familier ; elle y arrivait à tâtons, suivant doucement de la main les stalles sur lesquelles la communauté se place pour chanter l'office divin et arrivait ainsi à l'endroit où elle avait l'habitude de se mettre à genoux. Elle agissait de même pour se rendre à la chapelle, au réfectoire, et, presque toujours elle le faisait sans accident, mais il n'en était pas toujours ainsi lorsqu'elle changeait tant soit peu de route. Un jour, qu'elle voulut se hasarder d'aller seule au jardin, elle faillit être victime de sa témérité ; et si Dieu n'eût veillé sur elle, elle se fût précipitée dans une citerne qui était juste sur son chemin.

» Une autre fois, voulant aller rejoindre les élèves qui étaient réunies à la chapelle, elle se rendit sans obstacle à une salle d'étude du pensionnat; mais arrivée là, elle ne put s'orienter et s'assit tout bonnement au milieu de cette grande pièce; trois quarts d'heure après, à notre retour de la chapelle, elle y était encore. Combien de fois s'est-elle heurtée violemment contre un mur, contre une porte qui se rencontraient sur son passage! Les chaises, les meubles d'un appartement, les arbres du jardin, tout était pour elle une entrave. Un jour de lessive, elle s'embarrassa si bien entre le linge et les cordeaux, que se croyant dans un véritable labyrinthe elle n'eut d'autre moyen pour en sortir que d'appeler quelqu'un à son aide.

» Enfin, après deux mois et demi d'une cruelle épreuve, Mlle Lauzur n'ayant aucun espoir de guérison, s'est décidée à accomplir le pèlerinage qu'elle rêvait depuis si longtemps.

» Souvent, depuis qu'elle était aveugle, sa pensée s'était dirigée vers la Sainte Vierge en qui elle avait toujours mis toute sa confiance; le moment était venu de réaliser le plus ardent de ses vœux; la chapelle de Notre-Dame de la Salette était le but vers lequel elle tendait; mais elle voulait y aller à pied pour être plus sûre d'obtenir la faveur qu'elle sollicitait, et cette entreprise nous paraissait difficile pour une pauvre enfant aveugle, grandement affaiblie par le chagrin que son infirmité lui avait causé. Par prudence, il fut convenu que la route ne se ferait à pied que lorsque les forces physiques de notre chère enfant répondraient à l'énergie de sa volonté.

Mademoiselle Lauzur partit donc un samedi, 26 juin, avec une Sœur tourière; nous l'accompagnâmes de nos vœux les plus sincères et réchauffâmes notre foi à l'ardeur de la sienne. La diligence transporta nos deux voyageuses jusqu'à Saint-Marcellin; là une communauté de la Visitation leur offrit une douce hospitalité. Bien plus, la Supérieure voulut qu'une Sœur tourière s'adjoignît à notre Sœur Marie-Justine Chareyron, pour favoriser le succès du pèlerinage. Avec un guide sûr comme l'était la Sœur Marie-Agathe, qui avait déjà fait le trajet de la Salette, Mlle Lauzur partit à pied avec un courage nouveau; le mercredi soir, elle arriva à Corps, et dès le matin du jour suivant, elle se mit de nouveau en chemin pour se rendre le jour même sur la montagne où est située la chapelle (1). Elle seule peut raconter les difficultés qu'elle eut à vaincre dans tout le cours de son voyage; sans compter une pluie abondante qui dura deux heures, Mlle Lauzur eut à lutter contre une foule d'obstacles qui ralentissaient sa marche sans diminuer son courage. Le vent soufflait avec violence, le sentier devenait de plus en plus glissant, et le bruit des torrents faisait battre son cœur avec tant de force qu'elle allait tomber d'inanition et de faiblesse; et pourtant, tout aveugle qu'elle était, elle devançait souvent ses deux guides de toute la portée d'un ruban qu'on avait lié à son bras et qui la rattachait à notre Sœur Marie-Justine, afin qu'elle fût préservée de tout danger.

» Heureuse enfant! elle touchait au terme de ses souffrances! Trempée de sueur et mouillée jusqu'aux os par une pluie torrentielle, elle arriva enfin sur la montagne de la Salette. C'était le 1er juillet, jour béni mille fois.

» Dans sa naïve confiance, Mlle Lauzur n'attendait un miracle que pour le lendemain, parce que, disait-elle, cette douce visite de la Sainte Vierge ne pouvait mieux lui être faite que le jour de la Visitation. Cependant, déjà cette chère enfant était dans la chapelle; à peine en eut-elle franchi le seuil, que s'adressant à notre sœur Marie-Justine, elle lui dit tout bas : « Comme on est bien ici!... » Un quart d'heure après, M. Sibillat, missionnaire, lui donnait la sainte communion; c'est dans cet heureux moment que Mlle Lauzur recouvra la vue. Il n'appartient qu'à elle seule de révéler les douces émotions qui remplirent son âme dans l'instant solennel où cette grâce lui fut accordée. Tout ce que nous avons pu apprendre de notre Sœur Marie-Justine, c'est que cette chère enfant ne pouvant suffire à la joie immense qui lui arrivait si soudainement, éprouva un saisissement tel qu'elle fut privée de tout mouvement; ce ne fut qu'après quelques minutes qu'elle s'écria : « J'y vois! j'y vois! » et se mettant à genoux, elle resta absorbée dans la contemplation de la Sainte Vierge, dont la statue placée vis-à-vis d'elle, se présentait seule à son œil étonné et ravi. Trois quarts d'heure s'écoulèrent ainsi,

---

1. De Saint-Marcellin à la Salette, il y a plus de cent vingt kilomètres, difficile trajet pour une aveugle.

et pendant ce temps, notre bonne Sœur tourière ne fut pas sans anxiété, voyant la fixité du regard de Mlle Lauzur. Pendant ce temps la messe s'était dite.

» Quand elle fut finie, M. Sibillat joignit ses ordres aux invitations réitérées de notre Sœur Marie-Justine ; et à la parole du pieux missionnaire, notre chère enfant se leva et montra aux spectateurs qui étaient dans la chapelle, quelle est la miséricordieuse puissance de Marie envers ceux qui l'invoquent avec foi et persévérance.

» La nouvelle de ce miracle a précédé de huit jours l'arrivée de Mlle Lauzur dans notre communauté : son retour parmi nous a mis le comble à notre bonheur ; elle était partie aveugle, elle nous est revenue, jouissant mieux que par le passé de l'usage de ses deux yeux ; la Sainte Vierge s'est montrée libérale à son égard, elle l'a récompensée au delà de ses espérances, en lui donnant une vue bien supérieure à celle qu'elle avait avant le pénible accident qui avait jeté tant de tristesse sur sa vie en l'enveloppant de ténèbres. Aujourd'hui, Mlle Lauzur a repris ses occupations primitives : elle lit, elle écrit, elle travaille, même à l'aiguille, sans se servir de lunettes et sans éprouver la moindre fatigue.

» Mlle Lauzur, comme on peut le lire dans l'attestation de M. Dupré de Loire, se servait de lunettes à son retour de Notre-Dame de la Salette, pensant qu'elles lui étaient nécessaires, mais elle n'a pas tardé à comprendre qu'elles lui étaient plus nuisibles qu'utiles, et elle s'en est tout à fait débarrassée.

» En présence d'une faveur si grande, nous ne pouvons que proclamer hautement la bonté pleine de miséricorde de la très Sainte Vierge : la guérison miraculeuse de Mlle Lauzur est, nous n'en doutons pas, l'œuvre de son amour et de sa toute puissance. Grâces lui soient donc à jamais rendues pour un si grand bienfait ! Puisse le culte de notre divine Mère s'étendre au loin et se propager pour le bonheur du monde chrétien ; puissions-nous nous-mêmes dans les sentiments d'une indéfinissable reconnaissance, contribuer à sa gloire en la faisant bénir et aimer autant qu'il est en notre pouvoir de le faire ».

II. — *Déclaration de M. Dupré de Loire, docteur médecin de Valence, qui a soigné Mlle Marie Lauzur.*

« Je soussigné, docteur-médecin de la Faculté de Paris, médecin du bureau de bienfaisance et de l'hôpital civil et militaire de Valence (Drôme), certifie avoir été appelé à donner des soins à Mlle Marie Lauzur.

» Cette jeune personne, âgée de dix-huit ans, pensionnaire à la Visitation de Sainte-Marie de Valence, fut prise tout à coup, le samedi 17 avril dernier, vers deux heures après-midi, en lisant, d'un affaiblissement de la vue, qui rapidement se perdit au point que, le lendemain matin, l'œil droit était complètement paralysé, et que le soir la cécité était égale des deux yeux. Ces organes examinés avec soin ne me présentèrent aucune trace de lésion extérieure ni intérieure : les pupilles se contractaient légèrement, les humeurs qui remplissent les divers milieux étaient parfaitement nettes ; aucune apparence d'opacité sur le cristallin : et cependant l'insensibilité était telle que la lumière d'une bougie et du soleil ne leur faisait éprouver aucune impression ; Mlle Lauzur ne pouvait ni distinguer aucun objet, ni se diriger dans la maison.

» L'affection n'était pas douteuse : c'était une amaurose qui s'était établie. Mlle Lauzur, fille d'un père myope, a deux sœurs très myopes aussi, et elle-même a été toute sa vie atteinte d'une myopie qui l'obligeait à porter des lunettes du n° 9. Elle a été, dans son enfance et jusqu'à l'âge de treize ans, très sujette à des ophtalmies qui ont complètement disparu depuis cette époque. Mais elle avait conservé une certaine sensibilité de la vue et une inégalité entre les deux yeux. L'amaurose qui s'est déclarée subitement le 17 avril peut, jusqu'à un certain point, avoir été provoquée par les travaux auxquels son éducation l'obligeait de s'appliquer ; mais il n'y a aucune cause qui puisse être rattachée à son tempérament, à ses habitudes, à son régime, aucune cause externe (chute, coup, etc.), qui en ait été l'occasion ; aucune imprudence, aucun traitement, aucune impression morale et physique, aucune réaction sympathique qui puisse l'expliquer.

» Cette affection si bien caractérisée, ne me laissait dès l'abord aucune espérance de guérison. Cependant les moyens énergiques de traitement furent employés. Des sangsues furent appliquées deux fois ; six vésicatoires furent établis successivement aux tempes, à la nuque, aux bras ; des pédiluves fréquemment répétés ; trois purgations à divers intervalles, des boissons délayantes, des frictions avec la teinture de belladone, le repos le plus complet, etc., etc... Tous les moyens antiphlogistiques et dérivatifs furent sans succès. La cécité, complète dès le deuxième jour, ne cédait en rien, bien que la nature elle-même eût fait quelques efforts qui semblaient devoir être favorables : ainsi une abondante hémorragie nasale s'établit spontanément, le jour même, et ne fut suivie d'aucune amélioration.

» C'est après avoir inutilement épuisé tous ces moyens que Mlle Lauzur entreprit le voyage de la Salette.

» A son retour, elle me raconta dans quelles circonstances vraiment miraculeuses elle avait instantanément recouvré la vue.

» Ses yeux présentent la même apparence, si ce n'est la mobilité de la pupille qui a recouvré sa contractilité, l'œil, ses membranes et ses diverses humeurs sont parfaitement nets, comme avant et depuis l'accident. La myopie existe toujours, cependant non pas au même degré, puisqu'elle se sert aujourd'hui de lunettes du n° 13...

» Valence, le 16 juillet 1852. »

(Peu de temps après, Mlle Lauzur a cessé tout usage de lunettes) (1).

GUÉRISON DE Mlle MÉLANIE ALBRIEUX

à Montpascal (Savoie). — 1853 (2).

1. *Relation des faits.* — Mlle Mélanie Albrieux, après 12 ans de maladie, ayant en vain consulté plusieurs bons médecins et suivi leur traitement, eut recours à Notre-Dame de la Salette et commença, en union avec plusieurs personnes, une neuvaine en son honneur pour obtenir sa guérison. Pendant cette neuvaine, qui commença le 31 août 1853, Mlle Mélanie devint encore plus souffrante, et à un tel point qu'on s'attendait d'heure en heure à la voir expirer. Le 8 septembre, on lui apporta, de bon matin, suivant son désir, la sainte Communion. Tous les assistants furent témoins de sa position extrême. A l'heure de

---

1. Ce renseignement complémentaire est donné par M. ROUS-SELOT. *Op. cit.*

2. DOYEN. *Manuel de la dévotion à Notre-Dame Réconciliatrice de la Salette.*

la messe paroissiale, au moment où la cloche sonnait la consécration, elle se sentit tout à coup guérie.

Aussitôt elle se lève, se revêt elle-même de ses habits, réjouit tout le monde par le changement qui vient de s'opérer en elle et dont tout le monde, avec elle, bénit Dieu et Notre-Dame de la Salette.

Signé : Michel BIZEL, *curé de Montpascal;* Jean ALBRIEUX, Grégoire DURIEUX, Dominique DESCAMPS, *vicaire général de Maurienne;* etc., etc...

II. *Certificat du docteur Mottart.* — Je, docteur et chirurgien soussigné (dans le but d'aider à la constatation de la vérité, quelque extraordinaire qu'elle paraisse dans cette circonstance), déclare et certifie à qui il appartiendra que, dès le 30 décembre 1841, j'ai commencé à donner les soins de mon art à Mlle Mélanie Albrieux, et que je ne les ai cessés qu'en fin juin 1853. Sa maladie, ainsi qu'il résulte de mon registre de visites, était une *gastro-entérite.* Elle fut aisément combattue et fit ensuite place à une affection nerveuse générale qui a successivement affecté tous les organes en suivant une marche exactement physiologique, c'est-à-dire que le système nerveux d'une fonction vitale ou animale était tout entier atteint à la fois. Par de la médecine symptomatique, je parvenais à faire disparaître un mal qui était bientôt remplacé par un autre. Enfin, après plusieurs années, il se déclara un asthme avec gêne dans la respiration, qui était ou saccadée ou haletante, avec ralentissement dans les battements du pouls, regards inquiets, sueurs, position verticale, craignant de se coucher, recherchant l'air frais avec une grande activité, d'autres fois celui qui était très chaud, ayant en même temps peu d'appétit, point de sommeil, etc... Après avoir employé, et à peu près inutilement, tous les moyens en mon pouvoir, j'engageai son frère, chancelier de l'Evêché de ce diocèse de Maurienne, à confier sa sœur à un autre médecin, lui ajoutant que je ne savais plus quel remède employer. Il la mit entre les mains de M. Durant, de Saint-Michel, praticien distingué et très instruit, qui lui prodigua tous les soins possibles pendant quatre mois, mais inutilement. Mélanie me revint. Je tentai, avec répugnance cependant, quelques nouveaux remèdes, et avec aussi peu de succès qu'auparavant. Elle consulta encore divers autres médecins qui firent, à leur tour, plusieurs essais également infructueux.

Ayant fait tous les sacrifices possibles et sans aucun résultat, M. Albrieux se décida à envoyer sa sœur dans leur maison paternelle, à Montpascal, où il la livra aux bons soins de leur frère aîné, homme doux et affectueux. J'allai, depuis, faire une ou deux courses par an dans cette commune pour y voir Mélanie, et cela aux époques où son asthme s'exaspérait. Je lui faisais en outre constamment des visites chaque fois que j'étais appelé pour y voir d'autres malades et je tentais presque toujours quelque remède nouveau, intérieur ou extérieur, dans le but d'alléger les souffrances et de soutenir le moral de la pauvre Mélanie.

Au commencement de 1851, tout tendit à augmenter; mais pendant l'été, il y eut un léger amendement et son frère en profita pour la faire descendre à Chambéry, où, admise en chambre payante à l'Hôtel-Dieu, et efficacement recommandée, elle reçut tous les soins possibles. Elle en revint cependant, à peu de chose près, comme elle y était allée.

Dès lors, on devait désespérer de Mélanie et l'abandonner à son triste sort, car, à la presque impossibilité de boire, de manger, de dormir, à l'affaiblissement du pouls qui devenait presque insensible et très accéléré, vint se joindre l'aphonie la plus complète, l'élargissement de son cautère, où souvent fourmillaient des vers, un œdème général et une grande inflammation et tuméfaction du sein gauche.

A ces symptômes, je crus reconnaître une fin prochaine. J'en étais presque heureux pour Mélanie, pour sa famille et pour moi. J'étais résolu de l'abandonner, mais par commisération, je continuai de la voir jusqu'à la fin de juin 1853. Sa maladie s'aggravant, n'ayant plus aucune espérance, ne sachant plus que faire et dire, ayant épuisé toute espèce de secours et de consolations, je ne la visitai plus, à mon vif regret, bien que j'allasse pour d'autres malades à Montpascal. Tout à coup, le 9 ou 10 septembre suivant, on m'apprit la guérison instantanée de Mélanie, survenue le 8, pendant la Consécration de la messe paroissiale. Je ne le croyais pas, parce que quelques jours auparavant, on m'avait dit qu'elle allait de mal en pis. Le bruit de cette guérison prenant de la consistance et étant répété par tout le monde, j'allai aux informations positives auprès de son frère qui, lui-même, était en chemin pour m'apporter la nouvelle, et qui me la confirma avec une joie et un bonheur inexprimables.

Il m'exposa tout ce qu'il avait fait pour obtenir la guérison de sa sœur par l'intercession de Notre-Dame de la Salette. Quoique extrêmement réservé pour croire aux miracles, bien que je me sois péremptoirement refusé à délivrer des attestations pour des guérisons que des personnes pieuses croyaient avoir obtenues par un moyen ou par un autre, en s'adressant à la Vierge ou à quelque saint, je n'ai cependant pas pu ne pas être ébranlé à ce récit de M. Albrieux, alors comme aujourd'hui, chanoine de la cathédrale et Supérieur du Petit Séminaire de cette ville. Pour croire et bien croire, car je ne croyais pas encore bien, j'avais besoin de voir, et j'ai vu, que l'on me passe l'expression, j'ai vu, de mes yeux vu, ce que l'on appelle vu, le 20 du même mois, Mélanie qui venait de descendre de Montpascal. En entrant dans mon cabinet, elle se jeta à mon cou en versant d'abondantes larmes de joie, me disant qu'elle était guérie, qu'elle devait à la Sainte Vierge sa guérison miraculeuse et me remercia avec effusion des soins que je lui avais prodigués. Je me sentis oppressé, mes yeux se remplirent de larmes, et pendant quelques instants, il me fut impossible de contenir mon émotion. Revenu bientôt à mon état normal, j'interrogeai Mélanie sur tous les points et de toutes les manières, et je vis que l'asthme avait disparu, que le cautère était parfaitement cicatrisé, le sein parfaitement guéri, la voix ferme et sonore, etc...

Je n'ai pu dire alors, comme je ne puis dire aujourd'hui qu'une chose, c'est que j'ai été forcé, par l'évidence et l'incontestabilité du fait, de reconnaître que cette guérison qui se maintient parfaitement, est *un fait que je ne puis humainement comprendre*. Presque vétéran dans la médecine que j'exerce depuis 22 ans, ma science et mes études se refusent à me donner *une explication quelconque de cette guérison*. J'ai constaté mon impuissance et celle de mes vénérables confrères à guérir Mélanie. *Je me fais donc en ce jour un devoir sacré de proclamer hautement devant les hommes que cette guérison aussi spontanée et aussi complète est l'œuvre de Dieu seul et que je crois qu'elle a été obtenue par la médiation de Notre-Dame de la Salette.*

En foi de quoi j'ai délivré le présent certificat.

Docteur MOTTART Antoine,
*membre de plusieurs Sociétés savantes,
nationales et étrangères.*

GUÉRISON DE Mme BODET

à La Tessoualle (Maine-et-Loire). — 1854 (1).

Rapport du docteur Mocquereau. — Le 23 novembre 1851, la femme Bodet, de la Tessoualle, près Cholet, fut prise d'une douleur violente au côté droit de la tête, douleur ayant d'abord le caractère d'une névralgie, et qui, résistant au traitement méthodique de trois médecins appelés successivement, mais en vain, pour la guérir, dura des mois, des années, fut bientôt accompagnée de fièvre et d'un retentissement intolérable à l'estomac et dans les membres, et fut suivie enfin, au bout d'un certain temps, d'une paralysie de l'œil droit, puis du bras gauche et de la jambe du même côté.

Ce fut vers le sixième mois seulement qu'on put voir les membres de la malade s'affaiblir graduellement, si bien que, dans ces derniers temps, l'œil, chez elle, ne distinguait plus les objets qu'à une vive lumière et par masses informes ; le bras ne se mouvait plus qu'avec peine, et la main ne saisissait les objets que pour les laisser glisser et lui échapper. Quant à la jambe, elle était traînante : la malade ne la jetait qu'avec peine devant elle et ne pouvait, depuis dix-huit mois, parcourir sa maison qu'en se traînant péniblement d'un meuble à l'autre, au moyen de béquilles, et presque jamais sans le secours d'une main étrangère.

Prise de temps en temps de convulsions effroyables qui se rapprochaient de plus en plus, la femme Bodet, dans ces moments, se débattait sur son lit avec des contractions affreuses, le visage vultueux, la tête congestionnée. Elle ne sortait de ces crises que pour se retrouver dans l'état que nous venons de décrire, c'est-à-dire avec une paralysie permanente, sans diminution aucune, et qui persista ainsi,

---

1. Mlle DES BRULAIS. *Suite de l'Echo de la Sainte Montagne.*

même pendant les deux mois d'un mieux marqué, le seul qui apparût dans le cours de la maladie. Nous devons ajouter que, même alors, les membres étaient agités d'un tremblement perpétuel, que les yeux, frappés de strabisme, roulaient continuellement dans leur orbite d'une façon que nous défions qui que ce soit d'imiter, et jetaient un éclat sinistre inspirant d'abord l'effroi à tous ceux qui approchaient de la malade. Nous ne pouvons mieux exprimer l'état dans lequel elle se trouvait souvent qu'en le comparant à celui de l'enfance.

Nous n'entreprendrons pas de détailler le traitement qui échoua contre cette cruelle maladie. Nous dirons seulement, pour donner une idée de l'impuissance ici de la médecine, que, sans compter les médicaments sans nombre que la malade absorba, les pommades et les liniments dont il lui fallut se frictionner la tête, elle dut supporter je ne sais combien de saignées, l'application de dix-huit vésicatoires, celle de deux cautères, l'un à la jambe, l'autre à la tempe, et qu'enfin, depuis quatre mois elle portait sur le cou un séton qui, comme tout le reste, sans diminuer la maladie, ne fit qu'augmenter les souffrances.

Nous laissons à chaque médecin le soin d'apprécier le genre d'affection qu'avait cette femme. Pour nous, il nous est impossible de ne pas croire que les désordres que nous venons d'énumérer ne dépendissent pas d'une lésion profonde du cerveau ou des parties osseuses qui l'environnent. Nous l'avouerons, plus d'une fois nous jugeâmes cette lésion incurable, et jamais nous n'eûmes la pensée qu'elle dût se guérir autrement que progressivement et au bout d'un temps dont il nous était impossible de préciser la durée.

Tel fut l'état de la femme Bodet depuis le 23 novembre 1851 jusqu'au 31 juillet 1854. Ce jour-là, à dix heures du soir, elle fut prise de convulsions plus terribles que celles qu'on lui avait vues, d'efforts continuels de vomissements, de hoquets... Tout son corps était convulsé, sa peau froide et suante, son pouls vif et irrégulier. La connaissance était nulle; sa langue embarrassée ne lui permettait plus de faire rien comprendre. Des douleurs vives, s'étendant des membres paralysés aux membres sains, firent craindre que ces derniers perdissent le mouvement comme les autres. Les paupières étaient fortement pressées et ne permettaient qu'à peine de les entr'ouvrir. Cet état persista jusqu'au jeudi 3 août, époque où la malade sembla reprendre quelque connaissance. Les membres tombèrent alors dans une résolution telle qu'il était presque permis de croire à une paralysie générale.

Dans ces derniers temps, j'ai visité la malade deux fois, et, je le dis hautement, j'ai désespéré de sa vie. Une troisième fois, voulant aller la voir, j'entendis crier dans le quartier qu'elle se mourait. Je savais que son agonie était sonnée et que tous les apprêts de sa mort étaient faits. Quel fut donc mon étonnement quand, le mercredi suivant, j'entendis parler d'une guérison complète et instantanée. Je courus chez elle, et je trouvai, en effet, la femme Bodet assise. Elle se mit à me sourire en m'apercevant, se leva, vint à moi, me tendit la main autrefois paralysée et me dit qu'elle était guérie.

« Guérie! lui dis-je, est-ce bien possible? et ces douleurs atroces que vous ressentiez dans la tête? — Je ne les ressens plus. — Et celles de l'estomac? — Pas davantage. — Mais ce bras et cette jambe qui ne pouvaient vous servir? — Ils sont aussi forts que mes autres membres, et ce qui vous surprendra davantage, c'est que ce séton, que vous m'avez placé sur le cou, il y a quatre mois, ce cautère qui était à ma jambe, ne sont plus. Tout ce que j'avais de mal sur mon corps a été guéri en quelques minutes. Je ne souffre pas plus, ajouta-t-elle, que si je n'avais jamais été malade. »

Aussitôt, je m'assurai de ces derniers faits qu'elle me signalait, et je trouvai que le linge du séton, qui traversait encore la peau et qui eut dû, comme par le passé, y appeler la suppuration ordinaire, était complètement sec et couvert d'un durci de la veille.

Que s'était-il passé? Voici ce que me raconta la malade et les témoins qui étaient présents au fait mémorable qui venait de s'accomplir : Le mardi matin, vers dix heures et demie, après que dans la nuit même on avait cru la malade morte et que, pour s'en assurer, les veilleuses avaient posé sur sa bouche une glace pour voir si elle respirait encore, deux personnes dont le zèle est bien connu des malades de la Tessoualle, Elisabeth Pinau et Marie Maré, vinrent pour changer le séton de la pauvre martyre, au défaut de l'une de leurs amies, malade en ce moment, qui d'ordinaire remplissait cet office. Elles se rappelaient qu'avant de tomber dans ce dernier état, la femme Bodet avait recommandé de faire ce pansement, quelle que fût l'extrémité où elle se trouverait. Ce devoir fut rempli avec la plus grande difficulté. Ce séton, nous le faisons remarquer, était tout arrosé d'un pus humide et récent. Trois personnes avaient la plus grande peine à soutenir le corps défaillant de cette mourante qui se laissait tomber de tout son poids.

Les deux personnes en question allaient se retirer, quand l'une d'elles, Elisabeth Pinau, jetant un dernier regard sur cette femme, qu'elle comptait ne plus revoir, se rapprocha d'elle et lui dit : « Oh! je vous en prie, offrez donc vos souffrances à Dieu; elles vous seront d'un si grand mérite! » Puis une idée subite lui vint à l'esprit. Elle avait lu quelques jours auparavant un livre sur la Salette. Tous les faits qui y sont relatés ne sortaient pas de sa pensée; ils la poursuivaient sans cesse. Un cantique même qu'elle y avait lu revenait continuellement à sa bouche avec son refrain.

« Eh quoi! dit-elle au mari présent, vous n'avez donc jamais, pour guérir votre femme, employé l'eau de la Salette? — Ah! votre eau de la Salette, nous lui en avons quelquefois arrosé les paupières, et en va-t-elle mieux pour cela? — Cela m'étonne, répéta l'autre compagne, pleine d'une ferme confiance; j'ai pourtant ouï dire que des malades qui ne voyaient plus avaient été guéris par cette eau miraculeuse. » Et la malade, comprenant encore ces dernière paroles, parut se ranimer par un dernier effort, et au moyen de sons mal articulés et d'une main qu'elle traîna sur sa vue, elle fit comprendre qu'on devait lui en introduire au dedans des paupières. On se rapprocha d'elle. Je le répète, il était dix heures et demie lorsque ces pieuses filles étaient entrées dans la maison de la femme Bodet, et une demi-heure après, la malade était guérie et s'était rendue à l'église.

On l'engagea à mettre sa confiance en Dieu; on introduisit avec la plus grande peine l'eau salutaire dans l'œil droit, ensuite dans l'œil gauche. Ici la malade fit un signe de croix. On lui mit après de l'eau dans la bouche; aussitôt l'œil gauche s'ouvrit. La patiente s'écria d'une voix perçante, mais embarrassée : « O Marie, ô

Marie, je vois! » On lui couvrit cet œil, on lui demanda si elle voyait encore. — « Non, dit-elle, mais de celui-là (l'œil paralysé), je ne voyais pas d'avance. — N'as-tu point de médaille de la Salette sur toi? — Non. » Et comme on se préparait à lui en donner une, tout à coup, l'œil vraiment paralysé depuis dix-huit mois s'ouvrit, et la malade s'écria une nouvelle fois : « Oh! mon Dieu! Mon Dieu! je vois... Oh! croyez... Oui, croyez... » Et elle ne put en dire davantage. Hors d'eux-mêmes, les témoins, frappés de ce premier fait vraiment surnaturel, se précipitent vers la porte, et criant au miracle, attirent quatre personnes du voisinage : Marie Vignon, Modeste Grigoire, Alphonsine Guérin et Emilie Grigoire, qui viennent en toute hâte et entendent la paralytique dire : « O mon Dieu! comme cela me presse les jambes! »

Elle s'assied aussitôt, fixe sur ces personnes des yeux hagards qui peu à peu se calment, perdent tout signe de maladie et reprennent une expression naturelle. Bientôt, sur l'invitation qui lui est faite par son mari, elle agite ses membres, libres enfin, et seule, se jetant en place, c'est le mot, marche, en criant à ceux qui s'avançaient pour la soutenir et lui disaient : « Tu vas tomber, tu vas tomber! — Laissez-moi, laissez-moi, je suis guérie! »

Comment s'étonner si, dans ce moment de trouble impossible à décrire, une voix s'écria: le miracle s'opère! Ne s'était-il pas opéré en effet? La malade paralysée depuis deux ans n'avait-elle pas marché? On la couvrait de vêtements pendant qu'elle se tenait debout sans soutien; on enlevait de sa tête les bandages qui l'enveloppaient depuis tant de temps, et, après avoir fait une prière, s'avançant au travers des rues de la Tessoualle, entourée de la foule qui ne pouvait en croire sa vue, elle marchait, tenant sa plus jeune enfant par la main, vers l'église où elle allait remercier Celui qui lui avait rendu la guérison et la vie. Quelle ne fut pas la surprise de l'excellent pasteur qui avait porté ses soins à la malade! Quelle ne fut pas sa joie! La foule ne pouvait retenir ses larmes. Nous devons ajouter que la malade, quitte de ce devoir, alla aussitôt, en faisant un assez long détour, remercier la personne qui se chargeait d'habitude de panser ses plaies et qui, dans ce moment, nous l'avons dit, était malade elle-même. Elle le fit sans fatigue. Le reste du jour, elle reçut au moins deux cents visiteurs auxquels elle raconta avec calme sa guérison miraculeuse, et cela sans effort et sans lassitude aucune. Le lendemain, mercredi, elle vaquait déjà aux soins de sa maison. Le jeudi, elle partait à pied, suivie de quarante personnes et faisait, à la chapelle de la Salette de Saint-Laurent, un voyage qu'elle avait promis au moment où elle recouvrait la parole ; parcourant ainsi un trajet de plus de deux lieues sans fatigue. Enfin, aujourd'hui, vendredi, nous entretenons cette femme pendant deux heures, lui trouvant la mémoire aussi sûre, aussi fidèle qu'il puisse se faire, et nous parlant avec la même facilité que si elle n'eût jamais été victime de la maladie que nous venons de décrire.

Signé : MOCQUEREAU, médecin à Cholet.

GUÉRISON DE Mme BONNET

à l'Ile de Ré. — 1854 (1).

I. — *Rapport de M. le docteur Kemmerer.* — « Mme Bonnet, âgée de trente-trois ans, d'un tempérament sanguin, ayant toujours joui d'une bonne santé, est prise, en 1851, d'engourdissement vague des membres inférieurs, engourdissement douloureux qui, pendant un mois, attire à peine son attention. Un refroidissement subit, ayant un jour supprimé une transpiration accidentelle, fut le prélude de la maladie qui se déroula pendant trois ans.

» Le 8 juillet 1851, cette dame examinée par moi est dans l'état suivant : voix éteinte, forte oppression, toux intense mais humide, peau brûlante, transpiration générale, le pouls a cent vingt pulsations, courbature, sensation de froid glacial entre les deux épaules, douleur vague dans les jambes. La langue est saburrale, les selles rares, les urines rouges et sédimenteuses. Les jours suivants, deux choses attirent vivement mon attention : *la fièvre d'abord, et la station debout.*

» *La fièvre avec frisson, chaleur et sueur abondante;* — fièvre qui commence à dix heures du soir, qui tombe vers sept heures du matin, qui redouble à dix heures, se termine à trois heures du soir pour reprendre à dix heures du soir. Toute la nuit, la sueur ruisselle et imbibe toute

---

1. Mlle DES BRULAIS. *Suite de l'Echo de la Sainte Montagne.*

la couche. A dix heures du matin, cette sueur revient et ruisselle plus abondante encore. De trois heures à dix heures du soir, la malade est sans fièvre, sans sueur, dans une tranquillité parfaite.

» *La station debout*. — Dans cette position, la malade tremble, les jambes hésitent, et ont même besoin d'un bras pour les aider dans la progression. La marche devient de jour en jour plus difficile. Pendant trois mois, je combats avec persistance une affection dont je saisis déjà le caractère grave. Les organes respiratoires et digestifs rentrent dans le calme, et alors je me trouve en face d'une maladie mieux dessinée.

» Mme Bonnet accuse une douleur fixe au niveau des premières vertèbres lombaires et dernières dorsales, douleur qui augmente par la pression des doigts, par les mouvements de flexion et d'extension des membres inférieurs et du corps; douleur avec sensation de chaleur ou de glace. Les membres inférieurs qui n'étaient que faibles et engourdis, se paralysent entièrement. Quand on les soulève, ils réveillent des douleurs aiguës. Par instant, ses membres sont contracturés, et des fourmillements les parcourent dans toute leur longueur jusqu'au bout des orteils.

» La sensibilité y existe toujours, mais tout à fait obscure. Les bras sont libres, mais parfois la douleur lombaire remonte jusqu'aux vertèbres cervicales et les paralyse momentanément. La vessie et le rectum ne participent en rien à ce trouble. L'appétit est variable; et la malade, pendant ces trois années de lutte, n'a jamais que deux heures de sommeil. Couchée horizontalement, il faut que tous les points de son corps, depuis les talons jusqu'à la tête, soient également soutenus, et l'on ne peut lui faire abandonner cette position, même momentanément, sans menace d'asphyxie.

» La température des extrémités est fortement abaissée; et pendant les sueurs, quand tout le corps fume, la malade grelotte. Cet état déjà si grave est bientôt suivi d'un état plus épouvantable encore. Alors la douleur lombaire s'élance comme une fusée jusqu'à la tête. La tête se renverse en opisthotonos; le corps se raidit, les mâchoires ne s'écartent plus; les bras, les jambes, le tronc, tout est raide et tendu.

» De temps en temps, une secousse électrique traverse

tout. Les membres s'agitent alors, les mâchoires tremblent, les yeux ont des mouvements convulsifs; tout le corps en agitation soulève brusquement les couvertures du lit... Puis la convulsion fait place à la raideur : c'est le tétanos!...

» Pendant ces accès, qui durent huit jours, douze jours, qui se répètent quatre à cinq fois dans l'espace de trois ans, la voix est entièrement éteinte, la respiration oppressée; les paupières voilent les yeux; la rétine n'est plus sensible à la lumière du jour. L'intelligence cependant persiste; le corps est glacé et tout humide de sueur. Un fourmillement court tout le long de la colonne vertébrale jusqu'au bout des doigts de la main et du pied. Il semble parfois à la pauvre malade que ses membres vont se séparer du corps, que les vertèbres ne sont plus réunies. Le bruit de la rue, la parole même, détermine une secousse électrique.

Ces accès effrayants cessent peu à peu, et la malade reprend ce premier état de paraplégie dans lequel la vie est encore possible. Cette paraplégie prenait évidemment sa source dans une affection de la moelle épinière. Mais quelle était cette affection? Cette affection était-elle nerveuse, rhumatismale, congestive ou organique?

» Ici les symptômes ne sont pas obscurs : la maladie se dessine largement dans le tableau que nous en avons tracé. C'est une *myélite organique*. Oui, c'est une myélite organique, dans laquelle les symptômes persistants ne reculent toujours que lentement, pas à pas, et jamais subitement, comme nous le voyons parfois dans les myélites nerveuses ou rhumatismales. C'est une myélite organique qui avait déjà fortement altéré, j'en suis convaincu, la substance même de la moelle épinière, et qui me faisait craindre que demain, que ce jour, par un mouvement inconsidéré, la moelle, en se rompant, ne mît fin à la vie.

» Je veux faire remarquer en passant cet appareil fébrile si persistant, si régulier; cette fièvre intermittente que nous avons vue résister à tous les antipériodiques, et qui est l'expression de la souffrance de la moelle épinière. *La lésion de la portion cérébro-spinale du système nerveux*, dit le Dr Roger, *est la cause des fièvres intermittentes.*

» Ce que ce médecin ne disait pas, nous osons le **dire** en face du fait qui nous occupe : *La fièvre intermittente n'est souvent qu'une inflammation de la moelle épinière.*

» Il serait trop long de narrer un traitement supporté avec une résignation qui n'a jamais faibli; traitement qui a été poussé par moi, je l'avoue, jusqu'à la témérité même.

» Les antiphlogistiques, les antipériodiques, les excitants cutanés : vésicatoires, cautères, moxas, ventouses; ces excitants de l'axe cérébro-spinal, la médecine empirique enfin, tout a été employé sans succès. A l'exemple du médecin Bricheteau, j'avais employé la brucine à haute dose, et, comme avec la strychnine, j'obtins des secousses tétaniques effrayantes qui allèrent presque jusqu'à l'asphyxie respiratoire. Ce fut en vain. Il en fut de même du phosphore, du seigle ergoté, etc., etc...

» Dans le mois de juin 1854, la malade eut encore une crise tétanique tellement épouvantable, que je me suis surpris désirant la voir se terminer par la mort. De ce moment, je reconnus mon impuissance à lutter contre une pareille affection, et je n'aurais plus rien à ajouter ici, si je n'avais pas à confesser ce que, simple témoin oculaire, j'ai pu constater encore.

Le 10 septembre 1854, Mme Bonnet, avec cette ténacité du noyé qui se cramponne à tout, se détermine à faire une neuvaine à Notre-Dame de la Salette. Le 19 septembre, la malade est transportée avec précaution, couchée sur son lit de souffrance, dans une chapelle de l'église de Saint-Martin (île de Ré). Elle écoute la messe avec cette soif d'espérance qui ne l'abandonnait jamais. La messe se termine, et la pauvre paralytique voit s'enfuir son espoir, lorsque, en jetant les yeux sur le groupe de Notre-Dame de la Salette, elle frissonne. D'une voix éteinte, elle prie les personnes qui l'entourent de la soulever pour essayer ses membres impuissants depuis tant d'années. Des aides l'enlèvent, et à l'instant, rapide comme la pensée, la paralysie disparaît. Elle marche!...

» La voix éteinte depuis treize mois, revient nette et forte. Elle parle!...

» La fièvre, avec son cortège de sueurs depuis trois années, cette fièvre qui existait encore tout à l'heure, passe. Elle ne sue plus, elle n'a plus de fièvre!...

» Le soir de ce jour, toute la population va voir cette

femme qui se rend à pied, de la porte de l'église à la chapelle du Crucifix.

» Je vois souvent Mme Bonnet: sa guérison est parfaite; et tous les jours, je répète les paroles naïves et profondes de notre vieux maître, le célèbre Ambroise Paré : « *Je l'ai pansée, Dieu l'a guérie* ».

II. *Jugement de Mgr Villecourt sur cette guérison* (1). — « CLÉMENT, par la méséricorde de Dieu et la grâce du Saint-Siège apostolique, évêque de la Rochelle et de Saintes, assistant au trône pontifical;

» Après avoir entendu plusieurs fois M. Diéres-Monplaisir, curé doyen de la paroisse Saint-Martin, île de Ré, dans notre diocèse, sur la guérison subite d'une de ses paroissiennes, Mme Bonnet, atteinte, depuis plusieurs années, d'une maladie qui était jugée par tout le monde incurable, et qui néanmoins a été radicalement guérie *à la suite d'une neuvaine faite par la malade à Notre-Dame de la Salette;*

» Ouï le témoignage spontané et impartial de plusieurs personnages, ecclésiastiques et séculiers, hors de tout soupçon de supercherie et d'imprudence, qui avaient vu et connu ladite dame durant sa langueur, qu'ils avaient, ainsi que tant d'autres, regardée comme mortelle;

» Après avoir fait un examen attentif et sérieux du procès-verbal demandé à M. Kemmerer, docteur-médecin dans l'île de Ré, lequel avait attesté l'impuissance absolue de tous les remèdes humains à l'égard de ladite malade, dont il atteste cependant la guérison authentique et surhumaine;

» Notre Conseil réuni et convoqué.

» Les lumières du Saint-Esprit invoquées, avons prononcé et prononçons que la guérison instantanée de ladite dame Bonnet *ne peut être attribuée qu'à une intervention surnaturelle. Et, comme cette guérison qui s'est opérée subitement et contre toute prévision humaine, a eu lieu à la suite de la neuvaine ci-dessus mentionnée, à Notre-Dame de la Salette, nous ne balançons pas à croire que ce fait merveilleux est dû à la protection de la Reine du ciel qui a voulu récompenser par ce nouveau bienfait la confiance et la piété de sa fidèle servante, en ajoutant ce prodige à tant d'autres qui, de nos jours, sont les heureux résultats de l'intercession de Marie auprès de son Fils.*

____

1. NICOLAS. *La Salette devant la raison*, etc... (2e édition).

» Donné à La Rochelle, sous notre seing, le sceau de nos armes et le contreseing de notre secrétaire, le 12 janvier 1855.

» Signé : CLÉMENT, *évêque de la Rochelle et de Saintes* ».

« Par mandement de Monseigneur,

» Signé : H. THUBLIER, *secrétaire* ».

GUÉRISON D'AGNÈS-HORTENSE DARTIGUENAVE

à Samadet (Landes). — 1856 (1).

Relation écrite, à la demande de M. Rousselot, par le père de la jeune fille, instituteur à Samadet.

« Le dimanche 9 novembre 1856, ma dernière enfant, Agnès-Hortense Dartiguenave, âgée de 13 ans, fut atteinte d'une fièvre tellement violente dans son début, que j'avais beaucoup de peine à distinguer les pulsations qui se succédaient avec une fréquence extraordinaire. Je fis appeler le médecin, qui, dès ce moment, surveilla la marche de la maladie avec un zèle qui fait son éloge, et donna à mon enfant les soins les plus intelligents et les plus affectueux. Cependant, la fièvre persistait toujours et chaque jour, vers cinq heures du soir, on constatait une recrudescence. Le 20 du même mois, veille de la Présentation, l'enfant se confessa et le lendemain, à la pointe du jour, elle eut le bonheur de faire la sainte Communion.

» Toute la matinée, l'état de la malade fut le même : un assoupissement complet et une faiblesse impossible à décrire. A 10 heures, nous étions, ma femme et moi, dans l'appartement de la malade, elle, assise auprès du lit d'Hortense et moi, près du feu. Elle m'appela, tout alarmée, je m'approchai. Je vis mon enfant dans un état pitoyable : sa figure décomposée, ses yeux presque éteints, une couleur vraiment cadavéreuse. Je l'appelai ; elle me répondit avec son souffle. Elle voulut lever les bras pour m'embrasser, sans doute pour me donner le dernier adieu ; mais elle les laissa retomber ; j'entendis à peine ces mots : « Papa, je... je ne sais pas ce que j'ai!... » Je crus qu'elle allait rendre le dernier soupir.

» J'avertis le médecin, qui arriva en toute hâte. Il trouva la figure et les membres déjà froids. Il fit promptement

_____

1. JOURDAN. *L'eau de la Salette et le Rationalisme.*

chauffer un linge pour donner à la malade un peu de chaleur, puis il me dit qu'il ne pouvait pas me dissimuler que l'état de mon enfant était fort grave; qu'un malheur pouvait arriver à chaque instant, il était prudent de faire venir immédiatement M. le Curé.

» La journée se passa ainsi. Vers huit heures du soir, Mme la Supérieure du Couvent, qui avait vu Hortense le matin, et qui avait appris dans la journée qu'elle allait fort mal, vint la voir de nouveau, et dit en entrant : « Mon » enfant, vous êtes bien mal, je vous apporte un remède » que votre papa voudra bien vous laisser prendre; l'ins- » piration m'en est venue pendant l'office, c'est de l'eau » de la Salette. » Elle ouvrit un flacon et remplit de cette eau une cuillère à café. Je soulevai la tête de l'enfant; ma femme et moi, nous lui dîmes de faire le signe de la croix, de mettre sa confiance dans la Sainte Vierge et de lui adresser, avec toute la ferveur dont elle serait capable, cette prière : « O Marie, conçue... » Hortense but cette eau, et je laissai reposer sa tête. Mme la Supérieure et la Sœur qui l'accompagnait se retirèrent quelques instants après.

» Il y avait à peine dix minutes qu'elles étaient sorties, que la malade, qui était toujours dans un état de faiblesse à mourir, se retourna vivement dans son lit, et dit à sa cousine qui était assise auprès d'elle : « Ah! Nathalie, » que cette eau m'a fait du bien! Je me sens toute soulagée, » je suis guérie. » Ma femme, qui était assise auprès du feu, s'approcha du lit; l'enfant la regarda en riant et en répétant ces mots : « Je suis guérie!... » La figure était subitement redevenue fraîche, vermeille. Les parents et les nombreux voisins qui étaient accourus, à la nouvelle de son agonie, et qui avaient vu Hortense avant la visite de la bonne Supérieure, ne pouvaient pas croire ce qu'ils voyaient. Par un mouvement spontané, chacun dit : « C'est un miracle. » Ma belle-sœur et moi, nous lui tâtâmes le pouls; la fièvre avait complètement disparu, Hortense causait avec nous et demandait à manger.

» Depuis ce moment, elle n'a pris d'autre remède que deux gouttes de cette eau merveilleuse chaque jour, en union à une neuvaine qui se faisait au couvent. Selon son habitude, M. le Docteur vint voir Hortense de bonne heure le lendemain. Il fut très surpris de la trouver sans fièvre; mais son étonnement cessa dès qu'il eut appris ce qui s'était passé la veille.

» Gloire à Dieu et à sa bonne Mère! Hortense est parfaitement guérie. Elle nous a dit, depuis, qu'elle ne s'était aperçue de son état, qu'après avoir bu cette eau, dont les salutaires effets se faisaient sentir à mesure qu'elle descendait dans son estomac, qu'elle se sentait guérir, et voyait comme un épais brouillard sortir de sa tête et de tout son corps. Elle nous a assuré encore que, si les vésicatoires qu'elle portait ne lui avaient pas ôté l'usage de ses jambes, elle se serait levée dans l'instant et se serait promenée pour nous montrer sa guérison.

» Fait à Samadet, canton de Geaune, département des Landes, le 14 février 1857, à la demande de M. l'abbé Rousselot, Vicaire général de Grenoble, à qui, par une lettre du 22 janvier, j'avais fait le récit de la guérison d'Hortense,

» DARTIGUENAVE. »

L'authenticité du fait rapporté dans ce procès-verbal a été certifiée par M. Barrican, Docteur en médecine et Maire de Samadet; par M. Campagne, curé; par Mme la Supérieure du Couvent, et par une foule de témoins oculaires de la maladie et de la guérison, qui ont signé l'original.

GUÉRISON DE SŒUR MARIE-ANGÈLE

à Montélimar (Drôme). — 1858 (1).

I. — *Extrait de la Circulaire adressée par la Supérieure du Couvent de Montélimar aux différents couvents de la Visitation, avec l'autorisation de Mgr l'évêque de Valence.* —

« Notre auguste Mère et Souveraine, Marie, invoquée sous le titre de *Notre-Dame de la Salette*, vient de manifester au milieu de nous sa puissance et sa bonté par la guérison miraculeuse d'une de nos chères Sœurs, arrivée le 2 de ce mois (août), fête de Notre-Dame des Anges.

» Notre bien-aimée Sœur Marie-Angèle était, depuis cinq

---

1. DES GARETS. *Le Curé d'Ars et la Salette*; et DOYEN. *Manuel de la dévotion*, etc.

ans, dans un très mauvais état de santé; à une maladie en succédait une autre; c'était à peine si, depuis sa profession, elle avait pu suivre quelques mois de loin en loin, les exercices de la Communauté. En décembre dernier, sa position devint plus grave : à de violentes douleurs d'estomac succédèrent des vomissements purulents qui firent juger à notre médecin et à un autre docteur envoyé par sa famille qu'elle avait un ulcère intérieur et qu'elle succomberait bientôt à un mal inguérissable, aucun aliment ne pouvant passer, pas même une goutte d'eau. Dans cette extrémité qui privait notre malade de la sainte Communion, notre très honorée Mère eut l'inspiration de lui faire avaler un peu d'eau de la Salette. Dès cet instant, notre Sœur supporta quelques liquides, et on put lui donner le saint Viatique. Cependant son état était toujours très inquiétant. »

(La circulaire, après avoir décrit huit mois de vicissitudes, continue ainsi :)

... « La malade tomba dans une hydropisie générale : ses jambes, déjà faibles, s'étaient enflées dès le mois de juin; elles devinrent énormes. Elle ne pouvait plus se soutenir ni faire un pas sans béquilles. Les nuits sans sommeil, l'impossibilité même de se coucher sans être suffoquée, et plusieurs autres accidents aussi graves nous présageaient une fin prochaine. La science de la médecine était tout à fait impuissante; elle ne donnait que des pronostics de mort.

» Le 1er août, notre médecin vint faire sa visite à quatre heures du soir; il parut très inquiet, et déclara même qu'il désespérait complètement; cependant, il prescrivit quelques remèdes assez énergiques. Notre malade, craignant de voir, par cette médication, ses jambes s'ouvrir et former des plaies, sollicita la permission de la différer d'un jour ou deux; ce qui lui fut accordé. Un sentiment tout particulier la pressait de s'adresser à *Notre-Dame de la Salette* pour obtenir l'usage de ses jambes et la faveur d'aller le lendemain au chœur gagner les indulgences de la Portioncule. Elle promit force visites en faveur des âmes du Purgatoire si elle pouvait marcher. A cette fin, elle demanda de l'eau de la bénie fontaine de la Salette pour en bassiner ses pauvres jambes déjà si violacées et si tendues qu'elles semblaient devoir éclater... C'était le soir;

on l'ajusta comme de coutume, assise sur son lit pour passer la nuit, les pieds reposant sur une chaise. Un sommeil doux et réparateur lui fut donné pour la première fois depuis plusieurs semaines. Vers le milieu de la nuit, elle s'éveilla et toucha ses jambes, sur lesquelles elle avait mis une petite image de la Sainte Vierge; il n'y avait encore aucun changement. A l'*Angelus*, elle se réveilla de nouveau, et la Sœur infirmière ayant ouvert les volets, notre heureuse malade se vit et se sentit guérie. Plus d'enflures, plus de douleurs : elle descendit seule de son lit, se tint ferme sur ses pieds, s'habilla, marcha librement, et, se jetant à genoux devant une statue de sa bonne Mère, elle déposa ses béquilles à ses pieds. Ne pouvant contenir le sentiment de bonheur dont elle était remplie, elle fut sur le point de crier, mais la sévérité du grand silence la retint. Nos Sœurs infirmières la regardèrent faire tout ébahies, sans presque se rendre raison de ce qui se passait. Les unes et les autres, ne s'exprimant que par des signes assez peu intelligibles, s'acheminèrent au chœur, l'infirmière, sous l'empire de l'étonnement, offrant un bras, sur lequel on ne s'appuyait pas, à la malade pénétrée de l'émotion la plus vive, toute tremblante de saisissement.

» Après la Communion et l'action de grâces, notre heureuse miraculée rencontra, en se retirant, notre très honorée Mère, qui ne l'avait pas remarquée au chœur. Aussi recula-t-elle de surprise en la voyant marcher seule. *Je suis guérie, ma Mère*, lui dit la Sœur en se jetant à son cou pour l'embrasser... Notre Mère examina, fit force questions et épreuves. La guérison était visible et indubitable; des jambes, impotentes et monstrueuses la veille, revenues à leur état normal, sans aucune crise ou évacuation naturelle, sans aucune médication; il n'y avait pas d'illusion possible : le doigt de Dieu était là.

» M. le docteur Grasset, notre médecin, ayant, dans la journée, visité une de nos pensionnaires, retenue à l'infirmerie, fut extrêmement étonné et comme hors de lui-même, lorsqu'il vit venir de son pied notre heureuse Sœur, sans l'avoir prévenu de ce qui était arrivé. L'intervention divine lui parut si évidente, qu'il offrit tout de suite de l'attester. Il a été le premier à publier cet événement et à en rendre témoignage à Monseigneur, qui se trouvait alors dans nos environs. Sa Grandeur voulut bien venir au parloir prendre une plus ample connaissance du fait. Elle en parut fort touchée, et nous invita à en envoyer la relation à nos monastères.

» Notre chère Sœur Marie-Angèle demanda, dès le premier jour, à quitter l'infirmerie et à suivre nos saints exercices. Elle se mit au train de la nourriture ordinaire, jusque-là si difficile à passer; maintenant, elle la supporte à merveille. Voici plus de quinze jours écoulés depuis sa guérison; elle n'a point eu à subir les phases d'une convalescence; elle assiste au chœur; elle a même fait l'office et retrouvé sa voix flexible pour chanter les Litanies le jour de l'Assomption... Elle va, elle vient, elle travaille, elle balaie, elle se promène avec la Communauté, sans fatigue et sans oppression; enfin, elle fait avec bonheur et facilité toutes les actions de la vie commune si précieuse aux Filles de la Visitation, et d'autant plus lorsqu'on en a été longtemps privé. En un mot, elle jouit d'une santé telle que nous pouvons bien dire que le Seigneur s'est montré magnifique dans ses libéralités ».

II. *Certificat du Docteur Grasset*. — Madame *Marie-Angèle* LUSTROU, religieuse de la Visitation de Montélimar, d'un tempérament lymphatique, après son noviciat, fut successivement atteinte de douleurs arthritiques des extrémités supérieures, d'un tic nerveux de la face, d'hémoptysie et ensuite de douleurs violentes à l'épigastre, qui amenèrent des vomissements purulents. Cette série de phénomènes morbides s'est, pendant quatre ans, constamment renouvelée. Pendant cet espace de temps, je n'ai cessé de mettre en œuvre tout ce que la thérapeutique a pu me fournir contre ces diverses affections. Je ne suis parvenu à autre chose qu'à soulager momentanément la malade. Depuis le mois de décembre dernier, époque à laquelle elle eut une violente crise, toute médication était impossible; elle ne pouvait supporter ni boisson, ni alimentation; aussi, de jour en jour, elle s'affaiblissait et cette faiblesse, allant toujours croissant, amena un anasarque qui devait mettre fin à tous ses maux en se terminant, comme cela arrive toujours dans ces cas, par la mort. Néanmoins, je conseillais divers moyens pour combattre cette dernière affection : comme toujours, ils ont été sans succès. Le dimanche 1er août, à quatre heures du soir, après avoir fait une visite à cette malade, je disais à Mme la Supérieure que je désespérais complètement. Quelle fut ma surprise, le lendemain, à neuf heures du matin, au moment où je fis ma visite à l'infirmerie des pensionnaires, de voir arriver à moi cette jeune Sœur qui, la veille, ne pouvait faire un pas sans l'aide de ses béquilles et venant de déjeuner, comme si jamais elle n'avait été malade. Peut-on dire maintenant que cette guérison si subite soit le résultat d'une médication quelconque ? Non, puisque la malade n'a pu en supporter aucune.

A qui faut-il donc l'attribuer ? A une main divine.

Montélimar, 2 août 1858.   GRASSET, d. m.

GUÉRISON DE LA R. M. MARIE DE St-VICTOR

au château de Presles (Belgique). — 1866 (1).

Relation adressée par Mgr de Montpellier, Evêque de Liège, à Mgr Ginouilhac, évêque de Grenoble.

« MONSEIGNEUR,

» Votre Grandeur m'a fait exprimer le désir de connaître les particularités relatives à la guérison d'une religieuse de mon diocèse, guérison que notre piété reconnaissante attribue à l'intercession de la Bienheureuse Vierge Mère de Dieu, invoquée sous le titre de Notre-Dame de la Salette. Je comprends cette demande, Monseigneur, car tout ce qui est de nature à rehausser la célébrité du nouveau sanctuaire que l'auguste Vierge s'est choisi dans le diocèse de Grenoble, et à confirmer les fidèles dans la confiance en Celle qui se plaît à privilégier ce sanctuaire de fréquentes manifestations de ses bontés, intéresse vivement la piété de l'évêque de ce diocèse. Je me conforme d'autant plus volontiers à votre désir, que mes sentiments envers notre commune Mère et Reine trouvent une douce satisfaction à lui rendre gloire, et qu'il est honorable, disent nos saints Livres, de révéler et de louer les œuvres de Dieu : *Opera Dei revelare et confiteri honorificum est.* (Tob., ch. 12, 27).

» La Rde Mère Marie de Saint-Victor, religieuse de Ma-

----

1. *Annales de N.-D. de la Salette;* décembre 1867.

rie-Réparatrice, dont nous allons raconter la maladie et la guérison, est aujourd'hui dans sa vingt-quatrième année. Cette jeune personne a toujours été d'une constitution bonne, forte même, malgré une croissance assez rapide. Elle est douée d'un esprit droit et lucide, cultivé avec soin, comme il l'est pour l'ordinaire chez les personnes de haute naissance, d'un caractère tout à la fois doux et ferme, d'une grande égalité d'âme et d'une piété calme et solide. A l'âge de dix-huit ans, étant à Toulouse, dans la maison de son ordre, elle éprouva les premières atteintes de la maladie, ou plutôt la maladie se déclara par des effets plus prononcés, c'est-à-dire par une plus grande faiblesse dans les jambes, des douleurs dans le dos, une lassitude générale et continuelle. Un médecin distingué de cette ville fut consulté et ne dissimula pas aux personnes qui entouraient la malade la gravité de cet état; mais, en considérant la bonne constitution de la malade, il se persuada que les symptômes qui se manifestaient étaient le résultat plutôt d'une croissance trop rapide que d'une maladie organique. Cet état ne s'était pas modifié lorsque, un an après, elle se rendit en Angleterre à l'effet d'y présider à la fondation d'une maison de son ordre. Elle passa deux ans a Londres où, pendant la seconde année, des douleurs aux bras et au côté droit s'ajoutèrent aux autres symptômes. Elle fut rappelée à Paris. Un médecin de cette capitale, chargé de lui donner des soins, reconnut la nature de la maladie, sans pouvoir la combattre efficacement, ni même en arrêter les progrès. De fréquents maux de tête rendirent son état encore plus pénible, et la difficulté de se servir du bras droit devint de plus en plus grande. Au mois de janvier 1866, elle se rendit à Liège avec la Supérieure générale pour y établir une maison. Si l'air natal, surtout au retour de la belle saison et du mois consacré à Marie, parut exercer sur la malade une influence favorable et ranimer ses forces, le soulagement qu'elle éprouva fut de courte durée. Dès le mois de juillet, la maladie avait repris sa marche envahissante : les jambes continuèrent à s'affaiblir, l'épine dorsale devint en partie d'une extrême sensibilité, au point que le moindre contact en cette partie causait à la malade une douleur aiguë et insupportable. Peu à peu elle perdit le sommeil, et ses nuits ne furent que de longs accès de fièvre; pendant le jour, il lui arrivait parfois d'éprouver une prostration complète, accompagnée de spasmes qui duraient une heure et plus. Bientôt toute occupation manuelle et, pour ainsi dire, tout mouvement lui devinrent excessivement pénibles; l'énergie de la volonté surmontait la douleur pour dissimuler le mal, mais elle ne pouvait rien contre l'impuissance de l'organe. La colonne vertébrale se paralysait de plus en plus, au point qu'elle était par moment incapable de supporter le poids de la tête et qu'elle ployait sous ce poids comme l'eût fait un faible roseau surmonté d'une masse de plomb. A partir du 21 novembre, fête de la Présentation de la Sainte Vierge, elle ne quitta presque plus la chambre. La Supérieure générale, qui était à Paris, au chevet de la Mère Marie de Sainte-Julienne, sa fille cadette, dont la vie allait s'éteindre, avait mandé à plusieurs reprises à ses religieuses de Liège, de faire transporter à Paris la Mère Marie de Saint-Victor, si le médecin jugeait que son état le permît. Ce voyage ne put s'effectuer que le 2 janvier. Dès son arrivée à Paris, les médecins constatèrent le progrès du mal et jugèrent urgent d'employer les moyens les plus énergiques; mais ils ne parvinrent pas à l'enrayer. La colonne vertébrale en vint à ce point de faiblesse qu'elle ne pouvait plus tenir la tête droite; celle-ci retombait sur la poitrine, à moins que la malade ne la tînt entre les mains, les coudes étant appuyés sur les genoux. Les médecins, qui appréhendaient des suites fâcheuses de cette position, tentaient vainement tous les moyens pour empêcher la malade de la prendre, et n'y réussirent qu'en lui appliquant un corset de fer. Les remèdes extérieurs prescrits par les médecins de la capitale exigeant un certain laps de temps pour produire leurs effets, on conseilla à la Supérieure générale de faire transporter sa fille à la campagne, où elle respirerait un air plus pur et plus vivifiant. Elle la conduisit chez son frère, M. le comte Ch. d'Oultremont, au château de Presle, en Belgique. Elles y arrivèrent le 4 février. L'une et l'autre se faisaient encore illusion sur les suites de la maladie, et comptant sur une amélioration prochaine due aux effets de l'art et de la nature, elles espéraient revoir prochainement leur solitude et leurs chères compagnes de Liège.

» Mais le mal continua de s'aggraver; les douleurs dans le dos devinrent plus vives, gagnèrent la nuque et enfin

la tête, tandis que le bras droit se paralysait de plus en
plus; l'appétit se perdit, et le peu de nourriture que prenait la malade pour éviter un épuisement total, au lieu
de la restaurer, la faisait beaucoup souffrir. On se hâta de
réclamer les soins de l'une des notabilités de la science,
de l'un des professeurs de l'Université de Louvain. Celui-ci
approuva le traitement prescrit à Paris et en étendit l'application. Les cautères appliqués à la nuque eurent pour effet
de débarrasser quelque peu le bras droit, mais la tête
n'en reçut aucun soulagement; le mal même l'envahit
de plus en plus, si bien que le corset de fer, gardé même
au lit, n'aidait plus la tête à se soutenir : elle pendait
en tout sens. Pour la tenir dans sa position naturelle, il
fallut mettre à la malade un col de carton. Les potions
calmantes, administrées à toute dose pour endormir le
sentiment de la douleur, étaient sans efficacité, de sorte
que la malade n'avait plus un moment de repos : les
souffrances étaient continuelles. Témoin de l'opiniâtreté
du mal et de ses progrès, malgré les efforts énergiques employés pour le combattre, le médecin laissa entendre qu'il
désespérait d'en triompher, et prévint les personnes qui
entouraient la malade de l'imminence de violentes convulsions que devaient causer les douleurs aiguës, soit de
la tête, soit de l'épine dorsale. Elle éprouva, en effet, de
longues et violentes crises nerveuses, accompagnées de suffocation. On commençait dans ce moment une première
neuvaine de prières à Notre-Dame de la Salette.

» La malade s'y joignit d'intention, après avoir fait à
Dieu le sacrifice de sa vie avec cette résignation généreu-
se qu'explique sa grande piété plus encore que sa jeunesse,
âge où l'on se détache plus facilement de la vie présente.
A dater du dernier jour de la neuvaine, les crises nerveuses et les suffocations disparurent, et la malade éprouva,
au moins de ce côté, un soulagement sensible. Mais sa
confiance en l'intercession maternelle de la Sainte Vierge
fut mise à une rude épreuve : après huit jours de léger
soulagement, toute lueur d'espoir s'évanouit, et les douleurs reprirent avec une violence nouvelle et avec tous les
caractères d'une affection tétanique. Les crises étaient
affreuses, elles duraient un quart d'heure ou vingt minutes
et lui ôtaient la conscience d'elle-même; ajoutez à cela les
spasmes qui revenaient chaque jour et la mettaient pen-

dant plus d'une heure dans un état où elle ne donnait plus signe de vie. L'estomac était réduit à une si grande atonie, qu'il ne supportait plus les remèdes. Toutes les ressources de l'art avaient été employées ; elles étaient restées impuissantes. Humainement parlant, il n'y avait plus d'espoir. Cependant la malade et sa pieuse mère ne perdaient point confiance ; au contraire, elles étaient convaincues que l'œuvre de Dieu se manifesterait quand la science des hommes aurait confessé son impuissance, et que la guérison aurait lieu le 25 mars, fête de l'Annonciation de la Sainte Vierge. Une neuvaine commença à cette intention dans le sanctuaire de Notre-Dame de la Salette. Toutes les maisons de la Société s'y associèrent et plusieurs communautés religieuses, ainsi que bon nombre de personnes de piété en France et en Belgique y prirent également part (1). A partir du 17 mars, jour de l'ouverture de la neuvaine, la malade cessa de prendre aucun remède, non à cause de la neuvaine, mais vu l'impossibilité de le digérer, et cette impossibilité devait écarter de la guérison toute supposition d'un concours de l'art et de la nature. Cependant, dès le premier jour de la neuvaine, le mal alla en augmentant ; la malade était d'une faiblesse extrême ; on ne pouvait la remuer, quelque précaution que l'on prît, sans lui faire éprouver de cuisantes douleurs qui la jetaient dans des spasmes dont on avait une peine infinie à la tirer. L'avant-dernière journée de la neuvaine fut affreuse : les douleurs aiguës étaient continues et si vives, qu'elles déterminèrent un nouvel accès tétanique.

» La malade éperdue, hors d'elle-même, avait porté les doigts à la bouche, et les serrait si fortement entre les dents que l'on craignit qu'elle ne se les coupât. Ce ne fut point sans difficulté et sans lui causer un surcroît de dou-

---

1. Ayant appris que la R. M. Marie de Saint-Victor était très gravement malade et désirait obtenir sa bénédiction et une médaille de la sainte Vierge bénite par lui, le Saint-Père, toujours animé d'une bienveillance paternelle pour la fondatrice de la Société de Notre-Dame Réparatrice et pour sa famille, s'empressa d'accorder cette double faveur, et voulut bien promettre, en outre, de prier pour la malade. La lettre renfermant l'annonce de la bénédiction du Pape, la promesse de ses prières et la médaille, partie de Rome le 13 mars, arriva le 17 à sa destination, à la grande consolation de la malade et de sa mère.

leur que l'on parvint à lui desserrer les dents et à en retirer les doigts ensanglantés. Au sortir de cette crise, elle
était tellement épuisée, anéantie, qu'elle se sentait mourir. On ne l'entendait plus parler, à moins qu'on ne collât
pour ainsi dire l'oreille sur ses lèvres. Comme il semblait
que Dieu manifestait l'intention de la rappeler à lui, elle
fit demander vers le soir à sa mère qui, malade elle-
même, était alitée dans la même chambre, si elle devait
encore espérer d'être guérie le lendemain. Sur la réponse
affirmative de celle-ci, elle ajouta : Je n'en doute pas non
plus, mais j'avais besoin de cette assurance, car je me
sens très mal. Peu de temps après, elle se confessa au
R. curé de la paroisse. La nuit fut aussi pénible que
l'avait été le jour : point de sommeil, douleurs sans intermittence, fièvre continuelle, malaise indicible. Le matin,
comme elle se sentait défaillir de plus en plus et qu'elle
pressentait l'arrivée prochaine d'un accès tétanique, elle
fit prier M. le curé de se hâter de lui administrer la sainte
communion; elle fit dire aussi à sa mère de ne pas manquer de lui commander de se lever. Celle-ci lui répondit :
Soyez en paix, ma fille. Un peu avant sept heures, M. le
Curé vint leur donner la sainte Eucharistie. Elles priaient
l'une et l'autre avec toute la ferveur et la confiance dont
elles étaient capables, et elles éprouvaient une assurance
de plus en plus forte que la bonté divine allait se manifester et exaucer leurs prières. La mère se sentait pressée
de commander à sa fille de se lever; elle le voulait, elle
n'osait et se reprochait son hésitation sans pouvoir la
surmonter. Dans sa perplexité, elle s'adressa à la Sainte
Vierge, et lui dit avec simplicité : O ma Mère, j'ai confiance en votre bonté; je l'appellerai, dès que vous me le
direz. Elle avait à peine fait cette prière, qu'il lui sembla
voir auprès du lit de sa fille la Sainte Vierge, telle qu'on
la représente à la Salette, resplendissante de clarté, et
entendre ces paroles : Appelle-la, je la soulagerai. Sans
hésiter, la mère dit à haute voix à sa fille : Pia! (dimi-
nutif familier d'Olympia, nom de sa fille), et celle-ci, plus
prompte que l'éclair, était dans les bras de sa mère, ayant
recouvré l'usage de ses membres, n'éprouvant plus aucune douleur. La mère et la fille se tenaient embrassées,
fondant en larmes, bénissant le Seigneur, remerciant Marie, se vouant plus entièrement à son service. La fille

s'arrache des bras de sa mère, et va s'agenouiller devant le petit autel de Notre-Dame de la Salette qui était dressé dans sa chambre, et elle y reste quelque temps en prière. Puis s'étant habillée à la hâte et sans aide, elle se rendit dans les appartements de son oncle; celui-ci, stupéfait de cette apparition, n'en pouvait croire ses yeux, il doutait que ce fût elle. Bientôt tous les habitants du château accoururent pour témoigner leur admiration et leur joie. La messe paroissiale allait commencer; M. le Curé, informé de l'événement, l'annonça à la paroisse réunie et proposa de chanter après la messe un *Te Deum* en actions de grâces. La Mère Marie de Saint-Victor se rendit à l'église attenante au château; elle se plaça devant l'autel de la Sainte Vierge, où elle resta agenouillée pendant tout le *Te Deum*. Le jour même, elle reprit toutes ses habitudes, mangea de grand appétit, dormit d'un sommeil paisible; en un mot, elle était guérie radicalement.

» Agréez, Monseigneur, l'hommage de mon profond respect,

» Votre très humble et très obéissant serviteur.

» † THÉODORE, *Ev. de Liège.*

» Liège, 1er septembre 1867. »

GUÉRISON DE Mlle THÉRÈSE NICOLAS

Sur la Montagne de la Salette. — 1873 (1).

I. — *Relation du R. P. Berthier, missionnaire de la Salette, témoin oculaire.* — C'est le 8 septembre. A une heure, après le repas et la visite au Saint-Sacrement, les Pères missionnaires se rendent ensemble vers la fontaine miraculeuse pour y réciter une prière, comme cela se pratique chaque année, tous les jours du mois de septembre. La foule les y a précédés. Elle entoure une infirme qui est venue demander à Marie ce que la science des hommes a été impuissante à lui donner. Cette infirme est une jeune fille de 27 ans, nommée Thérèse Nicolas, d'une famille honorable de Châteaurenard (Bouches-du-Rhône).

Dans ses premières années, elle était d'une santé fort délicate; elle vomissait souvent après ses repas jusqu'à

---

1. R. P. BERTHIER. *Les Merveilles de la Salette.*

l'âge de treize ans. De treize à dix-sept ans moins deux mois, elle alla bien. Mais, en 1864, un jour qu'elle voulait aller à la sainte Messe malgré le mauvais temps, elle dut marcher pendant dix minutes au milieu d'une neige abondante qui couvrait tous les chemins. Elle revint à la maison sans sentir aucune souffrance; mais de temps en temps, pendant les trois premiers mois qui suivirent cette course à travers la neige, elle tombait facilement. Après le troisième mois, elle ne put plus marcher. Pour se tenir debout, elle avait besoin d'une main vigoureuse qui la soutînt. Elle n'éprouvait cependant aucune souffrance, mais ses pieds étaient sans force et d'une telle insensibilité qu'on pouvait les pincer jusqu'à les bleuir, ou les piquer profondément avec une épingle, sans qu'elle s'en aperçût.

On consulta successivement MM. Bontoux à Châteaurenard, et Béchet, à Avignon. Ce dernier la traita à l'homéopathie et lui conseilla de se servir de béquilles. M. Bontoux prescrivit l'emploi de la brosse électrique pour les reins dont elle souffrait, et l'usage de l'huile de foie de morue. M. Carre, d'Avignon, employa la machine électrique, les bains soufrés et autres remèdes, mais tout cela sans aucun succès; de sorte que la science médicale perdit tout espoir, et son dernier mot fut celui-ci : « Elle n'en mourra pas, mais cela peut durer vingt ou trente ans; elle restera toujours dans le même état. » D'inutiles remèdes, longtemps employés, lassaient et la famille, et la malade, et les médecins. Aussi, quand ces derniers étaient mandés auprès de Thérèse, ne s'occupaient-ils nullement de ses jambes, dont la paralysie était regardée comme un fait accompli, et sur lequel il n'y avait pas lieu de revenir; ils ne cherchaient qu'à améliorer l'état de l'estomac de la jeune fille, qui avait des vomissements assez fréquents. A cela venaient s'ajouter des migraines et des palpitations de cœur telles, que lorsque, dans la journée, Thérèse avait reçu de nombreuses visites, elle ne pouvait reposer la nuit suivante.

Mais là encore, on dut se lasser d'user de remèdes inutiles, et depuis deux ans, aucun médecin n'a visité la malade. Pendant les trois dernières années, les vomissements sont devenus moins fréquents; mais l'état des jambes ne s'est nullement amélioré. La jambe gauche surtout était incapable de tout mouvement jusqu'au genou. L'infirme ne pouvait la remuer qu'avec la main ou à l'aide de la jambe droite qui, tout en étant incapable de porter le poids du corps, avait conservé cependant une certaine force. Les doigts du pied gauche se repliaient sans force sur eux-mêmes, quand on mettait sa chaussure à la pauvre malade. C'est à peine si des vases remplis d'eau bouillante, qu'un autre n'aurait pu supporter, amenaient la chaleur dans ses membres engourdis et glacés. Mlle Nicolas était donc condamnée à une immobilité presque complète. Quand on l'avait placée à terre, elle pouvait, à l'aide du genou droit et des mains, se traîner dans son appartement, mais c'était tout; on devait la porter comme un enfant quand il fallait la sortir de son lit; aussi y passait-elle, depuis neuf ans environ, ses jours et ses nuits. En été, vers les 4 heures du soir, on la portait en dehors de la maison sur un canapé, afin de lui faire prendre un peu l'air.

En 1872, le samedi dans l'octave de la Fête-Dieu, on la conduisit au pèlerinage de Notre-Dame des Remèdes, chez les religieux Prémontrés; on avait eu soin de l'environner de coussins, en sorte qu'elle ne souffrît pas trop du voyage. Son confesseur lui dit donc à son retour : « Puisque vous n'avez pas été fatiguée, l'année prochaine, il faudra aller à la Salette. » Il fut en effet décidé qu'on ferait le pèlerinage de la Salette dans le cours de l'été 1873.

Le vendredi 5 septembre, Mlle Thérèse Nicolas, accompagnée de ses deux sœurs, était portée de la maison de sa mère à la route, pour y être placée sur l'omnibus de Châteaurenard à Barbantane.

Quelque temps après, ses sœurs l'étendaient dans un compartiment de troisième classe, sur des couvertures et des coussins, dont elles avaient eu soin de se munir; on arriva ainsi à Valence. Là, il fallait changer de train; et les Sœurs de confier leurs bagages à des voisines complaisantes, pour se charger elles-mêmes de transporter l'infirme en présence de la foule, circulant dans la gare et dans les environs. On arriva avec les mêmes circonstances à la gare de Grenoble; et là, comme à Valence, comme quelques instants plus tard sur la place Grenette, les passants s'arrêtent pour voir Mlle Nicolas, le visage pâle et mélancolique, portée sur les bras de ses deux sœurs.

Le samedi, à six heures du matin, la petite caravane quitte Grenoble pour arriver à Corps vers les deux heures. On hisse la paralysée sur un mulet; on l'attache sur une selle anglaise, à l'aide d'une couverture de laine doublée et l'on tente ainsi l'ascension de la montagne. Le temps est mauvais, la pluie tombe tout le long du trajet; néanmoins on arrive sans aucun autre accident, le 6 septembre.

Le lendemain dimanche, les brouillards ne permettent pas de porter l'infirme sur les lieux de l'Apparition; on se contente de la porter à l'église pour y faire la sainte communion et assister à tous les offices. Tous les pèlerins étaient touchés de la foi de cette jeune fille autant que de son état, et on suivait avec intérêt les deux Sœurs apportant dans le sanctuaire et emportant leur fardeau si cher. Mlle Thérèse Nicolas attendait avec confiance sa guérison par Marie, mais elle comptait l'obtenir le jour de la Nativité et au moment de la communion. Ce ne fut donc pas sans quelque tristesse qu'elle assista à la messe le 8, y communia et fit son action de grâces, sans éprouver aucune amélioration dans son état. Elle ne perdit pas cependant toute espérance.

Plusieurs pèlerines de Châteaurenard et de Lambesc s'étaient donné rendez-vous à la montagne ce jour-là. Toutes étaient d'une foi ardente : elles connaissaient et aimaient l'infirme, à laquelle la souffrance et la piété ont concilié l'estime et la sympathie de tous ses compatriotes. M. le curé de Châteaurenard avait écrit le matin même à l'une d'elles : « Si notre paralysée guérit, ce sera une vraie mission pour ma paroisse. » Or, la personne même qui avait reçu la lettre de M. le curé, après le repas, invite toutes les pèlerines à se réunir près de la fontaine miraculeuse, où on allait porter Mlle Nicolas. Et aussitôt, en effet, on se dirigea vers les lieux de l'Apparition. On ôte à la paralysée sa chaussure, on l'assied sur une couverture de laine étendue sur le bord de la source, et on trempe ses pieds dans l'eau miraculeuse. Je ne sais quel frisson parcourt les âmes, on s'agenouille, on va prier.

Les missionnaires de la Salette étant arrivés à ce moment, le Père Supérieur récite à haute voix les litanies de Notre-Dame de la Salette. L'émotion avait saisi la foule, et agitait surtout le cœur de l'infirme qui sentit d'abord la fraîcheur de l'eau agir sur ses membres, puis une sorte de chaleur inaccoutumée, bien que les personnes qui lui frictionnaient les jambes les trouvassent comme glacées. Après la première récitation des litanies, elle avoue que son pied gauche semble s'affermir, et on répète une seconde, puis une troisième fois la même prière. L'infirme alors éprouve des vomissements. On lui offre de lui faire prendre quelque potion; elle ne veut que quelques verres d'eau de la Salette. On la retire ensuite de l'eau, on frictionne ses jambes, et on lui met sa chaussure. — Essayez de me lever, dit-elle, et ses deux sœurs la relèvent. Elle aurait voulu qu'on ne la soutînt pas; mais on n'ose la lâcher, et on la conduit vers la grille qui environne les lieux de l'Apparition, entre la statue de la Vierge en pleurs et celle de la Conversation. Là, elle saisit fortement les barreaux de la grille et se met à genoux, sentant que ses membres reprennent leur vigueur; on récite une quatrième fois les litanies. Quelle foi dans ces prières, quelle confiance en Marie! Tous ceux qui sont là en sont pénétrés; il semble qu'on ait un pressentiment que Dieu va faire un miracle. Quand on arrive à cette invocation : *Vous qu'on n'invoque jamais en vain*, répétée plusieurs fois, l'infirme, jusque-là émue vivement, sent un calme profond envahir son âme, et la force renaître dans son corps. *Je suis guérie!* dit-elle. Elle se lève sans le secours d'une main étrangère, embrasse ses sœurs et s'avance vers la statue de la Conversation. On crie au miracle, et un pèlerin entonne le *Magnificat*. Pendant que dure ce chant, Mlle Thérèse Nicolas se tient debout, les yeux tournés vers la statue de sa Bienfaitrice. On l'invite ensuite à marcher, et elle marche lentement, il est vrai, mais elle monte les escaliers qui conduisent sur le mamelon d'où la Vierge s'est élevée vers le ciel. Elle n'est arrêtée que par les pèlerines qui se portent sur son passage pour l'embrasser et l'inonder des larmes que leur font répandre la joie et l'émotion.

Mlle Thérèse seule est calme quand tous les pèlerins éclatent en transports de bonheur. Elle traverse la place qui est devant le sanctuaire, elle joint ses mains, et lève les yeux au ciel dans l'attitude de la prière et de la reconnaissance. Les vêpres commencent aussitôt; elles sont chantées avec un enthousiasme inouï; le *Magnificat* surtout fournit aux pèlerins l'occasion de manifester leur élan et leur gratitude pour Marie. Durant les vêpres, Mlle Nicolas est au milieu de la grande nef, devant la table de communion. Elle suit seule et sans soutien toutes les cérémonies de l'office, se tenant tour à tour debout, ou à genoux. Après les vêpres et le récit de l'Apparition qui les suit immédiatement, l'heureuse protégée de Notre-Dame de la Salette fait elle-même le chemin de la croix sur les lieux de l'Apparition; les pèlerins y assistent pour la plupart. Le lendemain, 9 septembre, elle se lève seule, ce qui, depuis neuf ans, ne lui est pas arrivé. Elle se promène ce jour-là même; le lendemain, elle fait quelques courses autour du sanctuaire, et le 11, elle descend de la montagne, parcourant à pied l'espace de cinq kilomètres.

Ce fait a été un véritable événement pour Châteaurenard et les environs. La presse locale s'en est émue. L'*Union de Vaucluse* a porté à la *Démocratie du Midi*, qui n'a rien eu à répondre, le défi d'expliquer cette guérison autrement que par l'intervention surnaturelle.

La population tout entière de Châteaurenard a parlé bien haut, par les démonstrations enthousiastes de sa foi, au jour anniversaire de l'Apparition. La science médicale elle-même a uni son témoignage à la voix populaire. De deux certificats délivrés par deux docteurs en médecine, nous nous contentons de reproduire le plus explicite :

II. — *Témoignage de M. le docteur Bontoux, de Châteaurenard.* — « Dans le courant du mois de juillet de l'année 1864, je fus appelé par Mme Nicolas, pour soigner une de ses filles, Mlle Thérèse. Je me rendis à sa maison de campagne, distante du chef-lieu d'environ quinze cents mètres. La malade, âgée de 16 ans, me déclara que, depuis le mois de mai précédent, elle ne pouvait en aucune façon faire mouvoir ses jambes. Cette impossibilité d'agir ne s'était pas déclarée subitement; elle était venue peu à peu, à partir du mois de février de la même année, époque où elle avait vivement souffert du froid pour venir de la campagne à la ville, à travers la neige qui couvrait le sol. Les membres inférieurs étaient insensibles, les chairs flasques, la peau d'une pâleur excessive; les mouvements que je lui imprimais ne produisaient aucune douleur. La moindre pression exercée à la région lombaire, sur les apophyses épineuses des dernières vertèbres, arrachait des cris à la jeune malade.

» Je ne poursuivrai pas l'énumération des symptômes que j'observai et qui me fit diagnostiquer une myélite rhumatismale chronique (lombaire).

» Du mois de juillet 1864 au mois d'avril 1865, j'ai, aidé par les conseils de mon père, combattu cette maladie par tous les moyens mis en usage dans de pareils cas, et je dois à la vérité de déclarer que, tout en ayant vu s'améliorer l'état général, nous n'avons rien obtenu du côté de la paraplégie. De guerre lasse, toute médication fut abandonnée.

» De temps à autre, de loin en loin, je voyais Mlle Thérèse, lorsqu'un autre membre de la famille réclamait mes soins. Elle était sur son lit, ni couchée ni assise, la tête soulevée par des coussins ; elle s'occupait à de petits travaux d'agrément. Elle supportait son infirmité avec beaucoup de courage. Neuf ans s'écoulèrent ainsi !

» Je n'ai pas vu Mlle Thérèse depuis dix-huit mois ou deux ans, lorsque j'appris, il y a bientôt un mois, qu'elle avait recouvré tout à coup l'usage de ses membres inférieurs sur la montagne de Notre-Dame de la Salette. Que s'est-il passé chez cette jeune personne, pour que la paraplégie, qui l'obsédait depuis neuf ans, ait cessé instantanément ? La science ne saurait, à mon avis, donner une explication satisfaisante d'un fait aussi inouï.

» Depuis trois semaines et même un mois, cette jeune personne ne peut tenir en place ; elle ne fait que marcher. On dirait qu'elle veut réparer le temps perdu par ses jambes. Elle ne se plaint que de la plante des pieds. Elle se porte à merveille, et elle vient de descendre aussi lestement que la personne qui l'accompagnait, l'escalier qui mène à mon cabinet, où elle est venue me faire constater son état.   » Signé : BONTOUX F.

» Châteaurenard, le 7 octobre 1873. »

Pour témoigner sa reconnaissance à Notre-Dame de la Salette, Mlle Nicolas s'est consacrée à Dieu dans une communauté de Lyon.

GUÉRISON DE Mlle APOLLONIE HERMITTE

Sur la Montagne de la Salette. — 1874.

Le retour à la santé de Mlle Thérèse Nicolas avait pro-

duit sur ses compatriotes de Châteaurenard une profonde
impression; c'était bien naturel. La jeune fille qui maintenant allait et venait dans les rues de la ville et à la
campagne avec la plus grande aisance et sans la moindre
fatigue avait été vue, pendant neuf ans, clouée dans son
lit par une paralysie complète des membres inférieurs.
Le mal les avait atrophiés en partie et rendus tellement
insensibles, que la pauvre infirme n'éprouvait pas la moindre douleur quand ses compagnes, pour s'en rendre compte,
les piquaient profondément avec des aiguilles ou des épin-
gles.

Quand elle vit approcher l'anniversaire de sa guérison,
Thérèse Nicolas voulut aller remercier Marie, sa Bienfaitrice, sur les lieux mêmes qui l'avaient vue s'opérer. Ses
parents, ses nombreuses compagnes manifestèrent le désir
de l'accompagner et demandèrent à s'organiser en pèlerinage, sous la direction du clergé de la paroisse.

A cette occasion (ici nous laissons la parole à un témoin
oculaire) « Apollonie Hermitte, originaire de Toulon, mais
habitant actuellement Aix-en-Provence, infirme depuis de
longues années et privée de l'usage de ses jambes depuis
trois ans, avait été amenée deux jours auparavant, au sanctuaire, par une bonne demoiselle à la foi vive et ardente,
qui s'était faite la mère et la providence de la pauvre percluse. On espérait que Notre-Dame de la Salette, touchée
de la reconnaissance des habitants de Châteaurenard, dai-
gnerait aussi étendre ses faveurs sur Apollonie Hermitte.

» Dès le lendemain de son arrivée au sanctuaire, Apollonie fut portée dans un fauteuil sur les lieux de l'Apparition; elle y but l'eau de la fontaine miraculeuse, elle y
écouta le récit de l'Apparition, et la journée du 25 se
passa en ferventes prières adressées à Notre-Dame de la
Salette. Le 26, dès le matin, la pauvre infirme fut transportée à l'église dans un fauteuil, et placée près de la
table de communion. Son émotion fut profonde lorsque, vers
huit heures, le sanctuaire retentit des chants de reconnaissance et d'amour des pèlerins provençaux. Elle contem-
pla avec des regards pleins de foi et d'espérance la bannière
de Châteaurenard, que portait la miraculée du 8 septembre 1873, et qu'on avait provisoirement fixée près de
la place qu'occupait Mlle Hermitte. La pauvre infirme
assista avec dévotion aux messes qui furent dites dans

la matinée; elle s'associa aux actes pieux des pèlerins de Châteaurenard et de la Provence; mais la Sainte Vierge ne se montra pas encore propice à ses vœux.

» Avant midi, on la transporta de nouveau vers la statue de l'Apparition; on y pria avec elle et pour elle avec une ferveur touchante, mais le moment des bénédictions célestes n'était pas encore venu pour elle.

» La pieuse demoiselle qui accompagnait la percluse et qui s'était imposé pour elle tant de peines et de sacrifices la fit reporter vers la fontaine à midi et demi. Les prières et les supplications recommencèrent alors et, quand les religieux du sanctuaire se dirigèrent, après dîner, vers les lieux sanctifiés par l'Apparition de la Reine du Ciel, la bienfaitrice de la malade vint conjurer les Pères et tout le clergé présent d'unir leurs prières à celles des fidèles. Un sentiment universel de compassion s'empara aussitôt de l'assistance et le R. P. Supérieur commença les Litanies de Notre-Dame de la Salette, pendant que la malade tenait les pieds dans l'eau de la fontaine et que le clergé et les fidèles répétaient avec ferveur : « Priez pour elle! Guérissez-la! » Les Litanies et d'autres prières étaient terminées et la guérison n'avait pas été obtenue. On les recommença de nouveau et, pendant qu'on les prolongeait ainsi, la pauvre malade dont la constance à tenir les pieds dans l'eau glacée de la fontaine ne s'était pas démentie, se sentait défaillir. On lui prodigua aussitôt les soins dont elle avait besoin, et il sembla à plusieurs assistants que les supplications devaient cesser parce qu'elles paraissaient inopportunes. Mais la chananéenne, pour avoir eu confiance, malgré les rebuts apparents du Sauveur, fut enfin exaucée et obtint la guérison de sa fille. Mlle Euphémie Durand, la mère par le cœur de la pauvre malade, imita la chananéenne, et sa foi fut enfin récompensée. Elle demanda qu'on voulût bien continuer les prières. Elle représenta avec instances à la Sainte Vierge que sa protégée était sans parents et sans ressources; puis voyant que tout semblait inutile, dans l'exaltation de sa foi, elle ordonna à la malade de se mettre à genoux devant la statue de Notre-Dame de la Salette. Celle-ci, n'osant se refuser à un acte qui lui était impossible, mais qui lui était commandé par celle à laquelle elle était si redevable, se cramponna avec les mains aux barreaux de la grille qui protège les statues miraculeuses, et pendant qu'elle oscillait alternativement sur l'une, sur l'autre de ses jambes qui ne pouvaient la supporter, on commença la récitation d'un *Souvenez-vous*, avec cette foi qui transporte les montagnes.

» C'était le moment qu'avait fixé la très Sainte Vierge pour ses puissantes faveurs. A l'instant, la malade éprouve dans tout son corps une indicible commotion, elle se dresse sur l'une de ses jambes, puis sur l'autre, et se tient immobile et debout : Miracle! Miracle! s'écrient aussitôt les assistants. Et on se presse autour de la miraculée; les femmes qui se trouvent près d'elle veulent la voir, lui parler, l'embrasser; mais elle, dans les transports de sa reconnaissance, se dirige aussitôt vers le sanctuaire et, franchissant tous les obstacles, se débarrassant des personnes qui veulent l'arrêter sur son passage, gravit l'escalier de la colline et arrive triomphante à la Madone de l'Assomption. De là, elle se rend d'un pas ferme au sanctuaire où elle se prosterne devant l'autel où repose le Saint-Sacrement et que couronne la statue de Notre-Dame de la Salette.

» Cependant le clergé et les fidèles avaient entonné le *Magnificat*, et on s'était pressé sur les pas de la miraculée. Environ trois cents pèlerins présents ce jour-là au sanctuaire s'étaient rangés autour d'elle devant l'autel. Quand la miraculée eut satisfait aux sentiments de sa reconnaissance et qu'elle eut répété plusieurs fois : « O Marie, jamais je n'oublierai la grâce que vous m'avez faite », on la pria de se lever et de marcher encore en présence de tous les assistants qui n'avaient pas été témoins du miracle; elle le fit avec une aisance parfaite, et à différentes reprises. La piété et l'admiration éclatèrent alors en nouveaux transports, et on chanta, avec un enthousiasme impossible à décrire l'*Ave. maris stella* dont chaque strophe était suivie du *Laudate Mariam*. » (1)

Passons maintenant à un autre ordre de faveurs qui témoigneront, non moins éloquemment que les précédentes, de la réalité de la descente de Marie au Mont-sous-les Baisses.

____

1. *Semaine Religieuse de Grenoble*, n° du 3 septembre 1874.

§ II. — Faits extraordinaires dans l'ordre moral.

GUÉRISONS MENTALES

Entre les guérisons corporelles dont nous venons de parler et les résurrections spirituelles ou conversions qui feront, en majeure partie, l'objet du présent paragraphe, il y a place pour le récit de guérisons mentales obtenues par le recours à la Vierge des Alpes. Nous nous bornerons à en citer deux.

I. — M. Delattaignant, brigadier de douane, à Calais, âgé de quarante-deux ans, a raconté lui-même sa maladie et sa guérison en ces termes (1) :

« Depuis le mois de mai 1848, je me suis aperçu que le sommeil me quittait. Au mois de juin, je ne dormais plus du tout : position qui a continué jusqu'au lundi de Pâques 1849. Je souffrais horriblement sans savoir expliquer la cause de mon mal. J'ai consulté des médecins qui m'ont saigné, ordonné des rafraîchissements, mais sans résultats satisfaisants.

» Aussitôt que j'ai été attaqué, l'idée du suicide m'a obsédé et cette idée devenait de plus en plus pressante, accablante. J'étais plus de quarante-huit heures sans m'asseoir; faisant mon service à la mer, la lassitude me prenait alors, j'essayais de m'asseoir, et tous mes membres allaient et venaient sans me laisser de repos. Je n'aimais à voir personne; j'étais malheureux. Quand on me parlait de patience, de résignation à la volonté de Dieu, je m'exaspérais, persuadé que j'étais qu'il n'y avait pas de guérison possible pour moi; et puis, j'étais dégoûté de la vie. Plusieurs fois, j'ai ouvert mon couteau pour me frapper, puis la pensée de ma femme, de mes enfants, m'arrêtait. Peut-être dois-je ma conservation à mes prières que je n'ai jamais cessé de faire. Un de mes amis venant me visiter pour m'encourager à avoir confiance en Dieu : — Dieu! lui disais-je dans mon exaspération, est-ce qu'il y a un Bon Dieu? S'il existait, est-ce qu'il me ferait souffrir comme ça?... Puis, je me mettais à pleurer... J'avais perdu complètement la mémoire. Je n'étais plus en état de régler que difficilement l'ordre de mon service. Je n'écrivais plus

---

1. Rousselot. Nouveaux documents.

à ma famille. Mes facultés morales m'avaient abandonné.
Je n'avais même plus d'affection pour ma femme et mes
enfants. On m'aurait offert une fortune considérable, une
position élevée, tout cela était à mes yeux comme rien.
J'étais anéanti.

» Je dois dire ce que j'éprouvais physiquement. Je n'é-
prouvais pas de douleurs à une partie plutôt qu'à une autre, mais les fonctions du corps se faisaient difficilement.
Le haut de l'estomac était fort ballonné. J'avais un appétit extraordinaire, insatiable; rien ne me faisait mal, je
mangeais comme quatre. Un jour, il me prit une telle crise,
en mangeant, que l'empreinte de mes dents est restée sur
ma cuillère. Je suis resté trente-six heures sans manger,
sans pouvoir trop en expliquer le motif, espérant ainsi me
faire mourir de faim.

» Enfin le lundi de Pâques 1849, j'ai assisté à la messe
assez machinalement, et ce jour-là je me suis mis dans
une telle irritation que j'ai voulu me détruire. Ma femme
s'est jetée à mon cou, nous avons pleuré ensemble, et,
depuis lors, ma guérison a été complète. Je ne me rappelle
plus d'avoir eu un seul moment de tristesse et d'insomnie.
Je suis gai, je suis comme on ne peut pas désirer mieux.
Ma mémoire, mes facultés morales, tout m'est revenu. Ma
guérison a été sans transition. Je ne me rappelle pas d'a-
voir eu depuis ce jour, lundi de Pâques, un seul moment
de tristesse. Le courage, la joie et le bonheur : voilà mon
état moral, et la santé de mon corps est parfaite depuis
le même jour, lundi de Pâques. Je n'attribue ma guérison
à aucun remède humain. Hormis des tisanes rafraîchis-
santes dont j'ai toujours fait usage, depuis plusieurs mois,
je n'avais pas vu de médecins.

» *J'ai fait deux neuvaines à Notre-Dame de la Salette;
la seconde neuvaine se terminait quand j'ai été guéri.* J'en
remercie Dieu et sa bonne Mère... En foi de quoi j'ai signé.

» DELATTAIGNANT. »

II. — Mme LA COMTESSE DE COUETUS écrivait à un curé
de l'Isère, dans le cours de septembre 1866, la lettre suivante (1) :

« Monsieur, en vous rencontrant, il y a six semaines,

____

1. *Annales de N.-D. de la Salette*, février 1867.

dans la gare de Grenoble, je vous ai promis de vous envoyer une petite relation sur mes affreuses souffrances et sur ma guérison opérée par l'intercession de Notre-Dame de la Salette, après avoir bu de l'eau de la fontaine miraculeuse et m'en être lavé les yeux.

» Pour vous bien faire comprendre le triste état dans lequel j'étais tombée, il faut nécessairement que je vous parle de la mort de ma fille chérie qui a été le commencement de mes douleurs!...

» Je vais, Monsieur, vous copier quelques extraits d'une relation sur sa mort, qui a été insérée dans les *Annales de la Sainte Enfance*, par M. l'abbé Le Vasseur, Supérieur des Missions de France.

« Mlle Adrienne de Couëtus est morte à l'âge de 21 ans, le 14 octobre 1859.

» Cette mort prématurée et précieuse devant le Seigneur nous est racontée par M. Alfred de Couëtus, prêtre, frère de la jeune défunte, avec des détails si pieux et si touchants que nous cédons au désir de les rappeler ici. Ce digne frère fut chargé de préparer ses parents au déchirant sacrifice que Dieu leur demandait. « Après m'être acquitté de ma pénible commission, écrit-il lui-même, je me rendis près du lit de notre chère Adrienne, qui se soumit à la volonté de Dieu avec une générosité admirable et qui voulut se confesser à moi. Je venais de lui appliquer l'indulgence plénière, lorsque, prenant une figure extatique, les yeux levés au ciel et avec un sourire angélique, elle s'écria : Ah! maman, que je suis heureuse! Je vois le ciel qui s'ouvre, et la Sainte Vierge qui vient à moi avec une couronne et une belle robe blanche!... Ah! que c'est beau le ciel! qu'il est doux de mourir!... Mon père lui ayant dit : Tu ne mourras pas, ma chère Adrienne, nous avons promis pour toi un voyage à la Salette et à Sainte-Anne d'Auray; elle répondit : Ah! ne m'empêchez pas de mourir, j'étais bien heureuse sur la terre avec vous que j'aimais tant, qui étiez si bons pour moi, mais j'aime mieux aller au ciel. Ah! ma Mère, je vois ma place; qu'il est doux de mourir! Puis elle nous fit ses adieux dans les termes les plus touchants, et nous exprima le regret qu'elle éprouvait de ne pas revoir mon frère qui était à Nantes; dites-lui, ajouta-t-elle, de la part de sa sœur mourante, qu'il ait toujours une conduite chrétienne, car il est bien doux de

mourir quand on a toujours aimé le bon Dieu. Elle me
remercia de l'avoir confessée; c'est toi, mon Alfred, dit-
elle, qui m'ouvres le ciel. Elle me demanda des messes,
fit toutes ses petites dispositions avec un calme étonnant,
me pria de réciter les prières des agonisants et répondit
d'une voix ferme à chaque invocation. Quand elles furent
terminées, elle fit appeler tous les domestiques et les remercia les uns après les autres de leurs services; elle nous
exhorta à la résignation, nous disant que nous ne la per-
dions que pour quelques années, et qu'elle prierait sans
cesse, pour que nous allions la rejoindre au ciel, où elle
nous donnait rendez-vous. Nous étions tous dans l'admiration de ce qu'elle nous disait, et je ne pus m'empêcher
de dire tout haut : Quelle mort admirable!... Enfin, tendant la main à ma mère elle lui dit : Adieu, ma mère bien-
aimée, toi que j'aimais si tendrement, mes yeux se trou-
blent, ma gorge s'embarrasse. C'est tout à l'heure fini...
Tu diras tous les jours ton office de la Sainte Vierge pour
ta fille. Ne me plains pas, car je n'aurais jamais pu te
survivre! Quelques minutes après, elle rendait sa belle
âme à Dieu, sans délire, sans agonie, au moment où le
prêtre, appelé en toute hâte, lui faisait la dernière onction. Mgr d'Angers est venu passer deux jours ici près
de ma pauvre mère, ajoute ensuite M. l'abbé de Couëtus.
Le bon évêque était dans l'admiration de la mort de ma
sœur. On voit bien, nous disait-il, des jeunes personnes
mourir avec calme, avec résignation, mais il est bien rare
d'en rencontrer qui meurent avec joie, avec bonheur, comme celle que vous pleurez.

» Après tout, la mort de cette chère enfant, reprend son
digne frère, a été la conséquence de sa vie, la récompense de ses vertus!...

» A 21 ans, elle était arrivée à un degré de perfection
qu'on atteint difficilement dans le monde : elle avait une
pureté angélique; son esprit de mortification était poussé
jusqu'au scrupule; chaque jour, elle récitait l'office de la
Sainte Vierge et faisait un quart d'heure d'oraison. »

» Je ne veux pas m'étendre davantage, Monsieur, sur
ce triste sujet; mais en perdant une telle fille, vous devez
comprendre ce que j'ai souffert. Vous venez de voir, Monsieur, qu'au moment de mourir, ayant sa pleine connaissance, cette chère petite avait eu une vision céleste! Cela

m'avait donné un courage surnaturel, je la voyais au ciel, et cette pensée me soutenait ; mais peu à peu cette force m'abandonna, et le désespoir s'empara de mon âme... ; mon mari que j'aimais si vivement, mes fils que je chérissais avec tant de tendresse, ne pouvaient plus me faire supporter la vie ! Ma première pensée, en m'éveillant, était celle que je ne reverrais plus cette fille bien-aimée, que je l'avais perdue pour toujours sur cette terre. Alors, je tombais dans le plus affreux désespoir !... L'âme brisée, la mort dans le cœur, je passai encore trois mois à la campagne, ne pouvant m'occuper de rien, indifférente à tout : Ah ! que Dieu m'a punie sévèrement de cette douleur si peu résignée ! ! !

» Me voilà, Monsieur, arrivée au plus déchirant de ma vie. Après le moment de courage qui m'avait été donné, je voulus me jeter dans les bras de Dieu, je communiai plusieurs fois. Hélas ! le jour où je recevais le Dieu consolateur, je me sentais plus forte, mais le lendemain je retombais sur moi-même, et le désespoir s'emparait de nouveau de tout mon être ; il n'y avait plus de trace pour la résignation : Dieu seul comprend tout ce que j'ai souffert.

» Nous nous disposâmes à partir pour la ville que nous habitions l'hiver ; je n'avais pas le courage de faire les préparatifs du départ, et cependant je me sentais une force physique extraordinaire ; je dis à mon fils l'abbé : Je ne sais ce que j'éprouve, mais je vais faire une cruelle maladie ; je ne pouvais verser une larme ! Mes fils m'entouraient de soins et d'affection, mais rien ne pouvait me calmer... J'arrive à Nantes ; la vue de ma famille me fait un mal épouvantable ; aussi je ne voulais plus aucun aliment, je fus cinq jours sans prendre de nourriture, mes cheveux blanchirent dans quelques jours. Je devins une véritable momie... L'air abruti, le visage décomposé, je devins un véritable squelette. Mon cœur ne battait presque plus, ainsi que mon pouls ; mon estomac était tout rétréci, et de souple que j'étais, je devins raide à ne plus pouvoir m'appuyer. Enfin tout mon corps était dans un état complet de pétrification. Je sentais cette triste situation, ce qui me faisait encore souffrir davantage.

» Je pouvais à peine prier... Seulement j'invoquais sans cesse la Sainte Vierge, en lui disant qu'Elle seule pouvait me sauver. Je me croyais damnée, et cette pensée était pour moi déchirante ! Ah ! Monsieur, quelle épreuve ! J'en bénis Dieu maintenant, puisque c'était pour me rapprocher de lui, et me détacher de toutes les vanités du monde. Ma vie n'était plus la même, je ne reconnaissais plus ni mon mari, ni mes enfants ; je croyais qu'ils étaient morts, bien que les ayant près de moi. Je croyais avoir perdu ma fortune et tous mes amis, et cependant ma mémoire était intacte ; je pensais souvent au pauvre Job, et je me disais : Je suis aussi malheureuse que lui. J'avais une soif ardente et je ne pouvais boire, puisque l'eau me paraissait empoisonnée. Comme je vous l'écrivais plus haut, je n'avais presque plus de pouls, aussi à chaque instant je croyais que j'allais mourir.

» Voilà, Monsieur, le triste état dans lequel j'ai été pendant plus de six ans ; ma famille n'avait plus d'espoir de guérison, et les médecins n'essayaient même plus aucun traitement.

» Tout espoir était donc perdu, lorsqu'au commencement de cette année 1866, il me vint l'inspiration de lire tous les ouvrages concernant l'Apparition de la Sainte Vierge à la Salette. Depuis six ans, j'étais incapable de me livrer à la lecture et à toute occupation sérieuse. Eh bien ! Monsieur, je dévorai tous ces ouvrages ; ils me firent un bien extrême et me donnèrent une foi ardente à l'Apparition de Notre bonne Mère. J'allais souvent l'invoquer dans le délicieux sanctuaire qui lui a été élevé dans notre ville ; alors il me vint la pensée de boire de l'eau de cette fontaine miraculeuse ; j'en bus trois jours, et dès le second jour, je commençai à reconnaître mon appartement que je croyais transformé en prison depuis six années. Je fus de nouveau prier Notre-Dame de la Salette, je lui demandai non pas ma guérison, mais l'accomplissement de sa volonté et celle de son divin Fils ; alors l'inspiration me vint encore de me laver les yeux avec de l'eau de la Salette, et dès le lendemain, après avoir entendu la messe de mon fils l'abbé, je le reconnus... je reconnus mon mari, mon second fils, et enfin tous les miens ! Jugez, Monsieur, de mon bonheur. J'étais entourée de ma famille, moi qui jusque-là m'étais crue livrée à des étrangers. Depuis ce jour, 11 avril 1866, jour de ma fête, j'ai été à merveille ; moi, depuis vingt ans si délicate, obligée de vivre de régime, j'ai tout mis de côté. J'ai fait le voyage de la Salette (que j'avais promis), sans éprouver la moindre fatigue. Bénissons, vous et moi, Monsieur, la Sainte Vierge d'avoir été si bonne pour nous; tâchons d'augmenter la confiance à l'Apparition; jamais nous ne pourrons trop prouver notre reconnaissance. Quand vous aurez pris connaissance, Monsieur, de cette petite relation, veuillez avoir la bonté de l'adresser à M. le Supérieur des Missionnaires de la Salette de Grenoble, je crois qu'elle ne peut qu'augmenter la confiance en notre bonne Mère de la Salette.

» Comtesse DE COUETUS. »

« Je certifie que les faits contenus dans la relation ci-dessus sont d'une parfaite exactitude; l'état de ma bonne mère était encore plus affreux qu'elle ne le décrit, et les médecins n'entreprenaient plus aucun traitement, regardant sa guérison comme impossible.

» L'abbé DE COUETUS, *chanoine de Nantes.* »

Plus tard M. le chanoine de Couëtus a encore adressé, aux Missionnaires de la Salette, quelques détails relatifs à la guérison extraordinaire de Mme la comtesse sa mère.

« Si ce fait merveilleux, écrit-il, n'a pas été constaté juridiquement, parce que cela répugnait à l'humilité de ma mère, tous ceux qui en ont été témoins n'ont pas douté de la faveur insigne dont elle a été l'objet de la part de Marie. Monseigneur (l'évêque de Nantes) qui reçut la visite de ma mère, quelques semaines après sa guérison, en fut vivement frappé, et il me l'écrivit à Rome. Il donnerait volontiers son approbation à la relation écrite par ma mère. Jamais guérison n'a produit, dans une grande ville, une sensation aussi vive, et tous ceux qui connaissaient le triste état de ma mère, n'ont pas douté un seul instant du prodige opéré en sa faveur par Notre-Dame de la Salette, qui lui a rendu une santé parfaite, quand les médecins de Nantes et de Paris ne conservaient plus d'espoir de guérison.

» Le mois dernier (janvier 1867), ma mère a obtenu l'autorisation de faire placer un *ex-voto* dans la chapelle de Notre-Dame de la Salette que nous avons à Nantes. »

CONVERSIONS

« Ce serait méconnaître l'importance de l'Apparition de la Salette, remarque très justement le R. P. Berthier (1), que de penser que la Vierge est venue sur la montagne seulement ou principalement pour guérir des malades ou accorder des faveurs temporelles. Qui, étant chrétien, peut ignorer que Dieu a tout fait pour les âmes, que la Vierge n'a rien tant à cœur que de les sauver, que les merveilles de guérison ne sont accordées qu'en vue de convertir les pécheurs et de sanctifier les justes, que les maladies du corps sont dans l'homme bien moins redoutables que celles de l'âme, que c'est un bienfait mille fois plus grand de l'affranchir de ces dernières que de rendre la vue aux aveugles et l'ouïe aux sourds ?

» Les guérisons miraculeuses ne sont donc pas la plus grande des merveilles opérées par Notre-Dame de la Salette. Tout dans son discours, ses reproches, ses menaces, ses promesses, ses larmes surtout, prêche aux hommes la conversion et la sanctification. Aussi ne s'y est-on jamais mépris ; et dès les jours qui ont suivi l'Apparition, on l'a invoquée sous le titre de *Réconciliatrice des pécheurs*, titre que dès lors elle a eu à cœur de justifier. »

Le théâtre par excellence où s'accomplirent les conversions fut naturellement la Montagne de l'Apparition. « Depuis 1862 jusqu'en 1898, dit encore le P. Berthier (2), nous avons eu la consolation de passer presque tous les ans, une partie de l'été sur la Sainte Montagne. Nous avons donc été témoin des fruits de salut que produit dans les âmes la dévotion à Notre-Dame de la Salette. Nous avons, comme missionnaire, exercé le saint ministère, pendant ces longues années, dans divers diocèses et dans des milieux bien différents. Nous avons rencontré sur notre route avec des paroisses indifférentes, comme il y en a trop de nos jours, des paroisses où la foi est restée vivace et un grand nombre de communautés ferventes ; et certes partout le ministère du missionnaire est consolant, partout on rencontre des pécheurs qui se repentent avec tant de sincérité que le prêtre qui reçoit leurs aveux ne peut se défendre de mêler ses larmes à leurs

____

1. *Les Merveilles de la Salette.*
2. Ouvrage cité.

larmes. Le Dieu qui a semé les fleurs au milieu des rochers ou parmi les glaciers des Alpes, sait, dans les pays les plus déshérités, faire épanouir des âmes d'une pureté, d'une générosité qui ravissent; mais nous devons à la vérité de dire que nulle part le saint ministère n'offre des consolations pareilles à celles qu'il procure chaque jour sur la montagne de la Salette. Tout, là-haut, dispose les cœurs à la contrition, à la pénitence, à de grandes et fortes résolutions. Le spectacle de cette grandiose solitude au sein de laquelle la Vierge a pleuré, le souvenir des plaintes de la divine Messagère, les exemples de piété que l'on a sous les yeux, tout élève l'âme, l'arrache à la terre et au péché et la relance vers Dieu. Aussi que d'indifférents qui ont accompagné un parent ou un ami, n'ayant d'autre pensée que de faire en sa compagnie un voyage agréable, ont trouvé à la Salette, d'abord une crainte salutaire sur l'état de leur conscience! La Vierge leur a dit : *Venez, mes enfants, écoutez-moi, je vous enseignerai la crainte du Seigneur.* Le remords d'une vie coupable est entré dans leur âme, avec cette crainte; puis la vue de Marie en pleurs, les paroles de cette Mère miséricordieuse leur ont touché le cœur et leur ont inspiré l'espoir du pardon; et bientôt, de ces yeux arides, des larmes ont coulé abondantes comme la source qui, depuis l'Apparition, sort du rocher de la montagne. Ce n'est qu'à la Salette que nous avons entendu dire par de grands pécheurs endurcis dans le mal : *Je n'aurais jamais cru que Dieu pût me donner une telle contrition.* »

Confirmons cette affirmation générale par quelques exemples pris au hasard entre des centaines.

I. Par une belle journée du printemps dernier, racontait le R. P. Burnoud, Supérieur des Missionnaires de la Salette, dans un sermon donné aux Pèlerins du Sanctuaire, le 19 septembre 1854, un jeune officier d'état-major avait gravi cette Montagne révérée. Une pensée pieuse ne l'y avait pas amené; car, hélas! depuis longtemps, il n'était plus chrétien que de nom. Mais, en passant à Corps, il avait entendu parler de la Salette; il avait vu la foule des pèlerins en prendre la route, et il avait suivi...

Arrivé sur le plateau béni, le jeune guerrier promène avec étonnement ses regards autour de lui sans rien com-

prendre... Il cherche en vain la cause de la célébrité de
ce désert, où rien ne parle ni à son imagination, ni à son
cœur, et il se demande quel peut être le dédommagement
des fatigues d'une si rude ascension... Bientôt, vaincu par
l'ennui, il se dispose à redescendre; mais en vrai chevalier français, il croit qu'il doit auparavant satisfaire à
un devoir de politesse, et il demande à saluer le Supérieur des Missionnaires.

— « Monsieur, me dit-il, la curiosité m'a conduit sur
cette montagne. J'y suis depuis une heure à peine, et
n'y voyant rien qui puisse m'y retenir davantage, je re-
descends immédiatement à Corps. Toutefois, je n'ai pas
voulu partir sans avoir offert au chef de cette maison mes
civilités respectueuses, et tel est le but de ma visite. »

Après dix minutes peut-être de conversation sur des
choses insignifiantes, le jeune officier se leva pour prendre
congé de moi.

— « Avez-vous visité, Monsieur, lui dis-je alors, tout ce
qui peut intéresser les pèlerins sur cette Montagne? —
Mais... je pense que oui, Monsieur. — Vous avez remarqué la Fontaine miraculeuse? — La Fontaine miraculeuse!... Mais non... je ne savais pas... Où donc est cette Fontaine? — Là-bas... Voyez, Monsieur... » et de la main,
je lui indiquais par ma fenêtre le ravin où coule la source
de Marie. — « Croyez-moi, Monsieur, ajoutai-je, ne quittez
pas notre Montagne sans avoir visité cette petite Fontaine.
Faites plus, je vous en prie; buvez, pour me faire plaisir,
un verre de cette Eau merveilleuse : elle n'a jamais fait
de mal à personne, et je vous l'assure, elle a fait beaucoup de bien à plusieurs. — Monsieur, si cela peut vous
être agréable, je boirai un verre de cette Eau. » Et le
jeune homme me quitta en me saluant avec une exquise
politesse. Je pris soin de ne pas surveiller ses démarches;
je le croyais donc parti depuis longtemps, lorsque vers le
soir quelqu'un vint me dire : « Mon Père, un officier d'E-
tat-Major, retenu comme malgré lui depuis ce matin sur
cette Montagne, où il ne voulait demeurer qu'une heure,
est prosterné, baigné de larmes, dans la chapelle devant
l'image de Marie; et, vaincu par la grâce, il demande que
vous l'entendiez en confession. »

Je vous laisse à penser quelle fut ma réponse et quelle
joie inonda mon cœur quand je vis entre chez moi ce

pauvre enfant prodigue. « Mon Père, me dit-il, en baissant
humblement les yeux, vous voyez devant vous un grand
pécheur... Oh! qu'il est lourd le fardeau qui m'accable!
Il faut que je m'en décharge... car, ô mon Père! ce verre
d'eau que, pour acquitter ma promesse, je suis allé boire
à cette Fontaine, ce verre d'eau a bouleversé mon être,
et je ne puis plus vivre sans avoir fait ma paix avec
Dieu... »

Que vous dirai-je encore? La plus humble confession,
accompagnée du plus sincère repentir, termina sans doute
cette heureuse journée, puisque le lendemain, je voyais
prosterné à la Table Sainte mon jeune officier d'État-
Major, sur la poitrine duquel brillait la décoration des
braves; et des larmes d'amour inondaient ses joues pendant que ma main, tremblante d'émotion, déposait sur ses
lèvres le Corps sacré de Notre-Seigneur Jésus-Christ!...

Puis il partit quelques heures plus tard, le cœur plein
de paix et de reconnaissance, et sa conversion devait être
aussi durable qu'elle a été sincère. Trop brave pour connaître le respect humain, il la proclamait sans crainte
dès en arrivant au régiment, dont il s'est fait l'apôtre
comme il en est le modèle. Un R. P. Jésuite, visitant dernièrement cette Sainte Montagne, réjouissait mon cœur en
me disant : « Votre jeune officier, M. N., est l'édification
de notre ville. C'est un véritable Missionnaire, qui fait à
T..., surtout parmi ses compagnons d'armes, plus de bien
mille fois que nous ne saurions en opérer (1)... »

II. — Le 19 septembre 1855, le rédacteur d'un journal
à la façon du *Siècle*, devenu pèlerin de la Salette, racontait ainsi sa conversion à un prêtre dont il avait servi
la messe au pèlerinage, ce jour-là même :

« Vous voyez devant vous un vieux pécheur, un converti de la Salette, et je fais pénitence en servant la messe... Voici comment je suis ici... Ayant souvent l'occasion
d'insérer dans les colonnes de mon journal, des articles
relatifs au miracle récent de la Salette, je résolus, il y a
trois ans, de pousser jusqu'ici mes courses de vacances,
non pas pour m'édifier, ni pour défendre la vérité, je ne
supposais pas qu'il y eût vérité...

» Arrivé ici, je n'y rencontrai ni superstition, ni cupi-

____

1. Mlle DES BRULAIS. *Suite de l'Echo de la Sainte Montagne.*

dité, ni ruse, pas même cette habileté qu'on met aujourd'hui partout, et au lieu d'y trouver des armes contre les adversaires, je me sentis désarmé moi-même. Je partis fort pensif... Croiriez-vous que toute cette année, je ne pus me défaire de cette pensée de la Salette? Cela me revenait toujours et me troublait. Enfin, je pris un jour la résolution d'y retourner secrètement, pour l'acquit de ma conscience, et de voir sérieusement, sans prévention, ce qu'il en était. Je tins parole, et j'y passai plusieurs jours... J'assistai à plusieurs exercices, et j'y priai Dieu : Je fus touché, très ébranlé; mais pas encore converti. Comment faire? Comment dire que je désertais mes opinions avancées sur certains points, pour me faire précisément une conquête de la Salette?

» Je m'en revins plus troublé que la première fois... Tout ce que j'avais lu dans saint Augustin me revenait en mémoire; et je voyais avec effroi qu'il en était ainsi de moi, que je croyais plus que je ne voulais croire, et surtout plus que je ne voulais faire. Fatigué de cette lutte, dans un de ces moments que Dieu ménage à notre faiblesse, je pris de nouveau la résolution de venir une troisième fois sur cette terre et d'en sortir vainqueur ou vaincu, chrétien pratiquant ou comme autrefois, franchement opposé; pas de demi-mesures, pas de ligne oblique : droit au but. Dès lors, je fus tranquille; mais cette résolution prise, je sentis déjà que je penchais d'un côté beaucoup plus que de l'autre; et comme j'avais du temps devant moi, je me disais : S'il le faut, je le ferai. Je suis revenu, j'y ai fait une retraite; mon confesseur m'a jugé digne d'être admis à la sainte communion; toutes mes perplexités se sont évanouies. Je sens mes fautes et ma faiblesse, et comme j'ai donné l'exemple à ma famille et à mes amis, de l'indifférence et de la lâcheté en religion, je suis résolu de me poser franchement dès en arrivant.

» D'ailleurs, cela devient une nécessité; depuis deux ans, on sent autour de moi que je ne suis plus le même; et je ne veux pas rester dans un demi-jour. J'apprends à servir la messe parce qu'au besoin je veux faire comme des hommes que je respecte et que j'estime, montrer à tous qu'étant chrétien, je n'en rougis pas; c'est tout à la fois une pénitence et une justice (1). »

____

1. *Sanctuaire de Marie*, par l'abbé Boisnard.

III. — Un pèlerin de la Salette, dans une lettre écrite et signée de sa main, fait ainsi le récit de sa conversion :

« En 1862, ma femme, désirant faire un pèlerinage à Notre-Dame de la Salette, me pria de l'accompagner. J'acceptai, et nous arrivâmes sur la Montagne sans accident et avec des idées bien différentes l'un de l'autre : ma femme voulait prier et faire ses devoirs; moi, j'étais bien décidé à rester ferme (c'est-à-dire à ne pas me confesser, ni même prier).

» Dès notre arrivée, je fis le tour de l'édifice pour admirer ou critiquer le génie de l'homme (selon mon jugement). Après cette inspection, je voulus voir l'intérieur. Hélas! j'avoue avec regret et confusion (et j'en demande bien pardon à Dieu) que j'entrai dans l'église et que j'en sortis sans fléchir les genoux, ni même prendre de l'eau bénite. Je me dirigeai ensuite vers la Fontaine avec dédain, probablement parce qu'on la disait miraculeuse; je bus un verre de cette eau afin de m'assurer si elle n'était pas minérale : je reconnus sans peine qu'elle était naturelle. Cette eau ne produisit aucun effet sur moi, du moins je ne remarquai rien d'extraordinaire.

» Le lendemain, de très bonne heure, je me transportai sur la place, je vis un grand nombre de pèlerins qui se dirigeaient vers la Fontaine; je les suivis, et comme eux, je voulus boire un verre d'eau; cette eau ne fut pas plutôt dans mon estomac que je me sentis oppressé; j'en fus surpris, car jusqu'alors je n'avais jamais éprouvé cela; enfin, d'un moment à l'autre, j'étais plus fatigué. Il était certain pour moi que ce ne pouvait être que l'eau que je venais de boire qui m'avait fait mal, et, pour m'en assurer, je résolus d'en boire un deuxième verre; après cela, j'allai à l'église voir si j'y trouverais ma femme; chose étonnante, au lieu de m'occuper d'elle, je me mis à genoux (contre mon habitude). Au même instant, il s'opéra en moi une révolution de bien-être que je ne saurais décrire, et pour la première fois, je pleurai sur mes péchés; une demi-heure plus tard, j'étais au tribunal de la pénitence, aux pieds du très digne Révérend Père qui était alors Supérieur des Missionnaires de la Salette. Ce vénérable Père eut la bonté de mettre un baume sur chacune des blessures que j'avais sur le cœur; dès ce moment, je me sentis soulagé et, je puis dire, débarrassé d'un poids énorme qui m'écrasait.

» Gloire à Dieu! honneur et reconnaissance à Notre-Dame de la Salette ».

» Signé : ***, *pèlerin de N.-D. de la Salette.*

» *P. S.* — J'avais passé trente et quelques années sans m'approcher des sacrements (1). »

IV. — A Civitta, en Frioul, un jeune homme entrait, le matin du 9 janvier 1854, chez un libraire sur la place, près de la Cathédrale. Apercevant sur le comptoir un paquet de livres récemment arrivé, il s'était mis, par curiosité, à en examiner le contenu : un petit ouvrage sur la Salette lui tombe entre les mains. A la vue de l'image de la Vierge Réconciliatrice, le malheureux s'emporte et, vomissant l'injure et le blasphème, il lance à terre le livre avec mépris. Mais jeter ainsi le livre à terre et tomber lui-même à l'instant comme frappé de la foudre, fut pour ainsi dire, un seul et même mouvement. Il demeurait là, étendu, immobile, pâle et livide, semblable à un mort. Le libraire et ses garçons, en proie à l'épouvante, n'osaient s'approcher de lui. D'autres personnes arrivent, mais nul n'entreprend de le toucher, ni même de s'avancer jusqu'à lui. Chacun recule avec horreur en disant : C'est un juste châtiment de Dieu.

Cependant, au bout de quelques minutes, on lui voit faire de légers mouvements; on dirait qu'il cherche vainement à se délivrer d'un grand poids ou à se dégager d'une étreinte violente; enfin il paraît respirer et semble tout à coup comme délié. Il ouvre les yeux, regarde autour de lui, et, fléchissant les genoux, les mains jointes, sanglotant et versant un torrent de larmes, il demande à haute voix pardon aux assistants du scandale qu'il leur avait donné et des blasphèmes qu'il a osé proférer. « Sachez, dit-il, qu'en ce moment même, frappé par la Justice divine, j'ai été livré aux démons qui me traînaient en enfer; je me suis vu entre leurs mains, j'ai vu l'enfer!!... Mais la Mère de Dieu Elle-même, la miséricordieuse Marie m'est alors apparue sous la même forme et telle qu'elle est représentée sur ce livre, avec le même habit et cette sorte de *mitre* sur la tête, avec cette croix sur la poitrine. Je la distinguais bien... Marie, dans son immense miséricorde, m'a tiré des mains des démons... Elle m'a

---

1. *Annales de N.-D. de la Salette*, mai 1868.

délivré, et c'est ainsi que je suis revenu à la vie... Oh !
c'est la Sainte Mère de Dieu qui m'a délivré de l'enfer !
Remerciez-la tous pour moi, je vous en prie, et suppliez-
la de m'obtenir la grâce d'une véritable conversion et de
demeurer fidèle. Je vais à la Cathédrale, je vais faire, sans
retard, une confession générale, et commencer une nouvelle vie. »

Il se rend effectivement à la Cathédrale et va d'abord
se jeter aux pieds d'un prêtre, auquel il fait, avec la plus
vive contrition, l'aveu de ses fautes. Admis le lendemain
au banquet eucharistique, il passe plusieurs heures en actions de grâces devant l'autel de Marie. Il est toujours
demeuré, depuis lors, l'exemple et l'édification de toute
la ville. Il ne se lasse pas de répéter à qui veut l'entendre : « Marie m'a délivré de l'enfer !!... »

L'authenticité du fait est attestée par plus de quinze
procès-verbaux, dressés, les uns par l'ordre de Mgr l'archevêque d'Udine, les autres par la délégation paroissiale
et la Municipalité (1).

V. — Mille actions de grâces soient rendues à Jésus et
à Notre-Dame de la Salette ! Les prières que je vous demandais pour la conversion de mon père ont été exaucées.

Permettez-moi de vous donner quelques petits détails
sur cette conversion ; ce sera une satisfaction pour mon
cœur d'orpheline autant qu'un acte de reconnaissance.

Je ne reviens pas sur le pèlerinage que je fis à la
Sainte Montagne pour obtenir cette conversion, que j'es-
pérais avec confiance de la Mère de miséricorde ; vous
savez de quelle manière providentielle je pus l'effectuer,
moi qui n'en avais pas les moyens, bien que j'en eusse
formé le projet.

Dès les premiers jours de la maladie, voyant que mon
père allait toujours s'affaiblissant, je commençai une neuvaine, pendant laquelle je fis prendre chaque jour au malade quelques gouttes d'eau de la Salette. Je m'étudiais à
profiter de toutes les occasions pour lui parler de son âme,
et sans rien obtenir. Un jour, croyant le moment venu et
prenant un peu de courage, je lui dis : « Mon père, j'ai
rencontré M. le Curé ; ayant su que vous étiez malade, il
m'a demandé de vos nouvelles. Comme vous êtes son pa-

---

1. Mlle DES BRULAIS. *Suite de l'Echo de la Sainte Montagne.*

roissien, s'il venait vous voir, cela ne vous ferait pas de peine, car il venait voir ma pauvre mère et vous n'en étiez point fâché ». Alors, il me répondit très sèchement et avec beaucoup de fermeté : « Je ne veux point qu'un prêtre mette les pieds chez moi, je n'ai pas besoin de ces robes noires. Quand tu sortiras, tu fermeras la porte à clef, afin qu'on ne profite pas de ton absence pour l'introduire; d'ailleurs, je sais de quelle manière je le recevrais. »

Après une réponse si résolue, je me retirai. Prosternée aux pieds de la Vierge de la Salette, je lui dis en toute simplicité et en pleurant : « O ma Mère, je ne puis donc rien auprès de mon père; pourtant, son salut... Quand je lui en parle, il blasphème le saint nom de votre divin Fils, il vous méprise; il ne me reste plus qu'à pleurer, prier et faire prier afin de fléchir la colère divine, irritée contre lui. Non, ma Mère, je ne me découragerai pas; je veux vous dire à chaque instant du jour : « Ma Mère, vous m'exaucerez. »

Plus je le voyais obstiné, plus j'avais confiance (bien que parfois cette confiance fût mêlée d'une certaine crainte). Cependant les accès de faiblesse devenaient plus fréquents et laissaient le malade dans un plus grand anéantissement; alors je pris le parti de faire venir M. le Curé sous le prétexte d'une visite paroissiale. Ainsi préparé, mon père accepta par politesse, mais reçut M. le Curé très froidement. Enfin, le premier pas était fait. Je continuai à lui donner tous les jours de l'eau de la Salette; j'avais même suspendu à côté de son lit un tableau représentant notre bonne Mère conversant avec les deux petits Bergers. Je restai quelque temps sans lui parler de rien et sans lui demander s'il n'avait pas été content de la visite qu'il avait reçue. M. le Curé étant revenu quatre jours après et trouvant que le malade baissait, me dit : « Demain, je lui parlerai de se confesser; je ne sais pas si je réussirai et nous aurons bien de la peine à le faire consentir; mais prions beaucoup la Sainte Vierge, afin qu'il ne s'obstine pas dans son endurcissement. »

J'attendais avec impatience cette heure. Ne sachant plus que faire, je passai la nuit à pleurer et à prier avec une de mes amies qui me prêtait le secours de sa charité et de son dévouement. Je ne vivais pas, car je voyais que mon père était toujours dans l'assoupissement; je l'appelais sans cesse, car il me semblait à chaque instant qu'il allait perdre connaissance.

Le moment de la visite tant désirée arriva; mais quand il fut question de confession, le malade ne répondit point. On pria, on sollicita : toujours pas de réponse. Alors notre bon pasteur vint me trouver le cœur bien triste, ému jusqu'aux larmes. « Je ne pourrai que lui donner l'Extrême-Onction », me dit-il avec un accent qui trahissait sa peine. En entendant ces paroles, je me pris à sangloter. « Oh! que je suis malheureuse, M. le Curé, de voir mourir mon père en ces dispositions. J'ai tant prié *Notre-Dame de la Salette!* je ne sais plus que faire! » — « Mon enfant, ne vous désolez point et surtout pas de découragement, car la miséricorde de Dieu est si grande! Peut-être que ce n'est pas encore le moment de la grâce. Je reviendrai demain : prions toujours avec confiance. »

M. le Curé était à peine sorti de la maison, que je rentrai dans l'appartement de mon père en disant ces paroles : « O mon Dieu, ton père damné, ne jamais voir Dieu, je ne pourrai jamais supporter cette pensée. » Je ne pus en dire davantage et je tombai évanouie. Mon père a pu tout entendre et tout voir. Revenue à moi-même, je me mis à prier, et la pensée que l'on priait aussi sur la Sainte Montagne me consola et me rendit l'espérance que je ser   exaucée. Tout ceci se passait le 19 septembre. Je me rappelai alors que j'avais rapporté de mon pèlerinage une médaille bénite; je me mis à la coudre au col de la chemise que je lui passais, avec l'intention de le faire chaque fois que j'aurais à lui changer de linge et avec la confiance que le démon n'aurait plus d'empire sur lui.

O ma Mère! ô ma Mère, que vous êtes bonne! M. le Curé revint le matin du 20 septembre, et à la première proposition qui fut faite de la confession, mon père accepta avec un air de contentement extraordinaire. Il pria avec M. le Curé et, le 25 septembre, il reçut enfin le sacrement de pénitence, ce qu'il n'avait pas fait depuis longtemps.

Dès lors, tout fut changé! La joie s'empreignit sur son visage; plus de murmures, plus de plaintes au milieu des souffrances atroces qu'il endurait. Pendant cette journée, il reçut en pleine connaissance l'Extrême-Onction. Il ne put point faire la Sainte Communion, à cause d'une expectoration abondante et presque continuelle. Le Lendemain samedi, 26 septembre, vers les sept heures du matin, je lui donnai encore quelques gouttes d'eau de la Salette en lui disant que la Sainte Vierge adoucirait ses souffrances. Après avoir bu, voyant que je ne comprenais pas les signes qu'il me faisait (il avait perdu la parole depuis quatre heures) ramassant toutes ses forces, il me dit d'une voix creuse ce seul mot : « Croix ». Je lui donnai la Croix, il la baisa; alors je lui fis dire l'acte de contrition, des prières à la Sainte Vierge et à saint Joseph. De temps en temps il portait la Croix à ses lèvres mourantes, et quand il n'eut plus la force de la tenir entre ses mains, il me la fit placer devant lui. Il voulut aussi baiser la statue de la Sainte Vierge. Enfin, vers les cinq heures, après avoir fait ses adieux à tous, ainsi qu'à M. le Curé, qui l'était venu voir, après avoir baisé une dernière fois le Crucifix, il rendait son âme à Dieu. J'étais orpheline... mais au moins j'avais la consolation d'avoir vu mourir mon père dans des sentiments si chrétiens... (1).

VI. — Mon père était âgé de quatre-vingt-douze ans, passés, hélas! dans un éloignement complet du Bon Dieu. Nourri, dès son enfance, des doctrines voltairiennes, il avait continué à s'entourer de livres impies et de désolantes influences. Mon plus grand chagrin était de savoir qu'il écrivait contre notre sainte religion.

Ce père bien-aimé avait été l'objet d'incessantes prières, demandées pour lui de tous côtés et dans tous les sanctuaires. Le cœur miséricordieux de Jésus et le Cœur immaculé de Marie étaient toute notre espérance.

En 1852, sur l'inspiration du vénéré et regretté M. Gerin, curé de la cathédrale de Grenoble, j'avais fait une promesse à Notre-Dame de la Salette pour la conversion de ce bon père, et, depuis, huit pèlerinages furent faits par moi, à diverses époques, à cette sainte Montagne. Je viens, en août 1886, de faire le neuvième en action de grâces et d'accomplir la promesse de 1852... Gloire soit donc à Notre-Dame de la Salette!!!

Mon père avait rendu, avec vraie satisfaction, quelques services à une communauté cloîtrée située dans le diocèse de Notre-Dame de la Salette. En reconnaissance, ces sain-

____

1. *Annales de N.-D. de la Salette*, janvier 1869.

tes religieuses priaient pour lui de toute la ferveur de leur âme. La Supérieure d'alors, Mme Sainte-E... avait pris à cœur, plus que les autres encore, le retour à Dieu de cette âme et réussit à lui faire accepter une médaille de la Saint Vierge, avec promesse de ne jamais la quitter. C'était en 1854, au moment où, par suite de sa retraite, nous quittions la ville de Grenoble. En effet, mon père porta fidèlement cette médaille pendant trente ans !

Deux ans avant sa mort, le démon, furieux sans doute, et acharné contre mon pauvre père, lui fit perdre ou enlever cette sainte médaille, ce que je sus presque aussitôt par lui-même. Je le suppliai alors de me permettre, au nom de la bonne religieuse qu'il aimait bien et qui est morte depuis, de remplacer cette petite médaille, mais il s'y refusa énergiquement.

Ce refus fut une vraie douleur pour moi...

Je fis boire souvent au cher malade de l'eau de Notre-Dame de la Salette, que m'avait envoyée une bonne religieuse du même monastère. Ce fut cette religieuse qui, dans une lettre écrite à mon père un mois avant sa mort, le pressait si fortement de ne plus « résister à Dieu. » Mon père me fit lire cette lettre, se fâcha très fort et me menaça, si on le persécutait ainsi, de ne pas accomplir les promesses qu'il avait faites au lit de mort de ma bonne et vénérée mère, ajoutant « qu'il voulait le calme dans ses dernières années. »

Le samedi, 5 décembre 1885, mon cher père s'alita pour ne plus se relever. Je ne le quittai pas, priant sans cesse et épuisant tendresse et supplications pour reporter vers Dieu le regard de son âme. Cependant, je fus assez heureuse pour le faire consentir à ce qu'une Sœur de l'Espérance vînt m'aider à le soigner; mais les dispositions antireligieuses qu'il conservait me laissaient dans une angoisse inexprimable... *Que faire? Que dire?*

Enfin, le lundi soir, la Sœur lui dit qu'elle allait faire sa prière tout haut avec lui, comme elle le faisait habituellement auprès de ses malades. « Ah !... mais je ne puis pas, moi... dit mon père. Je n'ai pas la foi. »

« C'est égal, reprit la Sœur, vous m'écouterez, ce ne sera pas long. »

Elle récite le *Pater* et l'*Ave*. Il garda le silence.

Le lendemain, 8 décembre, jour de l'Immaculée Conception, nos inquiétudes augmentèrent. « Tout est à craindre », me dit le docteur M... et, avec son cœur de chrétien, il adressa au pauvre malade quelques bonnes paroles, l'engageant à recourir à toutes les sources de soulagement matériel et spirituel. Le soir, la Sœur lui dit encore doucement : « Mon bon colonel, nous allons faire notre petite prière, n'est-ce pas? » Et, toute tremblante, j'entendis la voix de mon père qui répondait : « Oui, ma Sœur. » La pieuse garde-malade dit le *Pater* et l'*Ave* avec une foi admirable, et mon père ajouta : « Mon Dieu, *veillez sur ceux que j'aime et rendez-les saints!* » Je me croyais sous l'empire d'une hallucination, mais la Sœur émue se retourna vers moi, en disant : « Eh bien! l'avez-vous entendu?... c'est lui qui vient de prier tout seul!... Dieu fera de grandes choses ici... ayons confiance... » A onze heures, mon père dit à la Sœur : « Oh! je souffre beaucoup... Je désire aller rejoindre les miens. — Mais, mon Colonel, reprit la Sœur, puisque vous vous sentez si malade, vous devriez arranger vos affaires avec le Bon Dieu. »

J'avais quitté mon père pour aller prendre un instant de repos; mais bientôt la Sœur m'appelle : « Venez vite, votre père se meurt... il va passer... le prêtre n'arrivera pas à temps... arrachez-lui quelque chose, un acte de contrition, un acte d'amour de Dieu. »

Je me précipite, mon père était dans les dernières convulsions de l'agonie. On courut chercher le curé de notre paroisse.

« Père chéri, m'écriai-je, ne meurs pas! attends, attends encore!... Mon Dieu, je vous en conjure, arrêtez la mort!... O Marie conçue sans péché, ô Notre-Dame de la Salette, triomphez et sauvez-le!... Vous tous qui êtes déjà partis pour le ciel, ma mère, mes frères, tous, je vous en supplie, venez vite près de nous!!... Mon père bien-aimé, je t'en conjure, écoute-moi. »

Je criais plus que je ne priais... Enfin le pauvre mourant rouvre les yeux, il respire... « Père bien-aimé, lui dis-je, n'est-ce pas que tu demandes pardon au bon Dieu de toute ta vie passée? Oh! je t'en prie... dis oui; » et j'entendis enfin sa voix : « Oui, mon enfant, je veux bien... — Demande pardon surtout de tout ce que tu as écrit et dit contre la religion. — Oui, mais je n'avais pas l'intention de faire tant de mal... »

M. le Curé n'arrivait pas; il était une heure du matin; la neige, les verglas rendaient tout difficile.

Les trois quarts d'heure d'attente me parurent un siècle; deux nouvelles crises eurent lieu. J'étais éperdue près de mon père froid, inanimé : « Mon père, ne meurs pas, lui disais-je, attends, attends encore... Marie immaculée voudriez-vous finir votre fête en martyrisant ainsi le cœur de votre pauvre enfant? » Enfin la Sœur vit entrer le prêtre. « Frappez un dernier coup, me dit-elle, voici M. le Curé. — Mon bon père, dis-je alors, tu sais bien que devant le lit de mort de ma mère tu m'as fait deux promesses... — J'ai promis de ne pas me faire enterrer civilement, je ne me souviens pas d'autre chose. — Si, mon père chéri, tu as promis de ne pas refuser un prêtre à tes derniers moments; eh bien! c'est à présent qu'il faut exécuter ta promesse... N'est-ce pas, tu ne refuseras pas? — Je ne me souviens pas d'avoir promis cela. — Oh! mon Dieu! m'écriai-je, ayez pitié de nous!... Mon père chéri, ne meurs pas comme cela, je t'en supplie! Ne soyons pas séparés pendant toute l'éternité, après nous être tant aimés sur la terre! Vois, ma mère t'attend, elle est là-haut pour te recevoir, voudrais-tu être seul loin de nous, M. le Curé est là... reçois-le... » Je ne sais plus ce que je dis encore; j'étais folle de douleur. Enfin, j'entendis ces mots : « Je veux bien. » Le prêtre entra; nous le laissâmes tout seul avec le cher mourant pour aller prier dans la chambre à côté, tous, les bras en croix, comme à Lourdes, à la Salette, quand on demande un miracle, priant, pleurant, suppliant pour obtenir miséricorde.

Au bout de vingt minutes, M. le Curé revint et nous dit : « Rendez grâces à Dieu! votre père est sauvé! Il s'est confessé et je lui ai donné l'absolution!... Du reste, suivez-moi, vous l'entendrez. »

Nous rentrâmes dans la chambre : « Allons, mon bon colonel, dit le prêtre, rendez heureux vos enfants; dites avec moi : Je crois en Dieu, je crois en Jésus-Christ, je crois à la vie éternelle. » Et mon père répétait chaque parole avec un accent convaincu. En partant, M. le Curé le bénit encore et nous dit : « Votre père a été terrassé par la grâce comme saint Paul sur le chemin de Damas. »

La nuit fut calme. Mon père nous fit ses adieux; il

voulait que nous le quittions « pour n'être pas témoins de son agonie », disait-il, mais il parut heureux de nous entendre l'assurer que nous l'entourerions de notre tendresse jusqu'à la fin.

« Je vous bénis, mes enfants, dit-il, et tous mes petits-enfants. »

M. le Curé revint le lendemain et lui administra le sacrement de l'Extrême-Onction, qu'il reçut en pleine connaissance. Il lui fit baiser le crucifix, ce qui fut renouvelé bien souvent jusqu'à la fin. Il répéta souvent de lui-même ces paroles : « *Mon Dieu, je crois; mon Dieu, je suis heureux de ce que j'ai fait... Si c'était à refaire, je le ferais encore. Ma Sœur, dites-moi que je persévérerai dans la voie où je suis rentré... Je suis heureux d'être rentré dans la société des chrétiens !...* »

Dans la journée, l'une de ses petites-filles, religieuse, avait obtenu la permission de venir une dernière fois près de lui. Agenouillée à côté de son lit, elle lui demanda de faire une prière; et il répéta après elle : « Mon Dieu, je crois en vous; mon Dieu, je vous aime, je vous fais le sacrifice de ma vie en union avec les souffrances et la passion de Jésus-Christ. »

« Bon papa, lui dit-elle ensuite, voulez-vous baiser le crucifix de ma profession? — Oui, mon enfant. » Elle lui demanda de lui faire une petite croix sur le front. « Que c'est beau la miséricorde du bon Dieu répétait-il; qu'il a été bon pour nous! » En partant, elle l'embrassa : « Oh! bon papa, lui dit-elle, je suis récompensée de tous mes sacrifices. »

Tout le jour, le cher malade continua de souffrir beaucoup, mais avec un grand courage.

« Je suis bien content, dit-il. — De quoi? demanda la Sœur. — D'être en grâce avec le bon Dieu... Oh! oui, ma Sœur, je suis bien heureux. »

Dans la dernière matinée, comme on lui récitait les actes de foi, d'espérance et de charité : « Ma Sœur, *répétez l'acte de foi* », dit-il, voulant sans doute ainsi multiplier les réparations et dédommager Notre-Seigneur de ce qui avait manqué à sa vie. Nous fîmes tout haut, près de lui, les prières des agonisants. Une demi-heure avant la fin, le mourant fut saisi d'une impression de terreur; il eut à soutenir une lutte suprême, un dernier effort de Satan.

Plusieurs fois déjà cela s'était présenté ; et l'aspersion de l'eau bénite sur son lit et dans sa chambre, même sans qu'il s'en aperçût, lui avait rendu le calme ; mais à ce moment, c'était plus frappant encore, et ce spectacle terrible fit dire à l'une des personnes qui en furent témoins : « Il est effrayant de voir ce qu'il en coûte pour arracher une âme au démon ! » A ce moment, la physionomie du pauvre mourant prit une expression suppliante, pendant que tous ensemble nous ne cessions de répéter : « Mon Jésus, miséricorde ! Doux Cœur de Marie, soyez mon salut !... » Lui-même prononça plusieurs fois les actes de foi, d'espérance et de charité. Il redit encore le *Pater*, en appuyant sur ces mots : « *Fiat voluntas tua* ». Il baisa le crucifix... Ses derniers soupirs durèrent vingt minutes... A dix heures du matin, le 10 décembre, la chère âme réconciliée partait vers son Dieu !...

C'était un jeudi, le jour du Cœur Eucharistique de Jésus. Que ce Cœur sacré soit donc à jamais béni et remercié par Notre-Dame de la Salette, Réconciliatrice des pécheurs !...

VII. — M. X... avait cinquante ans et plus. Marié depuis longtemps, sa femme n'avait jamais pu le décider à remplir son devoir religieux. Sa fille unique, ange de piété, venait de mourir sans avoir pu rapprocher son père de Dieu. Avec cela, maussade et querelleur, il faisait de sa maison, un petit enfer. Au milieu de tout cela X... mêlait quelques courtes formules de prières retenues de l'enfance. De pieuses voisines lui glissaient quelques bonnes paroles, car sa femme, aigrie à son tour, n'avait plus que le don de l'exaspérer.

Sur ces entrefaites, un groupe d'hommes allait partir joyeux à la Sainte Montagne. Les voisines pensèrent à X... — Il faut qu'il y aille ! — Or, le proverbe est là : ce que femme veut, etc. X... résista d'abord et se moqua, puis ne se moqua plus, puis ne résista plus... Si bien que le 18 septembre dernier, il était à la Montagne... On l'avait recommandé en secret à un des RR. PP. qui devait l'argumenter... Il n'en fut nul besoin. La Montagne avait agi.

X... courut se confesser... et communier. Et après, il eût fallu voir cette joie qui le transportait. — Ce n'est plus moi, disait-il. Dans son enthousiasme débordant, il descendit à la fontaine, et là, sans aucune préoccupation de respect humain, il disait tout haut, au milieu des autres pèlerins : « Pardon, pardon, ma Bonne Mère, je vous ai bien fait pleurer; mais on ne m'y reprendra plus! »,

Il ne parle maintenant, à qui veut l'entendre, que de son bonheur. Le calme, l'union, Dieu, en un mot, est entré dans cette heureuse maison (1).

Dans sa bonté sans limites, Notre-Dame de la Salette ne se contente pas de sanctifier les pèlerins qui ont gravi la Montagne de son Apparition, elle fait aussi don de ses faveurs aux pécheurs éloignés de son sanctuaire.

VIII. — Une famille honorable sous tous les rapports et fort estimée de toute sa ville, était menacée de perdre son chef, vieillard dont la tête avait blanchi dans l'exercice de tous les devoirs d'un homme irréprochable selon le monde, mais auquel il manquait, hélas! la pratique des devoirs du chrétien. Sa femme, très pieuse, ses enfants, bons catholiques aussi, se désolaient doublement de la perte cruelle qui paraissait de plus en plus inévitable; car cette tête si chère refusait de se courber sous la main du Représentant de Jésus-Christ : M. T... ne voulait pas entendre parler de *confession*, et pourtant, il baissait de jour en jour!... On craignait même que ses facultés intellectuelles ne vinssent à l'abandonner sans qu'il eût réglé ses affaires ni spirituelles ni temporelles, et nul n'osait aborder cette double question.

Cependant les neuvaines se succédaient; bien des vœux étaient chaque jour déposés par cette famille désolée aux pieds de Celle qu'on n'invoque jamais en vain. L'épouse chrétienne, baignée de larmes, implorait Marie sous toutes les appellations que la piété se plaît depuis longtemps à donner à la Reine du Ciel.. Mme T... faisait offrir la Sainte Victime du pardon sur tous les autels et dans tous les Sanctuaires où l'on avait connaissance que cette Bonne Mère s'est plu à montrer sa miséricordieuse tendresse : des neuvaines, des voyages avaient été promis à *Notre-Dame de Fourvières*, sanctuaire si riche en merveilles de grâce; à *Notre-Dame du Laus*, cet autre lieu des prédilections de Marie, à *Notre-Dame de l'Osier*, à *Notre-Dame*

____

1. *Annales de N.-D. de la Salette*, Février 1894.

de la Garde; enfin, à *toutes les Notre-Dame connues,* m'a-t-on dit : et le cœur du cher moribond demeurait toujours de glace!... « Hélas! à qui donc m'adresserai-je désormais, ô Marie! s'écriait, dans une indicible angoisse, l'épouse découragée; sous quel titre, Sainte Mère de Dieu, vous conjurerai-je encore d'avoir pitié de ma désolation? — Sous quel titre? lui dit une amie; ah! consolez-vous : il en est *un nouveau,* que notre Dieu tout bon semble vouloir spécialement glorifier de nos jours. Croyez-moi, confiez ce cher mari à Notre-Dame Réconciliatrice de la Salette, et, j'en ai le doux espoir, Elle le conduira au port du salut; oui, faites une neuvaine à Marie descendue sur la terre pour rappeler *son Peuple* à la pénitence; promettez de visiter la Montagne baignée des larmes de cette tendre Mère, et encore une fois, quelque chose me dit que vos vœux seront exaucés. »

Mme T... laissait parler son amie et gardait un froid silence. Mais enfin : « Je ne puis, dit-elle... je ne saurais... Franchement, *je ne crois pas à cette Apparition,* et ma famille partage mon extrême répugnance à ce sujet. »

Cependant, l'état du malade devenant plus alarmant, quelqu'un qui avait la confiance de cette honorable famille, se hasarde, après une bien fervente prière, à faire à M. T... de nouvelles ouvertures : au premier mot, il est repoussé de manière à lui ôter le courage de récidiver. Alors, Mme T... n'osant presque plus rien espérer, se décide à user de la dernière ressource indiquée par son amie. Elle écrit donc ici, demande une neuvaine en l'honneur de *Notre-Dame de la Salette,* à laquelle elle promet un voyage d'actions de grâces, et fait dire dans sa ville une messe coïncidant avec celle qui se célèbre sur le lieu du miracle. Au moment où cette messe se terminait, le malade, se réveillant comme d'un sommeil, dit à la personne qui l'avait sollicité de se confesser : « De quelle affaire importante m'avez-vous donc parlé l'autre jour? » On se regarde. — « De votre notaire, peut-être? — Non, non : il s'agissait de bien autre chose... — Serait-ce... d'un entretien avec quelque pieux ecclésiastique?... — C'est cela! c'est cela même! Allez me chercher promptement Monsieur *un tel :* je veux me confesser... » On y court en toute hâte. Le malade se confesse avec sa pleine connaissance, reçoit les derniers sacrements dans les meilleures dispositions, règle sagement ses affaires temporelles et meurt en fervent chrétien, le surlendemain, si j'ai bien compris. Sa famille, le cœur brisé de sa perte, mais l'âme consolée par une mort si précieuse, est venue rendre grâces sur la Sainte Montagne, en proclamant que c'est à *Notre-Dame Réconciliatrice de la Salette* qu'est due cette *glorieuse victoire !*... (1).

IX. — Dans la ville de L... un vieillard plus qu'octogénaire, un *impie voltairien* allait mourir, et mourir le blasphème sur les lèvres !... Près de lui cependant veillait un ange de prière et de dévouement : sa pieuse fille était là, clouée à son chevet de douleur, suivant avec anxiété les progrès effrayants du mal et implorant incessamment la conversion de son malheureux père. Mais elle n'osait, hélas ! hasarder à son oreille une religieuse parole, encore moins lui proposer les secours de l'Eglise ; car le nom d'un prêtre, comme celui de Dieu, suffisait pour exciter la rage du moribond et le faire bondir sur sa couche en proférant les plus affreuses imprécations... La pauvre enfant se taisait donc, et la prière était toute sa ressource... Oh ! comme elle l'offrait ardente pour le salut de son père ! comme elle conjurait Marie, *Consolatrice des affligés*, de lui venir en aide ! Tout à coup : « Si je mêlais, dit-elle, au breuvage de mon père, l'eau miraculeuse de votre fontaine, ô Notre-Dame de la Salette, *Réconciliatrice des pécheurs !* bonne Mère, ne voudriez-vous pas en faire un remède pour son âme ?... » Et aussitôt sa main verse en secret quelques gouttes de cette eau bénie dans la potion prescrite à son père, tandis que son cœur répète bien des fois : « O Notre-Dame de la Salette, *Réconciliatrice des pécheurs*, je vous le confie : vous le sauverez ! vous le sauverez !... »

M. A... prend le salutaire breuvage sans se douter de la pieuse fraude, et peu après, il s'endort paisiblement. Toute palpitante d'espérance, sa fille continuait sa prière, prosternée au pied de son lit, lorsque soudain d'horribles convulsions, indices funestes d'une mort prochaine, interrompent brusquement le court sommeil du malade. C'en est fait, la vie s'éteint... les ombres de la mort voilent déjà son visage... encore quelques minutes et tout est

_____

1 Mlle DES BRULAIS : *Echo de la Sainte Montagne.*

fini!... « O Notre-Dame de la Salette, s'écrie dans les plus indicibles angoisses Mlle A..., Notre-Dame de la Salette, *Réconciliatrice des pécheurs*, je vous l'ai confié!... Sauvez, sauvez mon père!... » A l'instant même, le moribond ouvrant les yeux : « Ma fille... ma fille... un prêtre!... vite... vite... un prêtre!... » Sa fille se précipite à la recherche du ministre de Dieu : il est bientôt trouvé, il accourt... M. A... se confesse avec tous les signes du plus sincère repentir; et, d'un impie forcené, la grâce régénératrice fait en quelques minutes un chrétien docile et fervent!...

Quelques gouttes d'eau puisées à cette petite fontaine, une invocation à *Notre-Dame de la Salette* avaient suffi pour opérer un double prodige : Marie a voulu que M. A... recouvrât en même temps la santé de l'âme et celle du corps. Ce bon vieillard consacre la vie qui lui a été rendue à publier les miséricordes du Seigneur et la puissance de Notre-Dame de la Salette. Sa ferveur fait l'édification de sa famille et de tous ceux qui l'approchent (1)!

X. — En octobre 1859, un détenu, enfermé depuis vingt-trois ans dans la prison de force de G..., en Belgique, après avoir, durant de longues années, toujours refusé les secours de la religion, devint malade. L'aumônier va le voir, lui parle des sollicitudes que lui cause son état, et lui rappelle les devoirs qu'il a à remplir. Le prisonnier le repousse. Deux jours après, le médecin avertit l'aumônier qu'il n'y a pas de temps à perdre. Le prêtre va donc de nouveau auprès du malade. A peine celui-ci l'entend-il parler de Dieu, qu'il devient furieux et s'écrie qu'il prétend mourir comme il a vécu. Le lendemain, la même scène se renouvelle; et cependant le mal fait de rapides progrès; le prisonnier n'a plus que quelques instants à vivre. Le bon prêtre se rend à l'église et s'y met en prières; il fait prier aussi les frères de la Merci et les sœurs de la Providence. Toujours le malade persiste dans son obstination. Vers les dix heures du soir, l'aumônier s'approche encore une fois du mourant, qu'il trouve à moitié endormi. Il met sur lui une médaille de Notre-Dame de la Salette, et se retire avec précaution, de manière à n'être point entendu. A peine est-il rentré chez lui, qu'on vient lui dire que le moribond demande à le

1. Mlle DES BRULAIS : *Suite de l'Echo de la Sainte Montagne.*

voir et à se confesser. Il court aussitôt auprès du malade
qui se confesse, qui interrompt souvent par ses sanglots
l'aveu de ses fautes, et qui, après avoir reçu avec foi
tous les sacrements de l'Eglise, meurt en prédestiné entre
les bras du charitable aumônier (1).

XI. — On écrivait de la Parade, le 8 mars 1867, à la
Revue religieuse de Rodez :

« Encore un protestant de nos Cévennes qui se fait
catholique.

» Un jeune homme de dix-huit ans, tout en lisant les
Annales de Notre-Dame de la Salette, où sont racontées
les merveilles opérées sur la Sainte Montagne, se disait
souvent : Comment se fait-il que, dans la religion de mes
pères, on ne m'ait enseigné que le mépris et le blasphème pour une Vierge si puissante et si bonne? Oh!
que je voudrais être catholique, afin de pouvoir l'aimer
et l'invoquer plus librement!

» Sous l'influence de cette première grâce, il va demander le baptême à une de nos maisons religieuses. Le
prêtre qui le reçoit, se défiant de la ferveur du jeune
néophyte, lui répond que pour mériter la faveur qu'il
sollicite, il devra faire des études longues et pénibles,
partager tous les jours les travaux agricoles de la communauté et se soumettre à de rudes épreuves. Il souscrit à
toutes ces conditions.

» Lorsque son instruction fut complète, de temps en
temps il se plaignait de ce que l'on différait toujours
l'époque de son baptême; on lui répétait chaque fois
qu'il ne lui suffisait pas de connaître ses devoirs religieux, mais qu'il devait surtout s'y habituer en les mettant en pratique. Cependant, sa conduite était des plus
régulières; il faisait des progrès sensibles dans la piété.
Tous les matins, il entendait la sainte messe, et on le
voyait fréquemment dans la journée aux pieds des autels,
priant avec ferveur. Le 24 février mit le comble à ses
vœux : ce fut le jour de son baptême (2). »

XII. — Une famille comptait huit membres : trois sœurs
et cinq frères, dont quelques-uns avaient oublié leurs de-

1. R. P. BERTHIER, *Les Merveilles de la Salette*.
2. *Annales de N.-D. de la Salette*, Mai 1867.

voirs de chrétiens. Pour obtenir leur retour aux pratiques religieuses, une neuvaine et un pèlerinage furent faits à Notre-Dame de la Salette. On jugera si la Vierge Réconciliatrice a exaucé les prières, qui lui ont été adressées. Aucun des membres de cette famille dont le moins âgé avait soixante-cinq ans, n'habitait la même commune. Tous, cependant, après s'être confessés, se sont réunis auprès d'un de leurs frères infirme. La réunion a commencé le soir. Le lendemain, tous sauf l'infirme, sont allés ensemble à l'église. C'était un jour de semaine. Ils ont entendu la messe; et tous se sont approchés de la table sainte en même temps, avec deux belles-sœurs et trois nièces qui s'étaient adjointes à eux. Après la messe, on a porté la communion à l'infirme. Deux de ses frères portaient le dais; deux autres, des cierges allumés; tous accompagnaient le Saint-Sacrement. On ne peut rendre l'émotion produite dans tout le pays par le spectacle touchant qu'offrait cette cérémonie. Ces admirables frères ne se sont séparés qu'après avoir chanté ensemble un cantique d'actions de grâces. Celui d'entre eux qui s'est retiré le premier a dit aux autres, en les quittant : « Si nous ne pouvons nous réunir sur la terre, qu'au moins nous nous retrouvions tous au ciel. » Il est mort le 17 mai 1868.

C'est dans le diocèse de Carcassonne qu'a eu lieu cette touchante réunion fraternelle (1).

XIII. — Il y avait dans l'hôpital d'Hyères, où l'on possédait une statue de *Notre-Dame de la Salette*, un homme très gravement malade. Le voyant en danger de mort, la sœur Saint-Eloi lui dit : «Mon ami, dans votre état de souffrance, il faut penser à vous rapprocher du bon Dieu, M. l'Aumônier viendra vous voir... » — « Non, je ne le veux pas, » répondit-il brusquement. — «Si vous préfériez voir M. le Curé, repartit la sœur avec douceur, nous le prierions de vous faire visite. » — Et, pour toute réponse, le malade entre dans un état d'agitation et de colère; il déclare qu'il veut sortir de l'hôpital. Et se tournant vers ses voisins : « Je regrette, dit-il, de ne pas m'être donné pour protestant en entrant ici. » La

---

1. *Annales de N.-D. de la Salette*, Février 1869.

bonne sœur, toute déconcertée, va raconter à sa Supérieure ce qui était arrivé. « Prenez un cierge, répond la Révérende Mère, faites-le brûler devant la Vierge de la Salette et mettez de l'eau de la fontaine miraculeuse dans les remèdes que prendra ce soir le malade. » Le cierge brûle, et le soir, le malade prend, sans le savoir, de l'eau de la Salette dans sa tisane. Le lendemain, sa première parole fut celle-ci : « Ma sœur, je veux me confesser, comment faudra-t-il m'y prendre, il y a si longtemps que je ne l'ai pas fait ? » La sœur appelle aussitôt un prêtre ; le pécheur si obstiné la veille se confesse, reçoit tous les sacrements, et ce jour-là même meurt dans d'heureuses dispositions (1).

XIV. — Une dame d'Anvers demanda aux Clarisses de cette ville des prières pour son mari ; depuis trois ans de mariage, elle l'entendait proférer, à toute heure, jour et nuit, des blasphèmes et des imprécations contre Dieu. En vain, cette bonne dame se jetait-elle à genoux devant lui pour le conjurer à mains jointes et par tout ce qui est saint, de ne pas outrager ainsi le Seigneur dont il devait craindre de provoquer la juste colère. Rien n'était capable de toucher cette âme perverse. Dans sa profonde douleur, cette femme était résolue de quitter son mari, aimant mieux être domestique dans une famille chrétienne, que maîtresse dans une maison du démon. Nos sœurs converses lui conseillèrent d'avoir recours à *Notre-Dame de la Salette*, la Réconciliatrice des pécheurs, et de mettre dans les aliments que prenait son mari quelques gouttes d'eau de la fontaine miraculeuse. Cette proposition fit naître dans le cœur de cette dame une douce paix et une grande confiance ; c'était là, sans doute, le fruit de la céleste influence qu'exerce sur les âmes la Consolatrice des affligés, et comme un pressentiment de l'heureux résultat de la neuvaine qu'on allait commencer. Chaque jour de cette neuvaine, cette dame mêla quelques gouttes d'eau de la Salette à la nourriture de son mari. Le troisième jour, étant à table avec lui, elle se sentit poussée intérieurement à lui dire toute la douleur que lui faisait éprouver sa conduite, et, chose étonnante, cet

---

1. *Annales de N.-D. de la Salette*, Février 1869.

homme si emporté lui répondit avec douceur : « Madame, plus de tristesse, je vais changer de vie; en servant Dieu, nous vivrons en paix. » Et, en effet, depuis ce moment, il n'a pas proféré un seul blasphème, sa conduite est chrétienne, fervente même; il s'est fait inscrire sur les registres de plusieurs confréries. Il y a plus de six mois que s'est opéré ce changement merveilleux, et, grâces à Dieu et à la Réconciliatrice des pécheurs, il ne s'est point démenti jusqu'à ce jour (1).

XV. — Le 22 septembre 1877 entrait à l'hôpital de Crémieu un homme mortellement atteint d'une gastralgie compliquée d'un cancer du pylore. Puisqu'il était condamné par la science, les bonnes Sœurs de Sainte-Philomène, aux soins desquelles il était désormais confié, comprirent que tout en ne négligeant rien pour le corps, elles avaient une mission bien plus importante encore à remplir envers lui : celle de préparer son âme à entrer dans l'éternité.

La mission n'était pas moins difficile qu'importante. Notre jeune homme, quoique enfant de nos campagnes, avait trempé ses lèvres à la coupe empoisonnée des mauvais livres et des mauvais journaux, ne connaissait Dieu que pour le maudire, les pratiques religieuses que pour s'en moquer, de ce sourire froid et dédaigneux, qui glace et déconcerte. Il était inutile de chercher à le raisonner : un regard moqueur était toute sa réponse, et se renfermant en lui-même, il ne vous écoutait pas. Un jour même, un prêtre reçut de lui une réponse malhonnête et impie, dans laquelle il laissa voir le scepticisme le plus absolu.

Que faire? le mal allait empirant, les forces déclinaient rapidement, et le malheureux voyait sans frémir le terme arriver. Tous ses compagnons d'infortune le regardaient comme un damné, certifiant d'avance qu'il mourrait comme il avait vécu.

Seules, les religieuses ne se déconcertent point. N'ont-elles pas à l'entrée de leur maison l'image de celle que l'on invoque sous le nom de Réconciliatrice des pécheurs? Elle est là, avec son regard doux et bienveillant, semblant accueillir tous ceux qui arrivent, comme elle accueille les

____

1. *Annales de N.-D. de la Salette*, Juin 1869.

deux enfants auxquels elle parle : elle ne saurait faire exception pour celui-là.

Le plan d'attaque fut vite dressé. Immédiatement une neuvaine est organisée en l'honneur de Notre-Dame de la Salette, et l'on promet que si le malade se convertit, on fera publier sa conversion dans les Annales.

Pendant que la neuvaine se fait, on laisse le malade tranquille, on l'abandonne tout entier aux mains de la bonne Mère.

Cependant les autres malades ont remarqué qu'il y avait un changement dans le pécheur endurci, on l'a vu essayer un signe de croix quand on faisait la prière dans la salle, on a cru l'entendre murmurer quelques mots de prière. Mais quel n'est pas l'étonnement de la religieuse qui, la neuvaine finie, va pour présenter à son cher malade une goutte d'eau de la Salette et se voit accueillie avec beaucoup de bonté ? Elle en croit à peine ses yeux et déjà son cœur bat de bonheur : la victoire est gagnée, Marie a été encore une fois propice.

La victoire était gagnée en effet. Si l'étonnement des religieuses fut grand, jugez du mien, lorsque je trouvai mon pénitent parfaitement disposé à recevoir tous les sacrements.

Marie ne fit pas la chose à demi. On aurait pu craindre que la mort ne se hâtât trop et ne laissât pas le temps au pauvre malade de se préparer convenablement au passage du temps à l'éternité. Mais non, tout le temps nécessaire pour cela lui a été donné. Il a pu même encore souffrir après s'être réconcilié avec son Dieu, il a pu souffrir en union avec lui, et il a pu partir, j'en ai la douce confiance, pour le ciel, offrir ses actions de grâces à Notre-Dame de la Salette, le 9 novembre 1878 (1).

XVI. — Un vénérable curé d'Irlande, revenait comblé de joie, de faire ce grand pèlerinage de la Salette, après lequel il avait si longtemps soupiré. Il n'avait plus, disait-il, qu'à chanter son *Nunc dimittis*, puisqu'il avait vu la nouvelle rédemption offerte au peuple de Dieu. Il n'avait pas oublié de faire ample provision d'eau de la fontaine merveilleuse ; il en remplit même le litre de verre que les exigences d'un légitime *confortable* avaient intro-

____

1 *Annales de N.-D. de la Salette*, Avril 1879.

duit dans le sac de voyage. Le contenant est fragile, c'est vrai, mais quand on tient bien au contenu, le flacon de verre peut aller loin. Ainsi pensait le bon curé, mais la Vierge de la Salette pensait encore mieux.

Donc, l'heureux prêtre se hâtait d'aller raconter son bonheur à ses ouailles, et pour arriver plus vite, il prit la voie d'Angleterre. Il arrive à la petite ville de X..., où il se trouve avoir un vieil ami à saluer. Il descend donc à la gare avec les précautions qu'exige son liquide trésor. Or, la ville de X... est à quelque distance de la gare, et le sac de voyage est d'un poids respectable que double encore la crainte de quelque heurt malheureux. Une idée, se dit le curé! Si je confiais à quelqu'un de sûr mon précieux litre de verre, je m'allégerais d'autant, et n'aurais rien à craindre pour le reste... Là-dessus il avise un employé de la gare, qui joint à des galons nombreux un certain air de franchise et de bonhomie.

— Monsieur, lui dit-il, j'ai là un litre d'une certaine liqueur, ou plutôt d'une certaine eau, à laquelle je tiens énormément, puis-je le confier à votre obligeance jusqu'au prochain départ? Voyez, je ne puis me séparer de mon sac, et je ne voudrais pas m'exposer à perdre ce que j'ai dans ce litre. Gardez-le-moi pour l'amour de Dieu.

— Rien de plus facile, Monsieur le Curé, donnez votre bouteille.

Le curé livre son trésor, salue et disparaît vers la ville... Au moment où le bon curé se dirigeait vers lui, un horrible juron a passé entre les dents de l'employé, un sourire amer lui a pincé les lèvres, un flot de sang a empourpré ses oreilles, tous les autres employés de la gare de X... se sont lancé, d'un guichet à l'autre, un sourire malicieux, et les dames ont chuchoté entre elles... Pauvre curé, il va passer un mauvais quart-d'heure!... Disons-le vite, le dépositaire est connu dans la gare comme le plus enragé prêtrophobe. Tout à l'heure encore, il avait couronné son déjeuner par une diatribe des plus violentes contre les calotins, les jésuites et tous ces horribles exploiteurs en soutane. Il voulait broyer le premier de ces monstres qu'il rencontrerait, etc., etc. Et cependant il avait machinalement salué notre calotin, machinalement aussi rendu le petit service, même réclamé pour l'amour de Dieu. Comment l'esprit fort s'était-il oublié à ce point-

là? Un orage de railleries commençait à s'élever de tous
les coins de la gare... Mais il sut y couper court d'une manière aussi heureuse qu'imprévue.

— Messieurs et Dames, dit-il en élevant le litre mystérieux d'un bras triomphant, un homme de cœur a-t-il
jamais refusé de donner asile à un litre? A un litre de
liqueur?... De liqueur à laquelle un calotin, c'est-à-dire,
un roi de la gourmandise, tient énormément?... Je n'ai pas
vu le calotin, je n'ai vu que le litre adoré, j'ai le temps
de cracher à la figure du calotin quand il se plaindra de
trouver son litre vide... Ça, qu'on m'apporte un tire-bou-
chon et un verre...

L'épouse du malheureux allait hasarder une observation,
mais un regard la fit rentrer dans l'ordre. Les spectateurs
firent comme l'épouse et moins bien encore, ils voulaient
humblement participer au gâteau... De la délicatesse, quand
il s'agit d'un calotin, fi donc!... Bref, de son geste le plus
solennel et de son air le plus narquois, le dépositaire infidèle a fait sauter le bouchon, la liqueur étrange glisse
dans le verre.

— A la santé du calotin, s'écria le héros.

Le verre est vidé d'un trait... Les spectateurs attendent
l'éclat de rire obligatoire et un témoignage séduisant sur
le liquide mystérieux... Rien. Ils se regardent étonnés...

— Et puis, gentleman...?

Rien. Voilà qu'au contraire notre héros a baissé les
yeux, et on a surpris une larme le long de ses joues, il
est pâle.

— Qu'avez-vous donc bu?... Grand Dieu, s'écrient les
dames, il s'est peut-être empoisonné!...

— Non, non, répond lentement et douloureusement l'esprit fort de tout à l'heure, ne craignez rien; ce n'est
pas la mort que j'ai bue, c'est la vie, c'est la lumière,
c'est la vérité, c'est le repentir!... Pardon, je vous en
supplie, pour ma criminelle vie... Laissez-moi pleurer...

Et l'employé, transformé, se retira dans son appartement
où il sanglota jusqu'au retour du prêtre.

— Ah! mon Père, mon bon Père, achevez, je vous prie,
la guérison de ma pauvre âme. Je meurs, si vous me laissez
sous le poids de mes crimes. Oh! l'heureuse indiscrétion
que j'ai commise contre le dépôt que vous m'aviez confié...
Vous me le direz, n'est-ce pas, le nom de *cette liqueur*

qui convertit? Mais avant tout, mon Père, jurez-moi que vous me donnerez 24 heures pour que je purifie mon âme. O Dieu patient qui m'avez attendu depuis ma première communion, ô Sainte Vierge, à laquelle sans doute je dois ce bonheur !

Douces exclamations qui se noyèrent dans les larmes de l'heureux pénitent, et du confesseur plus heureux encore...

Le converti, qui a ainsi trouvé son chemin de Damas, est aujourd'hui un fervent chrétien, qui édifie et qui expie. Il a juré de venir boire à sa source, la liqueur incomparable qui l'a ramené au Dieu de sa jeunesse. Il raconte à qui veut l'entendre son incroyable histoire. Avec sa permission, le prêtre irlandais la raconte aussi, et non sans larmes de bonheur (1).

XVII. — Il est des vies que Notre-Dame de la Salette entoure d'une sollicitude spéciale, et pour lesquelles elle ne ménage pas les miracles. En voici un exemple frappant cueilli dans ma famille, et que je trouve trop glorieux à la Mère qui pleure, pour le passer sous silence.

C. A., tout petit encore, était une merveille de santé, d'intelligence et de cœur. Une maladie que tout le monde déclarait incurable, mortelle, n'en vint pas moins menacer cette tête si chérie.

Mais nous savions où recourir dans notre désespoir : nous connaissions et aimions la Vierge en pleurs.

Notre neuvaine n'était pas finie, que l'enfant renaissait à une brillante santé. C. A. grandit pieux, sage, reconnaissant envers sa céleste Bienfaitrice. Mais, devenu jeune homme, des projets d'avenir le forcèrent d'aller se fixer à Paris.

Hélas ! comme tant d'autres, il ne sut point surmonter les vertiges du gouffre brillant.

Notre jeune homme fit naufrage, et ne le fit pas à demi. Il devint héros dans le mal, comme il eût dû et pu l'être dans le bien. Et cependant la Miséricorde veillait encore sur cette âme.

La coupe du plaisir s'épuisa : il ne restait à C. A. qu'à subir la lie qui se cache toujours au fond du vase trom-

____

1. *Annales de N.-D. de la Salette*, Novembre 1884.

peur. La santé avait fui, et les ressources avec elle : la porte d'un hôpital, d'un hôpital laïcisé, fut le dernier refuge d'un malheur trop mérité. Ces tristes nouvelles vinrent jeter la désolation dans la famille du prodigue. Mais nos yeux se tournèrent encore vers la Montagne du secours. « Vierge de la Salette, nous écriâmes-nous, il nous faut au moins l'âme; guérissez cette âme. » Et une fervente neuvaine commença, aidée par la promesse d'un don considérable pour l'école de la Salette.

Or, le dernier jour de la neuvaine, voilà que C. A., sur les instances de sa famille, se décida tout à coup à entrer chez les Frères de Saint-Jean de Dieu, de la rue Oudinot. Comment C. entrait-il là? Une invisible main le poussait; vous devinez laquelle. Il entra donc, et le Ciel allait agir.

Le passé fit défiler, devant ce cœur réveillé, tous ses tristes tableaux... Bientôt, le vaincu se levait, et, encore comme le prodigue, c'était pour retourner à son père. C. demanda un confesseur qui mêla des larmes de joie à ces larmes d'une miraculeuse contrition. Les liens coupables étaient à jamais brisés.

Revenu au ciel de son enfance et de son adolescence, C. A. n'avait plus d'autres aspirations que celle-ci : « O Notre-Dame de la Salette, à qui je dois, et la vie du corps, et la vie infiniment chère de la grâce, si je guéris, ce ne sera plus pour ce monde infâme; je serai Religieux. Et que n'ai-je été moins abominable! alors je me serais fait prêtre. Non, moi, monter à l'autel! Jamais! Mais la pénitence au cloître; voilà mon hymne de reconnaissance.

La Vierge de la Salette se contenta de bons désirs. C. A. mourut bientôt, mais dans des sentiments si célestes, que sa famille n'osait point le pleurer. La mort le trouva le chapelet à la main, la médaille de la Salette sur le cœur, et, sur les lèvres, une dernière demande de pardon à tous, pour les scandales de sa vie. (1).

Si nous n'écoutions que notre cœur, nous continuerions longtemps encore de publier les faveurs obtenues par Notre-Dame de la Salette pour le salut des pauvres pécheurs; mais nous ne pourrions allonger davantage cette glorieuse

---

1. *Annales de N.-D. de la Salette*, juillet 1893.

énumération sans sortir du cadre que nous nous sommes tracé.

Aussi bien, ce que nous avons dit suffit-il amplement à montrer que Dieu, en sanctifiant les âmes et en guérissant les corps à l'appel de sa Mère invoquée comme ayant apparu sur la Sainte Montagne, a joint son témoignage à celui de l'autorité compétente et à celui de l'Apparition Elle-même pour nous assurer que le céleste Personnage, vu et entendu sur le Mont-sous-les-Baisses par Maximin et Mélanie, témoins prouvés dignes de foi, est l'auguste Marie. Par suite, l'authenticité de l'Apparition demeure inébranlablement établie.

TROISIÈME PARTIE

RÉSULTATS

 ANS la première partie de ce travail, nous nous sommes appliqué à retracer *l'Historique* de l'Apparition de la Très Sainte Vierge sur la montagne de la Salette; dans la seconde, Nous en avons montré *l'Authenticité*; il nous reste, pour achever le plan que nous nous sommes proposé, à traiter des conséquences ou *Résultats* de ce grand fait.

Celui-là seul dont la science est infinie et dont le regard scrute le fond des consciences connaît, dans toute leur importance et leur étendue, les fruits merveilleux que le Prodige du 19 septembre 1846 a produits, au double point de vue de la gloire de Dieu et du salut des âmes. Pour nous, ce n'est qu'à la fin du monde, au jour des manifestations suprêmes, qu'il nous sera donné d'évaluer et d'apprécier la somme de bien réalisée par notre Mère en pleurs. Alors seulement nous pourrons apprendre combien de personnes elle a converties et sanctifiées, combien de familles elle a bénies et protégées, combien de communautés elle a fait naître et prospérer; les maux qu'elle a éloignés, les bienfaits qu'elle a dispensés, les larmes qu'elle a essuyées, les vertus qu'elle a inspirées, les œuvres salutaires qu'elle a suscitées, les vocations saintes qu'elle a déterminées.

Lors donc que nous entreprenons de parler des *résultats* de la Sainte Apparition, nous n'avons d'autre prétention que de mettre en relief quelques-uns d'entre eux, choisis parmi les plus frappants.

CHAPITRE I

LE PÈLERINAGE

ARTICLE I. — ARCHICONFRÉRIE ET NEUVAINE PERPÉTUELLE

OUS avons déjà indiqué que M. l'abbé Jacques Perrin, le prêtre sexagénaire qui, depuis quatorze ans, desservait la paroisse de la Salette, au 19 septembre 1846, n'avait pas tardé d'être remplacé dans ce poste par un curé plus jeune, du même nom que lui, quoiqu'ils ne fussent nullement parents.

Celui que la Très Sainte Vierge avait amené au moment propice sur son domaine pour seconder ses vues de miséricorde et d'amour sur son peuple de prédilection, ne faillit pas à sa sublime mission. Il subsiste, de sa piété et de son zèle, un double monument : l'*Archiconfrérie de N.-D. de la Salette* et la *Neuvaine perpétuelle* du Pèlerinage.

La manifestation de la Mère de Dieu à Maximin et à Mélanie avait produit sur les habitants de la Salette une très vive impression, et ils se montraient disposés à mettre en pratique les salutaires enseignements que la Reine du Ciel était venue proclamer au sein de leurs montagnes. Pour entretenir et développer ces bons sentiments, leur nouveau curé, M. Louis Perrin, conçut le projet d'une association de prières en l'honneur de la Sainte Vierge, qui fût en harmonie avec l'esprit de l'Apparition. La divine Visiteuse avait, en répandant des flots de larmes, dénoncé le péché en général, et les principales fautes de l'époque, en particulier; il fallait La consoler, en remédiant aux maux signalés. *La Conversion des pécheurs*, tel fut donc le but que se proposait le digne pasteur, dans l'établissement de la Confrérie de Notre-Dame de la Salette qu'il inaugura le 1er mai 1848, avec l'autorisation de Mgr de Bruillard.

Le nom par lequel s'ouvrait le registre de l'association était celui du pieux curé, suivi de ceux de la plupart de ses ouailles.

Deux conditions seulement étaient requises pour en faire partie : l'inscription nominative sur le registre de la Confrérie et la récitation quotidienne d'un *Pater* et d'un *Ave* auxquels on conseillait d'ajouter cette invocation : *Notre-Dame de la Salette, Réconciliatrice des pécheurs, priez sans cesse pour nous qui avons recours à vous.*

Dans la pensée de M. Perrin, cette pieuse association était destinée uniquement à ses paroissiens; or, non seulement ceux-ci y entrèrent en grand nombre, mais dès que l'existence en fut connue, de tous les environs et de tous les coins de la France et de l'Étranger, on désira en être membre; de sorte que, à la fin de la même année, la confrérie comptait cinq mille cinq cent quarante-cinq associés; dix-sept mille six cent cinquante-deux, en 1850, et, en 1852, près de cinquante mille.

Dès que les missionnaires de la Salette existèrent, leur premier soin fut de continuer l'œuvre du pasteur de la paroisse. Le R. P. Burnoud, supérieur de la nouvelle communauté, adressait, le 22 août 1852, la supplique suivante à Mgr de Bruillard :

« Monseigneur,

» Plusieurs personnes, profondément touchées des reproches qu'a fait entendre, sur la Montagne de la Salette, la Mère des miséricordes; justement effrayées des maux qui nous sont annoncés par la divine Messagère; ardemment désireuses d'entrer dans l'esprit de cette miraculeuse Apparition dont le but est de nous engager à fléchir la colère du Seigneur par un retour sincère à l'observation des commandements de Dieu et de l'Église, se sont, depuis plusieurs années, réunies à cet effet en association de prières et de bonnes œuvres, sous le vocable de *Notre-Dame Réconciliatrice de la Salette.* Un registre fut ouvert pour recueillir leurs noms; et, depuis notre récente installation sur la Sainte Montagne, le nombre des associés est toujours allé en augmentant; aujourd'hui, le nombre des personnes inscrites s'élève à près de cinquante mille. Un bon nombre appartient à votre diocèse; cependant la plus grande partie est non seulement de la France, mais encore de presque tous les États de l'Europe, et de quelques-uns de l'Amérique.

» Je ne doute pas, Monseigneur, que cette association ne soit appelée à prendre de plus grandes proportions et à opérer un bien immense soit en faveur des personnes qui

en feront usage, soit en faveur des pêcheurs en général,
si Votre Grandeur daigne l'ériger canoniquement, et en dresser et approuver le règlement.

» Veuillez agréer, Monseigneur, l'assurance de la vénération profonde et de l'obéissance sans bornes de votre très
humble serviteur.

» BURNOUD,

» *Chan. hon., Supérieur des Miss. de N.-D. de la Salette.* »

L'Evêque de Grenoble, trois mois après, rendait cette Ordonnance :

« PHILIBERT DE BRUILLARD, par la miséricorde divine
et la grâce du Saint-Siège apostolique, Evêque de Grenoble ;

» Vu la supplique à Nous adressée par le P. Burnoud,
Supérieur des Missionnaires de Notre-Dame de la Salette,
tendant à ce qu'il Nous plaise d'ériger canoniquement,
dans le sanctuaire de Notre-Dame de la Salette, une pieuse
association de prières et de bonnes œuvres ;

» Après avoir apprécié le but principal de cette association exposé dans le règlement qui suit la présente ordonnance ;

» Vu les précieuses indulgences que, sur notre demande
et par un bref du 26 août 1852, le Souverain Pontife
Pie IX a daigné accorder à cette pieuse association en vue
de son érection canonique : indulgences dont on trouvera
le tableau à la suite du règlement ci-joint ;

» Vu l'érection, par Notre Très Saint-Père le pape Pie IX,
de la même Association en Archiconfrérie, sous le vocable
de *Notre-Dame Réconciliatrice de la Salette,* érection prononcée par un bref en date du 7 septembre 1852 ;

» Voulant donner un nouveau témoignage de notre foi
à la miséricordieuse Apparition de l'auguste Mère de Dieu
sur la Montagne de la Salette; de notre reconnaissance
envers la divine Messagère, dont l'amour et la sollicitude
maternelle se sont si admirablement manifestés dans cette
miraculeuse Apparition; de notre ardent désir de voir enfin les pêcheurs convertis, les lois de Dieu et de l'Eglise
observées, les maux dont la justice céleste nous menace
conjurés ;

» Nous avons érigé et nous érigeons par les présentes,
dans le sanctuaire de Notre-Dame de la Salette, canton de

Corps, de notre diocèse, une pieuse association de prières et de bonnes œuvres, sous le vocable d'*Association en l'honneur de Notre-Dame Réconciliatrice de la Salette;*

» Cette Association sera régie par le règlement ci-joint, que nous avons revêtu de notre approbation.

» Donné à Grenoble, en notre palais épiscopal, le 21 novembre 1852.

» † PHILIBERT,
» *Évêque de Grenoble.*

» Par mandement,

» AUVERGNE,
» *Chanoine honor.; secrétaire.* »

Suivait, comme la pièce l'indique, le règlement de l'Association indiquant son but et les moyens de l'atteindre, ses avantages et les conditions à remplir pour en faire partie.

Les indulgences accordées aux membres de l'Archiconfrérie de Notre-Dame de la Salette par Sa Sainteté Pie IX sont celles-ci :

1º Une *indulgence plénière* le jour de la réception, aux conditions ordinaires.

2º Une *indulgence plénière* chaque année, le 19 septembre ou le dimanche suivant, fête patronale de l'Archiconfrérie, aux conditions ordinaires, y compris celle de visiter l'église ou l'oratoire de l'Association.

3º Une indulgence de *sept ans et sept quarantaines*, aux quatre fêtes : de la Purification, de la Compassion, de Notre-Dame du Mont-Carmel et de la Présentation de la Sainte Vierge, aux conditions ordinaires, y compris celle de visiter l'église ou l'oratoire de l'Association.

4º Une *indulgence de soixante jours* pour chaque œuvre de piété ou de charité accomplie en état de grâce.

5º Enfin, une *indulgence plénière* à l'article de la mort pour ses membres qui, s'étant confessés avec repentir, recevront la sainte Communion, ou s'ils sont dans l'impossibilité de le faire, invoqueront de bouche ou, ne le pouvant, de cœur, le saint nom de Jésus.

Toutes ces indulgences sont applicables aux âmes du Purgatoire.

En élevant au rang d'Archiconfrérie la Confrérie de *Notre-Dame Réconciliatrice de la Salette*, le Souverain Pontife lui avait conféré le privilège d'affilier des Confréries qui, par le seul fait, participeraient à ses propres faveurs spirituelles.

À partir de cette époque, l'Association prit un développement prodigieux, et on ne peut plus estimer, même approximativement, le nombre des personnes qui se sont fait inscrire, soit à la Sainte Montagne, soit dans les Confréries affiliées à l'Archiconfrérie dont le siège est le Sanctuaire de l'Apparition.

A lui seul, un pieux laïque d'Angers, M. Similien, recruta six mille cinq cents associés, en quelques années.

De nouvelles Confréries surgirent, comme par enchantement, non seulement dans les régions voisines de la Montagne de l'Apparition, telles que le Dauphiné et la Savoie, mais dans tous les diocèses de France, et dans les pays étrangers. Il s'en forma dans l'Italie et la Sicile, dans la Grèce et le Portugal, en Afrique et en Océanie, aux Etats-Unis et au Canada. A Rome, au centre même de la catholicité, il s'en établit une en 1870, dans l'église, aujourd'hui disparue, de Saint-Sauveur in Thermis, près de Saint-Louis-des-Français. L'Espagne, en 1876, en possédait, dans trente-huit de ses villes ou bourgs, dont les membres atteignaient le chiffre de quatre-vingt mille.

La Belgique s'est tout particulièrement distinguée par le nombre et l'importance de ses Confréries en l'honneur de Notre-Dame de la Salette. Dans ce catholique pays, les Communautés religieuses, spécialement celles des Pauvres Clarisses, des Récollets et des Rédemptoristes, ont rivalisé d'ardeur avec les pasteurs des paroisses pour les établir dans leurs églises. La Confrérie de Gand, fondée en 1852, comptait, ces années dernières, trente-deux mille huit cent quinze inscriptions. Celle de Saint-Trond, érigée en 1854, avait, onze ans plus tard, en 1865, trente-cinq mille six cents membres. Anvers, Bruges, Malines, Schaerbeek-les-Bruxelles, Mons, etc..., sans parler d'un grand nombre de localités de moindre importance, en possédèrent.

Celle de Tournai qui eut pour promoteur, en 1854, le R. P. Deschamps, futur cardinal-archevêque de Malines, fut transférée, en 1904, de l'église des Rédemptoristes dans la chapelle des Missionnaires de la Salette.

Puissent les associations de prières en l'honneur de Notre-Dame de la Salette se multiplier de plus en plus, car elles n'ont jamais eu plus de raison d'exister qu'à l'heure présente. La Mère de Dieu, revenant aujourd'hui sur la Montagne sainte, n'aurait pas moins sujet de pleurer qu'en 1846!

Si déjà à cette époque, non seulement la France, au dire de Pie IX, était coupable, mais aussi l'Europe entière, après plus d'un demi-siècle écoulé, sommes-nous innocents? La révolte contre l'autorité, le blasphème, la profanation du dimanche, l'abandon de la prière et de la pénitence, tous ces crimes, en un mot, reprochés à son peuple par la Reine du Ciel, ne sont-ils pas, hélas! plus répandus que jamais? C'est donc maintenant plus qu'à aucune autre époque, que les vrais enfants de Marie doivent se liguer pour consoler leur Mère éplorée, et obtenir par la sainteté de leur vie, rendue conforme aux enseignements de la Salette, et l'ardeur de leurs prières, des grâces de pardon et de conversion pour les pauvres pécheurs.

Rien de plus facile et de plus à la portée de tous, que de faire partie de l'Archiconfrérie de Notre-Dame Réconciliatrice de la Salette, il suffit pour cela :

1º De faire inscrire son nom et son prénom (ou le nom de religion, pour les religieux) sur le registre du Pèlerinage ou sur celui d'une Confrérie affiliée;

2º De réciter un *Pater* et un *Ave* auxquels on est invité à ajouter (sans y être obligé pour gagner les indulgences) cette courte invocation : *Notre-Dame de la Salette, Réconciliatrice des pécheurs, priez sans cesse pour nous qui avons recours à vous.*

Rien de moins compliqué, également, que les moyens à prendre pour affilier une Confrérie locale à l'Archiconfrérie; ils consistent à se conformer aux trois indications que voici :

1º Le siège d'une confrérie doit être éloigné d'une lieue au moins, de tout centre de la même confrérie.

2º Le nom véritable de l'association est celui-ci : *Confrérie de Notre-Dame Réconciliatrice de la Salette.*

3º Le prêtre qui veut la créer en dresse le règlement et ouvre un registre sur lequel il inscrit le nom de quelques personnes; il demande ensuite, à l'Évêque diocésain, l'érection canonique, laquelle doit porter la signature de l'Évêque lui-même, et, enfin, envoie l'ordonnance épiscopale obtenue à M. le Recteur du Pèlerinage de la Salette, par Corps, Isère, France, lequel délivre le diplôme d'affiliation.

Un peu avant d'instituer sa confrérie de Notre-Dame de la Salette, M. Louis Perrin avait établi, encore dans sa paroisse, une *Neuvaine perpétuelle* en vue d'obtenir des ·grâces de conversion pour les pécheurs et de guérison pour les malades, et cela, afin de répondre aux innombrables demandes de prières qui lui étaient adressées de tous les pays.

Voici comment lui-même s'en explique dans un manuscrit que nous avons sous les yeux :

« La *Neuvaine perpétuelle* établie à la Salette n'a pas d'autre but que celui de la Confrérie : la conversion du peuple chrétien et le rétablissement des malades. Les demandes de prières adressées aux prêtres de la Salette (1) ont déterminé l'établissement de cette *Neuvaine*. Déjà, dans les premiers temps qui ont suivi l'Apparition, on ne se contentait pas de solliciter des renseignements sur ce Fait extraordinaire; on réclamait toujours des prières en l'honneur de *Notre-Dame de la Salette*. Ce nouveau vocable a été consacré presque aussitôt par la piété des peuples; on ne connaît ni l'époque précise de son origine, ni son auteur. Se trouvant aujourd'hui dans toutes les bouches chrétiennes, une durée impérissable lui est désormais acquise.

» Plus la croyance au fait de l'Apparition se propageait, plus se multipliaient les demandes de prières et de neuvaines qui nous étaient adressées. Pour satisfaire à tant de besoins simultanés, les prêtres de la Salette se sont vus dans la nécessité d'établir dans leur église paroissiale et dans la chapelle de la Montagne une *Neuvaine perpétuelle*. Les prières qui la composent sont : les litanies de la Sainte Vierge, un *Pater* et un *Ave*, et un *Souvenez-vous*. Chaque jour ces formules sont récitées, après la célébration du Saint Sacrifice, même le dimanche, aux intentions des personnes présentes et des absents qui ont sollicité des prières. Nos paroissiens pieux s'y prêtent volontiers, ainsi que les pèlerins qui se renouvellent continuellement. »

La *Neuvaine perpétuelle de la Salette* a été approuvée par Mgr l'Evêque de Grenoble, à la date du 13 mars 1848,

---

1. M. Louis Perrin, curé, et l'abbé Jacques-Michel Perrin, son frère.

et Mgr Villecourt, évêque de La Rochelle, s'exprime ainsi à son sujet dans une lettre à M. Perrin :

« Je trouve très bien que vous ayez réuni toutes les prières que l'on réclame de vous dans une Neuvaine perpétuelle; il était impossible que vous fissiez autrement. A cette occasion, je me suis rappelé ce que m'avait dit, quand j'étais encore à Lyon, une princesse polonaise qui avait passé huit jours auprès du Prince de Hohenlohe, dont on réclamait les prières de tous les points de l'Europe : « Com- » ment Votre Altesse, lui avait-elle demandé, peut-elle sa- » tisfaire à ces milliers de demandes de neuvaines qui lui » sont adressées de toutes parts ? » Le Prince répondit : « Je réunis toutes les intentions que l'on réclame, que j'ai » ou que je dois avoir, au Saint-Sacrifice que j'offre tous » les jours; et je prie le grand Dieu en qui tout le mon- » de espère, de faire à chacun la distribution compétente, » suivant ses besoins, comme l'entend son infinie bonté. »

La *Neuvaine perpétuelle* a été continuée au Pèlerinage après M. Perrin, et elle s'y pratique encore aujourd'hui.

ARTICLE II. — CONCOURS DE PEUPLE ET SOLENNITÉS

ès le lendemain de la descente de Marie sur sa Montagne de prédilection, les pèlerins ont commencé à gravir les sommets, désormais sacrés, que la céleste Mère avait arrosés de ses larmes et foulés de ses pieds. Nous avons raconté ces premières ascensions et décrit l'imposante manifestation du 19 septembre 1847, avec ses 50.000 personnes qui avaient dû, pour parvenir au terme de leur saint voyage, triompher d'insurmontables difficultés. Partant de cette date solennelle, nous allons retracer à grands traits les concours de peuple et les solennités dont la Sainte Montagne a été le théâtre, en les groupant sous ces trois titres : Du premier anniversaire de l'Apparition à l'arrivée des Missionnaires. — De l'arrivée des Missionnaires au premier Pèlerinage national. — Du premier Pèlerinage national à l'heure actuelle.

§ I. — Du premier anniversaire de l'Apparition à l'arrivée des Missionnaires

A la suite de la Révolution de février 1848, « les es

prits, dit M. Rousselot (1), vivement préoccupés de ce bouleversement général, devaient naturellement donner moins d'attention au fait de la Salette ; ils devaient même l'oublier complètement. Le contraire est arrivé. Les malheurs publics et privés ont pour ainsi dire forcé tous les regards à se tourner du côté de la Sainte Montagne, et tous les cœurs à y chercher des consolations pour le présent et des espérances pour l'avenir. »

Ce fut en juin que l'abbé Dupanloup fit à la Salette son premier et mémorable voyage dont nous avons parlé déjà. Il ne fut pas le seul. « Nous avons vu en cette année 1848, dit un témoin oculaire (2), des pèlerins venus, non seulement de tous les départements de la France, mais nous pourrions dire de toute l'Europe, de l'Espagne, de l'Angleterre, de la Hollande, de la Belgique, de l'Allemagne, de la Suisse, de l'Italie ; nous avons même vu une respectable famille accourue de la lointaine Russie. »

Les pieux voyageurs de 1848 furent mieux partagés que ceux de l'année précédente, bien que leurs désirs ne fussent pas encore complètement satisfaits. La messe était célébrée sur la Sainte Montagne, sinon tous les jours, du moins de temps en temps, même assez souvent, soit par le pasteur de la Salette ou son frère, soit par des prêtres pèlerins. Les fidèles qui s'y trouvaient, en ces jours fortunés, avaient donc la consolation d'assister au Saint Sacrifice et de communier sur les lieux visités par la Reine du Ciel. Presque tous les Pèlerins de 1848 se sont approchés des Sacrements de pénitence et d'eucharistie. Tout le monde désirait vivement qu'un service religieux régulier fût établi sur le Mont de l'Apparition, mais l'heure n'en était pas encore venue ; il fallait attendre, pour jouir d'une telle faveur que l'autorité diocésaine se fût prononcée officiellement sur le fait de la Salette. Les pèlerins se dédommageaient de cette privation par un redoublement de ferveur. On les voyait, profondément recueillis, parcourir les stations du chemin de la Croix érigées sur les traces mêmes de Marie ou bien prier avec ardeur aux endroits particulièrement vénérés où Notre-Dame a apparu, où elle a parlé et où elle a disparu, et dont les croix commémoratives étaient chargées de couronnes et d'ex-voto.

---

1. Rousselot. Nouveaux documents.
2. Manuscrits Perrin.

Un grand nombre versaient des larmes, produites, chez les uns, par la componction, chez les autres, par une douce

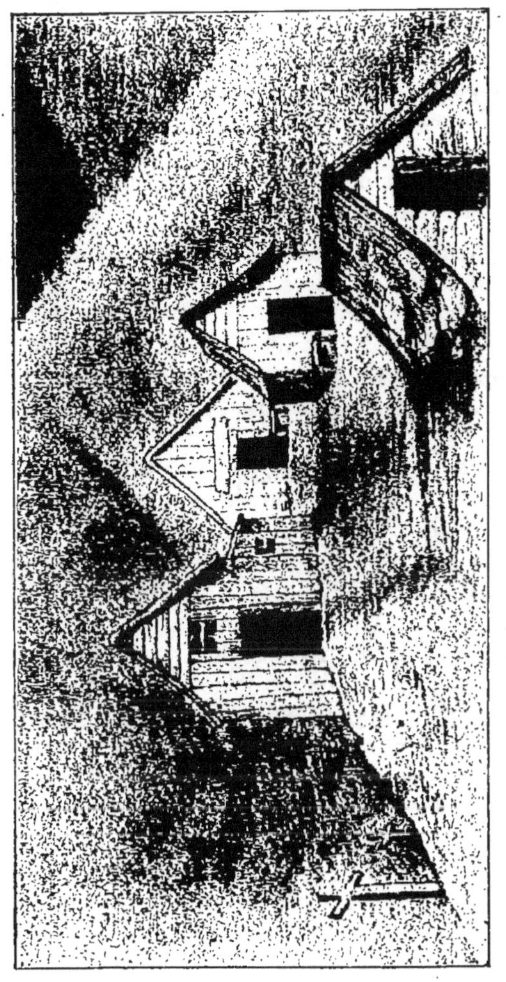

LIEUX DE L'APPARITION EN 1848 : CABANES ET CHAPELLE EN BOIS.

joie, chez d'autres, enfin, par une involontaire et invincible émotion. Bien souvent aussi, pendant la belle saison de 1848, a retenti, sur ces hauteurs sauvages, le chant de pieux cantiques.

Non seulement des personnes isolées, mais encore des

paroisses, en processions organisées, accomplirent le saint pèlerinage. Citons d'abord les habitants de la Croix-Haute (Drôme). Ces courageux chrétiens partirent de leur église à deux heures du matin, marchèrent toute la journée et ne purent arriver à Corps qu'à dix heures du soir. Après ces vingt heures de route, ils se logèrent comme ils purent dans les appartements, les hangars et les greniers à foin de l'hôtel Dumas, et firent, le lendemain de grand matin, l'ascension de la Montagne. Ils étaient venus demander la pluie à Notre-Dame de la Salette; ils furent exaucés. Ne l'avaient-ils pas bien mérité ?

Le 8 septembre, la Nativité de Marie fut célébrée par une démonstration de piété bien touchante. Avec la permission de Mgr de Bruillard, les curés des paroisses des environs conduisirent sur le Mont béni leurs ouailles en marche solennelle. Le temps était splendide. Au lever du soleil, on put jouir du haut du Planeau du spectacle merveilleux de six processions s'avançant dans le plus bel ordre, de directions diverses. On eût dit qu'elles s'étaient donné le mot pour se trouver toutes en même temps, quoique à des distances inégales, en vue de la Montagne de Marie. La procession de la Salette montait la première, comme il convenait. Elle atteignait Dorsières, le hameau le plus rapproché du Mont de l'Apparition, lorsqu'on aperçut, au midi de l'église paroissiale, la procession de Corps, suivie de celle du Monestier-d'Ambel, l'une et l'autre paraissant dans le lointain sortir peu à peu de terre, et enfilant le chemin des Ablandins. Au couchant, au-dessus de ces deux processions sur la crête de la Montagne, arrivaient celles de Saint-Jean-des-Vertus, de la Salle, et des Méarots, qui s'acheminaient en longues files, à travers les flancs escarpés du Gargas par un sentier à peine frayé, et dominant d'effroyables précipices. Mais qu'est-ce que ces points noirs et mobiles que l'on distingue sur les sommets du Nord ? Ce sont des pèlerins, qui, de ces hauteurs, contemplent avec ravissement ces six processions dont ils entendent résonner les chants en même temps qu'ils voient flotter leurs bannières. Cependant les cloches de l'Eglise de la Salette, auxquelles ont répondu celles de toutes les chapelles des hameaux, ont commencé de saluer ces pieuses caravanes dès qu'elles ont paru et leurs harmonieuses volées ne prennent fin que quand toutes les paroisses sont parvenues aux lieux de l'Apparition et se sont fondues en une seule famille agenouillée aux pieds de sa céleste Mère.

« De toutes parts, écrit M. Perrin (1), les regards étaient satisfaits. Sous un ciel admirablement pur, les rayons étincelants du soleil donnaient un merveilleux éclat aux décorations religieuses. On les voyait se refléter sur les bannières rouges aux galons dorés, largement déployées, sur les croix ornées de guirlandes bleues et de brillants, sur les aubes blanches des pénitents, sur les voiles des membres des diverses Confréries, flottant au gré d'une brise légère. Puis le chant des Litanies de la Sainte Vierge et des cantiques en son honneur frappait agréablement l'oreille, lui arrivant de divers côtés en même temps. Les échos des diverses processions allaient et venaient, se croisaient en tous sens, on eût dit que chacun d'eux, en se perdant dans l'immensité des airs, avait hâte d'arriver au pied du trône de Marie pour lui faire agréer l'hommage empressé de ses enfants. Les personnes qui ne pouvaient chanter se rapprochaient et récitaient en chœur le Saint Rosaire.

» Impossible de n'être pas vivement touché à ce spectacle. Ces ornements nuancés de mille couleurs, ces chants animés, ces prières ferventes, cette modeste et ardente piété qui rayonnait sur tous les visages, tout parlait fortement au cœur. Il n'y avait pas jusqu'à ces sentiers étroits, scabreux, qu'il fallait suivre, et qui, disposés comme des triangles mobiles, tantôt se repliant sur eux-mêmes, et tantôt s'allongeant ou se raccourcissant, comme pour dérober la pensée des fatigues incessantes de l'ascension, qui ne produisissent sur l'âme une religieuse impression. Devant de tels spectacles, plusieurs de nos vieillards étaient émus au point de verser des larmes; nous n'avons pu nous-mêmes retenir les nôtres. « Jamais, di-
» saient nos septuagénaires, nous n'avons rien vu de si
» beau, de si attendrissant. Ah! si on laissait faire la Re-
» ligion! Elle seule peut nous rendre heureux. Bonne Mère
» de la Salette, priez pour nous, priez pour la France,
» priez pour l'Eglise et pour le Pape son chef visible! »
» Cette scène déjà si ravissante l'est devenue davantage encore lorsque nous eûmes atteint le sommet si dési-

---

1. Manuscrit inédit.

ré. On oubliait alors la longueur et la fatigue du chemin. Bientôt après, deux autres processions qu'on n'avait pas encore aperçues, sont venues rejoindre les six premières : c'étaient celles de Saint-Michel et du Valjouffrey, qui descendaient des hauteurs qui dominent les Lieux de l'Apparition. »

Au milieu de cette multitude évaluée à 4.000 personnes, le plus bel ordre n'a cessé de régner, et chacune des paroisses représentées a pu, à son tour, assister à la messe dite par son propre pasteur et y communier.

Les vêpres ont été chantées à deux chœurs formés, l'un par les hommes ayant le clergé à leur tête, l'autre par les femmes, et séparés par la fontaine miraculeuse.

Une solide instruction sur la dévotion à la Sainte Vierge et la bénédiction du T.-S. Sacrement donnée dans la chapelle provisoire ont terminé cette pieuse solennité.

Chaque paroisse a ensuite reformé ses rangs et est repartie en priant et en chantant.

Depuis cette époque, pendant de longues années, un nombre plus ou moins grand de paroisses sont revenues régulièrement célébrer sur la Sainte Montagne la Nativité de Notre-Dame en procession solennelle sous la conduite de leurs pasteurs respectifs, mais nous n'en ferons plus l'édifiant récit. Il en a été ainsi plus tard de la Fête-Dieu solennisée en grande pompe au Pèlerinage, par les populations avoisinantes, le jeudi de son incidence.

Dès le soir du 18 septembre, veille du deuxième anniversaire de l'Apparition, 300 personnes étaient déjà sur la Sainte Montagne. Abritées dans la chapelle en planches ou dans les quelques cabanes élevées à l'entour, elles passèrent toute la nuit à chanter des cantiques, à prier, à se confesser. En cette pieuse veillée, après la prière récitée en commun à 8 heures, M. l'abbé Sibillat qui déjà avait prêché au premier anniversaire, fit une excellente allocution sur la puissance de la prière. A deux heures et demie, on récite publiquement la prière du matin, et M. le curé de la Salette, pour disposer les âmes à passer cette grande fête dans la ferveur, expose brièvement l'historique de l'Apparition et cite cinq ou six guérisons des plus frappantes obtenues par le recours à Notre-Dame de la Salette. En entendant ces édifiants récits, ses auditeurs sont émus jusqu'aux larmes.

A trois heures, commence la célébration du Saint Sacrifice à deux autels en même temps ; ainsi, trente-six messes seront dites avant onze heures.

Vers les dix heures, **on** voit arriver deux processions : l'une vient des Angelas et l'autre de Cordéac, cette dernière, après avoir fourni une marche non interrompue de huit heures, ce qui n'empêche pas le pasteur de célébrer les saints mystères et les ouailles de communier, pour le plus grand nombre.

A midi et demi, la foule, estimée à 8.000 personnes (1), se masse sur les Lieux de l'Apparition pour y entendre la parole de Dieu. Elle lui est dispensée par M. l'abbé Gerin, curé de la cathédrale de Grenoble, qui parle de la bonté de Marie avec piété et onction. Ses accents animés et chaleureux, au milieu du plus religieux silence, parviennent aux oreilles des plus éloignés et captent l'attention de tous. Aussi lorsque, à la fin de son discours, le saint prédicateur commence la récitation de quelques prières pour Notre Saint-Père le Pape, Mgr l'Evêque de Grenoble, les malades, ainsi que les personnes qui se recommandent à Notre-Dame de la Salette, et pour la conversion des pécheurs, cette grande multitude ne fait qu'une seule voix pour lui répondre.

Pour éviter l'écrasement qui se serait infailliblement produit si on avait donné la bénédiction dans la petite chapelle, on alla chercher le Saint-Sacrement, et, pour la première fois, Notre-Seigneur, porté par les mains de M. Gerin, bénit son peuple agenouillé en plein air, sur les Lieux même que sa divine Mère avait visités deux ans auparavant jour pour jour, heure pour heure.

Si les lois de la prudence ne permettaient pas encore à Mgr de Bruillard d'assister en personne à cette touchante manifestation de louange et d'amour envers la Reine des Alpes, il y était du moins présent d'esprit et de cœur, car il en avait donné la promesse peu de temps auparavant à M. le Curé de la Salette, en lui traçant les mesures d'ordre à prendre, et les cérémonies à accomplir dans cette belle journée. De plus, Sa Grandeur était représentée sur

1. M. Gérin, dans un lettre du 2 octobre 1848 à M. Dausse, évalue la foule présente, au moment où il parla, à 10.000 personnes et porte le chiffre global des pèlerins de toute la journée à 15.000.

la Sainte Montagne par M. Rousselot, vicaire général et M. Chambon, chanoine.

Le second anniversaire fut loin, sans doute, d'égaler le premier au point de vue de l'importance de la foule accourue, mais il le surpassa au point de vue de la piété manifestée. Tout s'y passa dans l'ordre le plus parfait et avec une remarquable édification. Moins serrés, moins gênés que l'année précédente, les pèlerins pouvaient plus facilement se livrer aux exercices de dévotion, et, de plus, ils comptaient dans leurs rangs moins de simples curieux, proportion gardée.

Si le jour de la fête, il n'y eut sur le Mont béni que 400 communions environ, beaucoup de pèlerins, dans la crainte soit de trouver de l'encombrement sur la Sainte-Montagne, soit de ne pouvoir faire à jeun une ascension par elle-même si fatigante, avaient communié, ou dans leur propre paroisse, avant de se mettre en route, ou à leur passage à Corps, avant de monter à la Salette.

En 1849, les hautes classes sont largement représentées aux pieds de Notre-Dame de la Salette. « Sans parler, dit M. Perrin (1), des ecclésiastiques appartenant à tous les ordres de la hiérarchie, nous avons remarqué des comtes et des vicomtes, des marquis et des barons. C'est le plus souvent à leur signature sur le registre des pèlerins de Notre-Dame de la Salette, que nous avons reconnu la noblesse de ces grands personnages. Nous avons vu un bon nombre d'honorables magistrats et d'anciens militaires distingués par les brillantes décorations que leur avaient values leurs glorieux services. Des marins sont aussi venus offrir leurs hommages à Notre-Dame de la Salette et la remercier de les avoir arrachés à la fureur des tempêtes. Nous avons conversé avec des commandants et des capitaines de vaisseaux. Leur foi, leur piété franche, leur confiance sans bornes en Marie nous ont beaucoup édifiés. Des négociants en grand nombre, des docteurs en droit et en médecine, et beaucoup de personnages marquants, employés dans les diverses branches de l'administration gouvernementale, sont venus aussi, cette année, s'édifier sur la Montagne bénie. »

La consolante dévotion à Marie a confondu au pied de

____
1. Manuscrit inédit.

ses autels toutes les classes des fidèles. Là, on a vu les
grands du monde, habillés d'étoffes fines et précieuses, age-
ncuillés à côté des pauvres couverts de haillons, les grandes dames, aux somptueuses robes de soie, mêlées aux simples paysannes grossièrement vêtues et dont la modestie
faisait le plus bel ornement. Là, point de distinction, de
place privilégiée, de prie-Dieu capitonné; tous, humblement prosternés, adressent au Ciel des supplications ferventes, scrutent les replis de leur conscience, et attendent
patiemment leur tour pour se confesser. Quel beau spectacle offre la Table sainte! Adolescents et vieillards, riches et pauvres, nobles et roturiers, tous sont nourris du
même Pain des anges, tous semblent oublier la distinction
des classes, tous sont animés de la même charité.

Au troisième anniversaire de l'Apparition, 400 personnes ont passé la nuit du 18 septembre sur le Mont sacré.
Tant la veille que le jour même de la fête, il a été célébré
quarante messes et distribué de nombreuses communions.

Dans l'après-midi du 19, à l'annonce d'une prédication,
les pèlerins, au nombre d'environ 8.000, se partagent en
deux groupes séparés par le ruisseau de la Sézia, les
hommes à gauche, les femmes à droite. M. Gerin, de sa
voix vibrante et sympathique, développe sur le théâtre
même où elles furent exhalées, les plaintes maternelles
de Notre-Dame de la Salette. L'émotion dont l'orateur lui-
même est animé et qui lui arrache souvent des pleurs,
se communique facilement à son immense auditoire.

Après le sermon, l'assistance, profondément attendrie,
prie d'un seul cœur et d'une seule âme et reçoit, avant
de se disperser, la bénédiction de Jésus-Hostie donnée en
plein air.

Pour compléter cette belle fête, Maximin et Mélanie s'y
sont trouvés présents. On a été avide de les voir, de les
entendre, de leur parler. Ils ont fait, en plusieurs endroits, le récit de la Sainte Apparition pour répondre aux
ardents et légitimes désirs de la multitude; on les a écou-
tés dans un silence absolu et avec une profonde attention.

Mlle Des Brulais nous a conservé un tableau délicieux
de la célébration du cinquième anniversaire de la Visite
de Marie dans les lignes suivantes :

« C'était encore un bien beau jour, chère amie, que celui
d'hier. Plusieurs milliers de fervents pèlerins, tous habi-

tants des montagnes (les curieux et les étrangers ont fait défaut cette année), étaient réunis dès le matin sur la Salette pour implorer miséricorde, pour supplier Notre-Dame Réconciliatrice de retenir encore le bras de son Fils, déjà levé sur nos têtes coupables...

» C'est vraiment une fête de famille pour ce pays, que l'anniversaire du jour mémorable où Marie daigna fouler de ses pieds sacrés, arroser de ses larmes virginales, la terre sanctifiée de la Salette. Corps offrait hier un spectacle touchant : dès la pointe du jour, toute la paroisse était en mouvement; on s'empressait pour le départ; bon nombre de maisons se fermaient, car toute la famille voulait partager la joie de la sainte ascension. La mère, portant son plus jeune enfant, le père chargé du second, tandis qu'un troisième, de cinq, six ou sept ans, les précédait gaiement; tous, le bonheur dans les yeux, prenaient le chemin de la Sainte Montagne, heureux de faire, en ce beau jour, le sacrifice du salaire de leur travail. Marie ne saura-t-elle pas les dédommager au centuple?

» Avec quelle consolation, ma bonne amie, n'ai-je pas entendu M. Gerin annoncer à cette foule, pieusement avide de la parole de Dieu, que le Souverain Pontife se montre favorable à l'Apparition; qu'à Rome on a examiné le fait et qu'on y croit!...

» Et l'apôtre de Notre-Dame de la Salette, étendant ses mains vénérables sur la foule attendrie : « Mes frères bien-» aimés, nous a-t-il dit d'une voix pleine dé larmes, mes » amis les plus chers, puisque vous aimez Marie, de la » part du vicaire de Jésus-Christ, je vous bénis! † Au » nom du Père et du Fils, et du Saint-Esprit. »

« O mon amie, que ces paroles nous ont semblé solennelles! Il y avait là je ne sais combien de milliers de pèlerins, et le silence le plus imposant régnait dans cette nombreuse assemblée; ou, s'il était interrompu, ce n'était que par les soupirs arrachés au repentir ou à l'attendrissement... (1). »

Cette année 1851 apporta un grand deuil au dévoué pasteur de la Salette en lui enlevant son digne frère et auxiliaire, l'abbé Jacques-Michel. Pendant la saison des pèlerinages, un prêtre fut autorisé à séjourner provisoirement sur la sainte Montagne (2), et, au printemps sui-

1. Mlle DES BRULAIS. *L'Echo de la Sainte Montagne.*
2. ROUSSELOT. *Un nouveau sanctuaire.*

vant, M. Louis Perrin reçut, en récompense de ses longs labeurs, un poste moins pénible.

§ II. — De l'arrivée des Missionnaires au premier pèlerinage national

L'année 1852 vit l'institution des premiers missionnaires et le commencement des travaux du Sanctuaire élevé sur la Sainte Montagne. Pour cette double raison, les pieux visiteurs y affluèrent. Il vint environ un millier de prêtres, et le chiffre des fidèles fut en proportion.

Les deux grandes fêtes de l'année furent celles de la pose de la première pierre de l'église et du 19 septembre; nous allons en faire le récit.

Après avoir annoncé qu'il serait remplacé, en raison de ses souffrances habituelles, par un de ses collègues, l'Evêque de Valence, dans la cérémonie de la pose de la première pierre, Mgr de Bruillard, ne pouvant, le moment venu, se résigner à un sacrifice trop cruel pour son cœur si filialement dévoué à la Très Sainte Vierge, se mit en route, le 24 mai, pour la Sainte Montagne. Il reçut, à son passage à La Mure et à Corps, les témoignages de la plus profonde vénération et, le même jour, il faisait son entrée dans la paroisse de la Salette, à la lueur des flambeaux et au son des cloches, entouré de la population accourue de tous les hameaux pour voir son premier Pasteur.

Ce 24 mai, il faisait beau. Un grand nombre de pèlerins de tous pays montent ce jour-là même sur la Montagne de Marie. Toute la nuit se passe en prières, en chants, en exercices de dévotion. On prélude ainsi à la grande solennité du lendemain. Dès minuit, commence la célébration du Saint-Sacrifice, qui se continuera jusqu'à dix heures. Un grand nombre de prêtres sont déjà parvenus sur cette terre bénie; plusieurs d'entre eux se joignent aux nouveaux missionnaires pour administrer le Sacrement de Pénitence. A l'aube naissante, déjà beaucoup de fidèles ont eu le bonheur de recevoir la sainte communion.

A une heure du matin, des paroisses entières, groupées en processions, commencent à arriver. Du sommet de ces montagnes, on aperçoit de tous côtés, à la lueur des flambeaux que portent les pèlerins, une foule considérable qui s'achemine vers le Lieu de l'Apparition. Ils s'avancent lentement, en priant ou en chantant. Ces pentes abruptes, ces gorges profondes, ces cimes orgueilleuses, tout cela ressemble à un vaste temple dans lequel retentissent de tous côtés les louanges de Dieu et de Marie. Ce spectacle rappelle celui qu'offrit la nuit du premier anniversaire.

Le 25 mai, à six heures moins un quart, Mgr de Bruillard monte à cheval, et se dirige vers le Mont-sous-les-Baisses. Il est beau de voir ce vénérable vieillard faire cette longue, difficile et si rude ascension, avec une intrépidité et un sang-froid qui étonnent toutes les personnes de sa suite. Il semble oublier son grand âge et ses souffrances; il brave courageusement les fatigues d'un tel voyage, dans son désir de fouler de ses pieds le sol que la Mère de Dieu a sanctifié. Toute la paroisse de la Salette et un grand nombre d'étrangers précèdent ou suivent le Prélat.

Vers les huit heures, Monseigneur de Grenoble touche le lieu du miracle. A l'annonce de son arrivée, des milliers de pèlerins se précipitent sur son passage et s'écrient avec un enthousiasme indescriptible : « Vive Monseigneur l'Evêque! » De toutes parts, ce cri de joie est répété sur la Montagne. Cette immense foule est enivrée de bonheur à la vue du premier Pasteur du diocèse. Lui, traverse lentement les flots compacts de ces pieux pèlerins, représentants de la grande famille catholique, venus de tous les pays pour assister à la pose de la première pierre d'un nouveau sanctuaire érigé à leur Mère du ciel. Plus d'une fois, les yeux du saint Prélat se remplissent de larmes d'attendrissement et de joie, à mesure qu'il s'avance sur cette terre bénie et qu'il traverse cette multitude. Quel bonheur pour lui, de voir ces Lieux sanctifiés par la visite de la Reine des Cieux, de fouler ce sol où tant de milliers de chrétiens sont déjà venus prier! Aussi ne peut-il cacher la douce et vive impression qu'éprouve son âme.

Une fois remis de cette première émotion et des fatigues de l'ascension, Mgr de Bruillard s'empresse de célébrer le Saint-Sacrifice dans la petite chapelle en planches; un grand nombre de pèlerins y assistent. Tout le temps de la messe, le visage du vénérable évêque trahit les sentiments de suave et profonde piété et le bonheur dont il est inondé en offrant pour la première fois la divine Victime sur cette montagne à jamais bénie!

Bientôt après, arrive Monseigneur de Valence, accompagné aussi de nombreux pèlerins qui sont partis de Corps avec lui. C'est le moment le plus imposant. La Montagne est déjà couverte de monde, et, de tous côtés, il en arrive encore ; ce sont surtout, à cette heure, les paroisses environnantes. A mesure que ces longues files de pèlerins approchent du lieu de l'Apparition, elles se rangent en processions, et arrivent précédées d'une clochette, de leur croix et de leurs bannières. Les jeunes filles sont vêtues de blanc, et beaucoup d'hommes portent leur costume de pénitents. Le pasteur de chaque paroisse entonne le « Magnificat » ou un cantique à Marie, et à l'instant, des centaines de voix lui répondent simultanément.

On avait espéré que le beau temps de la veille se continuerait en cette grande journée ; il n'en fut pas ainsi : la pluie vint, dans la matinée, attrister les cœurs et diminuer l'éclat de cette belle fête. Le plateau de l'Apparition est alors couvert comme d'une tente immense formée des parapluies qui abritent les pèlerins. Cette circonstance fait retarder la cérémonie principale, et au bout de deux heures, le temps devient moins mauvais.

L'enceinte du futur sanctuaire est tracée sur le gazon, et dans cette enceinte, on a dressé un autel en planches protégé par une petite tente. Vers les dix heures, les deux Prélats et le clergé, en habit de chœur, s'avancent de l'ancienne chapelle provisoire jusqu'à cet autel, à travers les rangs serrés d'une foule respectueuse, attentive et recueillie. Le R. P. Burnoud, Supérieur des Missionnaires de la Salette qui, alors n'étaient encore que trois, complimente les deux Prélats, après quoi, Mgr l'Evêque de Valence commence la cérémonie à laquelle préside Mgr de Bruillard, l'un et l'autre abrités sous des parapluies. Mgr Chatrousse, après avoir scellé la pierre, offre la truelle d'argent à l'Evêque de Grenoble qui répète la cérémonie du scellement. Malgré la pluie qui tombe toujours, mais faiblement, la foule demeure jusqu'à midi, immobile et pleine de recueillement et d'attention. La bénédiction de la première pierre terminée, Mgr de Valence dit la sainte messe à l'autel dressé dans l'enceinte dessinant les limites du futur sanctuaire. A l'Evangile, le P. Sibillat, l'un des missionnaires, d'une voix forte et éloquente, commente ces paroles : « Gloria in excelsis Deo, et in terra pax hominibus : Gloire à Dieu dans le Ciel, et sur la terre, paix aux hommes. »

La messe est suivie de la bénédiction du Saint-Sacrement. Vers midi, cette magnifique cérémonie est terminée. La foule recueillie et silencieuse paraissait attendre encore quelque chose, il lui semblait que la fête finissait trop tôt.

Les deux évêques prennent un léger repas sur la Sainte Montagne, puis ils songent au départ. Le temps est toujours mauvais. La pluie a rendu les sentiers de la montagne extrêmement glissants et difficiles; Mgr de Bruillard ne peut descendre à cheval sans s'exposer aux plus grands dangers. Que faire? on dispose un fauteuil en forme de litière qu'on recouvre d'une espèce de petite tente en toile blanche, le tout, décoré de feuillage et de branches d'arbre. Le vénérable évêque prend place sur cette sorte de *sedia gestatoria* et des hommes du pays aux épaules robustes et au pas sûr, se chargent avec bonheur de porter tour à tour ce précieux fardeau jusqu'à Corps. Le pieux cortège se met en marche. C'est une immense procession qui se déroule. Le Prélat est précédé et suivi de la foule des pèlerins qui se mettent en branle en même temps que lui. Une clochette devance le cortège épiscopal et semble demander qu'on lui ouvre un chemin à travers les rangs serrés. Du sommet de la Sainte Montagne, on n'aperçoit, jusqu'au fond de la vallée de la Salette, que des pèlerins qui descendent. De toutes parts, on entend des chants pieux; les cloches du village annoncent le retour du Pontife.

« En descendant de la Montagne, raconte Mlle des Brulais (1), nous nous sommes arrêtées en face de la paroisse de la Salette pour jouir du coup d'œil pittoresque qu'offrait cette longue procession de pèlerins dont les parapluies étendus traçaient comme une banderole aux nuances variées le long des sentiers contournant la montagne. Bientôt les chants deviennent plus distincts, les tintements d'une clochette que nous ne pouvions voir sont répétés par les échos de la montagne, et une joyeuse volée y répond du clocher de la Salette, en face de nous. Mais voici qu'un groupe plus compact apparaît au détour du sentier, à la distance d'un kilomètre au-dessus de nous. « C'est Monseigneur! C'est Monseigneur! répètent des centaines de voix. — Par où passera-t-il? — Il descend

____

1. *L'Echo de la Sainte Montagne.*

» à Corps, disent les uns. — Non, non, reprennent les
» autres, il va coucher à la Salette. » Et tous s'agitent,
sans trop savoir quel chemin choisir. Dans notre embarras, nous demeurions à notre poste, afin d'être au premier
rang si Monseigneur descendait directement à Corps. Tout
à coup, nous distinguons une sorte de tente blanche portée sur les épaules d'un groupe de montagnards et suivie
d'une longue file de pèlerins. « Vive Monseigneur! Vive
Monseigneur! » redisent tous les échos. — Le voici, le
voici; il passera tout près de nous. — Et toutes joyeuses,
nous nous levons. Mais, ô désappointement! la tête de la
procession tourne à gauche et prend un sentier de traverse qui descend à la paroisse de la Salette. Hélas! pourquoi sommes-nous demeurées ici, à un demi-kilomètre au-
dessous du pont? Nous ne pouvons rejoindre Monseigneur
à moins de traverser le torrent; comment faire? — Es-
sayons ce sentier à gauche. — Il est rapide. — Tant
mieux! nous irons plus vite... Là-dessus, nous vois-tu prendre notre course, atteindre d'un trait les bords du torrent,
le traverser sur des pierres glissantes, couper la retraite
à Monseigneur et nous trouver, comme par enchantement,
les premières prosternées, disons mieux, les seules prosternées en cet endroit, sur le passage de Sa Grandeur,
que tous les autres pèlerins suivaient. O mon amie, avec
quelle émotion nous avons vu passer à nos côtés ce vénérable Pasteur, abrité, non sous des voiles de pourpre,
mais sous une toile commune, quoiqu'elle fût la plus
belle du pays; porté, non sur un char magnifique, mais
sur les épaules de ses vigoureux enfants, qui, tout rayon-
nants de joie, tout inondés de sueur, paraissaient si heureux et si fiers de leur précieux fardeau! Quatre bras vigoureux soutenaient le fauteuil par derrière, afin que le
Pasteur bien-aimé ne sentît pas les fatigues de la marche.
Et cette foule, qui suivait son Père chéri en chantant les
louanges de la Mère de Dieu, qu'elle était radieuse! Une
douce émotion faisait battre tous les cœurs, et les yeux
ne pouvaient rester secs. Monseigneur, nous voyant ainsi
prosternées à la tête du petit pont qu'il traversait, n'a
pas semblé le moins ému, et, s'avançant sur son fauteuil, il a donné sa bénédiction la plus paternelle à la
Suisse et à la Bretagne, que nous lui représentions, ainsi
que Sa Grandeur a eu la bonté de nous le dire plus tard. »

Malgré la pluie, la solennité du 25 mai 1852 fut donc belle, magnifique. C'était un de ces ravissants spectacles dont la Sainte Montagne avait déjà été témoin le 19 septembre 1847 et qu'elle a revus plusieurs fois depuis. On a estimé que le nombre des pèlerins qui ont assisté à la pose de la première pierre du sanctuaire s'élevait à environ quinze mille, venus de partout. Il s'y trouvait une centaine de prêtres.

Pour servir dans cette cérémonie, on avait façonné et poli avec une pierre de la montagne une petite auge et fait exécuter une truelle en argent aux armes de Mgr l'Evêque de Grenoble, Ces deux objets sont religieusement conservés et font partie du trésor du sanctuaire de Notre-Dame de la Salette.

La pierre qui a reçu les bénédictions de l'église a été scellée à la base de celui des deux gros piliers du chœur,. côté de l'Evangile, qui se trouve le plus rapproché de l'abside, et marquée d'une croix rouge. Une médaille, portant gravés les noms de Mgr de Bruillard, de l'architecte de l'église et de l'empereur Napoléon III, fut déposée sous la dite pierre dans les flancs de laquelle on renferma une boîte de plomb qui contenait des médailles commémoratives de la fête, quelques pièces de monnaie au millésime de l'année courante, six lettres cachetées, envoyées par des communautés religieuses ou des personnes pieuses à l'adresse de Notre-Dame de la Salette, enfin,. écrit sur un parchemin, le procès-verbal, en latin, dont voici la traduction :

« PHILIBERT DE BRUILLARD, par la miséricorde divine et la grâce du Saint-Siège apostolique, Evêque de Grenoble ;

» Nous faisons savoir et nous attestons que l'an du Seigneur mil huit cent cinquante-deux, et le 25 mai, Nous présent, et sur notre prière, Mgr PIERRE CHATROUSSE, évêque de Valence, a béni et posé cette première pierre. Etaient accourus à cette cérémonie près de cent prêtres, ainsi qu'une multitude de près de quinze mille âmes.

« Ce sanctuaire est bâti en l'honneur de la Bienheureuse Vierge Marie, qui, le 19 septembre 1846, apparut à deux bergers, Maximin et Mélanie encore très jeunes. Brillante comme le soleil, mais remplie de tristesse, Elle leur ordonna d'annoncer à son peuple les châtiments qui le menaçaient, s'il ne se convertissait, et les biens qui lui étaient réservés, s'il revenait à Dieu.

» Fait sur la montagne de la Salette, les jour et an que dessus, la sixième année du glorieux Pontificat de S. S. Pie IX, et de notre Episcopat, la vingt-sixième.

» PHILIBERT, Ev. de Grenoble. »

Le même parchemin portait au verso, également en latin, ce qui suit :

« Avec ce parchemin sont renfermés dans cette boîte en plomb, quelques médailles en cuivre, frappées en mémoire de ce jour de fête, ainsi qu'un reliquaire en argent, envoyé par les Religieuses de Saint-Joseph, de la ville d'Annecy, en Savoie, et contenant des reliques de saint François de Sales et de sainte Jeanne Françoise de Chantal, avec les noms des religieuses du couvent et de toutes leurs jeunes élèves. »

La fête du 19 septembre, sans atteindre aux proportions de celle du 25 mai, fut cependant encore bien édifiante. Ecoutons un témoin M. J.-B. Sardou nous en faire la description dans la *Gazette du midi :*

« Le samedi, veille de l'anniversaire de l'Apparition, la chapelle ne pouvait contenir tous les pèlerins accourus aux exercices. Tous, les uns dans l'enceinte, les autres dehors, suivaient religieusement la prière et y répondaient...

» A dix heures du soir, le chemin de la croix fut fait solennellement en commun, du point de l'Apparition, à celui de l'Assomption. Chacune des croix qui marquent les quatorze stations portait une bougie enveloppée de papier blanc. Ces lumières, au milieu d'une nuit obscure et parfaitement calme, semblaient jalonner de feu la voie douloureuse et cette autre voie que Marie avait tracée sur la roche, le jour où elle vint révéler à deux enfants des montagnes les nouveaux châtiments qui menaçaient leur patrie.

» A chaque station, M. l'abbé Sibillat prêchait le mystère qu'elle rappelait. Sa voix mâle et sonore, qui retentissait au loin, trouvait de l'écho dans le cœur des pèlerins ; les pleurs, les sanglots de cette foule en offraient la preuve. Deux hommes d'une taille élevée, se faisaient remarquer au milieu d'elle. C'étaient deux Anglais, autrefois membres de l'Université d'Oxford et ministres protestants, convertis à la religion d'Alfred-le-Grand et de saint Édouard. Munis de lettres de recommandation du cardinal Wisemann, ils étaient venus tout exprès à la Salette pour protester, par leur présence, contre l'indigne outrage que l'Angleterre hérétique avait fait à la Reine des Cieux.

» Arrivé à la dernière station, celle où la Sainte Vierge disparut aux yeux des Bergers, le Missionnaire s'abandonnant à tout le feu de l'inspiration, jeta dans le sein de ses auditeurs les émotions les plus touchantes. A sa voix, on pria pour le bonheur de la France; puis l'orateur entonna la prière du *Parce Domine* que l'on répéta trois fois et que suivit la belle invocation du *Salve Regina*. A ces accents, la multitude enthousiasmée, s'oubliait elle-même; elle aspirait au ciel; la terre avait disparu pour ces âmes ardentes et pieuses; et toute la nuit, leurs chants joyeux en l'honneur de Marie préludèrent à la fête du lendemain.

» Les messes commencèrent à minuit précis pour ne cesser qu'après midi. Dès le point du jour, des paroisses entières arrivèrent processionnellement, précédées de leurs curés et chantant des cantiques d'allégresse. L'autel de la chapelle était double; plus de cinquante prêtres y célébrèrent successivement le Saint-Sacrifice, plus de cinq mille fidèles communièrent. Depuis la matinée de samedi jusqu'à midi du dimanche, les confessionnaux étaient assiégés. Les missionnaires n'auraient pu suffire à cet empressement; mais un grand nombre de prêtres, d'un grand nombre de diocèses de la France et même de l'étranger, avaient prêté leur concours pour exercer, au milieu de la foule des pèlerins, le ministère de réconciliation.

» A neuf heures du matin, la grand'messe fut chantée en plein air. Un autel en planches, bien décoré, s'élevait sur le versant de la Montagne du Gargas, vis-à-vis le chemin de la croix. L'officiant était M. l'abbé Rousselot, chanoine et vicaire général de Grenoble. Tous les prêtres formaient un demi-cercle au-devant de l'autel. Plus de dix mille pèlerins s'étaient rangés en amphithéâtre, les uns sur la colline au-dessous de la chapelle, les autres le long du ruisseau de la Sézia où coule la fontaine de l'Apparition. D'autres, pressés autour de celle-ci, ne formaient pour ainsi dire qu'un seul groupe. Deux vastes chœurs s'étaient organisés d'eux-mêmes : sur la rive droite se trouvaient

le chœur principal et tous ceux qui entouraient l'autel;
l'autre chœur, placé sur la rive gauche, répondait à ces
chants. Jamais concert ne m'a plus profondément ému;
jamais la voix des hommes ne m'a paru plus énergique,
plus victorieuse, plus écrasante.

» Après l'Evangile, M. Sibillat, a lu d'une voix forte la
circulaire de Mgr l'Evêque de Grenoble, en date du 12 septembre, annonçant les grâces accordées par Pie IX, et faisant savoir que, dans cet instant même, la fête de l'Apparition se célébrait pour la première fois dans tout le
diocèse. Le zélé missionnaire a rappelé ensuite éloquemment le miracle dont le souvenir avait amené dans les
montagnes cette immense réunion de fidèles. La foule, immobile, attentive, semblait suspendue aux lèvres du pieux
et ardent orateur.

» Après la grand'messe et la bénédiction, le Saint-Sacrement a été porté en procession dans la chapelle. A une
heure après-midi, les vêpres de la Vierge commencèrent
en plein air devant le reposoir. L'affluence des fidèles
était la même que le matin; mais le temps, qui avait été
si beau depuis le samedi, vint à changer. Les variations
subites de la température, si ordinaires sur les points élevés, eurent bientôt amoncelé d'obscures vapeurs; l'azur du
ciel disparut, et l'on avait à peine entonné le Psaume :
Nisi Dominus ædificaverit domum, que la pluie commença
et tomba avec force pendant une heure.

» Les chants avaient tout à coup cessé, tout le monde
cherchait un abri; le clergé dut revenir à la chapelle. On
donna aussitôt la bénédiction du Saint-Sacrement, et le
chant du *Laudate* termina la cérémonie. »

Nous voici en 1853. Les Missionnaires, installés à demeure sur la Sainte Montagne, y assurent un service religieux continu. De pieux exercices s'y font tous les jours,
et les dimanches et les fêtes, une procession se déroule autour du Planeau. Les pèlerins le savent, aussi les Lieux
de l'Apparition sont-ils plus régulièrement fréquentés que
jamais.

Après avoir assuré la fondation d'un Sanctuaire à Notre-
Dame de la Salette et institué des Missionnaires pour le
desservir, Mgr de Bruillard crut sa mission d'Evêque ac-

complie, et, chargé d'ans et de mérites, il donna la démission de son siège et se retira dans la solitude de Montfleury pour s'y préparer d'une manière plus prochaine à la mort.

Son successeur, Mgr Ginoulhiac, prenait possession le 7 mai 1853, et le 9 août suivant, le nouveau Pasteur du diocèse de Grenoble ayant, pour la première fois, gravi la montée du Planeau, bénissait la première pierre d'une chapelle dite de l'Assomption, parce qu'elle fut élevée à l'endroit où Notre-Dame de la Salette disparut.

Le *septième* anniversaire de l'Apparition a été particulièrement remarquable, avec ses *huit* ou *dix* mille personnes accourues de tous côtés pour le solenniser. Nous ne pourrions entrer dans les détails sans tomber dans des redites.

En l'année 1854, le Pèlerinage de Notre-Dame de la Salette fut plus fréquenté que jamais. C'est qu'un éloquent prédicateur avait fait entendre sa terrible parole dans beaucoup de pays : le choléra avait paru et fait de nombreuses victimes. Pour se préserver ou se délivrer de ses atteintes, on venait en foule implorer la bonne Mère sur sa bénie Montagne. Les Marseillais surtout, fuyant le fléau dévastateur, affluaient à la Salette. Toutes les paroisses avoisinant les lieux de la sainte Apparition s'y rendirent en procession pendant la belle saison, pour obtenir d'échapper au redoutable fléau. Et, de fait, le choléra ne fit aucune victime dans tout le canton de Corps, tandis qu'il sévissait cruellement dans les régions d'alentour. Les pèlerins priaient, cette année, avec une ferveur plus grande encore que les précédentes.

Emerveillé de ce qui se publiait sur Notre-Dame de la Salette, un pieux prélat anglais, Mgr Ullathorne, évêque de Birmingham, s'était mis en marche, avec trois de ses amis, pour la Montagne du miracle. Il y passa trois jours qui furent remplis pour lui d'un bonheur inexprimable. A son retour, il prêcha sur l'Apparition dans l'église de La Mure et dans la cathédrale de Grenoble. Rentré dans sa patrie, il composa, sur son voyage à la Salette, un livre plein d'intérêt qui fut aussitôt traduit en français (1).

---

1. L'ouvrage anglais a été réédité ces années dernières et répandu en Amérique par les Missionnaires de la Salette établis dans le Nouveau-Monde.

Le huitième anniversaire de l'Apparition fut un des plus beaux qui aient jamais eu lieu soit avant, soit depuis 1854.

Le 18, à la chute du jour, on comptait déjà de 1.500 à 2.000 personnes sur la Montagne. Le chœur de la nouvelle église, à peu près terminé, était tout illuminé. Tout autour, ou avait dressé une quinzaine de confessionnaux qui tenaient fort peu de place, au reste, car ils consistaient simplement en une planche grillée fixée au mur.

Disons à ce propos comment se pratiquait la confession à la Salette dans les premières années du pèlerinage. Les hommes se confessaient dans tout endroit de la montagne où ils rencontraient un prêtre qui pût les entendre. Quant aux femmes, avec des aurorisations spéciales, on les confessait, soit dans la chapelle, soit, lorsque la place y faisait défaut, à l'entour. Ordinairement, le confesseur était séparé de la pénitente par une planche munie d'une grille. Lorsqu'il changeait de place, il emportait avec lui son confessionnal volant. Quand les premières constructions furent élevées, le sanctuaire commencé ne pouvant contenir tout le monde, on confessait dans les sacristies, dans les corridors, même dans les escaliers. Confesseurs et pénitents étaient pour ainsi dire les uns sur les autres. On vit dans une seule sacristie carrée, de dimensions assez restreintes, quatre, huit, dix, douze et jusqu'à quinze confesseurs administrant en même temps le sacrement de Pénitence. Pendant les dix premières années qui suivirent l'Apparition, les confessions étaient pour ainsi dire publiques, en ce sens qu'il était comme impossible, aux fêtes des anniversaires, de se confesser sans se faire entendre presque autant des personnes qui vous entouraient et vous serraient de toutes parts que du confesseur lui-même. Mais cette quasi-publicité n'inquiétait personne. On voulait à tout prix recevoir le pardon de ses péchés, et on ne se préoccupait nullement d'être entendu ou non. Et combien ne pouvaient trouver leur tour malgré tous leurs efforts et de bien longues attentes !

Ce qui donne au huitième anniversaire de l'Apparition un caractère particulièrement touchant, c'est ce concours de pèlerins députés, non seulement par tous les départements de France, mais encore par l'Espagne, la Suisse, la Belgique, l'Angleterre, l'Ecosse, l'Allemagne.

L'Espagne a voulu témoigner son amour à Notre-Dame

de la Salette par l'offrande d'un ornement complet en drap d'or, qui a richement figuré à la messe solennelle célébrée à dix heures par M. l'abbé Chambon, grand vicaire du diocèse. A ce moment, douze ou quinze mille pèlerins, d'après l'estimation la plus générale, se trouvaient sur la Montagne, et plus de six mille ont reçu le Pain des Anges dans cette belle solennité.

Au salut du Saint-Sacrement, un magnifique ostensoir proclamait la générosité d'une pieuse dame de Poitiers, et une très belle chape en drap d'or disait celle d'une Communauté religieuse du diocèse de Besançon, pendant qu'un riche tapis, d'une valeur de six mille francs, déroulé sur le gazon, devant l'autel, attestait la filiale sympathie des enfants de Marie de la ville de Lyon, pour la bien-aimée Montagne (1).

En l'année 1855, le Pèlerinage fut assez régulièrement fréquenté, moins cependant que l'année précédente. On crut y remarquer plus d'étrangers que jamais; il en vint jusque des Indes Orientales. On y vit plus de 600 prêtres accourus de 59 diocèses de France, de la Savoie, de la Suisse, de l'Italie, de l'Angleterre et de la Syrie.

Pour la fête du neuvième anniversaire de l'Apparition, se trouvaient sur la Sainte Montagne des représentants de toutes les nations. Elle a été rehaussée par la présence de près de 300 prêtres, de trois vicaires généraux et de Mgr Ginoulhiac, qui était venu faire hommage à Notre-Dame de la Salette d'un riche et splendide diadème, représentant celui que la divine Mère portait au front le 19 septembre 1846. Cette pièce d'orfèvrerie, d'une valeur de quinze à dix-huit mille francs, qu'on avait admirée pendant quatre mois à Paris, dans les vitrines de l'Exposition universelle, était offerte par une dame et sa famille, en reconnaissance de la délivrance d'une possession diabolique obtenue par le recours à la Vierge qui pleure (2).

En octobre de cette même année, c'était Mgr Dupuch, ancien évêque d'Alger, retiré à Bordeaux, qui faisait à son tour l'ascension du Mont béni pour y remercier la divine Mère de deux grâces particulières et déposer à ses pieds, comme gage de sa gratitude, un cœur en vermeil. De retour à Bordeaux, à l'exemple de Mgr Villecourt et de

---

1. Mlle Des Brulais. *Suite de l'Echo de la Sainte Montagne.*
2. Manuscrits Bossan.

Mgr Ullathorne, l'ancien évêque d'Alger, ne se crut pas quitte envers Notre-Dame de la Salette pour avoir visité en pèlerin le théâtre de ses larmes; il voulut encore se faire son apôtre convaincu, ardent, infatigable, en parlant de son Apparition, et en écrivant sous ce titre : « Venez avec moi à la Salette », un livre plein de piété, de charme et d'intérêt.

Parmi les pèlerins de 1856, on compta de nombreux soldats qui, de retour de la guerre de Crimée, avaient à cœur de remercier Notre-Dame de les avoir protégés; des prêtres de 60 diocèses de France, et quatre Evêques : Mgr de Brésillac, vicaire apostolique aux Indes, Mgr Guignes, évêque canadien, Mgr Ginoulhiac et Mgr de Bruillard.

Une cérémonie spéciale, la première de cette nature, marqua le 19 septembre de cette année. Une noble famille du Nord de la France avait amené au Pèlerinage une charmante fillette de 10 ans, lorsqu'il vint à la pensée des parents que ce serait un grand bonheur pour tous si leur enfant, d'ailleurs suffisamment instruite et préparée, pouvait faire sa première communion dans l'église de Notre-Dame de la Salette, au jour anniversaire de l'Apparition de cette bonne Mère. La permission du curé de la paroisse, sollicitée par lettre, est obtenue. On se procure un costume de circonstance; le Supérieur des Missionnaires se charge de la toilette de l'âme, et, à la messe du 19, dite par Mgr Ginoulhiac, on aperçoit dans le chœur, élevée sur une estrade en vue de tous, une petite fille d'une modestie angélique sous ses blancs vêtements, une couronne au front et un cierge à son côté. A la communion, Sa Grandeur dépose sur ses lèvres la Sainte Hostie. Aux Vêpres, l'enfant privilégiée occupe la même place d'honneur, dans le même appareil et pendant le *Magnificat*, elle renouvelle les vœux de son baptême entre les mains du Prélat.

En 1857, comme les deux années précédentes, Mgr Ginoulhiac présida les offices et évangélisa la foule à plusieurs reprises. De plus, Sa Grandeur bénit la chapelle de l'Assomption édifiée en 1853, mais qu'il avait fallu reconstruire jusqu'aux fondations, à cause de son peu de solidité, en attendant que plus tard elle soit transportée et par conséquent rebâtie une troisième fois au cimetière où elle se trouve encore maintenant.

Quelques jours après, le 11 septembre, un autre Prélat, Mgr l'Évêque d'Aoste, en Piémont, venait à son tour remercier la Vierge de la Salette, de la guérison qu'elle lui avait accordée. Ce bon vieillard de 78 ans édifia grandement les hôtes de la Sainte Montagne par sa piété douce et tendre. Sa joie d'avoir pu, en s'émancipant par un acte d'autorité, de la tutelle de son médecin et de ses Grands Vicaires, accomplir ce pèlerinage, était débordante, et, il ne cessait, nouveau Siméon, de chanter son *Nunc dimittis.*

L'année 1858 vit à la Salette beaucoup de prêtres, un peu de toutes les nations. Le 8 juillet, un évêque missionnaire mariste, Mgr Bataillon, y appelait sur sa personne et ses diocésains les maternelles bénédictions de Marie à laquelle il promettait de faire passer aux peuplades d'Océanie son maternel message.

Quelques jours plus tard, le 12 juillet, du Planeau de l'Apparition, on aperçoit soudain, vers les six heures du soir, un certain nombre de personnes sur le col des Baisses. Leur nombre va en s'augmentant; on ne tarde pas à distinguer dans leurs rangs une bannière, puis un ecclésiastique en habit de chœur; en même temps, le son clair d'une clochette se fait entendre. Plus de doute, c'est une procession. Mais d'où peut-elle venir, par ce côté de la montagne et pour n'arriver qu'à une heure si avancée de la journée? Elle vient d'Allemont-en-Oisans, dans l'Isère. Ces braves gens, dès une heure du matin, assistaient dans leur église à la messe de leur curé, et à deux heures, ils se mettaient en route, bannière en tête, au chant des cantiques, sous la conduite de leur pasteur. Après seize heures de marche par monts et par vaux, les voici parvenus maintenant au terme de leur pieux et courageux voyage. Ce ne sont pas seulement des hommes dans la force de l'âge qui ont fourni cette rude étape, mais aussi des vieillards, des femmes et des enfants, et ils ont emporté de leurs maisons des provisions pour trois jours. Malgré la fatigue que trahit leur démarche, avant de songer à prendre quelque repos, ils se rendent directement à l'église en chantant et en priant, comme ils l'ont fait le long du chemin. Loin de regretter leur peine, leur cœur surabonde d'une douce émotion qui, chez plusieurs, se traduit par des larmes. Après qu'ils ont épanché leur âme aux pieds de leur Mère du Ciel, chacun emploie son temps à sa guise : un certain nombre commencent à se confesser, d'autres vont prier, auprès de la fontaine miraculeuse, d'autres enfin prennent quelque nourriture, assis sur le gazon. A part quelques-uns, ces vaillants passèrent la nuit dans l'église, appuyés contre un banc ou étendus sur le plancher. Ceux qui ne dormaient pas se répandaient en ferventes supplications auprès de Notre-Seigneur et de son Immaculée Mère. Le lendemain, toute la journée est consacrée à la dévotion : on se confesse, on communie, on assiste aux offices et on prie. La seconde nuit se passe comme la première. A deux heures du matin, tous sont sur pied. Aux chants accompagnés par l'harmonium succède la messe célébrée par le curé d'Allemont et, à quatre heures, la caravane s'étant mise en rang de procession et ayant recommencé de prier et de chanter, ainsi qu'à l'aller, reprend le chemin du village, où elle n'arrivera qu'à huit ou neuf heures du soir.

A ce spectacle édifiant, un pèlerin de condition élevée et venu de fort loin, s'écriait, non sans justesse, et avec une sorte de confusion et d'indignation contre lui-même : « Non, nous ne sommes pas des pèlerins, nous qui venons des villes, même des extrémités de la France. Nous venons en chemin de fer ou en voiture jusqu'au bas de la montagne ; nous croyons ensuite faire merveille de monter à pied depuis Corps jusqu'ici. Rien ne nous manque en route, nous n'avons rien ou presque rien à souffrir. Arrivés sur la montagne, nous sommes bien logés et bien nourris. Nous ne sommes pas des pèlerins ! Voilà, ajoutait-il en désignant les paroissiens d'Allemont, voilà les vrais pèlerins, ceux qui peuvent apaiser la colère de Dieu, consoler la Sainte Vierge et sauver la France. »

La solennité du douzième anniversaire de l'Apparition a été l'une des plus magnifiques qu'on ait vues depuis 1846 : et par le temps qui fut splendide, et par le jour qui était un dimanche, et par le nombre des pèlerins qui s'éleva à dix mille. Trois vicaires généraux de Grenoble y assistèrent et le jour même du 19, quatre-vingt-dix messes furent célébrées sur la Sainte Montagne.

En 1859, la physionomie générale du Pèlerinage n'offrit rien d'extraordinaire ; notons seulement ce fait particulier :

La Supérieure du Bon Pasteur de Grenoble étant malade, à toute extrémité, sa communauté désolée invoqua Notre-Dame de la Salette, lui promettant, si la Révérende Mère guérissait, d'accomplir un pèlerinage à la Sainte Montagne, et de le faire nu-pieds, depuis Corps. La guérison sollicitée fut accordée et le couvent s'acquitta de son vœu. Une première caravane, composée de cent douze personnes,

STATUE EN BRONZE DE L'APPARITION.

se mettait en route dans l'après-midi du 13 juin, et arrivait à Corps le 14, à trois heures du matin. Descendues de voiture, les pieuses pèlerines quittent bas et souliers, et, la prière et le chant sur les lèvres, s'acheminent vers le sanctuaire de leur bonne Mère. On conçoit facilement quelles souffrances dut causer à des personnes délicates et n'ayant jamais marché sans chaussures, l'ascension de la Sainte Montagne par des chemins abrupts et parsemés de pierres dures et coupantes. Cette véritable montée du Calvaire ne dura pas moins de cinq heures. Arrivées à l'église, les filles du Bon-Pasteur reprennent leurs chaussures et entendent une messe à laquelle elles font la sainte communion, suivie d'une longue action de grâces. C'est seulement alors qu'elles songent à refaire leurs forces épuisées, par un déjeuner dont elles ont grand besoin. A une heure de l'après-midi, elles entendent, sur les Lieux de l'Apparition, une instruction de la bouche d'un Père

STATUE EN BRONZE DE LA CONVERSATION.

Jésuite qui les a accompagnées et assistent, à l'église, aux Vêpres et à la bénédiction du Saint-Sacrement. Enfin, à quatre heures, elles reforment leurs rangs, reprennent prières et cantiques, descendent à Corps, les pieds chaussés, cette fois, et à Corps, remontent en voiture pour regagner Grenoble, en voyageant de nouveau toute la nuit. Une seconde caravane du Bon-Pasteur, comptant cent cinquante-quatre voyageuses recommençait, au mois de septembre suivant, dans des conditions identiques la même pieuse expédition, avec ce surcroît de mortification pour plusieurs, qu'elles firent la route à pied à partir de La Mure.

Signalons, en cette même année 1859, la visite à la Vierge Réconciliatrice de deux évêques venus de loin, implorer pour leurs diocésains, des grâces de conversion et de salut : Mgr Desflèches, évêque-missionnaire en Asie, et Mgr l'évêque de Meaux.

En l'année 1860, on compta pour la première fois, au Pèlerinage, les hosties employées, et on put en conclure que 2.430 messes y furent dites, et 12.090 communions distribuées. Or, le Pèlerinage n'est guère fréquenté que pendant quatre mois de l'été.

Deux prélats firent l'ascension du Mont béni : l'évêque d'Autun et celui de Moulins.

Le 25 mai 1861 le cœur de Mgr de Bruillard, décédé le 15 décembre précédent, était solennellement déposé dans le sanctuaire de Notre-Dame.

Au mois de juillet de cette même année, Mgr l'évêque de Belley faisait son pèlerinage à la Montagne et y édifiait pèlerins et Missionnaires par sa dévotion envers la Reine de ces lieux bénis.

Le 15 septembre, on bénissait une grande croix qui, succédant à plusieurs autres, sur la cime du Planeau, devait indiquer de loin aux pèlerins de Notre-Dame, le terme de leurs pas.

Les fêtes du seizième anniversaire de l'Apparition se célèbrent avec le concours de Mgr de Charbonnel, ex-Sulpicien, ex-évêque en Amérique et maintenant capucin, que Mgr Ginoulhiac, dans la visite qu'il en a reçue à Grenoble, a chargé de le remplacer dans cette circonstance. Le zélé fils de saint François ne se ménage pas. Il prêche à différentes reprises; il passe la soirée du 18 et toute la nuit suivante au confessionnal, où il n'entend pas moins de 154 pénitents; il dit, le 19, à dix heures du matin, la messe, à laquelle deux petits garçons font leur première communion; il assiste à la grande procession et officie pontificalement aux Vêpres.

Nous voici en 1864. La fête du Saint-Sacrement réunit 1.000 personnes. Le 24 mai, la première des statues en bronze offertes par un pieux Espagnol, M. le Comte de Pennalver, pour orner les lieux de l'Apparition, celle de la *Conversation*, est amenée en deux pièces à dos de mulet. Le 8 juillet, c'est le tour de la statue de la Vierge en pleurs. Comme elle est d'un seul bloc, il faut la transporter sur un chariot spécial attelé de trois mulets et accompagné de dix-huit hommes. Ce convoi suit le nouveau chemin, qui serpente aux flancs du Gargas. A certains endroits, la moitié du véhicule se trouve suspendue dans le vide au-dessus d'un précipice, et des hommes, accrochés au rocher, le soutiennent avec des cordes, jusqu'à ce que le passage dangereux ait été traversé. Aux approches de

STATUE EN BRONZE DE L'ASSOMPTION.

la Sainte Image, la cloche du sanctuaire s'ébranle pour la saluer. Aussitôt que l'attelage a atteint les limites de la propriété du Pèlerinage, on ouvre la caisse qui contient la statue et la Vierge apparaît assise et pleurant. Les mulets ont été dételés, les ouvriers qui ont quitté leur chantier et les missionnaires eux-mêmes traînent le char et amènent le bronze vénéré sur les lieux de l'Apparition. Les pèlerins présents sur le plateau sont accourus; on s'agenouille aux pieds de la Mère qui pleure, et on chante le *Salve Regina*. Tous les assistants sont profondément émus et versent des larmes.

Le lendemain, on va chercher la statue de la Vierge de l'Assomption qui ne pèse pas moins de 650 kilog. Le voyage offre plus de difficultés encore que celui de la veille. On met six heures et demie pour aller du hameau des Ablandins au sanctuaire. Mais Marie protège ses enfants, la statue arrive sans encombre au lieu de sa destination, et on chante à ses pieds le *Magnificat* avec un enthousiasme indescriptible.

Le 4 août, l'évêque de Gap, qui possède dans son diocèse Notre-Dame du Laus, vient offrir ses hommages à Notre-Dame de la Salette.

Parmi les pèlerins marquants de 1865, nous avons à noter le vénérable Père Eymard, fondateur des Pères du Saint-Sacrement et M. Eugène Boré, alors Supérieur des Lazzaristes de Constantinople et futur Supérieur général des Prêtres de la Mission et des Filles de la Charité.

En 1867, une augmentation sensible s'est produite dans le chiffre des visiteurs de Notre-Dame de la Salette. On a compté, en particulier, *sept cent douze* prêtres, appartenant à *quatre-vingt-quatorze* diocèses de France et de l'étranger.

Deux délégués de Mgr Hassoun, Patriarche arménien, ont consacré solennellement l'Orient, et l'Arménie en particulier, à Notre-Dame de la Salette.

L'année suivante, le Pèlerinage a reçu la visite d'un Patriarche chaldéen, d'un Evêque italien et de Mgr Eloi, coadjuteur, en Océanie, de Mgr Bataillon.

En 1869, il y vint un évêque du Piémont et un autre de la Nouvelle-Zélande.

Mil huit cent soixante-dix, année du Concile du Vatican et de la guerre franco-allemande! Le Sanctuaire se ressentit de ces deux grands événements; parmi tant d'autres pèlerins, le Concile lui amena des Evêques et la guerre des soldats.

Le vingt-quatrième anniversaire de l'Apparition, en raison des événements qui rendaient les voyages plus difficiles, ne rassembla pas autant de pèlerins éloignés que les années précédentes; en revanche, il vit affluer en plus grand nombre les populations environnantes et le clergé diocésain et emprunta un intérêt spécial à la présence du nouvel évêque de Grenoble. Mgr Ginoulhiac venait, en effet, d'être élevé sur le siège primatial de Lyon, et le Souverain Pontife lui avait donné pour successeur Mgr Paulinier, ex-curé de Saint-Roch de Montpellier, originaire du même diocèse que lui, son ancien et brillant élève, et son intime ami. Sacré dans la chapelle du Grand Séminaire de Lyon, par son vénérable prédécesseur le 28 août, et intronisé sur le siège de Saint Hugues le 6 septembre, le nouveau Prélat avait voulu présider sur la Sainte Montagne, qu'il avait déjà gravie en pèlerin quelques années auparavant, la grande fête du 19, et c'est de ce lieu béni et de ce jour mémorable qu'il data sa première Lettre pastorale au clergé et aux fidèles dont il venait d'être constitué le Père en Dieu. La veille et le jour même de la solennité, Sa Grandeur, d'une voix forte et claire, fit entendre d'éloquents accents à la foule pieuse dont la ferveur recueillie réjouit grandement son cœur d'évêque et lui donna sujet d'augurer favorablement de son ministère à Grenoble.

Si, au début de la saison de 1871, le mouvement qui amène les foules à la Salette, a tardé de se produire, il n'a pas laissé ensuite de reprendre avec une nouvelle intensité. Paris, en particulier, a envoyé de nombreux représentants qui sont venus remercier Notre-Dame de la protection qu'ils en avaient reçue au cours des terribles événements de la guerre, du Siège et de la Commune. Et un certain nombre, en témoignage de leur filiale reconnaissance, ont laissé au vénéré sanctuaire des objets précieux, comme croix d'honneur, bijoux, montres, anneaux, chaînes d'or, etc.

Le chiffre global des pèlerins s'est élevé à trente mille, dont six cents prêtres. Il a été célébré deux mille trois cent cinquante messes et distribué seize mille communions.

§ III. — Du premier pèlerinage national à l'heure actuelle

Voici maintenant que va s'ouvrir l'ère des *grands pèlerinages* à la Sainte Montagne. Jusqu'ici, sans doute, il s'était rencontré parfois des foules bien nombreuses — nous l'avons vu — aux pieds de Notre-Dame de la Salettes; mais ces foules, si on en excepte les paroisses voisines qui y montaient en procession, se composaient de pèlerins venus isolément ou du moins en petits groupes partis du même endroit. Ce fut en 1872 que les affluences méthodiquement organisées et amenées de loin par trains spéciaux commencèrent avec le *Pèlerinage national.*

La paternité de l'idée de ce pèlerinage revient à M. l'abbé Thédenat, du clergé de Paris, décédé pieusement en 1884. Vicaire de la paroisse des Saints Gervais et Protais, dans l'église de laquelle était établi depuis 1836 le culte de sainte Philomène, l'abbé Thédenat, au sortir des horreurs de la Commune, en octobre 1871, était allé prier à Ars, sur la tombe de l'humble curé dont la sainteté avait rendu célèbre ce coin perdu des Dombes, et devant l'image de la Vierge-martyre érigée par M. Vianney dans son église. C'est là que, pendant qu'il réfléchissait aux calamités récemment attirées sur notre pays par le mépris que nous avions fait des avertissements de Marie à la Salette, il lui sembla que la France catholique devait aller faire amende honorable sur la Sainte Montagne, représentée par des délégués de chaque diocèse, de chaque paroisse, de chaque communauté ou institution, qui formeraient un pèlerinage vraiment *national.*

De retour à Paris, le pèlerin d'Ars expose son idée dans une circulaire adressée *aux catholiques de France* et fonde, pour la propager, l'*Echo de Sainte Philomène* (1). Mis au courant de ce projet, les Missionnaires de la Salette répondaient à son auteur par la plume du R. P. Jean Berthier :

« Le projet que vous nous révélez est de nature à réjouir tous nos lecteurs. C'est, en effet, une grande et belle entreprise que de réunir, de toutes parts, les âmes pieuses, pour les conduire en même temps aux pieds de Notre-Dame de la Salette, afin de conjurer cette auguste Mère de ne pas cesser de prier pour nous et de retenir le bras de son Fils.

» C'est dans ce but que, durant l'année 1871, les pèlerins sont accourus sur la Montagne, plus nombreux que jamais. Vous avez été témoin, Monsieur l'abbé, de ce concours presque inouï. Mais la manifestation publique, éclatante, d'une multitude réunie à la Salette, de toutes nos provinces en même temps et de nos grandes cités en

---

particulier, serait comme l'acte de foi solennel de la France en l'Apparition.

» Je n'en doute pas, un tel pèlerinage, en consolant la Vierge qui est venue, il y a un quart de siècle, pleurer sur nos malheurs, assurerait sa protection à notre patrie.

» Les gardiens du sanctuaire de la Salette ont trop à cœur la gloire de la Vierge réconciliatrice et le salut de la France pour ne pas applaudir à ce magnifique dessein.

» Puisse, au jour du rendez-vous solennel dont vous me parlez, la Montagne de la Salette se couvrir, comme au premier anniversaire de l'Apparition, de cinquante mille pèlerins ! »

L'idée était superbe, mais un jeune vicaire, absorbé par les fonctions de son ministère, ne pouvait en procurer l'exécution par lui-même. Les Pères de l'Assomption, après de longues hésitations, voulurent bien assumer ce fardeau. Un comité se forma, et le programme définitif du Pèlerinage national à Ars et à Notre-Dame de la Salette, pour demander le salut de la France et la délivrance du Saint-Père, fut arrêté et lancé.

En conséquence, le 18 août 1872, trois cent quatre-vingts pèlerins de Paris, Versailles, Rouen, Amiens, Roubaix, Tourcoing, Reims, Épinal, après s'être agenouillés dans l'église des Saints Gervais et Protais, devant l'image de sainte Philomène, et y avoir entendu la parole de Dieu de la bouche de l'un d'entre eux, M. l'abbé Tilloy, docteur en théologie et premier aumônier du Lycée Descartes, s'embarquaient à la gare de Lyon.

A Dijon, leur effectif s'augmente d'un contingent de plus de deux cents Bourguignons et Francs-Comtois, amenés pas M. le Vicomte de Damas. D'autres encore les rejoindront à Beaune, à Chagny, à Villefranche. Le lendemain, ils sont à Ars, où ils prient sur la tombe du vénérable Curé et invoquent de nouveau sainte Philomène. A Lyon, leurs rangs grossissent de nouveau, et ils s'acheminent vers Grenoble. Jusque-là, nos pieux voyageurs, dont les cantiques ne laissent pas d'étonner les habitants des régions qu'ils traversent, peu habitués à entendre de tels accents sur le passage des trains, ont recueilli çà et là, tantôt un sourire railleur ou une plaisanterie idiote, tantôt une parole sympathique et même, comme au Grand-Lemps de magnifiques bouquets. A Grenoble, ils rencontrent plus accentuées ces deux sortes de manifestations opposées. Tandis que des ecclésiastiques et les membres d'un comité spécial les accueillent, à leur arrivée, avec une charité tout évangélique, à leur départ de la ville. ils sont assaillis, par une horde de voyous, d'insultes, de crachats, de boue et même de pierres.

Mais il est temps de nous **transporter** sur la Sainte Montagne. La fête de l'Assomption y fut présidée, au milieu d'une foule de huit cents pèlerins, par Mgr Dupanloup, qui, à vingt-quatre ans de distance, avait gravi une seconde fois les pentes du Planeau.

Dans la matinée du 18 août, arrivent les Marseillais, qui se **distinguent** dans la foule par la rondeur de leurs manières et la puissance de leurs poitrines, lesquelles font entendre pour la première fois aux échos du Gargas, qui le rediront si souvent dans la suite, le cantique populaire :

> Dieu de clémence,
> Dieu protecteur,
> Sauvez, sauvez la France,
> Au nom du Sacré-Cœur !

Les pèlerins de Vaucluse ont pu arriver à temps pour serrer la main à leurs frères de Marseille. Ils avaient suivi la route de Gap, et leur voyage avait été une vraie retraite. Tous, chaque jour, entendaient de grand matin la Sainte Messe ; plusieurs y communiaient. Ils récitaient en commun le rosaire en entier, l'office de la Sainte Vierge et les prières du matin et du soir. Le prêtre zélé qui les dirigeait leur faisait de pieuses méditations, et souvent leurs conversations de voyage étaient interrompues par le chant des cantiques.

Le 20 août, à quatre heures du soir, arrive un premier groupe du pèlerinage de Paris, composé de près de cent personnes, la joie au front. Quelques Marseillais, restés encore au Sanctuaire, organisent des chants pour l'arrivée de Mgr Paulinier. A cinq heures et demie, les cloches annoncent son approche. Les fidèles, aussitôt, de se précipiter à sa rencontre pour recevoir les premières bénédictions du Prélat qui gagne l'église entre leurs rangs pressés. Les portes du Sanctuaire s'ouvrent toutes grandes, et, dans son enceinte éclate un chœur de centaines de voix, redisant :

> Sauvez, sauvez la France,
> Au nom du Sacré-Cœur !

Monseigneur, ému par cette réception toute spontanée, et pourtant magnifique, improvise une allocution qui fait couler des larmes de tous les yeux. Il s'adresse aux Marseillais surtout, qui ont exécuté ou préparé les chants : « Voici donc, dit-il, que Notre-Dame de la Garde vient donner à Notre-Dame de la Salette un baiser fraternel qui est un signe d'espérance dans ces jours de si profondes angoisses. Voici donc que cette ville, qui a été le théâtre de tant de désordres, compte encore dans ses murs de

MONSEIGNEUR PAULINIER.

nombreux enfants dignes fils des Marseillais du temps de Belsunce. Je vous remercie, Messieurs, des consolations que vous m'apportez. Que la Vierge bénisse votre pèlerinage, et moi je vous donne ma bénédiction d'évêque et d'ami; recevez-la avec une filiale tendresse, bien que je ne sois pas votre père. »

Au salut, qui se célèbre à huit heures, le R. P. Supérieur des Missionnaires, dans une éloquente allocution, assigne pour modèle aux pèlerins la Vierge de l'Apparition. Comme elle, ils doivent, pendant ce saint voyage, expier et prier. Monseigneur donne ensuite la bénédiction du Saint-Sacrement. La foule s'écoule silencieuse et se dirige vers les lieux de l'Apparition pour une cérémonie improvisée, mais des plus émouvantes. Le Prélat, qui a quitté ses ornements pontificaux, la suit. Chaque pèlerin s'est muni d'un cierge qu'il tient allumé à la main. Tout le plateau est rempli de cette foule qui chante tour à tour les gloires de Notre-Dame de la Salette, des invocations au Sacré-Cœur et des cantiques d'expiation. Les voix des jeunes filles et des enfants se mêlent aux voix mâles des hommes du monde, et de plus de cent prêtres réunis. Les vents retiennent leur haleine pour ne pas éteindre les flammes des cierges qui se consument entre les mains des pèlerins. La nuit est splendide, le ciel pur et serein. Point de vapeur pour en voiler l'azur. La clarté des étoiles dévoile les cimes gigantesques des monts qui servent comme de murs à ce temple où on prie à cette heure avec tant de ferveur et dont le firmament constitue la voûte.

Le 21, vers sept heures, on annonce l'arrivée de tous les autres pèlerins de Paris et de Dijon, qu'on voit s'avancer lentement sur les flancs de la montagne. Une procession s'organise pour aller à leur rencontre; Monseigneur et le R. P. Picard, supérieur des Augustins de l'Assomption de la maison de Paris, échangent quelques paroles éloquentes.

La France et Pie IX n'y sont point oubliés. La France, c'est pour demander son salut que les plus ferventes âmes de sa capitale accourent sur la montagne où Marie a pleuré nos malheurs. Pie IX, c'est lui qui, après Notre-Dame de la Salette, a eu tous les honneurs de ces grandes fêtes; c'est son nom qui a inspiré le plus d'enthousiasme et fait couler le plus de larmes; ce sont ses plus glorieuses prérogatives de Vicaire de Jésus-Christ qui ont excité les plus éclatants transports de joie.

Après avoir serpenté sur le versant du Gargas, la procession, composée de plus de quatorze cents pèlerins, enlace dans ses files les lieux de l'Apparition. Prières, chants, pleurs, rien n'y manque. Deux à trois cents prêtres suivent Monseigneur, parmi lesquels Mgr Maugis, du clergé de Lyon, prélat de la Maison de Sa Sainteté. L'église se remplit, et ses voûtes retentissent des chants sacrés exécutés avec un ensemble et une ardeur indicibles.

Le R. P. Picard monte en chaire et prononce un remarquable discours dont voici le résumé : « Mgr l'Évêque, au moment où il nous accueillait, nous a cité une parole de la Sainte Ecriture qui résume admirablement le but de notre pèlerinage : *Vadam ad montem myrrhæ et ad collem thuris*. Oui, la Salette est vraiment pour nous, aujourd'hui, la montagne de la myrrhe et la colline de l'encens. Nous y venons pour pleurer et pour prier tout à la fois, et dans ces larmes et ces prières, nous venons reconquérir deux grandes choses qui firent jadis la grandeur de la France, et dont l'absence aujourd'hui cause son abaissement. Ces deux biens inappréciables, ce sont le sacrifice et l'enthousiasme. Le sacrifice nous pousse à souffrir pour la cause de la justice; l'enthousiasme noas fait endurer avec joie, avec bonheur, avec transport, ces souffrances, quand elles sont un moyen d'accomplir un devoir et de sauver l'honneur et la foi. »

Après la messe, chacun va où le porte son attrait : la plupart dirigent leurs pas vers les lieux de l'Apparition et la Fontaine miraculeuse. Voici une famille de Vienne et un Monsieur de Lyon accompagné de sa jeune fille de quinze ans; les uns et les autres sont venus à pied depuis Grenoble, c'est-à-dire qu'ils ont fourni, sous un soleil ardent, soixante-treize kilomètres.

La Savoie aussi est représentée par un certain nombre de ses enfants que l'on reconnaît à leur air grave et recueilli, aussi bien qu'à leurs costumes bariolés qui varient avec chacune des cimes de leurs montagnes. Voilà trente habitants de La Chambre qui ont marché pendant deux jours à travers les rochers. Un abbé savoyard en a fait autant avec son jeune compagnon de voyage.

A la fin du repas de midi, Monseigneur, en présence des prêtres nombreux qui l'environnent, porte un toast au Vicaire infaillible du Christ, à Pie IX, qui soutient le poids de tant de gloire et de tant de tristesses! Que Dieu ajoute à ses gloires le triomphe sur la Révolution italienne et mette fin à ses douleurs! Aussitôt, un télégramme est rédigé et expédié à Rome par Sa Grandeur; il exprime chaleureusement à Pie IX le dévouement des pèlerins de la Salette pour son auguste personne. Un pieux laïque de Paris, M. Bournisien, va porter cette nouvelle à la foule réunie sur les lieux de l'Apparition pour entendre le récit de la céleste Vision fait par Maximin Giraud, l'un des heureux Bergers. On applaudit et ce cri sort de toutes les bouches : « Vive Pie IX ! »

Deux jours plus tard, Mgr Paulinier recevait de Rome la dépêche suivante :

« Le Saint-Père, remerciant les Pèlerins de la France réunis à la Salette, de ce témoignage de dévotion, leur envoie, de tout son cœur, sa bénédiction paternelle.

» Cardinal ANTONELLI. »

Vers les deux heures de l'après-midi, arrivent à pied, sac au dos, vingt-quatre enfants ou jeunes gens du patronage de Dijon. Rien ne manque à leur fourniment, ni la couverture, ni le bidon, ni le pain de munition. Ils ont aussi leurs enseignes : c'est une grande croix, avec son Christ en bois et une blanche oriflamme.

Ce groupe charmant, malgré la poussière qui le recouvre, s'agenouille devant l'autel et forme le demi-cercle autour de M. l'abbé Cordier, son aumônier. Puis la petite troupe chante l'*Ave verum* et un cantique à la Sainte Vierge. Depuis leur arrivée jusqu'à leur départ, ces jeunes gens ont fait l'admiration de tous par leur bonne tenue et leur piété.

A leur passage à Grenoble, ils s'étaient confessés, craignant de ne le pouvoir faire commodément sur la Sainte Montagne.

En traversant le bourg de Vizille, la petite troupe rencontre une bande d'insulteurs qui vomissent des huées et lancent des pierres; un des plus petits pèlerins se tourne vers eux, et de sa voix enfantine : « Nous prierons bien pour vous à la Salette! » leur dit-il. C'est que ces enfants sortaient du Saint Tribunal et devaient communier le lendemain sur la Sainte Montagne.

A trois heures et demie, la procession se met en branle. Les femmes ouvrent la marche, s'avançant, à la suite de leur bannière, au nombre de sept cents, sur deux longues files qui contournent le Planeau.

Puis viennent les hommes, au nombre de six cent vingt. Tous chantent le refrain : « *Dieu de clémence* ». Voici, avec leur oriflamme et leur Christ de bois, les jeunes Dijonnais dont nous avons parlé. En quittant demain le sanctuaire, ils emporteront leur Christ, mais ils laisseront ici, auprès de Marie, leur oriflamme. Suivent les prêtres en costume de ville au nombre de deux cent douze.

Un certain nombre étaient partis le matin. Ensuite s'avance la bannière du Comité qu'accompagnent le R. P. Picard; M. le Vicomte de Damas, président du Comité; M. Bournisien, vice-président, et ses deux fils; M. l'abbé de Bonniot; le P. Desaire, secrétaire du Comité; le P. Pierre-Baptiste, Assomptionniste de la Maison d'Arras; M. l'abbé Tilloy; M. le docteur Courtaux, médecin de la caravane; tous portent sur la poitrine un ruban blanc et bleu.

Après eux, ce sont les prêtres en habit de chœur et portant sur leurs épaules la statue de la Vierge, ou lui faisant cortège. Mgr Paulinier s'avance après elle, entre deux de ses archiprêtres qui remplissent les fonctions de diacre et de sous-diacre.

La procession, après avoir fait le tour de la montagne au flanc de laquelle est assis le sanctuaire, vient longer le versant du Gargas et s'y échelonne en replis sinueux, dans l'ordre le plus parfait. Tous les chants se mêlent, toutes les voix se confondent, tous les cœurs battent du même amour pour Marie.

Les femmes se rangent à gauche, les six cents hommes se placent à droite, sur le versant du Gargas, les deux cent douze prêtres sont en avant. La Vierge, avec son cortège, s'arrête devant la source miraculeuse, et Mgr l'Evêque se tient sur le mamelon où Notre-Dame de la Salette disparut aux regards des Bergers, tourné vers le versant où la foule stationne. On entonne le cantique : *Esprit-Saint*, que mille bouches répètent à la fois; puis les pèlerins s'asseoient sur le gazon, et comme en amphithéâtre en face du Prélat.

Le silence se fait. Après avoir exprimé dans les termes les plus chaleureux la joie que lui donnait cette grande manifestation religieuse et affirmé que ces jours compteraient parmi les plus beaux de son épiscopat, Monseigneur, parlant avec cette éloquence, cette poésie du cœur qui le caractérisent, raconte la sainte Apparition et en démontre l'authenticité en prouvant que les Bergers qui l'ont publiée sont dignes de foi parce qu'ils n'ont été ni trompeurs ni trompés, et que Dieu lui-même s'en est fait le garant par des guérisons miraculeuses, par la merveilleuse extension de la dévotion à Notre-Dame de la Salette et par la réalisation des châtiments qu'avait prédits la céleste Visiteuse, notamment en ce qui concerne la France. Et à ce sujet, l'orateur fait entendre ces magnifiques paroles :

« Elle aussi (la France) a été bien coupable ! Appelée par une vocation quatorze fois séculaire à être, au milieu du monde moderne, le missionnaire de la vérité, elle est devenue le missionnaire de l'erreur, et, depuis plusieurs années, elle a accompli, par tous les échos de la presse, du roman et du théâtre, ce fatal apostolat. Nous l'avons vue, fière de ses progrès matériels, voulant se passer de Dieu, le chasser de l'école et de la famille, comme elle le bannissait de ses lois, soulevant toutes les convoitises et les appétits sensuels ! C'était la femme de l'apocalypse, portant au front le diadème d'une science tout humaine, sur ses épaules le manteau d'or de l'industrie et offrant à toutes les nations qu'elle invitait à ses fêtes luxueuses, la coupe empoisonnée de ses erreurs et de ses vices.

» Mais, pendant que la plupart de ses fils s'enivraient de sa prospérité dans des orgies criminelles, une main écrivit sur la muraille du festin de ces nouveaux Balthazars trois mots mystérieux, et, comme aux jours de la chute de Babylone, d'autres barbares arrivèrent du Nord, avec la rapidité du vautour ; et nos chefs les plus hardis pâlirent comme des bergers surpris par la tempête ; la victoire fut infidèle à notre drapeau, le sang de nos zouaves coula, des milliers de soldats blanchirent de leurs ossements les champs de bataille, le deuil s'introduisit dans nos familles, et tous les cœurs furent ulcérés. Paris fut bientôt assiégé comme la cité déicide, et malgré d'héroïques efforts, celle qui s'appelait la reine des nations, plus humiliée, plus dépouillée que la Niobé du monde antique, a fini par courber la tête sous le plus ignoble tribut.

» Pauvre France ! Le soupir de Pie IX est-il assez justifié ? Non, mes très chers frères, ce n'était là que le commencement des plus ineffables douleurs. La guerre civile a éclaté avec ses sinistres éclairs, et tandis qu'on répétait autour de nous qu'une civilisation sans Dieu adoucit les mœurs des peuples, on a vu, à la lueur du pétrole qui dévorait nos palais, de nouveaux cannibales dont la férocité n'a été dépassée que par l'héroïsme de nos martyrs. Prêtres de Paris qui m'entourez, et qui avez été témoins de ces crimes, dites-nous vous-mêmes jusqu'où peut descendre un peuple, quand il a répudié sa foi et ses autels; mais racontez-nous aussi, pour relever notre courage, la grandeur d'âme des victimes, ces soldats et ces magistrats chrétiens, ces prêtres et ces religieux marchant à la mort comme à une fête, et cet illustre archevêque bénissant une dernière fois ses bourreaux, avant de tomber sous leurs balles sacrilèges.

» Pauvre France! Ses épreuves sont-elles finies? C'est le secret de la justice de Dieu. Il demandera peut-être encore des expiations nécessaires, car le règne de l'esprit du mal s'étend, et de sourdes commotions présagent de plus horribles tempêtes. Mais sur cette Montagne bénie, devant votre manifestation religieuse si belle, je ne peux désespérer de l'avenir. Des âmes d'élite ont entendu la Voix de la Vierge Marie; les pèlerinages qui s'organisent partout sont l'indice du réveil du sentiment catholique, et au-dessus de ce sanctuaire, derrière les noirs nuages que sillonne l'éclair, je crois voir l'arc-en-ciel de l'espérance.

» Oui, mes très chers frères, espérons! Espérons le triomphe de l'Eglise et le salut de la France que nous sommes venus implorer! Pourquoi l'heure de la résurrection ne serait-elle pas plus prochaine qu'il ne semble permis de le prévoir? Est-ce sans motif que Dieu, qui a donné au Pontificat de Pie IX toutes les douleurs et toutes les gloires, a fait dépasser à ce Pontife les années de Pierre? Est-ce sans motif qu'il a mis au fond de sa poitrine une confiance que rien ne peut ébranler? Laissez-moi vous faire un récit que j'ai reçu depuis peu de jours de Rome. Notre Père bien-aimé avait lu un article sur le *futur conclave*, écrit par un de ses serviteurs dévoués à sa noble cause. Il rencontre le Prélat : « Mon ami, lui dit-il, votre futur conclave pourrait bien ne pas être très prochain. Tant que je n'avais pas vécu les années de Pierre, je ne me défendais pas d'une certaine frayeur; mais depuis que le terme fatal est rempli, mon cœur se rassure, et je sens encore assez de force à mon bras pour ouvrir les portes de mes basiliques au jubilé séculaire de 1875. »

Ici des applaudissements et un cri formidable de: « Vive Pie IX! » ont interrompu l'orateur et ébranlé tous les échos de la montagne. Dès que sa voix a pu se faire entendre, Monseigneur a repris :

« Oui, mes bien chers frères, votre cri sera exaucé! Il vivra, ce Pontife bien-aimé; il vivra, pour assister au triomphe de l'Eglise après avoir été témoin de ses combats. Il verra aussi le salut de la France, car les destinées de la fille aînée sont inséparables de celles de la mère. Vos prières, vos larmes, vos communions, vos sacrifices, vos souffrances, si noblement acceptés, ne seront pas stériles, et comme il est juste que ceux qui auront avancé par leurs supplications l'heure de la miséricorde participent à la fête solennelle du pardon, je vous donne rendez-vous sur cette montagne de la Salette. Tous, nous n'y serons pas présents, peut-être! Puissent les absents y assister du haut du Ciel et couvrir de leur intercession ce sanctuaire revêtu d'une nouvelle splendeur. Ainsi soit-il. »

Le jeudi 22, est le jour de la grande manifestation.

A sept heures procession générale. Les prêtres y sont plus nombreux encore que la veille. Avant que le cortège de la Vierge se mette en marche, Monseigneur bénit la bannière qu'ont apportée les pèlerins de Romorantin (Loir-et-Cher), et sur laquelle on lit : *A Notre-Dame de la Salette, Romorantin reconnaissant.* Cette ville se croit redevable à la Vierge des Larmes d'avoir été préservée des horreurs de la dernière guerre, et ses habitants ont déjà érigé en son honneur un groupe de l'Apparition. Mêmes chants, même recueillement, même joie que la veille; le parcours de la procession est seul modifié.

La procession rentre à l'église où Mgr Paulinier, du haut de la chaire, consacre les pèlerins à Notre-Dame de la Salette. Le R. P. Picard, à son tour, adresse quelques paroles senties à la nombreuse assistance. Le Prélat célèbre les saints mystères, et puis vient le moment des adieux.

La caravane se divise par groupes qui descendent à des heures différentes et que le regard, voilé de larmes, suit de loin à travers les contours des rochers.

A propos de l'incident regrettable qui, à Grenoble, avait marqué à l'aller la traversée du Pèlerinage national, il ne serait pas équitable de faire peser sur toute une ville, justement renommée pour sa politesse et son urbanité, les inconvenances et les grossièretés qui ne furent le fait que d'un ramassis d'individus tarés, reniés par leurs compatriotes eux-mêmes. A peine ces tristes événements s'étaient-ils passés, que le Procureur général et le Procureur

de la République se rendaient à l'Evêché pour demander qu'un membre du comité déposât une plainte, et pour
s'offrir à poursuivre, sur cette plainte, les coupables. M.
le Vicaire général s'empressa d'informer de cette bienveillante démarche Mgr Paulinier, qui lui répondit par la belle
lettre suivante :

« Au sanctuaire de Notre-Dame de la Salette,
le 22 août 1872.

» Mon bien cher Vicaire général,

» Je suis profondément touché de la démarche des honorables chefs de notre administration judiciaire, dont je
connais le bon esprit et le noble dévouement. Veuillez,
en attendant que j'aille le faire moi-même chez eux, au
retour de la Sainte Montagne, leur en exprimer ma reconnaissance.

» Priez-les aussi, en mon nom et au nom du Comité
du Pèlerinage national, de n'exercer aucune poursuite.

» Les vrais chrétiens ont appris sur le Calvaire la manière de répondre à l'insulte et à la violence. Ce n'est
ni la répression, ni même le dédain; c'est le pardon et
la prière. Quand les pèlerins outragés par quelques individus cosmopolites qui n'appartiennent pas, j'aime à le
croire, à notre ville si hospitalière de Grenoble, sont arrivés au sanctuaire, ils m'ont raconté, en souriant, l'indigne
traitement dont ils avaient été l'objet, et l'un d'eux, élevant la voix, a demandé des prières pour les coupables.

» C'était dix heures du soir; la nuit était splendide; plus
d'un millier de pèlerins, tenant des cierges allumés, se
trouvaient réunis au sommet de la Montagne, autour de
l'image de la Vierge de l'Assomption et chantaient le
cantique si catholique et si national :

Sauvez, sauvez la France
Au nom du Sacré-Cœur

» J'ai demandé qu'on entonne trois fois le *Parce Domine*;
et le psaume *Miserere* a été répété par ces mille bouches
en faveur de quelques insensés qui ne savent ce qu'ils
font, et d'autres hommes plus coupables qui, par la prédication des plus dangereuses doctrines et par la révélation quotidienne de prétendus scandales, soulèvent sciem-

ment les plus mauvaises passions. Je ne crois pas que jamais prières plus ferventes pour la conversion de ces pauvres âmes soient montées vers le Ciel.

» Du reste, mon bien cher Vicaire général, la soirée du 19, que déplorent toutes les âmes honnêtes de Grenoble, a porté bonheur au Pèlerinage national. La foi de nos pèlerins s'est retrempée, pour ainsi dire, dans cette épreuve. Ils ont supporté, non seulement avec résignation mais avec bonheur, les plus indicibles fatigues. Couchés, pour la plupart, pendant plusieurs nuits, sur le sol, ils n'ont pas laissé échapper un regret, et, depuis mardi, j'ai sous mes yeux le spectacle le plus consolant.

» La manifestation d'hier comptera dans les Annales de Notre-Dame de la Salette. J'espère qu'on en publiera le récit, mais je n'hésite pas à affirmer que je n'ai jamais vu et que je ne verrai jamais une scène plus magnifique.

» Cette manifestation a été d'autant plus grande, qu'elle est demeurée éminemment religieuse, quoi qu'on en ait dit à ce pauvre peuple de Grenoble qu'on égare quelquefois par de singulières inventions. Rassurez-le, je vous prie, avec votre esprit charmant, sur les craintes qu'on lui a données.

» Il y a, je l'avoue, un illustre Prétendant sur la Sainte Montagne, mais ce n'est pas un prétendant à l'empire, à la monarchie héréditaire, ni même à la présidence d'une République; c'est le prétendant éternel à la royauté des âmes, de la France et du monde, Notre-Seigneur Jésus-Christ. Je n'en ai pas rencontré d'autres, et les affections politiques n'ont pas distrait un moment les esprits de la grande pensée du Fils de Dieu et de sa Mère.

» Le triomphe de l'Eglise et le salut de la France humiliée par nos derniers désastres, tel a été le double but de nos pieux pèlerins, et ils ne s'en sont pas écartés. Ceux qui les calomnient n'auraient entendu autre chose, s'ils avaient été présents, que des paroles patriotiques et chrétiennes. Nous avons beaucoup prié; trois cents prêtres ont offert le Saint Sacrifice depuis minuit jusqu'au milieu du jour, pour les plus saintes des causes; des milliers d'âmes pures ont communié à ces sacrifices et uni leurs souffrances aux divines expiations. Le télégraphe a demandé à Rome, au nom du Comité, la bénédiction du Saint-Père, et une adresse de consolation à notre bien-aimé

Pie IX a reçu déjà depuis hier plusieurs milliers de signatures. Voilà nos actes, que nous avouons avec une
sainte fierté et desquels nous attendons les bénédictions
de Dieu sur la France et sur l'Eglise.

» Aidez-moi, mon bien cher Vicaire général, à remercier Dieu de toutes les joies qu'il donne à mon épiscopat,
et agréez l'assurance de mon affectueux dévouement en
Notre-Seigneur.

» † JUSTIN, *évêque de Grenoble.* »

Le second passage des Parisiens dans la Capitale du
Dauphiné fut loin de ressembler au premier. Le chef de
gare mit gracieusement à leur disposition toutes les salles d'attente. L'ordre et la tranquillité ont régné partout.
Une députation de Grenoblois attendait les pèlerins pour
leur présenter cette adresse :

« Pieux Pèlerins,

» Votre arrivée dans notre ville a été signalée par le
fait le plus odieux. Des groupes d'hommes sans aveu, que
Grenoble ne peut avouer pour ses enfants, agents du ban-
ditisme cosmopolite qui conspire contre tout ordre et tout
honneur patriotique, vous ont reçus avec des outrages.

» Nous en avons rougi pour eux, et la population tout
entière en a ressenti avec nous la plus profonde indignation. Nous ne voulons pas vous laisser quitter notre pays
sans protester contre ces insultes qui sont un véritable
attentat aux devoirs de l'hospitalité méconnus ici pour
la première fois. Pardonnez, pieux pèlerins, à ces hommes
pervers pour lesquels vous êtes allés prier. »

Le R. P. Picard a répondu à ces excellentes paroles
par quelques phrases émues et les voûtes de la gare ont
retenti, pour la première fois, sans doute, des cris de : Vive
Grenoble! Vive la France! Vive Pie IX!

Le pèlerinage *national* n'est pas encore terminé. Le
dimanche 25 août, treize cents nouveaux visiteurs, dont
plus de cinq cents hommes, ont gravi la montagne de Marie; il s'y trouvait une députation de la ville de Saint-
Etienne.

Le 1er septembre, on comptait cinq cents pèlerins; les
trois jours précédents, il y en avait trois cents. A la
procession du 8, ils étaient douze cents.

Le 10, après les enfants du Nord et du Midi, arrivaient ceux du Jura. Organisé par le vénérable Évêque de Saint-Claude, au lendemain du cinquantième anniversaire de son sacerdoce, dirigé par M. l'abbé Besson, supérieur des Missionnaires du Jura, ce pèlerinage était parti de Lons-le-Saulnier le 9 septembre, pour arriver à Grenoble le même jour, à minuit, et à Corps, le lendemain, à trois heures du soir.

De là, tous à pied, les deux cents Jurassiens commencèrent à gravir la Sainte Montagne. Ces chemins, étroits et difficiles pour d'autres, leur paraissaient faciles; ils les rapprochaient de leur Mère bien-aimée : aussi, furent-ils parcourus gaiement, au chant des cantiques.

A six heures, les Missionnaires recevaient ces intrépides pèlerins qui purent être logés dans l'hôtellerie de Notre-Dame. Le lendemain, tous reçurent la sainte Communion. Ensuite, M. l'abbé Besson voulut leur adresser quelques bonnes paroles, mais les larmes étreignaient sa voix, et son émotion gagna bientôt ses auditeurs. Après la messe, un des pèlerins vint offrir au nom de tous à Notre-Dame de la Salette un cœur renfermant les noms des membres de la caravane.

Le soir, sur les lieux mêmes de l'Apparition, au bord de la fontaine miraculeuse, les enfants du Jura entendirent le Berger de 1846, Maximin Giraud, maintenant un homme, leur décrire le grand spectacle dont il avait été l'heureux voyant. A la procession, un vieillard qui avait visité Jérusalem et la Terre Sainte, M. l'abbé Faivre, manifesta son émotion par d'éloquentes paroles qui se terminèrent par des vivats à Notre-Dame de la Salette, à la France, et à Pie IX. A l'exercice du soir, M. l'abbé Vermillod du diocèse de Saint-Claude, adressa aux pèlerins un discours plein de cœur et de piété.

Enfin, dernier bonheur, après un chemin de croix de nuit aux flambeaux, les Jurassiens purent, à une messe célébrée à minuit, recevoir encore une fois la sainte Communion avant de quitter la Salette. Ils dirent ensuite, dans un cantique et des prières, adieu à leur Mère, et, à une heure du matin, ils partaient, en continuant à chanter et en regardant, tant qu'il fut visible, le bien-aimé sanctuaire qu'ils ne quittaient qu'à regret.

Telle fut la physionomie du Pèlerinage de la Salette en

1872. Le concours de peuple de 1871, supérieur déjà à ceux des années précédentes, y fut lui-même dépassé. Sans parler des femmes qui sont toujours les plus nombreuses dans les églises et les lieux de pèlerinages, des hommes sont venus à la Salette de *tous* les départements, et principalement des suivants : Basses-Alpes, Bouches-du-Rhône, Côte-d'Or, Doubs, Gard, Hérault, Jura, Haute-Loire, Loir-et-Cher, Loire-Inférieure, Loiret, Maine-et-Loire, Haute-Marne, Mayenne, Nord, Pas-de-Calais, Puy-de-Dôme, Seine, Haute-Saône, Saône-et-Loire, Haute-Savoie, Seine-et-Oise, Seine-Inférieure, Var, Vaucluse, Haute-Vienne et Yonne.

L'Angleterre, la Belgique, l'Espagne, l'Italie, la Hollande, la Hongrie, la Pologne, le Portugal, la Russie, la Suisse, l'Egypte, l'Amérique, l'île de la Réunion, ont eu aussi des hommes pour les représenter à Notre-Dame de la Salette. Jamais la Montagne n'avait été visitée par autant de prêtres qu'en 1872, pas même en 1847, pas même en 1867. Dans la seule neuvaine du Pèlerinage national, il en est venu de cinquante et un diocèses. Les Capucins, les Trappistes, les Dominicains, les Jésuites, les Carmes, les Bénédictins, les Prémontrés, les Missionnaires de Saint-François de Sales, les Oblats de Marie, la Congrégation de Picpus, celle des Missions étrangères, les Trinitaires, ont envoyé des religieux à la Montagne de Marie.

En 1873, le *Conseil des Pèlerinages* conçut le projet béni par Pie IX, d'organiser un mois entier de prières publiques et de pèlerinages aux sanctuaires de France, notamment à Lourdes et à la Salette, du 22 juillet au 22 août, et qui se terminerait par une consécration solennelle de la France à Marie.

Ce programme fut merveilleusement rempli. Ce fut, sur la Sainte Montagne, en particulier, durant ces trente-deux jours, une fête continue et un incessant mouvement de foules arrivant et partant.

Dans l'impossibilité de décrire toutes ces manifestations, nous ne parlerons que de trois d'entre elles, les Pèlerinages des paroissiens de Notre-Dame de Grenoble, des Mauriennais et des Parisiens.

Le 22 juillet, sous la conduite de M. l'abbé Cotton, curé de la cathédrale, vicaire général de Mgr Paulinier et futur évêque de Valence, les Grenoblois venaient noblement réparer les insultes que les Parisiens, l'année précédente, avaient reçues dans leurs murs. Après avoir arboré la croix de pèlerins qui leur fut distribuée à la cathédrale, ils s'étaient entassés dans les voitures à quarante places qui les attendaient sur le parvis de Notre-Dame. La foule encombrait la place et les rues adjacentes. Il y avait là des gens de toute condition et de tout rang. Beaucoup de curieux, encore plus de visages sympathiques; des signes d'assentiment de toutes parts. Pas une raillerie, pas une parole injurieuse; mais, chez plus d'un spectateur, le regret de ne pouvoir se joindre à la caravane. Il était cinq heures du soir. Le long de la route, même respect. La nuit a surpris les voyageurs à la longue montée de Vizille à Laffrey. Ils ont cheminé ainsi à la lueur des étoiles jusqu'au matin. A cinq heures, ils arrivaient à Corps et, par petits groupes, prenaient la route du pèlerinage, quelques-uns en monture, le plus grand nombre à pied, malgré la chaleur et les fatigues d'une nuit sans sommeil. A huit heures, ils étaient tous réunis au sanctuaire pour y entendre la messe et y faire la Sainte Communion, le grand nombre étant resté à jeun.

A dix heures, par un soleil splendide, ils ont parcouru en procession le versant de la montagne du Gargas et les lieux de l'Apparition. Toutes les fatigues étaient oubliées. La joie rayonnait sur tous les visages et les chants enthousiastes partaient de toutes les poitrines. A deux heures et demie, les Vêpres de la Sainte Vierge sont chantées avec solennité et immédiatement après, on vient entendre le récit de l'Apparition auprès de la fontaine miraculeuse.

Le soir, après le chapelet et la prière récités à l'église, les pèlerins, ayant chacun un flambeau à la main, quittent le Sanctuaire et, descendant en procession, suivent le même parcours que dans la matinée. Deux longs rubans de flammes se déroulent au penchant des monts. Leur lumière, mêlée à la clarté des étoiles, éclaire le plateau de l'Apparition et les sommets d'alentour. Les cloches du Sanctuaire mêlent leurs sons aux voix des pèlerins qui redisent le cantique :

> Notre-Dame de la Salette,
> Tous vos enfants pleurent à vos genoux;
> Sauvez l'Eglise, écartez la tempête,
> Mère d'amour, priez pour nous,
> Priez, priez pour l'Eglise et pour nous.

On arrive en face des lieux de l'Apparition. Les femmes
s'asseoient échelonnées sur la pente de la colline, les hommes et le clergé sont debout autour de la grille qui environne le chemin parcouru par la Vierge. On entonne l'invocation au Saint-Esprit. On fait monter vers Dieu une
ardente prière pour le Saint-Père, pour la France et aux
intentions de chaque pèlerin. Puis le R. P. Supérieur des
Missionnaires parle avec son cœur d'apôtre. Jamais orateur ne fut mieux inspiré, ni par des circonstances plus
favorables. C'est le silence solennel de la nuit, en présence d'une foule d'âmes captivées par le spectacle de la
Vierge en pleurs dont la statue est sous leurs yeux. Le
demi-jour projeté par les flambeaux éclaire cette scène
mystérieuse et sublime que les anges, du haut des Cieux,
doivent contempler avec ravissement. C'est à dix-huit cents
mètres au-dessus du niveau de la mer, entre quatre montagnes désertes, que les pèlerins avides recueillent la parole sainte qui retentit dans le vallon. L'orateur commence
par bénir Dieu de ce que sa Mère est de plus en plus aimée et de ce que son Apparition se fait de plus en plus
honorer par l'univers; puis, s'adressant à la Vierge, il
lui fait cette prière du Prophète-Roi : « Prospere procede
et regna. » O Marie, que vos desseins réussissent! Qu'a-
t-elle en vue, la Vierge, en apparaissant? La soumission
des hommes à son Fils. On a d'abord méconnu sa plainte, et le châtiment a fondu sur nous. Et nos désastres
sanglants nous ont appris que ce n'est pas impunément
qu'on se soustrait à Jésus, qui est roi du cœur de l'homme, roi des familles, roi des nations. « Prospere procede. »
Notre-Dame de la Salette, les foules accourent recueillir
vos enseignements; vous serez mieux comprise; les hommes vont se soumettre à Dieu, à l'Eglise, à l'empire de
la grâce qui veut et doit régner sur les cœurs. » Ce discours laisse dans les âmes de graves et profondes émotions.
Les chants recommencent. La procession divise ses files
qui enlacent les lieux de l'Apparition, et forment de chaque
côté des statues, une guirlande de flammes. On rentre à
l'église. Le Dieu du tabernacle bénit les pèlerins que M.
l'abbé Cotton consacre ensuite solennellement à la Sainte
Vierge.

Le 23, nouvelle communion générale des pèlerins de Grenoble à la messe de M. l'Archiprêtre. Le départ de la caravane est fixé à neuf heures. Un quart d'heure avant, on se réunit de nouveau sur les lieux de l'Apparition. Le chant du *Magnificat* exprime l'allégresse des âmes et leur reconnaissance pour les joies dont Marie les a comblées. Puis retentissent des vivats à Notre-Dame de la Salette, à Pie IX, à la France; et on part.

Le mercredi 20 août, 1200 Savoyards sont en route. Les uns viennent par Grenoble, les autres par les montagnes de l'Oisans. On craint que, parmi ces derniers, plusieurs n'aient succombé en chemin par suite des orages qui les ont surpris et des longues fatigues qu'ils ont eu à endurer. Des exprès accourent apporter la nouvelle de l'arrivée de Mgr Vibert, évêque de Saint-Jean de Maurienne. Les cloches s'ébranlent, les pèlerins se réunissent aux sons de leurs joyeuses volées. On se dirige en procession sur le chemin du Gargas. Bientôt, on voit le vénérable évêque gravissant la côte appuyé sur le bras de deux religieux dominicains qui soutiennent sa marche. Quelques chanoines de sa cathédrale, plusieurs prêtres de son diocèse, lui font cortège. Les pèlerins qui viennent à sa rencontre passent, tour à tour en s'inclinant devant lui, jusqu'à ce que Monseigneur de Grenoble, qui ferme la marche, l'ait rejoint. Les deux Pontifes se jettent dans les bras l'un de l'autre; un frémissement saisit la foule, et on entend ces exclamations : « Vive Monseigneur de Saint-Jean-de-Maurienne! Vive Monseigneur de Grenoble! » Tous cependant ne criaient pas, parce qu'un grand nombre pleuraient.

La procession retourne au sanctuaire. Sur le seuil de l'église, Mgr Paulinier se félicite de recevoir le vénéré pèlerin dans le sanctuaire de Notre-Dame de la Salette; il l'accueille comme le représentant de la foi d'un pays si profondément catholique et que la France est heureuse et fière de compter parmi ses provinces. Il lui demande sa bénédiction au nom de tous les pèlerins. Mgr Vibert, après quelques paroles émues, bénit la foule qui s'est agenouillée, monte dans le chœur au chant du *Benedictus*, puis célèbre les saints mystères.

Bientôt après, on annonce l'arrivée de tous les pèlerins de la Savoie. « Nous avons reçu le Père, dit l'évêque de Grenoble, allons recevoir les enfants. » Et une nouvelle procession s'organise. Mais comment décrire le spectacle qui s'offre alors aux regards! Ils accouraient dans le costume de leurs montagnes, ces pèlerins, hommes, femmes, enfants. Deux jours entiers ils ont marché à travers les rochers et des sentiers à peine tracés, s'égarant quelquefois, s'asseyant seulement pour manger un peu de pain, couchant, la nuit, les femmes dans quelque grenier où un peu de paille leur servait de lit, les hommes sous quelque hangar; soulageant leur fatigue par le chant des cantiques, et s'encourageant les uns les autres par ces paroles : « Nous allons voir la Sainte Vierge. » Les hommes sont en tête; ils chantent l'*Ave Maris Stella*. Tous, en passant, courbent la tête devant Monseigneur de Grenoble qui les bénit; ils se signent dévotement et continuent leur chant. Aucun ne manque, aucun n'est resté en route; la Vierge les a gardés tous; et à entendre leurs accents, et à voir de quel pas ferme ils marchent, portant leurs sacs de provisions, on ne les dirait point las. La chaleur du voyage a séché leurs vêtements et au lieu de songer à se reposer, ils vont droit à l'église. Quand les femmes arrivent devant la statue de la Vierge en pleurs, elles fondent en larmes, et tous les pèlerins pleurent avec elles.

Le soir, Mgr Vibert consacrera ses diocésains à Notre-Dame et le lendemain il partira.

Le 21 août a lui. C'est l'anniversaire du pèlerinage national de 1872; c'est le jour où doit se faire, dans des milliers de sanctuaires, la consécration de la France à Marie. Les hauts sommets des Alpes se dressent majestueux au milieu d'un ciel pur et serein et, par toutes les voies, les pèlerins accourent à la Salette. Dans le sanctuaire, depuis minuit, les messes se succèdent de demi-heure en demi-heure sur treize autels à la fois; elles atteindront, dans cette matinée, le chiffre de trois cent vingt-sept. Cinq cents prêtres environ se trouveront réunis au cours de cette journée sur la Montagne, fait inouï jusqu'à ce jour dans les annales du Pèlerinage. Depuis la veille, à deux heures, vingt prêtres sont constamment occupés à entendre les confessions, dont huit spécialement celles des hommes. La Table Sainte est assiégée toute la matinée.

Mais voici Paris, Dijon, Poitiers, Niort. Le R. P. Picard, président du comité de Paris, malgré son état de souffrance, n'a voulu céder à personne l'honneur de diriger la caravane parisienne et dijonnaise. Mgr Paulinier, précédé des pèlerins présents au sanctuaire, va à leur rencontre; M. Bournisien félicite Monseigneur de l'élan qu'il a donné l'année dernière, à pareille époque, à l'œuvre des pèlerinages dont il voit aujourd'hui l'admirable épanouissement. Le Prélat, à son tour, loue les membres du comité de Paris de leur dévouement aux nobles causes qui passionnent en ce moment tous les cœurs catholiques et français; et on entre dans le sanctuaire au chant des cantiques. Le R. P. Picard célèbre la messe du pèlerinage.

A neuf heures et demie a lieu la procession générale; elle est splendide. Après avoir enlacé la montagne du Planeau, deux guirlandes de fidèles priant et chantant se rangent en replis admirablement ménagés sur le versant du Gargas et s'échelonnent devant les lieux de l'Apparition.

Un autel a été dressé en plein air devant la Vierge de l'Assomption; Mgr Paulinier y offre le Saint Sacrifice. A l'évangile, M. l'abbé Tardif de Moidrey adresse à l'auditoire trois questions : Qui sommes-nous? A qui venons-nous? Que demandons-nous? Et il répond : Nous sommes des pèlerins, des imitateurs de Benoît-Joseph Labre; nous venons à Marie, la grande ressource de la France et de l'Eglise; nous lui demandons le triomphe de Pie IX et de notre patrie.

L'après-midi a lieu la grande cérémonie de la bénédiction des bannières et de la consécration de la France à Notre-Dame de la Salette.

La procession se range sur les flancs du Gargas, comme le matin; Mgr Paulinier se place sur le tertre d'où les deux Bergers commencèrent à apercevoir la divine Vierge. Il a devant lui plus de quatre cents prêtres et plus de quatre mille laïques. Tout son auditoire est assis sur le gazon et il a sous les yeux les statues qui rendent vivante l'Apparition de 1846.

Il parle de la France, de son passé si catholique et si glorieux, de ses infidélités et des malheurs qui les ont châtiées, des larmes que Marie a versées sur elle. Souvent ses paroles éloquentes sont interrompues par des vivats à Notre-Dame de la Salette, à Pie IX, à la France catholique; les larmes coulent, et les cœurs sont émus.

Monseigneur consacre ensuite la France à Marie et lui

jure fidélité au nom de tous. Et la foule de répondre : « Oui, nous le jurons! »

Le soir, la procession aux flambeaux est incomparable. Des feux de Bengale donnent à la nuit la clarté du plus beau jour. Les détonations des fusées se mêlent au carillon des cloches et au chant des cantiques. Enfin, avant d'aller prendre le court repos qui précédera le départ, on rentre à l'église pour entendre le R. P. Fayollat, jésuite, et recevoir la bénédiction envoyée par le Saint-Père.

Les messes dites à la Salette pendant l'été de 1873 ont dépassé trois mille trois cents. Plus de huit cents prêtres ont gravi la Sainte Montagne et on y a distribué plus de vingt et un mille communions.

Cette année et la précédente ont été assurément pour le Pèlerinage, les plus belles et les plus glorieuses de toutes.

C'en est fait! L'élan est donné; il ne s'arrêtera plus. Les foules ont appris les sentiers de la Montagne des Larmes de Marie; elles les fouleront désormais avec une fidélité inlassable.

Chaque année, sous la conduite de chefs intrépides, des légions enthousiastes, venues des contrées les plus lointaines, comme des régions avoisinantes, s'achemineront, au murmure de la prière et au chant des cantiques, vers Notre-Dame de la Salette.

Du Dauphiné, ce sera le pasteur qui lui amènera ses paroissiens; l'évêque ses diocésains; bientôt M. l'abbé France ses *Hommes de l'Isère*. Des diverses parties de la France et même d'au delà des frontières, des organisateurs, aussi entendus que zélés, lui recruteront des caravanes compactes et ferventes.

Pendant plus de vingt ans, sous la pieuse et habile direction des Pères de l'Assomption, partira annuellement de la Capitale le *Pèlerinage national de la Pénitence*, représentant, non seulement Paris, mais tout le Nord de la France, notamment les diocèses d'Arras et de Cambrai. Son séjour sur le Mont des Larmes sera chaque fois consacré à une retraite spirituelle, avec les exercices de rigueur : instructions, confession, communion.

Cette caravane parisienne n'aura pas encore interrompu le cours de ses visites à la divine Mère, qu'une autre s'inaugurera.

En 1894, M. l'abbé Petit, directeur de l'œuvre de Sainte-Philomène, dont le siège est établi dans le sanctuaire dédié à Notre-Dame de la Salette à Paris-Vaugirard, se rappelant que la *petite sainte* si chère au B. Vianney, avait été l'inspiratrice des Pèlerinages nationaux, se fit, sous ses auspices, le promoteur, l'organisateur et le directeur d'un nouveau pèlerinage parisien qui, depuis lors, sous le nom de *Pèlerinage des Vacances*, — il pourrait tout aussi bien s'appeler *Pèlerinage sacerdotal*, en raison du grand nombre de prêtres qui en font partie, — n'a pas cessé de prendre chaque année, en passant par Ars, le chemin de la Montagne de Marie.

A l'exemple de Paris, la Province maintes et maintes fois a pris et prend encore la route du Mont-sous-les-Baisses.

Il faudrait ici rappeler ces nombreuses et magnifiques ascensions de la Bretagne, avec MM. de Châteauvieux, Gabillard, Hévin, Perdrigeon du Vernier; de l'Hérault, avec MM. Gaffino, Michel, Régnier et Comte; de Lyon, avec MM. Bridet et Nugues; de Saint-Étienne, avec MM. Chapuy et Réal; de la Loire et de l'Auvergne, avec les solitaires de l'Hermitage; de Marseille, avec ses curés successifs de Saint-Michel; de la Drôme, avec M. Vinois; du Jura, avec MM. Besson et Marche; de la Savoie, avec les PP. Camille, Cartier et Angelier, et d'ailleurs encore.

A ajouter enfin les Pèlerinages venus de l'étranger, par exemple, pour n'en citer que quelques-uns, de l'Alsace-Lorraine; de la Belgique, sous la conduite de M. Friant; du Piémont, sous celle des PP. Pajot et Vignon.

Décrire par le menu toute cette affluence et les cérémonies auxquelles elle a donné lieu demanderait un volume; nous devons, nous bornant à cet aperçu général, hâter notre course, sans plus nous arrêter qu'à quelques rares faits, parmi les plus saillants.

Le 23 septembre 1875, pendant que 150 pèlerins d'Arras portaient leurs pas, sous la conduite de M. le Vicaire général Roussel, vers le Sanctuaire de Notre-Dame de la Salette, l'un de leurs compatriotes, Mgr Fava, né à Evin-Malmaison (Pas-de-Calais), en 1826, était nommé par Pie IX au siège de Grenoble, pour y remplacer Mgr Paulinier, promu à l'archevêché de Besançon.

Le nouvel Evêque ne tardait pas à donner à ses diocésains un gage éclatant de sa dévotion à la Mère qui pleure. « Voulant, leur écrivait-il, prouver notre reconnaissance à Dieu pour tous les bienfaits dont il a com-

S. E. LE CARDINAL GUIBERT.

blé notre diocèse et l'honneur qu'il lui a fait en lui envoyant son auguste Mère; voulant aussi donner à la Reine des Apôtres un témoignage solennel de notre respect et de notre piété, nous nous proposons, nos très chers Frères, d'accomplir le pieux pèlerinage de la Salette, à l'occasion du trentième anniversaire de l'Apparition de la Vierge dans nos montagnes... Nous vous convions, nos très chers Frères, à ce pieux pèlerinage. »

De fait, le lundi 18 septembre 1876, au matin, Mgr Fava arrivait au Sanctuaire pour en descendre le matin du 20; et pendant ce court laps de temps, il avait fait entendre *huit* fois, tant de jour que de nuit, sa parole ardente, à la foule ravie de l'ouïr.

Revenu sur sa chère Montagne en 1877 et en 1878, l'Evêque de la Salette invita à s'y rendre, à ses côtés, une pléiade de pontifes, à l'occasion de la consécration de l'église du Pèlerinage, érigée en Basilique mineure et du couronnement de Notre-Dame de la Salette.

Dès le 10 août 1879, arrivaient des pèlerins en grand nombre pour commencer la retraite préparatoire à l'Assomption et aux grandes fêtes qui devaient la suivre. Déjà a commencé et se poursuit avec entrain la décoration et de l'église au-dedans comme au-dehors, et du plateau de l'Apparition : des mâts s'élèvent, des oriflammes flottent au vent, des guirlandes se déploient, une tribune garnie d'un autel se construit.

Le 15, l'hôtellerie des Pères et celle des Sœurs sont remplies. Le soir du 18, la Basilique, toute glorieuse, en sa parure d'ex-voto, avec sa voûte d'azur toute parsemée d'étoiles d'or, et les insignes de sa nouvelle dignité, composés des armes de Notre-Dame de la Salette et du pavillon romain, ne peut presque plus contenir les fidèles qui se pressent dans son enceinte et assiègent les confessionnaux, et le 19, par tous les chemins et les sentiers de la Montagne arrivent de nouveaux visiteurs, entre autres une caravane de Montpellier sous la direction de M. l'abbé Michel, puis, avec un Père de l'Assomption et M. le vicomte de Damas, des groupes de Paris, Lille et Arras. Enfin, la nuit a commencé d'étendre ses voiles quand, au carillon des cloches et à la lumière de nombreux flambeaux, les fidèles se portent à la rencontre des Prélats, qu'avaient un instant attardés à Corps les chants de bienvenue de l'Ecole apostolique des Missionnaires.

Ce sont : S. E. le cardinal Guibert, archevêque de Paris; NN. SS. Pichenot, archevêque de Chambéry; Paulinier, archevêque de Besançon; Fava, évêque de Grenoble; Mermillod, de Genève; Cotton, de Valence; Terris, de Fréjus; Robert, de Marseille; Bonnet, de Viviers; Delannoy, d'Aire; et enfin, le Révérendissime Dom Antoine,

MONSEIGNEUR MERMILLOD.

abbé de la Trappe de Chambarand. Mgr Fava salue ses

hôtes vénérés à l'entrée du Pèlerinage, et la procession, en passant par les lieux de l'Apparition, se rend à la Basilique, où Mgr Cotton prononce une allocution, et Mgr Paulinier donne la bénédiction. A 11 heures, l'infatigable évêque de Grenoble prêche le chemin de la croix en plein air. Aussitôt après cet exercice, commencent les messes sur vingt-cinq autels à la fois. Elles se prolongent jusqu'à sept heures où le sanctuaire devra être rendu libre pour la cérémonie de la consécration, et pourtant il restera des prêtres qui n'auront pas pu célébrer et qui continueront l'oblation du Saint Sacrifice à la sacristie, ou sous la tente.

Les rites si beaux de la consécration de l'église et du maître-autel sont accomplis par Mgr Paulinier; Mgr Bonnet, Mgr Delannoy, Mgr Robert et Mgr Cotton consacrent quatre autels secondaires. Pendant les longues heures de ces touchantes cérémonies faites à l'intérieur, au dehors, la foule assiste à la messe pontificale du cardinal Guibert et entend le récit de l'Apparition.

Pour le repas de midi, tandis que le peuple s'échelonne par groupes sur les pelouses de la prairie, les Evêques et la majeure partie des sept à huit cents prêtres présents prennent place sous une grande tente dressée au chevet de la basilique, dans l'intervalle compris entre les murs des deux couvents, et pendant qu'ils réparent leurs forces, leurs oreilles sont charmées par les harmonieux refrains des élèves du Grand Séminaire diocésain.

Les Vêpres sont ensuite chantées au dehors par le Révérendissime abbé de Chambarand et suivies d'un éloquent sermon de Mgr Terris et de la bénédiction d'ensemble de tous les évêques présents.

Le soir, c'est un simple prêtre, un humble missionnaire qui prend la parole; et il fait bonne figure, même à côté des maîtres dans l'art de bien dire. Ah! c'est que c'est un saint en même temps qu'un orateur; pour tout dire, en un mot, c'est le R. P. Giraud. La bénédiction du Saint Sacrement et le chemin de la croix aux lieux de l'Apparition clôturent cette splendide journée.

Celle du lendemain 20 ne sera pas moins admirable. Après les messes matinales aux communions nombreuses, vers les huit heures, s'organise une immense procession, dans les rangs de laquelle est triomphalement porté le royal diadème qui doit être placé sur le front de Notre-Dame de la Salette. Quand le cortège a fini de se masser au pied de l'estrade monumentale sur laquelle trône la

NOTRE-DAME DÉ LA SALETTE COURONNÉE.

Vierge à couronner, qu'un voile cache encore aux regards impatients de la contempler, le Saint Sacrifice est offert, puis Mgr Fava, dans un langage sublime, chante la Mère de Dieu qui s'est abaissée sur ces sommets pour glorifier son divin Fils. Enfin le moment solennel est arrivé; l'image de Notre-Dame est découverte et son apparition est saluée par de vibrantes acclamations. Le cardinal Guibert ayant bénit et la statue et la couronne, saisit cette dernière, l'élève de ses mains vénérables, à la hauteur de la Vierge, la lui offre et la dépose sur son front de reine et de mère. Au même instant, toutes les cloches de la Basilique jettent des flots d'harmonie aux échos de la Montagne, des détonations formidables retentissent, des cris de triomphe et d'allégresse jaillissent de milliers de poitrines et le *Te Deum* éclate dans un inexprimable transport d'enthousiasme et de bonheur.

Le bouquet final fut la cérémonie du soir. La Vierge couronnée avait pris sa place définitive au-dessus du maître-autel de sa Basilique; à ses pieds se pressaient ses enfants, et une voix magistrale, celle de Mgr Mermillod, célébrait une dernière fois ses louanges.

On estime à 15.000 le nombre des pèlerins qui sont venus assister à ces fêtes incomparables.

Pour retrouver à la Salette un spectacle qui s'en rapproche, nous devons franchir un espace de cinq années. Nous voici donc au dimanche 6 juillet 1884. La « Croix » et le « Pèlerin » avaient convié pour ce grand jour sur la Sainte Montagne tous les pèlerins français de Terre Sainte; il s'agissait d'enrichir le Sanctuaire de Notre-Dame de la Salette de la grande croix récemment rapportée par le Pèlerinage de pénitence de Jérusalem où elle avait été portée le long de la Voie douloureuse, au Calvaire et au Saint-Sépulcre. (Belle et noble pensée, de la planter sur le calvaire des temps modernes où la divine Mère est venue pleurer et retracer, par le sentier que ses pas ont suivi, la route sanglante parcourue par son divin Fils entre le palais d'Hérode et le Golgotha!) Les pèlerins partis de Paris sous la conduite du R. P. Picard et de M. le Vicomte de Damas, d'autres, venus du Nord, du Centre, de l'Ouest et de l'Est, sans parler des habitants du voisinage et d'intrépides montagnards moins rapprochés, — tels les habitants de Besse-en-Oisans, — qu'une marche longue et rude ne rebute pas, s'étaient joints aux vaillants de Terre Sainte. Dès le vendredi, ils priaient, se confessaient, entendaient le récit de l'Apparition sur la Montagne de Marie. A peine arrivé dans l'après-midi du samedi, Mgr Fava avait harangué la foule, présidé la procession, prêché le chemin de la croix nocturne et célébré la messe un peu après minuit.

Il est maintenant sept heures du matin; on prépare la procession qui doit aller chercher la croix de Jérusalem laissée en dépôt à la paroisse de la Salette. Soudain le ciel s'obscurcit et la pluie tombe à flots; mais on prie, et le beau temps revient. Alors la descente commence. La route à parcourir est divisée entre quatorze stations; à chacune d'elles, un groupe se détache et s'arrête. M. le Curé de la Salette, à la tête de ses robustes paroissiens, a fait porter la croix jusqu'au Col-de-l'homme; c'est là que le cortège descendu du Pèlerinage la rencontre. Tous, pèlerins et pèlerines, quittent leurs chaussures; les hommes prennent sur leurs épaules le précieux fardeau, et on reprend la direction du Sanctuaire. A chaque station, le groupe qui arrive s'arrête; celui qui attend se met à genoux, baise la croix et s'en charge à son tour. C'était une scène émouvante à arracher des larmes, que cette ascension par le chemin qui côtoie les abîmes. Et, de fait, la plupart des pèlerins pleuraient. Monseigneur lui-même ne put, tant son émotion était grande, articuler les paroles de la bénédiction, dont sa main tremblante ébauchait le geste. Comment, en effet, n'être pas profondément touché à la vue de ces vieillards, de ces femmes déjà d'un certain âge, qui donnaient l'exemple aux jeunes gens et aux jeunes personnes, en s'avançant, le rosaire à la main, la croix du pèlerinage sur la poitrine, et les pieds nus, à travers les rochers!

Cependant les cloches sonnaient à toutes volées; la fanfare de Corps faisait éclater les notes les plus vibrantes; dix mille pèlerins en habits de fête couvraient toutes les collines d'alentour; les bannières se déployaient au vent; les uns chantaient, les autres priaient; ceux-ci suivaient à pied, quelques-uns sur leur mulet avec les petits enfants en croupe et les provisions de la journée; tous occupés d'une seule pensée : la croix.

Quand on la dresse en plein air derrière l'autel élevé au flanc de la montagne pour la célébration de la messe, un même cri s'échappe de toutes les poitrines : « Vive la croix! » Mgr Fava laisse déborder son cœur en présence de ce magnifique tableau, et le Saint Sacrifice est offert. A peine les pèlerins ont-ils eu le temps de laver leurs pieds ensanglantés et de reprendre leurs chaussures, que les hommes sont convoqués à une réunion particulière où l'infatigable évêque de Grenoble les engage à s'enrôler dans la société anti-maçonnique des *porte-christ* dont les statuts, publiés séance tenante, sont acclamés à l'unanimité.

L'après-midi, les femmes avaient aussi leur réunion spéciale et, le soir, elles réclamaient l'honneur de porter à leur tour la croix de Jérusalem qu'elles introduisirent dans la basilique où elle fut fixée le long du pilier de la grande nef qui fait face à la chaire. Un beau Christ en bronze, de grandeur naturelle, y a été fixé depuis (1).

Le lendemain, à une heure du matin, après la messe et un dernier hommage à la croix, les pèlerins quittaient ce séjour béni, emportant de tout ce qu'ils y avaient vu, entendu et ressenti, un impérissable souvenir.

La belle manifestation que nous venons d'esquisser avait été préparée par la « Croix » de Paris; la « Croix » de l'Isère accomplira à son tour des merveilles en faveur de Notre-Dame de la Salette, en lui amenant des pèlerinages exclusivement composés d'hommes.

Le premier essai fut tenté en 1893. Le 5 août, M. l'abbé France, l'intrépide organisateur et le bouillant général de ces troupes pacifiques, conduisait sur la Sainte Montagne un bataillon de 400 vaillants (cent de plus que ceux de Gédéon), dont trois cents s'y approchaient de la Table eucharistique.

On se promit de revenir l'année suivante, non plus quatre cents, mais mille.

Or, le 5 août 1894, c'est, non plus un bataillon, mais un véritable régiment de *mille huit cents hommes*, tous de l'Isère, sauf quelques groupes des Hautes-Alpes et de la Savoie, qui se pressent dans le sanctuaire de la Mère qui pleure. En 1897, ils seront *trois mille*.

Quel incomparable spectacle que ces 3.000 chrétiens participant, en rangs serrés, au banquet des anges, arborant la croix sur leur poitrine de braves, se déroulant en interminables lacets aux flancs du Planeau et du Gargas, abritant leur marche triomphale sous les bannières sacrées,

---

1. C'est un don de M. Alfred Olive, de Marseille.

déployant au grand soleil le drapeau national aux trois
couleurs rehaussées de l'image du Sacré-Cœur et de celle
de Jeanne d'Arc la patriote et la sainte, redisant avec de
mâles accents ces solennelles affirmations de leur foi : « Ça-
tholique et Français, toujours !... Nous voulons Dieu, c'est
notre Roi ! »

Et ce fut neuf années de suite que le Pierre l'Ermite de
cette nouvelle croisade amena les *mille de l'Isère* au Calvaire de Marie. Là, ils prièrent ; là, ils communièrent ; là, ils
s'imprégnèrent des enseignements de la céleste Messagère ;
là, au souffle ardent d'orateurs puissants, tels que MM. les
chanoines France et Michel, M. l'abbé Garnier, les Pères Lé-
mius et Mazoyer, ils s'enflammèrent d'amour pour Notre-Seigneur et son Immaculée Mère, de zèle pour la gloire
de Dieu et le salut des âmes, de dévouement et de courage pour la lutte quotidienne à soutenir contre la chair,
le monde, l'enfer et ses suppôts, dont l'un des plus malfai-
sants à notre époque est le journal impie et corrupteur ; là,
enfin, ils firent tressaillir les grands monts et les vallées
profondes de leurs vibrantes acclamations en l'honneur
du Christ qui aime les Francs, de Notre-Dame de la Salette et de Notre Saint-Père le Pape (1).

En l'année 1896 coïncidaient et le cinquantenaire de la
venue de la Mère de Dieu à la Salette, et le quatorzième
centenaire du baptême de Clovis. Pour que ces deux grands
anniversaires ne se nuisissent pas mutuellement, les fêtes
des noces d'or de la sainte Apparition furent quelque peu
ajournées et placées entre le 1er septembre 1896 et le 30
septembre 1897. A la demande de Mgr Fava, le Souverain Pontife accorda une indulgence plénière aux fidèles
qui, dans ce laps de temps, feraient le pèlerinage de la
Sainte Montagne ou assisteraient à quelque « triduum »
dans l'un des oratoires publics ou églises possédant une
image de la divine Réconciliatrice des pécheurs offerte à
la vénération de ses enfants.

Au cours de ces treize mois, le sanctuaire du Mont-sous-
les-Baisses vit se produire un renouveau, et dans l'affluence de ses visiteurs, et dans l'éclat de ses fêtes. Pour
le seul mois d'août 1897, on a compté de douze à quinze

----

1. Le Pèlerinage des *Hommes de l'Isère*, après une interruption de neuf années, a été heureusement repris en 1911.

mille pèlerins, accourus de tous les points de la France et de l'Etranger, et, parmi les plus grandioses solennités, il faut placer celles des deux 19 septembre, de la bénédiction du bourdon présidée par les évêques de Grenoble et de Gap (17 juillet) et du pèlerinage des *Hommes de l'Isère* (21 août).

Le 17 octobre 1899, Mgr Fava qui avait si ardemment aimé, si éloquemment prêché et si magnifiquement glorifié Notre-Dame de la Salette, quittait ce séjour de labeurs, de peines et de combats pour le lieu du repos, du bonheur et du triomphe.

Son successeur, Mgr Henry, sorti de ce diocèse de Montpellier si dévot à la Vierge du Mont-sous-les-Baisses, continuant les traditions des vénérés Pontifes qui l'avaient précédé depuis 1846 sur le siège de Saint Hugues, ne laissa pas, à plus d'une reprise, notamment à l'occasion de son arrivée à Grenoble et des noces de diamant de l'Apparition, de convoquer les fidèles dont il était devenu le premier pasteur, à prendre le chemin de la Sainte Montagne et d'en gravir lui-même, à la tête de l'élite de son troupeau, les pentes aimées.

Le passé de Mgr Maurin est un sûr garant que l'Evêque actuel de la Salette tiendra la même ligne de conduite.

D'autres Prélats également, — tels en particulier ceux qui gouvernent les diocèses de Chambéry et de Maurienne, — sont toujours heureux et fiers d'y conduire leurs ouailles.

Puisse cet édifiant mouvement qui entraîne les âmes sur les hauteurs sacrées de la Salette, dont nous venons d'esquisser trop sommairement le consolant tableau, grandir de plus en plus; la divine Mère continuera sans nul doute d'y répondre par des bénédictions et des faveurs proportionnées (1).

ARTICLE III

La Basilique et ses dépendances.

Dans son Mandement du 1er mai 1852, Mgr de Bruillard tenait à ses diocésains ce beau langage : « Vous l'a-

---

1. Nous avons puisé çà et là, dans les *Annales de N.-D. de la Salette*, la matière de ce §.

vez compris, nos très chers Frères; il s'agit maintenant
de la construction d'un sanctuaire en l'honneur de notre
auguste Mère, sur la Montagne privilégiée qu'elle a dai-

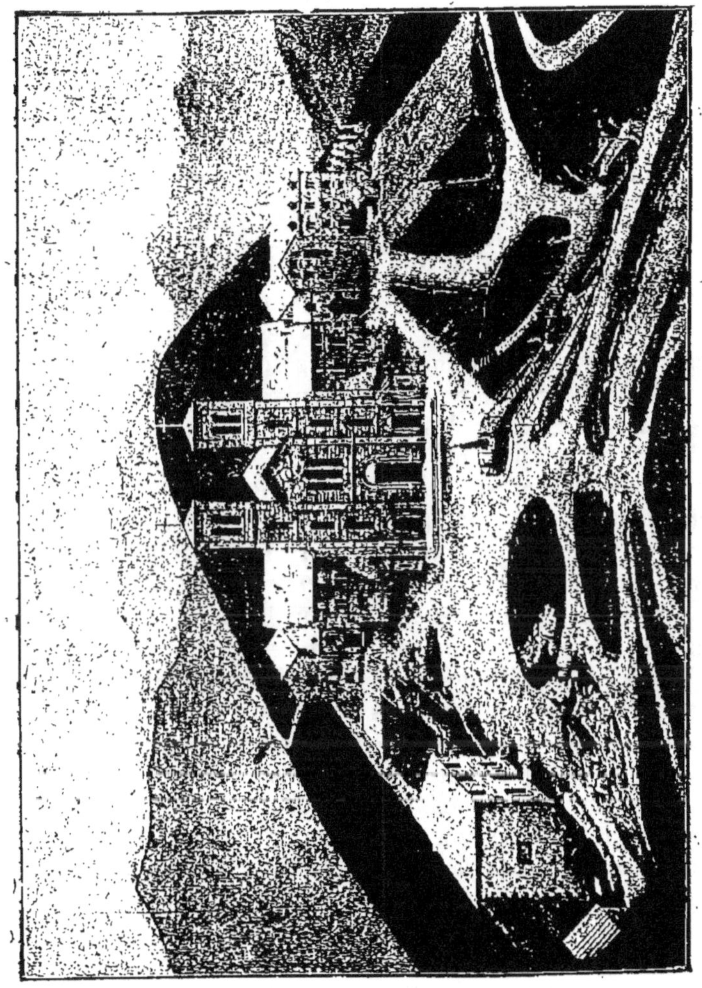

gné honorer de sa présence, sur lequel a retenti sa céleste
voix. Ce sanctuaire doit être digne de la Reine du Ciel
et un témoignage de notre reconnaissance envers Elle;
digne de notre diocèse privilégié, du pieux concours qui
nous édifie, et des généreuses offrandes qui nous parvien-

nent; car, disons-le, ce n'est pas pour une localité plus ou moins restreinte, c'est pour l'univers que nous bâtissons. »

Déjà le pieux Evêque avait acheté, de ses deniers, cinq hectares de terrain de la Montagne consacrée par la visite de la Mère de Dieu; mais où placer le monument projeté? L'établir à l'endroit précis où la Vierge avait apparu, il n'y fallait pas penser, c'eût été dérober aux regards avides des pèlerins une vue bien chère. L'emplacement choisi fut donc le versant nord-est du Planeau; et comme ce sommet se trouvait rattaché au Mont-sous-les-Baisses par un mamelon étroit et de forme arrondie, ce ne fut qu'à force de coups de mine qu'on put aplanir un espace suffisant pour y asseoir une église précédée d'une esplanade et flanquée de deux corps de bâtiments.

La Providence avait préparé, des siècles à l'avance, à ces constructions, d'inébranlables fondements, dans le roc du Planeau, et d'inépuisables carrières de marbre et de pierres à chaux, dans les entrailles du Gargas. Malgré ces précieuses ressources, elles coûtèrent des sommes énormes, en raison de l'éloignement des centres d'approvisionnements, du manque de chemins et de la difficulté inouïe de hisser sur ces hauteurs les matériaux indispensables qu'on ne pouvait se procurer sur place. C'est ainsi, pour ne citer qu'un exemple, que le sable, rendu à destination, revenait à quarante francs le mètre cube.

Dans ces conditions, on comprend qu'il fallut des années pour élever les monuments que nous voyons aujourd'hui orner ce désert; étant donné surtout qu'on n'y pouvait travailler que pendant la belle saison dont la durée, à la Salette, ne dépasse pas cinq mois.

C'est à M. Berruyer, de Grenoble, architecte diocésain, que furent confiés le plan et la direction de l'œuvre. La Basilique est un monument de style romano-byzantin, ayant trois nefs terminées par des absides et cinq travées. Elle mesure plus de quarante-quatre mètres de longueur, quinze de largeur, et plus de dix-huit de hauteur; elle peut contenir deux mille cinq cents personnes. Des colonnes élancées soutiennent la voûte; quelques-uns de ces blocs de marbre ont plus d'un mètre cube de dimension, et leur poids dépasse parfois quatre mille kilogs. La façade qui donne sur une assez vaste place et sur le lieu d'où la

Vierge a disparu aux yeux des Bergers, est flanquée de deux tours carrées surmontées d'une grande croix. La toiture de cuivre de la Basilique est capable de résister aux plus terribles orages.

Les deux hôtelleries des pèlerins viennent appuyer leurs pavillons sur le chœur du sanctuaire avec lequel elles communiquent et auquel elles servent à la fois d'ailes et de contreforts. Laissant un espace vide autour des absides qu'elles encadrent, elles se prolongent parallèlement en fer à cheval derrière le chevet de l'église, et enlacent ensuite les flancs du Planeau.

Plus haut que la Basilique et sur le versant de la montagne opposée au Planeau, s'élève une petite chapelle romane. Elle avait d'abord été construite à l'endroit où la Vierge a disparu à la vue des Bergers, mais quand on y eut placé la statue en bronze de l'Assomption, cette statue s'y trouvait comme écrasée, et, pour la dégager, on démolit la chapelle qu'on transporta au sommet du cimetière. La statue de Marie qui la couronne est l'œuvre de M. Fabisch, de Lyon, l'auteur de la Vierge de la Grotte de Lourdes. Le monument funèbre qui s'élève à gauche de cette chapelle a été bâti pour recevoir les restes mortels des Missionnaires et des bienfaiteurs de la Salette.

L'ensemble de ces constructions a coûté près de trois millions.

Si l'argent nécessaire vint de tous les points du monde, le diocèse de Grenoble ne fut pas le moins empressé à manifester sa générosité; et une quête faite dans les églises donna lieu à des faits bien touchants. « Après avoir lu le mandement et la lettre circulaire de Monseigneur, écrivait, en 1852, au Secrétaire de l'Evêché, M. le Curé de Saint-Siméon-de-Bressieux, nous invitâmes les parents à faire contribuer leurs petits enfants à cette quête d'un intérêt tout spécial; cette bonne œuvre imprimerait et entretiendrait dans leur âme d'une manière plus forte et plus durable le souvenir fortuné de cet événement merveilleux. Notre invitation a été bien prise. Jamais tant d'enfants aux offices que le dimanche 16 courant. Les pères et les mères en avaient autour d'eux et à leurs bras. Nous vîmes ces petits enfants s'empresser des premiers à présenter leur petite offrande. Il en est qui la faisaient avec tant d'amabilité et de gentillesse, qu'on laissait échap-

per à son insu un sourire de plaisir et de reconnaissance ;
plusieurs étaient si innocents de leur acte qu'il fallait que
leurs mères menassent leurs mains vers le plat de la
cueillette ; d'autres nous poursuivaient des yeux et de la
main pour nous remettre leur offrande.

« Un petit enfant de cinq ans avait reçu de son oncle
une étrenne pour acheter des amusements le jour de la
foire de Saint-Siméon. Après quelques instants de silence,
il dit : « Je garderai cinq sous pour la Sainte Marie de la
» Salette. Je les donnerai, n'est-ce pas ? dimanche, à M.
» le Curé. » Il n'y manqua pas.

» Une famille tout à fait indigente habite près de la
cure. Elle se compose en ce moment de sept garçons dont
le plus âgé est dans ses douze ans et le plus jeune a
quatorze jours. Les plus grands, au retour du catéchisme,
dirent à leur mère : « Mère, on nous a dit qu'il fallait,
» dimanche, donner une offrande pour Notre-Dame de la
» Salette ; ne nous donnerez-vous pas de sous ? — Où les
» prendrais-je, mes enfants ? Je voudrais bien aussi don-
» ner, car, bien sûr, nous serons les seuls qui ne donne-
» rons pas. » La mère était attendrie et les enfants se regardaient tout inquiets.

» Dans le cours de la semaine, le plus âgé (qui est sourd),
dit à ses cadets : « Il nous faut aller prendre des écre-
» visses ; nous les porterons à M. le Curé ; il nous donnera
» une étrenne, et nous la donnerons à Notre-Dame de la
» Salette. »

» La petite troupe s'apprête et va dire à la mère : « Mè-
» re, voulez-vous, s'il vous plaît, nous laisser aller à la
» rivière prendre des écrevisses pour M. le Curé ? — Oui,
» mes enfants ; mais vous l'ennuyez, avec vos écrevisses
(ils en apportent assez souvent). — Oh ! que non ! Nous
» lui dirons que cette fois nous les avons prises à cause
» de Notre-Dame de la Salette, et il nous donnera une
» étrenne. »

» Voilà nos petits pêcheurs à l'œuvre, et bientôt ils reviennent avec un plat passable d'écrevisses de toutes tail-
les. Ils font leur cadeau et, le dimanche, les cinq plus grands.
dans le chœur de l'église, à côté les uns des autres, se regardaient instinctivement et confondaient sur le plat de
la cueillette leurs joyeuses mains chargées chacune d'une

petite offrande. Le père, au bas de l'église, avait le sixième dans le contour de son bras gauche, et l'enfant, sou-

LES LIEUX ACTUELS DE L'APPARITION.

riant à son père et à moi, m'invitait à prendre son offrande et son père à faire la sienne. La bonne mère était
agenouillée dans le sentier de la chapelle de la Sainte Vierge et donnait ses dix centimes pour elle et pour le septième

de ses garçons qui devait venir au monde douze heures après. *Beati pauperes!* » (1).

Nous avons longuement décrit plus haut la solennelle bénédiction de la première pierre de la Basilique, qui eut lieu le 25 mai 1852. Bientôt après, commencèrent les travaux auxquels furent employés un grand nombre d'ouvriers; on en compta jusqu'à 120 à la fois. Leur première besogne dut être la construction de baraquements en planches pour leur servir de logement. Malgré l'activité avec laquelle on se mit à l'œuvre, ce ne fut qu'en 1864 que prit fin l'exécution du plan primitif de l'architecte par l'érection du clocher Est de l'église. Mais l'affluence grandissante des pèlerins obligea à étendre ce plan, de manière cependant à ne pas nuire à la beauté de l'ensemble. C'est ainsi que, en 1894, dix chapelles latérales à ciel ouvert et autant d'autres en forme de cryptes, sous les premières, étaient ajoutées au sanctuaire sur les plans et sous la direction de M. Bugey, architecte à Grenoble. Les hôtelleries aussi furent agrandies à plusieurs reprises, et de vastes casemates creusées aux flancs du Plaueau.

Les lieux mêmes de l'Apparition ont été laissés dans leur état primitif; néanmoins on les a entourés d'une grille en fer forgé, pour protéger, contre les pieuses mais vandales indiscrétions des pèlerins, soit le tracé consacré par le passage de la céleste Messagère, soit les croix en fonte et les médaillons en bronze, des stations du chemin de la croix qui y est érigé, soit enfin la représentation en bronzes artistiques de la triple scène de l'*Apparition* de Notre-Dame, de sa *Conversation* et de son *Assomption*.

Jusqu'en 1866, une humble clochette murmurait, au Pèlerinage, les louanges de la Reine du Ciel; le 6 août de cette année Mgr Ginoulhiac bénissait quatre belles cloches que trois autres venaient rejoindre dans la tour de droite, le 6 octobre 1889. Enfin la tour de gauche était habitée, le 17 juillet 1897, par le seul mais majestueux bourdon des noces d'or de l'Apparition, du poids respectable de trois mille kilog.

Le pèlerin qui arrive pour la première fois au Sanctuaire de la Salette est frappé d'admiration devant l'ensemble des imposantes constructions qui s'offrent à sa vue. Quand

____

1. ROUSSELOT. *Un nouveau Sanctuaire.*

il pénètre dans la Basilique, son émerveillement redouble,

L'INTÉRIEUR DE LA BASILIQUE.

car tout ce qu'il y aperçoit est digne de la Souveraine de ces lieux bénis.

Le maître-autel, datant de 1866, est dû au zèle de M. Similien, qui a recueilli les *quarante mille* francs qu'il a coûté (1) en grande partie dans l'Anjou, est un chef-d'œuvre.

La statue de la Vierge couronnée surmontant le retable a été taillée dans un bloc de marbre de Carrare, d'après les instructions de la Sacrée Congrégation des Rites, par le chevalier romain Carimini et ne vaut pas moins de 10.000 francs (2). L'autel lui-même a été exécuté à Angers d'après le plan de M. Berruyer et les dessins de M. David, architecte au Mans, dans les ateliers de M. Choyer et de M. Moisseron, son successeur. Il est composé d'un support en marbre noir du Gargas, et de deux variétés de marbre blanc de Carrare. Chacune de ses faces longitudinales contient trois bas-reliefs, ses faces latérales des statues de prophètes. Aux quatre angles du retable apparaissent des anges-cariatides portant des textes sacrés; une série de colonnettes supportant des arcatures que couronne une riche corniche en complète l'ornementation.

Les chandeliers et la croix sont en bronze et du style gothique; chaque chandelier revient à 800 francs et la croix à douze cents.

Des milliers de cœurs environnent la statue de Notre-Dame ou décorent son piédestal; d'autres, disposés en guirlandes, s'élancent jusqu'à la voûte. Des lampes nombreuses se consument jour et nuit auprès du tabernacle.

Toutes les parties du monde catholique ont apporté leur appoint à l'embellissement du Pèlerinage. Si l'Espagne a reproduit par le bronze les scènes de l'Apparition, si la Bretagne a élevé le maître-autel, la Belgique a offert la chaire monumentale, grâce à une souscription à la tête de laquelle figurent les plus grands noms de l'Episcopat et de la Société belges. Elle fut inaugurée le 19 octobre 1867. Le projet en a été conçu et exécuté par la maison Goyers, frères, sculpteurs à Bruxelles.

...Elle est en chêne de Russie, de forme hexagone et mesure dix mètres de hauteur. Tout l'édifice, aux harmonieuses proportions, repose sur un pilier unique, à six faces, flanqué de deux contreforts surmontés chacun d'une statuette assise : saint Rambert, évêque et patron de Bruges et

1. N'ayant pas convenu à son arrivée à la Salette, il a dû être renvoyé à Angers et retouché, coût en plus : 10.000 fr.

2. La donatrice en fut Mlle de Robiano, de Belgique.

sainte Gudule, patronne de Bruxelles. La cuve est reliée au socle par un rinceau vigoureusement fouillé en frises de lierre et de pampre de vigne.

Les trois faces qui regardent l'assistance sont autant de niches occupées par des bas-reliefs d'un fini de sculpture remarquable. Le médaillon du milieu représente la Vierge parlant aux deux Bergers; à droite est l'Annonciation, et à gauche, la Visitation.

Des trois autres faces, deux sont effacées par un double escalier qui donne accès à la cuve; la troisième se perd dans l'ombre. Une statuette couronne le sommet extérieur de chaque rampe de l'escalier; à gauche, saint Gérard; à droite, sainte Julienne, promotrice de la fête du Saint Sacrement.

Quatre colonnes soutiennent l'abat-voix, dont chaque angle, relié par une suite d'arcades aux gracieux pendentifs, est surmonté d'une statue : le B. Jacques Florès, saint Jean Berchmans, saint Adélard, le B. Richard de Sainte-Anne, saint Trudon et saint Bérénice. Du centre s'élance un clocheton à double étage surmonté d'une élégante flèche, avec sa croix. Dans la niche, se trouve saint Joseph, patron de la Belgique.

Cette dernière partie du monument a toute l'élégance et la profusion d'ornements que comporte le style byzantin. Il n'est pas étonnant que cette œuvre d'art soit estimée plus de 25.000 francs.

Les orgues sont un souvenir du couronnement de Notre-Dame de la Salette; elles ont été inaugurées le 19 septembre 1880. Les deux parties qui les composent, le buffet et l'instrument, sont également dignes d'attention. La boiserie, en chêne, a été exécutée par la maison Goyers de Bruxelles, et n'a pas coûté moins de 10.000 francs. Au sommet, dans un magnifique encadrement, c'est Marie, au Cœur percé de sept glaives, qui paraît inspirer l'ensemble du monument. A droite et à gauche, sont des anges qui semblent consoler leur Reine par leurs mélodieux accords, pendant que d'autres, embouchant la trompette guerrière, font retentir ces paroles : « Malheur aux enfants de la terre qui oublient ou méprisent les gémissements de leur Mère du Ciel. » Plus bas, David chante le Lion de Juda, le Christ-Jésus, puis sainte Cécile redit les triomphes de la virginité et du martyre.

L'instrument est l'œuvre d'un artiste belge, M. J. B. Ghys, facteur d'orgues à Dijon. Il a deux claviers et compte vingt jeux complets, avec des pédales indépendantes et séparées. Délicatesse et franchise de la note, moelleux des sons, harmonie des jeux, souplesse et solidité du mécanisme, telles sont les principales qualités des orgues de Notre-Dame de la Salette. Ajoutons que l'artiste, dans leur installation, a surmonté les plus sérieuses difficultés, car il lui a fallu placer la soufflerie dans le sous-sol de la sacristie, le clavier dans le chœur du sanctuaire, et les voix au-dessus de l'autel de saint Joseph. Certaines baguettes de transmission ont à parcourir jusqu'à 75 mètres pour atteindre leur destination.

Une autre richesse artistique de la Basilique, c'est son dais. M. Henry, de Lyon, qui en est le fabricant, a interprété magistralement le fait de la Salette. Quatre *lances* surmontées de panaches soutiennent les quatre pentes, en souvenir des riches draperies que le roi Philippe-le-Bel et les principaux seigneurs de sa cour tinrent suspendues au-dessus de leurs *hallebardes*, sur le Très Saint Sacrement, quand le pape Clément V le porta pour la première fois en procession, à travers les rues de Vienne, en Dauphiné. Au milieu de la pente de devant est la Vierge désolée tenant sur ses genoux le corps de son divin Fils descendu de la croix. On voit alors défiler, comme pour protester contre l'apostasie de la France moderne, les plus saints et les plus illustres personnages français des siècles passés, depuis les premiers martyrs de la Gaule, jusqu'à Louis XVI, au nombre de plus de cent. Les deux pentes de côté sont coupées, au milieu, par des emblèmes eucharistiques; le quatrième panneau représente Pie IX sur le trône pontifical, comme pour témoigner, au milieu de cette galerie, de la soumission de la France au Saint-Siège que Notre-Dame de la Salette semble avoir voulu recommander, en regardant, avant de disparaître, du côté de Rome. La composition est due au crayon de M. Maillot; les figures et les costumes sont historiques. M. Henry a affirmé avoir dépensé pour la confection de ce chef-d'œuvre 25,000 francs.

L'autel de l'abside principale a été donné par le Comte de Chambord et la statue en marbre qui le décore, par le Comte de Boyne, de Chambéry.

Les vitraux de la façade représentent la Transfiguration,

ceux de l'abside du milieu l'Annonciation et ceux de la grande nef les autres mystères du Rosaire.

Outre les nombreuses plaques de marbre qui retracent, en lettres d'or, la reconnaissance de ceux de ses enfants que Notre-Dame de la Salette a exaucés, la Basilique compte plus de 6000 ex-voto : bannières, cœurs, tableaux, médaillons, béquilles, épées, croix d'honneur, objets de tout genre. Les pierreries et les bijoux offerts au sanctuaire furent employés à l'exécution de pièces d'orfèvrerie sacrée aussi artistiques dans la forme que précieuses par la matière.

L'ostensoir, dont le seul travail a coûté 12.000 francs, a pour auteur M. Armand Caillat, de Lyon. Il représente l'Epiphanie. Sur le pied sont sculptés les mages et un berger. Des cerfs ailés s'élancent, au-dessus d'eux, vers les eaux qui jaillissent jusqu'à la vie éternelle. Sur de petites consoles apparaissent les quatre symboles des évangélistes. Au nord, voici la crèche, l'âne et le bœuf, saint Joseph et la Vierge présentant aux mages le divin Enfant qui les bénit. Au-dessus, apparaît l'étoile miraculeuse qui conduisit les rois vers la crèche ; elle porte à son centre une émeraude de toute beauté. La custode où se renferme le Corps de Notre-Seigneur est entourée de brillants et décorée d'ornements émaillés.

Le calice, en or massif, du poids de deux kilog., ne compte pas moins de 300 diamants ; il est aussi d'Armand Caillat.

Le ciboire, ciselé par Besnard, de Paris, est un poème en l'honneur de la Sainte Eucharistie et de la Vierge Marie. Il ruisselle aussi de brillants et de pierreries.

Les burettes et le plateau assorti ne sont pas moins riches en symbolisme, en ciselures et en émaux.

La couronne, travail d'Ouzille, de Paris, rappelle celle que Notre-Dame portait le 19 septembre 1846.

Tels sont les principaux objets, avec un splendide missel, l'auge et la truelle d'argent dont on a fait usage à la pose de la première pierre du sanctuaire et la pierre vénérée qui a servi de siège à la Mère de Dieu pendant qu'elle pleurait, dont se compose ce qu'on appelle le trésor de la Salette (1).

---

1. A différentes époques où il y avait lieu de craindre pour la conservation de ce précieux apanage de la Reine du Ciel,

les Missionnaires, qui en avaient la garde, ont cru de leur devoir d'en éloigner provisoirement certaines pièces, pour leur assurer un abri dans des retraites de tout repos. Cette sage précaution, dont ils furent du reste félicités en haut lieu, notamment par Mgr Fava, donna lieu à cette abominable calomnie de l'ignorance ou de la malveillance, (nous laissons à Dieu de juger les intentions) qu'ils avaient volé le trésor du Pèlerinage. — Nous nous sommes documentés, pour écrire cet article, principalement dans les *Manuscrits* BOSSAN et dans le *Guide du Pèlerinage de la Salette* des PP. BERTHIER et PERRIN.

CHAPITRE II

AUTRES SANCTUAIRES DE N.-D. DE LA SALETTE

UAND la tempête s'abat sur certaines fleurs, elle leur enlève, pour la transporter au loin, la poussière fécondante et prépare ainsi pour un prochain avenir de nouvelles et plus abondantes floraisons.

Ainsi l'opposition ardente et passionnée faite à la sainte Apparition, en provoquant des ripostes victorieuses, a vite porté jusqu'aux extrémités du monde la connaissance et l'amour de Notre-Dame de la Salette. Plus de cent écrivains se sont faits ses historiens ou ses défenseurs, et de toutes parts, les yeux des catholiques se sont dirigés vers la Montagne des pleurs de Marie. Presque aussitôt après le 19 septembre 1846, une correspondance s'établit entre les diverses contrées du monde chrétien et le clergé du pays de l'Apparition. Sans parler des lettres adressées à l'évêché de Grenoble, M. Mélin, curé de Corps, en avait reçu 1500 déjà au 19 septembre 1847; M. Perrin, curé de la Salette, en recevait en moyenne 130 par mois, par conséquent plus de quinze cents aussi par an; et ce nombre s'est accru encore après l'établissement des Missionnaires.

Les réponses faites à ces innombrables missives encourageaient et étendaient la dévotion à Notre-Dame de la Salette, et cette bonne Mère récompensait la confiance de ses enfants en multipliant ses faveurs. Par reconnaissance, ceux de ses obligés qui le pouvaient accomplissaient le pèlerinage de la sainte Montagne; ceux qui en étaient empêchés voulaient honorer chez eux leur si compatissante Bienfaitrice. Aussi ne tarda-t-on pas à voir s'élever de tous côtés, non seulement des statues, mais des autels et des chapelles en l'honneur de la divine Réconciliatrice des pécheurs. M. Rousselot comptait déjà en 1856 cinquante sanctuaires érigés sous le vocable de Notre-Dame de la Salette et dont chacun était devenu un centre de pèlerinages. On peut en évaluer le nombre aujourd'hui à plus de *mille*, dont *quarante* pour le seul diocèse de Grenoble.

On en trouve en Italie (1), en Espagne, en Angleterre, dans les Pays-Bas, en Allemagne, en Suisse, dans l'île Maurice, à la Martinique, dans les Indes, dans les Etats-Unis, au Canada, au Brésil, et jusqu'au Dahomey. La France compte des chapelles dédiées à la Vierge en pleurs sur toute l'étendue de son territoire, de Marseille (où la neuvaine de Notre-Dame de la Salette est si solennellement célébrée chaque année dans l'église Saint-Michel), à Calais, de Nantes à Besançon. Les départements les plus éloignés de la Sainte Montagne ne sont pas les moins riches sous ce rapport; tels : l'Aisne, avec ses sanctuaires de Proix, Iviers, la Capelle, Saint-Médard-les-Soissons; et le Pas-de-Calais, avec ses pèlerinages florissants de Bois-leux-Saint-Marc, Waïlly-Beaucamp, Sauchy-Cauchy, et surtout des Baraques, dont nous nous réservons de parler plus au long.

Après la France, c'est la Belgique qui a montré le plus d'amour envers la Vierge des Alpes, dont l'apôtre de la première heure, en ce pays, fut Mlle la Comtesse Francisca de Robiano. Son digne clergé, tant séculier que régulier, accueillit avec empressement et propagea avec zèle le culte de la Reine des Alpes. Citons en particulier, parmi le corps-épiscopal, son Em. le Cardinal Dechamps, archevêque de Malines, et pèlerin de la Sainte Montagne; et, parmi les religieux, les RR. PP. Récollets et les RR. PP. Rédemptoristes. Aussi, qu'ils sont nombreux sur la terre belge les centres publics de dévotion à la Vierge de la Salette! Le premier en date fut la chapelle des Clarisses Colettines de Bruges; le plus récent, inauguré le 14 septembre 1904, et à l'ombre duquel cet ouvrage a été composé en majeure partie, est la chapelle des missionnaires de la Salette, chassés de France par la persécution, et établis à Tournai, avec la haute approbation de Sa Grandeur Mgr Walravens. C'est là que les pèlerins de

1. La dernière Chapelle italienne de la Vierge des Alpes est celle qui fut inaugurée le 4 août 1906, par Mgr Anselmini, l'évêque diocésain, à Nocera-Umbra, dans la résidence des vacances des Scolastiques de la Salette, et à laquelle déjà les pasteurs du voisinage amènent en pèlerinage leurs pieux paroissiens. On a érigé au même endroit une exacte reproduction des Lieux de l'Apparition, qui fut bénite en septembre 1907 et enrichie d'un chemin de la croix, le 19 septembre 1911.

la région aiment à venir prier; ils s'y réunissent nombreux pendant la neuvaine solennelle du mois de septembre, heureux d'entendre redire l'Apparition bénie et de prendre part aux processions qui se font alors autour du fac-simile du miraculeux ravin reproduit en demi grandeur. (1)

Pour terminer ce rapide coup d'œil d'ensemble, signalons, en Lorraine, à sept kilomètres à l'est de Metz, le pèlerinage de Villers-l'Orme, où l'on put compter, en 1905, le jour de sa fête principale, qui se célèbre le mardi de la semaine des Quatre-Temps de Septembre, 8.000 personnes.

Quelle belle et touchante histoire on pourrait faire avec les monographies détaillées de tous ces centres de dévotion à Notre-Dame de la Salette! Dans l'impossibilité d'en tenter même la réalisation, nous voudrions du moins nous arrêter spécialement sur six de ces bénis sanctuaires, ceux, en suivant l'ordre d'ancienneté, de Morlaix, Grenoble, Paris-Vaugirard, Vienne, Lavigny et des Baraques.

ARTICLE PREMIER

La Salette de Morlaix (2).

A trois quarts de lieues de Morlaix, au diocèse de Quimper, s'élève le couvent de Notre-Dame de la Victoire, bâti au quinzième siècle par les fils de saint François, et dans lequel Mlle de la Fruglaye installa en 1833 un hôpital et un pensionnat dirigés par des Religieuses Augustines.

Peu de temps après l'Apparition de la Salette, l'une des Sœurs de ce couvent, la Mère Sainte-Sophie, à laquelle Mlle de la Fruglaye avait raconté le grand Evénement, s'était mise en relation avec le curé de la Salette, M. l'abbé Perrin, et en avait reçu un fragment de la pierre qu'avait sanctifiée le contact de la Mère de Dieu. On commença dès lors dans la Communauté à prier

_____

1. Dans une paroisse du Luxembourg belge, le cinquantième anniversaire a réuni jusqu'à trente mille pèlerins en mai 1897.

2. Les renseignements qui vont suivre ont été extraits de l'intéressante brochure de M. le chanoine Abgrall : *La Salette de Morlaix.*

la Belle Dame de la Salette, et une Sœur, avec l'aide d'une Converse, édifia en son honneur, au haut de l'enclos du couvent, un petit abri, pour y placer une statue de la Sainte Vierge.

M. de Kermenguy, l'aumônier de la maison, remplaça l'humble sanctuaire qu'un orage avait renversé, par un oratoire pouvant contenir une vingtaine de personnes, et dont il bénit la première pierre en présence de la Communauté et du Pensionnat, au commencement de 1847. C'est là que maîtresses et élèves adressèrent leurs ferventes prières à Notre-Dame de la Salette durant l'année qui suivit son Apparition.

Sur ces entrefaites, deux petites filles de la maison furent atteintes d'un mal inconnu et jugé incurable par le médecin. Elles se desséchaient de jour en jour et ne pouvaient rien manger. Les maîtresses commencent alors des prières à une double fin : obtenir la guérison des enfants, et, dans le fait de cette guérison, acquérir la preuve que c'est bien la Mère de Dieu qui est descendue sur la Montagne de la Salette. Or, le dernier jour d'une troisième neuvaine, qui était le 15 septembre 1847, les deux enfants sont radicalement guéries, ainsi que le constate le médecin.

En reconnaissance, les Sœurs conçoivent le projet de bâtir, dans les dépendances du couvent, une chapelle qui s'appellerait *Chapelle de Notre-Dame de la Salette*. La première pierre en était posée le 1er mars 1848, et le 4 mai suivant, on bénissait l'édifice. On l'avait élevé pour l'usage exclusif de la Communauté, mais voici que les fidèles du dehors demandèrent à y venir prier. En conséquence, il fallut construire, de l'autre côté de l'enclos, une nouvelle chapelle de plus amples dimensions, attenant à la première et communiquant avec elle, pour être mise à la disposition des pèlerins, tandis que la construction intérieure demeurait réservée au personnel du monastère.

Cet agrandissement, dont on fit la bénédiction le 18 septembre 1848, constituait la première chapelle publique élevée en l'honneur de Notre-Dame de la Salette, aussi M. Perrin l'appelait-il la fille aînée de l'église-mère de la Salette. C'était vrai, si l'on tient compte de la cabane en planches improvisée, pour le premier anniversaire de l'Apparition, sur la Sainte Montagne ; sinon, il faudrait dire que la *fille* précéda la *mère*, puisque la Basilique du Pèlerinage ne fut commencée que le 25 mai 1852.

LA SALETTE DE MORLAIX.

Cependant la chapelle de Morlaix ne porta pas tout de suite *officiellement* le nom de *la Salette*, car l'évêque de Grenoble n'avait pas encore porté son jugement. « Nos supérieurs, écrivait alors la R. M. Sainte-Sophie à M. Perrin, ont jugé bon que notre chapelle fût, *pour le moment*, érigée sous le vocable de Notre-Dame Réparatrice, en attendant celui de Notre-Dame de la Salette; mais ce n'est que sous ce dernier et précieux titre qu'elle est connue » (1). De fait, cette dénomination prévalut et fut autorisée dans la suite.

Dès ce moment un courant extraordinaire de dévotion s'établit; des pèlerins nombreux accourent de tous côtés à ce nouveau sanctuaire et des prêtres viennent y célébrer la messe. Un article de l'*Univers* signé « Du Lac », du 26 janvier 1852, signale que l'affluence y est continuelle et qu'elle redouble aux époques des solennités de Marie et que alors « la chapelle ne suffit plus à la foule recueillie qui s'y succède d'heure en heure. »

Il fallut donc aviser encore une fois. M. de Kermenguy se remit à l'œuvre au printemps de 1853, et le 21 juin 1860, l'évêque de Quimper, Mgr Sergent, consacrait solennellement la chapelle actuelle, entouré de 72 de ses prêtres et d'un concours extraordinaire de fidèles. L'édifice, en forme de croix latine, est du pur style du douzième siècle. Il comprend une nef de sept mètres de largeur sur douze à treize de hauteur sous voûte. A mi-profondeur du sanctuaire à terminaison polygonale, se dresse le maître-autel en granit, surmonté d'une clôture en bois qui sépare la chapelle publique d'un arrière-chœur communiquant avec l'enclos du monastère et réservé aux Religieuses et aux élèves. Dans le transept du côté de l'évangile, se trouve l'autel de l'Apparition dominé par le groupe de la *Conversation;* le transept opposé possède l'autel du Sacré-Cœur, avec l'apparition de Notre-Seigneur à la Bienheureuse Marguerite-Marie. Les murs sont décorés de peinture et la voûte est azurée.

Désormais les pèlerins viendront chaque jour plus nombreux, au mois de mai et surtout aux anniversaires de l'Apparition. Toute la nuit du 18 au 19 septembre, ils rempliront la chapelle. Dix ou douze prêtres, se relevant de deux heures en deux heures, entendront les confessions, et les messes commenceront dès trois heures du matin. Au 19 septembre 1870, dix-sept cents communions furent distribuées, et trente-cinq messes célébrées. Le 2 octobre suivant, en la fête du Rosaire, la statue de Notre-Dame du Mur

____

1. Manuscrits Perrin.

y était portée processionnellement de Morlaix par un cortège de 120 grandes jeunes filles habillées de blanc, accompagnées d'autant de fillettes sous le même costume et suivies d'une foule immense.

Cette imposante manifestation fut dépassée encore par celle du 7 septembre 1873. Ce jour-là non seulement Morlaix tout entier se trouvait aux pieds de Notre-Dame de la Salette, avec l'image de Notre-Dame du Mur, mais Brest aussi y était représenté par de nombreux fidèles et quantité d'officiers de la marine et de l'armée, s'avançant à l'ombre de la bannière du Sacré-Cœur que portait un capitaine de frégate. Cinquante-six paroisses s'y rencontrèrent, plusieurs ayant apporté leurs croix et leurs bannières. Des processions sans nombre, se suivant à la file, se dirigeaient vers la sainte colline dont elles montaient le sentier abrupt bordé par les édicules du chemin de la croix. Ce fut un coup d'œil féerique que l'arrivée successive de toutes ces processions avec leurs riches croix bretonnes, chefs-d'œuvre d'orfèvrerie, et leurs vieilles bannières du dix-septième siècle; l'antique monastère pavoisé et enguirlandé, le sentier de la Salette décoré d'un arc de triomphe, de drapeaux et d'oriflammes, la façade de la chapelle rehaussée de brillants décors; puis l'immense allée du bois de Pennelé envahie par une multitude énorme refluant en masses profondes dans les allées latérales et formant une vraie mer de têtes humaines. Au fond de cette allée s'élève une haute et riche estrade, au sommet de laquelle est dressé l'autel, où M. le Curé-Archiprêtre de Saint-Pol célèbre la grand'messe, escorté aux quatre angles par quatre gendarmes à cheval, immobiles, le sabre au clair.

Au prône, trois sermons sont prononcés à la fois, l'un en français, du haut de l'estrade, par l'Evêque de Quimper, Mgr Nouvel; les autres en breton sur deux points éloignés. Aux Vêpres, trois nouvelles instructions sont adressées à la foule évaluée à 40.000 fidèles, accompagnés de 150 prêtres.

Tous les ans, le dimanche d'avant le 19 septembre, les Morlaisiens se rendent à Notre-Dame de la Salette. A deux heures, la cérémonie commence. Elle consiste à faire une heure d'adoration en expiation et en réparation du blasphème et de la profanation du dimanche, devant le Saint

Sacrement exposé en plein air. Le Rosaire en entier est récité et on donne un sermon sur la sanctification du dimanche. Les Vêpres sont ensuite chantées et suivies de la Bénédiction après laquelle le Saint Sacrement est reconduit solennellement dans la chapelle, aux accents du *Te Deum*.

Le sanctuaire de Notre-Dame de la Salette est encore le rendez-vous des premiers communiants, sous la conduite de leurs pasteurs, au lendemain du grand jour. Il est aussi le centre de retraites organisées pour les soldats, les personnes du monde, les instituteurs libres.

Jusqu'en 1857, M. de Kermenguy avait cumulé les fonctions d'aumônier des Sœurs et de chapelain de Notre-Dame de la Salette; depuis lors un prêtre est exclusivement affecté au service de la chapelle de la Bonne Mère.

ARTICLE II

La Salette de Grenoble.

Au centre de la ville de Grenoble et non loin de la cathédrale, entre la rue Voltaire (précédemment Saint-Vincent-de-Paul, Neuve-des-Pénitents), et la rue Abbé de la Salle, se trouve un sanctuaire de forme rectangulaire, pouvant contenir trois cents personnes, qui sert actuellement de chapelle auxiliaire à la paroisse Notre-Dame, pour l'Exposition perpétuelle du Saint Sacrement. Les habitations qui l'enserrent de toutes parts ne permettent pas aux bruits du dehors de s'y faire entendre de sorte que le recueillement et la piété y sont singulièrement facilités.

Cet édifice religieux était, vers 1850, le siège d'une Confrérie du Saint Sacrement, dont les membres, connus sous le nom de Pénitents-Blancs, de nombreux qu'ils avaient été jadis, étaient réduits à cinq. C'est là que, dès leur fondation, les Missionnaires créés par Mgr de Bruillard pour desservir le Pèlerinage de la Sainte Montagne et évangéliser le diocèse établirent le culte de Notre-Dame de la Salette, après avoir pris possession de l'immeuble en vertu d'une convention passée avec la Fabrique de la cathédrale, de laquelle il dépendait.

Les Pères eurent leur logement sur le devant, du côté de la rue Neuve-des-Pénitents, dans les emplacements na-

LA SALETTE DE GRENOBLE, RUE SAINT VINCENT DE PAUL

guère occupés par la tribune des Confrères du Saint Sacrement, leur salle de délibération et le vestiaire où ils endossaient le vêtement blanc dont la couleur avait servi à les désigner (1). Très à l'étroit tout d'abord, ils furent

1. SIMILIEN. *Pèlerinage à la Salette.*

un peu plus au large dans la suite, quand les circonstances
leur eurent permis d'acquérir l'une des maisons attenan-
tes.

Conservée en très bon état, la chapelle possédait un autel et un retable remarquables, du style corinthien, et elle
était pourvue d'un vaste chœur muni d'un grand nombre
de stalles autrefois réservées pour les Pénitents. Toutefois une restauration s'imposait pour la rendre plus digne
de son nouveau vocable, car consacrée dans le passé à
saint Vincent de Paul, elle fut placée dès lors sous l'invocation de Notre-Dame de la Salette (1). Les ouvriers
travaillèrent longtemps à son rajeunissement et à son embellissement. Enfin, le jour de l'inauguration solennelle
est arrivé; c'est le samedi 4 février 1855. « A l'heure
indiquée, raconte le P. Burnoud, Supérieur des Missionnaires et témoin oculaire, l'enceinte sacrée est envahie
par une foule compacte et recueillie. A deux heures après
midi, au chant des cantiques de la Sainte Montagne, le
pieux et savant Evêque de Grenoble entre dans le sanctuaire de Marie, accompagné de ses quatre vicaires généraux et des Missionnaires de Notre-Dame de la Salette,
qui, occupés de missions continuelles, avaient suspendu
un instant leurs modestes travaux pour venir fêter leur
Reine et lui demander de nouvelles forces.

» L'assistance était aussi nombreuse que distinguée. On
y remarquait des hommes appartenant à l'élite de la société. L'autel, richement décoré, était surmonté de la statue de Notre-Dame de la Salette (2). Dans le fond du
sanctuaire, une peinture, sur laquelle tombait un demi-
jour mystérieux, représentait avec une vérité frappante
la Montagne de la Salette et les lieux de l'Apparition. La
Vierge Réconciliatrice, placée au milieu de ce panorama
saisissant, semblait sortir du désert pour venir parler à
son peuple. On se croyait à la Salette, le jour de l'Apparition (3). »

Après le chant des Vêpres, Mgr Ginoulhiac adresse aux
Missionnaires quelques paroles de satisfaction et d'encou-

---

1. SIMILIEN. *Pèlerinage à la Salette.*

2. Cette statue fut remplacée plus tard par le groupe de
Notre-Dame conversant avec les Bergers.

3. Mlle DES BRULAIS. *Suite de l'Echo de la Sainte Montagne.*

ragement, puis prononce une éloquente allocution sur la
dévotion à Notre-Dame de la Salette qui se recommande
à la piété des fidèles, et par Celle qui en est l'objet : la
Mère de Dieu pleurant sur les péchés du monde; et par le
but auquel elle tend : la fuite et la réparation des fautes
contraires au respect du Nom de Dieu, de son culte et
des lois de son Eglise; et par l'autorité qui la consacre :
celle du Souverain Pontife exhortant l'Evêque de Gre-

LA SALETTE DE GRENOBLE, RUE JOSEPH CHANRION.

noble à la maintenir, à la propager et à en assurer de
plus en plus la prospérité. Un salut solennel termina cette
belle fête.

Grenoble désormais possède sa « Salette ». Les âmes
pieuses ne cesseront pas de la fréquenter; au moindre exercice qui y sera annoncé, la chapelle se remplira; les étrangers se rendant à la Sainte Montagne ou en revenant
aimeront à y faire une station; à toute heure, on y trouvera des personnes prosternées aux pieds de Notre-Seigneur et de Notre-Dame, et, à la chute du jour, les fidèles accourront s'y joindre aux Missionnaires pour la récitation du chapelet et de la prière du soir.

Des orateurs de marque s'y feront quelquefois entendre, notamment (sans parler des évêques diocésains successifs : Mgr Ginoulhiac, Mgr Paulinier et Mgr Fava) l'illustre Prélat qu'on a si justement nommé *le Cygne de Genève*, Mgr Mermillod. Enfin les offices des dimanches et des fêtes y seront assidûment suivis, et surtout le mois de Notre-Dame de la Salette et le grand anniversaire du 19 septembre y seront célébrés avec une piété et une édification admirables, témoin ce récit, pris entre tant d'autres, dans les *Annales de Notre-Dame de la Salette* de 1869-1870 :

« Dès l'ouverture du mois de Notre-Dame de la Salette, les pieux habitants de la ville de Grenoble ont fait voir qu'ils ne veulent se laisser dépasser par personne en amour et en dévouement pour la Vierge si bonne qui est venue rendre leurs montagnes à jamais célèbres. Le sanctuaire que desservent à Grenoble les Missionnaires de Notre-Dame de la Salette a été chaque jour le lieu d'un pieux et solennel rendez-vous. Les fidèles, chaque soir, se pressaient en foule, et avec un saint enthousiasme, aux pieds de l'autel de Marie et autour de cette chaire d'où ils entendaient répéter et expliquer les salutaires enseignements que la Reine du Ciel est venue donner à ses trop peu fidèles sujets de la terre. Après la prière, le chant des pieux cantiques de la Sainte Montagne nous redisait tantôt les plaintes de la Mère de Jésus et tantôt les bons et généreux sentiments que fait naître dans l'âme la méditation d'un si touchant mystère.

» Prières, chants, instructions, tout était écouté avec un saint et profond respect. Les étrangers qui avaient le bonheur d'assister à ce pieux spectacle, les pèlerins qui montaient à la Sainte Montagne et ceux qui en descendaient, ne pouvaient s'empêcher de témoigner tout haut leur admiration et la douce satisfaction que leur procurait, en passant à Grenoble, l'assistance à un de ces pieux exercices. L'enceinte de la chapelle, trop étroite dès les premiers jours, a encore mieux fait sentir son insuffisance pendant les neuf jours qui ont servi de préparation à la grande fête. Malheur à ceux qui se trouvaient un peu en retard! il ne leur restait pas même alors la place du publicain derrière les portes. Après une préparation si longue et si fervente, la fête du 19 septembre ne pouvait manquer d'être encore plus belle. Nous ne parlerons pas ici des décorations de la chapelle. Ce que nous voulons surtout faire remarquer, ce sont ces communions si nombreuses, ce sont ces visites presque sans nombre qu'a reçues à Grenoble le sanctuaire de Notre-Dame de la Salette le 19 septembre. De toutes les paroisses de la banlieue on est venu prier dans la ville Celle qu'on ne pouvait aller vénérer sur la Montagne. Durant toute la journée, les fidèles ont apporté des centaines de cierges qui, en se consumant, avaient un langage à eux pour dire à Marie toute la reconnaissance et tout l'amour de ses enfants.

» Inutile de dire l'empressement avec lequel la population grenobloise s'est portée à tous les exercices publics de cette fête. Hommes et femmes ont rivalisé de zèle et de dévotion.

» La fête est passée et la dévotion à Notre-Dame de la Salette n'a rien perdu de son charme. C'est encore tous les soirs, et ce sera jusqu'à la fin du mois, un saint et touchant spectacle. »

Peu de temps après l'arrivée à Grenoble de Mgr Fava, un temple protestant s'étant bâti dans un quartier excentrique de la ville, Sa Grandeur conçut l'apostolique dessein de faire desservir cette région appartenant à la paroisse Saint-Joseph, mais trop éloignée de son église, d'ailleurs misérable et de dimensions insuffisantes. Sollicités de se charger de ce ministère, les Missionnaires quittèrent, non sans un douloureux serrement de cœur, leur pieuse et coquette chapelle de la rue Saint-Vincent-de-Paul (où maintenant encore on peut voir la statue de Notre-Dame de la Salette surmontant le couloir qui y donne accès) pour celle qu'on venait d'élever. — en attendant une grande église demeurée à l'état de projet — entre la rue Fourier, la rue Joseph-Chanrion et la place Malakoff.

La bénédiction solennelle en fut faite le 31 août 1879, par Mgr Fava devant environ sept à huit cents personnes; et, le soir du même jour, le pieux Prélat y ouvrait les exercices du mois de septembre en face d'une assistance plus nombreuse encore que celle du matin (1).

C'est là que Notre-Dame de la Salette tiendra désormais

____

1. Semaine Religieuse de Grenoble du 4 septembre 1879.

sa cour royale, là qu'Elle conviera ses fidèles sujets, là qu'elle distribuera ses largesses princières.

Pour l'honorer, à ses vaillants chevaliers, les Missionnaires, s'y joindront en qualité de pages, les *Apostoliques*. Leur blanc bataillon figurera dans toutes les cérémonies; tandis que les uns serviront à l'autel avec une gravité et une dévotion pleines d'édification, les autres chanteront, de leurs voix fraîches et exercées, les louanges de leur auguste Souveraine. Tous, sous la direction de leurs maîtres aimés, ils s'emploieront avec une infatigable ardeur, à décorer la chapelle aux jours de fêtes, à orner les statues de Notre-Dame pour son mois béni, à édifier, pour Noël, la crèche de l'Enfant-Jésus, à ériger les reposoirs de la Fête-Dieu et du Jeudi-Saint.

Formant un rectangle comme l'ancien sanctuaire, le nouveau offrait un vaisseau plus vaste et des tribunes plus spacieuses; et pourtant, que de fois la place y fit défaut! Ah! c'est qu'il présentait tant d'attraits avec, au-dessus du maître-autel, sa Vierge couronnée, et, dans le sanctuaire, non loin de la Table de Communion, d'un côté la divine Mère pleurant, de l'autre le groupe de la *Conversation!* Aussi, que de foules s'y sont pressées, que de grâces y ont été obtenues, que de conversions opérées, que d'afflictions consolées, que d'abattements relevés, que de faiblesses fortifiées, que de ténèbres dissipées! Disons un mot de ces solennités.

On lisait dans la « Croix de l'Isère », en septembre 1893 : « Les fêtes de Notre-Dame de la Salette, à Grenoble, ont été très belles. Dès la veille au soir, une foule de cinq à six cents personnes envahissaient la chapelle de la rue Joseph-Chanrion, pour assister au salut. C'est ainsi, du reste, chaque soir, depuis le commencement de septembre. Tous les jours de ce mois étant consacrés à Notre-Dame de la Salette, les Missionnaires, ses enfants, le solennisent avec un entrain et une piété qui attirent la multitude aux pieds de la Vierge en pleurs.

» Le jour de la fête, le 19, les messes du matin ont été très suivies, ainsi que les offices du jour, et les communions ont été nombreuses.

» Le soir, au salut, la chapelle était trop étroite pour contenir les mille à onze cents personnes qui essayaient d'y trouver une place. »

En 1901, le mois de Notre-Dame de la Salette commença plus beau que jamais. Une foule énorme s'entassait chaque jour, à l'exercice du soir, dans la chapelle, écoutant avec une attention parfaite la parole divine, priant avec une ferveur communicative et redisant avec enthousiasme les saints cantiques. Le dimanche 15 septembre, l'émotion était à son comble. Ce jour-là devaient avoir lieu pour la dernière fois les offices dans ce cher sanctuaire de Notre-Dame de la Salette; les Missionnaires allaient partir, chassés, comme Religieux, de leur pays, par la persécution. Bien avant l'heure de la messe principale, les fidèles avaient déjà envahi la nef et les tribunes, et débordaient jusque dans la rue. Toutes les classes de la société étaient là, confondues dans la même sympathique tristesse qui se manifestait par les larmes. Dans un magnifique discours, M. l'abbé France, Directeur de « La Croix de l'Isère », développa avec l'éloquence du cœur ces paroles de l'Evangile : « Si le monde vous poursuit de sa haine, n'oubliez pas qu'il a commencé par me prendre en haine moi-même. »

De six à huit heures du soir, l'assistance était encore plus compacte que le matin. Tout le vestibule et même le trottoir extérieur étaient occupés. L'émotion de cette foule, venue pour la dernière fois aux pieds de la Vierge qui pleure, faisait peine à voir...

Après les exercices habituels, le T. R. P. Perrin, Supérieur général des Missionnaires de la Salette, est monté en chaire, et, la voix étranglée par les sanglots, a lu la déclaration suivante :

« Nous sommes obligés de quitter cette maison et de nous disséminer, les uns à l'étranger, les autres dans notre propre pays. Cette chapelle, à partir de ce soir, restera fermée, et aucun office n'y sera désormais publiquement célébré...

» Adieu donc, à cette chapelle, à ces autels, à ces statues de la Vierge de la Salette qui ont été si souvent les témoins de votre piété; à ces tribunaux de la pénitence qui vous ont toujours réconciliés avec Dieu et rendu la paix de l'âme!

» Adieu à cette chère *Ecole apostolique* qui est obligée de prendre le chemin de l'exil!

» Adieu *au chœur des chanteuses*, si fidèle à venir rehausser nos cérémonies par le charme et l'entrain de ses chants !

» Adieu, *Œuvre expiatrice de l'adoration* du Très Saint Sacrement ! C'est au moment où la France a le plus grand besoin de vos supplications, que notre départ vous oblige d'interrompre vos réunions.

» Adieu, héroïque *Croix de l'Isère*, dont les réunions pieuses de la croisade se faisaient dans cette chapelle !

» Adieu, chères *Œuvres des pauvres et de la jeune fille !* Nous ne vous laissons pas. orphelines ; nous vous donnons pour soutien et pour consolation le dévouement de votre bien-aimé fondateur.

» Enfin, à vous, pieux habitants du quartier Très-Cloitres, et à vous tous, fidèles de la ville de Grenoble, adieu ! Continuez de mettre en pratique les enseignements de la Vierge de la Salette !... » (1).

Le lendemain commençait l'exode des Religieux et de leurs apostoliques, et, quelques mois après, on vendait à l'encan, à la requête du liquidateur de la Congrégation, les chères statues, les autels, les confessionnaux, en un mot, tout le mobilier de la chapelle.

Il existe, dans la ville épiscopale des églises où Notre-Dame de la Salette est vénérée, celle de Saint-Bruno, par exemple ; on n'en trouve pas qui lui soient uniquement consacrées : il n'y a plus de *Salette de Grenoble*.

ARTICLE III

La Salette de Paris-Vaugirard.

Vers le temps où la Très Sainte Vierge descendait sur la Montagne de la Salette, un pieux laïque, M. Jean-Léon Le Prévost, instituait à Paris la Congrégation des *Frères-de-Saint-Vincent-de-Paul*, dont le but était de se dévouer à l'apostolat de la classe ouvrière. Un orphelinat, que le nouvel Institut avait fondé en 1851, fut, en février 1854, transféré à Vaugirard, Chemin du Moulin, aujourd'hui rue de Dantzig. Notre-Dame de la Salette avait choisi ces petits orphelins pour introduire son culte à Paris.

Trois guérisons extraordinaires firent naître, dans la

____

1. *La Croix de l'Isère*, du 17 septembre 1901.

Maison de Vaugirard, une grande dévotion à Notre-Dame
de la Salette. Voici le récit de l'une d'elles, attesté par
onze témoins :

LA SALETTE DE PARIS (VAUGIRARD).

« Au mois de mai 1855, un de nos enfants, Alfred Leclerc (orphelin de père et de mère) âgé de dix ans, souffrait d'une maladie grave : une hémorrhagie s'était établie par la bouche et par le nez, laquelle ne put être arrêtée par les moyens ordinaires. Le médecin fut obligé d'établir un ressort qui, passant par les narines, allait sortir

dans la bouche. Deux bouchons de charpie furent fixés au palais pour arrêter le sang qui coulait dans la bouche et dans le gosier, et deux autres à l'extérieur, dans les narines. L'écoulement se trouva ainsi comprimé, mais le visage du malade enfla considérablement et le sang finit par se frayer de nouveau un passage à l'extérieur. Impossible de maintenir les bouchons, il fallut donc se résigner à un écoulement continu. Le pauvre enfant, épuisé par la diète et par la perte du sang, allait bientôt s'éteindre, lorsque je pensai à l'eau de la Salette, dont nous avions récemment expérimenté la vertu miraculeuse. Plein de confiance, je commençai par faire ma prière à Notre-Dame de la Salette, puis sortant des narines du malade les deux bouchons qui ne voulaient pas tenir, je les trempai dans l'eau miraculeuse et les remis à leur place. A partir de ce moment, ils restèrent dans les narines comme s'ils y étaient collés, et l'écoulement du sang cessa. Mais la situation du malade n'en était pas plus rassurante; le sang fit de grands ravages, le corps devint tout noir et vergé comme s'il eût été meurtri de coups; les forces baissèrent de jour en jour. Le huitième jour, plus d'espoir de le sauver; le médecin prévint qu'il était temps de l'administrer. M. l'abbé Lantiez le fit en toute hâte, et comme l'enfant, instruit et bien disposé, désirait faire sa première communion, il lui procura ce bonheur.

» Malgré la crainte générale, je restais plein de confiance en l'eau de la Salette, j'en donnais à boire de temps en temps au malade, je faisais prier beaucoup pour lui. Des personnes venaient souvent autour de son lit prier Notre-Dame de la Salette, et lui, autant qu'il le pouvait, s'unissait à leurs prières. Néanmoins, l'affaiblissement allait toujours croissant. L'enfant, pendant deux jours, tomba dans une espèce de léthargie qui faisait penser qu'à chaque instant il allait finir; alors ma confiance commençait à diminuer; je ne cessais cependant de lui donner de l'eau de la Salette et de prier la Sainte Vierge pour sa guérison, lorsque l'idée me vint de le tirer de sa léthargie. J'essayai, je lui poussai quelques cris dans les oreilles et je lui secouai un peu la tête; alors le malade ouvrit les yeux, s'étendit un peu, et me regarda comme s'il venait d'un autre monde. Dès ce moment, il se trouva beaucoup mieux. Le lendemain il se sentit fort et put prendre un peu de nourriture. Survint une autre crise : depuis le premier jour, notre malade n'avait pu satisfaire aux besoins naturels; il en éprouva de violentes douleurs qui lui arrachaient des cris déchirants. Dans cette extrémité, j'eus recours encore à l'eau miraculeuse, je lui en fis prendre une dose et allai à la chapelle me jeter aux pieds de la Sainte Vierge, la suppliant d'achever une guérison qu'elle avait si bien commencée. Mon absence de l'infirmerie ne dura pas plus de deux minutes. Quand j'y revins, le malade était délivré. Le soulagement avait été complet. La guérison était achevée. Deux ou trois jours après, l'enfant reprenait place parmi ses camarades » (1).

Peu de temps après qu'ils eurent été favorisés de ces sourires maternels de la Vierge de la Salette, les Frères de Saint-Vincent-de-Paul apprirent que le propriétaire voisin de l'orphelinat voulait vendre le terrain attenant à leurs classes et à leur chapelle. Le laisser acheter par d'autres, c'était s'exposer à être enclavé par les marchands de vin et leur triste clientèle; l'acheter, c'était impossible; l'argent manquait. M. Le Prévost s'adresse à Notre-Dame de la Salette; il lui demande d'envoyer les ressources nécessaires à l'acquisition, lui promettant en retour une modeste chapelle sur le terrain désiré. A cet effet, à partir du 19 septembre 1855, tous les jours, après la messe, on récite un *Ave Maria* et l'invocation à Notre-Dame de la Salette. Le 10 octobre, une neuvaine est commencée pour insister auprès de Marie, et voici que bientôt un bienfaiteur vient offrir une somme de 3000 francs à employer en bonnes œuvres, et consent à l'appliquer à l'achat du terrain. De nouvelles offrandes grossissent la première et bientôt on a la moitié de la somme nécessaire pour l'acquisition. A cette nouvelle, M. Le Prévost, qui était absent de Paris, répondit par lettres qu'on pouvait aller de l'avant, « car, dit-il, lorsque Dieu procure la moitié des res-

---

1. Annales de N.-D. de la Salette de Vaugirard. — Alfred Leclerc, objet de cette faveur, fut ordonné prêtre en 1870. En 1874, M. Le Prévost, sur son lit de mort, le désignait à ses premiers compagnons comme digne de lui succéder, s'il avait dix ans de plus. De fait, dix ans après, en 1884, il devenait Supérieur Général des Frères de Saint-Vincent-de-Paul. Le T. R. P. Leclerc voulut garder le titre de *Chapelain de la Salette*, et c'est son Secrétaire qui administra le sanctuaire en son nom.

sources nécessaires pour une œuvre, c'est signe qu'il la veut. »

On entre donc en pourparlers avec le propriétaire du terrain. Le 8 décembre, un groupe de l'Apparition est béni et porté en procession. En même temps on commence une neuvaine et le 11 décembre, l'acquisition du *Champ de la Salette* est conclue.

Le 21 novembre 1854, M. l'abbé Dedoue, vicaire général de Mgr Sibour, bénissait la première pierre de la chapelle promise. Le 21 juin 1858, le cardinal Morlot, visitant les travaux, accorda l'autorisation de bénir le nouveau sanctuaire sous le vocable de Notre-Dame de la Salette, d'y placer un groupe de l'Apparition et d'y célébrer la messe. La bénédiction solennelle en fut faite le 18 septembre par le P. Olivaint et le lendemain 19, on célébra pour la première fois à Paris, avec une pompe spéciale, l'anniversaire de l'Apparition de la Très Sainte Vierge à la Salette.

Dès l'année 1859, la fête, annoncée dans la *Semaine religieuse*, amène une foule de pèlerins aux pieds de la Vierge Réconciliatrice. En 1860, il en vient un si grand nombre que les enfants de la Maison ne trouvent pas de place à la chapelle élégante et pieuse, et digne quoique petite, de sa glorieuse Patronne.

M. Le Prévost, âgé de 57 ans, était ordonné prêtre dans ce sanctuaire élevé par ses soins, le 22 décembre 1860; il fut fidèle à y célébrer depuis lors, jusqu'à sa mort, la Messe du Pèlerinage, tous les samedis, à neuf heures, et il y fit établir, pour les fidèles, une Association de Notre-Dame de la Salette dont les membres étaient plus de trois cents, au moment de la guerre franco-allemande. La chapelle sortit intacte du bombardement de la Capitale, du feu des armées de Versailles et du vandalisme des fédérés; les massacres de la Commune l'enrichirent de la glorieuse dépouille de M. l'abbé Planchat, fusillé parmi les otages.

Le 19 septembre 1871, l'anniversaire de l'Apparition amenait pour communier le matin 450 personnes, et au moins 500 pour assister à la procession du soir.

En 1872, on inaugura la neuvaine préparatoire, et Mgr de Ségur vint présider la procession à laquelle assistèrent plus de 2000 pèlerins. A partir de l'année suivante, la foule fut si nombreuse que l'instruction dut se faire en plein air.

Au 19 septembre 1876, dix messes furent dites et 600 communions distribuées à l'autel de Notre-Dame de la Salette. La chapelle ne désemplissait pas; après chaque messe, on était obligé de faire sortir les assistants pour procurer de la place aux personnes qui attendaient la messe suivante. Mgr Ravinet, évêque de Troyes, présida la cérémonie de l'après-midi à laquelle prirent part 2.500 fidèles. Il s'en trouvait 4000, en 1890, pour écouter le P. Marin de Boylesve, et ce spectacle, en plein Paris, rappelait à Mgr Fabre, évêque de Montréal, qui rehaussait la fête de sa présence, quelque chose de la piété de ses bons Canadiens.

Agrandie des deux tiers, la chapelle de Vaugirard a été bénite le 1er août 1886 sous le double vocable de Notre-Dame de la Salette et de sainte Philomène, dont l'œuvre y avait été installée deux ans auparavant.

Aujourd'hui ce précieux sanctuaire sert de chapelle de secours aux populations environnantes, après avoir été fermé durant quelques années à partir de 1901, à l'occasion de la persécution contre les Communautés religieuses (1).

ARTICLE IV

La Salette de Vienne.

Après la proclamation du dogme de l'Immaculée Conception (1854), le culte de la Sainte Vierge prit un nouveau développement, et partout, en son honneur, on éleva de pieux monuments. Vienne voulut avoir le sien. Grâce aux aumônes de quelques généreux habitants, l'année 1857 vit bénir en grande pompe l'image de Marie tenant l'Enfant Jésus dans ses bras, élevée au sommet de la colline de Pipet, sur les ruines d'un fort romain. C'est une statue en pierre de Volvic, mesurant six mètres de haut, et portée sur une tour crénelée du meilleur goût et d'une élévation hardie.

---

1. Nous nous sommes servi, pour rédiger cette monographie, surtout de la brochure : *Le Pèlerinage national*, par Charles Maignen, et des *Annales de N.-D. de la Salette*.

Un monument à Marie, c'était beaucoup; ce n'était pas assez : il fallait, au pied de ce monument, un oratoire, un sanctuaire qui serait un centre et un foyer de dévotion. C'est ce que comprirent et le clergé, et les âmes pieuses de Vienne. Le projet d'une chapelle se forma et fut exécuté, et la chapelle fut dédiée à Notre-Dame de la Salette.

Jusqu'en 1869, le service en a été fait par le clergé paroissial de la ville, surtout par M. Grisel, curé de Saint-André-le-Haut, sur le territoire duquel est située la montagne de Pipet. Les dimanches de mai et de septembre, il gravissait la sainte colline, à six heures du soir; la foule des fidèles le précédait ou le suivait; l'assistance était toujours considérable et l'enceinte de la chapelle trop petite pour la contenir. Pendant tout le mois de mai, les prêtres de Vienne venaient, à tour de rôle, y offrir le Saint Sacrifice, et chaque jour de l'année il y montait des pèlerins.

Les *Annales de Notre-Dame de la Salette* (1) ont enregistré le récit d'un pèlerinage des associés du Rosaire vivant, qu'avait convoqués à la Salette de Vienne, le dimanche 9 septembre 1866, un Père Dominicain qui prêchait à Saint-André-le-Haut. « Une heure avant le moment indiqué, les enfants de Notre-Dame du Rosaire gravissaient la Sainte Montagne, et leurs trois divisions, composées de plus de 2200 confrères, se rangeaient en groupe serré autour de la grande image de leur Mère. Le sanctuaire, tout provisoire encore, ne pouvait, à beaucoup près, contenir ces nombreux enfants de Marie; il fallait donc prier et prêcher en plein air... Les confrères du Rosaire et les pèlerins de Notre-Dame de la Salette priaient ou chantaient des cantiques. Un chœur de chantres entourait l'estrade du prédicateur au pied de la tour; un autre chœur était formé par les jeunes filles devant la chapelle de la Vierge. Le prédicateur a parlé avec bonheur du moyen d'honorer Notre-Dame de la Salette par la pratique du Rosaire... La bénédiction du Saint Sacrement a été donnée dans le sanctuaire, et de nouveaux confrères sont venus recevoir le rosaire de la main du R. P. Dominicain, au chant des cantiques du Rosaire et de Notre-Dame de la Salette. »

---

1. Livraison de décembre 1866.

M. Grisel, voyant que Dieu bénissait ces débuts, conçut le dessein d'étendre l'œuvre, de la rendre plus durable. Il demanda, en conséquence, aux Missionnaires de la Salette d'en prendre la direction, de construire un sanctuaire plus vaste et d'y établir une résidence. MM. les Curés de la ville acquiescèrent à ce projet qui fut approuvé par Mgr Ginoulhiac. Le 11 mai 1869, le P. Buisson prenait possession de *la Salette* de Pipet; le 1er mai de l'année sui-

LA SALETTE DE VIENNE.

vante, la première pierre de la nouvelle chapelle était bénite par M. Grisel; enfin, les 21, 22 et 23 octobre 1873, eurent lieu les splendides cérémonies de la bénédiction des cloches, de la consécration du sanctuaire et de la procession générale des paroisses de Vienne.

Le lundi 20, veille du grand *triduum*, la colline de Pipet se couronnait déjà de mâts vénitiens et de longues oriflammes aux couleurs de la Vierge et aux plus touchantes devises, et, le soir venu, on put entendre les retentissantes détonations de la poudre qui remplaçaient le son des cloches, muettes encore, annoncer à la cité les fêtes du lendemain.

Le mardi 21, à neuf heures, Mgr Paulinier célébrait la sainte messe. L'église était pleine de pieuses filles, de saintes femmes, dont la douce voix se mêlait aux voix mâles des chantres de la tribune. A l'issue de la messe, après un éloquent discours de M. le Vicaire général Chambon, Sa Grandeur a solennellement bénit trois cloches, que la piété d'âmes généreuses donnait au sanctuaire et qu'elle s'était plu à orner de son mieux.

Le mercredi 22 octobre, à sept heures et demie du matin, commençait la longue cérémonie de la consécration de la nouvelle chapelle. Construite dans le style ogival, elle se compose d'une nef à cinq travées, terminée par une abside polygonale et couverte par des nervures dont la forme se rapproche de la coupole. Un bas-côté étroit règne tout le tour du vaisseau, supportant une tribune au moyen d'arcs très surbaissés qui reposent sur de minces piles de pierre. De très légères colonnes de fonte reçoivent les retombées des nervures de la voûte de la nef et celles des berceaux en ogive des formerets qui occupent toute la longueur de la tribune. Chaque travée est percée d'une fenêtre en lancette prenant jour au-dessus de la tribune. Un clocher octogonal surmonte la façade, et l'intérieur est décoré de peintures.

Pendant que Mgr Paulinier, assisté de deux diacres, de deux sous-diacres, de douze chanoines et d'environ quarante prêtres, procédait à la consécration de la chapelle et du maître-autel, Mgr de Charbonnel, évêque de Toronto, consacrait les deux autels latéraux. Ces cérémonies se sont terminées par la messe de Mgr l'évêque de Grenoble et le chant des plus entraînants cantiques. Sur le soir, un second exercice réunissait à la Salette une foule compacte, heureuse d'entendre l'ancien évêque de Toronto faire l'érection du Chemin de la Croix. A la nuit close, un cercle de feu dessina le pourtour de la plate-forme; des fusées volantes jetèrent dans les airs des myriades d'étoiles; des flammes de bengale, allumées par intervalle au haut de la tour, montrèrent à toute la ville la Vierge Mère qui la surmonte, pendant que, rangé à ses pieds, un groupe de jeunes chantres, à la voix retentissante, entonnait en son honneur le *Salve Regina*, auquel de plusieurs points de la ville on répondait par le *Laudate Mariam*.

Le jeudi 23 était le dernier et le plus solennel de ces jours de fêtes. Il y a eu, dans la matinée, de Vienne et des environs, un incessant pèlerinage au sanctuaire nouvellement consacré. Plus de quarante messes y ont été célébrées, et on n'a pas cessé de distribuer la communion à cette foule pieuse. Pendant la messe de neuf heures, dite par Mgr Paulinier, les prêtres qui remplissaient le chœur ont chanté le *Credo* alternativement avec les hommes de la tribune.

C'est à une heure de l'après-midi que s'est faite la procession solennelle des quatre paroisses de la ville. Au son de toutes les cloches, les cortèges particuliers se rendent de leur église propre à la cathédrale Saint-Maurice. Au pied de l'immense perron s'organise le départ. Les congréganistes voilées de blanc se mêlent aux enfants des écoles et des pensionnats ou découpent de longues files de femmes. L'orphelinat Saint-Joseph, les élèves des Frères, les Communautés religieuses défilent tour à tour.

Le clergé était nombreux. Outre les prêtres restés en noir, faute de surplis, on en a compté 85 en habit de chœur. Ils étaient suivis de dix-sept autres en chapes ou en dalmatiques et de vingt chanoines. Mgr de Charbonnel et Mgr Paulinier, assistés de deux grands vicaires et des quatre curés de la ville, couronnaient cette longue file de prêtres et bénissaient à leur passage la foule respectueusement recueillie et découverte. Venaient ensuite, en groupe serré, les hommes les mieux pensants de la cité. La musique des Frères fermait la marche.

Partout la prière se mêlait au chant des cantiques, des litanies et des hymnes sacrées. C'était un spectacle vraiment imposant; aussi, tout le long du parcours, la foule était pressée, curieuse, mais édifiante.

Arrivé au sanctuaire, Mgr Paulinier, avec cette haute éloquence dont il avait le secret, montra ce qu'avait été Vienne sous le paganisme, ce qu'elle est devenue par la Religion chrétienne et ce qu'en ont fait, dans ces derniers temps, les progrès de l'industrialisme des classes dirigeantes.

Après ces émouvantes paroles, MM. les curés et tout le clergé de la ville ainsi que tous les prêtres natifs de Vienne, s'agenouillèrent, un cierge à la main, autour de l'autel, et le Prélat, sur le plus haut degré, fit, d'une voix

forte, la consécration de Vienne à Notre-Dame de la Salette.

Cette incomparable manifestation de la piété viennoise
envers la Vierge qui pleure était d'un heureux augure pour
l'avenir. De fait la nouvelle chapelle a été dans la suite
le théâtre de fêtes bien consolantes. Ainsi, le 19 septembre 1876, elle fut visitée par 3000 pèlerins, et il y a été
distribué près de 800 communions. En 1892, le nombre des
communions fut de douze cents, et la solennité eut pour
prédicateur le R. P. Fayollat. C'est sur la sainte colline de
Pipet que l'Institution Robin vint, le 19 février 1893, célébrer le jubilé épiscopal de Léon XIII.

La Salette de Vienne abrita pendant neuf années sous
son ombre protectrice le R. P. Giraud, de sainte mémoire.
Fermé en 1901, ce bien-aimé sanctuaire a été rouvert depuis à la piété des fidèles.

ARTICLE V

La Salette de Lavigny.

Le sanctuaire de Notre-Dame de la Salette à Lavigny
(Jura) étant l'œuvre de M. l'abbé Cordier, nous ne pouvons raconter sa fondation sans résumer très succinctement
la vie de ce digne prêtre.

Jean-François Cordier, connu pendant cinquante ans sous
le nom de *Père* Cordier, était né le 14 juin 1809 au village
des Minerais, paroisse de Dampierrre, au diocèse de Saint-
Claude. Malgré la pauvreté de sa mère, chrétienne héroïque, demeurée veuve de bonne heure avec trois enfants à
élever, le jeune Jean-François, grâce à des prodiges de
courage, de privations et de sacrifices de sa part et de
celle de sa mère, parvint à faire les études que réclamait
sa vocation au sacerdoce. Ordonné prêtre à Lons-le-Saunier, le 28 octobre 1833, l'abbé Cordier fut vicaire à
Chaux-des-Prés, où on l'avait envoyé alors qu'il n'était
encore que diacre, et à Arinthod, puis curé de Nevy-les-
Dôle et de Saint-Ylie. Il quitta ce dernier poste pour entrer
chez les Missionnaires diocésains, à Lons-le-Saunier, en
1842. Obligé par sa surdité de renoncer aux missions dès
1850, il fut alors aumônier des Ursulines de Desnes, puis,

en 1855, curé de Lavigny où il devait demeurer trente-sept ans.

Le P. Cordier avait été un des premiers pèlerins de la Salette ; il voulut, lui aussi, *faire passer à tout son peuple* les enseignements de la Reine du Ciel, et, deux jours après son installation à Lavigny, il chercha un emplacement pour y bâtir une chapelle où il établirait le culte de Notre-Dame de la Salette ; elle serait ainsi, dans sa paroisse, qui avait besoin d'être réformée, la Réconciliatrice des pécheurs. Il mit sept ans à accomplir cette œuvre et y dépensa 20.000 francs.

Le Curé d'Ars, consulté sur ce projet, ayant répondu que, malgré bien des difficultés, grâce au secours du Ciel, il réussirait, le P. Cordier se mit à quêter les fonds indispensables, prenant saint Joseph pour son protecteur spécial, dans cette importante affaire.

L'argent arrivait providentiellement. L'autorisation d'acheter le terrain communal pour bâtir la chapelle ne fut accordée par la Préfecture qu'au bout de trois ans. La majorité du Conseil municipal de Lavigny avait émis, sans doute, un vote favorable, mais les opposants réunirent une quarantaine de signatures. Le Préfet, pourtant, donna raison au P. Cordier, en motivant son arrêté sur ce considérant, que l'opposition était une affaire de parti pris et de vexation systématique. En attendant, le bon Curé, aidé de ses meilleurs paroissiens, avait tracé le chemin dans la montagne, et ce n'était pas une mince besogne que de rendre abordables des rochers auxquels on n'accédait que par une pente de 45 degrés. Les grands travaux de construction commencèrent le 29 septembre 1859. Le premier coup de pioche avait été donné par le P. Cordier le 19 mars 1856, et la chapelle ne devait être achevée et consacrée qu'en juillet 1862. Durant tout ce temps, il y eut des corvées gratuites qui s'accomplirent parfois sous une forme particulièrement touchante.

Oh ! le rude travail que d'amener sur la plate-forme creusée à coups de mine dans le rocher, les assises de pierre de taille qu'il fallait aller chercher au loin dans d'autres carrières ! Ce n'était qu'à grand renfort de nombreux et puissants attelages qu'on faisait gravir à ces lourds fardeaux les rampes abruptes de la côte. Ces travaux dispendieux épuisaient bien avant la fin de la bonne saison les ressources du pauvre curé. L'argent venant à manquer en automne, le P. Cordier reprenait son bâton de Frère Quêteur et s'ingéniait pendant l'hiver à trouver de nouvelles aumônes afin de payer ses dettes et de se créer un fonds de réserve pour la saison suivante.

A chaque retour du printemps, le travail reprenait un nouvel essor; la cure se transformait en une sorte d'hôtellerie où les ouvriers prenaient leurs repas avec une foule de visiteurs. Durant tout ce temps, le P. Cordier fut merveilleusement secondé par une domestique qui était pour lui un vrai trésor. Les gens de Lavigny ne parlaient qu'avec reconnaissance et vénération de cette brave fille qui se nommait Zélie. Toujours gracieuse au milieu des embarras de cet incomparable chantier, elle était debout presque jour et nuit, ne se plaignait jamais et se dévouait pour son Maître sans compter. On dit qu'elle fit jusqu'à sept fois à dîner dans la même journée, pour des hommes qui arrivaient les uns après les autres, sans être attendus. C'était tous les jours, plus ou moins, le même imprévu et la même détresse, car le P. Cordier manquait souvent d'argent pour sa cuisinière, comme il en manquait pour ses ouvriers. En attendant que saint Joseph eût comblé le déficit, la pauvre Zélie passait par bien des angoisses et supportait tout, sans mot dire, comme une sainte fille qu'elle était.

Le sable et l'eau devaient être pris au village et portés aux travailleurs. Les enfants des écoles, avec l'institutrice en tête, au sortir de la classe, couraient chercher arrosoirs et paniers que les plus grandes prenaient entre deux pour les monter à la chapelle. Les plus petites, avec la permission des mamans, remplissaient de sable leurs tabliers rebondis, et s'excitant à gagner en vitesse ce qu'elles perdaient en charge sur leurs aînées, faisaient deux voyages tandis que les autres n'en faisaient qu'un.

Le soir, après la journée finie, quand les hommes allaient prendre leur repos, on distinguait encore, sur les chemins rocailleux de la montagne, à la lueur de la lune ou des seules étoiles, des formes silencieuses qui montaient à la file avec des fardeaux et redescendaient en groupes, quelquefois bien avant dans la nuit. C'étaient les femmes et les mères de famille qui venaient ainsi faire leur corvée pour la chapelle de la Sainte Mère de Dieu, en prenant sur leur sommeil, à l'heure où tout reposait dans leurs

maisons. Le lendemain matin les maçons avaient le sable et l'eau en abondance; à moins toutefois que le diable n'eût poussé quelque polisson à rouler en bas de la colline, dans les buissons et les rochers, les tonneaux défoncés et l'eau qui les remplissait. Pauvre Père Cordier, comme il souffrait alors dans son cœur navré!

Le lendemain, une joie inattendue chassait la peine de la veille. Les braves gens de Desnes et de Relans (Relans était un village de Desnes dont le P. Cordier, pendant son aumônerie à Desnes, s'était fait le pasteur et où il avait construit une église) arrivaient tout heureux, avec un long convoi de chariots chargés de tuiles et de bois de construction qu'ils amenaient gratuitement au Père. C'était une manière délicate de remercier celui qui leur avait bâti leur église, les avait sauvés du choléra et les avait aimés pendant cinq ans. La même semaine apportait à la future chapelle une garniture de chandeliers que Sa Majesté l'Impératrice Eugénie envoyait au pauvre curé de Lavigny. Pendant ce temps les ouvriers de Baudin moulaient la statue de la Sainte Vierge pour laquelle les maçons préparaient, au fronton de la chapelle, un superbe piédestal de huit mètres d'élévation.

Il n'en fallait pas tant pour entretenir au cœur du P. Cordier la flamme de l'enthousiasme. Les hommes se montraient pleins de bonne volonté vis-à-vis de son œuvre. Le Ciel se déclara à son tour en sa faveur par un signe manifeste. Les murs de la chapelle étaient montés jusqu'à la naissance des voûtes; la pierre manquait; on voulut en arracher aux flancs de la montagne, pour agrandir l'esplanade et supprimer la difficulté et la cherté des transports. Un jour, après avoir creusé dans le roc vif une mine profonde qu'il avait remplie de poudre, un ouvrier piémontais, n'entendant pas de détonation, ne voyant pas de fumée, croit que la mèche est éteinte, quitte son abri, court à la mine et mettant à terre les genoux et les mains, se penche pour mieux examiner... Au même instant, la charge part avec une effroyable explosion... un tourbillon de fumée, de blocs et d'éclats de rochers projette l'imprudent terrassier par-dessus les murailles de la chapelle... Le malheureux, emporté dans les airs, garde assez de présence d'esprit pour invoquer, dans sa chute, la Vierge à qui il bâtit une chapelle... Ce cri de la confiance est entendu. La Vierge puissante, la Reine de la nature commande

à la foudre déchaînée et aux éclats de roc en fureur...
L'ouvrier qui l'a invoquée passe par-dessus les murailles
et retombe doucement sur le plancher d'un échafaudage,
sain et sauf, sans une égratignure : cette mitraille de
projectiles ne l'a pas touché... S'il était tombé à un pas
en avant, il se brisait sur le rocher dans une chute de dix
mètres. Il se relève étonné d'être en vie et fait vœu à sa
Libératrice de revenir chaque année accomplir à la chapelle de Lavigny un pèlerinage d'actions de grâces. Un
petit tableau suspendu aux murs de la chapelle redit aux
pèlerins la foi de cet homme et la puissance de Marie.

A la fin de l'année 1860, la charpente est placée, et
l'édifice couvert. Le 16 août, la grande statue en fonte de
la Vierge monte sur le trône aérien qui l'attend. Qu'elle est
belle, dominant en souveraine la vallée, toute la contrée,
jusqu'aux montagnes de la Côte d'Or! Le P. Cordier pleure en la contemplant; il ne peut se lasser de la regarder;
quand il descend la pente rocailleuse, il se retourne dix
fois pour la revoir encore.

Avec l'autorisation de Mgr Fillion, le pasteur de Lavigny bénit lui-même, en la fête du Rosaire, la statue de la
Vierge immaculée. Cette solennité attira à la chapelle plus
de 1500 personnes, qui couvraient les flancs de la colline.
Cette foule se composait des nombreux bienfaiteurs dont
les offrandes avaient secondé la foi du P. Cordier, pour
faire surgir du rocher cette blanche chapelle de la Mère de
Dieu. Cette journée fit une profonde et durable impression
sur la population de Lavigny, étonnée de voir l'importance
que prenait tout à coup une œuvre contrariée avec tant de
persistance par les hommes et si vaillamment soutenue
par les faveurs du Ciel. Ce fut le premier pèlerinage à *la
Salette de Lavigny.*

Dans le cours de l'année 1861 et pendant les premiers
mois de 1862, on exécuta les travaux d'intérieur. La chapelle, ogivale, reçut un autel fixe, en pierre, et une table
de communion du même style. Les statues de saint Jean
et de sainte Anne vinrent décorer le devant de l'autel;
celles de saint Joseph et de saint François de Sales, le
premier, banquier, le second, patron du P. Cordier, se
dressaient au-dessus du tabernacle, de chaque côté du
groupe de l'Apparition de la Salette.

L'œuvre matérielle était achevée. Le curé de Lavigny

avait bâti un sanctuaire à Notre-Dame de la Salette; il voulait maintenant en établir le culte. Le 15 avril 1862, il recevait du Supérieur des Missionnaires de la Salette, un diplôme d'affiliation qui octroyait à sa chapelle les avantages spirituels qui sont attachés au sanctuaire des Alpes et accordait à la Confrérie de Notre-Dame Réconciliatrice des pécheurs, à Lavigny, les mêmes indulgences qu'à la Salette. Les registres de la Confrérie se couvrirent bien vite de longues colonnes de noms.

Il ne manquait plus que de couronner l'œuvre en faisant consacrer la chapelle et son autel.

C'était en 1862, Mgr Fillion allait quitter Saint-Claude pour aller au Mans. Le P. Cordier avait grandement à cœur de lui faire consacrer sa chapelle avant son départ. Le pieux évêque avait toujours encouragé, aidé le curé de Lavigny; voilà pourquoi celui-ci aurait voulu qu'il couronnât l'œuvre de ses propres mains, dans la grande cérémonie de la Consécration, le 16 juillet 1862, fête de Notre-Dame du Mont-Carmel.

Ce que Mgr Fillion ne put pas faire avant de partir, Mgr Nogret le fit tout en arrivant dans le diocèse. Il y était depuis quelques jours seulement quand il vint à Lavigny. Cette consécration fut le premier acte de son ministère épiscopal dans le pays. La réception fut d'une solennité exceptionnelle. Plus de 1000 étrangers et un nombreux clergé formaient le cortège de l'Evêque. La vallée, entre le chemin de fer et la montagne, était ravissante à contempler. Sur tous les chemins et dans tous les sentiers, on voyait des groupes de pèlerins qui se pressaient d'arriver; des guirlandes multicolores couraient le long des rues à l'entrée desquelles flottaient des oriflammes au sommet des arcs de triomphe; sur les flancs de la colline, d'autres décorations dessinaient gracieusement les lacets que devait suivre la procession.

La blanche chapelle, resplendissant au soleil du matin, se détachait au milieu des buis, sur un tapis de vignes verdoyantes; au-dessus, l'arête dentelée des rochers projetait sa ligne grisâtre sur le fond azuré d'un ciel sans nuages; sur la façade du sanctuaire, ondulaient les banderoles aux couleurs de Marie; la petite cloche appelait les bénédictions du ciel et les prières de la terre; et la

Vierge, sur son socle majestueux, semblait dire à tous : Venez.

Bientôt, la procession, avec ses deux longues files, reliait le village à la chapelle. La foule montait, montait toujours, le chapelet à la main. En tête s'avançait la croix; au milieu des rangs, les bannières de la Sainte Vierge et des Saints, avec des groupes de jeunes filles vêtues de blanc, d'hommes et de jeunes gens; 40 prêtres en habit de chœur et le Pontife, sous ses ornements épiscopaux, mitre en tête et crosse en main, fermaient cet imposant cortège qui chantait en marchant.

Après que les murs de l'édifice eurent été purifiés avec un mélange d'eau de la Salette et d'eau de Lourdes, Monseigneur consacra l'autel, et M. l'abbé Peschoud, futur évêque de Cahors, offrit le premier le Saint Sacrifice dans le nouveau sanctuaire. Les détonations répétées des boîtes jetaient aux échos de la montagne les éclats de la joie de tout ce peuple entourant son Evêque pour inaugurer la chapelle de la Mère de Dieu. Le P. Cordier était au comble de ses vœux; il oubliait, dans le bonheur de cette unique journée, les tribulations par lesquelles, depuis sept ans, il n'avait pas cessé de passer.

Dès cette époque, Lavigny devient comme un lieu privilégié où pèlerins isolés, familles, communautés aiment à venir fréquemment prier la Réconciliatrice des pécheurs, la Consolatrice des affligés. La paroisse se rend en procession à la chapelle le dernier dimanche de mai; les fidèles ont la dévotion d'y faire dire des messes pour obtenir des grâces particulières, et de s'y rendre le dimanche comme à un but de pieuse promenade. Mais la grande fête de la chapelle c'est le 19 septembre. Chaque année quatre ou cinq cents étrangers s'unissent en ce jour aux habitants du pays qui en ont fait une fête chômée à laquelle on invite les parents et les amis. En 1891, il y eut 1500 personnes à Lavigny; c'était, depuis vingt ans, le plus beau pèlerinage; le P. Cordier, cloué sur son lit de douleur, où la mort devait le frapper, couronné de jours et de mérites le 2 janvier suivant, ne put le voir.

A la Salette de Lavigny comme à celle des Alpes, la Mère de Dieu se montre secourable à ceux de ses enfants qui mettent en Elle leur confiance; les *ex-voto* qui couvrent les murailles de la chapelle en sont la preuve

la plus éloquente. C'est ce que proclame en particulier cette
chaîne de cœurs qui veillent aux pieds de la Vierge comme pour continuer jour et nuit la prière d'actions de grâces
des privilégiés de Notre-Dame de la Salette. Les registres
du sanctuaire ont gardé le récit de guérisons merveilleuses
obtenues en ce lieu. Notre-Dame de la Salette récompensait ainsi la confiance et le dévouement du courageux curé
de Lavigny. Mais ce qui le combla surtout de consolation,
ce fut la conversion de sa paroisse. Il avait semé dans
les larmes ; il commença bientôt à récolter dans la joie.
C'est lui qui remit en pratique, à Lavigny, la confession
et la communion. Il lui fallut pour cela déraciner bien des
vices et réformer bien des abus : il se jeta dans cette lutte
avec un front d'airain : rien ne put le faire reculer :
sa sainte obstination finit par avoir raison des habitudes
coupables des uns et de l'indifférence d'un grand nombre. C'est sa gloire devant Dieu d'avoir formé dans cette
paroisse un fort noyau de vrais chrétiens et chrétiennes
de vieille roche. Grâce à son zèle persévérant, il a planté dans les meilleures familles d'aujourd'hui, des traditions
qui font la consolation des parents et qui assureront le
salut des enfants. C'est son ouvrage à lui : il a travaillé
chacune de ces familles, comme l'abeille façonne chacune
des cellules de sa ruche. A la fin de sa vie, il était estimé de tous sans exception, et beaucoup l'aimaient comme
peu de prêtres ont été aimés ; sa mémoire restera en bénédiction parmi ses paroissiens auxquels il a donné une
instruction chrétienne, forte, étendue, dont il a admirablement formé à la vertu les femmes et les jeunes filles et
groupé l'élite des hommes dans une Congrégation dédiée à
saint Joseph, toujours florissante.

Les Missionnaires de la Salette ont eu la consolation
d'être appelés à donner les saints exercices dans cette
intéressante paroisse à trente-six ans d'intervalle, il leur
a été donné de toucher du doigt, en même temps que les
fruits de sanctification produits par le P. Cordier et son
digne successeur, les grandes bénédictions dont ne cesse
d'être la source *la Salette de Lavigny.*

Depuis quelques mois un digne ecclésiastique retiré à
l'ombre du petit sanctuaire de Notre-Dame, y remplit les
fonctions de chapelain.

ARTICLE VI

La Salette des Baraques.

Aux portes de Calais, à quatre kilomètres de cette ville, se trouve le hameau des Baraques, qui doit son nom aux *baraques* ou abris provisoires construits sur le bord de la mer au dix-septième siècle, pour recevoir les soldats de la garnison de Calais, atteints de la peste. Dans la suite, quelques maisons se bâtirent près de ce campement occasionnel et finirent par former une agglomération importante de la commune de Sangatte, située à environ six kilomètres de là.

Jusqu'en 1857, les habitants des Baraques vivaient à peu près en païens, sans église, sans culte, sans prière, plongés dans une ignorance religieuse absolue et livrés aux pires désordres. En dernier lieu, quatre salles de danses y avaient été établies, et elles étaient constamment encombrées par les soldats et par les jeunes gens les plus dépravés des deux villes voisines. C'est alors que, avec les encouragements et la bénédiction de son évêque, Mgr Parisis, un pieux et zélé missionnaire, M. l'abbé Limoisin, entreprit l'évangélisation et la conversion de ce pauvre peuple, sous les auspices de Notre-Dame de la Salette, dont il apportait avec lui la statue bénie.

Tout d'abord ce fut en vain que ce prêtre dévoué chercha un asile pour son divin Maître et pour lui-même. Enfin il finit par trouver, pour son usage personnel, une chambre d'ouvrier encore inachevée, et, pour servir de chapelle et d'école à la fois, une ancienne salle de danse.

Afin de se concilier les esprits et de se gagner les cœurs, il s'empressa de visiter chacune des familles du hameau, conviant tous les habitants à se rendre le lendemain, premier dimanche de l'Avent, au Saint Sacrifice de la Messe qui devait être célébré pour la première fois sur ce rivage abandonné. Laissons-le nous raconter lui-même le résultat de ces premières démarches :

« Avant l'heure indiquée, pères, mères, vieillards, enfants, toute la population en masse se pressait dans la chapelle improvisée et au dehors, car tous n'y purent entrer. Une émotion indicible s'empara de l'assemblée, lorsque le Missionnaire, vivement impressionné d'un spectacle aussi édifiant, fit entendre quelques paroles de la vie éternelle. Bientôt, les pleurs et les gémissements éclatèrent de toutes parts ; les fruits de la grâce commençaient à se produire » (1).

Le soir du même jour eut lieu le salut d'ouverture d'une neuvaine annoncée le matin en l'honneur de la future patronne, Notre-Dame de la Salette ; et, chose ravissante, il fut constaté que pendant les six quarts d'heure de ce pieux exercice, aucun habitant du hameau ne s'était trouvé dans les cabarets.

Les instructions, commencées le premier dimanche de l'Avent, se poursuivirent chaque jour, jusqu'après la fin du temps pascal. Constamment l'assistance fut nombreuse et attentive ; mais le fruit le plus remarquable de cette mission fut une victoire mémorable remportée sur le respect humain. Un sermon en faveur de l'œuvre avait été annoncé et devait être prêché dans l'église paroissiale de Calais, aux Vêpres du troisième dimanche de Carême. Sur l'invitation du Missionnaire, le hameau tout entier se leva et l'accompagna. C'était là une manifestation bien touchante et un témoignage certain de la foi de ces braves gens qui, placés à l'entrée du chœur et en face de la chaire, provoquaient par leur tenue édifiante l'admiration générale.

Cette démonstration religieuse des habitants des Baraques excita vivement en leur faveur les sympathies et les libéralités des Calaisiens.

Voici ce qu'on lisait à ce sujet dans le *Journal de Calais*, du 10 mars 1858 :

« Nous venons d'être témoin d'un spectacle bien consolant et d'autant plus touchant qu'il a été donné par une population ouvrière, privée jusqu'à ce jour des bienfaits de la Religion.

» Depuis trois mois, une mission était donnée par M. Limoisin, missionnaire du diocèse, mission qui a eu pour résultat le retour à Dieu et à leurs devoirs de la majeure partie de ces cœurs délaissés. Un sermon en faveur de l'œuvre nous avait été annoncé pour le troisième di-

---

1. *N.-D. de la Salette dans le diocèse d'Arras*, par l'abbé Limoisin.

manche de Carême. Quels n'ont pas été notre étonnement
et notre joie de voir arriver, aujourd'hui vers trois heu-

LA SALETTE DES BARAQUES.

res, le Missionnaire des Baraques à la tête de deux cents
ouvriers! Tous paraissaient heureux; leur tenue et leur
recueillement pendant toute la durée des offices et du
sermon ont été, pour les habitants de Calais, un vérita-

ble sujet d'édification et nous ont donné une preuve nouvelle de la puissance de la Religion sur le cœur du pauvre et de l'ouvrier. »

Pendant tout le temps des Vêpres, une femme des Baraques, du nom de Geneviève, pleurait de bonheur à chaudes larmes, derrière un pilier. C'était elle qui avait, non sans peine cependant, accordé un modeste logement au Missionnaire. Excellente personne, on l'avait vue, dans une récente disette de trois années, assister les malheureux, et, quoique sans fortune, avancer du pain à crédit aux indigents, pour une somme de 6.500 francs, dans le seul hameau des Baraques. Elle avait eu pour grand'mère une sainte dont les sages conseils et les salutaires exemples l'avaient préservée de la contagion générale. Cette dernière, à soixante-quinze ans, franchissait encore chaque dimanche, pour assister à la messe, les six kilomètres qui séparent les Baraques de l'église de Sangatte. Un ministre protestant s'était installé pendant deux ans au milieu de ces abandonnés, donnant un franc cinquante à tous ceux qui allaient entendre son prêche; elle lui résista toujours et lui fit une guerre à mort jusqu'à ce qu'enfin elle réussît à lui arracher les pauvres âmes dont il avait surpris la faiblesse. Expliquant plus tard à M. Limoisin pourquoi, malgré les bons sentiments qui l'animaient, elle avait refusé d'abord de lui céder une chambre, Geneviève lui disait : « C'est que, voyez-vous, les Baraques ne sont pas un pays comme un autre. Nous avons vu ici tant de sortes de gens, que je n'osais pas même me fier à vous. Et puis, j'ignorais si vous n'étiez pas vous-même quelque juif ou quelque protestant. Si, au bout du compte, je me suis décidée, ça été parce que vous étiez en compagnie d'un vicaire de Calais que j'avais rencontré une seule fois. »

Voilà une précieuse indication pour nous montrer le niveau moral des Baraques à l'époque où M. Limoisin y inaugurait sa mission dans cette salle de danse convertie en chapelle et en école, dont la pauvreté était l'unique ornement, où des bancs d'écoliers servaient de siège aussi bien aux paroissiens qu'aux élèves, et dans laquelle, pendant plusieurs semaines, on ne put donner la bénédiction du Saint Sacrement, à la fin des saluts, parce que le tabernacle faisait défaut, jusqu'à ce que deux personnes pieuses de Calais, touchées d'une si extrême pénurie, aient offert, pour en tenir lieu, une ancienne boîte décorée de leurs propres mains.

Et pourtant, là où tout manquait, le zélé Missionnaire, appuyé sur Notre-Dame de la Salette, et à force de requêtes et de démarches auprès des fidèles charitables, parvint à faire surgir une église, des écoles, une salle d'asile, un presbytère et une fondation de cinq Religieuses.

Tout d'abord, il convenait d'élever un sanctuaire pour fixer définitivement le centre de la prière et établir la perpétuité du culte religieux. On ne balança pas longtemps pour savoir quel vocable lui serait donné. La protection de Notre-Dame de la Salette s'était manifestée trop visiblement en faveur de ce pauvre peuple, qui déjà appartenait à Marie. Le 16 septembre 1860, Mgr Rappe, évêque de Cléveland, présidait la cérémonie de la pose de la première pierre du nouveau sanctuaire, devant une foule évaluée à 5.000 personnes, qui se rendirent dans l'église de Calais, pour y entendre la prédication d'un Père Carme, qu'une tempête soudaine empêchait de pouvoir suivre aux Baraques même. Le 26 juillet 1863, Mgr Parisis bénissait solennellement l'église achevée de Notre-Dame de la Salette, en présence de cinquante ecclésiastiques, dont neuf chanoines et sept doyens. Une longue procession était venue se masser à cent cinquante mètres de la mer, et là, le P. Sibillat, missionnaire apostolique et ancien Missionnaire de la Salette, avec l'éloquence qui lui était familière, tint la foule suspendue à ses lèvres pendant près de six quarts d'heure.

Dès ce jour prit naissance, dans ce nouveau sanctuaire de Notre-Dame de la Salette, un pèlerinage devenu de plus en plus florissant, et par le nombre des personnes qui y affluent, et par l'abondance des faveurs qu'on y recueille.

Dans l'église des Baraques, l'anniversaire de l'Apparition est fêté par une série de solennités qui durent dix jours entiers et y attirent des foules ferventes. Déjà en 1865, l'heureux M. Limoisin écrivait à la Sainte Montagne : «Le nombre des pèlerins a triplé cette année. L'église qu'on m'a reproché si souvent d'avoir faite trop grande, a été presque constamment trop petite. Il y a eu plusieurs sermons tous les jours ; à chaque sermon se trouvait un auditoire très nombreux et très édifiant, et à celui du soir, qui était en faveur de cette population ouvrière, on voyait encore des étrangers qui s'en retournaient gaîement en dépit des ténèbres, des sables mouvants, et même de l'eau qu'il leur a fallu traverser plusieurs fois, quand la marée était très haute. Notre-Dame de la Salette, pendant cette neuvaine, a accordé plusieurs grâces extraordinaires, parmi lesquelles trois guérisons dont nous allons nous occuper. »

On a compté, pendant la neuvaine de 1870, sept mille pèlerins; il y en eut dix-sept mille en 1875 et vingt-cinq mille en 1885. Deux prédicateurs sont toujours requis pour la circonstance; des Missionnaires de la Salette sont venus, une année, remplir ce ministère, ils sont retournés dans leur Dauphiné émerveillés. Chaque jour l'église se vide et se remplit six ou huit fois, le matin pour les messes, le soir pour les saluts, et une instruction est faite à presque tous ces exercices. Les paroisses voisines viennent à pied, le chemin de fer amène les plus éloignées. Tout Calais vient accomplir son pèlerinage. Si Notre-Dame de Brebières, à Albert, est le Lourdes du Nord, le sanctuaire des Baraques est *la Salette des bords de la mer.*

CHAPITRE III

LES ŒUVRES.

LES précédents chapitres ont pu nous faire entrevoir les innombrables actes *particuliers* de vertu qu'a suscités dans le monde, depuis 1846, le Fait de la Salette ; nous parlerons dans celui-ci de quelques-unes des Œuvres *publiques* de sanctification et de zèle dérivées de la même source bénie.

ŒUVRES DIVERSES

I. — *Archiconfrérie réparatrice du blasphème et de la profanation du Dimanche.* — En l'année 1847, quelques mois à peine après l'Apparition, M. l'abbé Pierre Marche, curé de Saint-Martin-de-la-Noue, à Saint-Dizier, au diocèse de Langres, était venu sur la Sainte Montagne pour se rendre compte par lui-même de la vérité du Prodige. Il s'en retourna, non seulement pleinement convaincu, mais fermement décidé à réagir contre les deux grands crimes dénoncés par la divine Messagère en larmes, et bientôt il établissait dans sa paroisse une *Association réparatrice du blasphème et de la profanation du Dimanche*, que Mgr Parisis approuvait le 28 juin 1847 et dont Sa Grandeur écrivait à Mgr de Bruillard, le 11 septembre suivant : « En attendant qu'un jugement canonique intervienne sur les faits particuliers, il m'a semblé qu'on ne pouvait trop se hâter de satisfaire à Dieu pour les deux grands crimes signalés par la déclaration des deux enfants de Corps. A cet effet, j'ai érigé dans mon diocèse une Confrérie que, par un bref du 30 juillet dernier, le Souverain Pontife a bien voulu ériger en Archiconfrérie. »

Peu de jours après avoir accordé cette grande faveur dont parle l'évêque de Langres, Pie IX avait demandé que son nom fût inscrit en tête des registres de la nouvelle Archiconfrérie. Dès les premiers mois, soixante-dix diocèses de France furent canoniquement dotés de cette salutaire institution. Après 1848, l'Œuvre grandit d'une manière remarquable; plus de mille paroisses, séminaires et communautés religieuses, s'y affilièrent, et le chiffre des associés s'éleva à près de deux millions en France. Ces consolants progrès réjouirent le cœur de Pie IX; Sa Sainteté en témoigna sa joie au fondateur, ne craignant pas de dire que l'Archiconfrérie réparatrice est une œuvre divine destinée à sauver la société; et en 1855, un nouveau bref pontifical accordait de nombreuses indulgences aux fidèles qui s'y enrôleraient. A la mort de M. l'Abbé Marche, arrivée en 1863, les membres de l'association se comptaient par millions et déjà en 1878, les paroisses affiliées étaient plus de 1600.

Mgr de Bruillard avait donc bien raison d'écrire dans son mandement du 4 novembre 1854 : « On sait avec quel succès l'association fondée par Mgr Parisis s'est répandue en divers diocèses, et il n'est personne qui n'ait entendu parler des fruits de religion et de respect qu'elle y a portés et y porte encore. Là même où elle n'a pas été établie, son influence s'est fait sentir, et aujourd'hui un mouvement général agite la France en ce sens. Il gagne de jour en jour nos villes les plus considérables, et l'on a droit d'espérer qu'il ne s'arrêtera point. Mais ce que tout le monde ne sait pas, ce qu'on n'a pas assez remarqué, c'est que ce mouvement tient, comme à sa source originaire et la plus éclatante, aux paroles prononcées sur le plateau de cette montagne reculée, le 19 septembre 1846. »

II. — *Œuvre dominicale de France.* — C'est également de la Sainte Montagne de la Salette qu'est parti le signal du grand mouvement entrepris en France en faveur de la sanctification du dimanche, sous le nom d'*Œuvre dominicale*, au témoignage même de l'éminent chrétien qui en conçut et réalisa le projet, lequel aimait à répéter : « C'est Notre-Dame de la Salette qui est notre fondatrice. »

Au souvenir des paroles de la Mère de Dieu aux deux Bergers, M. Louis de Cissey se sentit poussé à faire quelque chose pour remédier à la profanation du jour du Seigneur. C'était au mois de mai 1873; il alla s'agenouiller aux pieds du Pape et lui déclarer son intention. Pie IX, l'ayant regardé, s'écria : « Oh! la belle Œuvre! La profanation du dimanche est le crime national, c'est le péché mortel de la France. » Et il combla M. de Cissey de ses encouragements et de ses bénédictions, l'engageant à se mettre à la besogne sans perdre un jour, une heure, une minute, ne lui laissant pas même le temps de visiter Rome qu'il n'avait pas encore vue.

Léon XIII, à son tour, a confirmé les directions de son vénéré prédécesseur et l'œuvre née des larmes de Notre-Dame de la Salette et de l'approbation du Saint-Siège a réalisé de merveilleux progrès. En 1879, elle était établie dans 59 diocèses français et comptait plus de 200.000 associés. Aussi, quel bien n'a-t-elle pas déjà réalisé ! Dans un seul diocèse, celui du Mans, ses membres, de septembre 1890 à septembre 1891, ont offert, au profit de la sanctification du dimanche, *un million quatre cent mille* œuvres réparatrices, telles que messes, communions, chemins de croix, chapelets, actes de vertu, etc... Le bilan annuel pour le même diocèse s'est élevé, en 1895, à *un million sept cent soixante-huit mille.*

III. — *Œuvres des Pèlerinages nationaux et de la Bonne Presse.* — Nous avons dit plus haut que ce fut en réfléchissant, à Ars, au mépris avec lequel on avait accueilli les avertissements de Notre-Dame de la Salette, que M. l'abbé Thédenat conçut le projet d'un pèlerinage national aux lieux mêmes sanctifiés par les larmes de la divine Mère. « N'est-ce pas, a-t-il écrit ensuite dans son *Echo de Sainte-Philomène,* sur la Montagne de la Salette que s'est accompli l'événement religieux le plus important de notre époque et ayant le rapport le plus direct, le plus intime, avec notre situation sociale? N'est-ce pas sur ces sommets de l'Isère, comme sur un nouveau Sinaï, que Marie est venue verser d'abondantes larmes sur les malheurs de notre patrie et nous demander de fléchir la colère de son Fils par notre soumission aux lois de Dieu et de l'Eglise? » Mais ce que nous n'avons pas dit encore et qu'il nous reste à ajouter, c'est que l'élan de foi et d'enthousiasme dont les pèlerins amenés en 1872 à la Sainte Montagne par l'heureuse initiative de M. l'abbé Thédenat ne fut pas un de ces météores éphémères qui frappent un instant l'admiration, puis s'évanouissent, sans autre résultat; le Pèlerinage national fut fécond pour l'avenir, car il a donné naissance, avant de se disloquer, à une belle œuvre. Le 22 août, sous l'impression du succès qu'avait obtenu la réalisation de la pensée de l'abbé Thédénat, les prêtres qui dirigeaient les divers groupes de pèlerins se réunissaient avec les membres du comité organisateur autour de Mgr l'évêque de Grenoble et tenaient, aux pieds de Notre-Dame de la Salette, la première séance du *Conseil des Pèlerinages*. Il y fut décidé sur-le-champ que le Pèlerinage national se renouvellerait chaque année.

Le grain de sénevé qui levait ainsi sur la Sainte Montagne en 1872 est, depuis lors, devenu un grand arbre dont les fruits de salut sont incalculables. C'est à lui, en effet, que se rattachent, comme à leur point de départ, les innombrables pèlerinages qu'on a vus et qu'on voit encore tous les jours s'accomplir à la Salette, à Lourdes, à Notre-Dame du Laus, à Tours, à Ars, à Paray-le-Monial, à Fourvières, à Rome et à Jérusalem, en dépit du fameux oracle de M. Thiers qui avait doctoralement déclaré que « les Pèlerinages n'étaient plus dans nos mœurs. » Ce n'est pas tout. Les Pèlerinages nationaux firent sentir le besoin d'une feuille religieuse qui inspirât à ses lecteurs le désir de s'y enrôler et qui leur en fît connaître les suites édifiantes. De là est né le *Pèlerin* dont le succès alla grandissant et prépara les voies à *La Croix* de Paris, laquelle à son tour inspira la fondation de toutes les *Croix* de province, *La Croix de l'Isère*, en tête, d'où cette efflorescence de la Bonne Presse, dont nous avons été en ces derniers temps les heureux témoins et qui est le secours providentiel destiné à donner la victoire aux catholiques et aux hommes d'ordre et de paix sur les ennemis de l'Eglise et les fauteurs de troubles et d'anarchie.

LES MISSIONNAIRES DE LA SALETTE

Un dernier résultat *public* de la sainte Apparition qu'il serait aussi consolant qu'intéressant d'étudier, ce sont les Communautés religieuses que les larmes de la divine Visiteuse du Mont-sous-les-Baisses ont fait éclore, comme autant de fleurs superbes et parfumées, dans le parterre de la Sainte Eglise. Sans parler de nombreux Instituts postérieurs à 1846, et déjà prospères, dont les fondateurs ont puisé l'esprit de réparation et d'expiation qui caractérise leur œuvre dans le mystère de la Salette, il est des

familles religieuses qui proclament avec bonheur devoir
d'une façon plus directe, plus immédiate et plus complète
encore, leur origine et leur accroissement à la Vierge qui
pleure. Parmi ces dernières, nous en connaissons plusieurs,
tant d'hommes que de femmes, dont il y aurait beaucoup
à dire pour la gloire de Dieu et l'édification des hommes;

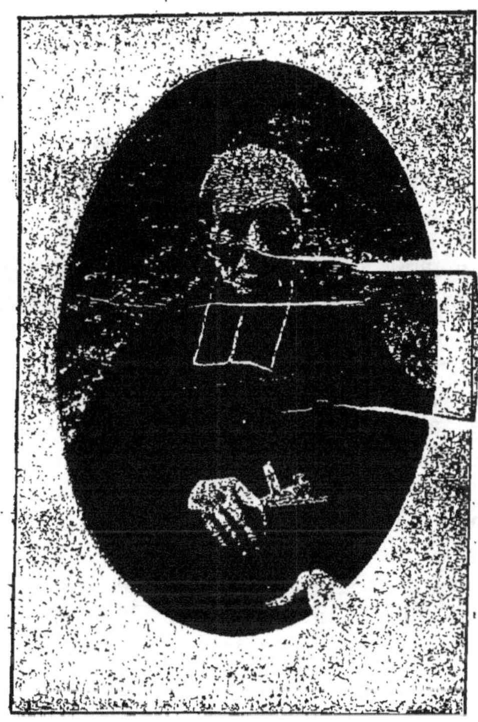

LE T. R. P. ARCHIER.

malheureusement de hautes raisons de discrétion et de
prudence, imposées par les circonstances, nous obligent
au silence.

Il est pourtant une de ces Congrégations fondées en
quelque sorte par Notre-Dame de la Salette, la plus humble de toutes, celle de ses *Missionnaires*, dans les rangs
desquels sa maternelle miséricorde nous a fait la grâce
de nous appeler, dont nous résumerons l'histoire, pour
l'honneur de sa céleste Reine et Patronne.

Par ses dernières paroles deux fois prononcées : « *Eh bien ! mes enfants, vous le ferez passer à tout mon peuple*», Notre-Dame de la Salette manifestait l'ardent désir dont brûlait son cœur maternel, que la *grande nouvelle* annoncée par Elle, fût portée aux extrémités du monde, et parvînt aux oreilles de *tous ses enfants*. Mais, pour réaliser un si vaste dessein, deux pâtres ignorants ne suffisaient pas, il fallait une phalange d'apôtres qui s'inspirassent de l'esprit de l'Apparition, et qui eussent mission d'en répandre les enseignements.

Mgr de Bruillard l'avait compris ; aussi écrivait-il, dans le mandement par lequel il annonçait à ses diocésains la bénédiction de la première pierre d'un sanctuaire sur la Montagne de l'Apparition :

« Quelque importante que soit l'érection d'un sanctuaire, il est quelque chose de plus important encore : ce sont des ministres de la religion destinés à le desservir, à recueillir les pieux pèlerins, à leur faire entendre la parole de Dieu, à exercer envers eux le ministère de la réconciliation, à leur administrer l'auguste sacrement de nos autels, et à être pour tous les dispensateurs fidèles des mystères de Dieu et des trésors spirituels de l'Eglise. Ces prêtres seront appelés Missionnaires de la Salétte ; leur création et leur existence seront, ainsi que le sanctuaire lui-même, un monument éternel, un souvenir perpétuel de l'Apparition miséricordieuse de Marie. C'est donc un corps de missionnaires que nous instituons dès à présent, que nous voulons vivifier et faire grandir de tout notre pouvoir, au prix de tous les sacrifices, et avec le concours de nos pieux diocésains, et surtout de notre bien-aimé clergé. »

Plusieurs prêtres, aussi distingués par leur piété que par leurs talents, répondant aussitôt à l'appel de leur évêque, formèrent le noyau de la nouvelle communauté. Ce furent, tout d'abord, par ordre d'arrivée, MM. Sibillat, chapelain de l'Ecole professionnelle, à Grenoble, après avoir été vicaire à la Tronche, et qui put demeurer quatre jours avec M. Perrin, avant que celui-ci prît la route de Courtenay dont il devenait le pasteur en quittant la cure de la Salette ; Burnoud, curé de Corbelin, désigné pour être le Supérieur de la petite famille ; Denaz, curé de Saint-Jean d'Hérans, chargé de desservir la paroisse ; Bonvallet, vicaire de M. Burnoud à Corbelin, et Archier, curé de Verna.

Voici le portrait que trace M. Similien (1) de ces premiers Missionnaires :

« Le Pèlerinage a été d'autant plus favorisé par l'ac-

LE R. P. GIRAUD.

quisition du R. P. Burnoud, qu'il a envers la Sainte Vierge un amour peu ordinaire... Des manières affectueuses, une humeur toujours égale, un regard qui décèle la douceur et l'aménité, de la promptitude à deviner, à prévenir les désirs des pèlerins; en général, tout ce qui est susceptible d'attirer et de plaire réside en sa personne. Sa parole est savourée comme un miel délicieux, et de sa bouche onctueuse s'exhale le baume de la charité. Aussi,

1. SIMILIEN. *Pèlerinage à la Salette.*

combien d'indifférents, même d'incrédules en Notre-Dame de la Salette, se sont retirés de ses entretiens, pleinement convaincus! Ce n'est pas une exagération de dire qu'il suffit à tout, quoique, en dehors d'un ministère écrasant, il soit continuellement appliqué à d'autres travaux, tels que la surveillance des ouvriers du sanctuaire, la réception des nombreux visiteurs, et une correspondance non interrompue qui s'étend jusqu'à l'étranger.

On admire dans le R. P. Sibillat ce zèle chaleureux et cette foi invincible envers Notre-Dame de la Salette, qu'il avait fait pressentir dès son début sur la Montagne, au premier anniversaire. Ses sermons sont véritablement entraînants; on y sent le feu de l'inspiration. Partout ses prédications sur l'Evénement ont été couronnés d'un plein succès; dans le diocèse, et au delà, au pèlerinage de La Louvesc, et à Rennes, à la station du Carême de 1854. A ces qualités, il joint celle d'avoir de la verve en poésie. Il a composé en l'honneur de Notre-Dame de la Salette un recueil de cantiques qui ont obtenu tant de vogue, que plusieurs de leurs refrains sont aujourd'hui des chants populaires.

» M. l'abbé Denaz fut délégué le même jour que le R. P. Supérieur, le 15 mai 1852, avec la double charge de Missionnaire et de curé titulaire de la Salette. Il fut autorisé, le 20 juillet 1853, à résilier ses pouvoirs de desservant. Ce même Missionnaire possède à un haut degré le talent de cacher les plus belles vertus sous le manteau d'une profonde humilité. Plus on l'étudie, plus on l'apprécie. C'est un sanctuaire vivant d'une mortification qui, bien que réelle, ne présente extérieurement rien d'austère; et ses actions, qui n'ont pour mobile que la plus grande gloire de Dieu et le désir de l'oubli des hommes, sont revêtues de la plus franche simplicité. La présence du R. P. Denaz est assurément indispensable. Il est, en effet, tout à la fois le secrétaire de M. le Supérieur, le plus intelligent et le plus scrupuleux à répondre sur tous les renseignements désirables, le custode diligent de la sacristie et des ornements qui parent le trésor de Notre-Dame de la Salette, et un confesseur précieux qui lit, avec une lucidité parfaite, jusqu'au fond des consciences, pour prodiguer à chacun les avis les plus appropriés à ses besoins.

» Le R. P. Bonvallet, habile musicien, rehausse les solennités par sa voix vibrante, flexible et étendue, qui nourrit et domine les chœurs qu'il a organisés. »

Enfin, le docte Professeur d'Angers présente le R. P. Archier comme « un modèle d'affabilité » et un prêtre « aux formes aimables et distinguées ».

En même temps que les Pères, résidèrent sur la Sainte Montagne, quelques personnes d'une piété et d'un dévouement admirables, entre autres : Mlle Burnoud, sœur du Supérieur, qui prit la direction du service des Missionnaires et des pèlerins ; M. Denaz, ancien instituteur et frère du Père de ce nom, occupé de décorer les autels, de servir

LE R. P. CHAPUY.

les messes et de pourvoir à mainte besogne de tous les instants, Mme Denaz, épouse de ce dernier, spécialement chargée de la vente des objets de piété au profit du sanctuaire

Ce fut dans les premiers jours de mai 1852 que les nouveaux apôtres de la Vierge des larmes prirent possession du Pèlerinage où ils n'eurent, en arrivant, pour abri, qu'une misérable cabane dont les planches mal jointes laissaient passer, avec l'eau des averses, le souffle d'un vent presque toujours glacé sur ces hauteurs. Parfois même, la neige s'étant ouvert un passage, pendant la nuit, par les interstices, il arriva aux pauvres hôtes de cet abri insuffisamment protecteur, de se réveiller, le matin, sous une couverture bien blanche, sans doute, mais aussi bien froide.

Mlle Des Brulais écrivait à une amie le 27 mai 1852,

au sujet de ce logement primitif : « O mon amie, si tu voyais cette pauvre petite cabane qui sert ici de demeure à ces pieux Missionnaires! C'est à peu près l'étable de Bethléem; aussi cette ressemblance inonde-t-elle leur cœur d'une sainte allégresse! L'un d'eux, M. Sibillat, auteur du charmant cantique à Notre-Dame de la Salette que je t'ai envoyé, me disait tout à l'heure : « Quand je vois, à tra-
» vers les planches mal jointes de ma cellule, briller au
» firmament, dans le silence de ces lieux solitaires, une
» magnifique étoile, je me dis avec bonheur : C'est l'œil
» de ma Mère qui veille sur moi; et je ne changerais pas
» ma chétive cabane pour un palais. » (1).

C'était heureux qu'un peu de poésie se trouvât dans les imaginations, car la réalité était des plus prosaïques. Le baraquement en question servait, en effet, tout à la fois de dortoir, de cabinet de travail, de parloir, de cuisine, enfin de réfectoire commun aux Missionnaires et aux pèlerins. Quand les uns avaient terminé leur repas, ils devaient sortir au plus vite pour laisser la place aux autres. Mais ces hommes de Dieu trouvaient un ample dédommagement à leurs privations matérielles dans les consolations spirituelles du ministère abondant et fructueux qu'ils avaient à remplir auprès de pèlerins assez fervents pour affronter les railleries du monde, à l'endroit de la Salette; les difficultés d'un long voyage, si considérables en ce temps là; les dangers d'une ascension par des sentiers de chèvres, en guise de chemins; les souffrances d'un séjour parfois assez prolongé, dans un désert où manquait les plus élémentaires commodités, où, toute hôtellerie faisant défaut, il fallait manger l'un après l'autre et passer la nuit à la belle étoile, sur une chaise, en face de la fontaine miraculeuse ou du vallon de l'Apparition.

Quand la mauvaise saison vint, avec ses neiges, rendre impraticables les sentiers de la Montagne, les Missionnaires descendirent à Grenoble d'où ils pouvaient rayonner dans le diocèse, pour en évangéliser les paroisses, en attendant que le retour des beaux jours leur permît de remonter au Pèlerinage. L'hiver de 1852-1853 fut le seul où les lieux de l'Apparition demeurèrent sans gardiens; les années suivantes, des Pères y séjournèrent constamment, même durant les jours les plus rigoureux.

1. *L'Écho de la Sainte Montagne.*

Dès le mois d'octobre 1852, les Missionnaires de Notre-Dame portaient, comme marque distinctive, sur leur camail bordé d'un liséré rouge, un petit Christ en argent suspendu au cou par un cordon et maintenu sur la poitrine à l'aide de leur ceinture.

C'était un don d'une catholique de Genève, Mme la Comtesse de Fégly. Ils récitaient l'office ensemble, à des heures déterminées et observaient un certain règlement, mais ils n'étaient que des prêtres séculiers, vivant en communauté. Les désirs de la plupart d'entre eux, pourtant, se portaient vers l'état religieux.

LE T. R. P. PERRIN.

Ils commencèrent le 2 février 1858 à émettre les trois vœux temporaires de pauvreté, de chasteté et d'obéissance et à vivre sous une règle que leur avait donnée Mgr Ginoulhiac, et en septembre de l'année suivante, ils échangeaient le crucifix d'argent et le camail au liséré rouge contre la croix de cuivre incrustée de bois, plus grande, avec tenailles et marteau et le camail entièrement noir qu'ils portent encore aujourd'hui. C'est à l'époque de cette transformation des Missionnaires de séculiers en religieux que l'abbé Sibillat, qui préférait un genre de vie moins assujetti, se retira (1). Honoré du titre de Missionnaire apostolique, il parcourt la France en tous sens pour y proclamer, du haut de la chaire sacrée, avec une éloquence

1. M. Burnoud avait été nommé curé de Meyzieux, en 1855, et M. Bonvallet son vicaire en 1856.

dont, à 50 années de distance, nous avons retrouvé de vivants échos dans l'Artois, la glorieuse Apparition de Notre-Dame de la Salette. En même temps qu'orateur, M. Sibillat était homme d'esprit. Ses saillies, aussi heureuses que fréquentes et spontanées, sont demeurées légendaires. Il était privé d'un œil; or, on raconte que se croisant avec le P. Giraud, dont la vue était très mauvaise et qui allait entrer dans la Communauté à l'époque où l'abbé Sibillat en sortait, ce dernier ne put s'empêcher de dire : qu' « un aveugle venait remplacer un borgne. » Il eût pu ajouter que cet aveugle (comme on l'a dit de Mgr de Ségur) voyait plus clair que bien d'autres ayant de bons yeux.

Jusqu'en 1876, les Missionnaires de la Salette restèrent sous le patronage exclusif des Évêques de Grenoble; mais à cette époque, Mgr Fava leur permit de se constituer, sous une règle plus complète, en Congrégation régulière se gouvernant elle-même sous la tutelle momentanée de l'Ordinaire de Grenoble, en attendant l'approbation du Saint-Siège. Trois ans plus tard, ils recevaient de Léon XIII, le décret dit *de louange;* le 14 mai 1890, leur Congrégation était honorée du décret *approbatif;* enfin, le 29 janvier 1909, la Sacrée Congrégation des Religieux approuvait, pour dix ans, leurs constitutions. Par suite de l'approbation de Rome, l'Institut perdait son caractère local et diocésain et acquérait la faculté de s'étendre au loin, suivant les indications de la Providence.

En même temps qu'il avait autorisé les Missionnaires de Notre-Dame à se répandre au delà des limites de son diocèse, Mgr Fava leur en avait facilité le moyen par la permission qu'il avait accordée au T. R. P. Archier, alors leur Supérieur général, d'ouvrir une Ecole, où des enfants, aptes à la vie apostolique et désireux de l'embrasser, seraient reçus, instruits et formés par les Missionnaires eux-mêmes. En conséquence, le 5 août 1876, une quinzaine de jeunes gens se réunissaient sur la Sainte Montagne, afin de s'y préparer, sous les regards de leur Mère, par la prière, l'étude et la participation aux cérémonies sacrées, à faire passer un jour, nouveaux Maximins, son message *à tout son peuple.* La petite famille s'accrut si bien, qu'en 1879, elle dut essaimer à Grenoble. Grâce aux bénédictions du Ciel et à l'inlassable charité de ses Bienfaiteurs, l'Ecole apostolique a traversé vic-

.torieusement la bourrasque formidable de la persécution de
1901, et, aujourd'hui, elle compte près de trois cents sujets, répartis entre les classes de grammaires ou d'humani-
tés, le Noviciat et les Cours de Philosophie et de Théologie
et disséminés en Belgique, en Pologne, en Italie et aux
Etats-Unis (1).

L'Institut des Missionnaires de la Salette a pour but,

LE R. P. JEAN BERTHIER.

en même temps que la sanctification de ses membres,

1. Ces jeunes gens sont choisis au sein de familles honorables et chrétiennes, mais qui, pour la plupart, n'ont pas
l'aisance suffisante pour faire les frais de leur éducation. L'Ecole n'a donc d'autres ressources que celles que la divine Providence, par l'intermédiaire des cœurs charitables, lui fournit.
On peut lui venir en aide de diverses manières :

1o En déterminant quelque enfant pieux et intelligent à y
entrer ;

2o En adoptant un des *apostoliques* qui la composent et en
faisant les frais de son éducation par une pension perpétuelle
(10.000 fr. une fois donnés), ou par une pension temporaire
(500 fr. par an);

3o En assurant l'entretien d'un apostolique pour un mois,
trois mois, six mois, un an, par le versement de 42, 125,
250, 500 francs;

4o En s'enrôlant dans l'œuvre du *sou des Vocations* laquelle l'apostolat exercé par le moyen des missions et des retraites, tant dans les pays catholiques que dans les régions infidèles ou hérétiques. Il comprend, outre des prêtres appliqués au saint Ministère, des Frères coadjuteurs employés aux travaux manuels. Les uns et les autres, après quelques mois de postulat et une année de noviciat, émettent des vœux, temporaires d'abord, puis perpétuels.

La Congrégation possède un Cardinal Protecteur, et entretient, à Rome, un Procureur près du Saint-Siège.

Ainsi organisés, les Missionnaires de la Salette, visiblement bénis de Dieu, ont étendu leur champ d'action, et leurs œuvres ont pris un développement qu'il leur avait été impossible de leur donner tout le temps qu'ils étaient demeurés une Communauté diocésaine, malgré le dévouement et la bienveillance des Evêques de Grenoble à leur égard. En dehors du desservice du Pèlerinage de la Sainte Montagne et de l'évangélisation de leur diocèse d'origine

consiste à concourir à la formation des futurs Missionnaires par l'offrande *d'un franc par an*. Les adhérents peuvent se grouper par dizaines avec un chef de dizaine nommé *zélateur*. Il y a des dizaines *personnelles* constituées par l'offrande de 10 fr. par an. Deux personnes peuvent former une dizaine par une cotisation de 5 fr., cinq personnes, par l'offrande de 2 fr. chacune. Chaque dizaine a droit à un abonnement gratuit au Bulletin des Missionnaires (Revue mensuelle illustrée relatant la marche et les progrès des différentes œuvres de l'Institut, notamment de l'Ecole apostolique et des Missions à l'étranger. — On s'y abonne en envoyant, avec son nom et son adresse, 2 fr. pour la France et la Belgique, 2 fr. 50 pour les autres pays, au R. P. Supérieur des Missionnaires de la Salette, à Tournai, chemin du Crampon, *Belgique*).

Tous les Bienfaiteurs de l'Ecole apostolique forment, avec les Missionnaires de la Salette et leurs élèves, une même *famille spirituelle* et ont part, *pendant leur vie et après leur mort* :

A tous les mérites, toutes les messes, toutes les prières, tous les travaux apostoliques présents et futurs de ceux dont leur charité aura favorisé la vocation ;

Aux prières publiques qui se font tous les jours dans les divers sanctuaires de N.-D. de la Salette desservis par les Missionnaires. Aux saints sacrifices que l'Institut fait célébrer pour ses bienfaiteurs tous les jours des mois de mai et de septembre, et tous les samedis et 19 du reste de l'année.

Pour tout ce qui regarde l'Ecole apostolique : offrandes, demandes d'admission, renseignements divers, etc., s'adresser au R. P. Supérieur des Missionnaires de la Salette, à Tournai, chemin du Crampon, *Belgique*.

ÉCOLE APOSTOLIQUE DE LA SALETTE DE TOURNAI (BELGIQUE).

et de nombre d'autres en France, ils se sont adonnés à de multiples travaux à l'Etranger. Pendant douze années, ils furent chargés par la Sacrée Congrégation de la Propagande, d'une Mission dans la Norwège et la Laponie, dont le Préfet apostolique, Mgr Bernard, avait sollicité et obtenu l'autorisation d'entrer dans l'Institut. Ils ont ensuite annoncé l'Evangile et répandu la *grande nouvelle* de la sainte Apparition dans les deux Amériques et dans l'île de Madagascar.

Une épreuve bien douloureuse a fait saigner leur cœur en 1901. Il leur a fallu, chassés par la persécution, quitter leurs résidences de France, au nombre de huit, et surtout, hélas! s'arracher au béni sanctuaire de la Salette, leur berceau, le siège de leur principal Noviciat, leur Maison-Mère, plus que tout cela, le théâtre trois fois sacré de l'Apparition de la Mère de Dieu, de ses royales miséricordes, de sa Fontaine miraculeuse, où les remplacent depuis lors des Chapelains séculiers nommés par l'autorité diocésaine, jusqu'au jour où il plaira à la Vierge des pleurs de ramener auprès d'Elle ses enfants exilés.

Toutefois, par une protection visible de Notre-Dame ce terrible orage, loin d'affaiblir la Congrégation, semble lui avoir imprimé une vigueur nouvelle. Depuis lors, les Missionnaires ont pu renforcer certains de leurs établissements déjà existants et en fonder de nouveaux. Ils comptent, à l'heure actuelle (1911), outre leur Maison-Mère de Suse en Piémont et leur Procure générale de Rome, vingt-trois résidences, dont : une en Italie, deux en Pologne, sept aux Etats-Unis, cinq au Canada, quatre à Madagascar, une en Belgique et trois au Brésil.

Les Missionnaires de la Salette ont eu pour Supérieurs, sous le régime séculier, le P. Burnoud de 1852 à 1855; le P. Chavrier de 1855 à 1856; le P. Archier de 1856 à 1858. Depuis l'émission des premiers vœux, l'Institut a été gouverné par les TT. RR. PP. Archier, de 1851 à 1865 et de 1876 à 1891; Giraud, de 1865 à 1876; Chapuiy, de 1891 à 1897; enfin, depuis 1897, l'autorité suprême repose entre les mains vaillantes du T. R. P. Perrin qui vient de célébrer, (août 1911) au milieu de la plus vive allégresse de sa nombreuse famille, le cinquantième anniversaire de son ordination sacerdotale.

Ceux de ses fils qui ont le plus fait connaître au dehors

la Congrégation sont les RR. PP. Giraud et Berthier. Le premier était un ascétique aux idées profondes et personnelles et à la forme pleine de grâce et d'onction. Prédicateur goûté de retraites sacerdotales et religieuses, il prêchait la sainteté plus encore par ses actes que par ses paroles. Son principal ouvrage porte le titre de *Prêtre et Hostie*. Le P. Jean Berthier, écrivain fécond et tendant à la pratique, fut plutôt un vulgarisateur qu'un initiateur. Missionnaire hors ligne, il empoignait son monde, surtout les

ÉCOLE APOSTOLIQUE DE LA SALETTE DE HARTFORD (ÉTATS-UNIS).

hommes. Il a dirigé l'École apostolique de Notre-Dame de la Salette dans les premières années de son existence, et est allé ensuite en Hollande fonder une œuvre de Vocations tardives d'où est sorti l'Institut déjà florissant de *La Sainte-Famille*. Les plus importants de ses livres sont sa *Théologie dogmatique et morale* en latin et en français et *Le Prêtre dans le ministère de la Prédication*.

CONCLUSION.

Nous voici arrivé au terme de notre carrière. Refaire le

ÉCOLE APOSTOLIQUE DE LA SALETTE DE DEBOWIEC (POLOGNE).

récit de la merveilleuse Apparition du 19 septembre 1846;
mettre en lumière les principales preuves qui la démon-
trent; relever quelques-uns des fruits de salut qu'elle a
produits, afin, par là, de faire davantage connaître, aimer,

servir et consoler notre divine Mère de la Salette, tel était
notre but. Si nous l'avons manqué, qu'on veuille bien
n'en pas conclure à l'ingratitude du sujet, mais à l'insuffisance de l'auteur. Si au contraire nous l'avions atteint,
ne fût-ce que dans une très modeste mesure, nous en
bénirions le Seigneur et y trouverions la plus douce récompense qui puisse couronner ici-bas les humbles efforts
de notre bonne volonté.

TABLE DES GRAVURES

TABLE DES MATIÈRES

PREMIÈRE PARTIE

HISTORIQUE

DEUXIÈME PARTIE

AUTHENTICITÉ

TROISIÈME PARTIE
RÉSULTATS

IMPRIMÉ PAR DESCLÉE, DE BROUWER ET Cie,
41, RUE DU METZ, LILLE. — 9.159.

ERRATA

Page 32, *ligne* 22, *au lieu de :* repas, *lisez :* repos.

» 33, » 13, » des deux côtés, *lisez :* les deux côtés.

» 44, » 8, à la fin de la ligne, *ajoutez :* et.

» 48, » 25, *au lieu de :* criculaire, *lisez :* circulaire.

» 85, » 13, » qu'il, *lisez :* qu'elle.

» 86, » 33, » regarde à tout, *lisez :* regarde tout.

» 89, » 4, » nom, *lisez :* non.

» 107, » 35, » simple, *lisez :* cinq.

» 122 ; *Note*, Nortet etc..., *lisez :* Champon : Récits de Maximin.

» 146, *ligne* 26, *au lieu de :* confierez, *lisez :* confieriez.

» 149, » 30, » réduction, » rédaction.

» 165, » 34, » en se faisant, *lisez :* en en faisant.

» 180, » 31, *au lieu du point qui suit :* tertre, *lisez* une virgule.

» 189, » 24, *au lieu de :* ajouta, *lisez :* il ajouta.

» 193, » 12, » serait, » serais.

» 193, » 22, » remarqués, *lisez :* remarquées.

» 198, » 37, » Burnond, » Burnoud.

212, » 35, » qu'un petit commerce, *lisez :* que son commerce.

» 243, *ligne* 33, *au lieu de :* savoit, *lisez :* savoir.

» 252, » 32, » rendail, » rendait.

» 266, » 28, *après :* sa mort, *lisez :* le 13 Février 1863.

» 267, » 38, *au lieu de :* dificultés, *lisez :* difficultés.

» 277, » 9, » serveillance, *lisez :* surveillance.

» 296, » 14, » mourraient, » mouraient.

» 425, *dernière ligne, au lieu de :* entre, » entrer.

» 428, *ligne* 42, *au lieu de :* cuerme, *lisez :* énorme.

« 484, » 17, » Planeau, » plateau.

» 592, » 36, » Chapuiy, » Chapuy.

NOTRE-DAME DE LA SALETTE, RÉCONCILIATRICE DES PÉCHEURS

N.D. de la Salette en pleurs.

Priez sans cesse pour nous qui avons recours à vous.